源氏物語の言説

Mitani Kuniaki
三谷邦明

翰林書房

源氏物語の言説 ◎ 目次

はじめに

文学の批評と研究に携わる者の宿命なのだろうが、私の半生は、〈文学とは何か〉〈物語文学とは何か〉〈虚構とは何か〉などといった疑問や意味の誘惑に、解答しなければならないという、強迫観念に憑依されてきた。それは自己が敢えて選択した、自分のような研究・教育者が背負わなくてはならない、呪われた実存であるために、忌避することができないものなのだが、この永続的に問わなくてはならない課題に、ささやかな光明が見えてきたのが、本書に掲載した諸論文を執筆していた時期であった。

本書の第一部第五章の「注」で述べたように、一九九二年一月下旬の、勤務している横浜市立大学国際文化学部の源氏物語輪読のゼミで、一学生の的外れなかつ熱のこもった質問から、自由間接言説=疑似直接話法が、竹取物語を始めとして、古代後期の物語文学、特に源氏物語に、多量に使用されていることに気付き、テクスト理論のさらなる展開を希求・模索してきた私は、源氏物語古注の文章区分や、欧米の言説（話法）論・物語学など諸理論を参照しながら、独自の〈言説分析〉という方法・視点の樹立の必要性を感じ、その試行錯誤の中から、本書の諸論文が誕生・生成したのである。

その諸論考を貫くのが、文学言説は、日常生活・会話などとは異なり、他者（登場人物など）と自己（読者）を同一・一体化させる機構を保有しているということであった。日常生活においては、他者=自己という認識はありえない。そうした認識を持続すれば、この意識は狂気以外のなにものでもないのである。しかし、三人称・一人称

（他者）／過去（もちろん一人称／現在という和歌などの狭義の抒情詩も含めて）の文学テクストでは、会話文・内話文・自由間接言説・自由直接言説などの諸言説を使用して、瞬間的で永続的なものではないものの、あたかも読者が登場人物（あるいは歌人）であるかのごとき錯覚に導き、また、そう読まない限り、真のテクストが現象しない結構になっているのに気付いたのである。つまり、文学とは、三人称や一人称（他者）／過去の言説であることで、他者＝自己という同化が可能な機構のことを意味していたのである。日常言説とは異なり、文学は、同化という、狂気の言説の上に生成しているのである。

さらに、この文学は狂気の言説であるという認識は、本書では充分に分析してはいないが、他の文学現象に拡張していく。極めて当たり前のことだが、源氏物語には、三百人前後の登場人物や実体化されている語り手が描かれ、全てではないにしろ、その登場人物や語り手に同化・一体化するとするならば、つまり、光源氏や藤壺・紫上ばかりでなく弘徽殿女御・髭黒の北の方、はてはささやかな徴候しか刻んでいない語り手の立場と視点などになって物語世界を彷徨するとするならば、読者は多重人格という狂気の世界に陥らない限り、文学を味わうことができないのである。しかも、源氏物語ばかりでなく、読者は、他の文学テクストの登場人物や語り手に同化して読書行為をなすのであって、限りなく分裂した多重人格者であるのである。つまり、文学テクストを読むことは、狂気に身を委ねることなのである。

この文学とは、他者＝自己の同一化であるという、未踏の地に立った時の興奮は忘れられない。〈文学とは何か〉という執拗に追い求めてきたものに対して、充全な解答とは決して言えないだろうが、文学の批評と研究の前に立ちはだかっていた障壁に、ささやかな穴を穿った気がしたのである。だが、文学という自己選択したものに拘らず、同時に、文学に呪咀されている私には、それで満喫することが出来るはずがなかった。穿った壁の彼方に見えるのは、再び荒涼とした砂漠で、そこを飢渇しながら危なっかしい縺《もつ》れた足取りで、歩かなくてはならないという絶望が、過《よぎ》ってくるのである。そうした悪夢の中で誕生した赤子が、本書に掲載した諸論文なのである。

私が研究や批評の標的としているものは、源氏物語を軸とした物語文学のテクストを解読しながら、〈異議申し立ての物語学〉を、非体系的にテクストの言説に寄り添いながら、具体的に確立することであった。これまでの文学の批評と研究は、〈語ること〉を忘却し、表現主体（作家や作者）の意図・主題・登場人物・時代背景などの〈示すこと〉にのみ執着し、その追求が王道であるかのごとき錯覚に陥ってきた。確かに、〈示すこと〉を文学の中から消去・抹殺することは不可能なのだが、だが、〈語ること〉は、その〈示すこと〉のみで成り立つ意味生成に対して、異議を申し立てる権利を主張することができるのである。

例えば、「ひとわらはれ」の例として、源氏物語若菜上巻の、光源氏が紫上に女三宮降嫁の件を語った場面の最後の文が取り上げられることがある。そこには、長文だが次のように書かれている。

> 心の中《うち》にも、〈かく空より出で来にたるやうなることにて、のがれたまひ難きを、憎げにも聞こえなさじ。わが心に憚《はばか》りたまひ、諫むることに従ひたまふべき、おのがどちの心より起これる懸想にもあらず。堰《せ》かるべき方《かた》なきものから、をこがましく思ひむすぼほるるさま、世人に洩りきこえじ。式部卿宮の大《おほ》北の方、常にうけはしげなることどもをのたまひ出でつつ、あぢきなき大将の御事にてさへ、あやしく恨みそねみたまふなるを、かやうに聞きて、いかにいちじるく思ひあはせたまはん〉など、おいらかなる人の御心といへど、いかでかはかばかりの隈はなからむ。〈今はさりとも〉とのみわが身を思ひあがり、うらなくて過ぐしける世の、人わらへならんことを下には思ひつづけたまへど、いとおいらかにのみもてなしたまへり。（4―四八）

紫上が「人笑へ」を意識している例として常に用いられる箇所なのだが、傍線を付した「らむ」という状況推量の助動詞が使用されているところを、意識化・対自化すると、つまり、〈語ること〉の地平から言説分析をしてみると、〈 〉で括った紫上の内話文も含めてこの言説が草子地であることに気付く。つまり、〈語ること〉に注目すると、紫上は何も語ったり、心中で思惟することもなく、草子地の語り手が、勝手に彼女はこんな風な感想を抱いていると推量・予想しているのにすぎないのである。この語り手は、竹河巻で「紫のゆかり」と名付けられている、紫上付きの女房たち（この若菜巻の時点では、まだ大人・若き人々と表記される熟年や若年の女房たちであった）であると想定してよいであろう。彼女たちは、光源氏が女三宮降嫁を受諾した様子を、紫上に伝えるのを傍らで直接に見聞しながら、紫上の「心の中」を想像しているのである。しかし、その想定は、語り手である彼女たちの主体を通過した草子地である限り、主観という歪みと、誤読という彼女たちの社会的イデオロギーに満ち溢れているのである。「紫のゆかり」は、その場では黒衣《くろこ》であることを求められている女房らしい判断で、紫上の思案を自己の立場から想像しているにすぎないのである。

突然、空から降って湧いたような女三宮降嫁の話を、朱雀院の依頼であるために拒絶することが出来ないとして光源氏に同情し、光源氏と女三宮との二人の恋愛から生まれた結婚でないと諦観し、紫上に恨みや嫉みを抱いている継母の瞋恚の炎がこれで痛快するのではないかなどという想像までに至る、この内的独白は、光源氏の告白を傍らで聞き、それに対して「おいらか」以外に、紫上がなにも表面では反応・対応しないため、勝手に紫のゆかりたちが、こうした「隈」つまり暗い部分があると、想定・推察したものにすぎず、却って彼女たちの誤読している表層の表象を読むと、逆の深慮を、紫上の内部に、読者は読み取ってしまう機構になっているのである。

突如として語られた女三宮降嫁は、紫上にさまざまな苦慮・苦悶・苦闘を喚起したに違いない。「人わらへ」といった世間体はどうでもよい。女房たちが読み取った継子虐め譚という「物語」とも関係はない。ただ、目前で自分を説得しようとする光源氏の姿が瓦解するのだ。そこで崩壊するものは、二人が育んできた愛憎や喜怒哀楽の歴史であり、長い間見つめてきた光源氏の歩みの完璧な生涯であり、さらに、自己もまた現在という時間に完膚《かんぷ》なきまでに否定されているのだ。ルサンチマンさえ表出することのできない、虚空の中の漆黒の深淵のみが凝視されてくるのである。こんなように多層的で多面的な紫上の内的な心理の深層が、彼女に同化しながら、さまざまに読み取れてくるのである。

いや、このように読むことも、また、誤りだろう。ここに相応《ふさわ》しい言葉は、〈沈黙〉であり、そこに込められているさまざまな重みだけが、読者に伸《の》しかかってくると表現した方がよいだろう。沈黙しか許されていない紫上を読むためには、こうして〈語ること〉に注目して、この文が、内話文を含む草子地だと、言説分析を試みる必要があるのである。

それればかりでない、引用文末に傍線を付した文章は、自由間接言説で、この言説については、本書で何度も言及しているので、ここでは説明を省略するが、ここには、語り手（未来の「紫のゆかり」）の表現であると共に、現在の「紫のゆかり」つまりその場で直接に見聞していた女房たちの感想が、紫上への敬語を伴って述べられているのである。「いとおいらか」（老らか）と判断しているのは、現在として現場にいる女房であり、その出来事を過去のことだったと思い出して語り手として書いている、二重化された「紫のゆかり」たちで、あたかも客観的であるかのような装いをしている地の文ではないのである。磊落・鷹揚・穏便・平静といった言葉の範囲に属しているのは、紫上を観察している「紫のゆかり」たちの主観であり希望なのであって、紫上の感情は、鋭利に尖り、爆発の極限まで及んでいたかもしれないのである。少なくとも、憧憬の念で光輝いていた光源氏像は、ここには不在なのである。このように言説分析は、表層の言葉が隠蔽していた、深層に潜在していたものを露呈するのである。

また、目を転じて、「紫のゆかり」と言われる女房たちを見ると、そこにはさまざまな思念が渦巻いていることに気付く。女三宮が降嫁すれば、彼女たちは正妻付きの女房ではなくなり、六条院では二級の女房になってしまうだろう。それでも、紫上が離別・離婚などを考えないで、殿の提案を素直に受け入れ、六条院に留まってほしいのだ。それにしても、この噂が流布しないように配慮した方がよいだろう。今までは、主人紫上の親戚である髭黒の元の北の方や、式部卿邸の女房たちを、軽蔑し、優越感を持っていたのだが、この件を知られたら、それらの人々に、なんと言われるだろう。こんな具合に、彼女たちの、イデオロギーが、推量した紫上の内話文に見事に表出・疎外されているのである。「人わらへ」は、紫上ではなく、彼女たちに属しており、それ故、上流貴族に仕える女房たちにある種の交流と共同体があることも分かり、そこでの協調や反撥あるいは尊卑などの、さまざまな輻湊した感情の渦巻さえ読み取れてくるのである。

ところで、この引用文の分析で指摘した、内話文・草子地・自由間接言説に、自由直接言説を加えれば、これらの言説は、集合して虚構という花束となる。草子地自体は、「……なんて言うのは、僕は馬鹿だなあ」などといった具合に、日常会話においても使用される場合がたまにはあるのだが、内話文・草子地・自由間接言説・自由直接言説が束となって同一の言説で用いられるのは、虚構テクストだけなのである。物語文学は、言説の上に虚構文学であるという徴候を、明晰に刻み込んでいるのである。『物語文学の方法Ｉ』で、〈物語とは何か〉という疑問の、私なりの解答は試みているものの、徹底できなかった腑甲斐なさが、つまり出発点で抱いた諸疑問の、曲がりなりではあるものの、解答と言えるものが、本書で提示できたと自負することができるのである。

文学は他者＝自己という同一化であるという、開けてみれば当たり前の解答のように覚えるのだが、誰も示唆してくれていないこの答に到達するまでの、それなりの苦闘を、これらの論文は語っている。と同時に、ここに掲載した諸論文は、源氏物語の批評と研究に対する、私なりの解読・解答でもあった。源氏物語論の王道は、意味を一義的に確定することに汲々としている。だが、私が読む源氏物語では、多義的で多面的・多声的な意味の響きがあり、それゆえ、本書でも、混沌・重層・増殖・生成などの言葉を用いて、従来の批評や研究に異議を申し立てたのである。源氏物語のすべての巻々を扱ったわけではないが、そうした視座で、桐壺巻から夢浮橋巻まで、さまざまな課題や領域に手をのばして分析したつもりである。

引用した若菜巻の文と分析を再読してほしいのだが、ひたすらに沈黙している紫上、饒舌ではあるが自己の願望を顕に露呈してしまう語り手の「紫のゆかり」たち、さらに「この皇女《みこ》の御母女御こそは、かの宮の御はらからにものしたまひけめ」と、女三宮が藤壺のゆかりであることで憧憬しながら、朱雀院の強引な懇願だと結婚の責任を転嫁する光源氏も、そこに加えた方がよいだろう。つまり、引用場面では、六条院という場にいるそれぞれの人物が、自己の他者に対する無意識的な欲動すら顕にして、他者を自己の言説に組み入れながら、同時に熾烈に他者と対話しているのであって、この場を一義的に規定するとすれば、掌《たなごころ》から掬い落とすものが大きいと言わざるをえないだろう。

源氏物語は、包容力のあるテクストである。あらゆる方法や視点で、分析が可能だと言ってよいだろう。つまり、読者・批評家・研究者の力量で、どのようなテクストにも変容することができる機構を備えているのである。本書が、言説分析や認識論的分析を通じて、従来の源氏物語論を、多面的・多層的・多義的に捉え直し、ひいては文学の批評や研究の世界に、さまざまな豊穣な意味の遊戯の愉樂を提示し、これまでの日本文学の批評や研究を脱構築化しているものとして、評価・認識されることを期待している。

第一部

源氏物語の言説分析

第一章　〈語り〉と〈言説〉

――〈垣間見〉の文学史あるいは混沌を増殖する言説分析の可能性――

一　源氏物語の言説分類

はじめに

物語文学における言説分析は、未だ揺籃の時期にある。しかも、この分析方法は、テクスト分析をより微細に精緻なものとした側面があり、テクスト分析の延長線上に位置付けることが可能でもある。私の刊行した論文集においても、テクスト分析を軸とした『物語文学の方法　Ⅰ・Ⅱ』（一九八九年）から、言説分析を提起した『物語文学の言説』（一九九二年）へと展開しているのであって、そうした連続した線上における営為だと言える側面を、言説分析は、色濃く刻印しているのである。

元来、言葉を話すあるいは言葉で説明する意の、仏教語系統の語である〈言説〉を、discourse の訳語として使用していることから解るように、この方法は、E・バンヴェニストやR・バルトなどの言説理論、特にM・バフチンのトランス言語学の影響を受けているのだが、同時に、言説分析は、『物語文学の言説』の「あとがき」で述べたように、時枝誠記の「文章研究」の継承でもある。鈴木朖の「心ノ声」などの語分類をさらに展開した時枝誠記の言語過程説、特に〈詞〉〈辞〉論は、表現主体の問題を提起しており、物語学における〈語り手〉〈読み手〉〈視点〉〈距離〉などといった、言説分析が作りだす磁場に関わる諸課題と、深く関わっているのである。

と同時に、言説分析は、『源氏釈』以来の源氏物語研究の永い伝統を継承した方法でもある。本居宣長以前の、つまり『源氏物語湖月抄』までの諸注釈書類を、私は敢えて「古注」として扱っているのだが、特にその中世の古注には、現在においてもなお評価しなければならない言説分類の方法があった。地の文／会話文／内話文（心中思惟の詞、心内語、内言とも言う）／草子地／和歌／書簡等々と、源氏物語の言説を分類する方法がそれだが、この言説分類は、現代の物語理論にとっても、これからの分析が明らかにするように、未だ可能性を秘めていると言ってよいものなのである。なお、萩原広道の『源氏物語評釈』における「文章の批評《サタ》したること」も、充分に展開されていない面があるものの、言説分析の課題の一つになるだろう。

本章の前半部分は、その中世古注の言説分類を、〈現在〉という地平から再評価し、さらなる可能性を問うことを標的としている。地の文／会話文／内話文／草子地などという言説分類が、物語学という〈現在〉の視座から、源氏物語を軸とする物語文学の批評と研究にとって、さらなる可能性を開拓することができるかどうかを、問いかけることが、本稿が賭けた狙いの一つだと言ってよいだろう。そのために、これらの言説分類を、自明なものと措定せずに、出発点から問いかけてみる必要があるだろう。

地の文

この古注の言説分類について、零の地平に立って解説を加えてみると、一般に、〈地の文〉は、あたかも客体的な表出のように理解されているのだが、登場人物や情景などの「物語の内容」を、語り手（作品から還元された作者や、実存した作家とは異なる）の言葉として、再現・置換・生成したものなのである。

はじめより〈我は〉と思ひあがりたまへる御方々、めざましきものにおとしめそねみたまふ。同じほど、それより下臈の更衣たちは、ましてやすからず。(1)（㊀—九三）

という源氏物語桐壺巻の冒頭場面の文章の背景には、女御・更衣やその女房・侍女たちとの間にさまざまな会話や、憎しみを込めた内言が、騒《ざわ》めいていたはずである。そうした喧騒とした声を、つまり、「あまたさぶらひたまひける」后妃たちとその周辺の、混沌とした恨みで尖った声たちを、「御方々」＝女御と、「それより下臈の更衣たち」に整然と区分して、それぞれの対応を再現するのは、語り手であり、地の文という言説は、語り手の解釈と置換という、主観・主体によって彩られているのである。あらゆる出来事は、テクスト化・言説化されており、それは語り手という主体を通過することなしに生成しないのである。

ところで、この女御と更衣たちの反応を扱った二つの文では、女御たち（三位以上）には敬語が使用されているのに対して、更衣たち（四位以下）には用いられていない。この視点は、越後守正五位下を極官とする藤原為時を父とし、右衛門権佐兼山城守正五位上の故藤原宣孝を夫としていた、実存・実在した作家紫式部のものではない。つまり、四位程度の語り手がこの場面には設定されているのである。後の展開から判断して、この語り手は天皇付きの内侍所女房であり、とすれば、典侍（従四位相当、定員四名）以外に想定できないのだが、その語り手は、「貴」「通貴」「地下」という階層意識、つまり、当時の常識的認識に侵されて、この場面を描いていたのである。作家としての紫式部が、こうした常識的な分節化つまり三区分的な階層意識を濃厚に認識していたと言うことは、考証できる資料が出現しない限り、決して証明できないのであって、こうした階層区分は「典侍」という語り手に属して

いるものなのである。(2)

これからの論の展開や分析に密接に関わっているのだが、丁寧語まで産み出した古代後期の階級・階層社会において、敬語の使用は、物語文学という話体を使用する文学にとっては必然であった。近代文学は、客観的で写実的であるという装いの上で、天皇などの登場人物や会話文などではともかく、小説に登場する人々に対して、「語り手」が敬語を使用することを回避したのだが、物語文学は、その「祖《おや》」である竹取物語から敬語使用で苦悶してきた。(3)その避けることのできない敬語使用の隘路を切り開いたのが、源氏物語というテクストであった。源氏物語は、時代と社会の状況そのものを言説として引き受け、そのあり方を逆説的に物語の方法として生成したのである。その源氏物語の方法が、語り手を実体化することであった。なお、敬語については、本稿では、さらに何度も言及することになるはずである。

源氏物語において、語り手は実体化されている。この内裏生活を描いた桐壺巻の場面では、典侍のような天皇付きの位の高い女房が語り手として設定されているのである。源氏物語では、既に一連の論文で分析してきたように、(4)登場人物の傍らで、彼等の体験を見聞した女房（須磨・明石巻のように従者＝男性の場合もある）たちが、黒衣になって、その出来事を語り、かつそれに加えて、その語りを、聞き・批評し・筆録し・校訂している人々が参与している「場」が設定されている。この「場」から発せられる言葉が草子地なのだが、それについては後述することとして、地の文にさらに関わって行くと、「登場人物の傍らで彼等の体験を見聞した女房」という、語りの場の状況設定は、いくつかの問題を提起することになる。

その一つは、同時間つまり異空間を、同一の巻あるいは場面で描けないということであった。「体験を見聞」する語り手という設定は、同時間・異空間描写を不可能にするのである。また、平安朝という階級・階層の強固な社会では、同一の語り手は、上流社会と下級生活とを共に見聞することはできないのである。天皇を含んだ内裏の内部の秘事めいた世界と、東市にも近い猥雑な五条辺りの夕顔の宿を、共に知り尽くしている同一人物の女性を、語り手として設定することなどは、この時代では想像することさえ不可能なのである。こうして、さまざまな「階級」「階層」に属する、「複数」の〈語り手〉という設定が産み出される。桐壺巻の典侍（登場人物の一人である源典侍と解釈できる）と、右近以外に想定できない夕顔物語（夕顔巻に語られている夕顔関係の記事）の語り手との間には、時空、階層、状況、眼差し、あるいはイデオロギーなどの、さまざまな差異が設定されているのである。

さらに、こうした〈語り手〉の設定は、源氏物語に特性ある〈人称〉を与えている。源氏物語は三人称のテクストであると同時に、語り手が体験したことを語る、一人称の物語でもあるのである。源氏物語では、

……隙なき御前渡りに、人の御心を尽くしたまふも、〈げにことわり〉と見えたり。（一—九六）

……「なくてぞ」とは、〈かかるをりにや〉と見えたり。（一—一〇一）

という桐壺巻の文章に見られるように、語り手がその場に実際にいたかのような実体験の言説がしばしば書かれている。この場面では、語り手が、一人称的に自己の感想の心中思惟の詞を「見えたり」という言葉で述べているのである。源氏物語は、三人称物語であると共に、一人称のテクストでもあるのであって、他の物語文学や近代小説などと異なった〈人称〉の多層性を生成しているのである。直接に体験したことを語る言説が源氏物語に描かれているのは、そのためなのである。多視点、多層的な源氏物語の方法が産出される根拠の一つが、[5]〈語り手〉の設定にもあるのである。なお、この一人称的視点は、会話文・内話文ばかりでなく、後に分析する自由直接言説や自由間接言説にも現象する。

地の文が、語り手の主観性を表出している言説は、この他にもある。それは時枝誠記の〈詞〉〈辞〉論の再検討

さえ提起しているのだが、ある種の形容詞（形容動詞）には語り手の位相が叙述されているのである。桐壺巻の冒頭場面には、

上達部上人なども、あいなく目を側めつつ、いとまばゆき人の御おぼえなり。（㈠―九三）

という記述がある。文中の傍線を施した「あいなし」は、全集の頭注が「『あいなし』は諸説あるが、ここでは上達部上人などの態度に対し、語り手の抱く、あらずもがなの困ったことだとする気持の表現とみる」と記しているように、語り手の上達部・殿上人に対する批判的な認識が語られているのである。ここで、この場面の語り手が、桐壺帝に同情する人物であることが理解できるのである。天皇付きの女房が桐壺巻の語り手であることが解るのは、こうした記述が巻の中に鏤められているからである。「あいなし」は、『岩波　古語辞典』で語源を「合ひ無し」としているように、無関係なものを筋違いに関連付けることを意味しているのであろう。とするならば、上達部・殿上人たちのような男性貴族は、後宮の女たちの噂や談話などの影響で、帝と桐壺更衣の関係を「目を側めつつ」捉えるようになったのであって、内裏での貴族たちの間で、評判・噂・評価・流言といったものが、どのように形成・流布していくかの一端が読み取れるのである。そうした状況に対する、天皇側の女房の細《さき》やかな抵抗が、「あいなし」という表現に込められているわけである。(6)

こうした語り手の主観性は、形容詞（形容動詞）ばかりでなく、一定の文節にも現象する。例えば、

ものの心知りたまふ人は、〈かかる人も世に出でおはするものなりけり〉と、あさましきまで、目を驚かしたまふ。（㈠―九七）

という桐壺巻の、光源氏の袴着の儀式に対する反応にも、語り手の主観が見られるのである。語り手は、これもまた、全集本の頭注も指摘しているように、自己を含めて天皇や桐壺更衣に共感・共同性を抱く人々を、「ものの心

知りたまふ人」として提示しているのである。ところで、文中の「ものの心知りたまふ人は」という文節を、「人は」とか、「ものの心知りたまはぬ人は」と書かれているとしたらどのようになるであろうか。この文章の前には、

この皇子三つになりたまふ年、御袴着のこと一の宮の奉りしに劣らず、内蔵寮・納殿の物を尽くして、いみじうせさせたまふ。それにつけても、世のそしりのみ多かれど、この皇子のおよすけもておはする御容貌心ばへ、ありがたくめづらしきまで見えたまふを、えそねみあへたまはず。(㈠―九七)

という文が書かれている。皮肉に言えば、「ものの心知りたまふ人は」、「容貌心ばへ」で、幼い光源氏を捉えているのであって、それ以外に感嘆する根拠は描かれていないのである。つまり、彼らは、三歳の幼な児自身に感動しているのではなく、世間を無視して盛大に袴着を行なった、「世のそしり」さえ無視する、桐壺更衣への情愛に溺れていながら、それにもかかわらず、なお、捨て去ることができない、天皇への隠れた〈共感〉というイデオロギーによって、三歳の光源氏の美質を発見しているのである。いわば、語り手の立場が露呈しているのであって、その立場を鮮明化した言説が「ものの心知りたまふ人は」という叙述なのである。

ところで、前に記したように、この文章が「人(人々)は」と書かれていたとしたらどうなるのであろうか。一応、客体的な表現となるのだが、その際には、「あさましき」という形容詞がさまざまな意味を持ち、読者の解釈によって賛美と嫌悪の振幅の中で揺れることになるだろう。また、「ものの心知りたまはぬ人は」と書かれた場合は、その「人」は、弘徽殿女御方の女房となり、「あさましき」という形容詞は、世の中には理不尽にもこんなことが起きるのだといった、唖然とする悪意の意味が生成してくることになるのである。こうして、「ものの心知りたまふ」という修飾文には、語り手の主観が鮮やかに記述されているのである。

こうして〈地の文〉というあたかも客体的に語っているように見える言説においても、語り手の主観・主体の視

座が込められているのであって、源氏物語では、語り手の解釈・置換・再現などいった認知＝表出を通じて、つまり、疎外化されることで、言説が生成されているのである。しかし、だからといって、地の文と草子地を混同してはならないことは、言うまでもない。

既に述べたように、源氏物語では、語り手が実体化されている。と言うことは、物語作家紫式部は、登場人物ばかりでなく、語り手との間でもバフチン的な〈対話〉を営んでいるのであって、紫式部は、語り手を他者として措定しているのである。桐壺巻の典侍あるいは夕顔物語の右近のように、語り手を実体化すると、彼らの実存を規定するさまざまな属性が措定され、物語作家紫式部は、その属性と〈対話〉することなしに、テクストを紡いでいくことができないのである。なお、紫式部と語り手たちとの対話は、源氏物語というテクストを生成していくのだが、書物などのメディアを通じて解読する読者のテクストには、その作家による営為の出来事は、見ることができない、読むことができないものなのである。にもかかわらず、作家は、各々の登場人物に自己の主体を対象化するばかりでなく、語り手にも自己を散在化して、〈対話〉しているのであって、作家は無限に主体を解体化しているのである。同様に、写本や注釈書などのメディアを通過して読む私たちのような受容者も、自己を解体・散在化することなしに、つまり、テクストを読むこと＝生成することなしに、テクストを生産することはできないのであって、〈語り手〉という顕在化されていないものを、意図的に対象化・現象化する行為が、〈読み〉においては根源的な営みの一つなのである。〈示すこと〉を〈語ること〉[2]が脱構築化することが、できるかどうかという賭が、〈読み〉の根源にあるのである。語り手は、既に述べたように、物語テクストの中で黒衣的存在である。その存在しながら不在の刻印を押された深層の実存を、敢えて現象・顕在化させることが、読み＝言説分析の課題の一つだと言えるだろう。地の文が、語り手の主観によって彩られているという認識は、そうした地平にある営みなのである。

なお、奇妙な言説なのだが、登場人物の主観が地の文に露呈される場合があることも確認しておくべきであろう。例えば、関屋巻には、空蟬が、夫の常陸介と死別する直前の場面に、

女君、〈心うき宿世ありて、この人にさへ後れて、いかなるさまにはふれまどふべきにかあらん〉と思ひ嘆きたまふを見るに、「(常陸介の会話文＝内話文は省略)」とうしろめたう悲しきことに言ひ思へど、心にえとどめぬものにて、亡せぬ (二—三五四)。

という文章が記されている。関屋巻では、空蟬に対して敬語が用いられていない。にもかかわらず、この場面と、この文の前の場面の「ただこの君の御ことをのみ言ひおきて」という表現にだけ、敬語が使用されているのである。つまり、故衛門督の女《むすめ》を妻としているという常陸介の身分・若さなどに対するコンプレックスが、地の文に敬語を書き込ませているのである。皮肉な表現で、死に近い老人が、自分より年の若い妻の将来を心痛している様子が読み取れると共に、空蟬に敬語を捧げている老醜に笑いがこみあげてくる言説となっているのである。こうして源氏物語では、地の文は、客体的・平面的ではなく、さまざまな主観が交錯しているのであって、その多層的な混沌を解析していくことが、言説分析の可能性なのである。

また、地の文に表出される登場人物の〈呼称〉にも、語り手の主観が現象している場合があることを、読み解いておく必要があるだろう。例えば、若紫巻に描かれている藤壺事件の後の夢合の場面に、

中将の君も、おどろおどろしうさま異なる夢を見たまひて、合はする者を召して問はせたまへば…… (一—三〇八)

という文章があり、光源氏は「中将の君」と呼ばれている。既に、清水好子が指摘していることだが、源氏物語では、葵巻で右大将になる以前の、光源氏を「中将」と表現する際には、「在五中将」業平のイメージが付着し、〈色

好み〉のテーマが浮上する仕組みになっている。この個所でも、藤壺との密通事件直後の場面であるから、光源氏を「中将の君」と表現しているのは、光源氏の色好み性を強調しようと意図しているからである。

そればかりでなく、既に、『物語文学の方法 II』に掲載した第三部第七章「藤壺事件の表現構造」で分析したように、若紫巻では、伊勢物語の引用が特に初段を軸になされているのだが、藤壺事件以前では、巻の冒頭で初段の「初冠（成年式）」に対して「童《わらは》病（成年式以前）」が照応されたり、垣間見の場面では「女はらから」に対して性的対象にならない「尼君」と「女子《をむなご》（幼い紫上）」が配置されているように、業平より劣る色好みとして光源氏は設定されていた。「をこ」で滑稽な色好みが光源氏なのである。しかし、藤壺事件を通過することで、光源氏は「在五中将」からの劣位性から解放される。真の〈色好み〉が誕生したのである。その勝利宣言が、この「中将の君」という呼称に込められているのである。つまり、この場面は藤壺事件と一夜孕みを知り尽くしている人物が語り手として設定されているのである。

ところが、この呼称が描かれている個所から全集本で一頁も隔たっていない場面には、

……例の明け暮れこなたにのみおはしまして、御遊びもやうやうをかしき空なれば、源氏の君もいとまなく召しまつはしつつ、御琴笛など、さまざまに仕うまつらせたまふ。……（一—三〇九）

と書かれ、光源氏は「源氏の君」と呼ばれているのである。「召しまつはしつつ」とあるから、この呼称は、桐壺帝の視点から光源氏を捉えたものだと言ってよいだろう。自分の后が、息子によって犯され懐妊したことを知らないことを強調するために、あえてこの呼称が、先の「中将の君」と対照的に使用されているのである。こうして地の文に描かれる呼称にも語り手の立場が記入されているのであって、地の文にはさまざまな主観が、多視点的に交錯しているのである。こうした錯綜した視点の混沌を読み解くことも、言説分析の標的の一つである。

会話文

古注が指摘する、と言うより、現在の文学研究でも当たり前のことだが、〈会話文〉は登場人物の口頭での発話である。後にも言及することになるのだが、会話文や内話文には、直接言説（話法）と間接言説（話法）とがある。一般的に、古典文学の校訂本では、原則として直接言説や間接言説の会話文には、鈎括弧「　」が付されているのだが、古写本などには会話文を指示する記号などは存在しない。それ故、古注などでは、傍注（左右ルビ）や頭注・脚注などを通じて会話文やその話主を指摘しているのだが、すべての発話を拾いだしているわけではない。事実、後に分析するように、源氏物語では直接言説の会話文を指摘することは、意外に難しいのである。

しかし、源氏物語以前の初期の物語文学では、会話文を示唆する言説が意外にも存在した。それは、漢文訓読の影響を受けたと考えられる、

翁、かぐや姫にいふやう、「我が子の仏、変化の人と申しながら……」といへば、かぐや姫、「何事をか、のたまはむことは……」といふ。（五五）

という言説である。ここには、発話の主体が明記されているし、「いふやう〜いふ」といった、同一の漢字を二度読む訓読的表出で、会話文が直接的に指示されているのである。落窪物語などになると若干異なってくるのだが、竹取物語や宇津保物語などでは、こうして言語の線条性に従いつつ、会話の主格や会話の前後の区切りが明晰に語られていたのである。しかし、源氏物語では、言語の線条性に添って発話主体や会話文の区分を読み取ることは不可能である。主として桐壺巻を例文にしているので、

その年の夏、御息所、はかなき心地にわづらひて、〈まかでなん〉としたまふを、暇《いとま》さらにゆるさせたまは

ず。年ごろ、常のあつしさになりたまへれば、御目馴れて、「なほしばしこころみよ」とのみのたまはするに、日々に重りたまひて……（一―九七）

という最初の会話文だと指摘されている言説を取り上げると、「なほしばしこころみよ」という会話文が、桐壺帝の発話であることを理解できるのは、「とのみのたまはするに」という会話に続く敬語を含む文節（付加節）であって、源氏物語では、言語の線条性によって発話主体を測定できないのである。しかも、引用は全集本なのだが、草仮名の連綿体で書かれていた写本で読むならば、会話の前後の区切りさえ発見することが難しいのである。つまり、源氏物語では、言語の線条性に逆らって、二度以上その文章を読まない限り、誰の発話で、どこからどこまでが会話文であるかが判明しないのである。

ここで、〈付加節 tag clause〉について言及しておいた方がよいだろう。この用語は、日本語学において適切な術語がないので用いるのだが、付加節とは、「と言ふ」「と思ふ」「と聞ゆ」とか、「と」「とて」「など」といった、主として「と」という格助詞を伴った、会話文や内話文の直接言説や間接言説を指示する文節を意味している。源氏物語においても、この付加節なしに、会話文や内話文の直接言説や間接言説を認定することは不可能なのである。既に述べたように、初期物語文学は、訓読の技法を利用して、会話文や内話文の始まりを示唆しているのだが、源氏物語等では、それを認知するのは、その後に記される付加節なのであって、終わりの付加節が会話の始まりやその主体を規定するのである。なお、近代的言説では、鉤括弧「　」などの記号も、この付加節の機能を果たしていると言えよう。また、後に言及することになるのだが、この付加節や敬語の有無が、自由間接言説や自由直接言説と、会話文や内話文の直接言説あるいは間接言説とを区分する役割を果たしているのである。

ところで、その付加節と関わる課題として、日本語における直接言説と間接言説の区分という問題がある。日本

語では、

太郎は花子が好きだと言っていたよ。

という例文が示すように、直接言説と間接言説を区分することは不可能に近い。「花子が好きだ」という言説は、語り手が直接に太郎が語った言葉を繰り返し再現して伝えているのか、太郎のさまざまな発話から間接的に語り手が読み取ったものなのかを、判断・判定することはできないのである。もちろん、「と言っていた」が付加節である。

先に引用した、源氏物語における最初の会話文も、

年ごろ、常のあつしさになりたまへれば、御目馴れて、「なほしばしこころみよ」とのみのたまはするに、日々に重りたまひて……（一―九七）

という表出を分析し、「とのみのたまはするに」という付加節を読むと、「のみ」という助詞から見て、「なほしばしこころみよ」という同じ発話を、帝が何度も同一の表現で繰り返して述べたと解読するのは幼稚すぎるので、この発言は、語り手による帝のさまざまな会話文の間接言説である傾向が濃厚である。そう判断すべきであろう。ただし、教科書など調査していないものがあるので、すべてとは言えないのだが、近代の校訂本はこの言説に鈎括弧を付している。校訂者たちの直接言説と間接言説に対する自覚がないという面もあるのだが、日本語での言説区分が不可能で、古文では直接言説と間接言説に拘らず鈎括弧を付すという、慣例的なものが無意図的にあるからである。実際、教育的には、直接言説と間接言説に拘泥しないで鈎括弧を付けた方が効果的なのだろうが、研究においては区分不可能を意識した上で、分析を試みるべきであろう。特に、日本語学で、直接言説と間接言説について無自覚的であるのはどうしてであろうか。境界認定の不可能さを認識した上で、日本語学は直接言説と間接言説の差

異に注目すべきで、それなしに言説分析や文法理論などの可能性は、生成されないのではないだろうか。

ところで、なぜ、物語文学で、会話文や内話文に、直接言説と間接言説という二つの言説区分があるのだろうか。〈直接言説〉は、登場人物の発話や思考などを再現・引用するもので、既に述べたように、付加節を伴い、それによって、会話・内話の主体を指示している。その場合、会話文・内話文に対して、表出主体（享受主体）は、一人称として関与し、現在形として表出（受容）されている。それ故、物語文学の会話や内話の直接言説では、その言説に、まず現在として、同化して読み解いて行くことになる。読者は、一人称的・現在形として、その言説を享受するのである。と同時に、読者は、その言説を、過去として三人称的に対象化して、その言説が、どのような状況・心理・イデオロギー・動機・虚実などに支えられているかといった、発話や思考の背後にあるものを問いかけることになるのである。

〈間接言説〉は、直接言説と同様に登場人物の会話や内話をできるだけ忠実に再現・引用して報告するものだが、三人称や過去への転換という営為を通じて語り手が関与しているところに特性がある。語り手が、登場人物（三人称）の発話や思考を過ぎ去ったものとして解釈しているのである。ここにも地の文と同様に語り手が関与しているのであって、「なほしばしこころみよ」という帝の間接話法の会話文も、そうした意味内容の言説を桐壺帝がさまざまに発話したのを、一義的に語り手が纏めているのである。溺愛によって桐壺更衣を取り巻く状況が判断できない帝の姿が浮き彫りになっているのだが、なぜ「のみ」という助詞を使って間接言説であることを示唆したのであろうか。この言葉が直接言説の会話文でないとすると、

「限りあらむ道にも、後れ先立たじと、契らせたまひけるを。さりともうち棄てては、え行きやらじ」とのたまはするを、女も〈いといみじ〉と見たてまつりて、

「かぎりとて別るる道の悲しきにいかまほしきは命なりけり
いとかく思ひたまへましかば……」と息も絶えつつ、聞こえまほしげなることはありげなれど、いと苦しげにたゆげなれば、〈かくながら、ともかくもならむを御覧じはてむ〉と思しめすに……（㈠—九八〜九）

という場面が、桐壺巻では、最初の会話文の直接言説となることになる。桐壺更衣との死別という、桐壺巻の前半部のクライマックスで、直接言説の会話文が使われているのである。この場面を、桐壺巻前半の山場・絶頂として盛り上げるために、それ以前の場面では直接言説の会話文が抑制されていたと解釈できるのである。直接言説の会話文が極めて効果的に用いられているわけである。

既に指摘したように、直接言説の会話文では、読者は、一人称的現在として、その言説に同化する必要がある。その帝への一体化を通じて、読者は、桐壺帝の狼狽した言葉に出会い、かつての二人の秘された睦言を知る。帝は、二人だけの思い出によって、更衣の死を呪的に引き留めようと試みているのである。と同時に、読者は、この会話文を三人称的過去に対象化する。あまりにも天皇は脆弱で、過去だけに拘泥しているのである。後に展開される、高麗の相人の観相などを配慮しながら、光源氏を賜姓源氏に降下する予知的な決断や、死後に聖代化される治世などを考慮すると、桐壺帝のこの直接言説の会話文は、人格の分裂を示唆し、狂気に近い更衣への溺愛振りが表出されていると思われるのである。このような自己喪失に帝が陥るのならば、弘徽殿女御をはじめとする他の后妃の非難や上達部・殿上人の批判も当然であるし、桐壺更衣は、帝を忘我状態にするほどの呪力をもつ魔的で蠱惑的な女性だとさえ理解できるのである。この帝の〈弱さ〉はなにを意味しているのだろうか。もちろん、その弱さがあるからこそ、桐壺帝は虚構の源氏物語の中で実存しているのだが、それにしてもこの狼狽は極端すぎるのではないであろうか。

それに対して、桐壺更衣は、帝という他者への配慮に満ちた発話を述べる。既に『源氏の女君』で清水好子が指摘しているように、「更衣」「御息所」という呼称ではなく、「女」という特性のある表出がこの場面で使用されているのは、この抽象的な表現が、読者を登場人物に同化させる記号として機能しているからである。あたかも桐壺更衣であるかのごとき錯覚なしに、読者は、この会話文を読むことができないのである。しかも、この会話文は、和歌から始まるのである。和歌もまた、同化の文学であり、歌人に一体化することなしに、テクストを享受することは不可能なのである。[7]「女」という表出や和歌の機能によって、同化した上で、読者は、「いとかく思ひたまへましかば……」という中断した発話を一人称的現在として享受する。「かく」という副詞は、歌中の「いかまほしきは命なりけり」を受け、生存への希求を意味していると言えるだろう。

ところで、この会話によって形成されている場面は、(古本)住吉物語や宇津保物語忠こそ巻などの継子虐め譚に登場する、亡母の娘／息子に対する〈遺言〉という機能を果たしている。しかも、その遺言の機能は、痕跡化されているだけで、発動していないのである。源氏物語が、プレテクストをパロディ化しているテクストであることは、既にいくつもの論文で言及しているので、ここでは反復しないが、継子虐め物語における〈遺言〉という機能を、この場面ではずらしているのである。[8]そのずれ・乖違と関わって「いとかく思ひたまへましかば……」という桐壺更衣の発話をどのように解釈するかという問題が浮上する。「ましか(ば)……まし」と助動詞を二度重ねた反実仮想で更衣が述べたかったことはなにかという課題が問題群となってくるのである。

「遺言」とでも記すべき、未だ／既にというこの発話は、「ましかば」と途中で切断されているため、古注を含めてさまざまな臆説を生んでいるのだが、ここでは、誰が話題になっているかという側面から接近することにしよう。この歌を含む桐壺更衣の会話は、帝との対話の中での発話であり、帝との応答で述べられたものである。しかも、これは「一の皇子《みこ》」の立坊以前のできごとであり、この「いとかく思ひたまへましかば……」という発言は、帝への愛の表明であると共に、光源氏の立太子を主軸とした将来への配慮と想定する以外に、文脈《コンテクスト》となる話題は見当らない。しかも、帝との愛を深めていたらといった話題と理解しても、これまでの叙述経過からみて、虚しい読みとしか言いようがない。つまり、誰が話題となっているかという疑問に対する答えは、帝ではなく、深層では光源氏なのである。とするならば、桐壺更衣が語らなかったもの、つまり、語りたかったものは、幼い光源氏の将来であり、それは立坊に関わっているのである。

この発話に続く、「聞こえまほしげなることはありげなれど」という文からも、この理解は誤りではないだろう。この文は、桐壺更衣の発話を再度繰り返しているのである。なお、この文は、語り手（多分、この場にいた天皇付きの女房）の判断であると共に、天皇の眼差しで叙述されているのであって、自由間接言説なのだが、この言説については後に紹介・分析することになる。つまり、桐壺更衣の発言は、実際は、帝に向って発せられているのだが、光源氏にも聞かせたい言葉でもあるのであって、「いかまほしきは命なりけり」という和歌の言葉は、光源氏に対しても述べられているのである。更衣は、成長した時に、この歌を光源氏が母の臨終のできごととして聞くことを予想して、発話しているのである。

と同時に、立坊について示唆しながら発話しないという桐壺更衣のこの態度は、立坊でも、親王宣下でもなく、また単なる臣籍降下でもない点で、高麗人の観相や宿曜あるいは倭相による桐壺帝の予知を先取りしたものと言えるだろう。「国の親となりて、帝王の上なき位にのぼるべき相おはします人の、そなたにて見れば、乱れ憂ふることやあらむ。おほやけのかためとなりて、天の下を輔弼《たす》くる方にて見れば、またその相違《さうたが》ふべし」という高麗人の観相は、未だ／既に更衣によって語られていたのである。桐壺更衣は、中断という沈黙によって、饒舌と言えるほどの言葉を発していたのである。それらを、帝は理解できたのであろうか。

先に、桐壺帝の会話を、過去に拘泥しているだけの忘我状態で、脆弱だと指摘した。だが、この死への怯弱さとは反対に、明晰な意識で、瀕死の更衣に対処したらどのようになっていたのであろうか。桐壺更衣もそれに対応した会話を発話したに相違なく、発話は中断することなく、光源氏の立坊にまで及んでいったに違いないのだ。つまり、帝の弱さは、装でもあったのである。こうして、死を前に、二人の愛を確認しているかのごとき「対話」は、深層では、熾烈な応答を秘めているのであって、桐壺帝の忘我状態も政治的なものを宿していたのである。この場面と、桐壺帝の光源氏を賜姓源氏に降下する判断や、後に聖代化される政治的手腕との間には、対照的と言える分裂があると、前に述べたのだが、実は、深層から見ると通底しており、等位なのである。こうして会話文は、一人称的現在として同化的に享受すると共に、三人称的過去としてさまざまな文脈《コンテクスト》の中に対象化しながら位置付けて受容することによって、まったく異なった眩暈然とした意味群を帯びることになるのであって、源氏物語の、多義的で多層的な世界は、そうした作業を通じて浮上してくるのである。

習作的なテクストを除けば、散文小説は、三人称もしくは一人称で叙述されている。しかし、会話文は、帝と更衣の対話からも理解できるように、二人称に向けられたものであり、散文小説には、会話文を通じて二人称も書き込まれていると言えるだろう。それ故、会話文は、二人称的に受容する必要がある。つまり、聞き手となって享受することも、会話文には欠かせない作業なのである。すでに分析したように、桐壺更衣の返答が途中で途切れたのも、病で衰弱していることもあるが、帝の忘我状態を聞き手として理解したからであって、〈聞き手〉という要素も会話分析には必要なのである。そうした聞き手の問題が大きく浮上してくるのが、帚木巻に記されている雨夜の品定めなどの場面である。

すでに「帚木三帖の方法――〈時間の循環〉あるいは藤壺事件と帚木三帖――」(9)で指摘しているので、分析的に言及することは避けるが、雨夜の品定めの場面は、頭中将・左馬頭・藤式部丞の語り自体を読むと同時に、聞き手である光源氏の心理を解釈していかなくてはならない。しかも、その場合、一回目の読みでは、葵上に不満を抱く光源氏の意中を読み解くことになるのだが、源氏物語における〈時間の循環〉の論理によって、藤壺との最初の密通が、桐壺巻と帚木巻との間の四年間の空白期にあったことを、若紫巻の藤壺事件を読んで知っている、二回目の読みでは、藤壺への憧憬から聞き手光源氏の胸臆を解明していくことになるのであって、会話文の〈読み〉は錯綜しているのである。また、若紫巻の垣間見場面で、簾を下ろした後に、北山僧都と尼君との会話を光源氏が盗み聞きしている個所など、いわば「垣間聴き」とも表現できる場面など聞き手の分析も、源氏物語では重要な要素なのである。なお、会話文には、以上の分析だけでは終焉しないさまざまな課題が山積しているのだが、その一端を本項で述べたにすぎない。

内話文

心中思惟の詞《ことば》・心内語あるいは内言などとも言われている〈内話文〉は、登場人物の思考を再現したものである。日常生活では、会話は他者に認知できるのだが、またそれを目的としているのだが、二人称や三人称の内話を聴くことはできない。つまり、心中思惟の詞は、物語や小説・演劇・映画などの〈語り〉特有の言説なのである。ヴィゴツキーの心理学以降、内言が児童心理学などで重要な研究対象となっているように、内話は日常の中でも、一人称では発話されているのだが、他者の言説は聴くことができない。〈語り〉は、その聴くことができないものを、言説としてテクストに露呈させるのである。それ故、三人称（二人称）の内話文は、〈語り〉というジャンル特有な、ジャンルを特徴づける言説なのである。

しかし、古注が重視した、この〈語り〉の特性の一つでもある内話文を、〈近代〉小説は無視した。実際には、テクストに書き込まれているのにもかかわらず、会話文を鈎括弧「　」などの記号で区分しながら、内話文は地の文として扱ったのである。写実主義や自然主義などに支えられた近代主義は、日常生活では他者の内話を決して聴くことができないという、〈語り〉以前の根拠から、近代小説において内話文を隠蔽し、抑圧したのである。源氏物語の近代の諸注釈までもが、古注の伝統があるにもかかわらず、〈現在〉でも近代主義《モダニズム》のこの桎梏から逃れることはできなかった。唯一の例外が、山岸徳平の日本古典文学大系本で、この営為には敬意を払うべきであろう。(10) 内話文は、近代主義に対する異議申し立ての一つであることは、忘却してはならない姿勢なのである。なお、日常生活で内話文を発話するならば、「狂人」としてその人物は扱われてしまうだろう。〈語り〉の言説は、その狂気を刻み込んでいるのであって、この狂気という違犯性にこそ、文学の根源が印されているのである。近代主義は、この文学が根源的に宿している狂気を直視することを忌避したのである。

物語文学は、その「祖《おや》」の竹取物語からテクストに狂気を宿す言説である内話文を刻みこんできた。竹取物語の最初の用例であるので引用するのだが、

世界の男《をのこ》、あてなるも、賤しきも、〈いかでこのかぐや姫を得てしがな見てしがな〉と、音に聞きめでて惑ふ。（五三）

という文の、山形の鈎括弧〈　〉中の言説が、内話文である。ただし、「世界の男」が一斉にこの内言を発したわけではないので、この内話文は、語り手が解釈して再現した間接言説である。また、文中に記されている「と」という格助詞が、前項で述べた付加節なのである。内話文にも、会話文と同様に、直接言説と間接言説があり、付加

節が必ず伴うのである。付加節なしに、内話文は認定できないのである。なお、二度も使用されている「てしがな」という終助詞は、和歌に用いられると共に、願望の内話文に、「てしが」や「がな」といった終助詞の表現と重なって頻出するものであることは言うまでもない。また、「いかで」という、願望・疑問・反語を表す副詞も、内話文に頻出する語である。さらに、地の文に「あてなるも、賤しきも」という対句が用いられていると共に、「得てしがな見てしがな」という対句が内話文にも使用されているところに、この場面の文体的特性があると言えよう。

内話文は、心中思惟の詞とも言われているように、登場人物が心の中で思ったり考えたりしたものを、直接的にあるいは間接的に再現した言説である。この言説が、会話文と異なっている特性は、まず口頭で発話されていないということなのだが、そのあり方が、さまざまな属性を生成させることになる。例えば、会話文同様に、内話文に対しても、中心的に一人称的現在として同化して享受すると共に、脱中心的に三人称的過去として対象化する必要があるのだが、会話文では、その際、嘘・虚偽・でたらめなどといった側面から解読することが求められるのに対し、内話文ではそうした受容は行なわない。動機・心理・イデオロギーなどといった側面では、会話文と同様に内話文に問いかけるのだが、虚偽であるとは読み取れず、登場人物の心理的事実として扱うことになるのである。

M・バフチンは、「ことばのジャンル」(11)という論文で、発話の特性として、彼の言葉で言えば「共通の構造的特質」として、〈境界〉と〈完結性〉と〈宛名〉という三つの要素を挙げている。バフチンが〈境界〉というのは、「ことばの主体の交替によって、つまり話者の交替によって定まる。日常会話の短い（一語からなる）ことばのやりとりから、大部の小説や学術論文までふくめて、どんな発話も、絶対的な始まりと終りをもつ。それが始まる前には他者の発話があるし、終ると他者の返答の発話（あるいは沈黙でもって能動的に答える理解、あるいはそうした理解をふまえた返答の動作）がつづくのである」（一三六）と述べているように、始まりと終りをもつ発話の、相互関係《インターテクスト》を意味している。私の、これまで書いてきた一連の論文で、〈話者〉という術語で扱ってきたテクストの機能と重なっている要素である。

〈完結性〉というのは、「発話の完結性——それはことばの主体の交替の、いわば内的側面である。というのもこの交替は、話者が所与の条件のもとで言おうとしたことを、すべて言い終えた（あるいは書き終えた）ことで成立するからである。聴いたり読んだりするときに、われわれは発話の終りをはっきりと感じとる。いわば、話者の結びの《dixi》〔われ言えり、以上〕を聞きとる。この完結性は独特なものであり、いくつかの特別な基準からなる。発話の完結性のもっとも重要な基準、それは、その発話にたいして返答が可能だということ、もっと正確に一般化していえば、（たとえば命令を遂行するといった具合に）その発話にたいして返答の立場を占めるのが可能だということである」（二四四〜五）と述べているように、発話が内的に完結していなければならないことを意味しており、これも〈話者〉の機能と照応している。また、これまでの分析で用いてきた付加節とも関連している課題である。〈宛名〉に対しては、「発話の本質的な（生来の）特徴は、それが誰かに向けられていること、それが宛名をもつことである」（二八〇）と指摘して、他者との対話性を強調している。

バフチンの指摘を、あえて会話文ではなく、内話文の分析の際に引用したのは、この三つの要素が、内話文では歪んでしまうからである。もっとも、バフチンは「（情動的タイプのさまざまなモノローグ的発話に見られるように）まったく不特定の、具体性を欠いた他者のことばもある」（二八一）と書き、それに気付いていないわけではないのだが、三つの要素は、内話文では欠落してしまう場合が多いのである。

源氏物語における最初の内話文は、

はじめより〈我は〉と思ひあがりたまへる御方々、めざましきものにおとしめそねみたまふ。同じほど、それより下臈の更衣たちは、ましてやすからず。（㈠―九三）

という桐壺巻の冒頭場面に記されている、〈我は〉という言説である。「御方々」が一斉に同じ内言を発したはずはないので、これも語り手の主観を通過した間接言説なのだが、〈私は（身分が高いので当然天皇に寵愛〔＝SEX〕されるべきだ）〉などと訳されるこの文は、省略が多い。境界・完結性・宛名の要素が希薄なのである。「はじめより……思ひあがりたまへる御方々」という文でも文意は通じるにもかかわらず、敢えて「〈我は〉と」いう付加節を伴った内話文を書き込んだのは、女御たちの高慢さを同化的・現在的に読者に理解させたいという、また、省略＝空白があるために読者にさまざまな想像を喚起させる配慮からなのだろうが、この内的発話が記入されることによって、この文は、多層的で多面的な言説になりえているのである。

発話の特性である境界・完結性・宛名の三つの要素は、この内話文では弛緩する。省略で境界は曖昧化され、完結性も希釈化され、宛名も特定できず、周囲の女房たちとしてしか理解できない。にもかかわらず、物語に書き込まれた内話文は、対話性を発揮する。この文の前に記されている冒頭文と照応させると、「いとやむごとなき際にはあらぬ（桐壺更衣）が」、いかに高慢な女御たちに囲まれて辛苦しているかが解るし、後の桐壺更衣〈いじめ〉も、この内話文が書き込まれていることで、それなりに納得されるのである。また、こうした身分を嵩にかける驕慢な女御に囲まれているがゆえに、桐壺帝が、ひとりの更衣を熱愛する根拠の一つが理解できるのである。内話文は他者に向かって発せられていないため、閉じられており、対話性が希薄であるように思われるのだが、〈読み〉において、さまざまな文脈と比照することで、対話性を獲得できるのである。と言うより、日常生活では聴くことができない内話が、物語文学に書き込まれているのは、そうした錯綜した対話を読者に生成させるためなのである。バフチンの指摘する境界・完結性・宛名の三つの要素は、内話文では弛緩し、対話性を喪失するように思われるのだが、〈読者〉はその失われたものを復活し、他の言説と関係づけることで、重層した意味の世界を産出するのである。また、登場人物の会話と内話とが齟齬することで、そのずれ・乖違によって、その人物の重厚さや軽薄さ、あるいは人格の分裂などの読みが生成されてくることも、確認しておくべきだろう。三人称の内話文が、〈語り〉の文学に書き込まれているのは、物語の虚構の中では日常と同様に対話性が欠落しているのだが、〈読者〉において錯綜した対話を生成させるためなのであって、テクストに読者が組み込まれ、内包されていることが、この現象からも理解できるのである。このような読者を物語内読者と名付けたい。

ところで、桐壺巻の巻末場面には、

源氏の君は、上の常に召しまつはせば、心やすく里住みもえしたまはず。心のうちには、ただ藤壺の御ありさまを、〈たぐひなし〉と思ひきこえて、〈さやうならむ人をこそ見め。似る人なくもおはしけるかな。大《おほい》殿《どの》の君、《いとをかしげにかしづかれたる人》とは見ゆれど、心にもつかずおぼえたまひて、幼きほどの心ひとつにかかりて、いと苦しきまでぞおはしける。（一―一二五）

という文章が書かれている。内話文が、地の文に傾《なだ》れ込んでいる、〈移り詞〉になっているのである。なお、山岸徳平の大系本では、「心にもつかず」の下に内話文であることを示す記号を付しているが、付加節なしに内話文と認定することは無理である。しかし、「見め」「かな」「見ゆれど」という言葉から、「さやうならむ人」から成年式を終えたばかりの光源氏の心中思惟の詞が始まっていることは明らかで、内話文は始まっているのだが、終りが地の文の中に消去されているのである。

こうして他の言説に傾れ込む言説を、中島広足の用語を使って〈移り詞〉というのだが、こうした言説の場合は、その理由・根拠を探求する必要がある。この場合は、「心にもつかずおぼえたまひて」と移り詞として叙述せずに、付加節を加えて内話文を閉じると、藤壺に対比される葵上への光源氏の強い不満が鮮やかに記入されてしまうので、それを避けるために、語り手の主観を通過した地の文へと傾れ込ませたと考えられるのだが、会話文の場合もそうだが、内話文も移り詞が現象する際には、その根拠を問いかけてみる必要があるだろう。

僧都、世の常なき御物語、後の世のことなど聞こえ知らせたまふ。〈わが罪のほど恐ろしう、あぢきなきことに心をしめて、生けるかぎりこれを思ひなやむべきなめり、まして後の世のいみじかるべき、思しつづけて、かうやうなる住まひもせまほしうおぼえたまふものから、昼の面影心にかかりて恋しければ、「ここにものしたまふは誰にか……（一—二八六）

という、若紫巻の垣間見場面の後に記されている、光源氏と北山僧都との有名な会話場面の場合も同様で、僧都の、源信の『往生要集』を想起させるような、現世が無常であることや、後世の六道の輪廻の話を聞いて、光源氏が罪に苦悶する際も、内話文は地の文に傾れ込んでいるのである。この文でも、「恐ろしう」「な（ン）めり」「べき」といった表現から、「わが罪」という言葉から内話文が始まることは理解できるのだが、付加節がないため終りは地の文へと移行しているのである。[12] この場合も、光源氏の藤壺思慕や彼女との密通の罪過を記述し、それを閉じてしまうと、幼い紫上に言及できないからで、地の文に傾れ込むことで、話題が転換できたのである。また、藤壺事件以前に、彼女との最初の密通を記述する表現を避けるためでもあったのである。このように移り詞には、それなりの根拠があって記述されているのであって、こうした移り詞が現象するわけを分析することも、言説分析では欠かせない作業である。なお、一回目の読みでは「わが罪のほど恐ろしう」という「罪」は不明で、不可思議な文と映るが、二回目の解読では、桐壺巻と帚木巻の間の四年間の空白期にあった、最初の藤壺との密会の罪であると読めることは言うまでもない。

ところで、空蟬巻で、光源氏が、空蟬と軒端荻との碁を打つ姿を垣間見する場面に、

「昼より西の御方の渡らせたまひて、碁打たせたまふ」と言ふ。〈さて向ひゐたらむを見ばや〉と思ひて、やをら歩み出でて、簾のはさまに入りたまひぬ。この入りつる格子はまだ鎖《さ》さねば、隙《ひま》見ゆるに寄りて、西ざまに見通したまへば、この際《きは》に立てたる屏風も端の方おし畳まれたるに、紛るべき几帳なども、暑ければにや、うちかけて、いとよく見入れらる。（㈠―一九三）

という記述がある。内話文には問題がないのだが、傍線を付した「暑ければにや」という文は、分析の対象になるだろう。従来の研究では、この文は草子地で、語り手が訝しがっているので、私はこの種の草子地を〈訝しがりの草子地〉と名付けている。しかし、付加節はないものの、この文は光源氏の内話文とも読めるのではないだろうか。後に展開する自由直接言説や自由間接言説と関わっているのだが、光源氏の思惟として読むことが可能なのである。「いとよく見入れらる」と光源氏に敬語が使われていず、あたかも光源氏の眼になって読むため、語り手の言葉であると同時に、光源氏の内話文と読めてくるのだが、こうして草子地は内話文と重なる場合があるのである。

この文章に続いて、

灯《ひ》近うともしたり。〈母屋《もや》の中柱にそばめる人やわが心かくる〉とまづ目とどめたまへば、濃き綾《あや》の単襲《ひとへがさね》なめり、何にかあらむ上に着て、頭つき細やかに小さき人のものげなき姿ぞしたる、顔などは、さし向ひたらむ人などにもわざと見ゆまじうもてなしたり。手つき痩せ痩せにて、いたうひき隠しためり。いま一人は東向きにて、残る所なく見ゆ。白き羅《うすもの》の単襲、二藍《ふたあゐ》の小袿だつものないがしろに着なして、紅の腰ひき結へる際まで胸あらはに、ばうぞくなるもてなしなり。いと白うをかしげにつぶつぶと肥えて、そぞろかなる人の、頭つき額

つきものあざやかに、まみ、口つきいと愛敬づき、はなやかなる容貌《かたち》なり。髪はいとふさやかにて、長くはあらねど、下り端、肩のほどきよげに、すべていとねぢけたる所なく、〈をかしげなる人〉と見えたり。〈むべこそ親の世になくは思ふらめ〉と、をかしく見たまふ。（㈠―一九三～一九四）

という場面が描かれている。後に分析することになる垣間見描出の一つなのだが、「濃き綾の単襲な（ン）めり」と推測している文も、語り手による草子地であると共に、登場人物光源氏の内話文として理解できるだろう。ところで、文中の「姿ぞしたる」「もてなしたり」「ひき隠したためり」「もてなしなり」「容貌なり」と判断しているのは、誰であろうか。語り手の認識として読み取れると同時に、光源氏の判断としても読むことができるのである。これは後の分析で紹介する自由間接言説なのだが、それはともかく、地の文も内話文的に展開することがあるのである。なお、「見ゆ」「見えたり」という敬語のない文も、後に紹介する自由直接言説なのだが、敬語が不在なため、読者が一人称的に登場人物に同化して読むことになり、これらの文章にも、地の文と内話文が重なっているのである。つまり、「濃き綾」から「見えたり」の部分は、草子地・地の文といった言説の相違はあるものの、光源氏の眼差しから叙述されており、光源氏の内話文として理解することもできるのである。会話文と異なり内話文は、口頭で発せられないため、こうして草子地や地の文などにも重層的に表出される場合があるのであって、読者はあたかも光源氏になったような錯覚で、この部分を読み解いていくのである。

〈意識の流れ stream of consciousness〉と〈内的独白 interior monologue〉という用語を区別することは困難であるが、この場面は、光源氏の意識の流れを描写していると言えるだろう。内話文的な言説を列ねることで、源氏物語は、デュジャルダンやジョイスから遥か以前に、こうした文体を実現していたのである。一人称的な内言は、こうして内話文ばかりでなく地の文・草子地を用いて表出され、登場人物の意識の流れを捉えることができるのである。

ところで、光源氏は、当時の習俗である、貴族の女たちを見てはならないという、禁忌《タブー》を犯して、空蟬と軒端荻の二人を垣間見る。その禁忌を犯す光源氏の快楽が、同化的視点によって、意識の流れとして、この場面には記されている。と言うことは、読者の窃視的な欲望を満足させることでもあるのであって、この場面には、対象となる二人の克明な艶麗さばかりでなく、光源氏の禁忌を違犯する愉楽や、読者の前意識的な欲望までが、重層的に書き込まれているのである。それればかりでなく、源氏物語が女物語であり[13]、女性を読者にしていることを考慮すると、貴種に見られているという愉楽も語られていると言えるだろう。容姿や容貌さらには皮膚の延長であるかのごとき衣装の描写、果ては「紅の腰ひき結へる際まで胸あらはに、ばうぞくなるもてなしなり」といった表現にいたる、愛撫するような光源氏の眼差しの移動は、〈視姦〉と言ってよいものであり、それは空蟬と軒端荻に同化している読者たちの、前意識的な視姦される快感をも伝えているのである。女たちもまた、見られることは禁忌化されている。その日常では禁じられている行為が、ここでは違犯され、見つめられることの快楽が語られているのである。登場人物である空蟬と軒端荻の二人は知りえないのだが、読者はその愉楽に身を委ねることができるのである。

地の文は、語り手の主観を通過した再現であるにもかかわらず、虚構内現実として、客体的なものとして理解されている。会話文もまた、語り手の解釈が加わっている間接言説もあるのだが、日常生活において口頭で発話され、他者の言葉として認知されているために、虚構内的現実として解釈されている。それに対して、内話文や、これから分析される草子地は、物語文学を始めとする〈語り〉特有の言説である。特に、内話文は、他者の内言は日常的世界では聞こえないために、物語文学のジャンル的特性を指示するものとして重視されなければならないのだが、研究史的には零に近い[14]。これからの可能性を秘めた課題の一つだろうと言えよう。

草子地

語り手の言説である〈草子地〉については、研究史を繙くと、語りつくされたように思われる。(15)しかし、源氏物語では語り手が実体化されているという視座から見ると、さらに言説分析を試みる必要がありそうである。その前に、草子地論は、語り手の理論とは異なっていることを確認しておくべきであろう。

語り手論は、ロシア・フォルマリストと、それと同時代的に平行する英米のラボック、フォースターたちによって試みられ、ブースの集成があり、さらに構造主義のさまざまな成果を経て、現在に到っている。ここで、その歴史を批判的に展望する余裕はないが、これまでのそうした小説の諸理論が忘却していた視座として、語り手を「地」(16)＝言説として捉えていないことが挙げられる。メタ・フィクション理論が、その言説論の可能性を拓くように一瞬思えたのだが、フィクションに拘泥してメタ・フィクション論を展開したため、未来小説・魔術小説的な世界に歪んでしまっている。

ところで、〈草子地〉という用語を最初に用いたのは宗祇であるらしいが、「紫式部詞也」「物語の作者の詞」などという、研究史的にはさまざまな術語が使用されてきたものの、〈草子地〉として、「地」＝言説として扱おうとする姿勢は、源氏物語研究のすぐれて現在的で先駆的なものなのである。と同時に、「作者」という概念を結果的に忌避して、草子＝テクストとして扱っているところに、この用語の独自性があると言えるだろう。つまり、今試みている源氏物語の言説分析は、研究史が継承してきた要請に答えるものなのである。

すでに、これまでの分析で、源氏物語では、語り手が実体化されていることや、地の文も語り手の主体を通過して再現した言説であり、源氏物語では「登場人物の傍らで、彼等の体験を見聞した女房たちが、黒衣になって、その出来事を語り、かつそれに加えて、その語りを、聞き・批評し・筆録し・校訂している人々が参与している『場』が設定されている」ことを指摘した。その「場」から発せられた言葉＝言説が、草子地なのだが、まず、源氏物語の最初の用例の一つを分析しておこう。

朝夕の宮仕につけても、人の心をのみ動かし、恨みを負ふつもりにやありけむ、いとあつしくなりゆき、もの心細げに里がちなるを、いよいよあかずあはれなるものに思ほして、人のそしりをもえ憚らせたまはず、世の例にもなりぬべき御もてなしなり。（㈠―九三）

という桐壺巻の冒頭に記されている文中の、傍線部分の「恨みを負ふつもりにやありけむ」がそれだが、「や」という係助詞を使って判定しているのは誰であろうか。〈語り手〉が訝《いぶか》しがっているのである。それ故、この種の草子地を〈訝しがりの草子地〉と名付けているのだが、この草子地は源氏物語には多用されている。続いて登場する「前の世にも、御契りや深かりけん、世になく……」（㈠―九四）という、これもまた「や」を使用する草子地は、訝しがりの草子地なのである。なお、この訝しがりの草子地は、佐伯梅友の「文構成をめぐりて」[17]で主張する「はさみこみ」と重複するものであるが、「はさみこみ」には草子地でないものも含んでいるため、この用語を避けている。

ところで、訝しがりの草子地が、源氏物語では、なぜ多用されているのであろうか。「恨みを負ふつもりに」と書き、語り手の疑問を書き添えなくとも、文意は通じるはずである。しかし、そうなると他の后妃の恨みを強調することになり、それを避けるために曖昧化したのである。と同時に、恨みで病気がちになるという因果関係は、読者には完璧に納得できる常識ではないのだが、そうした疑問を生成させないための装置なのである。「前の世にも、御契りや深かりけん」も同様で、皇子誕生の理由を問いたい読者の興味を閉じてしまい、その根拠を示さずに物語を進行させる方法として機能しているのである。つまり、この訝しがりの草子地は、読者の疑問を逸《はぐら》かす、物語の技法なのである。敢えて、語り手が訝しがるふりをして、物語内読者の疑惑を誑《たぶら》かして物語を進展させてしまう技法なのである。

その場合、注目する必要があるのは、「いづれの御時にか」という桐壺巻の冒頭句である。この文節中の「か」という係助詞は、「……時めきたまふありけり」の「けり」と係結び的に照応していないので、「ありけむ」といった文が省略されていると想定でき、事実、その影響の前後は判明できないのだが、流布本伊勢集などでは、

いつれの御時にかありけむ、大宮す所ときこゆる御つほねに……[18]

と、「ありけむ」を省略せずに記しているのである。とするならば、この冒頭文は訝しがりの草子地なのであって、源氏物語は、実は、訝しがりの草子地から始まっていたのである。ここでも訝しがることで、読者を詐術にかけて、時間を宙吊りにしたまま、物語を進展させているのであって、「昔」「今は昔」に代わって、紫式部が採用したのは、訝しがりの草子地であったのである。

ところで、『首書源氏物語』では、引用した傍線部分の「世の例にもなりぬべき御もてなしなり」を「地よりいふ也」として、この個所を草子地として扱っている。「なりぬべし」という助動詞を使っているのは語り手だと読んでいるのである。この認定は誤りではない。草子地か地の文かの認知は、一語の助動詞や助詞による場合が多いのである。ここでも「なりぬべき」という表現が用いられることで、語り手が一人称的に実感したことを、自己の判断として語っているのであって、草子地なのである。

萩原広道は、『源氏物語評釈』の「総論」で、「草子地」について、

(1)物語の中なる人の心詞ならで、他《ホカ》より評じたるごとき所を。草子地といへり。(2)これは物語かたる人の語《コトバ》に

とりなしたる作者の語也。(3)その中に草子地ながら。しばらく其ノ物語の中の人の心になりていふ所あり。(4)また物語の中なる人の詞ながら。実《マコト》は草子地よりいふ所あり。思ひわかつべし。(19)（六六）

と述べている。(1)は「他《ホカ》より評じたるごとき所」の「他」が曖昧であるし、実は、源氏物語では既に分析したごとく、語り手は実体化して表出されているのだが、そうした現在からの眼差しを消去すれば概ね承諾できるものである。(2)は「作者の語也」という点で、承服できないものであるが、本居宣長の影響として理解できるだろう。(3)は後に分析するとして、(4)は、この萩原広道の文を分析した榎本正純によると、(20)

※「これなん、なにがし僧都の、この二年籠りはべる方にはべるなる」（若紫巻、㊀―二七五）

※「しかじかの返り事は見たまふや……」（末摘花巻、㊀―三四九）

のような傍線部分に現象していると言う。しかし、こうした表現も意味しているかもしれないが、用例は僅かで、萩原広道が草子地の四つの要素の一つとして、強調する必要はなかったろう。とするならば、これは会話文や内話文の間接言説を意味していると理解すべきで、萩原広道は直接言説と間接言説の区分に気付いていたのである。間接言説は、語り手の解釈を通過して、会話や内話を再現したものなのである。

(3)は、既に、空蝉巻の垣間見場面の分析の際に指摘したものだが、引用個所に続く場面で、萩原広道は(3)について頭注で述べているので、その個所を引用しておこう。なお、この文も榎本正純は『源氏物語の草子地　諸注と研究』で分析しており、こうした草子地を「一体批評」と呼ぶように提唱している。しかし、この言説は「一体」として捉えることはできず、後に述べるように、自由間接言説として、「二つの声」が響いていると把握すべきなのである。

〈心地ぞなほ静かなる気を添へばや〉と、ふと見ゆる。(1)かどなきにはあるまじ。碁打ちはてて結《けち》さすわたり、心とげに見えて、きはきはとさうどけば、奥の人はいと静かにのどめて、「待ちたまへや。そこは持《ぢ》にこそあらめ、このわたりの劫《こふ》をこそ」など言へど、「いで、この度は負けにけり。隅の所、いでいで」と指《および》をかがめて、「十、二十、三十、四十」など数ふるさま、伊予の湯桁もたどたどしかるまじう見ゆ。(2)少し品おくれたり。（一―一九四〜五）

この場面の傍線を付した個所に、萩原広道は次のような頭注を記している。

(1)源氏君の心になりて草子地より評じたる文勢あぢはひあり。（二三三）

(2)軒端荻の人品空蟬より少しおとりたりといへる也上のかどなきにはあるまじといふ語と同じく源氏君の心になりて草子地より評じたる也。（二三四）

これらの言説は、草子地なのだが、「源氏君の心になりて」記述されていると述べているのである。後に分析するように、これらの例は、草子地が自由間接言説になっているもので、光源氏と語り手の二つの声が響いている言説なのだが、それは後に分析するので、この場面が、前に引用した個所も同様なのだが、一人称的言説であることを確認しておくことにしよう。

引用場面では、「見ゆる」「見ゆ」とあるように、文末で光源氏に敬語が用いられていない。それ故、この場面を「源氏君の心」、つまり内話文に転換しても、「〈かどなきにはあるまじ〉と見ゆ」「〈少し品おくれたり〉と見ゆる」などと、敬語なしの文章で表現できるだろう。この敬語不在は重要である。既に他の論文でも述べたことだが、[21]古代後期の社会は階級・階層意識の強い社会であり、敬語なしに生活することなどは不可能であった。そうした世界の中で、尊大語・軽卑語・美化語・最高敬語・絶対敬語・自尊敬語などがあるものの、原則として一人称には敬語が使用されていない。つまり、敬語不在の言説を、一人称的に読んでしまう社会規範が平安朝にはあったのである。

この場面は、光源氏の視点から書かれ、読者もそれに同化して一人称的に受容することになるのである。登場人物＝語り手＝読者といった図式で表現できる同化的言説になっているのである。

一人称的語りにおいては、草子地は限りなく内話文に接近し、時には区別することができなくなる。三人称の語りでは、内話文は会話文に近接し、「と」などと書かれ、「言ふ」「思ふ」などが付加節で省略されている言説では、区分することが不可能な場合があるのであるが、一人称の語りでは、内話文は草子地に接近・一体化するのである。この場面の二つの草子地も、一人称的語りの中に置かれているために、萩原広道が述べているように、「源氏君の心になりて」という言説になっているのである。人称の交替で、言説分類は異なった機能を帯びることになるのである。この二つの文は、語り手による草子地であると同時に、付加節はないものの光源氏の内話文でもあり、その二つの声が響きあっているのである。後に分析する自由間接言説なのである。

既に、論究したことがあるのだが(22)、語り手の実体化という視座から帚木巻冒頭と夕顔巻巻末の長文の草子地を分析対象として取り上げてみると、帚木巻の冒頭の長文の草子地は、

光る源氏、名のみことごとしう、言ひ消たれたまふ咎《とが》多かなるに、いとど、〈かかるすき事どもを末の世にも聞きつたへて、かろびたる名をや流さむ〉と、(a)忍びたまひける隠ろへごとをさへ、語り伝へけむ人の(b)もの言ひさがなさよ。(c)さるは、いといたく世を憚《はばか》り、まめだちたまひけるほど、なよびかにをかしきことはなくて、交野の少将には、笑はれたまひけむかし。（一—一二九）

と記されている。この言説には、(a)・(b)・(c)の三人の〈語り手〉が書き込まれている。(a)は、光源氏が秘密にしていた「隠ろへごと」を語り伝えた「人」で、その秘事を見聞した人物である。帚木三帖には、雨夜の品定め・空蟬・夕顔・六条御息所などの異なった出来事が語られており、この「人」は複数である可能性がある。(b)は、その

「人」を「もの言ひさがなさよ」と批評している人物である。光源氏に同情する発話として理解できるだろう。(c)は、(b)と同一人物である可能性もあるのだが、帚木三帖で語られている出来事を、「なよびかにをかしきことはなくて」と把握して、色好みという点では、交野少将物語の主人公には笑われてしまうだろうという意見を述べているのである。以上のことを確認した上で、さらに推察を進めると、ここには、夕顔巻巻末と異なって、この帚木三帖の書き手（語り手という概念に含まれる）は、記入されてはいないようである。

ところで、既に分析したことがあるのだが、[22]「交野の少将には、笑はれたまひけむかし」という文は、〈時間の循環〉という源氏物語の方法によって、二重の意味に宙吊りにされる。一回目の読みでは、素直に光源氏が交野少将より色好み性において劣る人物だと解釈せざるをえない。しかし、若紫巻の藤壺事件を読み、桐壺巻と帚木巻との間にある四年間の空白期に、最初の密会があったことを知っている、二回目の読みでは、光源氏は交野少将より色好みであり、一夜孕みという王権の根拠さえ犯していると理解するのである。それ故、この語り手は藤壺事件を知らない語り手だと読み取ることになる。つまり、語り手を相対化する、アイロニカルな眼差しが生まれるのである。こうして一回目と二回目の対照的な読みが生じ、そのどちらの読みも間違いではない、二重の意味決定に陥るのである。

もっとも、「かし」という助詞の解釈に関わるのだが、二回目の読みでは、この(c)の語り手は、藤壺事件を知っていて、「かし」と念を押して、帚木三帖の語り手を皮肉っていると理解することも可能であることも記しておく。ともかく、この帚木巻冒頭には入れ籠型に語り手が重層化しているのであって、一次的な見聞者ばかりでなく、それを批評する語り手もおり、さらにその語り手たちを相対化する読者の眼差しまでが、草子地に書き込まれているのである。

この帚木巻の冒頭と照応する夕顔巻の巻末の長文の草子地は、

かやうのくだくだしきことは、あながちに隠ろへ忍びたまひしも(d)いとほしくて、みなもらし止めたるを、(e)「など帝の皇子《みこ》ならんからに、見ん人さへかたほならず物ほめがちなる」と、作り事めきてとりなす人ものしたまひければなん(f)。(g)あまりもの言ひさがなき罪避《さ》り所なく。(一—二六九)

と書かれている。ここにも重層的に語り手が設定されている。(d)は、光源氏の隠れた秘事を、彼に同情して書くのを控えた人物で、(e)はそれを非難して、「作り事めきてとりなす人」であり、さらに、「ものしたまひければなん」は省略文で、「かく書きはべりぬ」といった文がその下に記入できるはずで、(f)はこの帚木三帖を執筆した者で、また、その書かれたものを、「罪」という言葉で非難している者が、(g)の語り手である。この(d)・(e)・(f)・(g)と、帚木巻冒頭の(a)・(b)・(c)が、どのように関連するのかは、十分に判明しないのだが、ここには(f)という書き手が書き込まれていることに注目しておこう。

この長文の草子地の前の、つまり、空蝉が伊予介に連れられて伊予国に下向する際に、餞別を贈る場面には、

※こまかなる事どもあれど、うるさければ書かず。(一—二六八)

※なほ〈かく人知れぬことは苦しかりけり〉と思し知りぬらんかし。(一—二六九)

という草子地が記入されている。「うるさければ書かず」と省筆の草子地を記しているのは、(f)と同一人物であろう。後に記した草子地は、空蝉・夕顔などとの光源氏のアバンチュールを非難する人物からの発話で、光源氏付きの女房で、後の「紫のゆかり」に連なる語り手だと言ってよいだろう。(g)と立場を共有する、敢えて言えば、同一人物だと想定できるだろう。このように草子地には、さまざまな立場からの発話が記されているのであって、その実体を各草子地から読み取っていく作業が必要なのである。語り手を常に相対化して行く視座が、草子地を読むだ

めの前提なのである。

例えば、帚木巻・空蟬巻に描かれている空蟬物語の語り手は、見聞という地平から言って、中将の君という女房(23)と小君なのだが、また、彼らからの一人称的な草子地がいくつも記されているのだが、空蟬巻には、

なほ〈かかる歩きはかろがろしくあやふかりけり〉と、いよいよ思し懲りぬべし。（一—二〇二）

という草子地が挿入されており、これは小君の視点ではなく、(f)と立場を共有する、「紫のゆかり」からの眼差しであって、光源氏の体験を見聞した一次的な語り手の物語を、「紫のゆかり」が最終的には編纂したという体裁が、こうした草子地から、読み取れるのである。

夕顔巻の、夕顔関係の物語は、右近が語り手と設定されているのだが(24)、中秋の夜に光源氏が夕顔の家に宿った、その暁に、隣近所の雑音が聞こえてくる際に、叙述されている、

艶だち気色ばまむ人は、消えも入りぬべき住まひのさまなめりかし。（一—二三〇）

という草子地は、右近の発話ではない。夕顔を「艶だち気色ばまむ人」ではないと批判し、「なめりかし」と婉曲に非難を述べているのは、これも「紫のゆかり」で、こうして思いがけない時に一次的な語り手の視点とは異なる視座の草子地を挿入することで、源氏物語の統合性を保っているのは、「紫のゆかり」であることが、示唆されているのである。源氏物語の草子地は、入れ籠型に重層化されて叙述されているのであって、実体化されている語り手の言説が、層のどこに所属するかを読み取る必要があるわけである。

なお、「源氏物語の言説分析——語り手の実体化と草子地あるいは澪標巻の明石君の一人称言説をめぐって——(24)」という論文で、澪標巻の明石君の一人称の語りや、蓬生巻の「侍従がをばの少将」という老女房の語りが、「紫のゆかり」の語りに絡め取られている様子を克明に分析した。その論でも述べたように、源氏物語の統合性を「紫のゆかり」が

保っており、それが挿入的な草子地に現象しているのである。

ところで、これまで「紫のゆかり」の言説らしいと推定した草子地を再び読み直して欲しいのだが、光源氏のアバンチュールを非難したり、夕顔の宿に対して皮肉を述べる態度には、高慢で自己の立場に拘泥するイデオロギーが表出されている。「紫のゆかり」は、彼等なりの属性・立場を持って描きだされているのである。既に述べたことだが、語り手を他者として、作家紫式部は、彼等と〈対話〉しているのである。草子地は、そうした作家と語り手の対話的言説として扱わなくてはならないのであって、もちろん、その対話は現在において再現できないので、読者は敢えて、〈語ること〉を意識的に分析して行かなくてはならないのである。源氏物語に統合性を与える語り手までが、他者として措定され、相対化されている意味は重要である。

二　言説分析による垣間見の文学史

はじめに

なぜ、古代の女性貴族たちは顔を見られることを禁忌化《タブー》したのだろうか。記紀などの日本神話では死体や産褥などで、〈見るな〉という禁忌を犯す物語は登場するが、顔を見ることは禁忌化されていない。死骸や出産などは、境界・通過点にあり、神聖であると同時に一面ではおぞましいものなのだが、顔や容貌は、現在の日常生活からも解るように、そうした範疇に属さないのだ。中国王権の鹵簿《ろぼ》などの習俗を考慮すると、(25)この風俗は唐から移入したもので、中国文化の影響だと言ってよいだろう。仮面・覆面などといった顔を隠すことは、古代から行なわれているのだが、上流階層の女性が、父親や夫などを除いた、男性に顔を見せないという習俗は、律令制度が確立してか

らのものだと想定してよいだろう。竹取物語の、

帳の内よりもいださず、いつきやしなふ。（五二）

という文章は、かぐや姫を上流貴族の姫君と同様に深窓で育てたことを意味しているが、物語文学が成立する時代には、この習慣は既に貴族社会で確立していたのである。

文学は、禁制化されると、それを違犯するモチーフを産出する。それが文学の存在理由の一つなのである。垣間見の変種と言ってよいのだろうが、まだ風呂屋に板塀があった時は「出歯亀」という言葉は有効であったのだが、今では死語で、学生たちはこの言葉を知らないと言っている。垣間見というモチーフも、この文学の違犯性から誕生したと言えるだろう。特に、このモチーフは、恋愛という物語文学のテーマとも関わっており、一代記的な物語文学では、主人公の成人式後には必ず色好み譚を記入するという文法があり、垣間見を描かないテクストを探すことができないほどなのである。色好みや一夫多妻制を否定する落窪物語でさえ、この規範に従って垣間見を描出しているのであって、垣間見は物語文学を貫くモチーフなのである。

この垣間見というモチーフの研究の出発点となるのは、今井源衛「物語構成上の一手法――かいま見について――」(26)という論文で、さらに、篠原義彦『源氏物語の世界』などの研究があり、敢えていまさら分析する必然はないのであるが、言説分析をさらに展開させるために、この物語文学の主要なモチーフに挑戦してみることにしよう。

物語文学では、垣間見はまず好き者を装飾する語彙として登場する。

そのあたりの垣にも、家の門《と》にも、をる人だにたはやすく見るまじきものを、夜は安きいも寝ず闇の夜にいでても、穴をくじり、垣間見《かいまみ》、惑ひあへり。さる時よりなむ、「よばひ」とはいひける。（五三）

というのが竹取物語の場合だが、この文章については「〈読み〉とテクスト――竹取物語の「あたり」あるいは終焉のな

い〈読み〉への招待状――」(27)で詳細に分析した。この「垣間見」には、全集本では「垣間見《かいまみ》」と記されているが、武藤本などでは「かひはみ」とあり、本文批評の問題などもあるのだが、ともかく、ここでは「手法」「技法」「方法」と言ったものではないことに注意したい。ただ、「穴をくじり、垣間見」とあることから解るように、対句となっていて、「穴をくじり」と同じ行為として並べられていると判断できる。それほど好意的に用いられていないのである。ただし、ここでも、かぐや姫の成女式の後に、この言葉が用いられていることに注意しておこう。この不成功で終わった垣間見に対して、伊勢物語初段の、

その里に、いとなまめいたる女はらからすみけり。この男かいまみてけり。思ほえず、ふる里にいとはしたなくてありければ、心地まどひにけり。(一三三)

では、「心地まどひにけり」とあるように成功するのだが、初冠=成人戒と垣間見との関係を語っているものの、手法などには至っていない。

伊勢物語では、この初段の他に、二三・三九・六三・九九段に、垣間見的な場面が描かれているのだが、三九段は、蛍を使って源至が女車を覗こうとしたもので、九九段も、牛車の下簾から女の顔が「ほのかに見」えたというだけで、垣間見とは言えないかもしれない。「筒井筒」と言われている二三段は、

……河内の国、高安の郡《こほり》に、いき通ふ所いできにけり。さりけれど、このもとの女、〈あし〉と思へるけしきもなくて、いだしやりければ、男、〈こと心ありてかかるにやあらむ〉と思ひうたがひて、前栽のなかにかくれゐて、河内へいぬるかほにて見れば、この女、いとよう化粧じて、うちながめて、

風吹けば沖つしら浪たつた山夜半にや君がひとりこゆらむ

とよみけるを聞きて、〈かぎりなくかなし〉と思ひて、河内へもいかずなりにけり。(一五六~七)

とあり、見ている者の反応である内話文が書き込まれてくる。しかも、〈あし〉は女の内言なのだが、「〈あし〉と思へるけしきもなくて」とあるように、この内話文は男が推察したもので、それ故、「さりけれど」から「思ひて」までは、男の一人称的な表出となっているのである。見ている者の反応である内話文の登場や、一人称的叙述という点で、この二三段は、垣間見の文学史の一つの画期的な出来事である。長文になるので引用は避けるが、この二三段と照応する大和物語一四九段にも、内話文が多数書かれているのだが、一人称的な表出が地の文で切断されているところや、「見る」という言葉が頻出するところに、また、「富みたる女」にも垣間見が設定されている点などに、差異があると言えるだろう。ただし、後に紹介する自由間接言説が大和物語一四九段には書き込まれており、さらに、展開している側面があることも指摘しておく必要があるだろう。

ところで、「つくも髪」章段とも言われている伊勢物語六三段には、

……あはれがりて、来て寝にけり。さてのち、男見えざりければ、女、男の家にいきてかいまみけるを、男ほのかに見て、

百年《ももとせ》に一年《ひととせ》たらぬつくも髪《がみ》われを恋ふらしおもかげに見ゆ

とて、いで立つけしきを見て、うばら、からたちにかかりて、家にきてふせり。男、かの女のせしやうに、忍びて立てりて見れば、女嘆きて寝《ぬ》とて、

さむしろに衣かたしき今宵もや恋しき人にあはでのみ寝む

とよみけるを、男、〈あはれ〉と思ひて、その夜は寝にけり。　（一八四～五）

という二つの垣間見場面がある。最初の場面では、見る老女をさらに男が見るという、見る者と見られる者の関係が逆転しているところに特色がある。後半の、男が垣間見する際にも、手際よく老婆が歌を詠んでいるところを見

ると、「女」も、男に垣間見されていることを知っていると理解できるだろう。それ故、老女は歌徳を上手に利用したのである。お互いに垣間見されていることを知っている、二つの場面を描いていることが、この章段の趣向なのである。既に、物語文学の主要なモチーフとなっていた垣間見を、擬《もど》き・パロディ化する時代が到来していたのである。つまり、垣間見というモチーフは、パロディ化されるほど成熟していたのである。

ここで大和物語に言及しなければならないのだが、その前に、自由直接言説と自由間接言説について語る必要があるだろう。

自由直接言説

〈自由直接言説〉というのは、『物語文学の言説』に掲載した諸論文で、同化的視点や同化的言説として扱ってきた文章を意味している。例えば、内話文の項で引用した、空蟬巻には、

髪はいとふさやかにて、長くはあらねど、下り端、肩のほどきよげに、すべていとねぢけたる所なく、〈をかしげなる人〉と(a)見えたり。〈むべこそ親の世になくは思ふらめ〉と、をかしく(b)見たまふ。(㈠―一九四)

という文が書かれていた。共に光源氏の視覚的行為を叙述しているのだが、傍線(a)には敬語が使われていないのに、傍線(b)では用いられている。既に述べたように、古代後期の貴族社会では、階級・階層意識が強く、敬語なしに生活することはできない。敬語を使用しないのは、一人称的表出だけで、敬語不在の言説は、規範的に一人称として同化的に受容してしまうのである。傍線(b)のように、光源氏に敬語が使われていると、地の文として虚構内現実を享受できるのだが、傍線(a)のように敬語不在に出会うと、一人称現在の体験として読み取ってしまうのである。つまり、

登場人物＝語り手＝読者（一人称的現在）

という図式で表現できる言説が、自由直接言説なのである。この言説を同化的言説と名付けずに、自由直接言説として扱うのは、研究の術語を国際的に開いておきたいからなのであるが、実は、私がもっとも拡大した用語として使用しているらしい。G・プリンスの『物語論辞典』(28)では、「free direct discourse（自由直接言説）」の項目で、所与の登場人物の発話・思考を、語り手の介在（付加（tag）、引用符号、ダッシュなど）を排除して、あたかも当該登場人物が為しているかのように提示する言説の類型（type of discourse）。例えば、It was unbearably hot, and she just stood there. I can't stand any of these people! She decided to leave. において、I can't stand any of these people! は、自由直接言説の一例となる。

あたかも登場人物の意識に生起しているかのように、直接、当該登場人物の知覚が提示される場合も、自由直接言説の例と見なすことがある。

と記している。説明の前半部が述べているように、自由直接言説は、会話文や内話文のダッシュなどを取り払った文を、本来は意味していたのである。後半部の説明は、S・チャットマンの『話と叙述——小説と映画における物語の構造——』の影響で書かれたものだが、それをさらに拡大して、自由間接言説と対にして、自由直接言説という用語を用いることにしたのである。既に述べたように、この言説は、敬語を使用する古典文において有効で、英文や現代文では、鈎括弧などを外したりすることで、生成できるのだが、地の文などとの区別を付けることが意外に困難である。

ところで、伊勢物語は、いくつもの論文で分析したように(29)、同化の文学である。その場合、「補注」では実名が登場し、敬語が使用されているのだが、「本文」では、「男」「女」という同化の記号が使われ、敬語は不在である。いわば自由直接言説が本文の特色のように考えられるが、実は、伊勢物語の本文は、頻出する「けり」に支えられており、後に分析する自由間接言説が、この物語の特性なのである。

ところで、大和物語の掉尾を飾る一七三段は、僧正遍照の若き頃のエピソードを語っているのだが、その章段の冒頭に、

良岑の宗貞の少将、ものへゆく道に、五条わたりにて、雨いたう降りければ、荒れたる門に立ちかくれて見入るれば、五間ばかりなる檜皮屋《ひはだや》のしもに、土屋倉《つちやぐら》などあれど、ことに人など見えず。歩み入りて見れば、階《はし》の間に梅いとをかしう咲きたり。鶯も鳴く。人ありとも見えぬ御簾のうちより、薄色の衣《きぬ》、うへに着て、たけだちいとよきほどなる人の、髪、〈たけばかりならむ〉と見ゆるが、

　よもぎ生ひて荒れたる宿をうぐひすの人来《く》と鳴くやたれとか待たむ

とひとりごつ。少将、

　来たれどもいひしなれねばうぐひすの君に告げよと教へてぞ鳴く

と、声をかしうていへば、女おどろきて、〈人もなし〉と思ひつるに、〈物しきさまを見えぬること〉と思ひて、ものもいはずなりぬ。（四三一〜二）

という垣間見場面がある。宇津保物語俊蔭巻の若小君物語や、散逸物語である交野少将物語などに見える、零落した姫君を貴種が偶然に訪れ、垣間見し、関係するという類型的な話型となっているのだが、ここでは「見ゆ」「見る」が何度も使用されていることに注意したい。宗貞の視点からテクストが叙述されているのである。それ故、

「ことに人など見えず」は打消になっているのだが、自由直接言説と言えるだろう。この章段には登場人物に敬語が使用されていないのだが、にもかかわらず、「五条わたり」から「と見ゆるが」までは、宗貞の一人称的叙述なのであって、そのために、〈たけばかりならむ〉という内話文も、草子地的な機能を果たしているのである。つまり、梅の花が「咲きたり」や鶯が「鳴く」という表現も、現在形なのであって、主人公や語り手が見ているだけでなく、あたかも読者の眼前に咲き、鳴いているのであって、そのような享受を錯覚しなければ、本来の読みにならないのである。なお、傍線部分は、後に言及する自由間接言説である。

ところで、独り言を少将が聞くことで、女の独詠歌が、男との贈答歌となるのだが、ここには「垣間聴き」と名付けることができるモチーフが描かれている。このモチーフも、垣間見場面でよく登場するもので、先に読んだ伊勢物語六三段でも、老女の和歌を男が聴いたから、「その夜は寝にけり」という結果が生れるのであって、垣間聴きにも注目する必要があるのである。

宇津保物語にも垣間見的場面が多数見られるのだが、ここでは天皇の垣間見という特殊な場面を、二例取り上げることにしよう。宇津保物語蔵開中巻には奇妙な垣間見場面が展開される。

　上をきさせ給て、殿上の方にみそかにおはしまして、かいば見をし給へば、大将殿のひとのみぬかたとて、おくにむきてふみかき給。
　よべはなどか御返はの給はせざりけん。おぼつかなくならん《（ママ）》。とのい物給はせたりしにつけても、
　　から衣たちならしてしもゝしきの袖こほりつるこよひなり《にな》けり
〈いかでうちはへて〉とこそ思給へつれ。けふもや、せんじがきはいみじうこそおもほしおとしたれ。
としろきしきしにかきて、さきたるむめのはなにつけて、とのもづかさに、「とのい所にをのこどもあらん。

とらせよ」とて給へば、さい将の中将の御子、宮はたといひて、やとせばかりにて殿上にあり、それ「まろをつかひ給へ」とて、ばえとれば、「などかくはの給」との給へば、宮はた「宮の御もとなれば」といふ。大将「それをばなど」〵の給。「て〵君思たてまつれ給へば、まろも」とてとりて、殿上ぐちにたてる侍の人にとらせつ。上は〈おろそかにはおもはぬなめり。つとめてふみやるは〉と見給て、やをらいらせ給て、れいのおまし所におはしまして、しばしありてめせば、さうぞくしてまいり給ぬ。(30)(二七〇)

この場面は、朱雀帝が、殿上間にいる仲忠が書簡を認《したた》めている様子を垣間見しているところである。傍線の「書き給ふ」を読むと、帝が仲忠に敬語を使用しているように錯覚に陥ってしまうはずである。登場人物＝語り手＝読者という垣間見の文法が守られていず、語り手の立場から敬語が使われているのである。しかも、文中の女一の宮への和歌と書簡は、帝が見たものか、ただ執筆している様子を見ただけなのかが解らない。〈おろそかにはおもはぬなめり。つとめてふみやるは〉という天皇の内話文からも、この二つの理解は解決できないのである。もしも、垣間見の文法に従っているならば、書簡がその場面に記入されているとすれば、覗く人は、その書簡さえ垣間見したことになるのだが、この場面はそうした規範に従っていないので、判断が混乱してしまうのである。なお、垣間見場面では、異性を覗く場合が多いのだが、この場面のように、同性同士が垣間見することもあるのである。

ところで、これが宇津保物語最後の垣間見場面になるのだが、楼の上下巻には、朱雀院による垣間見が描かれている。

右大将、いぬ宮の御車ひき給へり。右大将・右のおとゞ、〈き丁さしておろしたてまつらん〉とするに、「れいのぎしきあるを」とて御けしき給はり給て、まづかんのおとゞおり給、つぎにいぬ宮の御てぐるまよす。左のおとゞてかけ給へば、つぎ〳〵の人おりてよせたり。き丁夕日のすきかげより、内侍のかみくれなゐのくろむまで、（以下、俊蔭女と犬宮の衣装描写を省略）三へがさねの御はかま。内侍のかみゐざりよりて、おろしたてまつり給て、御ぞひきつくろひなどし給て、ゐざりいり給すきかげ、いぬ宮玉むしのすよりすきたるやうに〈あなめでた〉とみえたり。ちいさきあふぎさしかくし給て、ゐざりいり給を、一院き丁のほころびより御らんじて、〈いとうつくし〉とおぼす。内侍のかみ、やうだいほそやかになまめかしう、〈あなきよらの人や〉とみえたり。たゞいま廿よばかりにて、裳のすそにたまりたるかみ、つや〳〵としてすそほそからず、又こちたからぬ程にてひきそへられて、ゐざりいり給を、左のおとゞき丁さし給まゝにみ給て、〈いといみじかりける人かな。年のほど大将のいもうとゝいはんにぞよき。じゝう殿の女御にはやうだいけはひもまさり給へり。むかしの心ならましかば、かゝるをみすごさましや〉とねたうおぼえ給。からくおぼしたり。（四七〇）

この朱雀院が俊蔭女と犬宮を差《さし》几帳《ぎちょう》の隙間から垣間見する場面では、傍線を付してあるように、「見えたり」「思す」と敬語不在の自由直接言説が天皇に対して用いられているのである。「思す」はもちろん「思ふ」の敬語なのだが、天皇なら「思し召す」とあるべきで、この軽い敬語が用いられていることで、自由直接言説と認定してよいだろう。その前の、微細な衣装描写は省略したが、「几帳、夕日の透き影より」から「御袴」までは、体言止めであるため、これも「御袴（など見えたり）」が省略されていると考えるべきで、朱雀院の一人称視点から叙述されていると言えるだろう。「ただ今」から「ゐざり入り給ふを」までは、最初は一院の一人称的叙述と読めるのだが、「給ふを」という敬語が登場して、それに続いて「左の大臣」が長文の内話文を発話するので、歩障とも言われる差几帳の一つを支えている正頼の視点から叙述されていると解読することもできるのである。院と正頼の一人称的視点が、重層していると解釈しておくことにしよう。この趣向は他に見られない手法で、混乱した言説だと言えるだろう。とにかく、蔵開巻と違って、楼上巻では、天皇・院の垣間見でも、敬語不在の自由直接言説が用いられ、彼らに読者が同化して、テクストを味わう技法が用いられていたのである。それにしても、意外にも、宇津保物語では、長篇小説であるためか、垣間見場面が、安定した方法によって一貫していないのである。

自由間接言説

源氏物語に〈自由間接言説〉が記述されているという、〈発見〉をしたと錯覚したのは、一九九二年一月下旬の源氏物語輪読のゼミの際であった。その時には明石巻を読んでいたのだが、

のどやかなる夕月夜《ゆふづくよ》に、海の上曇りなく見えわたれるも、住み馴れたまひし古里の池水に、思ひまがへられたまふに、言はむ方なく恋しきこと、いづ方となく行く方なき心地したまひて、ただ目の前に見やらるるは、淡路島なりけり。(二―二二九)

という文章に対して、唐突に学生の一人が、「淡路島なりけり」は草子地ではないのかという奇妙な質問をしたのである。その時、なぜこんな質問が生じたのかという理由を考えながら、この文は語り手の判断であると同時に、登場人物光源氏の風景への気付き・発見でもあり、二つの声が響く自由間接言説であると、学生たちに保留を付けながら説明したのである。帰宅後、源氏物語を見ると、この言説が多数あり、しかも、竹取物語の冒頭場面にも自由間接言説が記されていたのである。竹取物語の冒頭には、

(翁、見れば)その竹の中に、もと光る竹なむ一すぢありける。あやしがりて、寄りて見るに、筒の中光りたり。それを見れば、三寸ばかりなる人、いとうつくしうてゐたり。(五一)

という文章が書かれている。傍線部分は、語り手が過去のことを語っている文として読めると共に、登場人物の翁

が、現在そのことに気付いたり、存続を確認している言説として読めるのである。こうした二つの声が聞こえる言説を、自由間接言説と言うのである。もちろん、この〈発見〉をしたのは、この言説に興味があったからで、実は、M・バフチンの同じ本を二度も読んでいたからである。その本というのは、『マルクス主義と言語哲学』[31]で、バフチン著作集では『言語と文化の記号論』[32]という別の翻訳がでて、それ故、二度も同じ書籍を読み、擬似直接話法（バフチンは、自由間接言説をこのように名付けている）に対する印象が強かったのである。

ここで自由間接言説について、説明しておいたほうがよいだろう[33]。この言説は、仏語では、le style indirectlibre（自由間接体）、独語では、erlebte Rede（体験話法）、英語では、free indirect speech（自由間接話法）とか represented speech（描出話法・再現話法）などと言われているもので、この頃では、物語学などの分野では、speech（話法）を使用せずに、discourse（言説）が用いられているので、free indirect discourse（自由間接言説）を術語として用いている。なお、M・バフチンは、ゲルトルート・レルヒの uneigentliche directe Rede（擬似直接話法）をもっとも適切な用語だと述べている。

バフチンは『言語と文化の記号論』で、自由間接言説（擬似直接話法）は、書かれたテクストにのみ現象する、「〔引用する〕作者[34]の発話と〔引用される〕他人〔登場人物〕との間の、全く新しい相互関係」（三一九）を表す言説で、「登場人物〔被引用者〕のアクセント〔感情移入〕と作者〔引用者〕のアクセント〔距離〕とが併用しているということ」（三五一）に特色があると述べている。また、「問題の話法〔擬似直接話法〕に関しては、『あれか、これか』の二者択一の難題は、全くないのです。なぜなら、この話法では、ただひとつの構文のうちに、違った志向をもつ二つの声の〔違った〕アクセントが保存されているということ、この二点にこそ、この話法の specificum（特質）があるからです」（三三二）という指摘も行なっている。

さらに、バフチンは、それまでの自由間接言説に関する研究史を総括しながら、この言説が、九世紀の雅歌などに現われるものの、「自覚された形で最初に現れるのは、ラ・フォンテーヌにおいてで」（三四〇）、「さらに一層複雑な性格をみせているのは、フローベールの場合である」（三四一）と指摘している。さらに独語の場合は、「自覚的に用いられた洗練された技法として最初に出現するのは、トーマス・マンの『ブッデンブローク家の人々』（一九〇一年）においてであり、これはおそらく、ゾラの直接の影響を受けてであろう、といわれています」（三四二）と述べている。

なお、G・プリンスの『物語論辞典』では、「free indirect discourse（自由間接言説）」の項目で、所与の登場人物の発話・思考を再現する言説の類型（types of discourse）の一つ。自由間接言説（物語独白（narrated monologue）、再現された話法と思考（represented speech and thought）、自由間接体（style indirect libre）、経験話法（erlebte Rede）、代替話法（substitutionary narration））は、「通常」の間接言説（indirect discourse）の文法的特性を維持するが、再現される発話・思考を導入・限定する付加節（tag clause）（he said that/she thought that）は伴わない。さらに、自由間接言説は、登場人物の言表行為（enunciation）の特性のいくばくかを必ず明示する。つまり、直接的に提示される登場人物の言説に通常結び付けられる特性、ことばを換えれば、三人称の物語言説に対立する一人称の物語言説に通常結び付けられる特性を、自由間接言説は明示するということである。それぞれを比較してみよ。（用例は省略）。言語学的には直接言説及び（通常の）付加節を伴う間接言説（tagged indirect discourse）双方から派生できない自由間接言説は、普通、その内部に、二つの言説行為（語り手と登場人物の行為）、二つの文体、二つの言語、二つの声、二つの意味論的・価値論的体系の標識を混淆的に持つと考えられている。しかし、このような二声仮説（dual voice hypothesis）に反対して、自由間接言説は話し手（語り手）を欠く主体・自我の提示として理解されるべきであると主張する理論家（Banfield）もいる。（以下、長文のため省略）（七二）

と記述している。辞典を直訳しているため、解りにくい面もあるが、「語り手と登場人物」の「二つの声」が「混淆的に」存在しているところに、自由間接言説の特色があるという指摘は、適切なものだと言えよう。私も、バフチンと同様に、二声仮説（dual voice hypothesis）を採用して、さらに自由間接言説の分析を展開してみたいと思っている。

「ただ目の前に見やらるるは、淡路島なりけり」という文で、傍線部分は、語り手の発話であると共に、登場人物光源氏の視線で叙述されているのである。このような「二つの声」が共存する言説を、自由間接言説と言うのだが、西欧において〈近代〉に成立した言説が九世紀末の竹取物語に既に見られるという、奇跡的な歴史的出来事については、今後さらに分析されなくてはならないのだが、この明石巻の例でも、また前に引用した竹取物語冒頭場面の連続する例でも、さらに、源氏物語の最初の用例である桐壺巻の、

〈いつしか〉と心もとながらせたまひて、急ぎ参らせて御覧ずるに、めづらかなるちごの御容貌《かたち》なり。

（一―九四）

という文章でも、すべてがそうではないのだが、「見れば……」という文に、自由間接言説が現象する場合が多い。竹取物語の用例で、（翁、見れば）という文を補ったのも、それを配慮したからである。とするならば、この自由間接言説は、漢文訓読から成立したと考えることができるだろう。「見……（也）」といった類の漢文を訓読した、その言説が契機となって、二つの声が併存する、西欧では〈近代〉に成立する、自由間接言説を九世紀末に誕生させたのである。ここにも異文化が出会うことで、新たなモノ＝コトを生成する様相の一端が見られるのである。

自由間接言説は、自由直接言説のように図式化してみると、

登場人物（一人称的現在）

↓

読　者（二つの声）

↓

語り手（三人称的過去）

と表現できるだろう。読者は、登場人物に同化して、中心的に一人称的に現在として享受すると同時に、語り手の視点から脱中心的に三人称の過去として、同じ言説を受容するのであって、ここに、この自由間接言説の特性があるのである。この言説のあり方は、文法理論にも訂正を求めることになる。「ただ目の前に見やらるるは、淡路島なりけり」という文の「けり」という助動詞は、光源氏という登場人物の眼差しから言えば、〈発見〉〈気付き〉の「けり」であり、語り手の視座からは、〈語り〉の「けり」になるのであって、助動詞の意味は二重になるのである。(35)

ところで、自由間接言説の機能についてさらに言及すると、

（翁）〈筒の中光りたり〉と見ゆ。

（桐壺帝）〈めづらかなるちごの（御）容貌なり〉と御覧ず。

（光源氏）〈淡路島なりけり〉と見給ふ。

などのように、この言説は、付加節と敬語を付けると、内話文になる。逆に言えば、付加節と敬語の不在が、この自由間接言説の特性なのである。付加節については既に何度か述べたし、敬語の不在が、一人称現在的な享受を喚起するものであることについても分析した。教育的には、「付加節と敬語を付けてみて、内話文になるなら自由間

接言説だよ」と言う手もあるのである。なお、これまでの分析が明らかにするように、自由間接言説は、内話文と地の文が結合・併合した言説なのである。

この項の冒頭で、自由間接言説を〈発見〉したと錯覚したと書いた。実は、「源氏物語の言説分析――語り手の実体化と草子地あるいは澪標巻の明石君の一人称言説をめぐって――」[36]の注六で述べたように、西尾光雄「源氏物語における体験話法（erlebte Rede）について」[37]を始めとして、この言説についてはいくつもの論文が書かれていたのである。英米文学や仏文学などの分野にまで俯瞰を拡大すると、[38]膨大な研究目録が作成されるだろう。しかし、「二つの声」という視点は、源氏物語を軸とした日本文学の研究では欠落しており、「一体（化）」「草子地的」などの曖昧な分析に終始し、例えば、野村精一などは、この言説に対して、「主情的」「日本的」な表現であるとまで言っているのである。[39]

この自由間接言説の分析を試みながら、気になるのは、すでに自由直接言説の項で言及したのだが、歌物語というジャンル、特に伊勢物語である。伊勢物語五段は、

むかし、男ありけり。東の五条わたりに、いと忍びていきけり。みそかなる所なれば、かどよりもえ入らで、わらはべの踏みあけたるついひぢの崩れより通ひけり。人しげくもあらねど、たび重なりければ、あるじ聞きつけて、その通ひ路に、夜ごとに人をすゑて守らせければ、いけどもえあはでかへりけり。さてよめる。

人しれぬわが通ひ路の関守はよひよひごとにうちも寝ななむ

とよめりければ、いといたう心やみけり。あるじ許してけり。

二条の后に忍びて参りけるを、世の聞えありければ、兄《せうと》たちの守らせたまひけるとぞ。（一三六〜七）

と記されている。伊勢物語が同化の文学であることや、その章段構成などについては、すでに「奸計する伊勢物語

――ジャンルの争闘あるいは古注的読みの復権――(40)」で述べているので、直接に自由間接言説に関わる問題のみを対象にすると、古注から指摘されていたことだが、「むかし」から「許してけり」までが〈本文〉で、「二条の后」以下が〈補注〉である。本文と補注は、対照的なジャンルを形成している。本文は、「男」「女」という同化の記号が用いられ、敬語は使われず、「けり」が使用されていない「よめる」という表現が示唆しているように、現在形で語られている。それに対して、補注は、実名で表記され、敬語が使用され、「とぞ」という言葉が示唆しているように、出来事を過去のこととして語っているのである。

その場合、本文に書き込まれている、傍線を付した頻出する「けり」が問題である。前述の論文では、本文での「けり」は「現在の機能」を果たしていると書いたのだが、これは自由間接言説として扱うべきだったのである。本文と共に補注においても「けり」は用いられており、そこに通底するものも、読みとるべきであったのである。自由間接言説として本文の「けり」を理解すれば、「男」に同化して、一人称現在として、つまり、〈気付き〉の「けり」として、各章段の状況説明を享受すると同時に、語り手の立場からの三人称過去の語りの「けり」も併存しているのであって、その〈語り〉の「けり」は、補注の「けり」と通底しているのである。(41)つまり、補注や、実名章段や翁章段などの敬語使用の諸章段を除けば、伊勢物語は自由間接言説によって支えられていたのである。もう一言付け加えると、網かけを施した「さてよめる」は自由直接言説なのであって、伊勢物語という同化の文学は、自由直接言説と自由間接言説とを巧みに用いて、一人称現在の世界を生成したのである。しかし、一人称現在という、他者に同化・一体化することは、瞬間的には可能だが、持続することはできない。永続的に自分が他者であるとすれば、それは狂気そのものになってしまうのである。それ故、伊勢物語は短い章段になるのであって、ふたつの言説の特性を至妙に利用して、他に追従させない文学を実現したのである。

読者は、「昔」という記号で虚構の世界に入り、「男」という同化の記号で、「男」に一体化する。そこで、「けり」を多用した自由間接言説や、自由直接言説によって、築地の崩れから忍びこんでいた、その崩れに番人が配されて、女のところに通えない絶望に陥る。そうした自己体験としての状況説明の上で、あたかも、読者自身が和歌を詠んでいるような錯覚で、歌を享受するのだが、そうした一人称現在の受容と同時に、「男」を三人称的過去の人物として捉える眼差しも併存していたのである。狂気を忌避する回路が巡らされていたと解釈できるだろう。「男」を、同化的に自己の体験にすると共に、他者の体験として距離を与える、二つの味わい方が、伊勢物語という食卓には提供されているのである。そうした三人称過去的な眼差しをさらに確認したのが補注で、そこでは関守は二条の后の兄たちだと記述しているのである。なお、バフチンが指摘しているように、自由間接言説は、書かれたテクストに現象する言説で、伊勢物語は〈歌語り〉から生成したものではないことが理解できるだろう。

再び、垣間見の文学史に回帰すると、落窪物語というテクストが対象となる。垣間見の文学史では、落窪物語は転換期に位置しているのである。少将道頼がおちくぼの姫君を垣間見する場面は、

格子のはさまに入れたてまつりて、〈留守の宿直《とのゐ》人や見つくる〉と、おのれもしばし簀子に居《を》り。君見たまへば、消えぬべくも灯《ひ》ともしたり。几帳、屏風ことになければよく見ゆ。向ひたるは、〈あこぎなめり〉と見ゆる。様体、頭《かしら》つきをかしげにて、白き衣《きぬ》、上につややかなる掻練《かいねり》の袙《あこめ》着たり。添ひ伏したる人あり。君なるべし。白き衣の〈萎えたる〉と見ゆる、着て、掻練のはり綿なるべし。腰より下《しも》にひきかけて、側《そば》みてあれば、顔は見えず。頭つき、髪のかかりば、〈いとをかしげなり〉と見るほどに、灯消えぬ。〈口惜し〉と思ほしけれど、〈つひには〉と思しなす。「あな、暗《くら》のわざや。人ありと言ひつるを。はや往《い》ね」と言ふ声もいといみじくあてはかなり。「人に会ひにまかりぬるうちに、御前にさぶらはむ。おほかたに人なければ、おそろしくおは

しまさむものぞ」と言へば、「なほはや。おそろしさは目馴れたれば」と言ふ。（九八〜九）

と描写されている。引用文の中で網かけを施してあるのが自由直接言説で、傍線を付したのが自由間接言説である。後半の場面は、灯火が消えているので、「垣間聴き」になっているのだが、そこにも自由間接言説が使用されている。「君見たまへば」という、自由間接言説が始まる前の類型的な表現から、消えそうな「灯ともしたり」という文になるのだが、ここには登場人物少将と語り手の二つの視線が併存して表出されているのである。それ故、状態・存続の意と、完了の意が、「たり」という助動詞の中で拮抗していると理解すべきであろう。調度品がないので、部屋の内部が「よく見ゆ」という敬語不在の表現は、自由直接言説で、登場人物に同化・融合して読むべきである。こうして登場人物に一人称的現在として一体化して読む言説が「灯消えぬ」まで続くのである。もちろん、語り手の視座からの三人称的過去も、自由間接言説には書き込まれていることは忘れてはならないのである。既に指摘したことだが、一人称的言説では、内話文は草子地的な機能を果たすのだが、〈あこぎなめり〉もそうした文章になっている。

髪の毛や衣装などの克明な描写も、宇津保物語などにも描かれていたのだが、垣間見場面の特色である。さらに、内話文が記された後に、覗く人に敬語が用いられて、垣間見場面が閉じられるという規範も、ここには用いられており、「〈口惜し〉と思ほしけれど、〈つひには〉と思しなす」とそれが繰り返し描かれているのである。この落窪物語の場面で、源氏物語などに見える垣間見場面の文法がすでに確立しているのである。しかも、この垣間見の後、少将は、帯刀と計り、阿漕を姫君の部屋から去らして、姫君のところに忍び込むのであって、垣間見から強姦という、既に分析した軒端荻などに見られる文法さえ、落窪物語は創出していたのである。宇津保物語俊蔭巻の若小君物語や、散逸物語である交野少将物語などに見える、零落した姫君を貴種が偶然に訪れ、垣間見し、関係するという類型的な話型に、そうした徴候は描かれていたのだが、強姦場面として詳述するのは、この物語が最初である。落窪物語では、巻二にもあるのだが、巻一に垣間見場面が集中して描かれている。六箇所もあるのだが、そうした集中化が垣間見の典型的な叙述を生成したのであろう。これは、言説の歴史から言えば、画期的な出来事なのである。後述するように、源氏物語をはじめとして、後の物語文学は、落窪物語が確立した、垣間見場面の文法的規範の範囲内にあるのである。

垣間見の言説

源氏物語の垣間見では、まず若紫巻の北山での垣間見を扱わなくてはならないだろう。この場面では、読めば解るように、落窪物語が確立した垣間見の文法をなぞっていることが明らかにされる(42)。その確認からはじめることにしよう。

人々は帰したまひて、惟光朝臣とのぞきたまへば、ただこの西面《にしおもて》にしも、持仏するゑたてまつりて行ふ、尼なりけり。簾すこし上げて、花奉るめり。中の柱に寄りゐて、脇息の上に経を置きて、いとなやましげに読みゐたる尼君、〈ただ人〉と見えず。四十余ばかりにて、いと白うあてに、痩せたれど、頬《つら》つきふくらかに、まみのほど、髪のうつくしげにそがれたる末も、〈なかなか長きよりもこよなう今めかしきものかな〉とあはれに見たまふ。

きよげなる大人二人ばかり、さては童べぞ出で入り遊ぶ。中に〈十ばかりにやあらむ〉と見えて、白き衣《きぬ》、山吹などの萎えたる着て、走り来たる女子《をむなご》、あまた見えつる子どもに似るべうもあらず、いみじく生ひ先見えてうつくしげなる容貌《かたち》なり。髪は扇をひろげたるやうにゆらゆらとして、顔はいと赤くすりなして立てり。

「何ごとぞや。童べと腹立ちたまへるか」とて、尼君の見上げたるに、すこしおぼえたるところあれば、〈子なめり〉と見たまふ。(一―二七九〜八〇)

さらに、垣間見場面は続くのだが、長文になるので、省略する。前と同様に、網かけは自由直接言説で、傍線は自由間接言説である。一人称現在の叙述は、「のぞきたまへば」という既述の類型的な表現から始まり、光源氏の内話文が登場し、「見たまふ」と敬語が使用されて、地の文へ転換する。そして、再び、自由直接言説と自由間接言説を用いた一人称現在の言説が展開され、内話文と敬語を用いた表現で終わるのである。

既に、伊勢物語の分析で述べたことだが、他者=自己という図式で表される、他者への同化は、瞬間的には可能なのだが、持続することはできない。自己が他者となることは、狂気そのものなのである。「僕は光源氏だ」と冗談では言えるが、それを持続すると、明らかに狂気になってしまうのである。自由直接言説と自由間接言説は、狂気を孕んだ言説なのである。作家紫式部は、自己と語り手と登場人物の区分意識を忘却して、他者に憑依されて、この種の言説を書いたのであって、彼女の巫女性がこれらの言説に刻みこまれているのである。読者も、この巫覡的な狂気から逃れることはできない。自己の眼差しを喪失し、語り手や光源氏の眼になって、この場面を享受するのである。それ故、こうした言説は短い場面に展開されるだけで、持続的に長文で表出されることはないのである。「見たまふ」という敬語使用の地の文が、間に挿入されているのはそのためで、この文によって自己回復がなされ、狂気が忌避されているのである。この自由直接言説と自由間接言説という二つの言説が宿す狂気性は、こうした場面で常に留意しておく必要があるだろう。二つの「(と)見たまふ」という付加節と敬語を使用した文節は、そうした他者=自己の終焉を意味しているのである。文学において、狂気や巫覡性は、言説自体に組み込まれているのである。

言説論的には、この源氏物語の場面は落窪物語と特徴的な差異があるわけではない。後半には垣間聴きも書き込まれており、落窪物語の典型を守っているのである。しかし、既に指摘したことだが、[43]引用論の視座では、別の意味での垣間見が問題となってくる。というのは、若紫巻という巻名や冒頭部分は、伊勢物語の初段を引用しており、この場面も、伊勢物語のその章段を引用していると読めるからである。その場合、初段の「女はらから」が問題となる。「女はらから」は、「男」の女の姉あるいは妹（二人）とも解することもできるのだが、ここでは女の姉妹（二人）という一般的な解釈が引用の対象となる。伊勢物語では姉妹を垣間見したのだが、光源氏が覗いたのは、「尼君」と「女子《をむなご》」の二人であり、共に性的対象ではないのである。性的な要素の皆無な女性を垣間見しているという点で、光源氏は業平より劣る、滑稽で〈をこ〉な色好みなのである。この場面は、伊勢物語初段の垣間見を引用することで、初段をパロディ化し、光源氏の滑稽さを強調していたのである。

源氏物語では、多くの垣間見場面で、この伊勢物語初段が引用される。前に分析した、空蟬巻でも、空蟬（継母）と軒端荻（継子）という二人の女性を、光源氏は垣間見しているし、橋姫巻の薫が大君（姉）と中君（妹）を垣間見する場面も、伊勢物語初段を組み入れないと、解釈したとは言えないのである。その場合、垣間見の言説分析と引用論とを結合させて、さらに分析を展開することが必要である。と言うのは、この結合は、新たな欲望やエロチシズムを喚起するからである。

「尼君」や「女子」にとって、顔を見られることは、日常において避けようとするだろうが、禁忌化されてはいない。しかし、隠れて覗くという細やかな禁忌を犯す行為の中で見ると、性的対象でないものが、違った色彩を帯びることになるのである。「尼君」（出家・老人）と「女子」（少女）を犯すという、垣間見以上に禁忌化されている性的タブーが浮上してくるからである。日常では普通の行為が、垣間見という非日常的な文脈に置かれることで、それまでにない禁忌を帯びるのである。光源氏は業平に比べて滑稽な色好みであるという、劣位のパロディは、倒錯した欲望やエロチシズムを生成するのである。尼君に対する〈なかなか長きよりもこよなう今めかしきものかな〉という覗く人光源氏の内話文や、引用しなかったが〈ねびゆかむさまゆかしき人かな〉という幼い紫上に対する心中思惟の詞は、そうした禁忌化されている倒錯した欲望を秘めているのである。つまり、光源氏に同化・一体化して盗視するという言説は、読者に性的倒錯の欲望さえ産み出すのである。もちろん、夕顔巻の垣間見場面で述べたように、「尼君」や「女子」に身を置いて、この場面を読む読者もいるのであって、貴公子に覗き身されている倒錯的な快楽も読み取る必要があるだろう。こうして一人称現在の言説と、伊勢物語引用が重層することで、源氏物語は、読者の無意識的で隠蔽している欲望さえ喚起するのである。言説分析の標的の一つは、物語が表層で隠蔽しているものを露呈させることにあるのである。作家でさえもが意図しなかった混沌とした世界を、分析を通して顕在化していくことなしに、この方法の役割はないのである。

ところで、落窪物語の垣間見場面で、垣間見は強姦へと連続していると分析した。この場面も例外ではない。ただし、射程距離が長いのである。「尼君」は、この場面の後に死去するので、出家・老女を犯す主題は追求されていないのだが、「女子」を強姦するというテーマは、源氏物語では忘却されてはいないのである。葵巻の、光源氏と紫上との新枕の場面は、

……姫君の何ごともあらまほしうととのひはてて、いとめでたうのみ見えたまふを、似げなからぬほどにはた見なしたまへれば、けしきばみたることなど、をりをり聞こえ試みたまへど、見も知りたまはぬ気色なり。

つれづれなるままに、ただこなたにて碁打ち、偏つぎなどしつつ日を暮らしたまふに、心ばへのらうらうじく愛敬《あいぎやう》づき、はかなき戯れごとの中にもうつくしき筋をし出でたまへば、思し放ちたる年月こそ、たださる

方のらうたさのみはありつれ、忍びがたくなりて、心苦しけれど、いかがありけむ、人のけぢめ見たてまつり分くべき御仲にもあらぬに、男君はとく起きたまひて、女君はさらに起きたまはぬあしたあり。

（二―六二～六三）

と書かれている。この新枕は、成女したばかりの紫上が了解していた和姦ではない。彼女は「見も知りたまはぬ気色なり」とあるように、挑発を受けても、性について無知なのである。光源氏は、成人したばかりの紫上を承諾なしに犯したのだ。垣間見から強姦へという垣間見場面の文法的規範が、ここにも見られるのである。なお、傍線を付した「気色なり」は自由間接言説で、語り手と共に光源氏の認知を示している。彼は、紫上が性的に成熟していないことを充分に知りながら、新枕を交わしたのである。また、傍線「いかがありけむ」は、訝しがりの草子地で、ここでも読者を詐術にかけ、物語を進行させていると言えよう。具体的な強姦場面は、落窪物語のように描出せず、忌避し、読者の期待を逸らしたのである。さらに、傍線「あしたあり」は、語り手の実体験を述べた言説で、少納言などの「紫のゆかり」が体験したことを、一人称の現在形で叙述しているのである。こうして、若紫巻の垣間見と葵巻の強姦による新枕は、遥に隔てながら照応しているのである。新枕を、和姦ではなく、強姦として描く理由があったのである。若紫巻で故按察大納言邸から幼い紫上を二条邸に連れてくるのも、「幼き人を盗み出でたり」（一―三二六）とあるように、幼女誘拐という罪を犯しているのであって、意外にも、光源氏は紫上に対して暴力的な罪を犯していると言えるだろう。

源氏物語では、判断によるが、五十箇所以上の垣間見場面があり、どれを取り上げてもよいのだが、これも強姦にいたる、浮舟巻の匂宮の浮舟を垣間見する場面を、分析してみると、

やをら上りて、格子の隙《ひま》あるを見つけて寄りたまふに、伊予簾《いよす》はさらさらと鳴るもつつまし。新しうきよげ

に造りたれど、さすがに荒々しくて隙ありけるを、〈誰かは来て見む〉ともうちとけて、穴も塞がず、几帳の帷子《かたびら》うち懸けて押しやりたり。灯明かうともして物縫ふ人三四人ゐたり。童のをかしげなる、糸をぞよる。これが顔、まづかの灯影に見たまひしそれなり。〈うちつけ目か〉となほ疑はしきに、右近と名のりし若き人もあり。君は腕《かひな》を枕にて、灯をながめたるまみ、髪のこぼれかかりたる額つきいとあてやかになまめきて、対の御方にいとようおぼえたり。

この右近、物折るとて、「かくて渡らせたまひなば、とみにしもえ帰り渡らせたまはじを……

（六―一一一～二）

と叙述されている。傍線を付したのが自由間接言説で、この場面には自由直接言説は書き込まれていないのである。自由直接言説は、自己＝他者という狂気を色濃く示す表出なのだが、自由間接言説には、登場人物に同化すると同時に、語り手の眼差しが併存していて、安全装置があり、それ故、この場面では、自由間接言説のみが使用されたのだろう。語り手の位相が、若紫巻より強調されているのである。自由間接言説の文中に、「かの灯影に見たまひし」とか「対の御方」という敬語が使われているのはそのためである。前者は、東屋巻の「西の方に例ならぬ童の見えけるを、〈今参りたるか〉など思してさしのぞきたまふ」（六―五三～四）を受けた文で、語り手の立場から、匂宮に敬語を使ってしまったのである。後者の場合も、匂宮は中君に敬語を使用する必要がないのだが、語り手の立場から「御」が用いられているのである。まだ、匂宮は、浮舟と中君が異母姉妹であることを知らないので、こうした文が挿入されているのである。なお、浮舟巻の主要な語り手は侍従である。[44] また、「格子のはさま」に対して「格子の隙《ひま》」、「消えぬべくも灯ともしたり」に対して「灯明かうともして」、帯刀惟成に対して大内記道定、あるいは縫い物の共通性など、この場面は落窪物語を意図的に引用している可能性がある。とするならば、落窪の姫君と同様に、浮舟を宇治の山荘から盗みだすという期待の地平を、読者に与えていると言えよう。落窪物語と同様な物語展開の可能性を期待させながら、浮舟入水・失踪へと物語を運ぶ技巧だと読み取れるだろう。

ここでも、後半は省略したが垣間聴きも描き込まれており、自由間接言説のみが用いられているものの、落窪物語で確立した垣間見場面の文法が守られていると言えるだろう。狭衣物語・夜の寝覚物語・浜松中納言物語あるいは堤中納言物語の五篇の短篇物語など、後期物語にも垣間見場面は描かれており、それぞれに敬語使用あるいは覗く人と覗かれる人の身分関係などで差異はあるのだが、落窪物語の確立した垣間見の文法的規範を超えるものはない。堤中納言物語の「虫めづる姫君」のように、右馬佐と中将という覗く人が女装し、覗かれる姫君が男装的な服装をしていて、しかも、垣間見がそれほど禁忌化されていないテクストもあり、分析する価値もあるのだが、別の機会に譲ることにする。垣間見に関して言えば、以上の考察が指示しているように、文学史の転換点は、落窪物語にあるのであって、このテクストは、言説や方法の問題から再評価する価値があるのである。

言説分析は、垣間見場面のみで有効なのではない。例えば、源氏物語の桐壺巻を主として分析対象としてきたので、偶然に開いた、桐壺更衣の死後、帝が、靫負命婦を勅使として、母北の方の住む二条邸に派遣する場面を取り上げると、

野分だちて、にはかに肌寒き夕暮のほど、常よりも思し出づること多くて、靫負命婦といふを遣はす。夕月夜のをかしきほどに、出だし立てさせたまひて、やがてながめおはします。かうやうのをりは、御遊びなどせさせたまひしに、心ことなる物の音《ね》を掻き鳴らし、はかなく聞こえ出づる言の葉も、人よりはことなりしけはひ容貌《かたち》の、面影につと添ひて思さるるにも、闇の現《うつつ》にはなほ劣りけり。命婦かしこにまで着きて、門《かど》引き入るるより、けはひあはれなり。やもめ住みなれど、人ひとりの御かしづ

きに、とかくつくろひ立てて、めやすきほどにて過ぐしたまへる、闇にくれて臥ししづみたまへるほどに、草も高くなり、野分にいとど荒れたる心地して、月影ばかりぞ、八重葎にもさはらずさし入りたる。
（一―一〇二～三）

という短い場面にも、自由間接言説が三箇所も挿入されている。

「野分だちて……」の文は、「思し」という軽い敬語が使われているため、自由間接言説として扱わなかったが、「思し召し」と書かれていない点で、「野分だちて、にはかに肌寒き夕暮のほど」という認識が、帝の体験であるかのように読み取れる。自由間接言説として扱ってもよいかもしれない。次の「夕月夜……」の文は、敬語使用に誤謬はない。地の文なのである。さらに、「かうやうのをりは……」の文は、「思さるるにも」までは敬語が帝に使われており、前文と同様に地の文なのだが、「闇の現にはなほ劣りけり」は、自由間接言説で、桐壺帝と語り手の二つの声が、響いているのである。この文は、古今和歌集巻第十三恋歌三の「題しらず　読人しらず」の、

むばたまのやみのうつつはさだかなる夢にいくらもまさらざりけり[45]（六四七）

を引き歌としている。とするならば、帝がこの歌を否定的に想起していると読めることになる。古今集の和歌を打ち消しながら、帝は煩悶し絶望の淵に沈んでいるのである。語り手の立場と同時に、桐壺帝の苦悩が刻み込まれているのである。

「命婦かしこに……」という次の文は、「かしこ」と遠くから見ている代名詞が使われているので、「着きて」までは地の文なのだが、「門引き入るる」からは自由間接言説である。次の長文には、「闇にくれて」が、後撰和歌集巻第十五雑一の、長い詞書を持つ、源氏物語では引用数が多い、紫式部の曾祖父「兼輔朝臣」の、

人のおやの心はやみにあらねども子を思ふ道にまどひぬるかな（一一〇二）

の歌を、「八重葎にもさはらず」が、古今和歌六帖第二の「やど」中の貫之歌、

　問ふ人もなきやどなれどくる秋はやへむぐらにもさはらざりけり[46]（一三〇六）

の歌を引き歌としている。長文全体が自由間接言説であると理解すれば、最初の引き歌は、母北の方の心を推察して靫負命婦が想起した歌となり、後者も命婦が荒涼とした庭園を見て、思い浮かべた歌なのである。なお、この文では、「御」とか「たまへる」といった敬語が、靫負命婦の立場から母北の方に対して使われている。

　このようにして、言説分析を試みると、この場面では、誰が引き歌を想起しているかが明晰化できるのであって、言説区分は、さまざまな課題に網状に根を張りめぐらせているのである。しかも、ここには、語り手・帝・靫負命婦の視線が交錯しているのであって、源氏物語の多視点的な世界が鮮やかに読み取れると言えるだろう。源氏物語では、多数の登場人物や複数の語り手が登場し、読者は、それに同化したり、距離をとったり、同時に二つの声を聴いたり、さまざまに主体を散在化して行かなければ、根源的な読みに到達できないのだが、言説分析は、そうした主体の散在化を照射する方法を明晰化できる可能性を示唆していると言えるのである。

　これまでの分析で、物語文学の言説を、(a)地の文、(b)-(1)会話文の直接言説、(b)-(2)会話文の間接言説、(c)-(1)内話文の直接言説、(c)-(2)内話文の間接言説、(d)草子地、(e)自由直接言説、(f)自由間接言説に区分した。これらは固定したものではなく、文脈によって異なった言説に変化するものであることも指摘したし、会話文の認定では、終りは付加節で解るものの、始りは読者主体の判断であるように、言説区分は、学校文法のように固定した品詞分解ができるものではないのである。流動しながら、混沌とした意味の増殖が可能な読みに到達できるかどうかが、言説分析の賭けなのである。

　ところで、この言説分類に対して、プリンスの『物語論辞典』は、「types of discourse（言説の類型）」という

項目で、

登場人物の（話された／書かれた）発話・思考を再現する基本的な様式。語り手の介在の度合いの大きい順に、以下の五つの範疇が、通常、区別される。(1)物語化された言説（narratized discourse）、(2)付加節を伴う間接言説（tagged indirect discourse）（間接言説（indirect discourse）あるいは転記された言説（transposed discourse）の一変種）、(3)自由間接言説（free indirect discourse）（間接言説あるいは転記された言説のもう一つの変種）、(4)（付加節を伴う）直接言説（(tagged) direct discourse）（報告された言説（reported discourse））、(5)自由直接言説（free direct discourse）（無媒介言説（immidiate discourse））。

と書いている。私の言説区分は、八様式なのだが、チャットマンなどを参照したこの分類は、五つである。と言うのは、この辞典では、草子地に対する認識がなく、「発話と思考」という表現が示すように、会話文と内話文との区別意識がないからである。これまでの分析が示唆しているように、八様式の区分は、五様式より有効である。それにしても、会話文と内話文さらに草子地を識別し、区分した、中世の源氏物語研究は、現在という国際的な地平でも先駆的な営為を試みていたのであって、古注の評価は、言説分析においても、忘却してはならないものなのである。

〈注〉

（1）引用は全集本。ただし、記号などで改訂した箇所がある。なお、指示がないテクストは、すべて全集本を用いている。

（2）紫式部が、被差別的な階層に、自己を同化していたことについては、『物語文学の言説』第三部第六章参照。

（3）注（2）参照。

（4）『物語文学の方法Ⅰ・Ⅱ』および『物語文学の言説』に掲載されている、〈語り〉論関係の論文を参照してほしい。

（5）多視点・多層的な源氏物語の言説については、『物語文学の方法Ⅰ・Ⅱ』および『物語文学の言説』に掲載されている源氏物語関係の論文を参照。

（6）「あいなく」については、石川徹などの諸説を展望した竹内美智子『平安時代和文の研究』第四章がある。ただし、「あぢきなう」では「語り」の視座で扱っているにもかかわらず、「あいなく」論では、語り手という視点が欠落しているために、問題点がずれてしまっている。

（7）和歌の機能的特性については、『物語文学の方法Ⅰ』第二部第三・四章等を参照。

（8）なお、橋姫巻における中君に対する北の方の遺言は、パロディ化やずれを伴っていない点で、逆に検討の価値がある。ただし、橋姫巻は、姉妹譚の話型は採用するものの、継子虐め譚としては展開していない。

（9）『物語文学の方法Ⅱ』第三部第六章所収。

（10）ただし、山岸徳平の仕事は過激で、内話文が地の文に傾《なだ》れ込む〈移り詞〉に、「（と）」を補って、内話文を閉じたりする作業がなされているので、注意が必要である。なお、本稿では、大系本が発市されなくなるので、引用には全集本を用いているが、内話文には山形の鈎括弧〈　〉を使用して区分している。なお、新大系本が内話文を無視して、後退したのは、源氏物語研究では不幸なことである。新大系本は、大島本を採用して、それに手を加えないなど、典型的なモダニストの校訂本となっている。

（11）佐々木寛訳（ミハイル・バフチン著作集(8)『ことば対話テキスト』所収）

（12）ここでも大系本は、二ヶ所に切断して、内話文を閉じている。

（13）ここでは女性が作家である物語文学であることを意味している。

（14）稗田定樹「源氏物語の内話」（日本文学研究資料新集『源氏物語　語りと表現』所収）などに限られている。

（15）主要な草子地論は、日本文学研究資料新集『源氏物語　語りと表現』に収録されている。東原伸明の「研究史と展望」という解説や「参考文献」も参考できる。榎本正純の『源氏物語の草子地　諸注と研究』は、草子地研究の出発点の一つであることも記しておく。
(16)「地」が、文《あや》・テクストなどと同様に、織物の用語であることに留意すべきであろう。
(17)日本文学研究資料新集『源氏物語　語りと表現』所収。
(18)『私家集大成　中古II』「伊勢　III」所収。
(19)国文註釈全書所収。
(20)『源氏物語の草子地　諸注と研究』所収。
(21)「源氏物語の言説分析――語り手の実体化と草子地あるいは澪標巻の明石君の一人称言説をめぐって――」（早稲田大学国文学会編『国文学研究』第百十二集所収。本書第一章第五章）を参照してほしい。
(22)注（9）参照。
(23)帚木巻の空蟬との密通事件の語り手が中将の君であることは、彼女の一人称的語りが挿入されていることからも解る。㊀―一七六など参照。
(24)注（21）参照。
(25)『大唐開元礼』等参照。鹵簿《ろぼ》は天子や皇后などの行列の構成を意味しているが、女性の行列では、衣笠・刺羽などで姿が幾重も隠されている。ここには、見せないことで見せるという王権の一面が語られている。
(26)『王朝文学の研究』所収。
(27)『物語文学の言説』第二部第二章所収。
(28)遠藤健一訳。
(29)『物語文学の方法I』第二部第三・四章、および『物語文学の言説』中の「物語文学の言説――序にかえて―III」参照。
(30)引用は『宇津保物語　本文と索引』。記号などを訂正した。

(31) 桑野隆訳。
(32) 北岡誠司訳。本論の引用は、この翻訳である。
(33) 以下の叙述は、自由間接言説を、啓蒙的に紹介するため、注(21)の論文と重複している箇所がある。
(34) 晩年は違うが、この時期のバフチンには、語り手と作者の区分意識がない。後に「話者」という概念が登場し、晩年には「作者」という概念の検討を行なっている。
(35) 例えば、鈴木泰『古代日本語動詞のテンス・アスペクト――源氏物語の分析――』のタリ・ケリなどの助動詞分析は、自由間接言説の地平から解体化する必要がある。
(36) 注(21)参照。
(37) 注(15)所収。
(38) 例えば、中川ゆきこ著『自由間接話法――英語の小説にみる形態と機能』(あぽろん社刊)という論著さえ刊行されている。この論集では二声仮説も紹介していると共に、石川達三の小説も自由間接話法の視座から分析している。
(39) 「異文と異訓――源氏物語の表現空間(3)――」(『源氏物語とその影響　研究と資料』古代文学論叢第六輯所収)。
(40) 『物語文学の言説』所収。
(41) 「けり」についての自説はない。従来の諸説、特に藤井貞和『物語文学成立史』に圧倒されている情況である。ただし、教育上、便宜的に〈語り〉〈うた〉〈気付き・発見〉の「けり」という区分を試みている。ここでも、それ以上の意味はない。
(42) 落窪物語が視線の描出においても、画期的な意味を持つことを明らかにした論文として三田村雅子の「物語文学の視線」(『体系　物語文学史』第二巻所収)がある。
(43) 『物語文学の方法II』第三部第七章参照。
(44) 『物語文学の言説』第三部第六章参照。
(45) 和歌の引用は、『新編国歌大観』による。以下、同様。

(46)『新編国歌大観』によると「秋」になっているのだが、諸注釈書が引用する引き歌では「春」となっている（新大系では引き歌を記していない）。旧『国歌大観』や貫之集（二〇七）などでも「春」である。しかし、『古今和歌六帖』での「やど」歌の配置や、早春に八重葎が生えているかという歌意から判断すると、「秋」が適切だと言えよう。

〈追記〉本稿は、「源氏物語の言説分析――語り手の実体化と草子地あるいは澪標巻の明石君の一人称言説をめぐって――」（早稲田大学国文学会編『国文学研究』第百十二集所収。本書第一部第五章）という論文と関連している箇所がある。一人称的言説あるいは自由直接言説・自由間接言説などに関心をもった際には、この論文も参照してほしい。

〈補記〉本稿を脱稿しようとしていた頃に、鈴木康志氏から、保坂宗重（茨城大学）鈴木康志（名古屋工業大学）共著『体験話法（自由間接話法）文献一覧――わが国における体験話法研究――』（茨城大学教養部）を寄贈していただいた。体験話法（自由間接話法）の研究史と文献一覧が掲載されているもので、それを読むと本稿の内容を訂正する必要があったのだが、敢えて脱稿した。その後、同書の「わが国における体験話法研究――日本語における体験話法（付論）――」という研究史を参考に、日本語で叙述されている自由間接言説に関する論文を収集し、また鈴木康志氏から保坂宗重氏などの論文を贈ってもらったのだが、これらの論を本稿に組み入れると収拾がつかなくなるので、改めてこの問題に取り組むことにした。特に、本稿の草稿を鈴木康志氏に送ったところ、私信で、バフチンのトーマス・マン理解に誤謬があること、あるいは口承文芸にも体験話法があることなどを指摘してもらったのだが、訂正することができなかった。新たな自由間接言説論を展開することで、鈴木康志氏のご厚意に応えたいと思っている。

第二章　光源氏という実存
――桐壺・帚木巻をめぐってあるいは序章・他者と〈犯し〉――

一　桐壺巻、禁忌違犯の振幅

源氏物語は冒頭文から、桐壺の禁忌違犯＝〈犯し〉を告げる。桐壺巻の冒頭から、このテクストの言説の表層で、主題群の一つが〈犯し〉であることを明示しているのである。彼は、古代後期の帝王学の規範を破って、一人の女性を愛する。后や妃の身分に応じて寵愛しなければならないという禁忌を犯して、「いとやむごとなき際にはあらぬ」妃と頻繁に情交するのである。この禁忌をあえて犯して、更衣という身分の妃に集中して性的交渉を求める帝の心情と熱情の背景には、さまざまな語られていない隠蔽されている理由があったはずである(1)。

なによりもまず、桐壺更衣自体に魅力が備わっていたことは事実であろう。彼女の蠱惑的な肉体や容姿や態度あるいは胸襟などについては一言も語られていないのだが、帝が禁忌を破るほど魅惑的だったことに疑いを持つ必要はない。だが同時に、桐壺が帝王学を犯すことができた背後には、それなりの理由を考えてみるべきであろう。つまり、天皇の独断を許容する背景があったのである。

その大きな歴史的な背景として、摂関などの権勢家が不在であったことが挙げられるだろう。左右の大臣は任命されているのだが、彼らには帝の禁忌違犯を諫めるほどの力はなかったのである。年立の上で数えると、左大臣は、澪標巻で、光源氏が明石から帰京し、冷泉が即位し、摂政太政大臣に返り咲いた年に、六十三歳であった。澪標巻は、光源氏が二十九歳の時期を描いているので、左大臣は、桐壺巻冒頭場面では三十歳前後だったと想定できるのである。右大臣については年齢の記載が見られないが、左大臣との比較から、老若の判断はできないものの、年上であるらしいが、同年齢・同世代と言ってよいだろう。このように、桐壺政権は、大臣としては、若年と言ってよい人々に支えられており、天皇親政が施行でき、禁忌違犯が黙認される背景があったのである。

さらに、中宮や皇太子の不在も、この政権の特色を示唆していると言えよう。六条御息所の前夫は葵巻で「前坊」と記され、「こ（六条御息所）の御生霊《いきすだま》、故父大臣《おとど》の御霊《らう》など」とあるから、桐壺即位の際には、弟が皇太子となっていたのだが、死去してしまったのである。その場合、六条御息所の父親である大臣が「御霊」となっていることで、御霊というのは、政治的に怨みをのんで非業の死を遂げた人の怨霊を意味しているから、なんらかの政治的事情で、廃太子事件が起き、皇太子に六条御息所を入内させることで、坊の強力な後見になった大臣も、怨みを抱きながら非業の死を遂げたと理解できるのである。このクーデター的事件があった後に、権勢家のいない、天皇親政の若い政権が樹立したのである。そうした桐壺巻前史があったからこそ、桐壺は帝王学の禁忌違犯を実行できたのである。有力な権勢家がいないため、中宮が不在であり、廃太子事件があったため、皇太子も立坊されていなかったわけである。

また、桐壺更衣の父故按察使大納言への、帝の同情も読み取っておいたほうがよいだろう。桐壺は、靫負命婦から母北の方の伝言を聞いた後、

「故大納言の遺言あやまたず、宮仕の本意深くものしたりしよろこびは、〈かひあるさまに〉とこそ思ひわたりつれ、言ふかひなしや」(一―一一〇)[2]

と述べている。故按察使大納言の「本意」に共感しているのである。死去しなければ、この源氏の大納言を大臣にしたいという意向があったのであろう。須磨巻で、明石入道は「故母御息所（桐壺更衣）は、おのがをぢにものしたまひし按察大納言のむすめなり」と語っている。その明石入道については、若紫巻で「大臣の後にて、出で立ちもすべかりける人の、世のひがものにて、交らひもせず、近衛中将を棄てて、申し賜はりける司なれど、かの国の人にもすこしあなづられて……」と述べられており、この大臣と大納言は兄弟であったのである。この家に対する政治的期待が桐壺にはあったのであろう。それ故、そうした桐壺の政治的思案は実現しなかったものの、こうした期待があったために、桐壺更衣への寵愛がさらに深まったのである。

これ以外にも、桐壺更衣に対する帝の寵愛の理由を多義的に読み取ることができるであろう。だが、問題は、この桐壺の〈性〉への犯しが、〈死〉に対しては躊躇されていることである。しかし、その前に、もう一つの〈犯し〉を語っておいた方がよいだろう。

この皇子《みこ》三つになりたまふ年、御袴着のこと、一の宮の奉りしに劣らず、内蔵寮納殿《くらづかさをさめどの》の物を尽くして、いみじうせさせたまふ。それにつけても、世のそしりのみ多かれど、この皇子のおよずけもておはする御容貌《かたち》心ばへ、ありがたくめづらしきまで見えたまふを、えそねみあへたまはず。ものの心知りたまふ人は、〈かかる人も世に出でおはするものなりけり〉と、あさましきまで目を驚かしたまふ。(一―九七)

という場面のことである。袴着という三歳の光源氏に対する通過儀礼を、弘徽殿女御腹の第一皇子（朱雀）に劣らず、世間の非難を無視して盛大に催したという記事なのだが、ここでも貴族社会の讒謗《ざんぼう》にもかかわらず、自己の意志を貫こうとする帝の〈犯し〉を読み取っておく必要があるだろう。唯一、その誹謗を和らげるのが、幼児である光源氏の美質なのだが、彼の「有難い」美麗さを実見できるのは少数者でしかなく、世間の激しい非難を回避する手段は、帝側にはなかったはずである。冒頭文と同様に、桐壺の〈犯し〉を描いているのである。

ところで、「限りあれば…」(一―九八)と言う表現で始まる桐壺更衣の死去の場面は、すでに指摘されているように、「限り」が多用されている。[3]「限りあらむ道にも」という帝の会話、「かぎりとて……」という更衣の和歌、「なほいぶせさを限りなくのたまはせつるを」という地の文など、この場面では「限り」が鍵語《キーワード》になっているのである。限度・限界の意味で解釈できる言葉だが、同時に「限り」を超えた世界、つまり〈死〉の臭いが漂っている言葉だと言えるだろう。

この「限りあれば……」という場面の前には、

その年の夏、御息所、はかなき心地にわづらひて、〈まかでなん〉としたまふを、暇さらにゆるさせたまはず、年ごろ、常のあつしさになりたまへれば、御目馴れて、「なほしばしこころみよ」とのみのたまはするに、日々に重りたまひて、ただ五六日《いつかむいか》のほどに、いと弱うなれば、母君泣く泣く奏して、まかでさせたてまつりたまふ。(一―九七)

という場面が置かれている。ちょっとした病気に罹った桐壺更衣の退出を、病気を見慣れていた帝は認可しなかったのである。そのため彼女の病気は日々に重くなり、後に書かれているように、逝ってしまうことになるのである。ここには、病人は里邸に帰さなくてはならないという、宮廷での禁忌の違犯が語られていると言えるだろう。と同時に、桐壺更衣を死なせたのは桐壺自身であることが、背後で語られていることも確認しておこう。〈愛〉＝〈死〉という桐壺巻の前半部（壺前栽）の主題が、ここにも鮮やかに現象しているのである。[4]

しかし、母北の方の懇願で、桐壺は更衣の退出を許す。最後まで禁忌違犯を貫いていないのである。退出させたという言説を詳細に描写する、「限りあれば……」の場面でも、

いと苦しげにたゆげなれば、かくながら、〈ともかくもならむをご覧じはてむ〉と思しめすに……と、聞こえ急がせば、わりなく思ほしながら、まかでさせたまふ。（㈠—九九）

とあり、〈性〉とは異なり、〈死〉の禁忌の前で、違犯は躊躇されていたのである。宮中での死穢は回避しなければならない禁忌として、帝の目には映っていたのである。当時の習俗では、天皇は后妃たちの死に水を取ることができなかったわけである。桐壺は、「限り」という禁忌を越えて、〈犯し〉を貫くことができなかったのである。

この末期の水を取れない桐壺に、対照的に対立して描かれているのが、母北の方である。桐壺更衣の葬送場面は、「限りあれば……」と書きだされている。退出場面と意識的に対照化させるために、同じ言説で語っているのである。その場面は、

限りあれば、例の作法にをさめたてまつるを、母北の方、〈同じ煙にのぼりなん〉と、泣きこがれたまひて、御送りの女房の車に、慕ひ乗りたまひて、愛宕《おたぎ》といふ所に、いといかめしうその作法したるに、おはし着きたる心地、いかばかりかはありけむ。「むなしき御骸《から》を見る見る、〈なほおはするもの〉と思ふが、いとかひなければ、灰になりたまはむを見たてまつりて、〈今は亡き人〉と、ひたぶるに思ひなりなん」と、さかしうのたまひつれど、車よりも落ちぬべうまろびたまへば、〈さは思ひつかし〉と、人々もてわづらひきこゆ。

（㈠—一〇〇～一）

と書かれているのだが、現在もそうだが、ここには野辺送りには、決して両親、特に母親は参加しないという禁忌が違犯されているのである。栄華物語巻二十六「楚王のゆめ」は、東宮（敦良親王）妃尚侍嬉子の出産による死去

を描いた巻だが、母倫子は野辺送りには加わらず、

上の御前（倫子）は、御格子を下さで、やがて端におはしまして、「かの岩蔭はいづ方ぞ」など、人に問はせ給て、そなたざまにながめさせ給に、赤き雲の見ゆれば、〈まづそれならんかし〉と、御衣の袖のみならず、御身さへ流れさせ給。（下―二二六）(3)

と書かれているように、火葬場である岩蔭の地を自宅から眺めて落涙しているのである。この葬送儀礼の習俗である禁忌を、母北の方は違犯して、野辺送りに加わり、火葬場で焼かれる更衣の死骸を見ている。母北の方は、桐壺とは異なり、〈死〉の禁忌を犯しているのである。

特に、「灰になりたまはむを見たてまつりて、〈今は亡き人〉と、ひたぶるに思ひなりなん」という母北の方の発話は重要で、野辺送りに親が参加しない理由は、子供の死を確認することは、親より前に死去したこの親不孝を認めることになり、死んだ子供を地獄に堕すことになると言われているのだが、まさにその桐壺更衣の親不孝である死を見届けているのである。この桐壺更衣の死を凝視する母北の方の眼差しは、壮絶で、凜烈さが漂っている。と同時に、この場面には「車よりも落ちぬべうまろびたまへば、〈さは思ひつかし〉と、人々もてわづらひきこゆ」とあるように、それを攪乱する装置も設置されているのであって、あえて滑稽な母北の方の姿を描くことで、彼女が、禁忌違犯を貫けない桐壺の〈もどき〉であることを示唆しているわけである。パロディ的に擬《もど》くことで、桐壺の敗北した実存を、際立てて暴いているのである。

段落の冒頭で「限りあれば……」という同一の表現を使用することで、〈死〉の禁忌を〈犯せない者〉と、それを擬く〈犯す者〉とが対照的に描かれているのである。葬儀の習俗をあえて犯す母北の方とは異なり、禁忌違犯の前で躊躇する桐壺の姿は、桐壺巻のその後で何度も反復される。例えば、葬送場面でも、

内裏《うち》より御使いあり。三位《みつ》の位贈りたまふよし、勅使来て、その宣命読むなん、悲しきことなりける。女御とだに言はせずなりぬるが、あかず口惜しう思さるれば、いま一階《ひときざみ》の位をだにと、贈らせたまふなりけり。これにつけても、憎みたまふ人々多かり。（㈠—一〇二）

と書かれているのだが、ここには更衣の生前に「女御」にできず、死後ようやく他の后妃の非難を覚悟しながら「三位」にした帝の様子が解る。桐壺更衣の生前に、天皇親政を押し切ることができなかったのである。なお、傍線は自由間接言説で、葬儀に参加した女房の眼差しが描かれているのである。また、

朝《あした》に起きさせたまふとても、〈明くるも知らで〉と思し出づるにも、なほ朝政《あさまつりごと》は怠らせたまひぬべかめり。ものなどもきこしめさず、朝餉《あさがれひ》の気色ばかりふれさせたまひて、大床子《だいしやうじ》の御膳《おもの》などは、いとはるかに思しめしたれば、陪膳《ばいぜん》にさぶらふかぎりは、心苦しき御気色を見たてまつり嘆く。すべて、近うさぶらふかぎりは、男女、「いとわりなきわざかな　と言ひあはせつつ嘆く。〈内話文省略〉と、他《ひと》の朝廷《みかど》の例まで引き出で、ささめき嘆きけり。（㈠—一一二〜三）

という記事も、桐壺が政務を怠る〈犯し〉を描いているのだが、しかし、この行為は持続・継続化されることはないのである。なお、この場面の鍵語《キーワード》は「気色」で、天皇に仕えている蔵人所や内侍所の「男女」の判断が語られ、彼等が「嘆く」「嘆きけり」という状態に陥っているのである。傍線は自由間接言説で、その場にいる女房が語り手であることが示唆されているのである。語り手はこの場面の現場にいたのであり、そうした言説で語られているのである。

この桐壺の〈犯し〉とそのためらいは、「立坊」で最高潮《クライマックス》に到る。

明くる年の春、坊定まりたまふにも、いとひき越さまほし思せど、御後見すべき人もなく、また世のうけひ

くまじきことなりければ、なかなかあやふく思しはばかりて、色にも出ださせたまはずなりぬるを、「さばかり思したれど、限りこそありけれ」と、世人にも聞こえ、女御も御心落ちゐたまひぬ。(一―一一三〜四)

光源氏を皇太子にしたい本意はあるのだが、「思しはばかりて」とあるように、廃太子事件などの政治や権力関係等も配慮して、回避したのである。〈犯し〉の欲望はあるのだが、実現は不可能であり、深層に隠蔽されてしまうのである。「限り」の前で挫折しているのである。それが、

源氏になしたてまつるべく思しおきてたり。(一―一一七)

という桐壺の判断を生み出すのである。〈犯し〉が回避されたのである。だが、この光源氏を賜姓源氏に降下するという桐壺の判断が、源氏物語の「一部の大事」という大文字で印される〈犯し〉を生成させることになるのであって、深部に隠蔽された禁忌違犯は、拡大再生産された〈犯し〉を誕生させることになるのである。しかし、その大文字の〈犯し〉については、さらに論を展開した上で、別に分析することになるだろう。

物語は、袴着と対照させて、成年式という通過儀礼を描いている。

この君の御童姿、いと変へまうく思せど、十二にて御元服したまふ。居起《ゐた》ち思しいとなみて、限りあることに、ことを添へさせたまふ。一年《ひととせ》の春宮の御元服、南殿にてありし儀式、よそほしかりし御ひびきにおとさせたまはず。ところどころの饗など、内蔵寮穀倉院《くらづかさこくさうゐん》など、おほやけごとに仕うまつれる、「おろそかなることもぞ」と、とりわき仰せ言ありて、きよらを尽くして仕うまつれり。(一―一二一)

という段落がそれだが、ここでは朱雀が既に皇太子であることや、光源氏の元服が、紫宸殿(南殿)ではなく清涼殿で開催されていたことを確認しておく必要があるであろう。「おとさせたまはず」と書いているものの、差異が背後に明晰に横たわっているのである。ここには同じ通過儀礼でありながら、〈犯し〉が欠落しているのである。

「引き入れの大臣《おとど》」に左大臣がなり、添臥に葵上がなり、光源氏が左大臣家の婿となることが予定されていたことも加わり、ここには世間の誹謗という禁忌はまったく不在なのである。つまり、袴着と元服との間には、通過儀礼の反復でありながら、〈犯し〉という点で差異があるのである。

天皇は、〈犯し〉に挫折し、〈犯し〉を放棄する。〈犯し〉から始まった物語は、〈犯さない〉出来事に変容するのである。しかし、母北の方は、〈犯し〉を貫いて死去している。彼女は、勅使靫負命婦が帝の伝奏を伝えた後、

「くれまどふ心の闇もたへがたき片はしをだに、はるくばかりに聞こえまほしうはべるを、私にも、心のどかにまかでたまへ。（中略）ただかの遺言を〈違へじ〉とばかりに、出だし立てはべりしを、身にあまるまでの御心ざしの、よろづにかたじけなきに、人げなき恥を隠しつつ、交らひたまふめりつるを、人のそねみ深くつもり、やすからぬこと多くなり添ひはべりつるに、よこさまなるようにて、つひにかくなりはべりぬれば、かへりてはつらくなむ、かしこき御心ざしを思ひたまへられはべる。これもわりなき心の闇になむ」

（一—一〇六〜七）

と述べる。「人の親の心は闇にあらねども……」という後撰和歌集の藤原兼輔の有名な和歌を引歌として引用し、母親であるから「心の闇」に惑うのだと弁明しながら、また私的な感慨であるように装いながら、天皇が桐壺更衣を寵愛したことが、「かへりてはつらくなむ」と非難する。天皇誹謗の〈犯し〉を行っているのである。更衣が、天寿を遂げずに、不慮の死に陥ったのは、天皇の責任だと明瞭に語っているのである。

この〈犯し〉は、「宮城野の露吹きむすぶ……」という、帝からの破格的な栄誉である贈歌を授けられたにもかかわらず、

御返御覧ずれば、「いともかしこきは、置き所もはべらず、かかる仰せ言につけても、かきくらす乱り心地に

なん。

　あらき風ふせぎしかげの枯れしより小萩がうへぞしづごころなき」

　などやうに乱りがはしきを、〈心をさめざりけるほど〉と、御覧じゆるすべし。（一—一〇九～一〇）

と返歌する行為にも現象していると言えるだろう。「〈心をさめざりけるほど〉と、御覧じゆるすべし」と、天皇付きの女房の視点から、天皇を慰撫するかのごとく、草子地は母北の方の狂乱を弁解しているのだが、父帝の存在を無視して、小萩のように残された幼児の「しづごころなき」と詠む母北の方の詠歌には、天皇を無視する不遜な精神が宿っており、贈答歌としては不適切な〈犯し〉を刻み込んでいるのである。それ故、「明くる年の春、坊定まりたまふにも……」と書き始められた段落で、

　かの御祖母《おば》北の方、慰む方なく思ししづみて、〈おはすらむ所にだに尋ね行かむ〉と願ひたまひししるしにや、つひに亡せたまひぬれば……（一—一一四）

といった死を遂げるのであって、これは光源氏が立坊できなかったことに対する憤死だと言ってよいだろう。自分と違って、桐壺が〈犯し〉に踏み込まないことに憤慨して死に赴いていったのである。帝は〈犯し〉に挫折し、〈犯し〉を忘却してしまったのだが、母北の方は〈犯し〉に憑依され、それを貫いていったのである。

　なお、別に言及するように、〈忘れること〉も〈犯し〉と関連する主題群のひとつである。〈犯し〉が消失するにつれて、〈忘却〉が主題化されてくるのである。桐壺巻でも、藤壺が入内すると、

　〈思しまぎる〉とはなけれど、おのづから御心うつろひて、こよなう思し慰むやうなるも、あはれなるわざなりけり。（一—一一九）

と記されており、〈忘れること〉が表層で書かれているのである。なお、藤壺寵愛は、桐壺にとって、禁忌違犯で

はないことは言うまでもない。藤壺は、桐壺更衣の形代なのだが、〈犯し〉という主題を担っていないのである。禁忌というのは、一般性でも、不変的でも、普遍性でも、法律でも、習俗性でもなく、自己と他者たちとの関係の中で発生するのであって、藤壺が禁忌を帯びた女性として現象してくるのは、物語社会に置かれている光源氏という実存との関係性なのである。

日常世界において、〈犯し〉は些細なものであっても、踏みだすことは不可能に近い。ヘビー・スモーカーの私は、時々、煙草を吸いたい強い欲求にとらわれることがあるのだが、「禁煙」という文字の前では躊躇してしまうのである。だが、物語内日常においては、〈犯し〉は主題として、禁忌の境界を越えることができる。物語では、さまざまな禁忌の網の目が張り廻され、その違犯と違犯不可能が語られるのである。王権から贈答歌の文法的規範までの質的な差異はあるものの、〈犯し〉は、源氏物語の表層に言説として記されているのである。つまり、王権というテーマも、源氏物語の深層に関わってはいず、表層にすぎず、〈犯し〉の一端を担っているのにすぎないのである[5]。

こうして〈犯し〉という禁忌違犯は、桐壺巻に限っても、反復と差異を伴い、質的にも変容し、さまざまに振幅しながら、表層の主題群の一つを形成し、読者の読みを求めてくるのである。本稿とそれに続く諸論文の標的は、この〈犯し〉を、源氏物語正篇つまり光源氏の生涯から把握してみる試みなのだが、同時に、それは深層に存在論的に横たわっている問題群にまで測鉛を下ろす作業なしにすますことはできないだろう。

二　光源氏、犯しの実存あるいは模倣としての禁忌違犯

光源氏の〈犯し〉は、父桐壺の模倣から始まる。彼は、父が挫折し、喪失し、忘却してしまったものに賭けるのである。だが、その問題を分析する前に、彼の物語内世界における実存について述べておいた方がよいだろう。光源氏は、桐壺巻において、

(a)前の世にも、御契りや深かりけむ、世になくきよらなる玉の男皇子さへ生まれたまひぬ。〈いつしか〉と心もとながらせたまひて、急ぎ参らせて御覧ずるに、めづらかなるちごの御容貌なり。(一—九四)

(b)ものの心知りたまふ人は、〈かかる人も世に出でおはするものなりけり〉と、あさましきまで目を驚かしたまふ。(一—九七)

(c)月日経て、若宮参りたまひぬ。いとど、この世のものならず、きよらにおよずけたまへれば、いとゆゆしう思したり。(一—一一三)

(d)七つになりたまへば、読書始などせさせたまひて、世に知らず聡うかしこくおはすれば、あまり恐ろしきまで御覧ず。(中略)わざとの御学問はさるものにて、琴笛の音にも雲ゐをひびかし、すべて言ひつづけば、ことごとしう、うたてぞなりぬべき人の御さまなりける。(一—一一四〜五)

(e)この皇子を鴻臚館に遣はしたり。御後見だちて仕うまつる右大弁の子のやうに思はせて率てたてまつるに、相人驚きて、あまたたび傾きあやしぶ。「国の親となりて……(中略)〈今日明日帰り去りなむ〉とするに、かくあり難き人に対面したるよろこび、かへりては悲しかるべき心ばへを、おもしろく作りたるに……

（一—一一五〜六）

(f)〈世にたぐひなし〉と見たてまつりたまひ、名高うおはする宮の御容貌にも、なほにほはしさはたとへむ方なく、うつくしげなるを、世の人「光る君」と聞こゆ。藤壺ならびたまひて、御おぼえもとりどりなれば、「かがやく日の宮」と聞こゆ。（一—一二二〜四）

(g)いとかうきびはなるほどは、〈あげ劣りや〉と疑はしく思されつるを、あさましううつくしげさ添ひたまへり。（中略）その夜、大臣の御里に源氏の君まかでさせたまふ。作法世にめづらしきまで、もてかしづききこえたまへり。いときびはにておはしたるを、〈ゆゆしううつくし〉と思ひきこえたまへり。女君は、すこし過ぐしたまへるほどに、いと若うおはすれば、〈似げなく恥づかし〉と思いたり。（一—一二二〜四）

(h)光る君といふ名は、「高麗人のめできこえて、つけたてまつりける」とぞ、言ひ伝へたるとなむ。（一—一二六）

と傍線を付けたような言説で、さまざまに修飾・誇張されている。(h)は別として、(a)から(g)までの装飾的な修辞は、すべて、光源氏が、この世とあの世の境界に実存していることを強調しているのである。光源氏は、一歩踏み出せば、あの世の人になりかねない危険と脆弱《ぜいじゃく》さを宿しているのである。光源氏は、美質の上では、人間の実存を〈犯し〉ているわけである。もっとも、この〈犯し〉の美は、だれの視点から捉えられているかを明らかにしないならば、単なる用例主義になってしまうだろう。

(a)は、末文が、帝の自由間接言説であるから、天皇の視点、(b)は、「ものの心知りたまふ人」、(c)も、帝の視線である。(d)は、前半が帝の視点で、後半は草子地であるから語り手の視座である。(e)は高麗の相人、(f)は、「世の人」、(g)は、前半が帝、後半は左大臣の視点で叙述されている。つまり、特定の人物の目から把握されているのではなく、さまざまな眼差しが、光源氏を、〈犯し〉の人物として確認しているのである。ただし、天皇の眼差しが多いことにも注目すべきで、父親の目から、その美麗さゆえに神仏に召されるのではないかと「ゆゆし」と心配する愛情と共に、最高に「あて」な天皇の眼差しから捉えられても、光源氏が、美的に〈犯し〉を容貌に帯びていることが示唆されているのである。天皇が桐壺更衣の死の前で放棄してしまった〈犯し〉を、光源氏は容姿・身体の上でも鮮やかに帯びているのである。

ところで、引用例で問題となるのは、(f)と(h)の「光る君」に関する、異なった情報である。この矛盾は、賀茂真淵の『源氏物語新釈』が、「まへに世の人光る君いへる其本高麗の相人が名づけ申せしよりいふ」と書いているように合理化できるのだが、その前にふたつの言説の差異を確認しておいた方がよいだろう。(f)と(h)を比較してみると、

(f)は、「世の人」が評判した、藤壺入内後のことで、光源氏と藤壺の二人が相対となっているのに対して、

(h)は、語り手に言い伝えた人が語った、藤壺入内前のことで、光源氏のみが絶対になっていると対照できるであろう。そして、その違いを決定付けるのが、名付けた者が、本朝にとって(f)内部（この世）であるか、(h)外部（あの世＝異人）であるかという相違なのである。王権などの権威は、外部から付与されるという論理を想起する差異である。また、(f)が物語内現実であるのに対して、(h)は秘伝的な間接伝聞であることが対照的であると言えるだろう。

こうした相違を確認した上で、なぜ(h)のように、高麗の相人が、「光の君」と渾名したという伝聞が流布したかという疑問を抱くと、その理由は、物語の表現から解釈すると、「国の親となりて、帝王の上なき位にのぼるべき相おはします人の、そなたにて見れば、乱れ憂ふることやあらむ。おほやけのかためとなりて、天の下を補弼《たす》くる

方にて見れば、またその相違《さう》ふべし」という予言以外にはないはずである。この予言は、帝王でも、それを補弼《ほひつ》する大臣でもないという点で、地位の境界が不在な、〈犯し〉の栄華を告げていると言えよう。「光の君」の〈光〉とは、〈犯し〉を宿した栄華を意味していたのである。

『岩波古語辞典　補訂版』は、「ひかり」の項目で、《ヒカメキ・ヒカヒカと同根。瞬間的に光線が射す意。類義語カガヤキは光がまぶしいようにきらきらする意。テリ（照）は四面に光りわたる意》と書いている。「瞬間的に」という修飾表現は重要で、光源氏は常に輝いているのではなく、瞬間的に光を発する、つまり見る者の主観によって「光線《アウラ》が射す」人物なのである。高麗の相人もそうした瞬間的な光を童児に見た人物の一人なのである。つまり、光源氏は客観・客体として輝いているのではなく、観る主体を通じて「光の君」になるのである。相人は、観相の能力に優れており、予言した相を読み取ったがゆえに、光を感じたのである。それ故、光源氏は、弘徽殿女御側から見れば、些かの光もない「闇の君」と称される場合もあったかもしれないと、想像できるのである。

なお、(f)で藤壺を修辞している「かかやき」を、同じ辞典から引いてみると、《近世前期までカカヤキと清音》と記し、「補足的説明」として「もとは清音であるから、カガヨヒ・カギロヒ・カガチ・カグヤヒメとは語根が別」と記している。「日の宮」も「妃の宮」と解する説もあり、「かがやく日の宮」という語は、安定しない表現なのだが、「かかやく」も客体的なものではなく、観る主体を通過した、関係性・相互性のある語だと言ってよいだろう。

ところで、光源氏を、貴族社会の内部に所属する人なら、たまには観ることができただろう。しかし、藤壺を、実際に観た人々は限られ、それも女性で、桐壺や、成人式以前の光源氏あるいは兵部卿宮などの兄弟のみが、男性として観ることができただけなのである。つまり、光源氏と藤壺の二人を対照できる、「光」と「輝き」を感じた人物は少数であり、狭義の「世の人」は彼女たちなのである。もちろん、評判を噂で知った広義の「世の人」もいたはずである。そうした人々の内で少数者に秘儀的に伝承された伝聞が、桐壺巻の巻末に書かれた(h)の文なのである。彼女たちは、〈犯し〉が「光」であり、それを発見した最初の人物が高麗の相人だと思っていたのである。しかし、幼い光源氏に〈犯し〉の栄華を観た人は、

　帝、かしこき御心に、倭相を仰せて思しよりにける筋なれば……（中略）宿曜のかしこき道の人に勘《かむが》へさせたまふにも、同じさまに申せば、源氏になしたてまつるべく思しおきてたり。（一―一七）

とあるように、倭相やその相を聞いた帝あるいは宿曜の相人もいたのである。そうした人々も光源氏に「光」を読み取ったのであろう。ともかく、自己同一性を〈犯す〉、〈犯し〉の栄華こそが、「光」であり、光源氏は誕生から、〈犯し〉という実存を担っていたのである。(6)

　ところで、〈犯し〉は、外部からの眼差しから把握・認識されていたばかりでなく、彼の実存の内部に巣食っている。この一連の論文では、巻序にしたがって〈犯し〉を分析して行くつもりなので、まず、空蟬物語を取り上げると、帚木巻で、方違いのために訪れた紀伊守邸で、紀伊守との会話から、彼女が守の父伊予介と結婚していることを聞き、光源氏は、

　「似げなき親をもまうけたりけるかな。上にも聞こしめしおきて、『（故衛門督が）『宮仕に出だし立てむ』と漏らし奏せし、いかになりにけむ』と、いつぞやものたまはせし。世こそ定めなきものなれ」（一―一七二）

と述べている。後の空蟬巻の垣間見場面で、

　灯《ひ》近うともしたり。母屋《もや》の中柱にそばめる人や〈わが心かくる〉と、まづ目とどめたまへば、濃き綾の単襲なめり。何にかあらむ上に着て、頭《かしら》つき細やかに小さき人のものげなき姿ぞしたる、顔などは、さし向ひたらむ人などにもわざと見ゆまじうもてなしたり。手つき痩せ痩せにて、いたうひき隠しためり。いま一人は……

（一一一九四）

と描写される空蟬は、容姿や身体にそれほど魅力があるわけではない。かえって長文になるため引用するのは避けたが、軒端荻に、若さも含めて、「はなやかなる容貌《かたち》なり」とか「をかしげなる人と見えたり」という光源氏の認知が、自由間接言説や自由直接言説で叙述されているように、魅力は溢れているのである。なお、引用場面で文末に傍線を付したのは、すべて自由間接言説で、語り手の声と共に、登場人物光源氏の眼差しが叙述されている言説である。つまり、空蟬が光源氏を魅惑するのは、彼女の身体や容貌などではなく、別な理由があるのである。

その場合、第一の理由にあげられるのが、父桐壺の模倣・代行なのである。空蟬は、故衛門督が入内を予定していた女性なのである。父衛門督が死去し、入内は実現せず、経済的事情も加わり伊予介の後妻となったのだが、その不発に終わった入内を、光源氏は代行的に遂行しようとしたのである。その場合、桐壺の模倣には、「父」であることと共に、「王者」であるという、重層する感情が潜んでいることを確認しておいたほうがよいだろう。父への憧憬と反撥のエディプス・コンプレックスと同時に、王権であろうとする志向が、彼の実存の背後に蠢いているのである。桐壺と一体化・同化することは不可能であるにもかかわらず、「父」であり、「王者」であろうと、試行錯誤する〈犯し〉の実存が読みとれるのである。なお、父桐壺に対する感情には、〈愛〉＝〈死〉の物語を聞いた光源氏の、「母親の殺害者」というイメージが加わっていることも、言うまでもないことであろう。復讐すべき他者でもあるのだ。

これと共に、母桐壺更衣の面影を空蟬に発見していることも、指摘しておいたほうがよいだろう。入内は実現しなかったものの、空蟬の環境は母にきわめて類似しているのである。故按察使大納言／故衛門督の入内させたいという遺志は、桐壺更衣と空蟬とを一体化させてしまうのである。母北の方による遺言の実現／空蟬の入内の非実現という相違はあるものの、空蟬も桐壺に寵愛されたかもしれない女性なのである。ここにも母への憧憬というエディプス・コンプレックスと同時に、母の不在が重層的に光源氏の実存を規定していることを想起しておく必要があるだろう。彼は、自分が母を死に追いやったのではないかという不審と、母を渇仰・思慕する思いに引き裂かれているのである。〈愛〉＝〈死〉という主題の中から誕生してきた光源氏は、〈母殺し〉という実存も担っていたのである。それを打ち消すためには、母と同衾することが、再生の儀式として必要なのである。

ところで、光源氏の実存を分析して行くと、どうしても賜性源氏という彼のあり方に突き当たる。彼は、桐壺からもっとも寵愛されていた皇子である。にもかかわらず、兄弟の中で、物語の叙述から想定すると、唯一臣藉に降下されているのも彼なのである。皇位から排除されているからこそ、王権に心が惹かれ、共感と反共感の両義的に引き裂かれた不安の中で、〈犯し〉を実存せざるを得ないのである。それ故、賜性源氏にした父桐壺への怨嗟も読み取っていた方がよいだろう。また、朱雀を始めとする兄弟たちに対する、憧憬と反撥の引き裂かれた感情も読み取れるのである。皇位から排除されているから憧れ、同時に反撥し、その引き裂かれた感情が、彼に不安を齎らすのである。この不安を打ち消すことで、光源氏は〈色好み〉であり、〈犯し〉に自己を投企するのである。内裏社会の中で、帝の一番の寵児でありながら、臣藉に降下されるという不条理に、彼の実存は陥り、その不条理を〈犯し〉として疎外するのである。

こうした光源氏の実存を形成しているさまざまな知＝感覚が、雨夜の品定を契機として、蠢き、その〈犯し〉の実存は、空蟬へと向う。五月雨の夜に淑景舎にある光源氏の宿直所で語られる、女性に対する品定に、一義的に意味規定をする統一的な女性観があるわけではない。頭中将が述べた画一的な三品論も、左馬頭の「今はただ品にもよらじ、容貌《かたち》をばさらにも言はじ……」(㈠―一四二) といった言葉が象徴するように、具体的な例が挙がるにつれ

て境界が曖昧となり、三区分は解体化されてゆく。さらに、左馬頭や頭中将・式部丞たちの体験談を聞くことで、光源氏は、

……」と言ふにも、君は人ひとりの御ありさまを、心の中に思ひつづけたまふ。〈これに、足らずまたさし過ぎたることなくものしたまひけるかな〉と、あり難きにも、胸ふたがる。（㈠―一六六）

という感情に陥る。「人ひとり」とは藤壺のことであるが、「胸ふたがる」という表現は、これまでの叙述から想定すると、不可思議な言説である。後の若紫巻に描かれる藤壺事件の場面から、桐壺巻と帚木巻との間にある四年間の空白期に、二人の最初の密会があったことが分かるのであって、二回目の読みによって「胸ふたがる」という言葉は具体性を帯びて読者に響くのである。(7) つまり、雨夜の品定と言われている三人の男性による会話では語られていない、理想的な女性が実在していることを示唆しているのである。

時間を循環させる二回目の読みから、空蟬は藤壺と重ねられてくる。先に記したように、空蟬は桐壺更衣の形代として設定されており、それは桐壺更衣／藤壺という「紫のゆかり」に重なってくるのである。(8) このように光源氏の空蟬への情念は、さまざまな他者との関係によって生成する。父桐壺・故母桐壺更衣・藤壺・朱雀（その背後にいる弘徽殿女御）をはじめとする兄弟等々、そういったさまざまな他者に網状に織り込まれている光源氏という、個的な〈犯し〉の実存が、空蟬との密通なのである。この時期には、他者とは、憧憬も含めて、光源氏にとって脅迫するものとして現象してくるのである。「御法巻の言説分析―死の儀礼あるいは〈語ること〉の地平――」(9) という論文で分析したように、御法巻のように他者＝紫上が〈愛〉として立ち現れることはないのである。他者に脅かされて、彼の行動と出来事が形成されてくるのである。その場合、過去の出来事や、貴族社会や宮廷内の事件や噂などを伝えた、女房や従者たちの他者の言葉も、光源氏の実存を形成していることをも配慮しておいた方がよいだろう。

桐壺巻には、

母御息所も、影だにおぼえたまはぬを、「いとよう似たまへり」と典侍の聞こえけるを、若き御心地に〈いとあはれ〉と思ひきこえたまひて、常に参らまほしく、〈なづさひ見たてまつらばや〉とおぼえたまふ。(㊀—一一九〜一二〇)

とあるように、藤壺が桐壺更衣の形代(類似・隠喩)であることを語ったのは、典侍(源典侍らしい人物)で、こうした女房や従者の言葉も、光源氏の実存を生みだしているのである。自己とは、こうした他者や他者の言葉で織り為されている実存であり、特に光源氏では、その他者との関係が〈犯し〉を抱えているのであって、そうした実存を空蟬事件という出来事に疎外=表出してゆくのである。

空蟬という人妻を犯す事件の経過については、「帚木三帖の方法——〈時間の循環〉あるいは藤壺事件と帚木三帖——」(10)という論文で分析しているので、再論しないが、「中将の君は、いづくにぞ。人げ遠き心地してもの恐ろし」という空蟬の声を聞いて、「中将召しつればなん。人知れぬ思ひとしるしある心地して」と言いながら、中将の光源氏は一人寝している空蟬の寝所に忍び込む。その際の描写は、

ともかくも思ひ分かれず、物におそはるる心地して、「や」とおびゆれど、顔に衣《きぬ》のさはりて、音にも立てず。「(光源氏の会話文は省略)」と、いとやはらかにのたまひて、鬼神《おにがみ》も荒だつまじきけはひなれば、はしたなく、「ここに人」とも、えののしらず。心地はたわびしく、〈あるまじきこと〉と思へば、あさましく、「人違へにこそはべるめれ」と言ふも、息の下なり。消えまどへる気色いと心苦しくらうたげなれば、〈をかし〉と見たまひて、「(光源氏の会話文は省略)」とて、いと小さやかなれば、かき抱きて障子のもとに出でたまふにぞ、求めつる中将だつ人来あひたる。「やや」とのたまふにあやしくて、探り寄りたるにぞ、いみじく匂ひ満ちて、顔

にもくゆりかかる心地するに、思ひよりぬ。あさましう、〈こはいかなることぞ〉と、思ひまどはるれど、聞こえん方なし。なみなみの人ならばこそ、荒らかに引きかなぐらめ、それだに人のあまた知らむはいかがあらん、心も騒ぎて慕ひ来たれど、どうもなくて、奥なる御座《おまし》にはいりたまひぬ。障子を引き立てて、「暁に御迎へにものせよ」と、のたまへば、女はこの人の思ふらむことさへ死ぬばかりわりなきに、流るるまで汗になりて、いとなやましげなる、いとほしけれど、例のいづこより取う出たまふ言の葉にかあらむ、あはれ知るばかり情《なさけ》々しくのたまひ尽くすべかめれど、なほいとあさましきに、「現《うつつ》ともおぼえずこそ、数ならぬ身ながらも、思し下しける御心ばへのほどもいかが浅くは思うたまへざらむ。『いとかやうなる際は際』とこそはべなれ」とて、かくおし立ちたまへるを、〈深く情なくうし〉と思ひ入りたるさまも、げにいとほしく心恥づかしきけはひなれば、「その際際をまだ知らぬ初事《うひごと》ぞや。なかなかおしなべたるつらに思ひなしたまへるなん、うたてありける。おのづから聞きたまふやうもあらむ。あながちなるすき心はさらにならはぬを。さるべきにや、げにかくあはめられたてまつるもことわりなる心まどひを、みづからもあやしきまでなん」など、まめだちてよろづにのたまへど、いとたぐひなき御ありさまの、いよいようちとけきこえんことわびしければ、〈《すくよかに心づきなし》とは見えたてまつるとも、さる方の言ふかひなきにて過ぐしてむ〉と思ひて、つれなくのみもてなしたり。人がらのたをやぎたるに、強き心をしひて加へたれば、なよ竹の心地してさすがに折るべくもあらず。（㈠—一七五～八）

と書かれている。長文の引用となったが、光源氏の〈犯し〉を、テクストを辿りながら克明に分析するためにあえて採用した。まず、光源氏は、「物」＝悪霊として空蝉を襲ってくる。暗闇の中で衣服が顔に触ってくるのだ。この身体的恐怖は、引用では省略したが、光源氏のもの柔らかな会話によって解消される。彼には、この世の人とは異なった、「鬼神《おにがみ》も荒だつまじきけはひ」が漂っているのである。異人さえ鎮撫する、異常な能力が備わっているのである。光源氏という実存には、外部から知＝感覚しても、実存が〈犯し〉であることが、再確認されているのである。これは空蟬の内部にとっては、〈犯し〉にならないような語り口である。蕩《とろ》けるような甘美さで光源氏は迫ってきたのである。鬼神でさえ荒立つことをやめる気配が漂っているのであるから、空蟬が、懐柔されるのは当然なのである。しかし、人妻空蟬には、常識的倫理性つまり禁忌の意識が働き、〈あるまじきこと〉と判断する。光源氏の行為を、〈犯し〉として拒否しているのである。

それ故に、空蟬は、か細く「人違へにこそはべるめれ」と言うより他に方法はなかったのである。拒否に会うと、〈犯し〉の情念は、さらに高揚する。密通という禁忌の意識が強固になってくるのである。もちろん、この密通という意識は、老いたる伊予介の妻を犯すという悦楽より、父桐壺・母桐壺更衣・藤壺などの他者によって形成されたさまざまな情念が渦巻いているのであって、他者たちとのさまざまな関係性が、拒否に出会うことで無意識的に禁忌違犯意識を昂ぶらせるのである。

それだからこそ、光源氏は、「消えまどへる気色いと心苦しくらうたげなれば、〈をかし〉と見たまひて」と空蟬を認知するのである。「痩せ痩せ」であり、引用文中にも「いと小さやかなれば、かき抱きて障子のもとに出でたまふ」とあるように、極端に痩せていて、小柄で、抱きあげると軽量な空蟬は、それほど魅力ある女性とは思われないのだが、観る者＝感じる者の主観が、小さな身体を〈をかし〉という衣装で装飾するのである。さまざまな他者によって形成された光源氏の主観的な知＝感覚は、〈をかし〉という魅力を、空蟬の身体に感じているのである。

光源氏は母屋にある奥の寝所に空蟬を抱えて入ろうとした時に、女房の中将の君に出会う。彼女の動転した様子が克明に描写されているが、それとは対照的に光源氏は、「どうもなくて」（動も無くて）とあるように平然で、その中将の君に「暁に御迎へにものせよ」と命令するのである。中将の君に、二人の関係が知られてしまい、後には空蝉まで恥辱を味わうことになるだろうと予想されるのだが、悠然とそれを処置する光源氏の言動に、さらなる〈犯し〉が表出されているのである。

光源氏は、後に来るはずの時を意識していないのである。光源氏は計画・企図・企画・計略することを放棄しているのである。一般的な〈実存〉において、現在という時間は、やがて訪れる未来の時間（到達点）を予定し、測定し、想定して行動する。だが、彼は、この密通事件が、どのような波紋を描くかの予想を考えていないのである。つまり、時間過去・現在・未来と流れる時間の線状性を越えて、現在にあの世の時間を持ち込んでいるのである。時間さえ犯しているのである。未来を企図せずに、現在を拡張し、現在の境界を超えて、あの世の虚無の時間を凝視しているのである。なお、この企図しない時間という問題も、この一連の論文の主要な主題である。

光源氏の「御迎へにものせよ」という発話の後に、空蝉は「女」と表出される。この間に、二人の性的関係があったのだろう。「女」という表現は、源氏物語では、同化の記号であると共に、性的関係があった場合にも使用されているから、そのように解釈するのが妥当だろう。二人の性的関係は、黙契化され、空白化されて、「女」というたった一つの言葉で暗示されているのである。

「女はこの人の思ふらむことさへ死ぬばかりわりなきに」と書かれている。光源氏が「思ふらむこと」と「女」＝空蝉が想像しているのは、どんなことであろうか。皇子という身分、入内が予定されていたこと、若さという特権、自分が年上であること、密通の罪、安易に関係を結んでしまったこと、性的歓び、あるいは自分への光源氏の軽蔑など、さまざまな想像を他者の中に発見し、死ぬほど胸が締め付けられているのである。そのため「流るるまで汗になりて、いとなやましげなる、いとほしけれど」とあるように、冷汗をかき、その身体反応が、苦しげで、不憫なので、慰めの言葉をかけるのだが、その光源氏の発話は、「例のいづこより取う出たまふ言の葉にかあらむ、あはれ知るばかり情々《なさけ》しくのたまひ尽くすべかめれど」と、草子地で書かれ、語り手は訝しがり、推測して、称賛さえしているのだが、物語の本文では、その具体的な会話文は書かれていないのである。ただ「いづこより取う出たまふ言の葉」とあるように、彼は、あの世から言葉を紡織する人物であると書かれていることは確認しておくべきだろう。発話までが、この世の〈犯し〉を宿しているのである。

それでも、「なほいとあさましきに」とあるように、あまりのことに呆れ、かつ自分があまりにも不憫なので、彼女は反撥・反撃する。まず、空蟬は「現《うつつ》ともおぼえずこそ」と述べる。悪い夢を見ているような出会いだと述べているのだが、同時に、この発話は、引用でも織られている。若紫巻の藤壺事件でも引用されているのだが、狩の使章段と言われている伊勢物語六十九段の、

　君や来しわれやゆきけむおもほへず夢かうつつか寝てかさめてか
　かきくらす心のやみにまどひにき夢うつつとは今宵さだめよ(12)

という和歌を引歌としているのである。伊勢の斎宮との密会を描いた六十九段を引用することで、この密通が、犯し＝罪の世界に属していることを強調していると共に、空蟬と藤壺の事件が重畳していることを暗示しているのである。(13)

と同時に、「現《うつつ》ともおぼえずこそ」という会話は、空蟬の過去・現在・未来と線状的に流れる日常的な時間の中に、現実とは異質な時を、光源氏が挿入したことを非難しているのであって、時間を〈犯す〉人物が彼であることを示唆しているのである。日常的に目覚めている空蟬の時間に、「現ともおぼえず」という夢のような恍惚とした異郷の時間を、光源氏は暴力的に装塡したのである。光源氏は、時間の流れの中に、襞のような澱みを生成させる

人物なのである。

続いて、空蟬は「数ならぬ身ながらも、思し下しける御心ばへのほどもいかが浅くは思うたまへざらむ」と述べる。屈折した物言いである。実は、省略したが、空蟬に接近し、襲いかかった折に、光源氏は「〈浅くはあらじ〉と思ひなしたまへ」と説得していたのだが、それを切り返した発話なのである。贈答歌の返歌に似た切り返しがなされているので、煩雑な物言いになっているのだが、人数に入らない、人間以下の者だと自分を卑下し、そうした自己に対する、貴種である光源氏の蔑視の気持ちが、浅くはないと切り返したわけである。自分が卑賤な者であるから強姦したのだろうと述べているのである。この物言いは、「『いとかやうなる際は際』とこそはべなれ」という発言に続いてゆく。

この発話は重要だが、古注以来諸説があり、解釈しづらいのだが、「『こうした卑しい身分の者は、所詮身の程に応じて』と世間で言うではございませんか（でも卑賤の者でもそれなりの生き方があるのですよ）」と訳しておくことにしよう。とにかく、激しい抗議・批判になっていることは確かであろう。それ故、光源氏は、自分の「おし立ちて」＝強姦を、〈深く情なくうし〉と思っている空蟬が、気の毒で、自分も気がひけるような有様なので、続く会話を発話する。

「その際際をまだ知らぬ初事《うひごと》ぞや」という光源氏の発話に、会話文の後にも地の文で「まめだちて」と書いてあるように、嘘はないだろう。光源氏は上の品の女性しか知らなかったのである。葵上・藤壺さらに六条御息所を加えても、物語が表層で描いている上では、光源氏と性的関係のあった女性の数は多くはない。もちろん、召人などさまざまな女性が、それに加わるだろうが、中の品に位置する人妻＝家の女は、空蟬が初めての体験なのであろう。身分の違いという境界を、初めて光源氏は犯したのである。雨夜の品定で、女性に階層があることを知った光源氏は、分際を超えた関係を、今体験しているのである。もちろん、最高に理想的な女性である藤壺を空蟬の背後に読み取っていたことは言うまでもないだろう。

続いて、彼は、「なかなかおしなべたるつらに思ひなしたまへるなん、うたてありける」と述べる。「おしなべたるつら」＝世間並みと同列に扱われることを拒否しているのである。高慢な物言いであるが、ここにも犯しが表出していると言えよう。一般人・大衆・民衆などであることを拒絶し、皇子であり、貴種であり、超人であることを主張している思想は、「あながちなるすき心はさらにならはぬを」という発話にも表現されていると言えよう。これまでの男女関係では、「あながち」＝身勝手な「すき心」はなかったと言うのだが、少なくとも、空蟬の場合は「あながち」＝強引な関係以外に理解できないはずである。貴種を誇示して、相手を説得しようとしているのである。これまでも同様だが、光源氏は言霊を使って、その行為・行動を糊塗しているのである。「さるべきにや」も同様で、前世からの因縁があったのかと敢えて訝しがることで、二人の関係を宿縁化、必然化しているのである。それでも、空蟬に「あはめ」＝軽蔑される自分を、「みづからもあやしき」と怪訝に思いながら、「心まどひ」と表出する。彼の行為は錯乱なのである。気持ちの混乱という〈犯し〉が、光源氏に憑依し、このような行動となったのである。「さるべきにや」と宿世論理で説得しようとしても、彼の人妻強姦という行為は必然化できないのであって、「心まどひ」＝錯乱としか理解できないのである。〈犯し〉が憑いていることを、ようやく光源氏は認知したのである。

物語は、光源氏の錯乱をこれ以上に詮索し、追求することを回避する。空蟬は光源氏の「いとたぐひなき御ありさま」という美質に感動し、といって、打ち解けるのはますます自分が不憫に思われるので、〈《すくよかに心づきなし》とは見えたてまつるとも、さる方の言ふかひなきにて過ぐしてん〉と判断し、拒否の態度を強引に貫くのである。さらに肌身を許そうとしない、この空蝉の態度に、「なよ竹の心地してさすがに折るべくもあらず」と、光源氏は匙を投げたのである。なお、傍線を付した文は自由間接言説である。「なよ竹」のように手折ることができないと諦めたのである。場面はさらに続くのであるが、空蝉への最初の〈犯し〉はここで終焉していると言ってよいだろう。

〈注〉

（1）桐壺の帝王学の禁忌違犯については、『入門源氏物語』（ちくま学芸文庫）等を参照してほしい。
（2）本文の引用は日本古典文学全集による。ただし、内話文に山形括弧〈　〉を付けるなど、記号等を改訂している。
（3）引用は、日本古典文学大系。ただし、記号等を改訂している。
（4）壺前栽の〈愛〉＝〈死〉という主題については、注（1）参照。
（5）この言説は、河添房江『源氏物語の喩と王権』や深沢三千男『源氏物語の深層世界』などを意識して発話されている。
（6）「光」については、河添房江「光る君の命名伝承をめぐって」（『源氏物語の喩と王権』所収）等の論文があるが、本稿は自然とそれらの諸説の批判となっているだろう。
（7）二回目の読み（時間の循環）については「藤壺事件の表現構造――若紫巻の方法あるいは〈前本文《プレテクスト》〉としての伊勢物語――」（『物語文学の方法Ⅱ』所収）や、注（1）を参照してほしい。
（8）空蝉物語と藤壺事件の関連性については「帚木三帖の方法――〈時間の循環〉あるいは藤壺事件と帚木三帖――」（『物語文学の方法Ⅱ』所収）を参照してほしい。
（9）上坂信男編『源氏物語の思惟と表現』所収。本書第一部八章。
（10）注（8）の論文参照。

(11)「藤壺事件の表現構造――若紫巻の方法あるいは〈前本文《プレテクスト》〉としての伊勢物語――」(『物語文学の方法II』所収)を参照してほしい。
(12) 引用は、日本古典文学全集本による。
(13) 注(8)の論文を参照してほしい。

〈追記〉本稿は、物語研究会の大会で一九九七年八月二十日に口頭発表した論文である。批判してくれた大会参加者に感謝したい。この発表は、『源氏物語の犯し』という長編になると思われる論文の、「源氏物語正篇の犯し」の書出部分にあたっている。この長編になるはずの論文は、新たな人物論を開拓するために書いてゆくもので、実存分析という方法を確立できたらと思いながら執筆している。なぜ人物論という従来は否定的に評価してきた領域に参加していこうと思ったかという理由は、さまざまなのだが、その一つは指導している学生の多くが人物論を扱っているからで、それならば自分自身で人物論の可能性を探ってみようと思ったからである。もう一つは世紀末にあたって、二十世紀はマルクス主義と並んで実存主義の時代ではなかったかと考えたからである。この時期に、実存主義を批判的に継承しながら、他者という視点を強調することで、登場人物の実存分析が可能となるのではないかと思ったのである。日常世界では、瞬間的に出会った人物も含めて、他者を数え上げることは不可能に近い。実存を形成する他者関係を測定することは無理だと言ってよいだろう。しかし、物語文学などの書かれた散文小説では、源氏物語のように長編でも、他者との相互関係を測定し、登場人物の実存を分析することは可能ではないだろうか。敢えて実存分析という方法を採用して、この視点を極めようとするのはそのためである。この方法が成功するかどうかは分からないが、挑戦してみる価値がありそうだと思えて、まず出発点として書き始めたのがこの論文である。批判を求めたい。

第三章　呪われた実存

――帚木・空蟬巻における光源氏あるいは企図しない／する時間――

一　企図しない時間

前稿「光源氏という実存[1]」という論文で、研究論文としては異例だと思われるほどの長文を引用して分析した、帚木巻後半で、光源氏が空蟬と強引に契る場面で、省略してしまった光源氏の会話文の中で、彼は、

「〈うちつけに、深からぬ心のほど〉と見たまふらん。ことわりなれど、〈年ごろ思ひわたる心の中も聞こえ知らせむ〉とてなん。かかるをりを待ち出でたるも、〈さらに浅くはあらじ〉と思ひなしたまへ」（㈠―一七五）[2]

と述べていた。ここでは空蟬という他者を意識しながら、「嘘も方便」という色好みの実態が、光源氏によって如実に発話されているのだが、逆に言えば日常的な男女関係が、この会話から照らしだされていると言えよう。と言うのは、日常的世界にあっては、〈年ごろ思ひわたる心の中〉無しに、性的関係はあってはならないのである。〈恋ひ〉が〈乞ひ〉でもあるように、憧憬と求愛・誘惑・懇願・前戯などといった必然的で継続した時間なしに、〈性〉は成立してはならないのである。

偶然的瞬間に属する〈性〉は、娼婦=遊女たちのもので、常人のものではありえないのである。源氏物語というテクストは、娼婦=遊女たちではなく、人妻空蝉を通じてこの偶然的瞬間の〈性〉を描きだす。帚木巻の後半で描出される空蝉との逢瀬は、桐壺巻の末尾で描かれる正妻葵上との結婚場面を別にすると、テクストの上で言説化された、光源氏の最初の〈色好み〉的行為なのである。その行為が、偶然的瞬間=娼婦の時間として表出されていることは、源氏物語の根源に潜在的に表象されているものを照射していると言えよう。

この帚木巻の場面が、突発的な「方違へ」から始まるのは重要である。光源氏と空蝉との関係が、偶然的瞬間から始まっていることを象徴しているからである。左大臣邸で供人の一人が、「紀伊守にて親しく仕うまつる人の、中川のわたりなる家なん……」と語らなかったならば、この偶発的な出来事はありえなかったのである。また、紀伊守が「伊予守朝臣の家につつしむことはべりて、女房なんまかり参れるころにて……」と語っているように、伊予介邸で「つつしむこと」がなかったならば、空蝉は紀伊守邸に宿ることはなかったはずである。

この空蝉に関する出来事は、偶然的であるという点で、娼婦の時間の出来事として設定されているのである。にもかかわらず、空蝉は娼婦ではない。伊予介の後妻なのである。これまでは娼婦の時間と書いてきたが、実は、この偶発的瞬間は、〈強姦〉の時間なのである。〈年ごろ思ひわたる心の中〉という発話は、それを糊塗しているのである。源氏物語の物語の上で言説化された、光源氏の最初の色好み的行為は、〈強姦〉から始まっているのである。

先の稿で、空蝉が、入内を約束されていた女性であるがゆえに、光源氏は父桐壺の代行を決意し、空蝉と情交したと書いたが、この情報を得たのは、紀伊守邸で大勢の子供を光源氏が見た際に、偶然に紀伊守の会話で小君の事が話題になったからである。ここでも偶然が強調されているのである。「中将の君は、いづくにぞ……」という空蝉の女房中将の君を呼ぶ声に、「中将召しつればなん……」と強引に中将である光源氏が訪れる箇所も、この出来事の偶発性を示唆・強調していると言えよう。上の品になる可能性がありながら、中の品にならざるをえなかった空蟬という女性との関係は、光源氏が意図・企図・画策・策略したものではなく、偶発的な刹那の出来事なのである。

偶然であることは、意味付けを放棄し、価値付けが不可能になることを意味している。人間の行動・行為は、意図・企図・画策・策略などの計略なしに生成しない。秋の稔りがあるために、春・夏に田を耕し、種を播き、苗を植え、雑草を取るのであって、収穫という後にくる結果・意味を思考して行為がなされるのが、日常であり、常識なのである。点数という成績がないならば、学生たちは授業に出席しないだろうし、給与が支給されないならば、授業で教育することはないだろう。日常生活では、後にくる意味・価値を期待して行動し、時間を引き延ばすのである。

光源氏は、この企図する時間から追放されている。彼女との出会いが、偶発的なものであったことはすでに例証した。空蟬との別れは、「鳥も鳴きぬ。人々起き出でて……」「鳥もしばしば鳴くに、心あわたたしくて、」とあるように鶏鳴が象徴し、その上で、

つれなきを恨みもはてぬしののめにとりあへぬまでおどろかすらむ（㊀一七九）

という別離の歌が詠まれる。歌中の「鳥」と「取り」が懸けられている「とりあへ」という語は、『岩波古語辞典補訂版』では「前以て心づもりをして対処する、不意の事態にきちんとまにあわせる」と記されているように、企図することを意味しているのだが、その語が「ぬ」という辞で打ち消されているのである。企図しない点で、光源氏は倉皇・齷齪《あくせく》として鳴く「鳥」でもあるのである。

この「鳥」でもある光源氏の歌に対する空蟬の返歌は、

身のうさを嘆くにあかで明くる夜はとりかさねてぞねもなかれける（㈠―一八〇）

というもので、「あかで」に「飽く」と「明く」が、「とり」に「鳥」と「取り」が懸詞として用いられているのだが、「とりかさね」の「取り」は接頭語的に使用されており、「鳥」が見せ消ち的に無意味化されているのである。企図しない実存である光源氏を、無意識的であろうが、空蟬は消去しようとしているのである。

この東雲の贈答歌に続いて、

月は有明にて光をさまれるものから、影さやかに見えて、なかなかをかしきあけぼのなり。何心なき空のけしきも、ただ見る人から、艶にすごくも見ゆるなりけり。〈人知れぬ御心には、いと胸いたく、言伝《ことつ》てやらんよすがだになきを〉と、かへりみがちにて出でたまひぬ。（㈠―一八〇）

という著名な情景描写が表出されている。論旨から若干外れるが、分析しておこう。この枕草子の初段に拮抗するかのごとく、後朝《きぬぎぬ》の情景を克明に描写する場面は、傍線が付されているように、自由間接言説で表出されている。語り手の視座と共に登場人物光源氏の一人称／現在の視点が叙述されているのである。その一人称的視点で述べられている「ただ見る人から……見ゆるなりけり」という文章は、源氏物語の批評と研究にとって重要な言説である。源氏物語では、見る／聞く／知る／感じるなどの主体を通じない言説／価値は、ありえないことを宣言しているのである。空蟬が「いと胸いたく」思えるのも、光源氏の無意識的なものも含めた主観なのであって、客観的に魅力的な存在ではないのである。なお、その光源氏の空蟬に対する、さまざまな他者によって形成されている主観性については、本稿の冒頭に引用した論文（1）で克明に分析したつもりである。

帚木巻の後半部分は、「このほどは大殿にのみおはします」という文章から始まる。光源氏はあえて満喫できない左大臣邸を訪れて、紀伊守邸にいる空蟬に逢う機会を狙っているのである。強姦場面から逆転して、企図する時間が開始したのである。まず、空蟬の弟である小君を召して、空蟬との文使いとして利用するのである。だが、「見し夢を……」という光源氏の贈歌に対する空蟬の返歌を、小君は貰うことができないだろう。光源氏が意図・企図・画策・策略などの計略を試みると、失敗・敗北するのである。常識的な日常的な時間に迷い込むと、光源氏は敗残するのである。彼は〈犯さない〉誘惑する実存を選択すると、敗北という刻印を押されるのである。彼の実存は呪われているのである。

　例の、内裏《うち》に日数経《へ》たまふころ、さるべき方の忌《いみ》待ち出でたまふ。にはかにまかでたまふまねして、道の程よりおはしましたり。（㈠―一八五）

という文章から始まる、光源氏が紀伊守邸を再訪問する場面も同様である。「にはかにまかでたまふまねして」という文が示唆しているように、偶然的であるかのごとき「真似」を試みるのだが、空蟬は煩悶しつつ、「渡殿に、中将といひしが局したる隠れに移ろひぬ」とあるごとく、潜伏してしまう。小君を使い、光源氏はさまざまに策略を考え廻らすのだが、そうした誘惑は成就することはないのである。

　それ故、彼は、巻名となる、

　とばかりものものたまはず、いたくうめきて、〈うし〉と思したり。

　　「帚木の心をしらでその原の道にあやなくまどひぬるかな

　聞こえん方こそなけれ」とのたまへり。女も、さすがにまどろまざりければ、

　　数ならぬ伏屋《ふせや》に生ふる名のうさにあるにもあらず消ゆる帚木

　と、聞こえたり。（㈠―一八七～八）

という贈答歌しか通わすことができなかったのである。遠くから見ると見えるが、近付くと見えなくなるという帚

木に、空蟬が比喩されているのだが、企図しないと成功し、企図すると成就しない、光源氏の実存も、この言葉は象徴しているとも言えるだろう。巻名となった「帚木」は、呪われた両義性を抱えている光源氏自身でもあるのである。このように帚木巻の巻名となっている帚木は、この巻の主題群の一つである不条理そのものを表象しているのである。

光源氏は、このため空蟬の形代／ゆかりである小君を抱く。

（小君は）〈いとほし〉と思へり。「よし、あこだにな棄てそ」と、のたまひて、御かたはらに臥せたまへり。若くなつかしき御ありさまを、〈うれしくめでたし〉と思ひたれば、つれなき人よりは、なかなかあはれに思さるるとぞ。（㈠—一八八）

という文章が帚木巻の巻末部分なのだが、この男色関係も偶発的刹那的に起こっている。「あこだにな棄てそ」という言葉を発した途端、ホモセクシュアルな関係が浮上するのである。言葉が、他者との関係性を生成させているのである。なお、文末で「とぞ」という伝聞を用いて、草子地化することで、二人の関係を曖昧化していることにも注意したい。小君との関係も、企図しない時間に所属しているのである。

企図する時間と企図しない時間を、仮に二項対立的に比較すると、生産／消費、日常／非日常、労働／遊戯、農耕／狩猟、弥生／縄文などといったパラダイムが思い浮かんでくる。しかし、この対立は二価的な対照ではなく、日常的には前者が常に優位を保っているのである。その劣位性を伴った後者を、光源氏はさまざまに担っているのである。しかし、後者のパラダイムを担っているからといって、彼が始原・神話・原点に回帰しているわけではない。光源氏は内部にこれらのパラダイムを抱えているのであって、他者によってそうした実存として規定されているのである。劣るが故に、彼は企図しない時間の中でのみ光輝くのである。〈光〉という貴種の実存は、分析を試みると、〈犯し〉の、劣位にある、呪われた実存なのである。

二　企図する時間

帚木巻の後半部分で、光源氏が企図する時間を選択したと言ったが、それは同時に〈犯し〉の始まりを告げるものでもある。空蟬が拒否することで、禁忌が新たに生成したのである。他者の拒絶が、禁忌を生み、それを犯す情念が渦巻いたのである。他者が、光源氏の呪われた実存を生成しているのである。

空蟬巻に移ると、その〈犯し〉の熱情は高揚する。空蟬巻の巻頭は、錯綜した光源氏の情念を描きだす。

寝られたまはぬままには、「我はかく人に憎まれても習はぬを、今宵なむ初めて〈うし〉と世を思ひ知りぬれば、恥づかしくてながらふまじうこそ思ひなりぬれ」などのたまへば、涙をさへこぼして臥したり。〈いとらうたし〉と思す。手さぐりの、細く小さきほど、髪のいと長からざりしけはひのさま通ひたるも、思ひなしにやあはれなり。〈あながちにかかづらひたどり寄らむも人わろかるべく、まめやかにめざまし〉と思し明かしつつ、例のやうにものたまひまつはさず、夜深う出でたまへば、この子は、〈いといとほしくさうざうし〉と思ふ。(㊀―一九二)

巻頭場面は、帚木巻巻末場面に連続している。光源氏の発話は、十二三歳の子供に言う言葉ではないように思われるのだが、これほど女性に憎悪されたことがないと述べ、今宵の体験から、出家を決意することさえ仄めかしているのである。それ故、小君は泣いてしまうのだが、空蟬の形代／ゆかりである小君に、鬱憤を晴している光源氏のこの発話には、滑稽なほど高慢な貴種の人格が示唆されていると言えるだろう。光源氏は、テクストを読まない読者が表象するような完全無欠な美質を持った人物ではないのである。欝憤を晴らすために童（子供）を泣かせてしまうような人物なのである。と同時に、この会話文は空蟬への〈犯し〉の決意表明であることを読み取っておくべきだろう。この巻の主題が提示されているのである。

怨嗟を晴らす発話を聞いて素直に涙する小君に対して、〈いとらうたし〉と思い、光源氏はさらに小君を愛撫する。その愛撫も倒錯しているのである。ホモセクシャルな愛撫をしながら、空蟬の小柄な体や髪の毛などを思い浮かべているのである。弟を愛撫しながら、姉の「通ひたる」姿を思い出す、性的倒錯とエロチシズムから巻を始めているのである。ここには同性でも異性でもない錯乱した〈性〉が描かれていると言えよう。なお、傍線を伏した文は自由間接言説で、光源氏の一人称的視点も書き込まれており、それ故「あはれ」という語が、「第三の性」とエロスの色彩を帯びて輝いてくるのである。なお、自由間接言説であるため、「思ひなしにや」という文は、語り手による草子地であると共に、光源氏自身が自分を訝しがっているようにも読めるのである。

光源氏の空蟬に対する執心は断念できず、そのために小君を責め立てる。

君は〈心づきなし〉と思しながら、かくてはえやむまじう御心にかかり、人わろく思ほしわびて、小君に「いとつらうもうれたうもおぼゆるに、しひて思ひかへせど、心にしも従はず苦しきを、さりぬべきをりみて対面すべくたばかれ」と、のたまひわたれば、わづらはしけれど、かかる方にても、のたまひまつはすは、うれしうおぼえけり。（㈠―一九二）

光源氏は〈心づきなし〉と思うものの、このままでは断念できないという〈犯し〉の情念に憑依され、「対面すべくたばかれ」と、小君をたばかっているのである。網かけは自由直接言説で、小君の一人称／現在の視点が描かれ、彼はついに光源氏の信頼を受け「うれしう」思い、手引きを決意するのである。その光源氏の企図は成就し、幼き心地に、〈いかならんをり〉と待ちわたるに、紀伊守国に下りなどして、女どちのどやかなる夕闇の道たどたどしげなるまぎれに、わが車にて率てたてまつる。（㈠―一九二）

とあるように、夕闇の中を手探りで歩むように、小君の牛車で紀伊守邸に出かけるのである。なお、別に論文を作成し、克明に考証するつもりであるが、「過差（贅沢）」と共に「やつし」も〈犯し〉の一つである。小君という童の牛車で紀伊守邸に出かけることは、中将という官位を犯しているのであって、「忍恋」という「やつし」は、光源氏の実存を暗示していると言えよう。源氏物語は、「過差」と「やつし」という違犯を描いた文学なのである。

空蟬巻の垣間見についてはすでに「源氏物語の〈語り〉と〈言説〉―〈垣間見〉の文学史あるいは混沌を増殖する言説分析の可能性(3)―」という論文で克明に分析しているのだが、実存分析の視点からこの場面を把握してみると、まず垣間見という行為が〈犯し〉であることを確認しておく必要があるだろう。中国の影響らしいが、高貴な女性は、顔を見られてはならないという禁忌を帯びているのである。物語はその禁忌を犯す行為を克明に描写する。垣間見場面では、執拗に空蟬と軒端荻とを対照的に描きだしている。前稿でふれなかった垣間見場面の後半部分を引用すると、

たとしへなく口覆《おほ》ひてさやかにも見せねど、目をしつとつけたまへれば、おのづから側目《そばめ》に見ゆ。目少しはれたる心地して、鼻などもあざやかなる所なうねびれて、にほはしき所も見えず。言ひ立つればわろきによれる容貌《かたち》を、いといたうもてつけて、〈このまされる人よりは心あらむ〉と目とどめつべきさましたり。にぎはしう愛敬づきをかしげなるを、いよいよほこりかにうちとけて、笑ひなどそぼるれば、にほひ多く見えて、さる方にいとをかしき人ざまなり。〈あはつけし〉とは思しながら、まめならぬ御心はこれも思し放つまじかりけり。

見たまふかぎりの人は、うちとけたる世なく、ひきつくろひそばめたる表面《うはべ》をのみこそ見たまへ、かくうちとけたる人のありさまかいま見などはまだしたまはざりつることなれば、何心もなうさやかなるはいとほしながら、久しう見たまはまほしきに、小君出でくる心地すれば、やをら出でたまひぬ。（㈠—一九五～六）

と書かれている。

引用文中の網かけは自由直接言説で、傍線は自由間接言説である。垣間見場面では、こうした一人称／現在の視点が多用されるのである。引用文の前半の段落は、空蟬を見ている箇所である。次の段落は軒端荻を描写している。第三の段落は地の文で、語り手が情景を模倣的に再現した文である。本稿の前章で引用した場面に「ただ見る人から、艶にすごくも見ゆるなりけり」と書かれていたように、光源氏という実存の眼差しから二人が把握されているのであって、その主観性を読み取っておくべきだろう。もっとも比較・対照化するという行為は、その主観性を僅かであるが客観性へと接近させる。それだから、光源氏は〈心あらむ〉と精神的なもので空蟬を優位化するのである。見るという犯しまでが、主観性を帯びてしまうのである。軒端荻に美人度を認めながら、軽々しいと判断しつつ、「思し放つまじかりけり」と自由間接言説を用いて、忘れずに獲得しようとする情念に、さらなる〈犯し〉が示唆されているのである。別の中の品に狙いをつける、「まめならぬ」好き者の姿が表出されているのである。企図する別な時間が始まったのである。しかし、この時間は、今夜には設定されてはいないはずである。

第三段落の地の文は、垣間見という〈犯し〉が、「かくうちとけたる人のありさま」という、さらなる〈犯し〉を伴っていることを示唆している。一般的な碁を打つ姿を言っているのであろうが、しかし、とりすました様子をしていないのは軒端荻で、若い彼女の姿に蠱惑されてもよいのだが、光源氏の眼差しは空蟬に焦点を結ぶのである。遂に光源氏は空蟬の寝所に忍び込む。しかし、かかるけはひのいとかうばしくうち匂ふに、顔をもたげたるに、ひとへうちかけたる几帳の隙間に、暗けれど、うちみじろき寄るけはひいとしるし。あさましくおぼえて、ともかくも思ひ分かれず、やをら起き出でて、生絹《すずし》なる単衣をひとつ着て、すべり出でにけり。（㈠―一八九）

とあるように、空蝉は寝所から脱出してしまう。傍線は語り手と空蝉の二つの声が聞こえる自由間接言説で、空蝉が、光源氏が忍び込んできたことに気付いたことを、強調しているのである。光源氏は企図したために、空蝉を逃がしてしまったのである。企図する時間の中では、敗北・失敗するという、光源氏の呪われた実存が現象したのである。

それ故、続く場面は、

君は入りたまひて、ただひとり臥したるを心安く思す。床の下《しも》に、二人ばかりぞ臥したる。衣《きぬ》を押しやりて寄りたまへるに、ありしけはひよりはものものしくおぼゆれど、思ほしも寄らずかし。〈いぎたなきさま〉などぞ、あやしく変りて、やうやう見あらはしたまひて、あさましく、心やましけれど、〈人違へ〉とたどりて見えんもをこがましく、〈あやし〉と思ふべし。〈本意の人を尋ね寄らむも、かばかり逃るる心あめれば、かひなう、をこにこそ思はめ〉と思す。かのをかしかりつる灯影《ほかげ》ならばいかがはせむに、思しなるも、わろき御心浅さなめりかし。やうやう目覚めて、いとおぼえずあさましきに、あきれたる気色にて、何の心深くいとほしき用意もなし。世の中をまだ思ひ知らぬほどよりは、ざればみたる方にて、あえかにも思ひまどはず。《〈我とも知らせじ〉と思せど、〈いかにしてかかることぞ〉と、後に思ひめぐらさむも、わがためには事にもあらねど、あのつらき人のあながちに名をつつむも、さすがにいとほしければ、たびたびの御方違へにことつけたまひしさまを、いとよう言ひなしたまふ。たどらむ人は心得つべけれど、まだいと若き心地に、さこそさし過ぎたるやうなれど、えしも思ひ分かず。〈憎し〉とはなけれど御心とまるべきゆゑもなき心地して、なほかのうれたき人の心をいみじく思す。〈いづくにはひ紛れて、かたくなし〉と思ひゐたらむ、〈かくしふねき人はありがたきものを〉と思すにしも、あやにくに紛れがたう思ひ出でられたまふ。この人なま心なく若やかなるけはひもあはれなれば、さすがに情々しく契りおかせたまふ。(㈠―一九九〜二〇〇)

と記されている。不条理で呪われた企図しない時間が始まったのである。空蟬は逃亡し、軒端荻が「いぎたなきさま」で寝ていたのである。しかし、人違いだと言えないので、方違えであなたへの思いが募ったといった具合に、上手に口説き、処女と性的関係を結んだのである。これもまた強姦である。光源氏は、物語の描写の上では、犯罪的行為しかできない、呪われた実存なのである。

しかも、軒端荻を抱きながら、光源氏は空蟬のことを想起しているのである。軒端荻がこれを知ったら、こんな屈辱はないであろう。小君の場合と同様に、形代の背後に正身を見ているのである。他の引用文と同じで、網かけは自由直接言説を、傍線は自由間接言説を意味している。二重鍵括弧《が閉じられていないのは、内話文が移り詞になっているからで、「わが」という言葉が示唆しているように、内話文であるが、閉じると、「たびたびの御方違へにことつけたまひしさま」を、具体的に会話文として描出しなくてはならないので、それを回避し、移り詞にしたのである。

文末に「さすがに情々しく契りおかせたまふ」とあるが、この巻の巻末部分に「小君の渡り歩くにつけても胸のみふたがれど、御消息もなし」とあるように、関係をもった後には、軒端荻には手紙さえ送っていないのである。企図する時間を、光源氏は空蟬との敗北の教訓から放棄しているのである。もっとも、夕顔巻の巻末部分で、彼女が蔵人少将と結婚していると聞くと、「死にかへり思ふ心は知りたまへりや」という手紙と、贈歌を送りつけているのであって、人妻という禁忌が生成すると、光源氏は〈犯し〉を発動させるのである。

光源氏は、この後に、

「……この小さき上人に伝へて聞こえん。気色なくもてなしたまへ」など言ひおきて、〈かの脱ぎすべしたる〉と見ゆる薄衣《うすぎぬ》とりて出でたまひぬ。(一—二〇二)

とあるように、空蝉が脱いでいった薄衣を抱き抱えて、部屋を去っている。会話文中の「聞こえん」は便りをおくることを意味しているはずだが、そんな約束も反故にしているのである。空蝉を思慕しながら、処女であった、若い美人を無視するのは、前稿で述べたように、空蝉には父桐壺の代行という、父性と王権という禁忌があるが、軒端荻には、それが欠落していたからであり、拒絶という〈犯し〉を宿していないからである。

場面は、光源氏が老女に見咎められる滑稽な描写へと移行するが、その場面は、

小君近う臥したるを起こしたまへば、うしろめたう思ひつつ寝ければ、ふとおどろきぬ。戸をやをら押し開くるに、老いたる御達の声にて、「あれは誰そ」とおどろおどろしく問ふ。わづらはしくて、「まろぞ」と答《いら》ふ。「夜半《よなか》に、こは〈なぞ〉と歩かせたまふ」と、さかしがりて、外《と》ざまへ来《く》。いと憎くて、「あらず。ここもとへ出づるぞ」とて、君を押し出でたてまつるに、暁近き月隈なくさし出でて、ふと人の影見えければ、「またおはするは誰ぞ」と問ふ。「民部のおもとなめり。けしうはあらぬおもとの丈《たけ》だちかな」と言ふ。丈高き人の常に笑はるるを言ふなりけり。老人《おいびと》、〈これを連ねて歩きける〉と思ひて、「いま、ただ今立ち並びたまひなむ」と言ふ言ふ、我もこの戸より出でて来。わびしけれど、えはた押しかへさで渡殿の口にかい添ひて、隠れ立ちたまへれば、このおもとさしよりて、「おもとは、今宵は上にやさぶらひたまひつる。一昨日《をととひ》より腹を病みて、いとわりなければ、下にはべりつるを、『人少ななり』とて召ししかば、昨夜《よべ》参う上りしかど、なほえ堪ふま

じくなむ」と憂ふ。答へも聞かで、「あな腹々。今聞こえん」とて過ぎぬるに、からうじて出でたまふ。〈なほかかる歩きはかろがろしくあやふかりけり〉と、いよいよ思し懲りぬべし。（一―二〇一～二）

と描かれているように、まず暁という時刻と月光のために、光源氏が姿を発見される個所から始まるのである。しかし、女房の一人が、背が高いためにいつも同僚から笑われている民部のおもとだと誤解したため、光源氏は救われる。光源氏も、その「常に笑はるる」女房であるかのごとく装ったのである。しかし、そのように「をこ」を装ったため、老女房が、すぐに小君の背丈も民部のおもとと同様になると語りながら登場してくる。彼女は腹痛のため自分の部屋に籠もっていたのだが、「人少なり」と空蟬に召され、しかし、腹痛に我慢できずに退出する途中なのである。落窪物語巻之二で、典薬介が、落窪姫君に拒まれて、遂に「腹ごぼごぼと鳴」り、「ひちひち」いう音を発し、さらに「『出でやする』とて、尻をかかへて惑ひ出づ」といった場面と似た情景が出現しているのである。つまり、「あな腹々。今聞こえん」という老女の腹痛で、ようやく危機を逃れることができた光源氏の「をこ」性に、企図した時間が滑稽なものへと傾れ込むことが示唆されていることを確認しておくべきであろう。企図した時間は、稔りが暴風雨等で飢饉へと移行してしまうように、企図しない時間から哄笑され、滑稽化されることがあるのである。まさに、その企図した時間が失敗・敗北化したことを、企図しない刹那の時間が徹底して嘲笑する場面がここに描かれていると言えよう。企図しない時間は劣位にあると書いたが、一瞬ではあるが、企図する時間を哄笑することができるのである。劣位にある時間が、優位にある時間を、腹の皮を捩《よじ》って嗤笑《ししょう》する、呪われた場面が現象したのである。

なお、『源氏物語語彙用例総索引』によれば、「をこ（烏滸）」の用例は、多い巻名から数え挙げると、八例／夕霧巻、六例／総角・東屋巻、四例／蜻蛉巻、三例／帚木・空蟬・夕顔・紅葉賀・行幸巻、二例／夕顔・蓬生・若菜上・手習・夢浮橋巻となる。一例の巻名は省略した。短い巻でありながら、空蟬巻に三例もあり、しかも、引用場面の前に記されている、軒端荻を空蟬と誤解した場面に用いられているのである。

※〈いかにぞ、をこがましきこともこそ〉と思すに（㈠―一九八）

※心やましけれど、〈人違へ〉とたどり見えんもをこがましく（㈠―一九九）

※本意の人を尋ね寄らむも、かばかり逃るる心あめれば、〈かひなう、をこにこそ思はめ〉と思す（㈠―一九九）

が、その用例であるが、意外にも、空蟬巻が光源氏の滑稽な行為を描いた巻であることを、表現の上でも露呈しているのである。

企図した時間は、空蟬の脱いでいった薄衣しか齎らさなかった。

しばしうち休みたまへど、寝られたまはず。御硯いそぎ召いて、さしはへたる御文にはあらで、畳紙《たたうがみ》に手習のやうに書きすさびたまふ。

空蟬の身をかへてける木のもとになほ人がらのなつかしきかな

と書きたまへるを、懐にひき入れて持たり。〈かの人もいかに思ふらん〉といとほしけれど、かたがた思ほしかへして、御ことつけもなし。かの薄衣は小袿のいとなつかしき人香《ひとが》に染《し》めるを、身近く馴らして見ゐたまへり。（㈠―二〇三～四）

とあるように、光源氏は贈歌を空蟬に送り、軒端荻には手紙さえ送っていない。しかも、光源氏はフェティシストなのである。靴などではなく薄衣ではあるが、言外に光源氏がこの衣に頰摺りしている姿さえ想起される言説となっている。形代はフェティシズムでもあるのである。この贈歌に対する返歌は、

〈ありしながらのわが身ならば〉と、取り返すものならねど、忍びがたければ、この御畳紙の片つ方に、

空蟬の羽におく露の木《こ》がくれてしのびしのびにぬるる袖かな

と詠まれはするものの、光源氏の手元には届かないだろう。この歌で空蟬巻は終了するのであるが、この和歌は伊勢集の群書類従本や西本願寺本などに見える伊勢御の作歌で、配達されないこの古歌で、光源氏の企図した時間が、「をこ」で滑稽なものへと移行することを、かろうじて繫ぎ留めているのである。(4)

〈注〉

(1)「光源氏という実存＝桐壺・帚木巻をめぐってあるいは序章・他者と〈犯し〉――」(『文芸と批評』八巻六号所収。本書第一部二章。)なお、その稿は、一九九七年八月二〇日に物語研究会の大会［於水戸］で口頭発表したものである。本稿は、その論文の続編で、今後も、巻序に従って光源氏の実存を長い射程距離で徐々に分析してゆくつもりである。

(2) 引用文は日本古典文学全集。例のごとく、記号等を訂正している。

(3) 双書〈物語学を拓く〉I『源氏物語の〈語り〉と〈言説〉』所収。本書第一部一章。

(4) 返歌を贈ると、光源氏との対話が成立することになり、逆に返歌がないと光源氏が完全に無視された、滑稽化が現象することになる。そうした状況を避けるために、古歌を、贈歌が詠まれている畳紙の端に書くという結末にしたのである。

〈追記〉本稿は、一九九七年一一月一六日(日)に開催された、古代文学研究会(於名古屋)で口頭発表したものを、例会参加者の批判等を参照しながら訂正したものである。討論に加わってくれた参加者に感謝したい。なお、時代錯誤的ではあるが、敢えて「呪われた実存」という、三四十年前風の論文名を採用してみた。

第四章　誤読と隠蔽の構図

――夕顔巻における光源氏あるいは文脈という射程距離と重層的意味決定――

一　「心あてに……」の和歌あるいは隠蔽と誤読

思い出すと〈ゆゆし〉（夕顔巻巻末の光源氏の内話文の言説）としか言えない出来事の始まりは、光源氏が意図的に「やつし」を装ったからである。彼は、「御車もいたくやつしたまへり、前駆《さき》も追はせたまはず、〈誰とか知らむ〉と、うちとけたまひて」と、夕顔巻の冒頭部分で書かれているように、中将という身分を偽って、下賤な者であるかのように振る舞い、「六条わたり」を「忍び歩き」、その「中宿《なかやどり》」に大弐の乳母の病気を見舞う。既に幾つかの論文で示唆的に述べたように、「やつし」は、「過差《くわさ》（贅沢）」とは対照的な営為であると共に、官職という律令制度の根幹であるその自己同一性を侵す、〈侵犯行為〉という共通性を有しており、虚偽の身分という点で表裏をなすものであった。この下賤を敢えて装飾した、官位という自己同一性を隠蔽した、光源氏の「やつし」＝「忍び」が、「小家」の女たちの反応を喚起する。

「やつし」た男が、今上（桐壺）の皇子であり、中将であり、光源氏と字《あざな》されている、貴族社会の中で超一級の著名な十七歳の若者であると知っていたならば、彼女たちは、「白き扇のいたうこがしたるを」に、和歌を「すさみ書き」にして渡すという行為などは、想像もしなかったに相違ない。自分たちに相応《ふさわ》しい好色そうな男性だからこそ、彼女たちの揶揄を込めた恋愛遊戯が始まったのである。

この夕顔巻を扱う論文で、このような書き出しを記したのは、黒須重彦が執拗に「心あてに……」(I)の歌に拘《こだわ》り、『夕顔という女』から『源氏物語探索』までの執念深い著書を発市した、その努力や姿勢に共感すると共に、にも拘らず、彼が源氏物語の方法や視点の根源を理解してはいないのではないかという、不満や不審が常に横たわっていたからである。黒須重彦は、例えば、近頃の『源氏物語探索』でも、

I心あてにそれかとぞ見る白露の光そへたる夕顔の花

という、「そこはかとなく書きまぎらはしたる」、夕顔巻の冒頭部分の解釈の核となる和歌を、二十年前に刊行した『夕顔という女』で解した、

そこにいらっしゃっている方は、もしやあなた様ではありませんか。もしそうであるなら、あなたのご栄光によって、ここに咲くいやしき夕顔の花も、光輝くようでございます。こんなむさくるしいところまでよくお尋ね下さって、うれしゅうございます。

と理解するように要求し、自分の解釈がその後の多くの注釈書に影響したことを、詳細に論述しているのだが、この解読は、物語や和歌解釈などの規範文法などを無視し、現在の研究動向に無理解であると言えるのではないだろうか。

まず、贈答歌の規範文法が理解できていないのではないだろうか。男女間で交わされる贈答歌は、原則として、男が贈歌を詠み、女が返歌するのが規範である。帚木巻の雨夜の品定に描かれている「常夏の女(後の夕顔)」の場

合も、頭中将が余りにも通って来ないので、子供(後の玉鬘)のこともあり、「心細かりければ」「思ひわづらひて」、撫子の花に付けて、「山がつの……」の贈歌を送るのであって、緊急・切実・懇願・非難・叱責などの特別な理由がなければ、女から贈歌を詠みかけることはないのである。とするならば、この女から贈る不躾な贈答歌の規範文法を無視する、香の深く薫きこめてある白い扇に書いてあるIの「心あてに……」和歌は、実質は、返歌(答歌)的なものとして理解する必要があるだろう。

ところで、和歌は、世界史的に俯瞰しても「五七五七七」という、極端に狭義な叙情詩の一つであるため、冒頭句から読んでゆく線条的な第一回目の解釈では、非文法的で、解読不能に陥るのが一般である。題詞や歌人などまでさまざまな諸知識を考慮・動員しながら、形式や意味を理解可能なものに、主体的に再構成する必要があるのである。最後の読みを試みながら、統一的な形式・意味内容を、懸詞・縁語・序詞などの諸形式に配慮しながら、理解して行くのである。特に、和歌言説は、伝統的な特殊な意味を担っている場合が多く、そうしたこれまでに獲得した知的な知識さえ動員して、つまり、さまざまな手続きを経て、ようやく和歌の形式・意味内容が、読者に姿を現すのである。言い換えれば、和歌は、間接的な置換された短詩型定型詩の言説であるため、隠喩や換喩などのさまざまな方法や技法・視点を配慮して、その和歌言説に統一的で統語的に理解可能な、意味・形式に転移・再構成して行かなくてはならないのである。現代語訳や注釈とは、そうした転移・再構成行為の一つなのである。つまり、読者の、知＝感覚やそれ以前の和歌言説に関する知識などが、和歌解釈には強く関与しているのである。

その上で、更にこの夕顔巻の和歌は特殊である。多くの場合、和歌言説の解読では、歌人の意図などを配慮せずに(と言うより分からずに)、読みという転移行為では、読者の和歌に対する感覚や知性・知識を動員して解釈行為が遂行されることになるのだが、この和歌は、源氏物語夕顔巻の、つまり物語文学中の歌であるため、登場人物である歌人たちの意図を、物語の文脈から読み取る必要が生じてくるのである。小家の女たちが、どのような情報のもとで、どのような意図で、なにを期待して詠歌したかなどを、和歌の背景として叙述されている、物語の文脈から読み解く必要があるわけである。和歌文学の読みと、物語文学中の和歌の解釈は、異なっているのである。更に、他の登場人物が、その歌を、どのように解読・理解しているかも判定しなくてはならないのである。また、読者がどのように受容すべきかも測定しなければならないのである。

物語の中で、小家の女たちの得ている情報は、そんなに多くはない。

○「口惜しの花の契りや、一房折りてまいれ」と、のたまへば、この押し上げたる門に入りて折る。

という情報だけなのである。随身が門に入って来たのだから、いくら下賤な者であるかのように光源氏が衣装や牛車等を装っていたとしても、彼女たちは、その車に乗っている人物を、随身を従えている貴族階層に属する若者だと判断しただろう。後に、惟光の策動だと誤解していることを考慮すると、上流貴族などに仕える若い人物だと判断したのであろうか。また、他人の家に植えてある夕顔を折るような行為をするのだから、風流（みやび）な人物だと想定したのであろう。問題は、花を「折る」という行動を、どのように理解したかということである。

「花を折る」「花桜折る」という語に対しては、池田亀鑑の「『花を折る』補考」（『国語と国文学』昭和十一年一月）以来、堤中納言物語集中の花桜をる中将物語を軸に、さまざまに論じられて来た。当事者（男）か対象者（女）かという、男・女のどちらが花に譬喩されているかという論争なのだが、安定した定説的な結論はない。字義的に使用されている場合もないわけではないが、譬喩として、当事者が挿頭のように花で飾るとすると、男の容姿を華麗に装飾する意になるだろうし、対象者を折ると理解するならば、女性を手に入れることになるだろう。用例は前者に解釈される例が多いようだが、決定は保留される。しかし、それではこのＩの和歌の解釈とならないので、両方の意味を込めて、枕草子にも用いられている「花盗人」という語を、「心あてに……」の和歌中の「それ」に当てることとする。つまり、歌を詠んだ小家の女たちは、僅かな情報から、随身が夕顔の白い花を、家人に無断で盗む行為それ自体を、風流な贈歌的行為と判断して、

①当て推量にあなたを風流な花盗人と見ますよ。白露で輝いている夕顔を、盗むなんて。

という、間接的に置換されている、非文法的で理解不可能なこの和歌を、第一回の読みによる僅かな情報しか伝えていない文脈から、統一的な意味内容つまり現代語訳に転移することができるのである。

だが、源氏物語の和歌であるので、小家の女たちの作歌意図を明晰化しただけで、解読を終えるわけにはいかない。『入門源氏物語』などの一連の論著で述べたように、源氏物語では、再読によって意味内容が変転することがあるからである。しかし、二回目の読みの分析をする前に、物語内の光源氏の、このIの歌に対する反応を見ておいた方がよいだろう。

彼もまた、一回目の読みでは、この歌を解読する情報を獲得していないことになる。光源氏が得ている、夕顔の咲いている小家に関する知識は、「をかしき額つきの透影あまた見えて」とあるので、その家には若い女が多数いて、しかも、「宿守《やどもり》なる男を呼」んで、「揚名介《やうめいのすけ》なる人の家になんはべりける。男は田舎にまかりて、妻なん若く事好みて、はらからなど宮仕人にて来通ふ」と聞いて、〈さらば、その宮仕人なり。したり顔にもの馴れて言へるかな〉と思っているだけなのである。この僅かな情報から、この家には、「もの（世）馴れて」いる宮仕女たちがいるらしいことと、前の随身を介した和歌を返歌ではなく、色好み女の積極的な傲慢な贈歌として理解していたことが解る。小家の女たちの返歌的な意図を見抜けずに、

②当て推量に好色者と見ますよ。白露で輝いている夕顔の花を折り、盗むなんて。

と解読したのであろう。「やつし」ているので、自分が光源氏であることは知られていないと思い込み、このように解釈して、返歌として、

II寄りてこそそれかとも見めたそかれにほのぼの見つる花の夕顔

という歌を「ありつる御随身して遣はす」ことになるのである。この和歌は、

③近寄って本当に好色者だと見極めなさいよ。黄昏時にぼんやり見た自分だけが微笑んでいるような白い花の美しい夕顔さんたちよ。

という意図で、光源氏は詠んだのであろう。光源氏は、色好みぶって、好色な宮仕女に相応しく対等に振る舞ったのである。「やつし」ているので、貴族社会の底辺に属している女たちに、それなりに相応しい男として振る舞ったわけである。普段は下級な宮仕の女たちに返歌するなどは、光源氏には想像外なのだが、「やつし」という自己隠蔽が、こうした軽率な行為を呼び起こしたのである。「やつし」という自己隠蔽が、同時に女たちを誤解するという、誤読を喚起したのである。彼は、他者を欺いていると意識しながら、自分自身が欺かれてしまっていたのである。隠蔽は、誤読・誤解を生成するのである。

ところで、源氏物語の「時間の循環」（『入門源氏物語』など）について、ここで強調するまでもないであろうが、源氏物語においては、二回目の読みによって言説の意味が相違し、重層的な意味決定が現象することになる。この夕顔巻における二首の和歌においても同様で、夕顔という女性の素性や夕顔巻の物語展開を既に知っている、二回目の読みを試みる読者は、一回目の読みとは異なった解読をすることになるのである。夕顔の素性や夕顔巻の展開の全てを正確に記憶している読者などはいないだろうが、概ねは、二回目の読みに挑戦していると、忘却の中から後に書かれている出来事が甦ってきて、二首の歌は異なった色彩を帯びて、読者に迫ってくることになるのである。

Ｉの和歌は、①のような解読とは異なり、小家の女たちの詠歌ではなく、夕顔の詠んだものとなり、歌中の「光そへたる」の句にある「光」は、光源氏を指示することになるのである。夕顔巻という長い射程距離を持った文脈の中で、和歌が別の意味に解釈されることになるのである。そうだとすると、

④当て推量にあなたさまと見ますよ。白露で光を増している夕顔の花を。夕影で輝いている光源氏さまよ。

と現代語に転移することができるだろう。「夕顔の花」という句が、第一回の読みでは小家の女たちを指していたのだが、二回目以上の解釈では、光源氏を意味することになるのである。いくら自己隠蔽して「やつし」ていても、夕顔は、光源氏であると見抜いたと理解できるのである。

夕顔は、最初は男が光源氏であると確信できなかったことは、物語内事実であると言えよう。夕顔巻では、

○惟光、〈いささかなことも御心に違はじ〉と思ふに、おのれも、隈なきすき心にて、いみじくたばかりまどひ歩きつつ、しひておはしまさせそめてけり。このほどの事くだくだしければ、例のもらしつ。

とあり、省筆の草子地を用いて、光源氏が夕顔とどのようにして関係を持ったかについて、具体的に描出してはいない。読者が知りたいことを、草子地で省筆し、敢えて忌避することで、焦慮させているのである。しかし、完璧に沈黙・忌避しているわけではなく、いくつかの情報言説を鏤ばめて伝えている。一つは、「やつし」ているばかりでなく、光源氏が覆面を被っていたことである。

○いとことさらめきて、御装束《さうぞく》をもやつれたる狩の御衣《ぞ》を奉り、さまを変へ顔をもほの見せたまはず、夜深きほどに、人をしづめて出で入りなどしたまへば、昔ありけん物の変化めきて、うたて思ひ嘆かるれど、人の御けはひ、はた手さぐりにもしるきわざなりければ、〈誰ばかりにかあらむ、なほこのすき者のしいでつるわざなめり〉と、大夫を疑ひながら、せめてつれなく知らず顔にて、かけて思ひ寄らぬさまに、たゆまずあざれ歩

けば、〈いかなることにか〉と心得がたく、女がたもあやしうやう違ひたるもの思ひをなむしける。

この場面で注視すべきは幾つもあるのだが、まず問題となるのは、光源氏が惟光の狩衣を着用・借用して「やつし」ているばかりでなく、覆面を被っていたことである。どのような覆面を着用していたのかは不明だが、「裏頭《くわとう》」などの当時の風俗を考慮すると、眼だけを露呈して、容貌や表情・感情などを隠蔽していたのであろう。限りなく無名であろうと努力していたのである。この陰密は、二人が廃院に行き、「日たくるほどに起き」るまで続く。その院での交合後の起床場面では、

○顔はなほ隠したまへれど、女の〈いとつらし〉と思へれば、〈げにかばかりにて隔てあらむも事のさまに違ひたり〉と思して、

「夕露に紐とく花は玉ぼこのたよりに見えしえにこそありけれ

露の光やいかに」と、のたまへば、後目《しりめ》に見おこせて、

光ありと見し夕顔の上露はたそかれ時の空目なりけり

と、ほのかに言ふ。

とあり、光源氏は、漸く顔を夕顔に見せたのである。夕顔歌中の「空目なりけり」は、戯れで言った皮肉であろうが、同時にこれまで覆面を被っていた光源氏に対する非難でもあるだろう。想像していたより劣っていたという、字義どおりに解釈することはできないが、反語的言い方と理解するより、もう、以前からあなたのことは分かっていたというもの言いだと、解読した方がよいだろう。つまり、先に引用した場面で描かれていた、〈げにかばかりにて隔てあらむも事のさまに違ひたり〉という光源氏の内話文は、夕顔に対する誤読・誤解であり、既に、「人の御けはひ、はた手さぐりにもしるきわざなりければ」と記してあったように、夕顔は、自分が相手としている男性

は、高貴な選別されている美質を持った人物で、光源氏であるらしいことが分かっていたのである。と言うよりも、後に「九月二十日のほどおこたりはてたまひて……」の場面で、病の癒えた光源氏は、右近から死去した夕顔の素性を聞くのだが、その際に、右近は、

○「などてか深く隠しきこえたまふことははべらん、いつほどにてかは、何ならぬ御名のりを聞こえたまはん。はじめよりあやしうおぼえぬさまなりし御事なれば、『現ともおぼえずなんある』とのたまひて、『御名隠しもさばかりにこそは』と、聞こえたまひながら、〈なほざりにこそ紛らはしたまふらめ〉となん、うきことに思したりし」

と述べているのであって、夕顔は、確信は持てなかったものの、相手をしていた男が光源氏であると初めから分かっていたのである。尼となった大弐の乳母の「家のかたはらに」、夕顔の宿っていた「小家がち」の邸があったのであるから、近隣であるため、尼が光源氏の乳母であり、そのため、光源氏が病気見舞いに訪れたと、想定したとしても無理はないのである。と言うより、そんな噂話を聞き知ったと理解するのは、常識だと言ってよいだろう。光源氏は「やつし」を装う必要はなく、却ってその偽装は、自分の判断を狂わせ、自己欺瞞を呼び寄せたのである。なお会話文中の『御名隠しもさばかりにこそは』という夕顔の会話文は、『御名隠しも源氏の君ばかりにこそはあらめ』などの文章を省略・簡略化・曖昧化した言い方であることは、記すまでもないことであろう。

このように二回目の読みにおいては、夕顔をはじめとした小家の女たちは、光源氏がいくら「やつし」ていても、その正体をさまざまな状況から想定していたのであって、却ってなぜ彼が自分であることを隠蔽しているのかが、理解できずに困惑していたのである。しかも、光源氏は、「やつし」ていたばかりでなく、覆面で自身をさらに隠蔽していたのである。

かつて、「竹取物語の方法と成立時期」（『物語文学の方法Ⅰ』第二部第一章）の、冒頭で「竹取物語は譬喩的に表現すれば、覆面の文学と言える。覆面は、あの生まれかわりの魔術であり、対他的にのみ存在することを求める仮面とは異なり、自己のために纏った不透明さである」と書いたことがある。仮面は変身のために被るのだが、覆面は不透明さを求める隠匿の行為であり、光源氏は、その隠すという行いを見顕わせられてしまっており、却って、相手に魅惑され、耽溺してしまい、一旦は、〈もしか（頭中将）のあはれに忘れざりし人にや〉と疑ってみるものの、彼女の正体を完全に理解するのは、死後、右近に夕顔の素性を聞く折りなのであって、隠蔽・無名化されたのは相手であって、自分ではないという体たらくなのである。

騙そうとして騙されていたのは自分だという、〈をこ〉で滑稽な逆説的な色好みが光源氏なのであって、この巻の前半部では、そうした逆説を読み取らないと、真の姿を現象させないのである。それ故、「げに、いづれか狐なるらんな。ただはかられたまへかし」という、夕顔に向かって言う光源氏の発話も、二回目の読みでは逆説的に響くのであって、「昔ありけん物の変化めきて」も、直截に三輪山伝説の〈引用〉と言うより、逆転したパロディの側面も見るべきであって、任氏伝などの引用の指摘も同様な視点から再検討しなければならないだろう。〈をこ〉で滑稽な喜劇であるがゆえに、夕顔の死という悲劇を喚起したのであって、源氏物語では、常に矛盾する両義的なものに配慮して、読み取って行かなくてはならないのである。

「恥」の意識は、源氏物語を横断する要素だが、この夕顔巻でも、光源氏は〈色好み〉という世評による「恥」を避けるために、「やつし」を選択し、その決断が逆に「をこ」を招いてしまったのである。彼の十七歳の青春時代では、光源氏は、誤読・誤解する実存として、物語世界で呼吸しているのである。この相手を誤読する滑稽な光源氏像を読み取らない限り、夕顔巻における光源氏の物語内実存は姿を現さないのである。

ところで、再び黒須重彦の拘る和歌に回帰することになるが、一回目の読みでは、Ⅰの歌は、小家の女たちの意図では、①の解釈が、光源氏の立場からは、②の解釈が生まれるのだが、二回目の夕顔巻の全貌を知尽している読者の視点からは、④の解読が生成できるだろう。そのどの読みも正しいのである。線条的な一回目の読みも無視することができないし、後の場面が前に記されている出来事を規定するという時間が循環する読みも、可能なのである。このように、源氏物語は、重層的に意味を決定するのである。

それ故、Ⅱの和歌も、③のように解釈できると共に、時間を循環させ、

⑤近寄って本当に私（光源氏）であるかどうかを見極めなさいよ。黄昏時にぼんやりと顔を見た夕顔の花を。

と誘惑の歌意と理解することができるのであって、Ⅱの歌中の「花の夕顔」の句は、小家の女たちではなく、光源氏自身を意味することになるのである。源氏物語は、一義的にしか書くことができない、一般的な注釈・訳注書などを無化する装置を持ち、これまで述べてきた、この言説を多層的に解釈する論文さえ、時には覆すかもしれない、物語世界を実現しているのである。もちろん、この物語宇宙とは、〈示すこと〉ばかりでなく〈語ること〉においても、現象していることは言うまでもないだろう。

ところで、Ⅱの歌は、光源氏は、Ⅰの和歌を贈歌と受け取り、その答歌として詠まれたものであった。しかし、小家の女たちにとっては、随身の夕顔の花を手折る花盗人的な行為を贈歌として受け取り、Ⅰの歌を返歌として詠んだのであって、Ⅱの和歌は、新たに光源氏らしい男が詠んだ贈歌として、受容したはずである。それ故、一回目の読みでは、情報の少ない彼女たちは、

⑥近寄って誰それか見極めなさいよ。黄昏時にほのかに見た微笑んでいるような白い花の美しい夕顔さんたちよ。

という歌意で贈歌を呼んだのであろう。だからこそ、

○まだ見ぬ御さまなりけれど、いとしるく思ひあてられたまへる御側目を見すぐさでさしおどろかしけるを、答へたまはでほど経ければ、「いかに聞こえむ」など、言ひしろふべかめれど、〈めざまし〉と思ひて、随身は参りぬ。

と、この場面の最後で書かれているのであって、IIの歌を贈歌として受け取ったため、女たちは文中で返歌を「いかに聞こえむ」などと言い合って、答歌を考えていたのであって、光源氏の随身は、新たな贈歌など受け取るとは思っていないので、光源氏さまに色好み女たちが贈歌を再度送るのは、「目にあまりある行為だ（めざまし）」と判断して、引き返してしまったのである。「やつし」が生成した誤読・誤解は、このような齟齬を生んでいるのである。なお、引用文中の「いとしるく思ひあてられたまへる御側目」という言説からも、小家の女たちは、男が光源氏であることが分かっていたことが、判断できることは言うまでもないことである。「やつし」、覆面を被り、限りなく自己を不透明化し、他者を瞞着しようとしながら、実は自己を騙すことになってしまった、その喜劇が夕顔の死という悲劇を呼び寄せてしまったのである。

二　物の怪あるいは射程距離と重層的意味決定

初回の読みと、二回目以上の読みで意味が異なる多層的意味決定の現象は、源氏物語における「時間の循環」という方法と関連していることは、他の論文（『入門源氏物語』等参照）でも既に述べたことであるが、同時に文脈という「射程距離」とも関わっていることも明晰化しなければならない。この夕顔巻の論議の軸となっている〈ものの

け〉をめぐって、その射程距離という概念を明確化する試みに着手することにする。「宵過ぐるほど、すこし寝入りたまへるに」という言説から始まる、この「もののけ」出現の場面は、その文に直接に続いて、

○御枕上にいとをかしげなる①女ゐて、「②おのが、〈いとめでたし〉と見たてまつる③をば、尋ね思ほさで、かくことなることなき④人を率ておはして、時めかしたまふこそ、いとめざましくつらけれ」とて、〈この御かたはらの⑤人をかき起こさむとす〉と見たまふ。

と書かれている。このさまざまな論議の対象となっている言説で、〈もののけ〉となった「①女」と「②おの」は、一応同一の呼称だと言ってよいだろう。後に触れるように、差異があると解釈される場合もあるのであるが、「おの」は、ここでは二人称ではなく一人称で、若い女性は使用しないらしいが、物の怪となっているので、年齢に区別は必要ではなく、「己」とも書いてよい自称の代名詞だと理解できるだろう。

また、④・⑤の「人」は、同一人物で、夕顔を指していることにも異論はないはずである。「かき起こさむとす」と書いていることを見ると、この「人」に、物の怪は、憑依しようとしているのである。「③をば」の「を」は、格助詞で、その主格がいるはずで、その人物に対して、物の怪は、敬語を用いていることに留意する必要がある。物の怪より、この人物は上位にあるのである。このように解読すると、この場面の問題点は、①・②の物の怪と、③の主格人物を特定することとなのだが、この二つは関連性があり、それを結び付けているのが、「見たてまつる」などという敬語である。③の人物は、①・②の物の怪より優位・上位・尊敬の位置にいなければならないのである。

第一回の読みで、「もののけ」に関する読者の得ている情報は僅かである。大弐の乳母は病気に罹っているので、可能性がないわけではないが、やはり、線条的に読む限り、「六条わたり」の「女」に仕える、光源氏の召人らしい、「中将の君」(「中将のおもと」とも記されているので、上臈である)が、①・②の物の怪で、生霊となって出現したと

考えるのが妥当であろう。もちろん、その場合、③の人物は、光源氏の通っている「六条わたりの女」となる。この人物が何者かは、巻序に従った線条的な読みでは分からない。

なお、このような説は主張されたことはないようであるが、①を危篤状態にあるらしい、尼の大弐の乳母と理解すると、前提として提示した原則を初めから破ることになるが、②は光源氏で、③は大弐の乳母となり、病気見舞いに来ずに、若い女性に現をぬかしている源氏を知って、生霊となって出現したと把握できるだろう。ただし、物の怪出現場面には、「いとをかしげなる女」とあり、この言説とやや矛盾することになるが、光源氏には若くして死んだ母親憧憬のコンプレックスがあり、それが老婆の乳母を、「いとをかしげなる女」として象形化したと分析することもできるだろう。

再読以上の読みで浮上してくるのは、まず第一に夕顔巻巻末に、

○君は〈夢をだに見ばや〉と思しわたるに、この法事したまひてまたの夜、ほのかに、かのありし院ながら、添ひたりし女のさまも同じやうにて見えければ、〈荒れたりし所に棲みけん物の我に見入れけんたよりに、かくなりぬること〉と思し出づるにもゆゆしくなん。

と記されている言説である。①・②の物の怪は、光源氏の内話文中に登場する、「荒れたりし所に棲みけん物」ということになるだろう。「我に見入れけんたよりに」とも文中で書かれているから、③の人物は、光源氏ということになるのだが、物の怪自身や、「六条わたりの女」とも理解できないわけではない。だが、これらの解釈は、夕顔巻にコンテクストを限定したものであるのにすぎない。文脈には、射程距離が関連しているのであり、源氏物語は五十四帖の拡がりをもっているのである。

射程距離を、葵巻やそれ以降の巻々に拡大した時、①・②の物の怪は、六条御息所の生霊となる。若紫・末摘

花・紅葉賀・花宴巻の四巻を挟んだ葵巻に、文脈を拡げると、この巻には、

○〈いとあやし〉と思しめぐらすに、ただかの御息所なりけり。

と、語り手の視点と共に登場人物光源氏の視線が含まれている、傍線で示した自由間接言説によって、物の怪が六条御息所の遊離魂であると書かれている。光源氏自身が、物の怪が御息所だと確認したのである。この長い射程距離の文脈から、物の怪の正体が明らかにされ、それによって③の人物が光源氏だと判明するのである。もっとも、①の物の怪が六条御息所の生霊だとしても、②の「おの」を光源氏として、③の「を」という格助詞の主格が、六条御息所だという解釈も成立するだろう。こうして源氏物語のテクストに限っても、さまざまな解釈が生成してくるのである。

なお、夕顔巻の巻末場面に記されていた、「荒れたりし所に棲みけん物」は、物の怪を六条御息所と解釈すると、光源氏が、自己欺瞞的に、責任をなにがし院の物の怪に転嫁したと言えるだろう。彼は誤読し、夕顔の死を、自己と関係しない、物語内の実在さえ確認されていない「物」に、無意識的に責任を転移させていたのである。また、本稿では言及しないが、視座を夢浮橋巻まで拡大し、源氏物語全篇における物の怪論も参照する必要があるだろう。

ところで、テクストには外部はない。どのような資料も、考証できるならば、源氏物語というテクストの内部理解に使用できるのである。物の怪という課題に利用できる資料は多い。例えば、歴史的史料を見ていると、これらは、物の怪・物恠・邪気・霊気・疫気・御霊などと記されているのだが、これら御霊信仰を背景とする物の怪は、政変によって死んだ人物の冤魂が引き起こしたもので、葵巻にある、

○「『この御生霊、故父大臣の御霊』など言ふものあり」と聞きたまふにつけて

などという文章を読むと、六条御息所の夫「故前坊」や「故父大臣」が、政変で失脚・死亡して、その恨みを抱い

た御霊が①・②の物の怪で、③の人物は六条御息所だと主張することも可能であろう。資料をさまざまに動員して、この説を、この論文で主張しようとは考えていないのだが、そう言った論も成立するのである。

だが、既に論じたこともあることだが（「源氏物語第三部の方法」『物語文学の方法II』所収）、紫式部集の和歌を、ここで無視するわけには行かないだろう。紫式部集には、夫宣孝の死去後の、絵画をめぐる歌群があり、その中に、

絵に物の怪のつきたる女のみにくきかた描きたる後に、鬼になりたるもとの妻を、小法師のしばりたるかた描きて、男は経読みて、物の怪せめたるところを見て

亡き人にかごとをかけてわづらふもおのが心の鬼にやはあらぬ（四十四）

返し

ことわりや君が心の闇なれば鬼の影とはしるく見ゆらん（四十五）

という贈答歌がある。贈歌は紫式部が、答歌は彼女の女友達か侍女などが、詠んだものであろう。四十四番歌の詞書は、紫式部たちの見た一枚の紙絵についての説明らしいのだが（他の画面にたいする言及が記されていないので絵巻ではないだろう）、絵柄は分からないものの、粗雑な構図をある程度想定できるだろう。

まず、絵巻や写本などは、右から見て行くので、右側から解説することにする。この紙絵は、後にも述べるように三部分に構成されていると想定できるので、右部分を見ると、そこには、おどろおどろしい場面が描かれていたはずである。詞書に述べられているように、後妻（うはなり）が病気に罹り、醜い様子で苦悶している。その後に鬼となった亡き前妻（こなみ）がいる。うはなり打ちのモチーフが、この紙絵の背景にあるのである。

院政期はともかく、この時期の鬼がどのような醜悪な姿をしていたかは、現存資料上では分からない。また、この鬼は、四十四番歌に「亡き人」とあるので、前妻の死霊でもある。前妻の死霊が、物の怪となり、鬼の姿で出現

しているのである。

ところで、この鬼を呪縛している「小法師」が問題である。「憑依《よりまし》」か「護法童子」かが判らないのである。憑依とすると、この小法師は、鬼を片手で呪縛していると共に、もう一方の手に小さな形代（人形）を持ち、それに鬼を乗り移そうとしているのである。形代に鬼を憑依させて、これを川や海などに流すのである。物の怪調伏は、それで完了するのであるだろう。なお、その前に、霊媒は、物の怪として出現した理由や怨恨などを、憑依されながら口走ったはずである。しかし、これは、言葉として発せられるものであるので、絵として描くことは不可能である。そのために、画として前妻を鬼の姿で、後妻の後に表出したのである。

また、この小法師が護法童子だとすると、法力のある祈禱者に駆使される護法は、翁でもある場合もあり、宗派が限られることになる。また、護法童子だとすると、別に鬼霊を宿り憑かせる小童や巫女などの憑人が描かれているはずで、これらの霊媒に物の怪を移し、更に形代に移すという作業が必要となる。詞書にそうした霊媒に対する言及がないので、「小法師」は憑依だと判断されるのだが、確信することはできない。

ところで、右側の場面は、御簾・几帳・屛風などの隔てで区切られていたはずである。修験の法師などの男たちの室内空間と、女や小童などのいる空間は隔てられていなければならないのである。隔てで区切られた中間の場面には、男（夫）が、机や脇息などの上に置いた経を読んで、座っている様子が描かれている。熱心に祈禱している様子が、描かれていたのであろう。その男の熱中さが、物の怪は、男の「心の鬼」だという、四十四番歌の、特性のあるリアルさを喚起したのである。

左側の画面は、これは実際には紙絵に描かれていなかったかもしれない。ただし、当時の絵を見た観者は、この場面を画中から読み取っていたのであって、それについて言及しないわけには行かないだろう。左側には、曼陀羅が掲げられ（多分、物の怪調伏であるから不動明王の絵画だろう）、壇が築かれ、修験者が、修行を行っていたはずである。修行者は、祈禱しながら、密教として、護法を呼び、曼陀羅や壇と一体化して、物の怪調伏を行っていたのである。その場合、修験者は、一人とは限らない。儀式の規模について、詞書は述べていないのである。

この三画面に分割される紙絵を凝視しながら、紫式部は四十四番歌を詠む。この歌も、再構成・再構築が必要となるだろう。「亡き人」とあるので、鬼の姿をしている物の怪が前妻の死霊であることは明らかであるが、鬼になったという怨恨を配慮すると、前妻が死亡後に、後妻を迎えたわけではないだろう。前妻が生存中に、後妻に男が通い、その嫉妬による恨みで、彼女は死去したのだろう。紫式部は、そうした物語を、この絵から読み取ったのである。

「かごと」は「託言」の漢字が当てられているが、『岩波古語辞典』が、「物事の原因・理由・責任を他人や他のことにかこつける言葉の意」と解説しているように、亡き前妻にかこつけて言っているが、という意味であろう。患っているのは後妻で、「も」は、終止形を受けており、不確定なものを提示する係助詞であろう。ここでも「おの」という自称が表現されているが、ここでは詞書中に登場する「男」のことだと解されるだろう。

「心の鬼」は、良心の呵責とか疑心暗鬼を生ずるという鬼などと注されているが、それでよいのだが、詞書に書かれている「鬼になりたるもとの妻」の鬼と呼応していることも読み取っておくべきであろう。源氏物語などの用例を見ると、「心の鬼」は、〈忍恋〉を人に悟られるのを恐れる場合が多く、そうした言葉を、この和歌で敢えて使用したのは、詞書の「鬼」と「心の鬼」とを照応させたいという意図があったからであろう。男の心の中には、絵に描かれている亡き前妻の、恐畏するような醜悪な鬼が棲息しているのである。男の「心の鬼」は、一枚の紙絵の上に鮮やかに表出されているのだ。それを読み取ったところに、この歌の特性があるのである。

紫式部は、紙絵の右画面に描かれていた前妻の「鬼」を、中心・中間もしくは左側に描かれていた、物の怪調伏という絵の主題の一つとなっている、「男」の、心の内部に転移させ、男の内部の深層を凝視する。可視的なものが、不可視なものとなり、男の意図していない世界が生成しているのである。可視的なものの背後に不可視なものを見る、それが受容者の物語営為なのである。この営為は、源氏物語と通底している。この詞書の「鬼」を、男の「心の鬼」と詠む眼差しが、物語読者の眼でなければならないのである。

源氏物語正篇において出現する六条御息所の物の怪は、光源氏だけと対話する。この物の怪が最後に現れる、柏木巻を例として掲げると、そこでは、

○後夜の御加持に、御物の怪出で来て、「かうぞあるよ。〈いとかしこう取り返しつ〉と、一人をば思したりしが、いと妬《ねた》かりしかば、このわたりにさりげなくてなん日ごろさぶらひつる。今は帰りなん」とてうち笑ふ。〈いとあさましう、さは、この物の怪のここにも離れざりけるにやあらん〉と思すに、いとほしう悔しう思さる。宮、すこし生き出でたまふやうなれど……

と書かれている。六条御息所の死霊である物の怪が、紫上から女三宮に憑依し、女三宮の受戒の効果があったためか、身体から離れようとしている場面であるが、そうした表層的に、「あさまし」い出来事として読むことができると共に、紫式部集の四十四番歌の詞書と歌を参照して、物の怪を「男」、つまり光源氏に転移して読むと、どうなるであろうか。明らかに光源氏の心理の内部での対話となるだろう。四十八歳になるまで、源氏は、無意識的な記憶として、六条御息所にたいする罪障感を抱いており、それを忘却することができないため、意識の中では抑圧していた、もう一人の陰にある自分と、対話している場面として読めるのである。

しかし、光源氏の内的葛藤として読む時、この熾烈な正と負（天使と悪魔）の二人の自己対話の契機となった原因

も、問題化しなければならない。引用文中にあるように、物の怪が女三宮から退散しようとしたのは、彼女が受戒し、さらに後夜の加持を行ったからである。言い換えると、女三宮が出家せざるを得なかった状況に追いやった、光源氏の罪過が原因になっていたのである。さらに、文中には「一人」とあり、「このあたり」とは女三宮だが、この「一人」は紫上を指し、彼女が死の噂が囁かれるほどの危篤になった若菜下巻の出来事を意味しているだろう。こうして、源氏物語第二部の主題群の一つである、女三宮降嫁による、紫上の発病、あるいは柏木密通事件と女三宮の出家という出来事を、この引用場面では想起することになるのである。

と言うより、紫上の病気や女三宮の出家に、光源氏は罪障を無意識下に感じているのだが、その罪意識を、死去した六条御息所の物の怪に、「かごとをかけて」転嫁しているのである。こうして、この場面には、紫式部集を参照すると、光源氏が意識下に抑制した輻輳的なものや、無意識に抱えている罪障のさまざまな姿が見えてくるのである。コンプレックスは、幼児期やさまざまな人間環境などから生じるのだが、その根底には、愛＝憎の両義的なものが認められると言われている。つまり、光源氏の桎梏となっている男女関係の暗い部分が、この場面の物の怪として一挙に露呈しているのである。

それゆえ、この場面は、六条御息所の物の怪出現の場面であると共に、光源氏の抱える、紫上や女三宮に対する暗い負の部分が露出し、その無意識的なものが御息所の物の怪に転移されているという、自己の内部での輻輳化した心理葛藤として読めるのである。もちろん、物の怪出現の出来事として表層的に読むことも、紫式部集を内的に参照して、光源氏の心理的葛藤として解読することも、源氏物語の読みとしては物語内的真実なのであって、ここにも重層的な意味決定が現象しているのである。

再び、紫式部集に回帰することになるが、この四十四番歌の詞書と和歌を考慮すると、①・②の物の怪は光源氏の「心の鬼」であり、③の人物は六条御息所となるであろう。ただし、①の「女」の物の怪を光源氏の「心の鬼」として、②の「おの」を六条御息所だと分離して考え、③の人物を光源氏だと、分析・判断する視座もあってよいだろう。

ところで、四十五番歌によると、「心の闇」を抱いていたので、紫式部は、「鬼の影」＝男の「心の鬼」が、「しるく見ゆらん」という状況になるのだと詠んでいる。つまり、前妻の物の怪が、実は男の「心の鬼」として、深層まで凝視できたのは、「心の闇」を抱えていたからだと述べているのである。「心の闇」は、『岩波古語辞典』には「分別を見失った心を闇に見立てていう語」とあり、それはそれとしてよいのだが、「見立て」として譬喩的に理解するよりは、実体的に、字義通りに、心の中に暗雲のように暗黒の世界が拡がっている状態を読み取った方がよいだろう。漆黒の闇の宇宙が、胸の中に溢れそうになるほど拡がっているのである。

「心の闇」は、ほぼ年代記的に配列されている紫式部集を読む限りでは、夫宣孝の死が原因だと考えられるのだが、そうした個的体験ばかりでなく、社会的な不満・不安・拮抗などまで含めてよいだろう。そうした批判意識があったからこそ、男の深層に「心の鬼」が見えたのである。換言すれば、源氏物語をはじめとする紫式部の書いたテクストは、「心の闇」を抱えていないと、その真の姿をあらわさないのである。「心の闇」を抱いていないと、王朝・華麗・貴族・憂愁・豪華・憧憬・優雅・愛欲など、源氏物語をジャーナリズムが装飾する、表層の世界しか見ないことになってしまうのである。源氏物語は、「心の闇」という、批判意識なしに読まないと、その姿を現象しないのである。

これまで分析してきた夕顔巻の物の怪に関して、枝葉を削って、簡略に纏めると、次のような図表になるだろう。なお、この表は、既に論じてきたさまざまな可能性の中で、主要なものを図式化したものであって、夕顔巻における物の怪の多元的意味のすべてを羅列したものではない。

既に、克明に論じたように、この図表以外にも様々な解釈の可能性があるのだが、それらは省略したが、射程距離という概念は、この図式から簡略に理解できるはずである。文脈の射程距離を、どのように設定するかによって、意味変化が起こるのであって、そのどれもが真理として現象しているのである。この重層的意味決定を無視して、一義性の神話に捉らわれて、どれかを選択してしまうと、源氏物語は掌から零れてしまうのであって、批評や研究の標的は、この射程距離の振幅をさまざまに測定し、重層性をいかに増益して行くかに賭けられているのである。

①・②の物の怪	③の人物	射程距離
中将の君	六条わたりの女	一回目の読み
某の院の物の怪	六条わたりの女	夕顔巻
六条御息所	光源氏	葵巻
光源氏の心の鬼	六条御息所	紫式部集

この一義性を拒否して、意味の多層性を求める源氏物語の方法は、物の怪ばかりではなく、あらゆる物語言説に現象している。多元的な視点なしに、源氏物語を読むことができないのである。

例えば、冒頭で述べた夕顔巻の出発点となった「やつし」に回帰すると、一回目の読みでは、「六条わたりの御忍び歩きのころ」と書いてある情報があるだけで、単なる光源氏の常套的な〈色好み〉行為としか理解できないし、さらに進んで夕顔巻を読んでも、「秋にもなりぬ……」という文で始まる場面でも、「六条わたり」に関する情報は僅かで、求愛になかなか応じなかったことや、ものにしてしまった後は光源氏の熱が冷めてしまったこと、「中将のおもと」が仕えている主人なので、上流貴族の女性らしいことなどで、〈なぜ〉光源氏が「やつし」＝「忍び」姿で通わなくてはならないかという、謎は深まるばかりなのである。

彼女が、故大臣の娘で、故前坊の后であることが分かるのは葵巻で、また、前坊の死後、桐壺帝が内裏住みを勧めたのだが、辞退して、六条に住み、娘が斎宮（後の秋好中宮）に選定されたので、野宮に移ったことなども、葵巻でようやく分かるのである。つまり、光源氏が「やつし」ていたのは、色好み行為というより、正妻葵上のいる左大臣家に配慮して、六条御息所に通っていることを、知られまいとしての謀略であったことが理解できるのは、葵巻という遥かに夕顔巻から隔たった後の巻からなのである。なお、「斎宮の御母御息所」と素性が分かるのは葵巻であるが、若紫巻で、六条京極に邸があることや、末摘花巻で、紫上の養育に光源氏が熱中していたために「六条わたりにだに、離れまさりたまふめれば」という状態であったという、言及があるものの、その正体は明瞭に語られてはいないのである。

なお、賢木巻に至ると、この巻は、

○斎宮の御下り近うなりゆくままに、御息所もの心細く思ほす

と書き出されて、続いて、御息所の伊勢下向の決意が述べられている。

○大殿の君（葵上）も亡せたまひて後、〈さりとも〉と、世人も聞こえあつかひ、宮の内にも心ときめきせしを、その後もかき絶え、あさましき御もてなしを見たまふに、〈まことに《うし》と思す事こそありけめ〉と、知りはてたまひぬれば

といった状況なので、このような決心をしたのだが、葵巻での物の怪出現も原因となっているのだろうが、「あさまし」（意外なこととして不快だ）と光源氏が思ったのは、六条御息所自身に愛を拒む人間的欠陥があると思い込み、それゆえ「やつし」＝「忍び」を装って通い、世間を欺いていたと読み取ることもできるのである。ただし、これも光源氏の誤読・誤解で、六条御息所の自負・苦悶・哀愁・苦闘などを理解できなかったのである。このように夕顔巻の出発点であった「やつし」は、一回目の読みと、時間を循環させる読みでは異なり、時間を遡行させる場合も、葵巻で留めるか、その次の巻である賢木巻まで広げるかという、文脈という射程距離によって意味変化が起こってくるのである。この重層・多元的な意味決定性こそが、源氏物語の方法であり、源氏物語の批評や研究が、永続的に問わなくてはならない、目標であり、課題なのである。

第五章　言説分析への架橋

——語り手の実体化と草子地あるいは澪標巻の明石君の一人称的言説をめぐって——

一　語り手の実体化あるいは草子地

正面からこの問題を論じた批評や研究はないのだが、源氏物語は、三人称で叙述されている物語のように理解されているらしい。光源氏・藤壺・紫上あるいは中将・中納言・兵部卿宮さらには少納言の君・右近あるいは惟光・良清などといった登場人物の術語的呼称からも、一般的に、このテクストは、三人称によって記述されていると把握されているのである。しかし、例えば、桐壺巻の、

……隙《ひま》なき御前渡りに、人の御心を尽くしたまふも、〈げにことわり〉と見えたり。(一—九六)[1]

……「なくてぞ」とは、〈かかるをりにや〉と見えたり。(一—一〇一)

といった文章は、語り手がその場で実際に見聞している言説なのであって、一人称的に叙述されているのである。〈内話文〉＋「と見えたり」と述べているのは、その場にいた内裏に仕える女房の一人なのである。なお、「たり」は、完了の助動詞であるというより、アスペクトを表出している辞である。その桐壺巻の語り手である女房は、天

皇付きの、つまり、内侍所の女房で、三位以上の女御には敬語を使用するものの、四位以下の更衣には使わない、典侍の一人として実体化して設定されていることは、これまでの論文で分析している。(2) このように三人称の言説に、一人称的言説が参与するところに、従来から指摘してきた、源氏物語の多層的・多視点的方法の一端が現象しているのである。

これからの分析対象である澪標巻でも、冒頭の場面は、

……神無月御八講したまふ。世の人なびき仕うまつること、昔のやうなり。(二―二六九)

という文章で終わるのだが、「昔のやうなり」と判断しているのは語り手で、あたかも法華八講を実際に見聞した人物が、華やかであった光源氏の過去を想起しながら、一人称的に語っている言説となっているのである。桐壺帝が譲位する（葵巻）以前から光源氏（あるいは、紫上）に仕えていた女房で、神無月の八講にも結縁しに出かけた者の発話として設定されているのであろう。

こうした一人称的言説が源氏物語において表出されているのは、既に、一連の論文で述べたように(3)、この物語では語り手が実体化されているからである。源氏物語では、光源氏などの登場人物の傍らで、彼らの体験を見聞した語り手（多くの場合は女房。ただし、須磨・明石巻の多くの場面のように、例外はあるが、光源氏の従者＝男性の場合もある）たちが、黒衣になって、その出来事を語り、それに加えて、聞き・批評し・筆録し・校訂している「場」が設定されている。その「場」から発せられる言葉が「草子地」なのだが、「主人公たちの傍らで、彼らの体験を見聞した語り手」という条件が、このような一人称的言説を記入させているのである。黒衣が、その姿を僅かであるが現出させた言説が、草子地と言われている記述なのである。

語り手が実体化されているテクストでは、作家は、語り手という他者の言葉と〈対話〉を試みることになる。語

り手たちの階層・階級・状況・イデオロギーなどといった、さまざまな属性を意識化・対象化する必要が、作家に生まれるのである。

源氏物語が書かれた古代後期の所謂摂関政権＝王朝国家体制の社会では、敬語に丁寧語が加わってくるように、階級・階層意識が強く、敬語使用なしに生活することは不可能であった。近代小説のように、全知的視点で物語ることができない状況が、物語文学の背景にあったのである。そうした時代の中で、〈話体〉で書かれる物語文学を生成するためには、源氏物語が示唆しているように、語り手を実体化する方法が有効であった。しかも、その語り手は、中・長篇小説では複数化する必要があったのである。桐壺巻に描かれる宮廷内の密事と、夕顔巻で描出される五条あたりの猥雑な都市の様相を、同時に知っている語り手などは、この時代・社会の中では設定できないのである。それ故に、作家は、語り手と、M・バフチン的な意味での〈対話〉を試みなくてはならなくなる。桐壺巻の語り手（典侍）と、夕顔物語（夕顔巻の夕顔関係の記事）の語り手（右近）との間には、階級・階層・状況・視点あるいはイデオロギーといった属性において、さまざまな差異があり、それを紫式部は、言説として疎外化していかなくてはならなかったのである。

前に引用した桐壺巻の、

……隙《ひま》なき御前渡りに、人の御心を尽くしたまふも、〈げにことわり〉と見えたり。（㈠—九六）

という言説でも、語り手は、天皇側の典侍ではあるものの、冷静に帝の桐壺更衣への寵愛ぶりを把握していることを示しているのであって、冷然と状況を捉えなくてはいけない上流女房の眼差しが描き出されているのであり、実体化された語り手の属性が、見事に刻み込まれているのである。

夕顔巻の、夕顔の没後の場面でも、

……「かく言ふわが身こそは、生きとまるまじき心地すれ」とのたまふも、頼もしげなしや。（㈠—二五四）

……弱げに泣きたまへば、言ふかひなきことをばおきて、〈いみじく惜し〉と思ひきこゆ。（㈠—二五六）

〈かやうにておはせましかば〉と思ふにも、胸ふたがりておぼゆ。（㈠—二六二）

などといった草子地は、夕顔付きの女房である右近の語りで、彼女は、最初は光源氏に不信感を抱いていたのだが、徐々に彼の魅力に捉えられ、夕顔がこの二条邸にいたらとさえ思うようになる過程が、これらの草子地には描きだされているのであって、右近という語り手の心理の展開さえもが叙述されているのである。このように、源氏物語では語り手が実体化されて叙述されているのだが、そのために、作家紫式部は、語り手たちと〈対話〉しなければならなかったのである。しかし、その〈対話〉は、私たちのような読者には見えない、読めないものである。それ故、源氏物語の批評や研究では、〈示すこと〉に対して〈語ること〉を意識的に対処させる必要があるのである。それだれがどのような視点で語っているのかという潜在的なものを、敢えて顕在化させていく作業が求められるのである。言説分析の標的の一つは、この表層化されていない〈語ること〉を顕在化させることなのである。

例えば、澪標巻に続く蓬生巻の主たる語り手は、巻末の長文の草子地が、

かの大弐の北の方上《のぼ》りて驚き思へるさま、侍従が、うれしきものの、いましばし待ちきこえざりける心浅さを恥づかしう思へるほどなどを、いますこし問はず語りもせまほしけれど、いと頭《かしら》いたう、うるさくものうければなむ、「いままたもついであらむをりに、思ひ出でてなむ聞こゆべき」とぞ。（㈡—三四五）

と記しているように、(4)「年ごろ、わびつつも行き離れざりつる人」（㈡—三三二）「老人《おいびと》」（三三六）「女ども」（同上）「年経たる人」（三三七）と表現されている、最後まで末摘花邸に留まった老女房の一人で、たぶん、「侍従がをばの

少将といひはべりし老人」（三三七）なのであろう。彼女（たち）は、一途に光源氏を思慕して、さまざまな誘惑を拒否し、死＝再生の窮乏のどん底に到ったが故に、末摘花は、光源氏の称賛と救済を獲得することができたと語っているのである。光源氏の須磨・明石の貴種流離の裏側で、同じ邸に留まりながら、貴種〈流離〉譚を体験した女性が、末摘花その人だと、その傍らで見聞したことを叙述しているのである。しかし、そうした末摘花礼賛の巻に、

なげの御すさびにても、おしなべたる世の常の人をば目とどめ耳たてたまはず、世にすこし〈これは〉と思ほえ、〈心地にとまるふしあるあたりを尋ね寄りたまふもの〉と人の知りたるに、かくひき違へ、何ごともなのめにだにあらぬ御ありさまをものめかし出でたまふは、いかなりける御心にかありけむ。これも昔の契りなめりかし。（二―三四三）

という草子地が挿入されているのは、なぜであろうか。末摘花を「何ごともなのめにだにあらぬ御ありさま」と貶め、悪し様に述べているのであって、この侮蔑は末摘花の老女房の視点ではないのである。

既に他の論文で述べたことだが、[4]末摘花巻の〈語り〉は、末摘花の老女房や惟光たちなどなのだが、最終的には、紫上付きの女房＝「紫のゆかり」が編集、纏めた体裁になっている。つまり、この草子地は、紫上付きの女房＝「紫のゆかり」の立場・視座から、末摘花に対する軽蔑的な発話が叙述されているのである。こうして毀誉褒貶という対照的な言説が、蓬生巻では、語り手のそれぞれの立場から叙述されているのであって、作家紫式部は、〈語り手〉を他者として措定し、その他者の言葉と熾烈に〈対話〉することで、さまざまな草子地を中心とした語り手の言説を紡いでいったのである。

二　明石君の一人称の語りあるいは言説分析

かつて、「源氏物語と語り手たち」[5]という論文で、手習・夢浮橋巻には、浮舟の長文の一人称の語りが叙述されていることを指摘して、それを克明に分析し、その意義について言及した。しかし、そのような視座で、源氏物語を再読すると、他にもそうした叙述があり、特に澪標巻の明石君の一人称視点はさまざまな課題を提起しているので、仔細に分析する必要がありそうである。論文としては非常識と言える長文の引用になるのだが、まず澪標巻の、光源氏と同時期に、明石君が、住吉詣を行なう場面を読むことにしよう。

その秋、住吉に詣でたまふ。願どもはたしたまふべければ、いかめしき御歩きにて、世の中ゆすりて、上達部殿上人、「我も」「我も」と仕うまつりたまふ。

(a)　をりしもかの明石の人、年ごとの例の事にて詣づるを、〈去年《こぞ》今年はさはる事ありて怠りけるかしこまり〉とり重ねて思ひ立ちけり。舟にて詣でたり。岸にさし着くるほど見れば、ののしりて詣でたまふ人のけはひ渚に満ちて、いつくしき神宝を持てつづけたり。楽人十列《とをつら》など装束をととのへ容貌《かたち》を選びたり。「誰が詣でたまへるぞ」と問ふめれば、「内大臣殿の御願はたしに詣でたまふを、知らぬ人もありけり」とて、はかなきほどの下衆だに心地よげにうち笑ふ。げに、あさましう、月日もこそあれ、なかなか、この御ありさまをはるかに見るも、身のほど口惜しうおぼゆ。さすがにかけ離れたてまつらぬ宿世ながら、かく口惜しき際の者だに、もの思ひなげにて仕うまつるを色節に思ひたるに、〈何の罪深き身にて、心にかけておぼつかなう思ひきこえつつ、かかりける御響きをも知らで立ち出でつらむ〉など思ひつづくるに、いと悲しうて、人知れずしほたれけり。

松原の深緑なるに、〈花紅葉《もみぢ》をこき散らしたる〉と見ゆる、袍衣《うへのきぬ》の濃き薄き数知らず。六位の中にも蔵人は青色しるく見えて、かの賀茂の瑞垣《みづがき》恨みし右近将監《うこんのじやう》も靫負《ゆげひ》になりて、ことごとしげなる随身具したる蔵人なり。良清も同じ佐《すけ》にて、人よりことにもの思ひなき気色にておどろおどろしき赤衣《あかぎぬ》姿いときよげなり。すべて見し人々ひきかへ華やかに、〈何ごと思ふらむ〉と見えてうち散りたるに若やかなる上達部殿上人の、〈我も〉〈我も〉と思ひいどみ、馬鞍などまで飾りをととのへ磨きたまへるは、いみじき見物に、田舎人も思へり。

御車をはるかに見やれば、なかなか心やましくて、恋しき御影をもえ見たてまつらず。河原の大臣の御例をまねびて、童随身を賜はりたまひける。いとをかしげに装束き、角髪《みづら》結ひて、紫裾濃《むらさきすそご》の元結なまめかしう、丈姿ととのひうつくしげにて十人、さまことに今めかしう見ゆ。大殿腹の若君、限りなくかしづき立てて、馬《うま》副童《ぞひわらは》のほど、みなつくりあはせて、やうかへて装束きわけたり。雲ゐはるかにめでたく見ゆるにつけても、若君の数ならぬさまにてものしたまふを〈いみじ〉と思ふ。いよいよ御社の方を拝みきこゆ。

国守参りて、御設け、例の大臣などの参りたまふよりは、ことに世になく、仕うまつりけむかし。いとはしたなければ、「立ちまじり、数ならぬ身のいささかの事せむに、神も見入れ数まへたまふべきにもあらず。帰らむにも中空なり。今日は難波に舟さしとめて、祓をだにせむ」とて、漕ぎ渡りぬ。

(b)　君はゆめにも知りたまはず。夜一夜いろいろの事をせさせたまふ。まことに神のよろこびたまふべき事をし尽くして、来し方の御願にもうち添へ、ありがたきまで遊びののしり明かしたまふ。惟光やうの人は、心の中《うち》に神の御徳を〈あはれにめでたし〉と思ふ。あからさまに立ち出でたまへるにさぶらひて、聞こえ出でたり。

「すみよしのまつこそものは悲しけれ神代のことをかけて思へば」

〈げに〉と思し出でて、

「あさかりし浪のまよひにすみよしの神をばかけてわすれやはする

しるしありな」とのたまふも、いとめでたし。

かの明石の舟、この響きにおされて、過ぎぬる事も聞こゆれば、〈知らざりけるよ〉とあはれに思す。神の御しるべを思し出づるもおろかならねば、〈いささかなる消息をだにして心慰めばや。なかなかに思ふらむかし〉と思す。御社《みやしろ》立ちたまひて、所どころに逍遥を尽くしたまふ。難波の御祓、七瀬によそほしう仕まつる。堀江のわたりを御覧じて、「今はた同じ難波なる」と、御心にもあらでうち誦《ず》じたまへるを、御車のもと近き惟光、承りやしつらむ、〈さる召しもや〉と例にならひて懐に設けたる、柄《つか》短き筆など、御車とどむる所にて奉れり。〈をかし〉と思して、畳紙《たたうがみ》に、

みをつくし恋ふるしるしにここまでもめぐり逢ひけるえには深しな

とてたまへれば、かしこの心知れる下人してやりけり。

(c) 駒並めてうち過ぎたまふにも心のみ動くに、露ばかりなれど、いとあはれにかたじけなくおぼえて、うち泣きぬ。

数ならでなにはのこともかひなきになどみをつくし思ひそめけむ

(d) 田蓑の島に禊仕うまつる、御祓のものにつけて奉る。日暮れ方になりゆく。夕潮満ち来て、入江の鶴《たづ》も心惜しまぬほどのあはれなるをりからなればにや、人目もつつまずあひ見まほしくさへ思さる。

露けさのむかしに似たる旅ごろも田蓑の島の名にはかくれず

道のままに、かひある逍遥遊びののしりたまへど、御心にはなほかかりて思しやる。遊女《あそび》どもの集ひ参れる、

上達部と聞こゆれど、若やかに事好ましげなるは、みな目とどめたまふべかめり。されど、〈いでや、をかしきことももののあはれも人からこそあべけれ、なのめなることをだに、すこしあはき方に寄りぬるは、心とどむるたよりもなきものを〉と思すに、おのが心をやりてよしめきあへるも、うとましう思しけり。

(e)　かの人は過ぐしきこえて、またの日ぞよろしかりければ、幣帛《みてぐら》奉る。ほどにつけたる願どもなど、かつがつはたしける。またなかなかもの思ひ添はりて、明け暮れ口惜しき身を思ひ嘆く。〈今や京におはし着くらむ〉と思ふ日数も経ず御使あり。このごろのほどに迎へむことをぞのたまへる。〈いと頼もしげに、数まへのたまふめれど、いさや、また、島漕ぎ離れ、中空に心細き事やあらむ〉と思ひわづらふ。入道も、さて出だし放たむはいとうしろめたう、さりとて、かく埋もれ過ぐさむを思はむも、なかなか来し方の年ごろよりも、こころづくしなり。よろづにつつましう、思ひ立ちがたきことを聞こゆ。(二—二九二〜八)

以上が、これからの言説分析の対象となる場面なのだが、(a)(c)(e)の明石君に言及している記事において、明石君に対して、敬語が一切使用されていないことから、析出を始めることにしよう。明石巻では、光源氏が、明石の浦を去る、その離別の場面に、「〈いみじうものをあはれ〉と思して、所どころうち赤みたまへる御まみのわたりなど、言はむ方なく見えたまふ」(二—二五九)とあるように、「思し」「御まみ」という敬語が明石君に使われており、また、明石巻以後で彼女が次に登場する松風巻でも、敬語は使用されているので、この澪標巻の敬語不在は異様であると言ってよいだろう。

まず、(a)の記事を分析してみると、この記事の前に、「その秋……」と、光源氏の、願ほどきの、盛大な住吉詣についての、客体的な叙述・説明がなされている。その上で、「をりしもかの明石の人……」という(a)の記事が始まるのだが、「か(の)」という遠称の指示代名詞が示唆しているように、明石君を遠くから捉える眼差しが、この場面を枠取っていることを確認しておく必要があるだろう。(e)の場面も同様で、「かの人は過ぐしきこえて……」と始まるのであって、枠組みは、明石君を遠くから眺めている眼差しとして、設定されているのである。この視座は、結論的に言えば、蓬生巻と同様に、「紫のゆかり」＝紫上付きの女房たちのものなのだが、それには再び言及することになるので、その先に進むと、「立ちけり」「詣でたり」と述べているのは、彼らの言説であろう。

しかし、「岸にさし着くるほど見れば、……神宝を持てつづけたり」という言説は、彼らのものではない。これは明石君と語り手の二つの声が響いている、〈自由間接言説〉なのである。

ここで自由間接言説[6]について、説明しておく必要があるだろう。この言説は、仏語では、le style indirect libre（自由間接体）、独語では、erlebte Rede（体験話法）、英語では、free indirect speech（自由間接話法）とか re-presented speech（描出話法・再現話法）と言われているもので、この頃は、物語学などの分野では、speech（話法）を使用せずに、discourse（言説）が用いられているので、私の論文では「free indirect discourse（自由間接言説）」という用語を用いることにしている。なお、バフチンは、『言語と文化の記号論』で、ゲルトルート・レルヒの uneigentliche directe Rede（擬似直接話法）をもっとも適切な術語として採用している。

バフチンの『言語と文化の記号論』によれば、自由間接言説（擬似直接話法）は、書かれたテクストのみに現象する、「〔引用する〕作者の発話と〔引用される〕他人〔登場人物〕との間の、全く新しい相互関係」（三一九）を表す言説で、「登場人物（被引用者）のアクセント（感情移入）と作者（引用者）のアクセント（距離）とが併用しているということ」（三五一）に特性があると述べている。また「問題の話法〔擬似直接話法〕に関しては、『あれか、これか』の二者択一の難題は、全くないのです。なぜなら、この話法では、〝登場人物〟も〝作者〟もともに語っているということ、この話法では、ただひとつの構文のうちに、違った志向をもつ二つの声の〔違った〕アクセントが保存されているということ、この二点にこそ、この話法のspecificum（特質）があるからです」（三三二）という重要な指摘を行なっている。

さらに、バフチンは、これまでの研究史を総括しながら、この言説が、九世紀の雅歌などに現れるものの、「自覚された形で最初に現れるのは、ラ・フォンテーヌにおいてで」（三四〇）、「さらに一層複雑な性格をみせているのは、フローベールの場合である」（三四一）と指摘している。また、独語においては、「自覚的に用いられた洗練された技法として最初に出現するのは、トーマス・マンの『ブッデンブローク家の人々』（一九〇一年）においてであり、これはおそらく、ゾラの直接の影響を受けてであろう、といわれています」（三四二）と述べている。

なお、G・プリンスの『物語論辞典』(7)では、「free indirect discourse（自由間接言説）」の項で、

……「通常」の間接言説（indirect discourse）の文法的特性を維持するが、再現される発話・思考を導入・限定する付加節（tag clause）（he said that/she thought that）は伴わない。さらに、自由間接言説は、登場人物の言表行為（enunciation）の特性のいくばくかを必ず明示する。つまり、直接的に提示される登場人物の言説に通常結び付けられる特性、ことばを換えれば、三人称の物語言説に対立する一人称の物語言説に通常結び付けられる特性を、自由間接言説は明示するということである。（中略）言語学的には直接言説及び（通常の）付加節を伴う間接言説（tagged indirect discourse）双方から派生できない自由間接言説は、普通、その内部に、二つの言説行為（語り手と登場人物の行為）、二つの文体、二つの言語、二つの声、二つの意味論的・価値論的体系の標識を混淆的に持つと考えられている。しかし、このような二声仮説（dual voice hypothesis）に反対して、自由間接言説は話し手（語り手）を欠く主体・自我の提示として理解されるべきであると主張する理論家（Banfield）もいる。（七一）

と述べている。「付加節（tag clause）」など後に言及する問題も提起されており、「語り手と登場人物」の「二つの声」が「混淆的」に存在しているところに、自由間接言説の特色があるという指摘は、適切なものだと言えよう。ところで、西欧において〈近代〉に成立した自由間接言説が、九世紀末の竹取物語に既に見られるという[8]、この奇跡的な歴史的出来事については、今後さらに分析されなくてはならないのだが、澪標巻の

岸にさし着くるほど見れば、……神宝を持てつづけたり。

という用例や、竹取物語の冒頭場面に記されている、

（竹取翁が見れば）その竹の中に、もと光る竹なむ一すぢありける。あやしがりて、寄りて見るに、筒の中光りたり。それを見れば、三寸ばかりなる人、いとうつくしうてゐたり。（全集本五一）

という連続する自由間接言説の用例や、源氏物語の最初の用例である桐壺巻の、

いつしかと心もとながらせたまひて、急ぎ参らせて御覧ずるに、めづらかなるちごの御容貌《かたち》なり。（一―九四）

の例を見れば解るように、すべてがそうではないのであるが、自由間接言説は、「見れば……」という文に現象する場合が多い。竹取物語の用例で、（竹取翁が見れば）という文を補ったのも、それを配慮したからである。とするならば、この言説は、漢文訓読から成立したと言えるであろう。「見……（也）」といった類の漢文を訓読した、その言説が契機となって、二つの声が響きだす、西欧では〈近代〉に成立する、自由間接言説を、九世紀末に産出することができたのである。ここにも異文化が出会うことで、新たな〈もの＝こと〉を生成する様相の一端が、示唆されているのである。それ故、

（明石君）〈……神宝を持てつづけたり〉と見給ふ。

（翁）〈筒の中光りたり〉と見ゆ。

（桐壺帝）〈めづらかなるちごの御容貌《かたち》なり〉と御覧ず。

などのように、付加節を付けると、自由間接言説は、内話文（心中思惟の詞・心内語・内言）になってしまうのである。付加節（tag clause）というのは、「と」「とて」「など」「と言ふ」「と思ふ」「と見ゆ」などといった、主として「と」という助詞を伴った、直接言説や間接言説であることを示す語句のことで、自由間接言説には、この付加節や敬語が欠落しているのである。

古代後期の、摂関体制とも言われている王朝国家体制は、丁寧語を生み出したように、階級・階層意識の強い社会であった。貴族たちの位階・官職制度が象徴しているような、階級・階層意識の強固な世界では、言語においてもそうした意識が反映し、敬語なしに社会生活を送ることは不可能であった。それ故、『物語文学の言説』に掲載した一連の論文で指摘したように、また、この論文の前半で分析したように、源氏物語では語り手を実体化したのだが、自由間接言説では、この敬語を使用しない所に特色がある。その場合、重要なのは、敬語研究は歴史的な厚みがあり、簡易に措定できないのだが、尊大語・軽卑語・美化語・最高敬語・絶対敬語・自尊敬語などがあるものの、一人称には原則として敬語が使用されないということである。

つまり、敬語意識の強い平安朝の言説の中で、敬語が欠落することは、必然的に一人称的にその言説を読むことを、読者に強制することになるのである。

岸にさし着くるほど見れば、ののしりて詣でたまふ人のけはひ渚に満ちて、いつくしき神宝を持てつづけたり。

という文を読む時、敬語が不在なため、読者は、それに不意討ちに出会い、あたかもこの言説を、一人称的に読んでしまうのであって、自由間接言説が可能だったのは、敬語不在に根拠があったのである。西欧文学の影響がありながら、近代小説において、自由間接言説の自覚的な使用がなかったのも、地の文で敬語が使われていないからである。(9)と同時に、既に述べたように、この文は語り手の認識でもある。それが同一の文にあり、重層的に意味決定がなされるのが、自由間接言説の特性なのである。なお、引用した澪標巻では、自由間接言説の末文に傍点が付されている。

ところで、澪標巻のその文章に続く、

楽人十列《ともつら》など装束をととのへ容貌《かたち》を選びたり。「誰が詣でたまへるぞ」と問ふめれば、「内大臣殿の御願はたしに詣でたまふを、知らぬ人もありけり」とて、はかなきほどの下衆だに心地よげにうち笑ふ。げに、あさましう、月日もこそあれ、なかなか、この御ありさまをはるかに見るも、身のほど口惜しうおぼゆ。

という文中の「おぼゆ」という文はどうであろうか。ここでも明石君に対して敬語がすべて不在であるが、これは自由間接言説ではない。これらの文は、『物語文学の言説』に掲載された一連の論文で、「同化的視点」として扱ってきた言説で、「同化的言説」という用語を使用すべきであるのだが、近似し、世界的にも開かれる術語として、「自由直接言説（free direct discourse）」という用語を、これからは用いることにする。西欧では、主として自由直接言説は、引用符号やダッシュなどの符号を省略して、あたかも登場人物の行為のように示唆する言説を意味しているのだが、プリンスの『物語論辞典』が、「あたかも登場人物の意識に生起しているかのように、直接、当該登場人物の知覚が提示される場合も、自由直接言説の例と見なすことがある」（七〇）と述べているので、拡大解釈も可能であろう。なお、これは、S・チャットマンの『話と叙述―小説と映画における物語の構造―』の説である。

自由直接言説も、敬語不在に特色がある。「おぼえ給ふ」と記せば、地の文になるのだが、敬語が不在なため、読者は登場人物に〈同化〉して、一人称的に読んでしまうのである。しかし、この言説には、語り手の視座はなく、登場人物と語り手（読者）が、一体化・同化しているのである。それ故、『物語文学の言説』では「同化的視点」として扱ったのだが、(10)あえて図式化するならば、自由直接言説は、登場人物＝語り手（読者）とイコールで結ばれるのに対して、自由間接言説は、登場人物↕語り手として拮抗しているところに特性があると言えるだろう。なお、澪標巻の引用場面では、自由直接言説には文末に傍線を付している。

このようにして、澪標巻の明石君の住吉詣の(a)(c)(e)の場面は、敬語不在の自由直接言説と自由間接言説を採用しながら、彼女の視点から、物語は叙述されているのである。つまり、この(a)(c)(e)の場面は、明石君の一人称の〈語り〉なのであって、その視点から読み取って行く必要があるのである。これらの場面を、明石君の一人称的言説として把握することは、光源氏一行との〈距離〉が鮮やかに浮上してくることになるのだが、その前に、(b)(d)の語りを分析しておいた方がよいだろう。

(b)の場面は、光源氏と惟光のみが知り得る秘事を描いており、〈語り手〉は惟光だと断定できるだろう。しかし、注意すべきは、「（光源氏の須磨流謫の艱難を身近にいて熟知している）惟光やうの人は、心の中に神の御徳を〈あはれにめでたし〉と思ふ」という文があり、惟光を三人称的に叙述していることである。また、「御車のもと近き惟光、承りやしつらむ、〈さる召しもや〉と例にならひて懐に設けたる、柄短《つか》き筆など、御車とどむる所にて奉れり」という文でも、語り手の「惟光」を三人称化し、さらに、傍線を付したように、「訝しがりの草子地」が記入されており、〈書き手〉は別の人物として設定されているのである。つまり、書き手は、惟光の〈語り〉を間接言説的に捉え直しているのである。「惟光やうの人」という見下げた言い方や、訝しがりの草子地から想定すると、この場面は、紫上付きの女房＝「紫のゆかり」の一人が、惟光の語りを間接言説的に語り直したことを指示しているのであって、「惟光やうの人」という表現を「見下げた言い方」と記したが、実は、この表現は親しみを込めたものであったのである。

既に述べたように、(a)(e)の明石君視座の場面も、「かの明石の人」「かの人」と遠称で始めるのもそのためで、明石君の一人称視点で叙述されているにもかかわらず、編者は「紫のゆかり」であることを妥協せずに記入しているのである。物語作家紫式部と語り手との〈対話〉は、錯綜するほど重層的なのである。

(d)の語りは、光源氏に密着している。「道のままに、かひある逍遥遊びののしりたまへど、御心にはなほかかりて思しやる。遊女《あそび》どもの集ひ参れる、上達部と聞こゆれど、若やかに事好ましげなるは、みな目とどめたまふべかめり」という二つの文で、「思しやる」と記し、「思しやり給ふ」「思し召す」などと書かずに、敬語を省略し、「べかんめり」という推量の複合語を使って推察しているのは、だれなのであろうか。引用場面ではあえて傍線を付さなかったのだが、この文章も自由直接言説と自由間接言説なのである。さらに、その言説に続いて光源氏の長い内話文が挿入されているのであって、光源氏に敬語が使われて、彼を客体的に描いている表現もあるのだが、この場面は主として光源氏視点で叙述されているのである。そうであるならば、「田蓑の島に禊仕うまつる、御祓のものにつけて奉る。日暮れ方になりゆく。夕潮満ち来て、入江の鶴《たづ》も心惜しまぬほどのあはれなるをりからなればにや、人目もつつまずあひ見まほしくさへ思さる」という和歌の前に記されている文章も、傍線を付けた「なりゆく」は自由間接言説であり、「思さる」は自由直接言説と考えられるだろう。ただし、ここでは「思す」を、軽い敬語と処理しての上の仮説で、ここでは敬語の認定が、言説分析の隘路となる。しかし、この場面は、光源氏に密着した視点で書かれているとは明晰に言えるだろう。

なお、ここでも引歌を纏めた「夕潮満ち来て、入江の鶴《たづ》も心惜しまぬほどのあはれなるをりからなればにや」という訝しがりの草子地が記入されており、「紫のゆかり」によって枠取られていることは言うまでもない。ただし、この草子地は、光源氏自身の訝しがりとも解釈できるもので、これも自由間接言説になっているのである。草子地は、一人称的文脈では、内話文と重なるのである。つまり、この草子地では、語り手と登場人物の訝しがりが拮抗しているのである。このように引用した澪標巻の〈語り〉は、多視点的で、さまざまな視線が交錯しているのである。

ところで、なぜ澪標巻で、明石君の自由直接言説や自由間接言説を多様に用いた一人称視点を挿入したのであろうか。そこにはさまざまな意味付けや解釈があるはずだが、まず言えることは、光源氏の住吉詣と混在して明石君の参詣を同時に描く視点が、存在しなかったと把握することができる。語り手を実体化した源氏物語では、光源氏と明石君を同時に俯瞰する視座が設定できなかったのである。ただし、この場面を明石君に画定する必然はなかったと言える。と言うのは、この場面以前に、光源氏は、明石入道邸に「故院にさぶらひし宣旨のむすめ、宮内卿の宰相にて亡くなりにし人の子」(二七七)を乳母として派遣しているのであって、そうした女房視点を用いてもよかったのである。あえて、そうした設定を拒否して、明石君の一人称視点を採用したのは、「かの明石の人」「かの人」という遠称が示唆しているように、明石君を蔑視・卑下する視点を採用したかったからであろう。彼女を、黒衣である〈語り手〉の位置に設定することで、「紫のゆかり」は自己満足しているのである。

同時に、この設定は、「紫のゆかり」に対する明石君の復讐ともなっている。一人称視点であることは、この場面は、明石君の住吉参詣日記と言えるものなのである。須磨巻に「御目に近くては、げに及ばぬ磯のたたずまひ、二なく書き集めたまへり」(二—一九二)とあり、絵合巻に須磨・明石の絵日記が登場するように、光源氏が絵日記を描いていた。その後で、明石君も住吉参詣日記を語り、書いていたのである。その読み手は、明石姫君以外に考えられない。中宮となるこの姫君が、この日記を読む時、明石君の光源氏一行と対照化されている苦悩や絶望は、輝きを帯びるのである。明石一族が栄華を極めた藤裏葉・若菜巻を読んだ、二回目の読み(11)の視点から見ると、この場面の「紫のゆかり」視点が復讐されるのである。蔑視は、敗北へと回路をめぐらしているのである。第一部の光源氏の栄華が、実は若菜巻の明石入道の遺言によって、明石一族の運命にささえられていた事が明らかになるように、(12)語り手として扱われる明石君の〈語り〉は、さらに拡大した文脈に挿入されると、まったく異なった色彩で輝きだすのである。

惟光の語りや光源氏に密着した視点が描かれるのも、こうした逆転した解読を加える必要があるだろう。惟光によって明石君の参詣を知りながら、光源氏は、この邂逅を贈答歌ですましてしまう。それ故、明石君の視点と光源氏の視座は出会うことなく、すれ違い、離別する。それを強調するために、自由直接言説や自由間接言説を鏤めた二人の視点が叙述されているのだが、この贈答歌でしか交流できない邂逅は、光源氏の残酷な非情を表層では意味している。しかし、開かれた文脈で読むと、ここで会見することは、明石姫君の鄙誕生を確認することになるのだ。畿外生まれの姫君では、澪標巻で「宿曜に『御子三人、帝、后必ず並びて生まれたまふべし。中の劣りは、太政大臣にて位を極むべし』と勘《かむが》へ申したり」と記されている予言を実現できないのである。明石君と姫君には、大堰山荘のような、いくつかの通過儀礼が必要なのであり、その階梯を踏むことで、一族は栄華を獲得することができるのである。残酷と見えたものは、慈愛に通底していたのである。

源氏物語は、言説分析を通じて、多層的・多視点的視野を読み解くことで、重層的な意味の世界を垣間見させる。

〈注〉

（1）源氏物語の引用は全集本。ただし、内話文を〈　〉で表記するなど、記号などで訂正した箇所がある。

（2）『物語文学の方法Ⅰ・Ⅱ』『物語文学の言説』に掲載した、一連の「語り手」論を参照してほしい。

（3）『物語文学の言説』第三部第六章所収。

（4）蓬生巻の語りについては、『物語文学の言説』第三部第三章を参照してほしい。

（5）注（3）参照。

（6）この言説は、一九九二年一月下旬の源氏物語輪講のゼミで、学生の質問から偶然に発見したものである。もちろん、その前からこの言説に興味を持ち、特に、M・バフチンの『マルクス主義と言語哲学』（桑野隆訳）〔後にミハイル・バフチン著作集④『言語と文化の記号論』（北岡誠司訳）という翻訳も刊行されている。本稿では、後者を使用している〕の第三部の強烈な印象があったから（なお、バフチンは、この言説を擬似間接話法として扱っている）、学生の質問から、自由間接言説を想起したのである。その学生の質問は、明石巻の「……いづ方となく行く方なき心地したまひて、ただ目の前に見やらるるは、淡路島なりけり」（二―二二九）という文章に対して、草子地的ではないかというものだった。それに促されて、「淡路島なりけり」という表現には、登場人物光源氏と語り手の二つの声が響いていると判断して、自由間接言説だと指摘したのである。光源氏が「淡路島なりけり」と（一人称的）に気付いていると読めると同時に、語り手が「けり」を用いて、光源氏を（三人称的に）客体化して描いているとも解釈できる言説なのである。その授業には、四月から英・仏語のバイリンガルで授業を行なうトロントのMcGill大学の教員となることが決まっていた、T. La Marre君も参加していて、この説に賛成してくれたので、自信を得たのだが、帰宅して、もう一度源氏物語を調べてみると、自由間接言説が多量に鏤められており、驚愕すると共に、興奮した。さらに、竹取物語を開くと、

その竹の中に、もと光る竹なむ一すぢありける。あやしがりて、寄りて見るに、筒の中光りたり。それを見れば、三寸ばかりなる人、いとうつくしうてゐたり（全集本五一）

と、冒頭場面に、自由間接言説が書き込まれていたのである。この三つの文には、翁の眼差しと語り手の視座という二つの声が拮抗しているのである。九世紀後半に既にこの言説が成立していたのである。なお、この驚きを、一

九九二年五月二三日に早稲田大学で開催された物語研究会の第一八三回例会で、「言説分析の可能性—明石巻の一場面あるいは語り手と話法—」という題で発表したが、まだこの発表は論文化していない。

なお、研究史を繙いてみると、源氏物語の批評や研究では、この言説に気付いていなかったわけではない。特に、先駆的な西尾光雄の体験話法論や根来司の『平安女流文学の文章の研究』に掲載されている「なりけり」関係の一連の論文は重要で、根来司は「ただ目の前に見やらるるは、淡路島なりけり」という明石巻の文章まで引用して、「このように源氏物語を見てゆくと話主が作中人物に見入って描写する、話主が作中人物の意想外の驚きをその人物になりきって描写する『なりけり』の多いことに気づくが、これは話主が作中人物とそのことを同時間に経験したという現実感のあふれたなまなましい表現であった」（九九）とまで述べているのである。ただし、根来司は、「作中人物と話主とが一体になっている」（九七）言説を、「なりけり」などに限定し、しかも、登場人物（作中人物）と語り手（話主）との二つの声が拮抗している自由間接言説を、「一体」と捉えてしまったためにその後の展開を閉じてしまっていたのである。

また、野村精一は、「草子地の語法について—源氏物語の表現空間㈡—」（『源氏物語の探求』第三輯所収）や「異文と異訓—源氏物語の表現空間㈢—」（『源氏物語とその影響　研究と資料』古代文学論叢第六輯所収）で、「草子地に多用される語法」として、この言説を扱っている。もっとも、野村精一らしい分析なのだが、「この作品（栄花物語）の作者にとって、書かれた事実—歴史的事実—と現実の場との差異弁別の意識がないのである。あらゆる書かれたできごとに対して主情的に詠嘆しつづけるのである。こうした言語空間の中では、聞き書きであろうと原資料だろうと、他者の言語という意識は生まれるわけはない。極めて日本的な、ことばとその表示されたものとの間の同定化が行なわれている。つまり、地の文はすべて草子地なのである」（㈢—三九）と書き、世界的な、書かれた散文テクストに現象する言説を、「主情的」「日本的」なものと扱い、〈日本的学者〉の姿を露呈して、その可能性を切断してしまったのである。

この分野における研究史の中で、もっとも重要なのは、アマンダ・スティンチクムの「『浮舟』——話声の研究」

（高橋亨共訳。『日本文学』一九八〇年九・一〇月号。日本文学研究資料新集『源氏物語―語りと表現―』再録）であった。ウルフと比照しながら、彼女は自由間接話体にまで言及し、新たな可能性を示唆していたのだが、彼女に影響を与えたアウエルバッハの『ミメーシス』を比喩形象の視点から読み、彼が第五章のヴァージニア・ウルフをもとに、最終章で多視点性・意識の流れ論など現在言説分析の課題として浮上してきている問題を提起していたことに気付いていなかったように、彼女の論文もそうした視座から読み、誤読してしまっていた。この論文は、現在のもっとも先端的な言説分析の最初の作業として位置付けることができるものである。

なお、「淡路島なりけり」の「けり」は、登場人物の立場からすると〈気付き〉の意味であり、語り手の視座から見れば〈語り〉の助動詞になるのであって、こうした二重の意味という点で、自由間接言説は、従来の文法理論にも挑発していると言えよう。

さらに、自由間接言説は、日本においてまったく無視されていたわけではなく、中川ゆきこ著『自由間接話法―英語の小説にみる形態と機能―』という論文集が刊行されており、主として英文学の分析なのだが、翻訳の問題や日本の近代小説（石川達三など）にも言及しているのである。また、近頃では、日本の近代小説を対象とした、工藤真由美の「小説の地の文のテンポラリティ」（『ことばの科学』6所収）という論文なども発表されている。ただし、日本人による外国文学関係の研究には、努力したものの、充分に調査を行なっていない。

（7）遠藤健一訳。

（8）注（6）参照。

（9）近代文学において、自由間接言説が存在しないわけではない。近頃、必要があって再読した宮沢賢治の『注文の多い料理店』では、文末の大部分は「した。」で終わるのだが、「です。」「ます。」で終わる文が8箇所程度あり、それらの文はすべて自由間接言説であった。注（6）で指摘した工藤真由美論文のような分析が、近代文学研究でも試みられるべきであろう。

（10）『物語文学の言説』に掲載されている「索引」の「同化」および「同化的視点」の項で記されている箇所が、主として扱っている。参照してほしい。

（11）『源氏物語躾糸』など参照。

（12）『物語文学の方法II』第三部第一五章参照。

第六章　篝火巻の言説分析

——具体的なものへの還元あるいは重層的な意味の増殖——

一　《反応》、光源氏から見た内大臣像

言説分析は、言説分類・区分を基盤にしているので、科学的で合理的な視点だと理解される側面があるのだが、既に発表した諸論文が示唆しているように[1]、実はテクストにさまざまな混沌《カオス》を与える視座に他ならない。しかし、混沌の坩堝にテキストを溶解すると同時に、敷衍的にこの具象的な方法を流布しないで、この視座を極度に伸張してしまうことはできないだろう。それ故、敢えて、源氏物語の一帖全体を分析対象として扱うことで、言説分析の展望の多様な可能性を、具体的に探る試みを選択してみることにした。そこで、短いという点に拘って篝火巻を取り上げることにする。玉鬘十帖の一帖を占める、批評や研究の対象になりがたかった篝火巻は、全集本で五頁に満たないテクストであるからである[2]。篝火巻の全巻の言説を扱うのは、言説分析が、単なる分類や区分ではなく、具体的なものへと還元する方法そのものに他ならないことを提示するためである。しかも、その具体的なものの意味は多層的で、その犇《ひしめ》きあう意味のテキストを、さまざまな反転を重ねながら試行錯誤することで、どのような読み

の可能性を紡織していくかが、この論の賭けなのである。

このごろ、世の人の言ぐさに、「内の大殿《おほいどの》の今姫君」と、事にふれつつ言ひ散らすを、源氏の大臣《おとど》聞こしめして、〈ともあれかくもあれ、人見るまじくて籠りゐたらむ女子《をむなご》を、なほざりのかごとにても、さばかりにものめかし出でて、かく人に見せ言ひ伝へらるるこそ、心得ぬことなれ。いと際々しうものしたまふあまりに、深き心をも尋ねずもて出でて、心にもかなはねば、かくはしたなきなるべし。よろづの事、もてなしがらにこそ、なだらかなるものなめれ〉と、いとほしがりたまふ。

篝火巻は「このごろ」という言葉から始まる。常夏巻の後半で話題となっている近江君事件を、別の立場から扱う姿勢を示す冒頭語である。紅梅・橋姫巻などの巻頭語「その頃」とは異なり、源氏物語の他の巻の冒頭文には、「このごろ」は用いられていないのだが、狭衣物語の、いわゆる第二冒頭文は、

この頃、堀川の大殿《おとど》と聞えさせて、関白し給ふは……（大系本。三一）

とあり、それなりの影響力をもった語り口なのである。この巻の前に置かれている常夏巻の後半は、内大臣邸と弘徽殿を背景として、内大臣（頭中将）・弘徽殿女御あるいは源氏物語における三滑稽の一人と言われている近江君を主登場人物とする物語で、頭中将方の視点から、内大臣の苦悶と近江の君の「をこ」＝滑稽さが描かれていた。それ故、「このごろ」という書き出しは、その近江君事件を、光源氏方の視座で捉え直すことを示唆している。事実、この冒頭の段落は、表層的には、近江君事件に対する、光源氏や玉鬘の〈反応〉を描き出しているのである。

ところで、全集本は、鉤括弧を付けずに、「内の大殿《おほいどの》の今姫君」を会話文として扱っていないのだが、「……と言ひ散らす」とあるので、間接言説（話法）の会話文である。直接言説（話法）・間接言説にかかわらず、会話文や内話文は、必ず「と」「とて」「と言ふ」「と思ふ」「など」等々の付加節を伴っていて、付加節がある場合は、言説

区分を行なっておく必要があるのである。しかも、「世の人」が一斉に、「内の大殿《おほいどの》の今姫君……」と合唱するわけではないので、これは語り手が解釈して再現した間接言説の会話文なのである。「……」を添えたのはそのためで、ここには個々の貴族たちの悪口・非難・批判・同情・揶揄・笑い等が語られていたと推測できるのである。そのさまざまな噂を光源氏は聞いて〈反応〉するのだが、その反応を記した言説分類が問題となる。

「と、いとほしがりたまふ」は、会話文でも内話文（心中思惟の詞・心内語・内言等とも言う）でも用いられる付加節であるからである。大系本・全集本・集成本・新大系等は鉤括弧を用いて会話文として扱っているのだが（ただし、大系本を除く諸注釈は、無原則的に内話文にも鉤括弧を付す場合がある）、この論文では山形の鉤括弧を付けて、内話文だと理解している。これまでの論文でもそうだが、鉤括弧は会話を、山形の括弧は内話を表出しているのである。会話文と内話文との相違の一つは、物語世界内では、会話は、独り言などの例外もあるのだが、宛名・相手をもっているのに対して、内話は他の登場人物には伝わらないという規範があるのである。もちろん、読者は内話文を会話文を含むさまざまな文脈＝言説と対話させ、関係づけることができるのだが、物語内世界では、日常生活と同様に登場人物の内話は他者に伝達できないという文法があるのである。そうした規範を前提に、物語テクストの読みが生成するのである。

常夏巻の冒頭部分には、六条院の釣殿での納涼の際、光源氏が、近江君についての噂を質《ただ》しながら、「大殿の君達」（柏木＝右の中将を含まない）に、夕霧が婿になれないことも含めて、内大臣を宛名とする皮肉を言う場面がある。

……」と、弄じたまふやうなり。かやうのことにてぞ、うはべはいとよき御仲の、昔よりさすがに隙《ひま》ありける。まいて中将をいたくはしたなめて、わびさせたまふつらさを思しあまりて、〈《なまねたし》とも漏り聞きたまへかし〉と思すなりけり。（三―二一八）

会話文は省略したが、会話は、「漏り聞き」されることを前提に発話されているのであって、この巻の後半部分で弘徽殿女御に近江君を委託するのも、光源氏の言葉を伝え聞いた内大臣の反応の一つなのである。なお、「かやうのことにてぞ」以下の二つの文は、草子地で、「紫のゆかり」の視点から叙述されているのである。この紫上付きの女房たちは、光源氏と頭中将との間に「隙」＝亀裂を読み、さらに、彼女たちの、夕霧中将への同情と義憤を語っているのであって、それなりのイデオロギー的感性が刻みこまれている文章である。もっとも、こうした思慮で光源氏が発話したかどうかは不明なのであって、「紫のゆかり」の勝手な臆測なのである。それを強調するために敢えて草子地という言説を選択しているのである。

問題は、「と、いとほしがりたまふ」という付加節が、会話文か内話文のどちらを受けているかという点にあるのだが、この言説は、常夏巻のように内大臣が反応する行為を促してはいない。と言うより、〈よろづの事、もてなしながらにこそ、なだらかなるものなめれ〉というこの言説の末尾を読むと、玉鬘を養女とした光源氏の自戒・反省なのであって、内話文として扱った方が適切なのである。

常夏巻の釣殿の納涼場面の末尾でも、光源氏は、

かく聞きたまふにつけても、〈対の姫君を見せたらむ時、また侮《あなづ》らはしからぬ方にもてなされなむはや。いとものきらきらしく、かひあるところつきたまへる人にて、よしあしきけぢめも、けざやかにもてはやし、またもて消ち軽むることも、人にことなる大臣なれば、いかに《ものし》と思ふらむ。おぼえぬさまにて、この君をさし出でたらむに、え軽くは思さじ。いときびしくもてなしてむ〉など思す。（三―二一八）

とあるように、篝火巻のこの内話文に類似した感想を述べていた。「いとものきらきらしく……人にことなる大臣」は、篝火巻の「いと際々しうものしたまふあまりに」と照応しており、光源氏から見た内大臣（頭中将）の類型的

な肖像だと言ってよいだろう。こうした固定的な内大臣像は、伝達されては困る認識で、光源氏の内部に秘されていなければならないのである。光源氏は、内大臣とさまざまな関係を取り結んでいるのだが、そうした対話関係の中で、偏見と言ってもよい光源氏の固定的な内大臣像が、こうした見方なのである。「際」を重ねた「際々し」は、『孟津抄』[3]に「廉々しき心にはと源の思玉ふなり」とあるように、「かどかどし」く白黒をきっぱり付けてしまう性分なのであって、こうした内大臣像から、光源氏は彼ら一族に政治的に対処していたことが読み取れるのである。

仮に、この言説が会話文であったらどうなるであろうか。その場合、聞き手＝宛名が問題となるのだが、場としては、殿上、六条院、女房たちのいる部屋などが思い浮かび、聞き手としては、さまざまな人物が想像できるのだが、最終的には内大臣が宛名となるだろう。とするならば、この会話は決定的な非難となり、内大臣に光源氏に対する〈恨み〉を与えることになるのである。政治的に回避しなければならない一線を、越えることになってしまうわけである。こうして言説区分は、〈読み〉と密接に関連しているのであって、会話文か内話文かの判定は、テクストをどのように生成させていくかの鍵になっているのである。

もっとも、この文を会話として扱い、書かれてはいないものの、この後に光源氏と内大臣の確執は最悪の状況に陥り、ようやく行幸巻の和解にいたるという読みも可能である。行幸巻の前半で、内大臣に玉鬘の腰結役を依頼すると、大宮の病気を理由に体よく拒否される個所が、その根拠になるだろう。こうした読みの可能性も閉ざしてはならないのである。しかし、和解はあるものの、その場合でも、内大臣の〈恨み〉は残るはずで、こうした点からの読みの弱さから、内話文として扱う方が、この場合は適切なのである。

ところで、頭中将論として、しばしばこの「際々し」が取り上げられてきた。しかし、こうした人物規定は、光源氏の内的独白とも言うべき内話文を通じて語られているのであって、頭中将自身の自己同一性《アイデンティティ》ではない。根源的に言えば、源氏物語では、あらゆる登場人物の自己同一性など表出されていないと叙述すべきなのだが、それはともかく、人物論はだれの言説を通じて述べられているかという視座なしに展開できないのである。こうした視点からの源氏物語における新たな人物論が模索されなくてはならないのである。と言うより、後に述べるように、人物を叙述する方法までもが篝火巻に至ると変貌しているのであって、方法としての玉鬘十帖が問われなければ、この言説区分の問題は解決できないのである。

二　自由間接言説、右近の自己言及

篝火巻の光源氏の内的独白を描出した冒頭場面に続く言説は、

かかるにつけても、〈げによくこそ〉と、〈親と聞こえながらも、年ごろの御心を知りきこえず、馴れたてまつらましに、恥ぢがましきことやあらまし〉と、対の姫君思し知るを、右近もいとよく聞こえ知らせけり。憎き御心こそ添ひたれど、さりとて、御心のままに押したちてなどもてなしたまはず、いとど深き御心のみまさりたまへば、やうやうなつかしううちとけきこえたまふ。

と記されている。二つの内話文は共に玉鬘のものである。二つとも近江君事件に対する反応を述べたもので、前の光源氏の内話文と対になっていると言えよう。〈げによくこそ……〉という内話文は、「光源氏さまに引き取っていただいたなあ」といった気持ちが省略されている言説で、ここでも内話文では省略文が多いことを示している。会話文もそうなのだが、内話文では、それを対象化＝客体化する以前に、まず発話者に同化して享受することが求められる。その場合、省略が多いと、同化性＝一体性が高揚する。省略＝空白を埋めるために読者の想像力が働き、内話する登場人物に添ったイメージを求めるからである。続く内話文は、内大臣の近江君対処を聞いた上での自省的なもので、感激と反省という対照的な感性が同居できないので、「と」という付加節を間に入れて、一息ついて語られているのである。父親である内大臣の「心」を知らずに伺候したら〈恥ぢがましきことやあらまし〉と反省する心理の裏には、養女として丁重に扱ってくれた光源氏に対する感謝の気持が示唆されていると言えよう。それ故、二つの内話文は、「と」で隔てられていると共に、光源氏賛美という点で一貫しているのである。なお、「恥ぢ」という劣等意識が、当時の社会で行動を規制する規範であったことが明晰に解る内話文である。

問題は、傍線を付した「右近もいとよく聞こえ知らせけり」という奇妙な言説である。この言説は、自由間接言説で、登場人物と語り手の二つの声が自立して響いている。他の論文でも記しているが[4]、

登場人物（一人称・現在）
↓
読　者（二つの声）
↑
語り手（三人称・過去）

という図式で表現される言説がそれで、登場人物は、この場合は光源氏である。『細流抄』でも、「右近もいとよく」の項で、「源の御心のありかたさをいひしらすなり」と書いているように、〈気付き・発見〉の「けり」を用いて、光源氏は、右近の協力に感謝しているのである。もう一つの声は、〈語り〉の「けり」を使用している語り手なのだが、だれがこの場面の語り手となっているのかという疑問の答は、まず右近以外にありえないのである。玉鬘巻の前半の玉鬘漂流物語の語り手も彼女であるし、初音・胡蝶・蛍・常夏諸巻の玉鬘関係の場面は、光源氏と玉

鬘の二人を視野に入れることができる唯一の人物として、右近を、登場人物であると共に、語り手として設定しているのである。

源氏物語において、語り手は実体化されている。(5) それ故、光源氏の召人でもあった右近が、玉鬘関係の物語において語り手として登場することには、異議はないのだが、その語り手右近が、自己言及的に言説の内部に、自己称賛を伴って登場することは、奇妙だと言ってよいだろう。その奇妙さに対する解答は多様である。まず確認しておくべきは、自己言及的な言説を挿入していることで、少なくとも、作家紫式部は、語り手を右近として実体化し、彼女と対話していると言えることである。右近は、夕顔巻以来それなりの人格を形成してきている。そうした彼女の性格から自賛的な言説を紫式部は書き入れたと解釈できるのである。

もっとも、さらに屈折した機構を読み解いておく必要があるだろう。既に幾つもの論文で指摘してきたように、右近のような一次的な見聞者としての語り手は、「紫のゆかり」という上位の語り手に搦め捕られている場合があるからである。つまり、真の語り手は「紫のゆかり」で、右近を揶揄し皮肉っている文体で表出していると、理解することも可能なのである。後者の方が正解のように思われるのだが、自賛であろうと揶揄であろうと、この自由間接言説の語り手は、『細流抄』でも「右近もいとよく」の項で「源の御心のありがたさをいひしらすなり」と書いているように、右近が、光源氏と玉鬘との接近を企図し、そのように行動していたことを示唆しているのである。しかし、こうした右近の思慮は失敗し、鬚黒の凱歌となる。そうした真木柱巻の事件まで知り尽くしている語り手が、右近に皮肉な眼差しで叙述したのが、この自由間接言説なのであろう。

右近が、この巻以後登場するのは真木柱巻で、彼女は鬚黒邸におり、光源氏の手紙を玉鬘に取り持つ。その折に、

時々むつかしかりし御気色を、心づきなう思ひきこえしなど、この人にも知らせたまはぬことなれば、心ひと

つに思しつづくれど、右近はほの気色見けり。〈いかなりけることならむ〉とは、今に心得がたく思ひける。

（三―三八三）

という文が書かれている。玉鬘は、光源氏の懸想を一人で悩んでいるのだが、「右近はほの気色見けり」とあるように、薄々気付いていたのであって、却って、〈いかなりけることならむ〉という心中思惟の詞からは、二人が性的関係にあったのではないかとさえ疑念しているのであって、右近は、光源氏と玉鬘の関係を概ね知見していたと、この文は述べているのである。そうした玉鬘物語の語り手右近を、更に上位の語り手である「紫のゆかり」が、後に描かれる鬚黒の凱旋を知りながら、皮肉を込めて述べたのが、この自由間接言説の立場だと言ってよいだろう。「紫のゆかり」の立場は、錯綜を孕みながら両義的である。光源氏の〈色好み〉を賛美し、玉鬘と結ばれるのを希求する一方で、紫上以外の妻妾が増え、愛が他者に移行することを憎悪しているのである。そうした複雑な心的葛藤が、光源氏と玉鬘の関係の成功しなかった結果を知りながら叙述されているのが、この自由間接言説の語り手の立場なのである。なお、「紫のゆかり」は、結果論的に言えば、その葛藤を偶発的ではあるものの、思い通りに解消できたのである。

自由間接言説に続く、「憎き御心……うちとけきこえたまふ」は、地の文である。地の文は、出来事に対する語り手による再現《リプレゼンテーション》の言説である。既に述べたように、光源氏と玉鬘との関係を見聞しているのは、乳母子の右近以外に物語世界内には実存していないので、この文章は、語り手右近の解釈・置換をへたものとして表出されているのである。「憎き御心こそ添ひたれど」という限定はあるものの、「さりとて」という切り返しで、「いとど深き御心のみまさりたまへば、やうやうなつかしううちとけきこえたまふ」とあるように、右近の思い通りに事態は進展していたのである。「なつかし」は「なつき」の形容詞形であり、「うちとけ」は「打解け姿」などの諸語が示唆するように、くつろいで相手に対処しているのであって、玉鬘は、自覚してはいないものの、光源氏と性的関係の一歩手前まで追い込まれていたのである。と言うより、そのような状況だと、右近は主観的に再現しているのである。

三　自意識は出来事を生成する、あるいは引用とパロディ

ところで、この篝火巻の前半部分は、光源氏と玉鬘の、近江君事件に対する〈反応〉を描いたものだと述べてきたのだが、そうした把握でこの場面を理解して終焉してよいであろうか。読みをさらに別の視座から反転させる必要がありそうである。

〈ともあれかくもあれ、人見るまじくて籠りゐたらむ女子《をむなご》を、なほざりのかごとにても、さばかりにものめかし出でて、かく人に見せ言ひ伝へらるるこそ、心得ぬことなれ。いと際々しうものしたまふあまりに、深き心をも尋ねずもて出でて、心にもかなはねば、かくはしたなきなるべし。よろづの事、もてなしながらにこそ、なだらかなるものなめれ〉

という光源氏の内話文は、「いと際々しうものしたまふあまりに」といった内大臣に対する悪意のある批判などを除けば、玉鬘を操った光源氏の行為そのものではないのではないだろうか。玉鬘と近江君とは、貴族社会での価値基準からは、好意と悪評との差異はあるものの、出来事としては同じではないのだろうか。多くの場合成人した女性を意味する「をむなご」という言葉が用いられているのも、二人の同一性を考える上では、気になるところである。こうした数え挙げれば限《きり》のない、さまざまな疑問の上で、この心中思惟の詞は、光源氏の自意識が生成した出来事として理解せざるをえないであろう。確かに近江君は物語世界に実存し、彼女らしい、それなりの生真面目な

〈をこ〉を発揮し、演技しているのだが、彼女に関する出来事は複雑で、それはそれぞれの登場人物の自意識が創りだした言葉によって成り立っているのである。

光源氏は、近江君に対して、その容貌や発話あるいは行動などについて言及してはいない。〈語り〉の論理から言えば、常夏巻で描出されているからそうした叙述を回避したのだろうが、そうした前提の上で述べているのは、実は、近江君の事件ではなく、玉鬘巻で描かれていた玉鬘の半生であり、彼自身の彼女を養女にしたという判断行為なのである。かえって、光源氏が、実父ではなく養父であるという点で、虚構を糊塗しているのであって、実子である近江君を引き取った内大臣に比較して、彼の方が危殆《きたい》に瀕《ひん》していると言えよう。危機を抱えた虚構の上で、玉鬘を、「すき者どもの心尽くさするくさはひにて、いといたうもてなさむ」(三―一一六)(6)と嘯《うそぶ》いて、「好き者」と言われている求婚者たちを六条院に集会させているのである。そうした欺瞞・瞞着に気付かずに、内大臣を批判しているという点で、光源氏の無意識的な深層が露呈されているのが、この内話文なのである。この場面では、語り手や作家といった表現の主体は、光源氏などの登場人物を操ることができずに、無意識的なものを含んだ登場人物の自意識が、己れ自体を語りだしているのである。M・バフチンの指摘する、モノローグ認識から対話によるポリフォニー小説への転換が、この巻に刻み込まれているわけである。

既に述べたことだが、澪標巻には、明石上の一人称的言説が叙述されていた。(7)須磨・明石巻を経過することで、登場人物たちは自立し、自己の意識を言葉として疎外しはじめるのである。しかし、その真の意味でのポリフォニーの創造は、「若菜巻の方法―〈対話〉あるいは自己意識の文学―」(8)で分析したように、若菜巻において完成する。朱雀院を中軸とした〈対話〉から巻が始発するのは、その完成宣言なのである。篝火巻は、そうしたポリフォニー性へと展開する、萌芽の一を示す玉鬘十帖の一巻なのである。

玉鬘もまた、自意識を内話として語り、近江君事件を内部に組成している。行幸巻で、内大臣は、

そのついでにほのめかし出でたまひてけり。大臣「いとあはれに、めづらかなる事にもはべるかな」と、まづうち泣きたまひて、「その上より、〈いかになりけむ〉と尋ね思うたまへしさまは……」（三―三〇〇）

とあるように、光源氏から玉鬘の件を示唆されて、「うち泣き」している。また、〈定めて心きよう見放ちたまはじ〉（三―三〇二）とあるように、内大臣は、光源氏と玉鬘との性的関係さえ疑ったりしているのだが、裳着の儀式で腰結役をつとめた後に、

「ただ御もてなしになん従ひはべるべき。かうまで御覧ぜられ、あり難き御はぐくみに隠ろへはべりけるも、前の世の契りおろかならじ」（三―三一二）

と、述べているように、玉鬘の気持も忖度《そんたく》しながら、彼女を好感をもって光源氏に委ねている。そうした内大臣の玉鬘の立場さえ配慮する後の行動を考慮に入れると、〈げによくこそ〉とか、〈親と聞こえながらも、年ごろの御心を知りきこえず、馴れたてまつらましに、恥ぢがましきことやあらまし〉という玉鬘の心中思惟の詞は、実父の誤解・誤読だと言ってよいだろう。彼女は、実父内大臣ばかりでなく、自己を見ることを放棄しているのである。噂で聞いた近江君の像が、彼女の鏡に映った姿であり、悪評に囲まれた近江君の顰《ひそ》みに倣《なら》っているような錯覚に陥っているのである。読者の読みを裏切って、準近江君が玉鬘なのであり、それが彼女の自意識を形成しているのである。ふたつの内話文の背後にある、光源氏の好意に対する感謝の気持も、そうした劣等意識に支えられているのであって、彼女は自意識から、鏡に映った自己だと想定している近江君の像を創出しているのであって、近江君の事件に単に〈反応〉しているのではないのである。こうして近江君事件は、登場人物たちの自意識として複数な出来事に解体化されているのである。ポリフォニーの物語では、出来事は、登場人物の自己意識によって複数に生成さ

れるのである。

重層的な意味を紡績するために、再び光源氏の内話文に回帰しよう。

〈ともあれかくもあれ、人見るまじくて籠りゐたらむ女子《をなむご》を、なほざりのかごとにても、さばかりにものめかし出でて、かく人に見せ言ひ伝へらるるこそ、心得ぬことなれ……〉

という光源氏の心中思惟の詞は、無意識的に光源氏の自己体験を述べたものだと分析してきた。しかし、そうした源氏物語の内部からの視座と同時に、外部を意識した境界的な眼差しを設定する必要があるだろう。と言うのは、この〈語り〉＝話型は、竹取物語を「祖」とする現存する初期物語文学のすべてに現象しているからである。歌物語はともかく、竹取物語・宇津保物語・住吉物語・落窪物語などのテクストにおいて、変容はあるものの、人に知れずに籠もっていた「をむなご」を、探しだし、世間に披露して、求婚・結婚するという出来事を描いていないものはないのである。それ故、この光源氏の内話文による発話は、初期物語文学＝「昔物語」の批判として理解することができるだろう。

その場合、散佚物語ではあるが、交野少将物語群が浮上してくる。と言うのは、玉鬘は尚侍となり、女御ではないものの、疑似后妃《きさき》になっているからである。〈籠り〉の女を探しだし、后妃にするという筋書きは、交野少将物語と同一だと言ってよいのである。もちろん、不発に終わっているものの、竹取物語のかぐや姫にも、そうした要素があることは承知した上での指摘である。源氏物語は、既に、帚木巻の冒頭の草子地で交野少将物語を擬《もど》いていた。敵対と言ってよいほど源氏物語は、交野少将物語を気に懸けているテクストなのである。

また、「〈読み〉そしてテクスト分析の方法—蓬生巻の方法あるいは無明の闇への一歩—」という論文で述べたように(9)、野口元大の「『俊蔭』の成立」(10)などの諸論文が指摘しているように、高藤説話を軸に構想された交野少将物語は、前本文《プレテクスト》として、宇津保物語俊蔭巻の若小君物語に引用されている。この引用がどのような差異の上でなされているかなどの諸問題については、総括的に三田村雅子の「若小君物語の位相―宇津保物語における文脈《コンテクスト》の差異と統合―」に述べられているので、(11)これ以上言及しないが、そうした高藤説話・交野少将物語・宇津保物語俊蔭巻の若小君物語を群として前本文にしたのが源氏物語蓬生巻であった。同様に、篝火巻の冒頭に記されている光源氏の内話文も、交野少将物語を意識した発話だと言ってよいだろう。「玉鬘十帖の方法―玉鬘の流離あるいは叙述と人物造型の構造―」で指摘したように、(12)玉鬘物語は住吉物語などの継子虐め譚を前本文として引用して表現され、ずらされて叙述されていた。と同時に、この物語は、交野少将物語群を擬《もど》いているのであって、玉鬘物語は、継子虐め譚と交野少将物語のパロディとして表出されていたのである。(13)この話型のパロディー化はなにを意味しているのであろうか。

パロディは、隠喩が、出会った二つの言説の同一性を強調するのに対して、差異を拡張するところに特性がある。(13)継子虐め譚を玉鬘十帖がどのようにずらして成立しているかは、既に先駆的に論述しているので、(12)交野少将物語との話型の差異に簡単に言及すれば、帚木巻に描かれる頭中将と夕顔との忍恋から始まるこの話型は、養女と后妃にならないという点に、具体的な差異要素は集中するだろう。母夕顔の異常な死とその子の失踪あるいは子供の養育・成人など、克明に話型を辿る必要があるのだろうが、本論は交野物語型の話型分析が標的ではないので、養女・非后妃《きさき》が共に擬制的なものであることだけに注目しておくことにする。その擬制的なもの／「なずらひ」が、玉鬘十帖の方法の一つなのである。

ところで、この篝火巻の二つ前に物語文学論を展開した蛍巻が掲載されている。そこでは、

住吉の姫君の、さし当りけむをりは、さるものにて、今の世のおぼえもなほ心ことなめるに、主計頭《かぞへのかみ》が、ほと

ほとしかりけむなどぞ、かの監《げん》がゆゆしきさを思しなずらへたまふ。(三―二〇二)

とあるように、玉鬘は、住吉物語の女主人公に自分を「なずらへ」ているのである。自己と同一の体験が記されていると錯覚するような物語を発見することが、時にはあるのである。こうした些細な錯覚の上に、物語は当時の女性たちに支持され流布していったのである。この地の文は、玉鬘十帖の前本文がなにであるかを明らかにしている言説なのだが、この記述は、逆に、玉鬘物語が住吉物語をはじめとする継子虐め譚をずらしたもので、その差異を強調していると読むことができるだろう。

更に、蛍巻には、

「さてかかる古事の中に、まろがやうに実法《じほう》なる痴者《しれもの》の物語はありや。いみじくけ遠き、ものの姫君も、御心のやうにつれなく、そらおぼめきしたるは世にあらじな。いざ、たぐひなき物語にして、世に伝へさせん」とさし寄りて聞こえたまへば、顔をひき入れて、「さらずとも、かくめづらかなる事は、世語《よがたり》にこそはなりはべりぬべかめり」とのたまへば、「めづらかにやおぼえたまふ。げにこそまたなき心地すれ」とて寄りゐたまへるさま、いとあざれたり。(三―二〇五)

という光源氏と玉鬘の会話が記されている。養女であるが故に、光源氏の玉鬘に対する懸想が、物語として表出することが可能となっているのである。しかし、この色好みの欲望は実現せず、擬制的なものとして遅延化されることになる。つまり、「たぐひなき物語」は実現せず、不発に終わっているのである。と言うことは、玉鬘十帖は、光源氏の「まろがやうに実法なる痴者の物語」に他ならないことを示唆しているのである。源氏物語は、表層においてさえ、玉鬘十帖が住吉物語や交野少将物語を前本文としながら、それをパロディ化して、光源氏を主人公とした「痴者の物語」を創出したと宣言しているわけである。それ故、玉鬘十帖に描かれる光源氏の玉鬘に対する懸想場面には、痴者光源氏の滑稽さを背後に読み取る必要があるのである。光源氏の〈色好み〉を磁場とする自意識は、外部からの眼差しを加えると、道化者へと変容するのである。養女という設定は、こうして養女への恋という禁忌《タブー》違反のテーマを喚起するのだが、敢えてそのテーマを不発にすることで、光源氏は「痴者」＝愚者＝道化へと変容し、「世語《よがたり》」＝世間話として、笑いと揶揄の対象となるのである。

蛍巻での玉鬘が自己体験を住吉物語の場面に「なずらへ」た際に、この言説は住吉物語をずらし、パロディ化する宣言であることを述べたのだが、篝火巻の冒頭に記されている光源氏の内話文も、交野少将物語群的話型に言及しているという点で、玉鬘十帖では、これらの物語をずらし、パロディ化していることを述べていると理解できるだろう。玉鬘は、最終的に后妃《きさき》になれないことが予告されていたのである。歴史的には、尚侍は必ずしも后妃にならっていないのだが、行幸巻の玉鬘の裳着は入内を予定したものであり、朱雀帝もそれを期待している。にもかかわらず、玉鬘は鬚黒に暴力的に掠奪されてしまうのである。それ故、源氏物語という物語の論理から照らせば、尚侍でありながら后妃ではないというありかたは、藤裏葉巻で記述されている準太上天皇という光源氏の位相と類似していると言えよう。ここでもまた「なずらひ」が現象しているのである(14)。彼女は、いわば準尚侍なのである。

この準尚侍という位相に玉鬘を就けるためには、藤壺事件のように、〈語り〉に暴力を加える必要がある。話型を内部から崩壊させるためには、外部からの〈語り〉に対する暴力が求められるのである(15)。鬚黒がだれを仲介として、玉鬘と関係したのかは語られていない。藤壺事件と同様に〈もののまぎれ〉という言葉が適切なのであろうが、真木柱巻の冒頭に記されている、

ほど経れど、いささかうちとけたる御気色もなく、〈思はずにうき宿世なりけり〉と、思ひ入りたまへるさまの……。(三―三四一)

という玉鬘の内話文を読むと、〈語るもの〉⇒物語形式ばかりでなく、〈示すこと〉⇒物語内容においても、暴力・強姦が作用しているのであって、源氏物語は内部の自律的な自己展開から完結を創出できずに、外部を意識した境界から暴力装置を招き入れたのである。玉鬘物語は、第二部や第三部に現象する、非完結性の一歩手前まで踏み込んでいたのである。

四　《知ること》の饗宴

近江君事件に対する光源氏と玉鬘の二人の〈反応〉＝登場人物の自意識による複数の出来事の生成を記した上で、物語は転変する。

秋になりぬ。初風涼しく吹き出でて、背子が衣もうらさびしき心地したまふに、忍びかねつつ、いとしばしば渡りたまひて、おはしまし暮らし、御琴なども習はしきこえたまふ。五六日の夕月夜はとく入りて、すこし雲隠るるけしき、荻の音もやうやうあはれなるほどになりにけり。御琴を枕にて、もろともに添ひ臥したまへり。〈かかるたぐひあらむや〉とうち嘆きがちにて夜ふかしたまふも、人の咎めたてまつらむことを思せば、〈渡りたまひなむ〉とて、御前の篝火のすこし消え方なるを、御供なる右近大夫《うこんのたいふ》を召して、点《とも》しつけさせたまふ。

いと涼しげなる遣水のほとりに、けしきことに広ごり伏したる檀《まゆみ》の木の下に、打松《うちまつ》おどろおどろしからぬほどに置きて、さし退きて点したれば、御前の方は、いと涼しくをかしきほどなる光に、女の御さま見るにかひあり。御髪《みぐし》の手当りなど、いと冷《ひや》やかにあてはかなる心地して、うちとけぬさまにものを〈つつまし〉と思したる気色、いとらうたげなり。帰りうく思しやすらふ。「絶えず人さぶらひて点しつけよ。夏の、月なきほどは、庭の光なき、いとものむつかしく、おぼつかなしや」とのたまふ。

「篝火にたちそふ恋の煙こそ世には絶えせぬほのほなりけれ

いつまでとかや。ふすぶるならでも、苦しき下燃えなりけり」と聞こえたまふ。女君、〈あやしのありさまや〉と思すに、

「行く方なき空に消ちてよ篝火のたよりにたぐふ煙とならば

人の〈あやし〉と思ひはべらむこと」と、わびたまへば、「くはや」とて出でたまふに、東の対の方に、おもしろき笛の音《ね》、箏《さう》に吹きあはせたり。「中将の、例のあたり離れぬどち、遊ぶにぞあなる。頭中将にこそあなれ。いとわざとも吹きなる音かな」とて、立ちとまりたまふ。

篝火巻のこれまでの場面には、月日や季節を示す記号はなかった。しかし、これからの場面は、「秋になりぬ」とか「五六日の夕月夜はとく入りて」とあり、時間さえある程度想定できる設定になっているのである。その場合、留保しておくべきは、「五六日」が、七月七日の乞巧奠《きつかうでん》の前日であることである。これから語られる場面は、天の川での織女と牽牛との一年に一度の出会いが近付いてきている日の、夜の出来事なのである。

「初風涼しく吹き出でて、背子が衣もうらさびしき心地したまふに」は、古今和歌集巻第四「秋歌上」の三番目の「読人しらず」歌の、

わがせこがころものすそを吹返しうらめづらしき秋のはつかぜ（一七一）

を引歌としている。『河海抄』などは現存本にない『古今六帖』の和歌を引いているのだが、後に述べるように、古今集でなければならない根拠があるのである。(16)

その引歌を受けた、「背子が衣もうらさびしき心地したまふに」という文の、「背子が衣も」は「うらさびしき」を導きだす序であるが、同時に、男性に親しみをもって呼ぶ「背子」は、光源氏を意味している。「背子」は本来は、同母の兄弟・姉妹を指していたらしいのだが、そうした語り手からの近親性が表出されている語である。秋は人が恋しい時期であるとするのは、古今集等の伝統を踏まえた源氏物語に現れる類型的な表現であるが、そうした常套を媒介に、「いとしばし渡りたまひて」という光源氏の行為を正当化しているのである。玉鬘に和琴を教えるのは常夏巻にも見られ、内大臣が名手であることを配慮している、光源氏の策謀である。同じ和琴であるが、光源氏から伝授されることで、擬制的な教授であることに注視しておく必要があるのである。また、和琴を弾く場面はあるものの、そうした強調表現は見られないのだが、実は、光源氏は、内大臣より和琴の名人であることを暗に伝えているのである。「御容貌《かたち》を見たまひて、今は御琴教へたてまつりたまふにさへことつけて、近やかに馴れ寄りたまふ」(三―二二六)という常夏巻の記事などを読むと、琴の伝授では教授者は女性に接触しやすかったらしく、巧みに光源氏はそうした機会を利用していたのである。

次の、傍線部分は自由間接言説で、光源氏と語り手の二つの声が叙述されている。自由間接言説は、他の論文で述べたように[17]、末尾に「と思ひたまふ」といった、付加節と敬語を就けると登場人物の内話文となる。光源氏は気付き／発見の「けり」を使用し、語り手は語りの「けり」を用いて発話しているのである。自由間接言説では、二つの声が別の音調で響いているのだが、重視すべきは、一人称／現在の登場人物の声である。光源氏は、「けしき」とあるように視覚的に情景を見ていると共に、聴覚的に「荻の音」を聞いており、両感覚を動員しながら、後に述べる引歌を利用して、一人称の立場から現在の感慨を述べているのである。

なお、全集本が頭注で指摘しているように、「荻の音」は、後拾遺和歌集巻第四の「秋上」の、

村上御時、八月許《ばかり》、上ひさしくわたらせ給はで、忍びわたらせ給けるを、
知らず顔にてことにひき侍ける　　　　　　　　　　　　　斎宮女御
さらでだにあやしきほどのゆふぐれに荻吹く風の音ぞ聞こゆる（三一九）

を引歌にしている。「琴」＝「殊」によって引用されたのだろうが、後の場面で引歌となっている、古今和歌集巻第四「秋歌上」の巻頭歌である、

秋立日、よめる　　　　　　　　　　　　　　　　　　藤原敏行朝臣
秋きぬと目にはさやかに見えねども風のおとにぞおどろかれぬる（一六九）

も、この文では意識していると言えるだろう。「秋」の歌が引用されていることに、注目すべきであろう。

続いて、二人は琴を枕に添臥しをしているのだが、その際の内話文が〈かかるたぐひやあらむや〉で、「人の咎め」を配慮しているところを読むと、光源氏は、養女との禁忌違反の罪を意識しているのである。それ故、〈渡りたまひなむ〉という反省の内話文に移行するのだが、篝火を「点しつけさせたまふ」とあるので、起き上がったのであろう。二つの内話文を書くことで、光源氏の身体行動までを示唆しているのである。なお、後者の心中思惟の詞に敬語が用いられているのは、語り手の立場からの挿入である。時には、語り手は、このように会話文や内話文の中にまで侵入することがあるのである。ただし、この文は、「渡りたまひなむとて」として、地の文として扱うこともできる言説である。

「御供なる右近大夫」という、この場面しか登場しない端役が記されている。

けしきことに広ごり伏したる檀《まゆみ》の木の下に、打松《うちまつ》おどろおどろしからぬほどに置きて、さし退きて点したれば、

とあり、黒衣《くろこ》に徹した効果的な行為が賞賛されているのである。なぜ六条院の家人の呼称が敢えて記されたのかと

いう疑問に答えるとするならば、右近が語り手であることが暗示されているのではないだろうか。右近もまた、同一の呼称である右近大夫と同様に、黒衣としてこの場におり、効果的な演出に参与していたのである。「いと涼しげなる……」から始まるこの段落には、「いと涼しくをかしきほどなる光に」とあり、「涼し」が二語用いられ鍵語《キーワード》になっている。この鍵語は後に問題化されることになるだろう。

傍線を付した「女の御さま見るにかひあり」も、「いとらうたげなり」と共に、自由間接言説である。語り手の再現と同時に、光源氏の一人称的視点が刻みこまれているのである。玉鬘を「女」と捉えるところに、光源氏の性的欲望が語られ、「御髪《みぐし》の手当りなど、いと冷《ひや》やかにあてはかなる心地して」という髪の愛撫とその感触が光源氏の立場から叙述され、その反応として、「うちとけぬさまに〈ものをつつまし〉と思したる気色」とあるように、身をかたくして防御する行為をうむのだが、そうした玉鬘を、「いとらうたげなり」と光源氏は意識するのである。なお、〈ものをつつまし〉は、一応玉鬘の内話ではあるが、光源氏がそう判断しているのであって、本人がどのように感じていたかは語られていない。自由間接言説を用いることで、光源氏の一人称的視点を描出し、彼の心的流れがエロスと絡《からま》りながら紡ぎ出されているのである。

会話文に続いて、この巻名となる「篝火」の歌が詠まれる。篝火を題とした類型的な贈答歌については言及しない。ただ、会話文中の「いつまでとかや。ふすぶるならでも、苦しき下燃えなりけり」には、古今和歌集巻第十「恋歌一」の、「読人しらず」歌、

夏なれば宿にふすぶる蚊遣火のいつまでわが身したもえをせむ（五〇〇）

が引歌として用いられていることは指摘しておこう。「恋」の歌であると共に「夏」を詠んだもので、季節が適合していないが、「蚊遣火」を「篝火」に入れ替えることで、光源氏の禁忌を抱えた情念を訴えかけているのである。

また、「女君、〈あやしのありさまや〉と思すに」という内話文にも触れた方がよいだろう。既に述べたように、内話文はまず発話者に同化・一体化して受容する必要がある。篝火巻の後半部で玉鬘の最初の内話文がこれなのだが、なぜ和歌の前にこうした同化を求める言説が記されているかという疑問の答は、和歌が〈同化の文学〉であるからである。和歌という狭義の抒情詩・定型詩は、歌人＝和歌＝読者という図式で表現できるように、あたかも読者が歌人となったかのごとき錯覚で享受しないと、その抒情的世界を獲得できないジャンルなのである。[18] それ故、和歌に同化する前提として、内話文を記したのである。なお、「女君」という言葉も、伊勢物語の「男」「女」という記号が示唆しているように、同化性の強い表現である。

「東の対の方に、おもしろき笛の音、箏に吹きあはせたり」も、自由間接言説である。光源氏の判断と語り手の認識が拮抗しているのである。その一方の光源氏の一人称的認識が、次の内話文に連続するのである。この内話文を、全集本などは、鉤括弧を付し会話文として扱っており、現代語訳でも、「とおっしゃって」と記しているのだが、長文の独り言とすると、光源氏がぶつぶつと呻き狂っているような滑稽さが読み取れてくるので、発言されてはいない、内話文として理解するのが適切だろう。この時期の光源氏を、次の場面に登場する若者たちと比較して、痴呆症的に扱うのは気の毒である。

場面は、光源氏と玉鬘の密室的な世界から、若者たちの加わった拡がりのある場に移行しようとしている。篝火巻の最終場面は、

御消息「こなたになむ、いと影涼しき篝火にとどめられてものする」とのたまへれば、うち連れて三人参りたまへり。「〈風の音秋になりにけり〉と聞こえつる笛の音《ね》に忍ばれでなむ」とて、御琴ひき出でて、なつかしきほどに弾きたまふ。源中将は、盤渉調《ばんしきてう》にいとおもしろく吹きたり。頭中将、心づかひして出だしたて難うす。

「おそし」とあれば、弁少将拍子うち出でて、忍びやかにうたふ声、鈴虫にまがひたり。二返《ふたかへ》りばかりうたはせたまひて、御琴は中将に譲らせたまひつ。げにかの父大臣《おとど》の御爪音《つまおと》に、をさをさ劣らず、華やかにおもしろし。「御簾《みす》の内に、物の音聞き分く人ものしたまふらんかし。今宵は盃など心してを。盛り過ぎたる人は、酔《ゑ》ひ泣きのついでに、忍ばぬこともこそ」とのたまへば、姫君も〈げにあはれ〉と聞きたまふ。絶えせぬ仲の御契り、おろかなるまじきものなればにや、この君たちを人知れず目にも耳にもとどめたまへど、かけてさだに思ひ寄らず、この中将は、心の限り尽くして、思ふ筋にぞ、かかるついでにも、え忍びはつまじき心地すれど、さまよくもてなして、をさをさ心とけても掻きわたさず。

と記述されている。

まず、課題として残してきた引歌について分析しておくことにする。文中の〈風の音秋になりにけり〉は、前に引用した、古今和歌集巻第四「秋歌上」の巻頭歌である藤原敏行の和歌が引歌なのである（194頁参照）。つまり、篝火巻の後半場面では、古今集の「秋上」の一番歌（一六九）と三番歌（一七二）が引用されているのである。そればかりでなく、既に「涼し」が鍵語であることを指摘しておいたが、この場面でも、「いと影涼しき篝火」という文が記されているのである。この「涼し」の強調は、古今和歌集巻第三の「夏歌」の巻末歌である、

水無月の晦日《つごもり》の日、よめる

夏と秋と行かふ空のかよひ路は片方《かたへ》すゞしき風やふくらむ（一六八）

を意識したものだと言ってよいだろう。この場面は、「夏歌」の巻末歌と、「秋歌」の巻頭二首を背景に構成されていたのである。篝火巻の後半部分は「秋になりぬ」という文で始められていたのだが、この「秋になりぬ」の発想は、古今集の夏から秋への移行を利用して生成されていたのである。巻内ではなく、部立の移動を篝火巻では「見

立て」ているわけで、見事な形象化と賞賛せざるをえないのである。なお「秋になりぬ」と記しながら、前の場面で「夏の、月なきほどは……」と光源氏が発話しているのも参照できる証拠になるだろう。

引歌・話型などの引用も言説分析の対象で、その場合、読者の認識・常識などが賭けとなる。引歌・話型などの引用を意識・気付かないでも、テクストは読めるからである。しかし、深層に及ぶためには、引歌・話型などを読み取る、分析的な営為が必要である。

西の対に、夕霧・柏木・弁少将がやってくる。光源氏は和琴を弾いて、合奏を促し、源中将＝夕霧が笛で応ずる。頭中将＝柏木が気遣いをしたために、弟の弁少将が小声で歌う。「鈴虫にまがひたり」とあるように、彼は松虫と聞きまがう美声なのである。「二返りばかり」の後、和琴は、内大臣の、文字どおりの血脈を継承している柏木に渡される。「華やかにおもしろし」とあるように、この一族の和琴は華麗な音色で、玉鬘は、光源氏とは異なった、兄の手を聞き分け、その彼方に父内大臣の懐かしい響きを聞いているのである。それは主観的であるがゆえに、光源氏の手より優れて聞こえていたのであろう。しかし、兄柏木は、光源氏の誘惑の言葉を聞いて、恋の思いを込めているため、「をさをさ心とけても掻きわたさず」という状態なのである。ここには、兄妹の近親相姦という禁忌違反の可能性さえ語られているのである。

ところで、客観的に場面の筋書を概略したが、実は傍線を付けた言説は、自由間接言説なのである。語り手である右近の立場からの、三人称／過去の視点からの表出であると共に、登場人物である光源氏の、一人称／現在の視座から、この言説は語られているのである。傍線部分を辿れば分かるように、会話や草子地などを除けば、光源氏の一人称的視点から、この場面は切り取られているのである。光源氏は、柏木兄弟の音楽技能に感嘆しながら、皮肉な眼差しを送っているのである。

アイロニー＝反語は、〈知る〉ということに関わっている。「彼は優秀かい」と聞いたとき、劣等生だと知らない時は、聞き手にとっても、語り手にとっても、この質問は疑問に終わってしまうのだが、どちらかが事実優秀ではないことを知っていると、この言説は反語になるのである。つまり、玉鬘が内大臣の女《むすめ》であり、柏木の異母兄妹であることを知っている光源氏は、アイロニカルな眼差しで、柏木の懸想を眺めているのである。玉鬘は、柏木が兄であることを知っている。しかし、兄が無道な恋慕で和琴を弾いているとは思っていない。もちろん、柏木は、玉鬘が異母妹であることを知ってはいない。こうしてこの場面は、〈知〉と〈無知〉との交錯の祝祭を描いているのである。そして、その錯綜はアイロニカルな光源氏の眼を通して語られているのである。これらの言説を単なる地の文として、語り手の再現として捉えると客体的物語内事実となってしまうのだが、自由間接言説として把握する時、場面はアイロニーな色彩を帯びることになるのである。

それればかりでなく、こうしたアイロニーという〈遊び〉に興じている光源氏が疎外化されるのである。彼は虚構に快楽を求める痴れ者であり、道化に過ぎないのである。

　この君たちを人知れず目にも耳にもとどめたまへど、かけてさだに思い寄らず、この中将は、心の限り尽くして、思ふ筋にぞ、かかるついでにも、え忍びはつまじき心地すれど、さまよくもてなして、をさをさ心とけても掻きわたさず。

という自由間接言説での光源氏の判断は異常である。実は兄妹である二人を、恋人の関係にあるように置き換えて歓喜している精神が問われなくてはならないのである。一人称的視点で書かれているために、こうした相対化が可能となっているのである。

なお、網かけを付した「絶えせぬ仲の御契り、おろかなるまじきものなればにや」は、草子地で、特に、こうした語り手の疑問を記した文を、「訝しがりの草子地」と名付けている。(19) 血縁関係は疎遠のものではないので、全身で和琴の音色を受けとめている玉鬘の姿を、好意的に語り手の立場から述べた言説である。だが、血縁はそれほど強いものだろうか。訝しがりであるという点で、それを否定する視点も語られているのである。

それにしても養父と養女・兄と妹といった禁忌違反の可能性が語られ、〈知ること〉の饗宴が演じられるのが、この巻の高揚なのである。夕霧の玉鬘を実妹だと錯覚している意識も問題になるだろう。事実を知った時の夕霧の対応も、この祝祭に加わってくるのである。しかし、さまざまな禁忌違反の可能性は記されているものの、牽牛織女が出会う七月七日の乞巧奠は語られることはないだろう。織女は玉鬘なのだが、牽牛は光源氏でも柏木でも夕霧でもなく、暴力を携えた鬚黒によって果たされるのである。敗北という哄笑のみが読者に与えられているのである。

〈注〉

（1）（a）「源氏物語の言説分析――語り手の実体化と草子地あるいは澪標巻の明石君の一人称的言説をめぐって――」（『国文学研究』第百十二集所収）本書第一部五章・（b）「源氏物語の〈語り〉と〈言説〉――〈垣間見〉の文学史あるいは混沌を増殖する言説分析の可能性――」（双書〈物語学を拓く1〉『源氏物語の〈語り〉と〈言説〉』所収）本書第一部一章など参照。

（2）源氏物語の引用は全集本による。ただし、記号等を改訂している。また、この巻は短く、物語の叙述に従って全文を引用して分析するので、本巻の頁数は省略している。なお、対象は篝火巻なのだが、巨視的には源氏物語における玉鬘十帖の位置付けを考慮に入れた分析となるはずである。

（3）『源氏物語古注集成　5』。以下、古注の引用は同集成による。

（4）注（1）の（a）（b）論文参照。

(5)『物語文学の言説』の源氏物語関係の諸論文、および注(1)の(a)(b)論文参照。

(6)「玉鬘十帖の方法――玉鬘の流離あるいは叙述と人物造型の構造――」(『物語文学の方法II』第三部第十三章)参照。

(7)注(1)の(a)本書第一部五章を参照。

(8)『物語文学の方法II』第三部第十五章参照。

(9)『物語文学の言説』第三部第三章参照。

(10)『うつほ物語の研究』所収。

(11)『玉藻』(二一号)所収。

(12)注(6)参照。なお、玉鬘物語と継子虐め譚との関係については、この論の発表後、多数の論文が書かれている。ただし、本稿の趣旨を改訂するほどの論は見当らない。

(13)パロディという概念については「キーワード一〇〇古典文学の術語集」(『国文学』第四〇巻九号七月臨時増刊号)の「パロディ」という項目を参照してほしい。

(14)「なずらひ」については「源氏物語における言説《ディスクール》の方法――反復と差延化あるいは〈形代〉と〈ゆかり〉――」(『物語文学の言説』第三部第五章)を参照してほしい。

(15)藤壺事件が貴種流離譚という話型を外部から暴力的に崩壊させていったことについては、『源氏物語躾糸』を参照してほしい。

(16)勅撰集の引用は、新大系本による。

(17)注(1)の後者の論文を参照。

(18)〈語り〉と〈歌〉との対照的な差異や、和歌の特性については、「物語文学の文章――物語文学と〈書くこと〉あるいは言語的多様性の文学――」など、『物語文学の方法I』に掲載した論文を参照してほしい。

(19)注(1)参照。

第七章　「山里」空間・境界空間からの眼差し

――小野と宇治あるいは夕霧巻の不安と宇治十帖の多義性――

一　夕霧巻　小野の夕霧あるいは不安という概念

私の狭い知識から言えば、ライプニッツやカントなどの哲学者によると、「空間」は「延長」とは異なり、二次元ではなく三次元であり、延長が無際限でかつ分割が可能な物質的な表面であるのに対して、空間は分割不可能な「直感」的事実だと把握されている。つまり、延長は計量的測定ができるのだが、空間は知識として理解することができず、測定が不可能なのである。換言すれば、源氏物語に登場する「小野」や「宇治」などの山里空間を、和名抄などの史料を引用したり、現在の地名に比定して実証しても、それは理解するための一端とはなるものの、その空間を把握することにはならないのであって、源氏物語の言説がどのような感性的表象を、その空間に生成させているかを捉えない限り、小野や宇治という地名空間は、その姿を現象させないのである。

それ故、直截的に源氏物語の言説に拘ることになるのだが、小野という地は、夕霧巻の冒頭場面で、以下のように表出されている。

……御息所、物の怪にいたうわづらひたまひて、小野といふわたりに　山里持たまへるに渡りたまへり。早うより御祈禱の師にて、物の怪など払ひ棄てける律師、〈山籠りして里に出でじ〉と誓ひたるを、麓近くて、請じおろしたまふゆゑなりけり。（四―三八四）（1）

文中で使用されている「山里」は、山里にある別邸・山荘の意であろうが、後にも再論するように、別荘を構えるような地が、小野や宇治であったのである。清涼寺が元来は源融の別業であったり、あるいは山科の勧修寺が贈皇太后胤子の祖父宮道弥益の宅地であり、高藤・定方と伝領され寺となったように、また大覚寺が嵯峨上皇の離宮であったように、別業（業は邸《やしき》の意）は、小野も同様だが、仏事を開催するためには相応しい場所だったのである。山里にある別宅が、所有者の死後に寺院となった例は、枚挙に暇がないほど多いのである。

一条御息所は物の怪に患い、調伏で有名な「なにがし律師」を都に呼ぶのだが、古注が恵心僧都源信の千日籠りの例を典故として引用しているように、律師は比叡山で参籠の修行をしているため、都に下山＝出張することができず、一条御息所が小野は山の麓に近いと説得して、下山させたのである。比叡山は女人禁制の仏教的聖地（聖的空間）であり、一条御息所が加持祈禱のため参詣するわけにはいかず、かと言って、参籠の行をしている僧侶にとっては、都は誓いを破る俗的空間であり、小野はその両者を満足させる、〈聖〉と〈俗〉の入り混じる〈境界空間〉＝山里であったのである。

その境界空間である小野に、夕霧が訪れる。その場面は、

八月中の十日ばかりなれば、野辺のけしきもをかしきころなるに、山里のありさまのいとゆかしければ、「なにがし律師のめづらしう下りたなるに、切に語らふべきことあり。御息所のわづらひたまふなるもとぶらひがてら、参うでん」と、おほかたにぞ聞こえごちて出でたまふ。御前ことごとしからで、親しきかぎり五六

人ばかり狩衣にてさぶらふ。ことに深き道ならねど、松が崎の小山の色なども、さる巌《いはほ》ならねど秋のけしきづきて、都に二なくと尽くしたる家ゐには、なほあはれも興もまさりてぞ見ゆるや。(四—三八五〜六)

と叙述されている。中秋の明月を過ごした頃、夕霧は、都大路を通いながら彼方の野辺を眺めるか、回想して、山里小野を想起する。その地には、落葉の宮が一条御息所の物の怪調伏のために、秋の風情を凝らした「都に二なくと尽くしたる」住居に滞在しているのである。ここでは風景への眼差しが、恋慕の情念なのである。風景とは、肉体なのであり、少なくとも、受肉しているのである。遠望する秋の野辺から小野へという無関係な景物を呪的に連鎖させるものが、夕霧の内部に巣くう落葉の宮への熱情なのである。なお、呪性とは、無関係なものを強引に関係づける営為を、意味していることは言うまでもない。それ故、その文に続く「おほかた」(極く普通なこと)に装った会話文中の、なにがし律師⇓一条御息所⇓(落葉の宮)という呪的連鎖も、語られていない宮への執拗な志向を表出しているのである。

「御前ことごとしからで、……」という一文は、夕霧の「忍恋」の道行きを描写していると言えよう。身を〈やつし〉て、夕霧は小野を訪問しているのである。〈やつし〉=〈しのび〉は、〈過差《くわさ》(贅沢)〉と共に、官位という身分制度を違反する行為として、物語文学史の中で評価しなければならない課題である。この問題については、『過差の文学、文学の過差』という題で、稿を改めて古代後期の主として物語文学史を対象に、全面的に展開したいと思っているのだが[2]、ここでは夕霧が大将という官位を違犯して、恋という情念を選択していることに注目しておこう。自分の社会的な自己同一性を犯してもよいほど、落葉の宮の存在は、蠱惑的な魅力に溢れていたのである。

その夕霧を魅惑して止まない落葉の宮は、若菜上巻から源氏物語に登場する。朱雀の女二宮で、母は一条御息所(朱雀の下臈の更衣である)で、中納言柏木と結婚するが、夫が妹女三宮(朱雀の上臈の藤壺女御の女)への思慕の情を諦

めず、彼女との密通後、

もろかづら落葉をなににひろひけむ名は睦まじきかざしなれども

という「書きすさび」の独詠歌を詠んだため、この呼称が、物語の上で彼女に与えられたのだが、祭祀の際、桂や葵などを鬘にした諸鬘《もろかづら》の落葉に比喩されたような女性を、なぜ夕霧は拾おうとしたのであろうか。拾得しようとした夕霧の欲情の背後には、幾つかの理由が考えられるのだが、ここでは、(a)皇女であること、(b)柏木の遺言、(c)友人柏木の欲望の模倣、(d)未亡人であることの魅力、について述べておくことにしたい。これまでの落葉の宮（女二宮）に対する人物批評は、雲居の雁との対比、あるいは女三宮との比照、さらには皇女の結婚（再婚）などの地平で、分析・考察されてきたのだが、それらを配慮しながら、夕霧の欲情の地平から、これらの項をここでは選択したのである。なお、この(a)から(d)までの欲望が、輻輳して絡み合いながら、落葉の宮への強い恋慕を形成していったことは言うまでもないことである。情念とは、さまざまな複数の他者の欲望を模倣することに他ならないのである。なお、論を展開して行くに従い、これらの項目は、まったく異なったものへと変容して行くことになるはずである。

(a)について言えば、夕霧は、澪標巻で書かれている「御子三人、帝・后必ず並びて生まれたまふべし。中の劣りは、太政大臣にてくらゐを極むべし」という宿曜道による勘甲は知らなかったのであろうが、父光源氏が准太上天皇であり、義父頭中将・慈母花散里などから、さらに邸にいる多数の従者・女房たちにいたるまで、強烈で幅広い周囲の期待を感じ、人臣の極官に昇ることを真摯に考慮していたと言ってよいだろう。光源氏をはじめとする他者によって、人臣を極めなくてはならないという、彼のイデオロギーと強い欲求が形成されていたのである。

その位を極めた時、彼の正妻は、頭の中将（柏木巻では致仕大臣）の女《むすめ》雲居の雁のみであってはならないのである。

つまり、女三宮が降嫁しなかった夕霧にとって、女二宮は、自分を虚飾で彩るために必要な魅力的な皇女だったのである。摂関や太政大臣は、道長などの歴史的事実を数え挙げるまでもなく、常に皇女（女源氏、皇孫なども含む）を妻としているのである。それ故、彼女は、急ぐ必要はないものの、位を極めるための装飾品として、是非手に入れなくてはならない道具なのである。道具的実存が、落葉の宮への夕霧の恋慕の背景に、常に見え隠れしているのである。

(b)の〈遺言〉は、柏木の死の直前に、柏木巻で、

「……一条にものしたまふ宮、事にふれてとぶらひきこえたまへ。心苦しきさまにて、院などにも聞こしめされたまはんを、つくろひたまへ」（四―三〇七〜八）

と語られている。問題は、「つくろひ」という語である。柏木は、出家している父朱雀の心配の種とならないように、皇女らしい生活の取り計らいを懇願したのであろうが、夕霧は、「つくろひ」を、落葉の宮と自分との再婚にまで極端化して行ったのである。〈遺言〉という、死が関与しているがゆえに可能なかぎり保守しなければならないものに、呪縛されながら、しかも、それを自己の秘められている欲望によって誤読すること、ここにも女性を遺産として、財産でもあるかのように処分する、道具性が潜在的に語られていると言えよう。夕霧は、落葉の宮を、友人柏木が処分・分配してくれた、遺産・形見であるかのように受け取ったのである。

さらに、ルネ・ジラールの『欲望の現象学』における「欲望の三角形」を引用するまでもないことだが、不在を契機とする「欲求」とは異なり、「欲望」は他者の模倣として現象する。それ故、(c)の、夕霧の主観で判断した、〈柏木の欲望〉を模倣したいという志向が生成したことに対して、非難することはできないのだが、落葉の宮と相い対していないという点で、逆説的だが、彼女は、夕霧の彼女への恋慕から排除・除外されていると言えるだろう。

対象は亡き友〈柏木の欲望〉であり、顔を見てもいない彼女には直接に向かってはいないのである。なお、夕霧が落葉の宮を意識したのは、引用した、柏木が危篤状態で彼女の面倒を依頼した遺言を彼に語った場面で、夕霧は、後顧の憂いをなくそうとする柏木の態度に、落葉の宮への強い愛情を読み取り、彼の欲望を模倣したいという情念を抱いたのである。

(d)の〈未亡人〉という落葉の宮の実存が、(a)〜(c)とは相違して、彼女自体のあり方を真摯に表現し、夕霧の情念を率直に表象しているのだが、その素直さは、逆に言えば、寡婦への恋慕は邪な欲情だとも言えるのである。幻影的と言ってよい清純な愛を称賛するわけではないのだが、後家というあり方は、夕霧の歪曲した潜在する情念を、蠱惑させる要因となっているのである。

だが、これまでの(a)〜(d)の要素の根底にある、(e)神のように君臨する父光源氏への、〈反抗〉を忘却してはならないだろう。これこそが、夕霧の落葉の宮恋慕の決定的要因なのである。夕霧は、少女巻に明晰に描写されているように、大文字の光源氏という〈他者〉に支配されてきたのである。夕霧が光源氏の掌の上で操られ、舞踏している様子は、あえて克明に物語の本文を引用して、証明する必要はないであろうが、元服後の夕霧は、少女巻で、雲居の雁の大輔の乳母に「六位宿世」と罵られているように、野分巻の垣間見、藤袴巻の玉鬘訪問、梅枝巻の明石の姫君のための草子作り、藤裏葉巻での雲居の雁との結婚など、彼の自己同一性《アイデンティティ》は、〈大文字の他者〉光源氏によって形成させせられており、父光源氏の操り人形でしかないのである。若菜上巻の冒頭部分では、朱雀に女三宮のことを仄めかされるのだが、彼女は光源氏に降嫁するのであって、(e)父光源氏への反抗が潜在しないはずがないのである。

それ故、〈まめ〉という夕霧に与えられた特性のある性格は、まさにこの大文字の他者を核とした、他者そのものを表象しているのであって、彼の本性や性格・深層を表出してはいないのである。従来の研究や批評が、この〈まめ〉に呪縛されて論を展開してきたのは、登場人物の実存が、他者によって形成されるという視座を見失っていたからなのである。夕霧の〈まめ〉は、色好み光源氏の子息であるという認識を媒介に、光源氏あるいは大后・頭中将・雲居の雁などばかりでなく、仕えている女房や従者までの、期待の地平から誕生した属性で、他者の眼差しを受容した結果なのである。なお、結論の一つを先取りすることになるが、その大文字の支配の深層にある、襞・裂目・皺・裂傷こそが、落葉の宮であり、境界空間小野なのである。だが、その結論に至るまでに、迂回しておくべき手続きがありそうである。

夕霧は、小野の別邸を訪問しながら、一条御息所には挨拶の使者を使わしただけで、物の怪が憑依しないように隔離されている、寝殿の西面にいる落葉の宮の所に赴き、簾の前に据えられる。そこでの消息、つまり、二人の会話や、さらに日暮近くの庭前の情景描写なども詳細に分析したい気持ちがあるのだが、直截に二人の間に交わされた贈答歌を分析することにするが、それは、

……いとど人少なにて、宮はながめたまへり。しめやかにて、〈思ふこともうち出でつべきをりかな〉と思ひゐたまへるに、霧のただこの軒のもとまで立ちわたれば、「まかでん方も見えずなりゆくは。いかがすべき」とて、

山里のあはれをそふる夕霧にたち出でん空もなき心地して

と聞こえたまへば、

山がつのまがきをこめて立つ霧もこころそらなる人はとどめず

ほのかに聞こゆる御けはひに慰めつつ、まことに帰るさ忘れはてぬ。

「中空なるわざかな。家路は見えず、霧の籬は、立ちとまるべうもあらずやらはせたまふ。つきなき人はかかることこそ」などやすらひて、忍びあまりぬる筋もほのめかし聞こえたまふに、……（四―三九〇〜一）

と記されている。問題は、「夕霧」という巻名や、登場人物名ともなった、著名な贈歌である。この和歌は、『紫明抄』以来、現在に至るまで、諸注釈書類では、古今六帖の第一「霧」の、

夕霧に衣はぬれて草枕旅寝するかもあはぬ君ゆゑ（六三三）

が、本歌として指摘されている。更に、植田恭代の、この歌や、夕霧の会話文中にある「霧の籬」を克明に引用論として分析した、「浸透する「引歌」――『源氏物語』夕霧巻「霧の籬」から――」[3]という論文も書かれている。だが、これらの指摘が忘却している解釈があるのではないだろうか。

それは、この夕霧の和歌を素直に享受・解釈することである。三句目までは、それほど解釈に相違が生まれる余地はないであろう。また、「たち出で」に付いた「ん（む）」は、一人称による「希望」や「意志」を表明しているのであろう。「む」は、二人称単数に使われると「催促・命令」を、二人称複数では「勧誘」を、三人称の動作に使用されると「予想・推量」を表す、人称で意味が決定される助動詞の一つであるが、ここでは作歌主体自身（つまり、一人称）の意志を表現しているはずである。

続く「そら」が問題なのだが、空模様や天候などの科学的実体ではなく、気分や心地を表し、しかも、下に打ち消しの語を伴っているので、本拠を離れて不安定になっている状況、つまり〈不安〉を表出していると理解できるだろう。例えば、全集本では、「……どちらの方角に立ち出でてよいのかもわかりませんし、おそばを去って出かける気持にもならないのです」という現代語訳で、答歌を配慮して余計な解釈を付加しているのだが、「……わかりません」で止めるべきなのであり、〈不安〉自体を表明した歌として受容すべきなのである。

一定の対象を持ち、脅威を与える恐怖と異なり、不安は、自らに襲いかかるものを特定できず、しかも、自己の実存が危ういと感じる情念である。キルケゴールのように、未来の可能性という〈無〉が生み出す〈自由の目眩《めまい》〉とまでは言わないが、夕霧は、小野という境界空間で、落葉の宮という女性を前にして、夕暮の厚い秋霧に囲まれることで、初めて自己の実存の不安を自覚し、それを飾らずに表出したのが、この和歌言説であると言えるだろう。もちろん、その不安であることの表明自体が、落葉の宮への愛の告白になっているのである。

都という中心で、夕霧は大将であり、それなりの未来を保証され、不安を抱かずに生活できる基盤を確立していた。だが周囲を「霧の籬」に取り囲まれ、彼方に〈無〉のみを感じた時、彼は、自分のこれまでの実存の基底が、大文字の光源氏をはじめとする他者たちであり、小野という境界空間の眼差しから見れば、光源氏の掌で踊ることは、不安しか齎らさないことを、この和歌言説によって自覚したのである。その不安が、落葉の宮への愛情を逆に喚起したのであって、この和歌を詠むことで、初めて、夕霧は、これまで記述してきた、(a)〜(e)のさまざまな要因を振りきり、落葉の宮を真に凝視できることになったのである。

なお、植田論文でも指摘されていることだが、『河海抄』では「曹公といふ人雲夢沢に行て大霧に遭て道を迷失といへり」（『芸文類聚』によると『英雄記』に記載されていたと言う）とあり、霧で道に迷うことが引用されており、さらに新たに加えて、後漢書張楷伝の、道術で五里四方にわたる霧を起こした故事の、張楷の「五里霧中」も引用として挙げることができるだろう。これらの典故も、どうしてよいか分からない不安状態を意味する場合にも用いられるので、古今六帖などよりも、夕霧の和歌を漢文引用として扱うことができるはずである。

(e)を核に幾つかの要因を挙げて、落葉の宮への夕霧の愛の姿を探ってきたが、最後に(f)夕霧の実存的〈不安〉という概念が、そこに加わるのである。この自己がどこから来てどこへ行くのか分からない、不安という概念は、夕霧の場合は、小野という異境空間において、霧に閉じこめられたという、体験を媒介に認識されたのであるが、それを打ち消すためには、別の〈他者〉つまり異性的関係を求めることになるのである。それが夕霧にとって落葉の宮であり、不安を解消できる唯一の方法であり、愛の形なのである。

この縋《すが》るような思いの夕霧に、贈答歌の必然ではあるものの、「こころそらなる人はとどめず」という切り返し、切断の返歌を、落葉の宮は答える。不安を抱いている夕霧を、小野では「こころそらなる」状況でしょうからと、ここには引き留めないと言うのである。それ故、落葉の宮の傍らで一夜を過ごすことだけが、夕霧の不安を解消できる唯一の愁眉を開く行為なのである。なお、引用文中の網かけ「忘れはてぬ」は、敬語不在の自由直接言説で、夕霧＝語り手＝読者の、一人称視点で叙述され、贈歌を詠み落葉の宮への愛を発見して興奮している夕霧の心理状態を伝えている。夕霧は、答歌は当然切り返しがあるものだと理解して、落葉の宮の和歌が意味しているものを見損なっているのである。(f)実存的不安は、落葉の宮という他者を誤読することになるのであって、落葉の宮への愛と書いたが、実は夕霧は〈愛〉という情念・概念と戯れているに過ぎないのである。

二　霧の行方

本論は、夕霧巻論でも夕霧論でも、まして落葉の宮論でもないので、これ以上の分析は忌避するが、若干長文とはなるものの、関連する事項群だけは、言及・整理しておく必要があるだろう。その一つは、霧は小野の枕詞ではないし、まして小野の景物や名物ではないことである。宇治十帖でも、小野は、手習巻や夢浮橋巻にも境界空間として登場するが、そこには霧が漂ってはいないのである。特に、手習巻の小野を舞台とする場面群は、季節が秋な

ので、霧が登場してもよいと思われるのだが、皆無なのである。唯一、「霧」の語が使用されている箇所があるのだが、それは、

かの夕霧の御息所おはせし山里よりはいますこし入りて、山に片かけたる家なれば、松蔭しげく、風の音もいと心細きに、つれづれに行ひをのみしつつ、いつともなくしめやかなり（六—二八九〜九〇）

という場面で、ここで用いられている「夕霧」は、夕霧巻を意味しているのである。つまり、この夕霧巻の「山里の」の和歌を夕霧に詠ませるために、あえて「霧のただこの軒のもとまで立ちわたれば……」という表現が記入され、小野という境界空間が濃霧に囲まれているように設定されたのである。そしてその和歌が、巻名となり、人物名となったのである。なお、手習巻や夢浮橋巻における小野については、後に若干ではあるが言及することになるだろう。

また、手習巻の中で「夕霧」（巻）と書かれていることを配慮すると、この巻名は、物語作家紫式部自身の、意図的な命名であることが明晰な巻であることが判明することも、明記しておくべきであろう。作家によっても、「夕霧」がこの巻の主題であることが自覚されていたのである。また、一条御息所が、「夕霧の御息所」と表記されていることも注意しておくべきで、彼女もまた不安を抱えた女性の一人であったことを、示唆しているのである。それについては、後に分析することになるだろう。

第二の問題は、霧の行方である。引用が長くなるが、物語の展開の上でその行方を追求してみると、「霧」は、夕霧巻では、次のように描写されている。

(a)まだ夕暮の、霧にとぢられて内は暗くなりにたるほどなり。（三九三）

(b)風いと心細う更けゆく夜のけしき、虫の音《ね》も、鹿のなく音《ね》も、滝の音《おと》も、ひとつに乱れて艶なるほどなれば、

ただありのあはつけ人だに寝ざめしぬべき空のけしきを、格子もさながら、いり方の月の山の端近きほど、とどめ難うものあはれなり。（三九五）

(c) 月限なく澄みわたりて、霧にも紛れずさし入りたり。浅はかなる廂の軒はほどもなき心地すれば、月の顔に向ひたるやうなる、あやしうはしたなくて、紛らはしたまへるもてなしなど、いはむ方なくなまめきたまへり（三九七）

(d) 「あさましや、事あり顔に分けはべらん朝露の思はむところよ。……」（三九八）

(e) ……誰が御ためにもあらはなるまじきほどの霧にたち隠れて出でたまふ、心地そらなり。

「荻原や軒ばのつゆにそぼちつつ八重たつ霧を分けぞゆくべき

濡れ衣はなほえ干させたまはじ。かうわりなうやらはせたまふ御心づからこそは」と聞こえたまふ。〈げにこの御名のたけからず漏りぬべきを、心の問はむにだに、口ぎよう答へん〉と思せば、いみじうもて離れたまふ。

「分けゆかむ草葉の霧をかごとにてなほ濡れ衣をかけんとや思ふ

めづらかなることかな」とあはめたまへるさま、いとをかしう恥づかしげなり。（三九九）

(f) 道の露けさもいとところせし（四〇〇）

(g) ……殿におはせば、女君のかかる濡れを〈あやし〉と咎めたまひぬべければ、六条院の東の殿《おとど》に参うでたまひぬ。まだ朝霧もはれず、ましてくかしこにはいかに〉と思しやる。（四〇〇）

(h) 「……今朝、後夜に参う上りつるに、かの西の妻戸より、いとうるはしき男の出でたまへるを、霧深くて、なにがしはえ見分《みわ》いたてまつらざりつるを、この法師ばらなむ、『大将殿の出でたまふなりけり』と、『昨夜《よべ》も御車も帰してとまりたまひにける』と口々申しつる。げにいとかうばしき香の満ちて頭痛きまでありつれば、

〈げにさなりけり〉と思ひあはせはべりぬる。……」（四〇四）

(i) 蜩《ひぐらし》の声におどろきて、〈山の蔭いかに霧りふたがりぬらむ。あさましや。今日この御返り事をだに〉といとほしうて、ただ知らず顔に硯おしすりて、〈いかになしてしにかとりなさむ〉とながめおはする。（四一八）

文中で用いられている記号について説明しておくと、「　」内に記されているものは、会話文中の言説であることを、〈　〉は内話文（心中思惟の詞）を、傍線は自由間接言説を意味している。

(a)〜(c)は、夕霧が、拒み続ける落葉の宮の傍らで、性的交渉なしに、一夜を明かす場面に描かれている「霧」である。「夕暮」「いり方の月」「月隈なく澄みわたり」といった具合に時間経過が辿られ、しかも傍線が指示しているように、語り手と夕霧の二つの眼差しが読み取れる、自由間接言説で叙述されているところに特性がある。夕霧の主観から情景が切り取られていることを、示唆しているのである。特に(c)は落葉の宮の動作を、「なまめき」として把握しているのであって、霧に塞がれることなく、彼女の姿態を凝視している様子が分かるようである。五里霧中の夕霧に囲まれて不安に戦《おのの》いていた夕霧が、不安を打ち消す愛の対象に、直接的に向き合っているのである。なお、月光の方が、霧よりも勢力的に強くなったことにも、注目しておくべきであろう。不安よりも、愛の力が強くなっていることを示唆しているのである。

(d)・(e)は、後朝めいた別れの場面で、夕霧は、「事あり顔に」とか「濡れ衣」という言葉を用いて、二人のこんな関係が、世間にどのように受け取られるかと、落葉の宮を強迫さえしているのである。なお、この捨て台詞は、後の場面や物語展開への所謂布石であると言ってよいだろう。〈噂〉という他者の評価とその流布は、この巻の背後を横断する主題群の一つなのである。後の叙述で明らかになるように、夕霧も御息所もさらに落葉の宮も、噂を気にして、不安という病に罹るのである。

すでに述べてきたように、夕霧は、小野という境界空間で、夕霧に囲繞《いにょう》されることで、自己同一性に不安を感じ、その不安から、落葉の宮への愛を歌に詠んだ。実存への気懸りが、都とは異なった、境界空間という外部からの超越論的な眼差しによって、生まれたのである。境界空間に身を置くことで、都が異郷となり、裸形の〈私〉が一瞬ではあるものの見えたのである。しかし、彼は、あくまでも〈都〉〈俗的空間〉〈秩序〉の人であり、安心できる都に帰京せざるをえないのである。准太上天皇光源氏の子・大将という地位・周囲の多数の人々の眼差しと期待等々といった、彼を取巻く他者たちから与えられた秩序を放棄することができないのである。一瞬ではあるものの、実存の空虚と襞を発見しながら、その不安の源に、夕霧は回帰せざるをえないのである。この不条理性を、この場面から読みとっておくべきだろう。

(f)・(g)は、帰途あるいは六条院に帰宅しても、霧という不安の余韻が残存していることを示唆しているのであろう。自邸である三条殿に帰宅せず、しかも、「まだ朝霧もはれず、まして〈かしこにはいかに〉と思しやる」とあるように、残像でしかない小野の空間を憫察《びんさつ》する様子は、そうした不安の余情を残響させていると言えよう。しかし、それと共に、都より「まして」小野の霧が深いと想起しているように、不安は小野に残存しているのであって、その様子の一端が、(h)のなにがし律師の会話文で明らかになるだろう。律師と一条御息所との対話は、「大日如来虚言《そらごと》したまはずは。……」という言葉から始まる。比叡山から下山した天台宗の律師が、真言密教の中心尊格の名を持ち出して、嘘をつかぬことを強調するという、〈聖的空間〉なるものの、それ故欺瞞と滑稽さを述べてしまう〈聖〉のあり方については、後にも言及することになるので、律師が密告者であり、かつ「霧深くて、なにがしはえ見分いたてまつらざりつる」と言いながら、大将夕霧が落葉の宮と密通していると確言しているところに注意しておこう。この律師の発話が、御息所に「心の中に、〈さる事もやありけむ……〉」という疑惑を生み出したのである。不安という霧は、都には漂ってはいないが、小野という地を覆っているのである。

その小野を重囲する霧を確認したのが、(i)の表現であろう。律師の密告を聞いた一条御息所は、小少将に事情を聞き、さらに落葉の宮と対面する。その際には、

……〈恥づかし〉とのみ思すに、いといとほしうて「いかなりし」なども問ひきこえたまはず（四一〇）

とあるように、宮が極度に羞恥しているため、御息所は事情を尋ねることさえできない。御息所に、状況が認識できないという、新たな不安が生まれたのである。

朱雀に入内して、皇女を生んだといった彼女が矜持《きょうじ》していた、あらゆるものが崩壊するかもしれないという、実存的危機に陥ったのである。そこに夕霧からの文が、届く。それ故、一条御息所は「頼もしげなくなりてはべる、……」という手紙を、「鳥の跡のやうに」書き送る。「頼もしげなくなりて」は、自分の病状を表層では意味するのであろうが、同時に、彼女の実存的不安を表出したものとして読み取る必要があるだろう。夕霧と宮との間の実態、周囲の者達が流布させるだろう噂、その噂を聞くだろう朱雀や都の人々、物の怪に悩む自分の病状、自分の死後の落葉の宮の行く末等々、さまざまな内的葛藤と不安が一挙に噴出してきたのである。特に、〈死への存在〉の先駆的自覚が、彼女に救済のない不安を与えていることは、言うまでもないことであろう。小野という境界空間は、夕霧ばかりでなく御息所も、不安に戦《おのの》かせる呪われた霧に包まれた大地なのである。その夕霧宛てに一条御息所の送った文は、夕霧の正妻雲居の雁に奪われてしまう。その場面は、源氏物語絵巻にも描かれており、その有名な画面も克明に分析したい気持があるのだが、論を進めると、「宵過ぐるほど」に届いたその書簡は、雲居の雁に略奪されたため、翌日に、終日探しても発見できない。(i)の文章は、その際に描かれている。蜩の声で、夕霧が目覚めるのだから、夕方のことである。「山の蔭」つまり小野の地が、夕霧＝不安に覆われていることを、夕霧は都で想起

しているのである。不安は、小野という境界空間に残留しているのである。

この後、夕霧は「御座《おまし》の奥のすこし上りたる所」から手紙を見付け、急いで駿足の馬で返事を送るのだが、御息所は病状が急変し、夕霧の手紙が到着した直後に死去する。その死際の、宮に対する遺言とも言える長文の会話文を、引用して分析したいのだが、論旨から外れるので、課題を追求すると、なにがしの律師が、以前「悪霊は執念《しふね》きやうなれど、業障《ごふしやう》にまとはれたるはかなものなり」(四〇三)と述べていたように、またその死の描写が、

かく騒ぐほどに、大将殿より御文取り入れたるほのかに聞きたまひて、〈今宵もおはすまじきなめり〉とうち聞きたまふ。〈心憂く。世の例にも引かれたまふべきなめり。何に我さへさる言の葉を残しけむ〉とさまざま思し出づるに、やがて絶え入りたまひぬ。「あへなくいみじ」と言へばおろかなり。昔より物の怪には、時々わづらひたまふ。〈限り〉と見ゆるをりをりもあれば、「例のごと取り入れたるなめり」とて加持まゐり騒げど、いまはのさましるかりけり(四二三～四)

と書かれているように、御息所は、物の怪に憑依されたために死亡したわけではないだろう。「心憂く」という内話語が象徴しているように、彼女は、不安神経症で亡くなったのである。(4) 物の怪調伏などの従来の治療法によっては癒されないものとして、〈不安〉が源氏物語の主題群の一つとして浮上してきたのである。しかも、内話文に続き、「さまざま思し出づるに、やがて」とあり、過去体験を想起すると同時に、それが死自体となるという、〈不安〉＝〈死〉という主題が、「やがて」という言葉で鮮やかに描かれていると言えるだろう。小野の夕霧という不安は、人を死に至らしめるほどの霊力を秘めていたのである。

不安神経症で死去した御息所の、さまざまな弔問や慰問については、言及することを避ける。また、その後の、夕霧と落葉の宮との交渉も省略してしまうことになるだろう。しかし、不安というこの巻の核となる主題をとりあ

げるならば、夕霧や一条御息所ばかりでなく、その主題を網状に組織している落葉の宮を、分析から欠落させるわけには行かないだろう。彼女も、小野という境界空間に訪れている女性なのである。

三　塗籠と鬼と

落葉の宮が、柏木の死後の弔問などで夕霧に訪問され、歌を贈答するのは柏木巻からなのだが、邪な求愛に悩まされるようになったのは、琵琶と箏の琴で「想夫恋」を合奏した横笛巻や、鈴虫巻を経た、夕霧巻からである。夕霧巻の冒頭は、

まめ人の名をとりてさかしがりたまふ大将、この一条宮の御ありさまを〈なほあらまほし〉と心にとどめて、おほかたの人目には昔を忘れぬ用意見せつつ、いとねんごろにとぶらひきこえたまふ（三八三）

と書き出され、夕霧の、宮への執着心がこの巻の主題であることが冒頭場面で示唆されているのである。ここで述べられている「ありさま」は、夕霧自身は気付いていないだろうが、第一章で挙げた(e)を核とする、(a)〜(d)のさまざまな要因を意味しているはずである。その邪で物象的な求愛に対して、落葉の宮は拒否するのだが、その拒絶の根拠は、さまざまな他者によって形成されたものにすぎないと言ってよいだろう。

落葉の宮の夕霧拒否の理由は、

(1)「……え皇女《みこ》の君おしたまはじ。また女人《にょにん》のあしき身を受け、長夜《ちゃうや》の闇にまどふは、ただかやうの罪によりなむ、さるいみじき報《むくい》をも受くるものなる。人の御怒り出できなば、長き絆《ほだし》となりなむ。……」（四〇四〜五）

(2)〈気高うもてなしきこえむ〉と思いたるに（四〇七）

(3)「……ただ人だに、すこしよろしくなりぬる女の、人二人と見る例は心憂くあはつけきわざなるを、ましてかかる御身には……さるべき御宿世にこそは。院よりはじめたてまつりて思しなびき、この父大臣にもゆるいたまふべき御気色ありしに……」（四二二）

(4)「……後見なき人なむ、なかなかさるさまにてあるまじき名を立ち、罪得がましき時、この世後の世、中空《なかぞら》にもどかしき咎《とが》負ふわざなる。（四四五）

などと書かれているのだが、この再婚を阻止することを示唆する言説は、(1)はなにがし律師の会話、(2)は御息所の内話文、(3)は同じ御息所の発話で、(4)は朱雀の教訓で、彼女から叙述されてはいないのである。つまり、父朱雀、母一条御息所、義父頭中将（現致仕の大臣）、そして夫であり死去した柏木という幻影、あるいは律師も含めた「世間」という複数の〈他者〉が、再婚拒絶という彼女の主体を形成しつづけているのであって、それが落葉の宮の自己なのである。この他者によって形成される落葉の宮の自己を、批判する権利は、私達にはない。物語内現実に生存しているわけではない、現実に実存している私達もまた、他者が主体なのである。

しかも、宮は、他者の眼差しから生成している夕霧峻拒《しゆんきよ》にもかかわらず、頼る相手の唯一の人物が、夕霧だという、不条理の迷路に迷い込んでいるのである。御息所の葬儀もそうだが、「かくて御法事に、よろづとりもちてせさせたまふ」（四四四）とあるように、万事にわたって夕霧の世話なくして、朱雀女としての生活をすることが不可能なのである。後見として御息所の甥の大和守がいるのだが、従五位上では、院の皇女の世話を完璧にすることができないのである。それ故、

御消息とかう聞こえたまへど、「今は、かくあさましき夢の世を、すこしも思ひさますをりあらばなん、絶えぬ御とぶらひも、聞こえやるべき」とのみ、すくよかに言はせたまふ。（四三七）

などと記されているように、夕霧の訪問に、こうした類の返答をしなければならないのである。悲痛な「夢」を「醒ます折」があったならばと言う、この一縷の可能性を示唆する返答は、夕霧という「男」に期待を抱かせる言辞で、こうした返答をしなければならない不条理な状況に、宮は追い込まれていたのである。この言辞は、宮の〈羞恥〉を表出したものだと言ってよいだろう。しかも、この羞恥は、他者を前にした不様な自己の意識ではなく、脱出不可能な孤独の中にある羞恥であり、自己の存在から逃れることができないという点で、より深刻なのである。

父朱雀により出家さえ塞がれた女二の宮（四四五）にとって、頼りとすべき大和守は、背後にいる夕霧の言葉を反復するように、一条邸への帰京を勧めるだけで、ついに一条邸に帰還せざるをえない。その一条邸では、既に小嶋菜温子が「ぬりごめの落葉宮—夕霧巻と夕ブー——」という論文で指摘しているように、(5)落葉の宮は、〈塗籠の女〉なのである。それにしても、なぜ彼女は〈塗籠の女〉でなければならないのだろうか。

落葉の宮が、小野から退去して、帰京する際にも、霧が出現する。

……泣く泣く御車に乗りたまふも……下ろしたてまつりたまひしを思し出づるに目も霧りていみじ（四五〇）

と書かれているからである。涙を霧に比喩しているのだが、他の隠喩を用いることもできたはずであるが、霧を使用したのは、小野という境界空間からの離別を強調するためであろう。源氏物語夕霧巻では一貫して、小野という境界空間には、霧が漂っていなければならないのである。

到着した一条邸は

おはしまし着きたれば、殿の内悲しげもなく、人気《ひとげ》多くてあらぬさまなり。（四五〇）

と記されているように、一変している。彼女の自己同一性を確立する居所は喪失してしまっており、一条邸は異様なものに変質してしまっているのである。自己の根拠が失われていたのである。なにもかもが変わってしまっているのに、一条邸という世界はなおも存在しているのである。なお、傍線は、落葉の宮と語り手の二つの視線が読解できる自由間接言説であり、文中には外部からの眼差しを示す「げ」が二回使用され、落葉の宮の視点から叙述されていることが強調されている文になっている。「あらぬさま」と記されており、彼女が一条邸から排除され、世界の意味が剝脱されながら、なおも世界があるという、底知れない恐怖状態の彼女の様子が、鮮やかに伝わってくると言えよう。

しかも、この一条邸では、

殿は東の対の南面をわが御方に仮にしつらひて、住みつき顔におはす（四五一）

とあるように、夕霧が主人顔をして、東の対に住みついているのである。夕霧は、留守中の都で、大和守に一任して、新しい女房を採用したり、一条邸を改築し調度を調えるなどと、着々と結婚の準備をしていたのである。落葉の宮の実存は、危機の中心に陥っていたのである。それ故、彼女の抵抗という営為は、塗籠という最後の砦に籠もるより他にありえないのである。再婚拒否という他者の眼と、濠を埋められ落城寸前といった夕霧の結婚準備という、身体を引き裂くような不条理の中で、彼女が縋《すが》ることのできる唯一の空間存在が、塗籠という闇の世界で、

塗籠に御座《おまし》一つ敷かせたまひて、内より鎖《さ》して大殿籠りにけり（四五三）

とあるように、内側から掛金を下ろして閉じこもってしまうのである。自分が招いた出口なしの暗闇の世界で、落葉の宮が何を思い何を考えていたかについては、一言も記述されてはいない。その沈黙から想像できるのは、自分の身体の輪郭さえ定かでない塗籠の暗黒の中で、意識だけが透明に冴えて、透明そのものであるがゆえに、塗籠の闇と溶け合ってしまう、そんな光景である。

しかし、暗闇に溶解してしまった覚醒した意識とは対照的なものを、沈黙の背後に、解読することも不可能では

ないだろう。彼女は安眠を貪っていたかもしれないのである。落葉の宮が母胎回帰している、安らかな情景も想像することができるのである。塗籠は母胎であり、一条御息所の子宮に包まれた胎児のように、危機の最中にあることを敢えて忘却して、彼女は安らかに眠っていたかもしれないのである。落葉の宮の沈黙は、こうして極端に対照的な、重層的解釈を生成することになるのである。

第一日目は、夕霧の

うらみわび胸あきがたき冬の夜にまた鎖《さ》しまさる関の岩門《いはかど》（四五三）

という和歌で終わる。夕霧は、「泣く泣く出でたまふ」（四五四）と書かれているように、この夜は「明け方」まで塗籠の傍らにいながら、不首尾で終わるのである。歌は、「あきがたき」に、気が晴れない意と冬の夜が明けがたい意が懸けられ、「関の岩門」に、関所の意味と共に塗籠の戸が比喩されているのだろうが、「岩門」と記されているところを配慮すれば、日本神話のマテラスの天の岩屋戸籠りが、背後に語られていると読めるだろう。岩屋戸が再び開くことを期待して、夕霧は和歌を詠んでいるのであろうが、同時に、現在落葉の宮が、暗闇の世界に溶解していると理解していると言えるかもしれない。塗籠の内部にある闇そのものに溶融してしまった落葉の宮に、夕霧は贈歌を投げ掛けているのである。しかし、その返歌は詠まれてはいない。

落葉の宮が籠城した塗籠は、翌日には、容易に落城してしまう。母と共に彼女が最も信頼していた侍女の小少将が、夕霧を、「人通はしたまふ塗籠の北の口より入れたてまつりてけり」（四六三）とあるように、裏口から手引きしたのである。小少将も、将来の〈不安〉を打ち消すためには、保身のために、女主人を裏切るという選択をしなければならなかったのである。この巻では、時々、

かしこには、なおさし籠りたまへるを、人々、「かくてのみやは。若々しうけしからぬ聞こえもはべりぬべ

きを、例の御ありさまにて、あるべきことをこそ聞こえたまはめ」などよろづに聞こえければ（四六一）

などといったように、「人々（女房たち）」の〈声〉が記されるところに特色があるのだが、ここには、大和守を使って、夕霧が、一条邸にいる女房たちを籠絡している様子が示されており、そうした女房たちの代行として、小少将の行動があったのだが、同時に、不安定な位相にある女主人に対する、彼女たちの不安を解消するためには、これ以外の小少将の行為はなかったという、切羽の詰まった状況も読み取っておくべきであろう。

しかし、二人の情交はなかなか始まらない。夕霧は小少将の手引きで塗籠に辛うじて闖入できたものの、

……いにしへも何心もなう、あひ思ひかはしたりし世の事、年ごろ、今はとうらなきさまにうち頼みとけたまへるさまを思ひ出づるも、わが心もて、いとあぢきなう思ひつづけらるれば、あながちにもこしらへきこえたまはず、嘆き明かしたまうつ。（四六五）

とあるように、前夜と同様に不首尾で終わるように書かれているのである。雲居の雁との過去を想起し、「わが心もて」と書いてあるように、この落葉の宮への懸想は自分の心が原因なのだとし、嘆息しながら夜を明かそうとしているのである。落葉の宮恋慕のため、雲居の雁を悲嘆させ、嫉妬に狂わせた自己を反省しているのである。この場所が一条邸という都空間であるため、〈まめ〉という他者が夕霧に侵入し、実存の亀裂を覆い隠そうとするのである。

それ故、夕霧は、

かうのみ痴れがましうて、出で入らむもあやしければ、今日はとまりて、心のどかにおはす（四六五）

と記されているように、不首尾で終わったことを女房たちに知られ、噂にならないように配慮して、ゆっくりと寛いでいるのである。その夕霧の、一面では滑稽でもある、狡猾な寛容さに対して、落葉の宮は続く文で、

かくさへひたぶるなるを、〈あさまし〉と宮は思《おぼ》いて、いよいようとき御気色のまさるを、〈をこがましき御心かな〉と、かつはつらきもののあはれなり（四六五）

と反応する。内話文の嫌悪（あさまし）と、憫笑《びんしょう》（をこがまし）は、共に相手を軽蔑しているのだが、あまりにも夕霧が弱点を曝しているので、宮は不憫に思ってしまうのである。傍線の付いた「あはれなり」は、自由間接言説で、語り手の視線と同時に、落葉の宮の視点が語られていて、宮は夕霧が嘲笑したいほど滑稽なので、憐愍の気持が起きてきて、同情してしまったのである。

書かれてはいないが、この文に続いて、二人の性的関係が設定されている。それ故、「あはれ」と思った時に、落葉の宮はこれまでの警戒の姿勢を解いて、情交にいたったと想定できるので、実態は、宮が誘惑したのではないかと解釈できるのではないかとさえ思っているのである。関係後、夕霧は、ようやく塗籠の中の様子を、詳細に観察できるようになり、

塗籠も、ことにこまかなる物多うもあらで、香の御唐櫃、御厨子などばかりあるは、こなたかなたにかき寄せて、け近うしつらひてぞおはしける。内は暗き心地すれど、朝日さし出でたるけはひ漏り来たるに、埋もれたる御衣ひきやり、いとうたて乱れたる御髪かきやりなどして、ほの見たてまつりたまふ（四六五）

と書かれているように、周りを見回す。文中の傍線は、これも自由間接言説で、夕霧の一人称／現在の視点が書き込まれているのである。彼は閑散とした塗籠の内部を眺めながら、質素な落葉の宮の生活と、それから帰結される彼女の内面を、「おはしける」と宮に敬語を付けながら想像しているのである。もちろんその想定は、夕霧の主観を経た誤読であることは言うまでもない。夕霧巻の最後の場面は「いとどしく心よからぬ御気色、あくがれまどひたまふほど……」と書き出されているように、落葉の宮の不条理は、夕霧との情交では解決できない、不快さを伴

っており、それに対して夕霧は狼狽えることしかできないのである。なお、文末の「けり（る）」は、語り手の声では〈語り〉の意だが、夕霧の立場からは〈気付き／発見〉の意味となることは言うまでもない。

性的関係が終わり、周囲の様子を観察する余裕ができた休息の頃には、既に「朝日」の時刻になっていた。また、不首尾に終わるのではないかという読者の読みは、夜という性の時間が終わる、まさにその直前で裏切られ、夕霧の企図は、辛うじて落葉の宮の憐愍によって成就したのである。夕霧はひどく乱れている落葉の宮の髪の毛を掻き揚げて、彼女の顔をほのかに見る。夕霧の実存的不安と、落葉の宮が意図せずに陥れられた不条理な状況は、問題を残しながらも、ここで一応の解決の印を刻む。

この後、夕霧は境界空間に訪れることはないだろう。と言うより、自己の実存的不安を喚起する境界空間を忌避して生涯を送ったのであって、その後は、記述には問題があるが、竹河巻では左大臣となり、蜻蛉巻では「左大臣殿、昔の御けはひにも劣らず、すべて限りもなく営み仕うまつりたまふ」（六—二五三）と書かれているように、明石中宮への奉仕が、光源氏在世の頃に劣らず、権勢があることを賞賛されているのである。言わばこの夕霧の小野という境界空間での五里霧中体験は、物語展開の上で言えば、遅れてきた通過儀礼であり、皇女と結婚したという、出世という上昇過程の挿話でしかないのである。

源氏物語で最後に落葉の宮が話題となるのは宿木巻で、夕霧は、今上の女二宮と薫が結婚した際、

右大臣も、「めづらしかりける人の御おぼえ宿世なり。故院だに、朱雀院の御末にならせたまひて、今はとやつしたまひし際にこそ、かの母宮をえたてまつりたまひしか。我は、まして、人もゆるさぬものを、拾ひたりしや」とのたまひ出づれば、宮は、〈げに〉と思すに、恥づかしくて御答《いら》へもしたまはず（四六二～三）

という会話を落葉の宮と交わしているのであって、皇女との結婚がどんなに喜びであったかが語られているのであ

る。ここには周囲の反対を押し切り、未亡人となった皇女と再婚したという苦労が語られているものの、小野での霧中体験も、落葉の宮の憐愍で関係が始まったことなどへの一片の反省もないのであって、夕霧巻での危機的経験は霧散してしまっているのである。夕霧巻体験を通じて夕霧に残ったものは、(a)皇女との結婚という、権勢を装飾する勝利でしかなかったのである。

夕霧巻では、言及は避けるが、不安と言う主題群は、他の登場人物にも及んでいる。養い子夕霧の将来を心慮し、雲居の雁への配慮も忘れない花散里、嫉妬に狂い、夕霧不信に冒され、父邸に帰らざるをえない雲居の雁、あるいは彼女に贈歌を送付しなければならない藤典侍の立場、不安の概念の内質はさまざまなのだが、この巻では不安が錯綜し、不安の坩堝が出現しているのである。それ故、この巻の読者は、各登場人物が奏でる不安の旋律を、多声性《ポリフォニー》として聴くより他に方法はないのである。

ただ唯一この巻で不安の旋律から逃れているのは、光源氏のみである。彼は六条院で花散里に続いて夕霧に会い、長い内話文で、夕霧に対する感想を述べている。

……ただうちまもりたまへるに、〈いとめでたくきよらに、このごろこそねびまさりたまへる御さかりなめれ。さるさまのすき事をしたまふとも、人のもどくべきさまもしたまはず、鬼神も罪ゆるしつべく、あざやかにもの清げに若うさかりににほひを散らしたまへり。もの思ひ知らぬ若人のほどに、はた、おはせず、かたほなるところなうねびととのほりたまへる、ことわりぞかし。女にて、などかめでざらむ。鏡を見ても、などかおごらざらむ〉とわが御子ながらも思す（四五七）

というのがその心中思惟の詞であるが、「きよら」「さかり」「鬼神も罪ゆるしつべく」「若うさかり」「ねびととのほり」「女にて、などかめでざらむ」「鏡を見ても、などかおごらざらむ」などという、さまざまな言葉で夕霧を絶賛している。外見からの眼差しから言えばその通りなのであろうが、ここには壮年期の光源氏の自己の投影があり、回想が美化する体験があり、自己の誤りを糊塗する弁解があり、逆に五十歳になった光源氏の老いが露呈していると言えるだろう。特に、夕霧の実存的危機を見破ることができない光源氏の、耄碌とさえ言える、他者の誤読が裏側では語られているのである。

源氏は、無知である。小野での夕霧の不安体験が理解できないのは当然であるが、落葉の宮という、自分の正妻であった女三宮（既に出家している）の姉を、懸想しているという事実は、自分への不信（女三宮を妻にできなかった）であり、自分への同化（父の代行）でもあることを読み取るべきなのである。かつて空蟬を強姦した理由が、父桐壺の代行であったことを想起するならば、青春期の自己の実存と、夕霧による、父であり、大文字でもある自己＝光源氏への〈犯し〉を、重ねるべきなのであって、それを忘却して、自分の子息を賞賛することしかできない恍惚の人に、光源氏は変容していたのである。

特に、小野という境界空間での夕霧の不安体験を味わい、この巻がさまざまな登場人物の不安の坩堝であることを読み解いてきた読者にとっては、中心人物である光源氏自体が不安の材料になると言ってよいだろう。彼は、「鬼神も罪ゆるしつべく」と内話文で述べているからである。夕霧は光源氏と会見する以前に花散里と会話している。その際、彼は、雲居の雁を話題にして、「らうたげにものたまはせなす姫君かな。いと鬼しうはべるさがなものを」（四五五）と、自分の妻を形容詞としてではあるが、「鬼しう」と理解・発話しているのである。

当時の鬼の実像は測定できない。「オニ」という語が、朝鮮語の「隠」から発生したらしいことは解るのだが、伊勢物語六段（芥川の章段）で女を一口で食らう描写を経た段階で、鬼がどのような表象を伴っていたのかは、現在のところ考証されていないのである。ただ、源氏物語絵巻夕霧巻における雲居の雁の、夕霧の一条御息所からきた手紙を奪い取る場面の姿勢が、慶安絵入刊本などにおける真木柱巻の画面において、香炉の灰を鬚黒に浴びせる北の方の姿勢と、ほぼ一致するところを配慮すると、物の怪に憑依された様子を表象しており、それらを考慮すると、雲居の雁が物の怪に憑依された状態を、鬼と呼んだと言えるのではないかと思っているのだが、それはともかく、源氏物語では、女性を鬼と非難した用例は、この雲居の雁に限られているのである。

とするならば、この鬼という非難は、直接的には雲居の雁に向けられているものの、夕霧の不安の概念の鬱憤を晴らす表象として、大文字の他者光源氏を始めとする都空間の秩序そのものを意味していると理解すべきではないだろうか。俗的空間とは、表面はともかく、不安という概念の眼鏡で見ると、物の怪に憑依された、鬼たちが蠢いている世界なのである。そうした非難があるにもかかわらず、光源氏は、「鬼神も罪ゆるしつべく」などという能天気なことを、心中思惟の詞で、息子誉めの眼差しで述べているのであって、老悖《ろうはい》が始まっているのではないかと、不安に思う読者がいても、それを否定する表現はどこにもないのである。

鬼は、この後、夕霧が嫉妬する雲居の雁を宥める対話にも登場する。しかし、その会話を克明に分析する余裕はない。無知である光源氏に対して、既知である読者の不安というアイロニーの構図も含めて、この夕霧巻が、不安の坩堝であり、それが山里小野という境界空間の霧に起因することを確認して、あまりにも迂回しすぎた分析から離れて、境界空間とは何かという疑問に、急いで答えなくてはならないだろう。

四　聖的空間／境界空間／俗的空間

夕霧に実存的不安を与えた、小野という〈境界空間〉とは、源氏物語においてどんな役割や機能を果たしているのであろうか。この空間は、源氏物語第一部には、登場しないと言ってよいだろう。第一部に登場するのは、空間ではなく、〈境界〉でしかないのである。第一部には、異界・異郷は登場するのだが、その彼岸と此岸を隔てるものが、境界なのである。唐《もろこし》や「海の中（の龍王）」⑵—二一〇）といった非現実的な世界は別として、物語の舞台となる異郷は、北山（若紫巻）、賀茂（賢木巻）、伊勢（賢木巻）、須磨（須磨巻）、明石（明石巻）、住吉（澪標巻）、石山寺（関屋巻）、大堰（松風巻）、嵯峨野（松風巻）、北九州（玉鬘巻）等々が、第一部から想起されるのであるが、これらは、都などの俗的・日常的な世界を軸・基盤とした、さまざまな境界の彼方にあるのであって、境界空間ではないのである。

〈境界〉は線ではない。境界は、屹立したり（山）、深淵であったり（河・海）して、飛躍・飛翔を必要とするものだが、同時に、自覚なしに通過することもできる、透明かつ不透明な領域でもある。また、四方四季の六条院のように、都の中に異郷・異界が出現することも時々あるのだが、ここではそうした課題に踏み込むことは、避けることにする。ただし、読者の認識や方法によって、境界は判定されるのであって、テクスト自体が、常に指示しているものではないことだけは、言っておくべきだろう。読みによって、境界は画定されるのである。また、仙界や蓬萊山・龍宮などの、非現実的な架空の異郷は、源氏物語では、記入されてはいるが、物語展開の舞台・背景としては設定されてはいず、古代後期における知＝感覚の〈常識〉にとって、現実的だと思われていた、地名や場あるいは歌枕として登場することも、強調しておくべきであろう。

ところで、繰り返しになるが、北山等々のこれらの空間や場所あるいは歌枕などの地名は、都や畿内等という俗的空間の境界を越えた、異郷空間とは名付けることができるものの、これらの地名は、境界空間とは言えないのである。源氏物語第一部では、若紫巻の北山のように、異郷訪問譚が多く、かつ、この話型は、古代では、浦島子伝等を、通常で、一般的な典型だと認識されていたためか、多くの場合、訪れる異郷には、女性（仙女）がいるのが普通なのである。北山・賀茂・明石・大堰などが、そうした結構で設定されているのである。この異郷訪問譚的異郷、つまり異郷（彼岸）／この世（此岸）の対照的に見える二項構造が、聖的空間（山）／境界空間（山里）／俗的空間（都）という三層構造になったのが、第二部の最初の巻である若菜上巻からなのである。なお、どの場合も、斜めの線が境界を意味することは言うまでもないことだろう。

若菜上巻で、明石入道は、明石女御（姫君）の皇子出産を聞き、遺言とも言うべき消息を都に送る。その手紙は、元来は漢文で書かれていたのであろうが、源氏物語の言説の上では、長文の仮名の書簡として記述されている。その消息を携えてきた使者の大徳に尋ねると、大徳は、

「この御文書きたまひて、三日といふになむ、かの絶えたる峰に移ろひたまひにし。なにがしらも、かの御送りに、麓まではさぶらひしかど、みな帰したまひて、僧一人童二人なん御供にさぶらはせたまふ。〈今は〉と世を背きたまひしをりを、〈悲しきとぢめ〉と思ひたまへしかど、残りはべりけり。……」（四―一〇八〜九）

と伝えている。ここには、峰／明石／都という、三層構造が表象されている。明石は、第一部では畿外という境界を越えた異郷空間（明石巻）であったのだが、その彼方に「峰」が設定されたことで、境界空間に変貌したのである。なお、その場合、麓と海（明石海峡）などが、境界として設定されていると言えよう。明石は、第二部で、異郷空間から境界空間に転換されたのである。なお、異郷には女性がいるのだが、峰という聖的空間には、会話文中の「僧一人童二人なん御供」という言説が示唆しているように、男性しか棲息していないところに特性がある。聖なるものは、仏教思想などの影響もあり、源氏物語では、男性によって掠奪されているのである。

この三層構造は、その後、比叡山／小野／都（夕霧巻）、山／嵯峨院／都（宿木巻、出家した光源氏の場合）、山／宇

治／都（宇治十帖前半）、比叡山／小野／都（手習巻・夢浮橋巻）等として、源氏物語では反復＝差異化されている。こうして、源氏物語では、若菜上巻を経て、聖的空間／境界空間／俗的空間という三層構造が、確立したのである。なお、源氏物語において、主たる境界空間が、小野と宇治という「山里」に限られていることも、注目しておくべきであろう。その理由は、後に明らかになるだろう。

この三層構造の中で、都という〈俗的空間〉については説明する必要がないであろう。逆に、説明すると、それは源氏物語のテクスト自体となってしまう恐れがあるのである。ただ、ここは徹底した消費的世界である、都というこの俗的な空間には、源氏物語では、常に非日常的な聖なるものが侵入しているのであって、却って、俗的で日常的なものが、聖なる非日常性に犯され汚辱される様相が、物語のさまざまな主題群を生成していることも、忘却するわけにはいかないだろう。

にもかかわらず、俗的空間は、聖的空間とも、境界空間とも、異なっているのである。俗的な世界には、聖的空間のように、仏教という、輪廻を超越した無への志向と実現への信念はないし、山里という境界空間のように、自己を超越論的眼差しで状況を把握する視座を喪失しているのであって、反省意識や超越論的視点なしに、日常的状況を、惰性的に受容・享受しているところに、その特性があるのである。つまり、対象認識の点で、この三層構造では、おのおのが差異を生じているのである。

また、古代後期の社会制度も、この俗的空間の特性を歴史的社会的に形成していることも、忘却してはならないだろう。特に、古代後期には、東寺などを除けば、平安京には寺院は建立されなかったのであって、聖的・境界的空間に仏教の寺々は造営されており、そうした王朝国家体制が、俗的空間の特色を生み、俗的世界では、反省意識や超越論的認識等を持たずに、即自的な生活をすべきであるという常識が蔓延していたのである。もちろん、源氏物語はそうした常識を覆すのだが、あくまでもその脱構築的転倒は、一般的な常識に依拠してなされるのであって、常識という、その痕跡が、俗的空間の特性に残存しているのである。

ところで、境界空間の特性を明晰化する以前に、〈聖的空間〉について述べておいた方がよいだろう。男性たちに占有されている聖的空間は、源氏物語では、神聖なものとして敬虔には扱われず、却ってその硬直さが嘲笑されているところに特色がある。聖的なもの（仏教など）は、源氏物語では、第一部にもそうした傾向がないわけではないが、特に第二部以降では、軽蔑され、揶揄されているのである。

既に、第二章で述べたように、比叡山で千日籠りの行をしていた、夕霧巻に登場するなにがしの律師は、密告者であり、嘘の情報をあたかも目撃した事実であるように、一条御息所に伝達している。虚偽の噂の、発信源となっているのである。そればかりでなく、御息所死去の直後には、

律師も騒ぎたちたまうて、願など立てののしりたまふ。深き誓ひにて、今は命を限りける山籠りを、かくまでおぼろけならず出で立ちて、壇こぼちて帰り入らむことの面目なく、仏もつらくおぼえたまふべきことを、心を起こして祈り申したまふ。宮の泣きまどひたまふこと、いとことわりなりかし（四―四二三）

と描写されているように、落葉の宮が悲嘆にくれて泣いているのに対して、律師は、御息所の死を前にして、自己の名誉に取りつかれ、自分の「面目」しか考えてはいないのである。しかも、「仏もつらくおぼえたまふ」とあるように、今回は、加持祈禱が成就しなかったので、仏を詰《なじ》ってさえいるのである。御息所の死よりも、自分の験術の効果を、世間の人々がどのように評価し、今後自分を祈禱で使用してくれるかどうかという、他者の眼だけが律師には気掛かりなのである。もちろん、これは修行者の経済的背景があるからで、その仏教を背景とした経済を土台として、こうした言説が記されていたのである。彼らのイデオロギーが、顕わに表出されていると言えよう。

このような僧侶たちの功利性は、いたるところに出現する。「夢浮橋巻の言説分析―終焉の儀式あるいは未完成の対話と〈語り〉の方法―」という論文(7)で、克明に分析したように、源信の面影を宿していると言われている、横川の僧都でさえ、手習巻における浮舟蘇生譚を、巻序が連続する夢浮橋巻では、薫に長い会話文で再話するのだが、それは手習巻で描かれていた物語内現実とは、まったく相違しているのであって、大将薫という権門の他者を前にすると、俗的権威の前で平身低頭してしまい、美化された誤謬の情報伝達をしているのである。仏教の教理について正面から記述している個所はあまりないのだが、少なくとも、その担い手である僧侶たちには、源氏物語は不信と批判を突き付けているのである。

「この宇治山に、聖だちたる阿闍梨すみける」(五―一一九)という文で登場する宇治の阿闍梨も、八の宮の没後には、

おはしましける御ありさまを聞きたまふにも、阿闍梨のあまりさかしき聖心を〈憎くつらし〉となむ思しける(五―一八二)

と描写されているのであって、あまりにも糞真面目な態度を、宇治の姫君たちから〈憎くつらし〉(憎く堪え難い)と思われるようになるのであって、嫌悪を呼びこんでしまっているのである。文中の「さかしき聖心」という表現が、仏教批判を象徴していると言えよう。彼は、橋姫巻で、宇治の八の宮の情報を冷泉や薫達に伝えたり、またその逆に八の宮に薫のことを語っているように、さらに、総角巻では、亡き八の宮が往生できずに苦悶している夢を見たと語って(騙って)いるように、彼岸と此岸とを往還するトリックスター的役割を、源氏物語宇治十帖では果たしており、悪くすると道化にもなりかねない人物なのである。

他にも、このような例は多数あげられるのであるが、とにかく、聖的空間とそこに住む男性たちは、完全無欠な

世界や人物などではなく、神聖であるがゆえの硬直性を担っており、それが時には哄笑を誘うことになったり、嫌悪を誘う対象になるのである。男性によって形成されている聖的空間が、信頼できない擬物《まがいもの》であるとするならば、人間存在を凝視できる空間は、〈境界空間〉＝〈山里〉でしかないのである。

既に、「源氏物語第三部の方法―中心の喪失あるいは不在の物語―」という論文で、(8)先駆的に論じたように、第三部のさまざまな主題群の中で、〈俗聖〉というテーマは、物語を横断し、その可能性が常に問いかけられている。俗でもあり、聖でもある実存は、宇治十帖では遂に実現できない幻影として終焉するのだが、この主題は、境界空間と密接に関連しているのである。

これまでの考察で、夕霧巻での夕霧が、山里小野という境界空間の濃霧の中で、自己の実存的不安を認識して、都の俗的空間を相対化する眼差しを獲得したことについては、克明に分析した。しかし、この眼差しは、夕霧の場合は、落葉の宮の憐愍で主題的には挫折することになっていた。この眼差しは、宇治十帖における薫にも現象する。ただ、薫は夕霧と異なり、俗的空間においても、実存的不安を抱いていたのである。

匂宮巻では、よく知られているように、「幼心地にほの聞きたまひしことの、をりをりいぶかしうおぼつかなう思ひわたれど、問ふべき人もなし」（五―一七）という、自己の出生の秘密に悩む薫が描かれた上で、彼は、

おぼつかな誰に問はましいかにしてはじめもはても知らぬわが身ぞ（一八）

という独詠歌を詠んでいる。歌中の「はじめもはても」は、「来し方行く末」などの同様な表現の用例を調べると解るように、過去の始原や未来の終末を指示しているのではなく、過去や未来を叙述することで、〈現在〉的実存を意味的に強調する言説で、薫の実存＝「わが身」が何者か解らないという、現在の不安・不信を表明しているのである。別な言い方をすれば、薫は現在の自分が、自分であることの不快さを、この和歌を通じて表明しているの

である。

ところで、薫の呼称の由来は、これもよく知られているように、

香のかうばしさぞ、この世の匂ひならず、あやしきまで、うちふるまひたまへるあたり、遠く隔たるほどの追風《おひかぜ》も、まこと百歩《ひやくぶ》の外もかをりぬべき心地しける。誰も、さばかりになりぬる御ありさまの、いとやつればみただありなるやはあるべき、さまざまに、〈我、人にまさらん〉とつくろひ用意すべかめるを、かくかたはなるまでうち忍び立ち寄らむ物の隈もしるきほのめきの隠れあるまじきにうるさがりて、をさをさ取りもつけたまはねど、あまたの御唐櫃に埋もれたる香《かう》の香《か》どもも、この君のはいふよしもなき匂ひを加へ、御前の花の木も、はかなく袖かけたまふ梅の香は、春雨の雫にも濡れ、身にしむる人多く、秋の野に主なき藤袴も、もとのかをりは隠れて、なつかしき追風ことにをりなしがらなむまさりける（五―二〇〜二一）

と書かれている。薫物の「百歩香」にちなんで、「百歩の外もかをりぬべき心地」と表現されたのであろうが、薫の人香《ひとが》は、それほど漂っていたのであって、この強烈な匂いは、暗闇の中でも薫だと分かってしまうほどなのである。事実、橋姫巻で、八の宮不在の折、宇治の山荘を訪れて、宇治の姉妹による琵琶と箏の琴の合奏に、薫が聞き惚れていた時も、「しばし聞かまほしきに、忍びたまへど、御けはひしるく聞きつけて、宿直人めく男なまかたくなしき出で来たり」（二二九）とあるように、宿直人らしい男に、匂いで露見されているのである。こうした闇の中の匂いで、薫だと認識される例は多く、夕霧が霧に包まれていたように、薫は闇に包まれているのである。薫という呼称は、闇に包まれている時にこそ、意味を帯びるのである。

百歩離れていても薫りが漂ってしまう薫にとって、どの空間においても、外面的には、自己を喪失することになる。他者が彼と薫りで認定してしまい、他者からの嗅覚的眼差しが、彼自身となるのである。他者の嗅覚という

知＝感覚が、彼の身体を認識してしまうのである。彼は、孤独にさえなれない、不幸な運命を担っていると言えよう。内面はともかく、外部は、闇の中の薫として、常に姿を露呈しているのである。それ故、薫は内部に自己同一性を志向することになる。ところが、引用した「おぼつかな……」の歌で詠まれているように、彼は内部に不安・不快を抱えており、ここでも、自己同一性を喪失しているのである。彼は自己の根拠を持たず、分裂して、不安状況を歩む以外に、手立てがないのである。と言うより、自己が自己であることの不快さを、薫は、内面を含めて、全身で闇の中の薫りとして表出していたのである。

匂宮巻で、薫は、

中将は、世の中を深くあぢきなきものに思ひすましたる心なれば、〈なかなか心とどめて、行き離れがたき思ひや残らむ〉など思ふに、〈わづらはしき思ひあらむあたりにかかづらはんはつつましく〉など思ひ棄てたまふ（五—二三）

と書かれているように、自己の根拠を問うことなしに、凡庸としか思えない「世の中」に対して、失望・絶望しつつ、あたかも悟りきったように「思ひすまし」て、日常的な世界を距離をもって眺めている以外に方法はないのである。それ故、「思ひ離れ」つまり出家の意志の、絆しとなる女性との、深く親密な関係を避けていたのである。

なお、「つつまし」は、あからさまに自己の内面を知られたくないという意であろうが、暗闇の中でも自分を露呈してしまう薫にとって、保守すべきは内面であり、しかも、その内面を語りあう他者が、都という俗的空間では見当らないのである。さらに、彼にとって、母女三宮は、「このきみの出で入りたまふを、かへりては親のやうに頼もしき蔭に思したれば」（五—一七）などと記されているように、保護しなければならない、出家の絆しとなっているのであって、出家という聖的空間に棲むことは、不可能という壁に遮られているのである。

つまり、薫にとって、境界空間が憧れとなり、山里宇治の八の宮や大君は、憧憬の的なのである。聖なるものに憧憬しながら、聖なるものに拒絶されている薫にとって、境界概念の理念であると錯誤している〈俗聖〉という、両価的・二項対立的なものだけが志向され、心を奪われることになるのである。

橋姫巻で、宇治の阿闍梨から八の宮のことを聞いた冷泉は、「いまだかたちは変へたまはずや『俗聖』とか、この若き人々のつけたなる、あはれなることなり」（一二〇）と述べている。冷泉にとって、俗聖という渾名の八の宮は「あはれ」の対象なのである。その憐愍を表明した発話に対して、薫は心中思惟の詞で、

〈我こそ、世の中をばいとすさまじう思ひ知りながら、行ひなど人に目とどめらるばかりは勤めず、《口惜しくて過ぐし来れ》と人知れず思ひつつ、俗ながら聖になりたまふ心の掟やいかに〉（一二〇）

と反応する。「すさまじ」は、清濁について結論がなく、枕草子の章段に関する解釈なども加わり、問題のある語彙だが、『岩波古語辞典 補訂版』が「スは接頭語でスナホ（直）のスに同じく、サマはサメ（冷）・サム（寒）と同根か。期待や熱意が冷えてしまう感じがする意。また、そのような事態から受けるしらけた気分をいうのが原義」と書いているように、薫は、都に寒々とした凄惨な風景を見ていたのである。彼は、喧騒とした賑わいの中で、さまざまな階級・階層の男女が犇きあう、都の雑踏の快感や愉楽を味わうことなく、主観として不信と不快を抱えていたため、この消費的世界を嫌悪し、京都を冱寒《ごかん》の世界であるかのように眺めていたのである。それだからこそ、人知れず勤行をしていたのだが、宇治の八の宮は、それを「心の掟」にしており、自己の理想を実現している人物だと理解したのである。その場合、「心の掟」は、ここでは心構え、つまり哲学・思想として解釈してもよいであろう。薫にとって、八の宮は、俗聖という「哲学」を確立した理想的人物のように思えたのである。

だが、八の宮自身は、橋姫巻の冒頭部分で描かれているように、冷泉廃太子事件への関与、北の方逝去、京の宮

廷の炎上、宇治山荘の籠居、姉妹養育のため出家できずなどといった、八の宮の生涯で起こったさまざまな出来事によって、つまり、俗聖という選択は、時代状況に流された結果なのであって、意志的に選択したものではないのである。俗聖は「掟」などではなく、状況の変化に対応して、そうならざるをえなかった惰性的な選択なのである。それを、薫は、哲学として判断しているのであって、八の宮憧憬は、誤読の上に成立しているのである。

同様な誤読は大君の上にも生起する。橋姫巻には、八の宮が不在の折、薫は、山里の宇治山荘を訪れ、宇治の姉妹が琴を演奏している姿を垣間見し、その後、大君らしき女性に、自分と交誼することを求める場面がある。彼女は「何ごとも思ひ知らぬありさまにて、知り顔にもいかがは聞こゆべく」と、優雅な声で答える。それに対して、薫は、

「(a)かつ知りながら、うきを知らず顔なるも世のさがと思うたまへ知るを、一ところしもあまりおぼめかせたまふらんこそ、口惜しかるべけれ。(b)あり難う、よろづを思ひすましたる御住まひなどに、たぐひきこえさせたまふ御心の中は、何ごとも涼しく推しはかられはべれば、なほかく忍びあまりはべる深さ浅さのほども、分かせたまはんこそかひははべらめ。(c)世の常のすきずきしき筋には思しめし放つべくや。さやうの方は、わざとすすむる人はべりとも、なびくべうもあらぬ心強さになん。おのづから聞こしめしあはするやうもはべりなん。(d)つれづれとのみ過ぐしはべる世の物語も、聞こえさせどころに頼みきこえさせ、(e)また、かく世離れてながめさせたまふらん御心の紛らはしには、さしもおどろかさせたまふばかり聞こえ馴れはべらば、いかに思ふさまにはべらむ」（一三四〜五）

という長文の発話をする。(a)の文中で述べている「うきを知らず顔なるも世のさが」は、まったくの誤解である。都では、特に上流貴族の間では、贈答歌と同様に、男の会話に対して、女は、最初はその会話内容を切断し、切り

返すのが、雅びであり、嗜むべき習俗・習慣であったのだろうが、幼年の頃から宇治という山里＝境界空間に育った大君にとって、「何ごとも……」という返答は、宇治流の素直な反応だと言ってよいだろう。それを都という俗的空間の慣習にどっぷりと浸っている薫は、山里宇治という境界空間でも、そうした対応や習俗が、上流貴族の間では当然だと思っているのである。彼は、都の論理で、境界空間を理解しているのである。だからこそ、「口惜し」と大君を非難するのだが、これは逆で、都の習俗を反省化していない薫に対して、向けられるべきであろう。なお、「姉君」などと言わずに、「一ところ」と曖昧に名指しているところを見ると、薫は相手が誰であるか、明確には認識していないと言ってよいだろう。[9][10]

(b)も同様で、まず八の宮を誤読した上で、さらに大君を解脱した女性として修飾するのである。この世間にありえないほど「思ひすまし」ている、つまり仏教の智恵を会得している人物として、八の宮を仕立てた上で、その父と同類の大君の心の中は、すべてが「涼し」いのではないかと、推察しているのである。清涼な浄瑠璃のような女性として、大君を見ており、その上で都では忍びぬいてきた、宇治という山里の境界空間では「忍びあまり」にある、心の深浅さを理解してほしいと懇願しているのである。自分もまた、俗聖への志向を持ち、大君が彼を同類の人間として分かってくれるならば、これ以上の幸せはないと述べているのである。

だからこそ、(c)のように、好色めいた求愛ではないと言い、「囚われた『思想』―なぜ薫なのかあるいは分裂する人格と性なしの男女関係という幻想―」という論文で、詳細に考察したように、「性的関係のない男女」という、不可能な「思想」を主張することになるのである。[11]

もちろん、これはあくまでも意識的に確立した「思想」であって、彼の人格は、会話・内話・行動・無意識・身体などにおいて分裂しており、その散在化した姿が薫の実存なのである。この「性のない男女関係」という思想・

幻影は、「心強さ」という言葉に象徴されるように、薫の意識から言えば、頑固なもので、確固として守りぬきたい欲求があるのだが、後の物語展開が示しているように、彼の半生では一貫してはいないのである。その性を標的としない理想化した男女関係で、話題となるのが、(d)の文章なのである。

まず、都という俗的空間の中では、「つれづれ」とあるように、惰性的で退屈な、求道的に満足することのできない、単調な世界を、薫は見ているのである。そこでの世間話をすることで、逆に、俗的空間を否定し、反省化して、境界空間の理念である、俗聖の意識を哲学まで高めたいのだろうが、山里宇治という境界空間で養育された聞き手である大君には、そうした超越論的視点は皆無なのである。

それ故、(e)のような願望も、誤解の上に成立しているのであって、全集本は、「世離れてながめ」は、「つれづれとのみ過ぐ」と同類の表現と書いているが、「ながめ」は折口信夫的には解釈できないものの、俗的空間と境界空間との差異を配慮すると、世俗的世界から隔離されて、物思いに耽りながら眺望している視座、つまり超越論的視点を、大君は獲得していると、薫は誤読しているのである。なお、超越論的（transcendental）とは、以前は先験的と訳されていた語で、認識する作用に関する反省のことで、あらゆる具体的な経験に先立つ、哲学的な反省を意味している。その反省的な営みの気分転換に、「聞こえ馴れ」て欲しいと、薫は依頼しているのである。

ところで『湖月抄』が、「さしも……」の注として、「薫にかたらんとて姫君よりおどろかさせ給ふほどにしたしみたきと也」と書いているように、「さしも」（そんな風に）という、惰性的に生活し、俗聖志向を喪失してしまうかもしれない薫を、常に覚醒してくれるように、親しく交流してほしいと依頼し、その交流こそ、それ以上の幸せはないと、この屈折した文は語っているのである。

この薫を覚醒してくれる大君という幻想も誤読で、以上の分析が明らかにしているように、薫は、大君を、八の宮と瓜二つにぴったりと重なる人物で、俗聖の哲学を実践して生活していると錯誤しているのだが、この誤読は、大君にとっては迷惑そのものであり、姫君が「つつましく答へにくくて」という状態になるのは、当然だと言えよう。

つまり、八の宮や大君という、山里の境界空間に住んでいる人々に対する憧憬は、薫の自己に対する実存的不快という、主体の危機を媒介とした、誤読の上で生成した幻影なのであって、彼は、物語の上では、この幻と無駄な格闘をすることになるのである。こうして、山／山里／都という三層構造は同じなのだが、各登場人物における意義は、差異があるのであって、これ以上の分析は避けるが、夕霧と薫の分析が明らかにしているように、境界空間に定住した大君はともかくとして、八の宮・中君・浮舟・匂宮さらには弁の尼などの、俗的空間と境界空間を往還した人物にとって、京都と小野や宇治を相対化する眼差しは、境界空間に対してさまざまな意味付けをすることになるのであって、それが、そのさまざまな人物像を形成して行くことになるのである。

境界空間は、聖的空間と俗的空間の中間であるため、言うまでもないことだが、二つの空間の特性を併合した属性を持ち、その混沌とした坩堝でもあり、また両価性・両義性を発揮して、多層的な意味を生成することになる。不安や憧憬も、その多義的な意味の一つである。しかし、にもかかわらず、逆に、聖的空間や俗的空間の秩序を、負の持つ超越論的視点によって、覆す可能性をも秘めている。その転覆の可能性を、思想として描いたのが、源氏物語第二部と第三部における境界空間なのである。

ところで、その山里という境界空間を扱う時、従来の源氏物語研究や批評などが、忘却していた課題がある。それは、夕霧巻の、一条御息所の死去後の、あまり気付かれていない記事ではあるが、

〈今宵しもあらじ〉と思ひつる事どもしたため、いとほどなく際々しきを、〈いとあへなし〉と思《おぼ》いて、近き

御庄の人々召し仰せて、さるべき事ども仕うまつるべく、掟に定めて出でたまひぬ。事のにはかなればそぐやうなりつる事ども、いかめしう人数なども添ひてなむ（四―四二八〜九）

というもので、葬儀が、夕霧の手配で、盛大に施行できたことを示唆している文章であるが、そのために、小野近辺の、山里に住む夕霧の荘園の人々（庄の人々）を、動員したと記していることである。

また、早蕨巻でも、中君が、宇治から京都の二条邸に転居する際には、

御渡りにあるべき事ども、人々にのたまひおく。この宿守に、かの鬚がちの宿直人などはさぶらふべければ、このわたりの近き御庄どもなどに、その事どももものたまひ預けなど、まめやかなる事どもをさへ定めおきたまふ（五―三四七〜八）

とあり、これも留守の宇治山荘に対する薫の手配の見事さを称賛しているのだが、ここでも宇治近辺の「庄ども」が登場しているのである。彼らに、留守中の山荘保守等を、命じているのである。また、宿木巻では、薫が、宇治山荘で阿闍梨と、山荘の寝殿を山寺に移転改築することを相談した後には、

御庄の人ども召して、このほどの事ども、阿闍梨の言はんままにすべきよしなど仰せたまふ（五―四四五）

とあり、山寺建立にも、薫の命令で、山里に住む荘園の人々が関与しているのである。

ところで、以前、林屋辰三郎たちは、散所と河原者を、中世的隷属民の二つの形態と位置付けて論を展開していたのだが、その後、「散所」は、権門貴族の本宅である「本所」に対応するもので、地方の家産管理機構であることが、多数の研究者によって、考証されてきた。実は、これらの用例に登場する山里の「庄」とは、その散所を意味していたのである。夕霧や薫のような上流貴族の散所が、境界空間としての山里である小野や宇治にあったのである。多分、小野・宇治が、源氏物語で、境界空間として設定されたのは、これらの山里の地に、当時は権門の散

所が多数あったという、歴史的背景があったからなのであろう。

ところで、林屋たちの散所論を批判した脇田晴子らによって、中世後期の卑賤視された散所とは、散所法師（散所非人法師）を指し、坂非人に対する散所の法師であることが明らかになってきた。さらに、丹生谷哲一は、その説をさらに発展させ、散所非人とは、掃除・道路普請・造庭・皮細工・草履造り・芸能などを奉仕する下級の「職掌人」として、公的に権門貴族たちに付与された人々だと論じている。以上の源氏物語の用例でも、葬儀・留守管理（清め）・改築などの作業に山里にある「庄」の人々が携わっており、卑賤観はなかったのであろうが、散所非人に、歴史的には繋がっている職掌を担った人々が、源氏物語に登場していたのである。

なお、蜻蛉巻では、浮舟の遺骸のない葬儀を施行する際には、

大夫内舎人など、おどしきこえし者ども参りて、「御葬送の事は、殿に事のよしも申させたまひて、日定められ、いかめしうこそ仕うまつらめ」など言ひけれど……（六―二〇一）

とあるように、「大夫内舎人など」と言った散所の長老たちが、密かに死骸のない火葬をしようとする中将の君や右近たちに対して、本所である薫に、葬送の件を相談するように主張し、実際、彼らは、

大将殿は、入道の宮の悩みたまひければ、石山に籠りたまひて、騒ぎたまふころなりけり。さて、いとど、かしこをおぼつかなう思しけれど、はかばかしう、「さなむ」と言ふ人はなかりければ、かかるいみじき事にも、まづ御使のなきを〈人目も心憂し〉と思ふに、御庄の人なん参りて、しかじかと申させければ、あさましき心地したまひて、御使、そのまたの日、まだつとめて参りたり（二〇四）

とあるように、宇治山荘からの正式の使者よりも一日も早く、女三の宮の病気治癒のために石山寺に籠もっていた薫に、浮舟の不可解な死去と火葬を連絡しているのであって、権大納言兼右大将薫という権門に仕える、散所（庄

の人〉の役割を充分に発揮しているのである。それにしても、夕霧巻でも蜻蛉巻でも、散所の人々が、葬送儀礼などの職掌に関わっていることは気になる。明らかに、これらの庄の人々は、歴史的には、中世後期の散所非人法師に連続していたのである。

夕霧が実存的危機を感じ、薫が憧憬した、山里の境界空間には、散所が存在し、そうした人々の眼差しが書き込まれていると理解しない限り、源氏物語を真に解釈したとは言えないはずで、そうした都の貴族社会やその美意識を瓦解させかねない、王権に対する負の人々も、源氏物語の言説は抱えていたのである。そうした散所の眼差しも、不安や憧憬の中に潜在するものとして、境界空間論では、多層的な意味の一つとして、無視できない課題であると言えよう。小野や宇治という山里空間が、散所が存在する地であったがゆえに、夕霧の不安や薫の憧憬という、都という俗的空間を相対化する超越論的視点を生成させる基盤となっていたのである。源氏物語第二・第三部が、「山里」空間である小野や宇治を舞台として選択した意義は大きい。

〈注〉

（1）底本は日本古典文学全集本。記号等を改訂している。

（2）〈過差〉あるいは〈やつし〉は、竹取物語の難題、あるいは帝が狩を装い翁邸に御幸する行為以後、あらゆる物語文学のテクストに表出され、それが物語の基盤となり、読者の欲動の昇華・浄化となってきた。つまり、〈過差〉あるいは〈やつし〉という身分制度への違犯行為は、物語文学の存在に根源的に関わる問題であると言ってよいだろう。物語文学は、この身分制度の〈違犯〉を描くことによってのみ生成できる、叛制度的な呪われた存在なのである。それ故、折りを見て、この題名で論文を書きたいという強い欲望があるのだが、その余裕があるかどうかは分からない。その為、反面では、他の研究者による新鮮なこの種の論文を期待しているのが実情である。

（3）『日本女子大学紀要　文学部』一九九五年三月（『日本文学研究論文集成(6)　源氏物語Ⅰ』に再録）。

（4）ただし、「不安神経症」という言葉は、病理学的でも、精神分析学や心理学の用語等でもなく、批評術語として使用しているにすぎない。

（5）森一郎編著『源氏物語作中人物論集』所収。

（6）「光源氏という実存―桐壺・帚木巻をめぐってあるいは序章・他者と〈犯し〉―」（『文芸と批評』八巻六号所収）本書第一部二章。

（7）『横浜市立大学論叢』四七巻三号掲載。本書第一部十二章。

（8）『物語文学の方法Ⅱ』第三部十七章。

（9）この段階で、返答している姫君を、薫が、大君だと明晰に理解していたかどうかは不明であるが、従来の注釈に従い、かつ、後の物語展開を配慮して、表記を大君としておく。

（10）三田村雅子との共著『源氏物語絵巻の謎を読み解く』（角川選書）の、橋姫巻の分析を参照してほしい。

（11）『源氏研究』三号掲載。本書第一部九章。

第八章　御法巻の言説分析

――死の儀礼あるいは〈語ること〉の地平――

一　人物論と言説分析の可能性

源氏物語を核とする物語文学の批評や研究にとって、言説分析は不可欠なものとなりつつある。と言うのは、従来の研究が、〈示すこと〉のみを扱い、〈語ること〉を無視してきたからである。〈語ること〉の地平から、〈示すこと〉への異議申し立てを試みる、物語学をさらに展開するためには、言説分析が有効な武器となるのである。例えば、源氏物語における人物論的研究の出発点となっている、阿部秋生の大著『源氏物語研究序説』を取り上げるならば、阿部秋生は、従来の研究方法を総合化したと称する、その膨大な著作の中で、後半部分を費やして、その総括的な方法の具体的な適応として、明石君論を展開しているのだが、そこでは、薄雲巻の、乳飲み子の明石姫君を、二条院に引取り紫上の養女にした後に、光源氏が、大堰にある明石君の閑居を訪れた際の、

……いとまほには乱れたまはねど、またいとけざやかにはしたなく、おしなべてのさまにはもてなしたまはぬなどこそは、いとおぼえことには見ゆめれ。女も、かかる御心のほどを見知りきこえて、〈過ぎたり〉と思す

ばかりの事はし出でず、またいたく卑下《ひげ》せずなどして、御心おきてにもて違《たが》ふことなく、いとめやすくぞありける。おぼろけにやむごとなき所にてだに、かばかりもうちとけたまふことなく、気高《けだか》き御もてなしを聞きおきたれば、〈近きほどにまじらひては、なかなかいとど目馴れて、人侮《あなづ》られなることどももぞあらまし。たまさかにて、かやうにふりはへたまへるこそ、たけき心地すれ〉と思ふべし。（二—四三一〜二）[1]

という文に対して（ちなみに、阿部秋生の引用は「いとめやすくぞありける」までである。分析のため、後半の文も引用した）、次のように述べている。若干長文になるのだが、引用してみよう。

（引用文）といふのは、その後の生活における源氏と明石の君との間の基本的な態度——如何にも源氏の好みと期待にはまりきつたこの人の暮しぶりをいひあらはしたものになつてゐる。

　姫君を手離したことは、耐へがたい苦痛ではあつたのだが、一度、そこを歯をくひしばつて通りぬけた後は、「身のほど」を超えることさへしなければ、前司の娘としては破格に扱はれもするし、独占はできないにしても、源氏の心を身近かに手繰りよせてもおけるし、また手離してはあつても、姫君の実母といふ、他のやむごとなき御方々さへも有つてゐない、いはば切札的な有利な条件さへ握つてゐるのであるから、そこに誇り乃至は満足をさへ感じてゐられたのでもあらう。——分不相応な動きさへしなければ、源氏の内大臣の権勢の中で、明石一門の多年の夢であつた光栄の日の来ることを見通すこともできさうになつて来てゐた。明石の君としては、姫君を手離すことによつて、淋しくはあつたが、ある意味で一定の安定した境涯になつてゐたやうである。

　今日のわれわれの目からみると、いはばわが子を代償にして手に入れたに等しい地位に安住してゐることは、奇異なことのやうに思はれるのだが、姫君を手ばなした後の彼女が、いつも悲痛な心境でゐたと考へる必要はない。源氏に強ひられたとか、あるひは明石の君自身が特に卑屈になつてゐたわけでもない。彼女は、彼女の

「身のほど」を踏まへた上で、精一ぱいに源氏の妻、姫君の実母として誇り高く暮らしてゐたのであつた。播磨前司の娘として最も賢明に、最も現実的に身を処してゆくある種の逞しさを身につけてゐたといへるだらう。

（八〇七頁）

明石君論において「身の程」という言葉は鍵語《キー・ワード》ではあるものの、阿部秋生の論文はあまりにもこの言葉に呪縛・拘束されている。と同時に、阿部秋生は、この場面を、後の分析が示しているように、まったく解読・分析できていないのである。

引用しなかったが、この場面は、「かしこには」という言葉で始まる。遠くからの眼差しで大堰の山荘を捉えている語り手がいるのである。そうした場面を取巻く枠の実存を前提に、引用した三つの文章を読むと、傍線を伏した「いとめやすくぞありける」は自由間接言説である。自由間接言説については、他のいくつかの論文で分析・紹介しているので[2]、それらを参照してほしいのだが、この文では、登場人物光源氏（一人称／現在）と語り手（三人称／過去）の、二つの声・二つの視線が、ポリフォニー的に響いているのである。それ故、光源氏の立場から見ると、文末の助動詞「けり」は、〈気付き／発見〉の意で、語り手の視点からは、過去の出来事を三人称的に叙述する〈語り〉の意味となる。とにかく、この文は、明石君の視点では、描かれていないのであって、地の文ですらないのである。文頭の「女」は光源氏が捉えた明石君であり、光源氏の判断が、語り手の視点と寄り添いながら、この文では叙述されているのである[3]。

さらに、この文の、傍線を付した前後の文章の文末を見てほしいのだが、「めり」「べし」という推量の助動詞を使用しているのはだれであろうか。明らかに語り手で、この場面では、二つの文＝草子地には、遠くから眺めている語り手の推測が語られているのである。この場面の前の場面では、大堰に出かけようとする光源氏に対して、紫上が、明石君への嫉妬を込めた贈答歌を光源氏と交わしている場面が掲載されていた。つまり、紫上付きの女房たちが、語り手なのである。この語り手を、竹河巻の言葉を用いて「紫のゆかり」と呼ぶことにするが、彼女たちの推量した草子地の間に、光源氏の声が叙述されている自由間接言説が記述されていたのである。

言説分析を試みると、この場面では明石君はなにも語っていないのであって、語り手の主観的な推量と、光源氏の視点のみが表出されていることになるのである。多分、幼子を略奪された明石君の立場から、この場面を叙述したならば、絶望的な悲哀と、光源氏や紫上への非難や怨念・遺恨となり、光源氏を主人公とした物語を紡織することができなくなるため、それを忌避して、このような叙述となったのであろうが、阿部秋生は、この明石君の心情の不在を、この場面から読むことができないのである。明石君は、沈黙している。それだからこそ、赤子を恋人の栄華のために奪われた彼女の愁傷は、表出を拒否するほど深いのである。その沈鬱を浮かび上げることができずに、阿部秋生は、饒舌に「身のほど」を弁《わきま》えた明石君論として展開している。こうした論を展開したのは、一九五九年当時の歴史的・社会的・文化的な背景や状況があったからなのだろうが、〈語ること〉を無視して、〈示すこと〉のみを読解したために、こうした今から見ると喫驚してしまう誤読が展開されてきたのである。

第三番目の文章を見てほしいのだが、長文の内話文は、明石君の心中思惟ではなく、『湖月抄』の「師説」が、「心たけく身に面目あるやうに思ふべしと草子地なり」と述べているように、「紫のゆかり」から判断した明石君の内話文なのである。「思ふべし」とは、子供を奪われた母親に対して、極めて残酷な物言いである。明石姫君を養女にし、授乳のまねをして歓喜している紫上を見ているため、乳飲み子を奪われた実母の悲嘆を配慮できずに、忘却しているのだろうが、こう読むことで、「紫のゆかり」という語り手までを相対化することができる機構を、この文は含んでいることに気付くのである。沈黙している明石君に対して、「紫のゆかり」は、勝手な推測があまりにも饒舌であるため、その傲慢さが逆に照らし出されてしまうのである。なお、阿部秋生が、この文を引用していないのは、この文章が草子地であり、この文の装置に気付いていたためかもしれない。

ところで、本稿の標的は薄雲巻の分析ではないのであるが、もう少し、この巻に拘っておくと、松風巻と薄雲巻の前半部分には、明石君の体験を傍らで見聞していた第一次の語り手が実体的に実在していた。明石姫君の乳母であり、故宮内卿の宰相と故宣旨の間に生まれた、「宣旨の女《むすめ》」といわれている女性である。光源氏の召人でもあったらしい人物でもある。澪標巻でもそうであったが、松風巻でも、光源氏から派遣された間諜《スパイ》であるかのごとく、彼女は、第一次語り手として、明石君の動向を「紫のゆかり」たちに伝えているのである。例えば、松風巻には、

※とうちながめて立ちたまふ（光源氏の）姿にほひ、〈世に知らず〉とのみ思ひきこゆ。（二—四〇三）

※（光源氏と明石君の贈答歌）と聞こえかはしたるも、似げなからぬこそは、身に余りたるありさまなめれ。（二—四〇四）

※（光源氏が明石姫君を）抱《いだ》きておはするさま、見るかひありて、〈宿世こよなし〉と見えたり。（二—四〇五）

などといった文章が記されている。これらの言説で傍線を付《ふ》した「思ひきこゆ」「なンめれ」「見えたり」の表現主体はだれであろうか。現場にいた、明石君付きの女房で、「紫のゆかり」とも関係ある人物でなければならない。とすれば、乳母宣旨の女以外には考えられないのである。しかも、「似げなからぬこそは」と明石君に好意を抱いている人物であると共に、「身に余りたるありさま」と批評できるのは、彼女を除いてだれもいないのである。

薄雲巻でも同様で、明石姫君を二条院に迎えた後、袴着の儀式の場面は、

御袴着は、〈何ばかりわざ〉と思しいそぐ事なけれど、けしきことなり。御しつらひ、雛《ひひな》遊びの心地してをかしう見ゆ。参りたまへる客人《まらうと》ども、ただ明け暮れのけぢめしなければ、あながちに目もたたざりけり。ただ、

姫君の襷《たすき》ひき結《ゆ》ひたまへる胸つきぞ、うつくしげさ添ひて見えたまひつる。（二―四二六）

と記されているのだが、傍線を付けた「見ゆ」「げさ……見えたまひつる」の現場にいた主体も、彼女で、「目もたたざりけり」は、乳母と語り手の、二つ《っ》の声による自由間接言説なのである。二条院に移っても、乳母宣旨の女は一次的な語り手なのである。冒頭で引用した場面で、明石君の心中や思惟が遠くからの眼差しで描かれているのも、大堰の山荘に乳母のような一次的語り手が不在であるという理由もあるのであって、そうした側面も留意しておく必要があるだろう。〈語ること〉を無視して〈示すこと〉のみに拘る批評と研究は、このように言説分析を武器とする物語学によって、否定されつつあると言えるのである。

二　死と出家、光源氏と紫上との未完の対話

源氏物語における言説分析の有効性を確認した上で、本稿の標的である御法巻に接近していくと、冒頭の段落は、次のように叙述されている。従来の研究を超えて言説分析を試みるためには、源氏物語の他のいくつかの巻を言説分析した論文(2)と同様に、長文の本文引用が必要である。

紫の上、いたうわづらひたまひし御心地の後《のち》、いとあつしくなりたまひて、そこはかとなく悩みわたりたまふこと久しくなりぬ。いとおどろおどろしうはあらねど、年月重なれば、頼もしげなく、いとどあえかになりまさりたまへるを、院の思ほし嘆くこと限りなし。しばしにても後《おく》れきこえたまはむことをばいみじかるべく思し、みづからの御心地には、この世に飽かぬことなく、うしろめたき絆《ほだし》だにまじらぬ御身なれば、〈あながちにかけとどめまほしき御命〉とも思されぬを、年ごろの御契りかけ離れ、思ひ嘆かせたてまつらむことのみ

ぞ、人知れぬ御心の中《うち》にもものあはれに思されける。〈後の世のため〉と、尊き事どもを多くせさせたまひつつ、「いかでなほ本意《ほい》あるさまになりて、しばしもかかづらはむ命のほどは行ひを紛れなく」と、たゆみなく思しのたまへど、さらにゆるしきこえたまはず。さるは、わが御心にも、しか思しそめたる筋なれば、かくねむごろに思ひたまへるついでにもよほされて〈同じ道にも入りなん〉と思せど、〈一たび家を出でたまひなば、仮にもこの世をかへりみん〉とは思しおきてず。「後の世には、同じ蓮《はちす》の座をも分けん」と契りかはしきこえたまひて、頼みをかけたまふ御仲なれど、ここながら勤めたまはんほどは、同じ山なりとも、峰を隔ててあひ見たてまつらぬ住み処《か》にかけ離れなんことをのみ思しまうけたるに、かくいと頼もしげなきさまに悩みあついたまへば、いと心苦しき御ありさまを、〈今は〉と行き離れんきざみには棄てがたく、なかなか山水の住み処濁りぬべく、思しとどこほるほどに、ただうちあさへたる思ひのままの道心《だうしん》起こす人々には、こよなう後れたまひぬべかめり。御ゆるしなくて、心ひとつに思し立たむも、さまあしく本意なきやうなれば、この事によりてぞ、女君は恨めしく思ひきこえたまひける。わが御身をも、〈罪軽かるまじきにや〉と、うしろめたく思されけり。（四―四七九～八〇）

言説分析の対象としても、源氏物語の言述としても、一読すると、あまり特性の無い場面のようだが、こうした言説が隠蔽しているものを浮上させるために、敢えて長く引用してみる必要があるようである。「紫の上」と始まるかぎり、この巻は紫上を中心人物として登場させることが理解できる。(4) しかも、病弱が長く続いているという表現は、彼女の死を冒頭から暗示していると言えるだろう。既に、若菜下巻の、六条院での女楽の直後に、三十七の厄年に当たっているという紫上は発病し、二条院に移された彼女は、危篤に陥り、死去の風評さえ流れでて、さまざまな人々を動揺させていたのである。それ故、紫上がどのように死ぬかということが、御法巻の〈期待の地平〉となっているのである。

ところで、文末の「久しくなりぬ」は、傍線を付けているように、自由間接言説で、光源氏と語り手の二つの声が語られている文章である。「ぬ」という助動詞は、登場人物からも語り手からも、「完了」の意味になるのであるが、登場人物の一人称／現在の立場からは、詠嘆的な感慨が込められているようである。次の文の「限りなし」も、その前に「院」という、光源氏を客観的に扱っている言葉や、「思ほし」という、軽い敬語が使用されているものの、自由間接言説である。源氏物語の文末に置かれている「限りなし」の用例のすべてを調査したわけではないが、これまでの解読では、文末に記されている「限りなし」は、後に分析することになるのだが、草子地と重なる場合もあり、そうした用例も含めて、自由間接言説として扱うべきである。この文章でも、「院の限りなく思ほし嘆きたまふ」と倒置を訂正すると、敬語が必要になり、また、「〈限りなし〉と思ひたまふ」と付加節と敬語を付けると内話文化できるのである。これらは自由間接言説の特性である。つまり、この冒頭部分は、語り手の視線も平行的に記述されているが、光源氏の一人称的視点からも語られているのである。語られてはいないが、光源氏は、紫上に死の臭いをほのかに嗅ぎとっているのである。

冒頭から自由間接言説を用いて、光源氏の一人称視点を描いたのは、紫上の長引く病気に心痛・杞憂している光源氏の内面を叙述したかったのであろう。地の文ではなく、光源氏の視線を並行的に叙述することで、病に苦しむ紫上の姿が鮮やかとなり、危機状況はさらに深まり、光源氏の嗟嘆も進行するのである。そうした光源氏の一人称叙述は、次の「しばしにても後れきこえたまはむことをばいみじかるべく思し」という文まで続くのだが、突然「みづからの御心地には」と書かれ、視点は紫上に移行する。文中で主体・視点が転換するのも、源氏物語の言説の特性である。語り手は、二人の内面さえ理解できる女房として設定されているのである。

視点の変換の後に、「この世に飽かぬことなく、うしろめたき絆《ほだし》だにまじらぬ御身なれば」という文が叙述される。死までを恐れていない紫上がいるのである。だが、そうした表層表現は、「絆《ほだし》だにまじらぬ御身」と好意的に描かれているものの、逆に彼女が石女であることを浮きだしていると言えるだろう。死の恐怖におののかないのは、彼女の血をひく子孫がいないからなのである。養女明石中宮はいるのだが、彼女から明石君の生んだ子であることを拭うことはできないのである。

しかし、「絆《ほだし》」とは言えないものの、一人だけ彼女をこの世に引き止める人物がいる。「年ごろの御契りかけ離れ、思ひ嘆かせたてまつらむことのみぞ、人知れぬ御心の中《うち》にもものあはれに思されける」とあるように、光源氏だけは死別や離別したくない唯一の人物として、彼女の内部に実存しているのである。文中の「ものあはれ」は、なんと訳したらよいのであろうか。「愛《いと》おしみ」などの言葉が想起されるのだが、とにかく、二人の一人称的視点を描くことで、お互いに愛情を交わしている様相が読み取れるのである。その場合、会話や贈答歌などの対話でないことに注目する必要があるだろう。二人は、沈黙したまま、隔てを置いて、書かれたテクストの上でのみ、愛の対話を交わしているのである。それ故、互いに相手の感情や内面を理解することはないのである。光源氏は五一歳であり、紫上は四三歳であるという、老いという避けることのできない状況もあるのだが、沈黙の上に愛が宿っていることを、この一人称的叙述は見事に描いていると言えよう。御法巻の冒頭場面は、死を暗示しつつ、二人の愛情を、交感することのない沈黙を通じて確認しているのである。老いなどの隔てがあるために、隠蔽されているまで、互いに理解することはないのだが、二人は愛と信頼を交わしていたのである。しかも、この死をめぐる愛の対話は、沈黙という隔てがあるために、死という外部が訪れるまで永久に続く未完なものになるはずである。

それ故、紫上は「〈後の世のため〉と、尊き事どもを多くせさせたまひつつ」とあるように、後世のために「尊

き事」＝仏事をさまざまに営むのだが、これらは逆修を意味していると理解する必要があるだろう。逆修は、『岩波仏教辞典』で、

逆修《ぎゃくしゅ》　生前から死後の菩提《ぼだい》を祈って仏事を行うこと。〈預修《よしゅ》〉ともいう。灌頂経や地蔵本願経などの説に基づくが、わが国では平安時代から盛んになった。また、生前に法名をつけたり、あらかじめ位牌《いはい》や石塔に朱書したり、あるいは早死をした若者のために年長者が仏事を行うことなどをもいう。

と書いているように、平安朝初期から始まる、子孫のない夫婦・自己が、生前に死後の仏事を予め行うことを意味している。死を近くに置いて、その逆修供養を紫上は営んでいるのである。そう読み取ることで、さらに彼女の悲哀が浮上してくると言えよう。なお、引用場面に続く、二条院で、三月十日前後に行われた、紫上主催の法華経千部供養＝法華八講も、本稿では細かに分析しないが、逆修の大規模な行事であることは言うまでもないことである。法華八講は、逆修供養の核となる、大規模な仏事である。なお、紫上主催の法華経千部供養は、過差すぎる側面もあるが、栄華物語巻第十六「もとのしづく」に描かれている、皇太后姸子の女房たちによる、華麗な法華経供養の場面を想起する必要がありそうである。

逆修供養を行うことに象徴されるように、紫上は、その子孫不在という悲哀を抱えているからこそ、『いかでなほ本意《ほい》あるさまになりて、しばしもかかづらはむ命のほどは行ひを紛れなく』と、たゆみなく思しのたまへど」とあるように、出家を何度となく願うのだが、光源氏は一向にそれを許可しない。ちなみに、引用文中の文を鉤括弧を用いて会話文として扱ったが、この文は「思しのたまへど」とあるように内話文でもあるのであって、言説が重層しているのである。一度は話すのだが、拒否され、苦悩の上に躊躇して内話文となり、さらにまた光源氏に口頭で懇願するといった錯綜した様子が、会話文と内話文の重層の中に暗示されているのである。ここから〈出家〉と

いう主題が中心に据えられる。死と愛の対話は不可能なのだが、出家という問題は、躊躇はあるものの、二人の話題になることが稀にはあるのである。

紫上の出家願望が語られた後、「さるは」と書き、再び光源氏の内部に回帰し、出家という問題が彼の立場から語られることになる。「わが御心にも」とあるように光源氏自身の出家に対する意識が辿られるのである。そこには「〈一たび家を出でたまひなば、仮にもこの世をかへりみん〉とは思しおきてず」とあるように、幻巻以降の光源氏の行動が暗示されている言説も語られているのだが、そういう決意があるため、却って「『後の世には、同じ蓮《はちす》の座をも分けん』と契りかはしきこえたまひて、頼みをかけたまふ御仲なれど、ここながら勤めたまはんほどは、同じ山なりとも、峰を隔ててあひ見たてまつらぬ住み処《か》にかけ離れなんことをのみ思しまうけたるに」といった幻影の風景が見えてしまうのである。

実は、「『後の世には、同じ蓮《はちす》の座をも分けん』と契りかはし」という、夫婦には二世の縁があり、極楽浄土では池中の蓮華に同座するという信仰は、鈴虫巻での、「かの花の中の宿《やどり》に〈隔てなく〉とを思ほせ」（四―三六四）という光源氏の会話文にもあるのだが、これは、持仏開眼の供養の後に、女三宮に語ったもので、二人は蓮華同座・一蓮托生をめぐって、

はちす葉を同じ台《うてな》と契りおきて露のわかるるけふぞ悲しき

と御硯にさし濡らして、香染《かうぞめ》なる御扇《あふぎ》に書きつけたまへり。宮、

へだてなくはちすの宿を契りても君がこころやすまじとすらむ

と書きたまへれば、「言ふかひなくも思ほし朽《くた》すかな」と、うち笑ひながら、なほ〈あはれ〉とものを思ほしたる御気色なり。（四―三六四～五）

という贈答歌さえ交わしていたのである。それ故、この巻の光源氏の回想は、何となく白々しい追憶と言わざるをえないのだが、この種の話題を女三宮と同時に紫上と交わすようになった、老いたる光源氏の鮮やかな姿が見えると言えるだろう。もしかすると、光源氏の老いたる痴呆を強調するために、近接する巻で同じような発話を別な女性に向かって記したのではないかと疑ったりするのである。なお、この女三宮と紫上に対して、同じ話題を近接した巻で反復して約束する光源氏の態度には、さまざまな解釈が可能であろう。老い・痴呆という読みの他にも、状況に応じて女性を籠絡する光源氏の色好み性、女三宮に拒否されたから紫上と約束したという安易な解釈、後に述べるように鈴虫巻と御法巻とは対照的に描かれているため、あるいは極楽浄土の二世の縁など信仰していない光源氏の虚無、さらには第二部では登場人物の人格は分裂しており、それを示唆するために敢えて反復を描出したとする解読など、さまざまな意味付けができるのであって、ここにも源氏物語の重層的意味決定の方法が読み取れるのである。

なお、この蓮華同座の思想は、『河海抄』御法巻によれば[5]、法照禅師の『五会讃』に記されている、

一々池中花尽満、花々惣是往生人、各留半座、乗花葉、待我閻浮同行人。

を出典としているらしい。この思想は、当時信仰されていた、法華経提婆達多品の竜女の変成男子《へんじようなんし》による女人往生よりも過激で、光源氏が変生男子を経ない女人往生を信仰していたことを示唆していると言えよう。光源氏にふさわしい浄土教的信仰が、物語の内部で付与されているのである。第二部に至ると、各中心人物に相応しいイデオロギーを担わせるのが、方法の一つとなっているのである。

ところで、この極楽の幻想の上に、この世で二人が出家したら、同じ山に籠もっても、別の峰で修行し、決して逢うことはしまいという決意が述べられ、紫上の回復の覚束ない病のため、その決意が不可能だと、光源氏は述べ

ているのである。山は同じでも、峰を分けて修行するという情景や、それに続く「山水の住み処《か》」という表現を読むと、ここには絵画的風景が描かれていると言えるだろう。出家後の修行は、あたかも大和絵の山水屏風のようにイメージされているのである。これも、幻巻以後の風景を暗示する叙述として理解できるだろう。雲隠巻が無くとも、御法巻・幻巻は、その彼方の世界を用意していたのである。

続く文は、「ただうちあさへたる思ひのままの道心《だうしん》起こす人々には、こよなう後れたまひぬべかめり」という表現で閉じられる。傍線を付した「べかンめり」は、語り手の発話で、草子地である。後の紫上の出家できなかったことを知っている語り手が、回想しながら述べたものであるらしい。ところで、「ただうちあさへたる思ひのままの道心《だうしん》起こす人々には、こよなう後れたまひぬべかめり」という語り手の判断は、裏側から言えば、紫上の道心は、「浅へたる」ものではないことを示唆している。死の訪れを自覚し、自分の死後供養してくれる子孫がいないことを知っている彼女の道心は、生半可なものでなかったのである。

しかし、「御ゆるしなくて、心ひとつに思し立たむも、さまあしく本意なきやうなれば、この事によりてぞ、女君は恨めしく思ひきこえたまひける。わが御身をも、〈罪軽かるまじきにや〉と、うしろめたく思されけり」とあるように、紫上の唯一人の他者である光源氏の「ゆるし」がないために、出家することができないのである。死とは異なり、出家については互いに語り合うことができるのだが、しかし、互いに他者を配慮して、認可することも、決意することもできないのである。それ故、紫上は〈罪軽かるまじきにや〉と内話を述べるのだが、この罪障は何であろうか。これまでの文脈から言えば、彼女が石女であることが想起できる。と同時に、これも重層的意味決定であるが、光源氏に対して「ものあはれ」であるために、彼女は出家できないのであって、〈愛〉は〈罪〉なのである。彼女の実存には、その生を終えるまで、この〈他者を愛すること〉は〈罪過である〉という両義的な主題が憑依し続けるのである。こうして、会話による対話は不可能ではないのだが、他者への愛が、逆に出家という行為を妨げることになるのである。終りのない未完成の対話が、出家という主題にも現象することになるのである。死という主題の場合もそうなのだが、他者への愛が、出口なしという状況を生成するのである。第二部の終りの儀式は、このように両義的に引き裂かれた世界から始まり、死という外部が侵入しない限り、永久に終焉することなき対話を、テクストの上で交換し続けるのである。

三　紫上の一人称的叙述、イメージと現前

物語文学というテクストの上でしか出会うことができない、読者によってのみ可能な、日常の会話を覆轍《ふくてつ》した、光源氏と紫上との対話に続いて、三月に紫上による逆修の法華八講が二条院で行われる。五巻（提婆達多品）の日に行われる薪の行道は、十日で、明石中宮や秋好中宮などは、結縁のために、華麗な誦経の布施の品々や捧物《ほうもち》を届け、夜通し舞楽の音が途絶えなかった。その盛大な仏事の背後に、紫上自身が、己の後世を、まだ生きているうちに供養しなければならないという、逆説的な悲哀を、具象的に確認していく作業が必要であろうが、

ことごとしきさまにも聞こえたまはざりければ、くはしき事どもも知らせたまはざりけるに、女の御おきてにはいたり深く、仏の道にさへ通ひたまひける御心のほどなどを、院は〈いと限りなし〉と見たてまつりたまひて、ただおほかたの御しつらひ、何かの事ばかりをなん営ませたまひける。楽人舞人《がくにんまひびと》などのことは、大将の君、とりわきて仕うまつりたまふ。（四—四八一）

という、紫上の仏教儀礼にまで詳細に通暁している知識や手配と、それを称賛している光源氏の感動を引用するこ

とで、これ以上言及することを回避しよう。

光源氏が僅かに脇から援助するだけで済んでしまうほど、紫上は細心に逆修の法華八講を準備し、実現したのである。書かれてはいなかったのだが、自己の死の儀式を、万全なものとして準備していたのである。彼女は、見者であり、自己の運命さえ予言できる巫祝であり、その死という予祝までを実現できる祭祀者なのである。仏事であるから、菩提心に至ったと書くべきであろうか。

ただ、残念なことに、女であるために、公的な分野に属していたらしい「楽人舞人《がくにんまひびと》などのこと」までは手配できないのであって、法華八講に欠かせない舞楽等は、「大将の君」＝夕霧が担当・援助したのである。夕霧の参加は、これからの場面の布石ともなっているのであろう。なお、光源氏の〈いと限りなし〉という内話文には、紫上に対する称賛であると共に、竦むような凄味が漂っているようである。光源氏は、盛大で華麗な儀式を雄渾を込めて営む紫上に、威嚇さえされているのである。すべての中心であった光源氏が、傍らの境界域に追放されているのである。

光源氏が「ただおほかたの御しつらひ、何かの事ばかりをなん営ませたまひける」と書かれるほど、死を凝視している紫上は、自立し、自己の意識・意図を実現していたのである。終焉の儀式は、彼女自身を大文字の他者から屹立させる営みでもあったのである。なお、この御法巻で紫上が法会を主導したという出来事は、鈴虫巻で、準備段階から光源氏の指揮下で開催される。女三宮の持仏開眼供養と対照的である。女三宮と紫上との対照も含めて、その反復と差異についても分析する必要があるのだが、そのためには別に一本の論文を書かなくてはならないだろう。(6)

この十日の行道の日には、花散里や明石君も二条院に渡り、紫上は、明石君と、行道の日にふさわしく「薪」を

主題とした唱和歌を詠んでいる。その唱和歌に続いて、

夜もすがら、尊きことにうちあはせたる鼓《つづみ》の声絶えずおもしろし。ほのぼのと明けゆく朝ぼらけ、霞の間《ま》より見えたる花のいろいろ、なほ春に心とまりぬべくにほひわたりて、百千鳥《ももちどり》の囀《さへづり》も笛の音《ね》に劣らぬ心地して、もののあはれもおもしろさも残らぬほどに、陵王《りょうわう》の舞ひて急になるほどの末つ方の楽《がく》、はなやかににぎははしく聞こゆるに、皆人の脱ぎかけたる物のいろいろなども、もののをりからにをかしうのみ見ゆ。親王《みこ》たち上《かむ》達部《たちめ》の中にも、物の上手ども、手残さず遊びたまふ。上下《かみしも》心地よげに、興ある気色どもなるを見たまふにも、〈残り少なし〉と身を思したる御心の中《うち》には、よろづの事あはれにおぼえたまふ。（四―四八三〜四）

という場面が掲載されている。文中の網かけは自由直接言説で、傍線は自由間接言説であるが、登場人物の中でどの人物の言説なのだろうか。後半に記されている、二つの文章で敬語を使いながら描写されているのは、紫上で、最後の文中で内話文を述べているのも彼女であるから、前半の二つの言説も彼女の視点から叙述されていると解読するのが必然であろう。文中の「霞」「春」という言葉も、「春の女君」に相応しい象徴的な情景である。御法巻の前半には〈春〉の香が漂い、背景を彩っているのである。

引用場面の前には、

南東の戸を開けておはします。寝殿の西の塗籠なりけり。北の廂に、方々の御局どもは、障子ばかりを隔てつつしたり。（四―四八二）

と書かれており、寝殿の母屋の西側にある塗籠の、南と東の妻戸を開けて、紫上の聴聞の席を設けているので、この場面は、その塗籠からの視点からの叙述なのである。

紫上は、まず、夜通し催された法会の、読経・念仏・賛嘆などの律調のある言葉に合わせて打ち鳴らされる、羯《かっ》

鼓《こ》の絶えることない響きに、「おもしろし」と反応する。もちろん、この文は自由間接言説で、彼女の視線と共に、語り手の声も響いている。続いて記される文章は、文末が「見ゆ」とあるように、紫上に敬語が使用されていないので、読者が一人称的に登場人物に同化して享受してしまう、自由直接言説である。

その自由直接言説の書き出しである、「ほのぼのと明けゆく朝ぼらけ」という表現は奇妙な言説である。同語反復であるし、『岩波古語辞典』には、「あさぼらけ」の項で、「多く秋や冬に使う。春は多くアケボノという」と記しているように、「朝ぼらけ」は秋冬に対する修辞である傾向があり、春は「あけぼの」と記されるのが習わしなのである。春でありながら、秋冬でもあり、この情景に一年を象徴化させているのであろうか。もっとも、「あけぼの」と春との結びつきは枕草子以後だと想定できるし、楠道隆の「『春はあけぼの』の段の解釈と鑑賞」(7)によれば、「あさぼらけ」は、古今集などでも使用されているように歌語であったのに比べて、「あけぼの」は俗語で、そこに枕草子初段の画期的な存在意義があると言う。とするならば、この同語反復的な表現は、引歌であることを示唆している(8)のではないだろうか。「あさぼらけ」という歌語を索引などで調べてみると、後拾遺和歌集巻第一二恋二には、

女のもとより雪降り侍ける日帰りてつかはしける　　藤原道信

帰るさの道やはかはるかはらねどとくるにまどふけさの淡雪（六七一）

明けぬれば暮るゝものとは知りながらなほうらめしき朝ぼらけかな（六七二）

という道信朝臣集にも掲載されている贈答歌が記されている。後者の六七二番の女歌を引歌として解釈できるのではないだろうか。この和歌には、「明けぬれば」「朝ぼらけ」という同語反復的表現も見え、季節は異なるものの、この歌を引歌とすると、源氏物語御法巻の言説の背後に、「暮るゝもの」とか「うらめしき」という意味を読み取

ることができるだろう。紫上は、「朝ぼらけ」は再び闇夜へと移行していくことを確信しているし、また、華麗な儀式の彼方に「うらめしき」という不満を抱えているのである。

続く、「霞の間より」も、既に指摘されているように、古今和歌集巻第十一恋歌一に掲載されている、

人の花摘みしける所にまかりて、そこなりける人のもとに、後に、よみて、遣はしける　　貫之

山ざくら霞の間《ま》よりほのかにて見てし人こそ恋しかりけれ（四七九）

を引歌としている。桜の時期に咲く花は他にもあるのだが、「花のいろいろ」は、さまざまな種類の花が咲いているると理解できると共に、引歌の地平から解釈すると、桜が多彩な色で咲き誇っている様子を表現しているようである。

この長い文章は、既に述べたように、自由直接言説で、そのために紫上の一人称／現在の心境を、読者は同化・一体化して受容することになる。それ故、「なほ春に心とまりぬべくにほひわたりて」という文で、「べし」を使っているのは紫上で、「春の女君」らしく、時間を停止して、春に留まっていたい心理状態になっているのである。それほど、桜の花の「にほひ」は、強力な蠱惑を振り撒いているのである。花盛りの桜の花は、死を忘却させ、時間の進行を阻止するほどの魅力があるのである。もっとも、停止という時間はありえないし、和歌の世界でも、桜の花は時期が来れば散っていくものなのである。

描写は、視覚的なものから聴覚的なものへ移行する。「百千鳥《ももちどり》の囀《さへづり》も笛の音《ね》に劣らぬ心地して」の「百千鳥《ももちどり》」は歌語で、いろいろな小鳥という意味であるが、ここにも引歌を読み取っておく必要があるだろう。古今和歌集巻第一春歌上に掲載されている、

題しらず　　　　　　　　　　　　　　読人しらず
百千鳥《ももちどり》さへづる春は物ごとにあらたまれども我ぞふりゆく

という有名な歌がそれである。「古り行く」という表現は、詩想によるもので、万葉集などにも見えるのだが、紫上が自然と文化の彼方に、自己の老いと死を読み取っていると理解できるだろう。この一文には、意外にも三首もの引歌が鏤められているのである。

続く、「もののあはれもおもしろさも残らぬほどに」は、その視覚的・聴覚的な知＝感覚を総括したもので、「もののあはれ」は〈自然〉に、「おもしろさ」は〈文化（舞楽）〉に対する感興である傾向が濃厚である。そうした知＝感覚の美的残映・残響に、「陵王《りようわう》の舞ひて急になるほどの末つ方の楽《がく》、はなやかににぎはしく聞こゆるに」という情景が加わる。「急」は、音楽などの「序・破・急」構成のそれで、演奏のテンポが早くなり、「末つ方の楽」という言葉と共に、儀式の終焉が間近いことが告げられているのである。「皆人の脱ぎかけたる物のいろいろなども、もののをりからにをかしうのみ見ゆ」とあるように、見物していた貴族たちから、舞楽人に被物として禄が贈られる。ここにも被物について「いろいろ」という言葉が用いられており、この語はこの一文にも二語も使用されているのである。この文章の鍵《キー・ワード》語だと言ってよいだろう。色とりどりの色彩が場面を飾り、その華麗さを紫上は見ているのだが、しかし、鏤められている引歌によって、老いや死から逃れることができない、おののきと不安が暗示させられているのである。と言うより、死を自覚している者の視線が、無心に「いろいろ」なものを眺めていると書いた方がよいかもしれない。

場面の終りに記されている「親王《みこ》たち上達部《かむたちめ》の中にも、物の上手ども、手残さず遊びたまふ。上下《かみしも》心地よげに、興ある気色どもなるを見たまふにも、〈残り少なし〉と身を思したる御心の中《うち》には、よろづの事あはれにおぼえたまふ」という語り手の再現である敬語使用の地の文でも、〈残り少なし〉と自覚しながら、上下の階層を問わずに法会に興じている人々を無心に観覧している紫上の姿は、さまざまな喜怒哀楽を超越しており、それが「あはれ」という多様な意味を重層している言葉に象徴されていると言えよう。死さえ超越する彼女が、この儀式に実存しているのである。死という輪廻から解脱して、悟りの境地にまで至っていると書くべきであろうか。

それ故、一人称／現在の叙述でもあり、紫上は、この場面で、背後に死後の極楽浄土をイメージしていると述べたい欲望があるのだが、このイメージ論は否定しておいた方がよいだろう。既に、「源氏物語における言説《ディスクール》の方法——反復と差延化あるいは〈形代〉と〈ゆかり〉——」という論文で克明に分析したことだが[9]、比喩されるもの／比喩するもの、本身／形代、本身／ゆかり、引用されるもの（プレテクスト）／引用するもの（テクスト）、示すこと／語ること等々の関係は、一般的には優位／劣位の関係に置かれ、後者は無視されることが多いのだが、源氏物語では、この関係を倒置するわけではないが、脱構築化し、解体化しているのである。

イメージ／現前の関係にも、この脱構築化作用は及んでいるのであって、イメージは暗示されるものの、現前によって異議を申し立てられるのである。極楽浄土／法華八講という、逆修の法華八講の背後に阿弥陀仏の極楽世界を見る、優位／劣位の関係ではなく、現前する法華八講にこそ意義を凝視する眼差しが、この場面に刻み込まれているのである。それを指示するのが、春という背景であり、桜の「花のいろいろ」であり、「百千鳥の囀」であり、「陵王の舞」であり、「上下」の貴族たちなどである。これらは、極楽を代行しているのではなく、それ自体として自立しているのである。決して、桜花は蓮華を代行することはないのである。かつて小西甚一は「源氏物語のイメジェリ」[10]という論文で、宇治十帖の「山・川・舟というイメージが、いずれも仏教的な感覚に支えられている」と述べているが、源氏物語におけるイメージ／現前の関係は再び検討してみる価値のある課題である。言わば、極楽浄土は、法華八講の景物の前に、〈見せ消《け》ち〉にされているのである。〈見せ消ち〉というエクリチュールの行為は、源氏物語の方法の一つなのである。

四　終りの交感、見るものと見られるもの

春三月の法華八講の場面に続いて、

夏になりては、例の暑さにさへ、いとど消え入りたまひぬべきをりをり多かり。（四―四八六）

という文章が書かれ、季節が夏となり、紫上の死がさらに近接していることが告げられる。その夏の段落には、明石中宮が養母紫上の病気見舞いのために退出し、二条院の東の対で対面する場面がある。そこに「院」＝光源氏も加わり、さらに、「明石の御方も渡りたまひて、心深げに静まりたる御物語ども聞こえかはしたまふ」とあるように、中宮に付き添っている明石君たちも参加する。問題は、この引用文に続く場面の言説である。

上は、御心の中《うち》に思しめぐらすこと多かれど、さかしげに、亡からむ後などのたまひ出づることもなし。ただなべての世の常なきありさまを、おほどかに言少《ことずく》なるものから、あさはかにはあらずのたまひなしたるけはひなどぞ、言に出でたらんよりもあはれに、もの心細き御けしきはしるう見えける。宮たちを見たてまつりたまうても、「おのおのの御行く末をゆかしく思ひきこえけるこそ、かくはかなかりける身を惜しむ心のまじりけるにや」とて涙ぐみたまへる、御顔のにほひ、いみじうをかしげなり。〈などかうのみ思したらん〉と思すに、中宮うち泣きたまひぬ。ゆゆしげになどは聞こえなしたまはず、もののついでなどにぞ、年ごろ仕うまつり馴れたる人々の、ことなる寄るべなういとほしげなるこの人かの人、「はべらずなりなん後に、御心とど

めて尋ね思ほせ」などばかり聞こえたまひける。御読経などによりてぞ、例のわが御方に渡りたまふ。

（四―四八七〜八）

この場面の、網かけを付した「見えける」は自由直接言説で、傍線を付けた「こともなし」「をかしげなり」は自由間接言説である。とするならば、だれの一人称的叙述なのであろうか。紫上を「上」として表出し、彼女に敬語を使う人物は、この場面には一人しか存在しない。明石君である。女房視点という解釈もありうるのだが、実体化されて場面に登場するのは彼女だけなのである。明石君の登場から、この場面が開始されたことが、その証明となるだろう。とするならば、後半の「うち泣きたまひぬ」「聞こえたまひける」「渡りたまふ」も、敬語が使われているが、明石君の自由間接言説として解読すべきであろう。明石一族の栄華という事実はあるものの、明石君は、わが子明石中宮やその義母紫上に敬語を使用せざるをえない立場にいるのである。と言うより、明石君が敬語を使わなくてはならないところに、彼女の「身の程」の悲哀を読み解くべきであろう。彼女は、沈黙したまま、実子明石中宮と紫上との対話を、傍らで見聞しているのである。このように言説分析は、安易に地の文として扱われていた言説を、異なった読みを加えるべきものに変容させるのである。これまでの常識では、御法巻に明石君視点の一人称叙述＝〈語り〉が挿入されていることなど、想定することさえ無理であったのである。

この場面は、紫上の二つの会話文を除けば、明石君の視線から再現・表象したもので、一章で分析した薄雲巻の場面とは逆に、紫上は内面を隠匿していると言ってよいだろう。まず、明石君は、紫上が心中ではさまざまな思いがあるかもしれないが、死後に関する遺言的なことを「のたまひ出づることもなし」と判断し、安心する。彼女は、実子明石中宮が紫上の遺言等で、未来を束縛されることを心配していたのである。しかも、その安堵に加えて、逆に気丈な紫上の背後に、言葉では発話しないが、「もの心細き御けしきはしるう見えける」とあるように、なんとなく「心細き」心情を明晰に読み取っているのである。この文の特性は、多くの自由直接言説のように「見ゆ」と記さずに、「見えける」と書いているところで、文末の「けり」は、〈気付き／発見〉の意味で、明石君は紫上を観察しながら、ようやく「もの心細き御けしき」であることに気付いたのである。同情の気持ちが生まれてきたのである。読者も同化して、そうした感情を共有するのである。そうした心情は、中宮の子供たち＝義理の孫たちを見ながら発話する紫上の、「顔のにほひ」の観察に至り、「いみじうをかしげなり」という賛嘆までに高揚する。紫上の死期が迫っていることに同情し、わが子明石中宮が涙するのも当然だと理解するのである。

ここでは、三人の構図をもう少し分析しておいたほうがよいだろう。死期が迫っているにも拘らず、義理の関係でありながら、自分の産んだ息子・皇女たちの「行く末」を心配してくれる慈母に感涙する明石中宮。彼女の素直な姿に偽りはないだろう。義理の関係だが、孫たちの将来を見届けたいと思う気持ちの背後に、自分の命をいとしむ心情があったからだろうかと温和に訝しがる紫上。死期の近い彼女の心と言葉に疑惑を抱く必要はないだろう。だが、明石君の心情は複雑である。第一章で分析したように、彼女には、沈黙せざるをえなかった、乳児の実子を掠奪されたという怨嗟があるからである。もちろん、その怨恨は、残滓でしかないほど、時間が経過したために忘却されているのだろうが、少なくとも無意識下に痕跡を留めていたはずである。その〈恨み〉が、中宮の涕涙を見て浄化されたのが、この場面ではないだろうか。この交感・和解を描くために、明石上は視点人物＝語り手として設定されたのである。

しかし、文学の中の現実は残酷でもある。「ゆゆしげになどは聞こえなしたまはず」と記し、不吉な死後のことなどには言及しないと述べながら、また、前の文章では、「亡からむ後などのたまひ出づることもなし」とあり、遺言などはなかったと判断していたのだが、紫上は、「もののついでなどにぞ」とあるように、話のついでに、「年ごろ仕うまつり馴れたる人々の、ことなる寄るべなういとほしげなるこの人かの人」に対して、つまり、紫上付きの古女房たちに関する遺言を、中宮に託しているのである。意図的ではないだろうが、紫上は、明石中宮の涕涙を見て、媚びることができると無意図的に読んだのである。書かれてはいないものの、この紫上の発話は、明石君には狡猾に見えていただろう。それ故、「聞こえたまひける」は、自由間接言説ではあるものの、明石君はそっけなく客体的な叙述をするだけなのである。「聞こえたまひけるもあはれなり」などとあるならば、明石君の主観的な同情を込めた感慨が叙述されることになるのだが、それを避けて、邪険に平板な描写をしているのである。続く「御読経などによりてぞ、例のわが御方に渡りたまふ」も同様で、ただ単に紫上が西の対に退出したという、出来事のみを敬語を用いて叙述するだけなのである。

もっとも、この遺言があり、紫上付きの女房たちが離散しなかったので、竹河巻の冒頭に、

これは、源氏の御族《ぞう》にも離れたまへりし後大殿《おほとの》わたりにありける悪御達《わるごたち》の、落ちとまり残れるが問はず語りしおきたるは、紫のゆかりにも似ざめれど、かの女どもの言ひけるは、「……(五—五三)

とあるように、「紫のゆかり」の語りが成立したのであって、この紫上の発話なしに源氏物語は語られることはなかったのである。この遺言によって、入籠型に重層している源氏物語の語りの一つである、草子地の籠=層の有力な語り手たちが集合できたわけである。

ところで、見る人としての明石君と、見られる人としての紫上、さらに二人を結びつける絆《きずな》としての明石中宮という、三人がこの場面を構成している。しかし、この場面には、中宮の子供たちと共に、もう一人有力な人物がいるのである。院=光源氏が傍らにいたのである。これまでの物語では、特に第一部では、女たちは光源氏という中心を軸に踊っていたのだが、この三人の構図では、その場に実存しながら、言説の上でまったく無視されているの

である。光源氏は、中心から追放され、境界域にいることさえできずに、無視されることになるのである。女たちが、お互いに直接的に視線を交わす世界が出現しているのである。この光源氏を無視する叙述は重要である。御法巻でも、紫上の逝去を描く後半部分や、幻巻でも、光源氏は中心に位置する人物として復活するのだが、しかし、この場面で彼が無視されたという痕跡を、それらの描写の背後に読み取る必要があるのである。紫上の開催する死の儀礼から、光源氏は、境界域に追放され、時には無視されているのである。

五　視姦＝死姦、草子地という方法

秋、八月十四日の早朝、紫上の病状は急に悪化し、「消えゆく露」のごとく逝去する。その場面を克明に言説分析すべきであろうが、紙数に余裕はない。それ故、「野分巻における〈垣間見〉の方法――〈見ること〉と物語あるいは〈見ること〉の可能と不可能――」という論文(11)の延長として、御法巻における夕霧の〈視姦＝死姦〉場面を言説分析の対象として扱うと、その場面は次のように記されている。これも長文だが、引用しなければならないだろう。

年ごろ何やかやと、おほけなき心はなかりしかど、〈いかならん世にありしばかりも見たてまつらん。ほのかにも御声をだに聞かぬこと〉など、心にも離れず思ひわたりつるものを、〈声はつひに聞かせたまはずなりぬるにこそはあめれ、むなしき御骸《から》にても、いま一たび見たてまつらんの心ざしかなふべきをりは、ただ今より外《ほか》にいかでかあらむ〉と思ふに、つつみもあへず泣かれて、女房のあるかぎり騒ぎまどふを、「あなかま、しばし」としづめ顔にて、御几帳の帷子《かたびら》をもののたまふ紛れにひき上げて見たまへば、ほのぼのと明けゆく光もおぼつかなければ、大殿油《おほとなあぶら》を近くかかげて見たてまつりたまふに、飽かずうつくしげにめでたうきよらに見ゆる御顔のあたらしさに、この君のかくのぞきたまふを見る見るも、あながちに隠さんの御心も思されぬなめり。

「かく何ごともまだ変らぬけしきながら、限りのさまはしるかりけるこそ」とて、御袖を顔におし当てたまへるほど、大将の君も、涙にくれて目も見えたまはぬを強ひてしぼりあけて見たてまつるに、なかなか飽かず悲しきことたぐひなきに、まことに心まどひもしぬべし。御髪《みぐし》のただうちやられたまへるほど、こちたくけうらにて、つゆばかり乱れたるけしきもなう、つやつやとうつくしげなるさまぞ限りなき。灯《ひ》のいと明かきに、御色はいと白く光るやうにて、とかくうち紛らはすことありし現《うつつ》の御もてなしよりも、言ふかひなきさまに何心なくて臥したまへる御ありさまの、「飽かぬところなし」と言はんもさらなりや。なのめにだにあらず、たぐひなきを見たてまつるに、〈死に入る魂《たましひ》のやがてこの御骸《から》にとまらなむ〉と思ほゆるも、わりなきことなりや。（四―四九四〜六）

引用場面で、傍線を付したのは、他の用例と異なり、すべてが自由間接言説ではない。これからの分析を通じて、言説分類を行っていくことになるのだが、この場面の言説区分は意外に難しく、新たな課題が浮上してくるだろう。引用した前半の段落は、一つの長文の文章で成立している。文末の「なンめり」は、「なり」と断定するのを避けた言い方で、「めり」を用いて推量しているのは語り手で、この長文は草子地である。文中の二つの内話文は大将の君＝夕霧のもので、「あなかま、しばし」という、女房たちに制止を命令する会話文も彼のものである。しかも、夕霧と文末近くに登場する光源氏に対して使われている敬語も適切である。夕霧は、紫上の死で女房たちが動転している機会を利用して、几帳の帷子を引き上げ、さらに灯火を近付けて、紫上の死顔を見る。その顔は「あたらし」＝もったいないほど、「飽かずうつくしげにめでたうきよらに見」えたのであって、これほどの最高な美的称賛はないほどである。しかも、死者の顔の賛美であるために凄惨なエロスさえ漂っているのである。その不埒な行為を何度も見ていながら、光源氏は、咎めたり、隠そうとはしない。その光源氏の忘我状態を、「なンめり」と語り手は推測しているのである。いや、忘我ではなく、意図的に、光源氏は、紫上の死顔に対する倒錯した美的共感を、夕霧と共有しようとしているのかもしれない。こういう状況描写では、源氏物語は、読者にさまざまな重層的意味決定を迫るのである。後の場面から言うと、出家させなかった自分の罪を、夕霧にも共有させようとしているのかもしれない。

次の段落の最初の文も、文末が「べし」という推量の助動詞で閉じられているように、草子地である。かえって、紫上の美を宿した死顔を見たために、「心まどひ」＝気持ちが錯乱しただろうと推測しているのである。女性の顔を見るという、禁忌を違犯する場面でありながら、この場面は草子地で推量表現で叙述されているのである。既に題名を引用した論文で述べたように(11)、この場面は、野分巻の、夕霧による紫上のかいま見場面を継承している。さらに、垣間見場面は、「源氏物語の〈語り〉と〈言説〉――〈垣間見〉の文学史あるいは混沌を増殖する言説分析の可能性――」という論文(12)で指摘したように、自由直接言説や自由間接言説を多用に有効的に利用した、一人称叙述で書かれるのが普遍なのである。

事実、この二つの草子地には、「見たてまつりたまふに」とか「見たてまつるに」という、自由間接言説の痕跡を示す表現が見えるのである。自由間接言説は、古代後期の漢文訓読の影響で成立したためか、最初の用例である竹取物語の冒頭部分では、

（翁、見れば）その竹の中に、もと光る竹なむ一すぢありける。あやしがりて、寄りて見るに、筒の中光りたり。

それを見れば、三寸ばかりなる人、いとうつくしうてゐたり。（五一）

とあり、傍線は共に自由間接言説である。漢文訓読の影響下にあるためか、倒置文的に「見れば……」とあるのが、自由間接言説の言説の初期の特性なのである。

源氏物語の最初の自由間接言説の用例も、桐壺巻の、

いつしかと心もとながらせたまひて、急ぎ参らせて御覧ずるに、めづらかなるちごの御容貌《かたち》なり。（一―九四）

という有名な文章で、天皇であるため敬語が使用されているが、ここにも倒置文的な特性は見られるのである。また、垣間見場面で象徴的な若菜巻の尼君と幼い紫上を光源氏が見る箇所でも、

人々は帰したまひて、惟光朝臣とのぞきたまへば、ただこの西表《にしおもて》にしも、持仏するゐたてまつりて行ふ、尼なりけり。（一―二七九）

とあり、この特性が現象しているのである。

それ故、御法巻でも「見たてまつりたまふに」や「見たてまつるに」は文末を自由間接言説で終わるべきなのだが、それが忌避されて、草子地になっているのである。他の源氏物語の垣間見場面ならば、

大殿油《おほとなあぶら》を近くかかげて見たてまつりたまふに、飽かずうつくしげにめでたうきよらなり。御顔のあたらしく見ゆ。

等といった言説であるべきなのだが、それが回避され、語り手の主観が投入されている草子地に変容されているのである。この変容の意味を問わなくてはならないのだが、その前に、続いて記されている言説の区分を行っておく必要があるだろう。

前の文に、光源氏が死を確認する会話を発話しつつ、「御袖を顔におし当てたまへるほど」とあるように、紫上

の死顔を袖で隠したため、夕霧のエロチックな眼差しは、髪の毛をフェティッシュとする。その性的快楽が「ぞ限りなき」だと述べているのである。「限りなし」は既に第二章で分析したように、自由間接言説となる。ここでは、登場人物夕霧と語り手の二つの声が、読者に聞こえるのである。その場合、語り手の声の質が問題である。語り手の声は、地の文に現象すると同時に、草子地にも表出されるからである。多くの場合、自由間接言説では、登場人物と、語り手の再現である地の文との二つの声が響くのが普通なのだが、「限りなし」は価値が込められているため、語り手の主観性が語られることになるのである。つまり、ここには、一見すると客体的に表出されている地の文とは異なる、草子地的な語り手の声が聞こえるのである。強調のために、係結びが用いられているのも、この分類の根拠になるだろう。

次の文章の文末の「『飽かぬところなし』と言はんもさらなりや」も同様で、「言へばさらなり」「言ふもさらなり」などという表現は、草子地であることを指示する文末の常套句であって、ここにも夕霧の声と同時に、草子地的な語り手の声が聞こえる自由間接言説が見られるのである。続く文章の、「〈……〉と思ほゆるも、わりなきことなりや」という文末も、夕霧の判断であると同時に、草子地的な語り手の声がポリフォニー的に響いている自由間接言説なのである。「わりなしや」も、草子地であることを指示する常套句の一つである。つまり、後半部分では、自由間接言説の登場人物夕霧の声が並存する場合もあるが、この引用場面の言説は、文末はすべて草子地で閉じられているのである。垣間見場面でありながら、語り手の主観性がすべての文章を枠取っているのである。なぜ、こうした言説を、この場面は採用したのであろうか。

ところで、この場面末の文章の、〈死に入る魂のやがてこの御骸にとまらなむ〉という夕霧の内話文の解釈は難しい。「御骸」は紫上の死骸であるが、「死に入る魂」の解釈には、紫上と夕霧の、二つの説があるからである。前者の場合は、死者の世界に入ろうとしている紫上の魂が、すぐさまこの死体に留まってほしいという、夕霧の紫上蘇生願望を表現することになるが、後者では、死に入りそうになる我が魂が、そのままこの死骸に宿ってほしいという、夕霧の倒錯した意識を表出することになる。「死に入る魂」には敬語が使用されていないので、多くの注釈が採用しているように、後者のようにも思われるのだが、ここでは重層的意味決定と解釈しておこう。それにしても、後者の、「死に入」…そうに、正気を失い、消え入りそうになっている男の魂が、女の骸《むくろ》に宿るというのは、どのようなことを意味しているのであろうか。女の亡骸に男の魂が憑依するという奇怪な蘇生は、猟奇的なイメージを喚起させる。このような倒錯した心理に至るほど、夕霧の気持は錯乱していると言うのであろう。視姦＝死姦の世界が出現してきたのである。なお、前者の解釈でも、紫上の蘇生は、顔を見るという禁忌を違反しているのであるから、義母との密通という主題を浮上させることになることは言うまでもない。

実は、この倒錯した禁忌違犯の猟奇的世界を、さらに侵犯させないために、垣間見的な一人称的叙述を忌避して、場面を草子地で枠取る方法が採用されているのである。垣間見には、既に引用した論文で記したように(12)、強姦的性行為が連続するのが、落窪物語以後の物語文学史の文法であった。この文法を遵守して、この場面を垣間見的な自由直接言説や自由間接言説を用いた一人称叙述で書くならば、表層においても死姦を描かざるをえない、源氏物語が避けていた猟奇的な世界が出現することになったのである。源氏物語は、そうした、おぞましいもの、汚穢なもの、凄惨なもの、猟奇的なものを暗示するのだが、決してそうした神話的な世界に踏み込むことはないのである。見せ消ちの方法が、ここにも現象しているのである。

紫上の死の場面で、光源氏や夕霧の体験を見聞できるのは、傍らにいた紫上付きの女房たちに他ならない。この場面の語り手は、「紫のゆかり」なのである。彼女たちを語り手にすることで、彼女たちの推量であるために、しかも、彼女たちが紫上付きの女房であるという点で、男の眼差しが侵犯してしまう世界が避けられたのである。

しかし、視姦＝死姦のイメージは、イメージ／現前の脱構築的な方法を用いて暗示する必要もあるので、死骸の美的賛美を絶対的で至高なものとするためには、視姦＝死姦という死骸を凌辱するというエロスのイメージが不可欠なのである。それ故、後半部分の三つの文章では、自由間接言説を用いて、登場人物夕霧の判断も並存させたのであって、その極北が、〈死に入る魂のやがてこの御骸にとまらなむ〉という、重層的意味決定を読者に求める、夕霧の内話文なのである。

作家紫式部は、死を人間は体験できず、死骸を見ることしかできないことを、紫上の死を通じて描くのだが、そのためには、死骸の美学が必要だったのである。御法巻における、紫上の死の儀式の絶頂《クライマックス》が、視姦＝死姦のイメージを鏤めた、この内話文だと言ってよいだろう。光源氏は、この後の場面で克明に描かれているように、死者を弔うことはできるのだが、死骸の美学を現象できたのは、禁忌を担った夕霧だけなのである。源氏物語の紫上をめぐる死の儀式は、最終的にはエロチシズムでなければならないのである。

〈注〉

（1）本文の引用はすべて全集本による。ただし、記号などを改訂している。

（2）自由間接言説については、以下の論文で分析している。

⑴「源氏物語の言説分析―語り手の実体化あるいは澪標巻の明石君の一人称的言説をめぐって―」（『国文学研究』百十二集所収。本書第一部第五章）

⑵「源氏物語の〈語り〉と〈言説〉―〈垣間見〉の文学史あるいは混沌を増殖する言説分析の可能性―」（双書

〈物語学を拓く〉1『源氏物語の〈語り〉と〈言説〉』所収。本書第一部第一章）

(3)「篝火巻の言説分析―具体的なものへの還元あるいは重層的な意味の増殖―」（『横浜市立大学論叢』第四六巻第1・2・3合併号「神田文人教授退官記念号」所収。本書第一部第六章）

(4)「夢浮橋巻の言説分析―終焉の儀式あるいは未完成の対話と〈語り〉の方法―」（『横浜市立大学論叢』第四七巻第2・3合併号「伊東昭二教授退官記念号」所収。本書第一部十二章）

なお、論文の題名からも解るように、すべて源氏物語における言説分析の可能性を追求したものである。本稿と共に批判的に読んでくれることを希望している。

（3）「女」という言葉は、その人物に一体化して享受するように求める(1)同化の記号として使用される場合と、(2)その人物と性的な関係を結んだことを示す場合に使われることが多い。この表現は後者の場合である。光源氏の視線から明石君が性的なものとして眺められているのである。

（4）倉田実は「紫の上の死と光源氏―御法巻―」（『源氏物語講座3』所収）で、

（冒頭の引用）……紫の上のことが巻の主題となることを示している。いわゆる物語第二部の巻の起筆は、「若菜上」巻が「朱雀院の帝、ありし御幸の後…」、「柏木」巻が「衛門督の君、かくのみ悩みわたりたまふことなほおこらで、年も帰りぬ」、「横笛」巻が「まめ人の名をとりてさかしがりたまふ大将、この一条宮の御ありさまを…」となっており、それぞれの巻の主要な人物を指示することで語り出されていたが、この「御法」巻も同じ型として認めることができる。

と書いている。承認される指摘である。なお、光源氏ではなく他の諸人物が、中心人物として各巻の冒頭に登場するところに、第二部がポリフォニー小説であることを象徴していると言えよう。（源氏物語第二部がポリフォニー小説の方法で語られていることについては、「若菜巻の方法―〈対話〉あるいは自己意識の文学―」〔『物語文学の方法II』所収〕を参照してほしい）

（5）玉上琢弥編『紫明抄　河海抄』による。ただし、記号などを施している。

(6)　鈴虫巻の女三宮持仏開眼供養が、仏具の支度から光源氏の指揮で行われていることを分析した論文に、山口量子「鈴虫巻女三宮持仏開眼供養の位相―方法としての〈モノ〉―」(『玉藻』第二七号所収)がある。
(7)　『源氏物語・枕草子研究と資料　古代文学論叢第二輯』所収。
(8)　八代集の引用は、すべて新大系本による。
(9)　『日本の文学』第五集所収。『物語文学の言説』に再録。
(10)　日本文学研究資料叢書『源氏物語Ⅰ』所収。なお、上坂信男の「小野の霧・宇治の霧―源氏物語心象研究断章―」(同日本文学研究資料叢書『源氏物語Ⅰ』所収)は、小西甚一のイメージ論と同一平面で捉えられているが、論文末で「結局、和歌の世界の伝統的イメージを積極的に摂取内蔵することで、『源氏物語』の散文と和歌との交渉を図り、表現を豊潤なものにした一つのケースをみることができる」と書いているように、異質な問題を提起しているものである。
(11)　『物語文学の方法Ⅱ』所収。第三部第一四章。
(12)　双書〈物語学を拓く〉1『源氏物語の〈語り〉と〈言説〉』所収。本書第一部第一章

〈追記〉御法巻については、多数の論文が書かれている。近頃でも、塚原明弘の一連の御法巻論が発表されている。しかし、言説分析の方法と交差する側面が見当らなかったので、引用することができなかった。

第九章　囚われた「思想」

――薫幻想と薫の思想あるいは性なしの男女関係という幻影――

一　薫幻想

あらゆるテクストの〈読み〉は、常に他者の眼差し、つまり、自己のイデオロギーによって規定されている。とくに〈読み〉を〈書く〉という営為として刻みつける時、他者の眼を意識せずに、批評は生成しないのである。更級日記の著者菅原孝標女は、他者の眼を自己という立場に取込み、源氏物語の読みを通じて自己のイデオロギーを形成する。更級日記の冒頭は、

あづま路の道の果てよりも、なほ奥つ方に生ひ出でたる人、いかばかりかはあやしかりけむを、いかに思ひはじめけることにか……（一三）[1]

と書き出されている。すでに指摘されているように、この書き出しは、古今六帖の「あづま路の道のはてなる常陸帯のかごとばかりもあひ見てしがな」を引歌とする。それと共に、京都で生れたと考えられ、また父菅原孝標は上総国の国守に赴任したのにもかかわらず、このような虚構的記述を日記の冒頭で試みたのは、継父が陸奥守や常陸

守であった浮舟の境涯に自己を準えようとする意図があったからであろう。こうして自己を浮舟の喩とする言説は、

(a)〈光の源氏の夕顔、宇治の大将の浮舟の女君のやうにこそあらめ〉と思ひける心、まづいとはかなくあさまし。(三六)

(b)このごろの世の人は十七八よりこそ経よみ、おこなひもすれ、さること思ひかけられず、からうじて思ひよることは、〈いみじくやむごとなく、かたち有様、物語にある光源氏などのやうにおはせむ人を、年に一たびにても通はしたてまつりて、浮舟の女君のやうに山里に隠し据ゑられて、花紅葉月雪をながめて、いと心ぼそげにて、めでたからむ御文《ふみ》などを時々待ち見などこそせめ〉とばかり思ひつづけ、あらましごとにもおぼえけり。(五六)

(c)〈……このあらましごととても、思ひしことどもは、この世にあんべかりけることどもなりや、光源氏ばかりの人はこの世におはしけりやは、薫大将の宇治に隠し据ゑたまふべきもなき世なり、あなものぐるほし、いかによしなかりける心なり〉と思ひしみはてて、まめまめしく過ぐすとならば、さてもありはてず。(七五)

(d)つくづくと見るに、紫の物語に宇治の宮のむすめどものことあるを、〈いかなる所なればそこにしも住ませたるならむ〉とゆかしく思ひし所ぞかし、〈げにをかしき所かな〉と思ひつつ、からうじて渡りて、殿の御領所《ごらうしょ》の宇治殿を入りて見るにも、〈浮舟の女君のかかる所にやありけむ〉など、まづ思ひ出でらる。(九一)

などと日記に表出されている。孝標女は、源氏物語中の夕顔・浮舟、特に浮舟の喩であることを願望しているのである。夕顔と浮舟とに共通する項を求めると、まず「夫」以外の男性と「密通」したなどが想起されるのだが、孝標女は、光源氏や匂宮との「密通」を願望していたわけではないだろう。(b)の用例から判断すると、こうした願望は「十七八」歳の頃で、「密通」は視野に入っていないと思われるのである。

それ故、彼女の社会的位相からのイデオロギーが問題となってくるのである。この言説が、仮に藤壺や紫上あるいは宇治の大君・中君などだったらどうであろうか。孝標女は、高望み、高慢な女として非難され、嘲笑され、更級日記というテクストは、滑稽なパロディ化されたものになってしまうのである。そうした烏滸めいたテクスト化を回避するために、彼女は自己の理想的な女君として、夕顔と浮舟を措定する。夕顔は、三位中将の女《むすめ》ではあるが両親に早くから死別しており、夕顔巻では、〈かの下《しも》が下と人の思ひ捨てし住まひなれど……〉（㈠―一二八）と光源氏の内話文にあるように、雨夜の品定で頭中将が無視した下層の階層に彼女が属していると光源氏は想定しており、また夕顔自身も「海人の子なれば」（㈠―二三六）と述べているのであって、孝標女が夕顔に自己を準えることは無理がないのである。同様に、浮舟は、宇治の八宮と召人中将の君（八宮の北の方の姪）との間に誕生したのだが、父八宮と一度も接見することなく、母中将の君は、陸奥守の後妻となったため、共に下り、さらに義父の任国常陸にも従ったと書かれている。孝標女の境涯とそれほど懸隔がないのである。理想的ではあるが、高慢な高望みではない登場人物が選択されているのである。孝標女は、読者という他者の声を、テクストに響かせ、自己のイデオロギーを確立しているのである。他者の眼差しを先取りして、自己のテクストのイデオロギーを生成したのである。

ところで、更級日記の用例を読むと、孝標女の理想像は夕顔よりも浮舟に重点があると言ってよいだろう。しかも、匂宮と「密通」する浮舟ではなく、薫に宇治に囲われる彼女に、自己を同化・一体化しようとする傾向が濃厚なのである。孝標女の理想的男性像は、光源氏ではなく、薫なのである。なぜ薫なのかは直截に語られてはいないものの、用例から判断すると、薫のような男性に、妾妻の一人として宇治のような山里に隠し据えられて、男の、年に一度ばかりの訪れを待つことが、そしてその待望を持続して感覚するという情緒が、彼女の理想的幻影であることは理解できるだろう。ここにも彼女の階層的な他者の声を自己の声に響かせたイデオロギーが語られているのだが、光源氏よりも薫の方が身近であることは理解できるものの、日記の表現を読むかぎり、なぜ薫なのかは孝標女自身さえわかっていなかったのではないだろうか。

薫幻想を、さらに別のテクストに求めてゆくと、狭衣物語の巻末に記されている、跋文では、

あはれにもをかしくも、若き身の上にて思ひしみにける事どもをぞ、片端《かたはし》も書き置きためる、これは、はかぐ〳〵しく故ある事を、見ぬ「蔭の朽木」になりにければ、つゆばかりみどころあるべきやうもなきに、〈ただ、男の心は薫大将、かばね尋ぬる三の宮ばかりこそ、あはれにめやすき御こころなめれ〉と、からうじて思ふ給へつれど、「男も女も、心深きことは、この物語に侍る」とぞ、本に。（四六七）(2)

と書かれている。難解な文章なのだが、「ただ、男の心は薫大将」という認知と、薫は「あはれにめやすき御こころなンめれ」という理解は了解できるだろう。「あはれ」「めやすき」は語彙の意味領域の幅がひろいため、その了解も曖昧化してしまうのだが、薫が「こころ」で評価されていることは理解できるだろう。六条斎院禖子内親王宣旨という女性にとって、男性の理想的な「こころ」は薫に宿っていたのである。容貌や身分・身体・振舞い・行動あるいは源氏物語の中で占める位相や出来事などではなく、「こころ」で評価されているところに注目しておくべきであろう。「男も女も、心深きことは、この物語に侍る」という、この狭衣物語が希求した「心深し」という情趣と共に、「こころ」が物語に求められる時代に到っていたのである。「こころ」は、歌論などでは、表出しようとする和歌の、内容・情趣・趣向・発想・詩興などを意味しているから、他者や対象・出来事との関係の中で生成される心情として理解してよいであろう。逆に言えば、「こころ」というイデオロギーの選択・投企は、「こころ」が排除しているものを、物語の上で無視してゆくことなのでもある。狭衣物語に到ると、〈色好み〉的な光源氏的な世界は排除されるのである。

更級日記・狭衣物語に続けて、無名草子を女性による源氏物語の享受として扱ってよいであろう。無名草子では、薫は、

「……薫大将、始めより終りまで、〈さらでも〉と思ふふし一つ見えず、返す〴〵めでたき人なむめり。まことに光源氏の御子にてあらんだに、母宮のものはかなさを思ふにはあるべくもあらず。紫の御腹などならばさもありなん。すべて物語の中にも、まして現《うつつ》の人の中にも、昔も今もかばかりの人は有難《ありがた》くこそ」など言へば、又、人、「さはあれど、気近《けぢか》くまめ〳〵しげなる方は後《おく》れたる人にや。浮舟の君、巣守の中の君などの、兵部卿宮には思ひ貶《おと》し侍るこそ口惜しけれ」と言ふなれば、又、「そは大将の咎《とが》にはあらず。女のせめて色なる心の様よからぬゆゑとぞ侍る。巣守の君は心にくき人の様なんめれば、匂ふ桜に薫る梅と、こよなく立ちまさりてこそ侍るめれ」と言へば……（三六二）[3]

と評論されている。「昔も今もかばかりの人は有難くこそ」という薫を賞賛する認識に対して、「さはあれど、気近《けぢか》くまめ〳〵しげなる方は後《おく》れたる人にや」という批判も記されており、欠陥性も暴いているようなのだが、「女のせめて色なる心の様よからぬゆゑとぞ」と述べているように、一途に異性的なものに溺れる浮舟の性《さが》が原因だと、薫は擁護され、密通という欠陥は、薫の相手となった女性の、「心の様」に転嫁されてしまうのである。

　このテクストでは、更級日記とは異なり、浮舟は、

「……手習の君、これこそにくき者とも言ひつべき人。様々身を一方《ひとかた》ならず思ひ乱れて、

鐘の音の絶ゆる響に音《ね》を添へて我が世つきぬと君に伝へよ

と詠みて、身を捨てたるこそいとをしけれ。兵部卿宮の御事聞きつけて、薫大将、

波越ゆる頃とも知らで末の松待つらむとのみ思ひけるかな

と宣へるを、『所違《ところたが》へならむ』とて結びながら返したる程こそ心まさりすれ」（三五九）

と書かれ、「にくき者」として措定された上で、入水までに到る浮舟に「いとをしけれ」と同情し、意外にも「心まさりすれ」と評価され、予想したよりも卓越していると記されている。更級日記のように、浮舟に一体化する姿勢が見られないのである。

この無名草子というテクストでは、「好《この》もしき人」として、まず花散里と末摘花が挙げられており、末摘花の項では、

又、「『末摘花好もしと言ふ』とて、にくみ合せ給へど、大弐の誘ふにも心強く靡かで、死にかへり、昔ながらの住居《すまひ》改めず、つひに待ちつけて、『深き蓬のもとの心を』とて分け入り給ふを見る程は、誰よりもめでたくぞ覚ゆる。みめより始めて、何事もなのめならむ人の為には、さばかりの事のいみじかるべきにも侍らず。その人柄には仏にならむよりも有難き宿世には侍らずや。（三五七〜八）

と、醜女のように表出されている末摘花が、貞女として賞賛されているのである。無名草子は、「姦淫」に対して厳しいイデオロギーを抱いているテクストである。末摘花は、死ぬ程になりながら、信念と貞操をまもり、光源氏の訪れを、仏の来迎以上の歓喜で迎えたと書き、その運命の選択を賛美しているのである。それ故、浮舟がまず「にくき者」と表出されるのは当然で、「心まさり」も予想以上に卓越していると先述では理解したが、意外と気が強いと解釈すべきかもしれない。更級日記に比べて、貞潔を求める中世的な倫理意識が浸透しているのである。

そうした貞節の意識があるので、薫に対して「浮舟の君、巣守の中の君などの、兵部卿宮には思ひ貶《おと》し侍るこそ口惜しけれ」という反措定が記されるのであって、全面的・絶対的に賛美することを避けたのである。それゆえ、光源氏に対しては、「さらでもと覚ゆるふしぐ〳〵多くてぞ侍る」（三六〇）と書き、以後さまざまな欠点を列挙して

いるのであり、〈色好み〉について批判的なイデオロギーを示唆しているのである。源氏一品経や宝物集などに見られる紫式部堕地獄説や、その裏返しにすぎない今鏡などに記されている紫式部観音化身説と通底するイデオロギーが、無名草子に書き込まれていたのである。

源氏物語に対する女性たちの受容態度として、『源氏四十八ものたとへの事』『源氏解』(4)も扱っておいた方がよいだろう。なお、『源氏人々の心くらべ』には、薫は登場しない。光源氏や匂宮には何度か言及されているのだが、薫には述べていないのである。比べることができないほどの人物として、破格の扱いがされているようである。

『源氏四十八ものたとへの事』の冒頭では、

男、光源氏は此物語のもとだちなれば、ことあたらしく申すに及ばず。薫大将の我から心づかひは、猶たぐひなくこそ。（一一二）

と書かれている。『源氏解』でも、冒頭で、

一　男　　薫《かおる》大将（一一五）

と記されている。共に、源氏物語における男性は薫だと賛美しているのである。『源氏人々の心くらべ』『源氏四十八ものたとへの事』『源氏解』は、鎌倉時代に成立した批評だと言えるだろうが、理由は書いていないものの、源氏物語の男性登場人物の中で、超越した人物として、薫は認知されていたのである。その理由は書かれず、『源氏四十八ものたとへの事』のみが、「我から心づかひ」を根拠に挙げているのであるが、抽象的な解答である。しかし、「我から心づかひ」という文は、薫が、他者に対して配慮する人物であるという認識は、読み取れるはずで、「こころ」のみならず、「つかひ」という「他者」との関係性に読みが到達していたと言えるであろう。

このように平安・鎌倉の薫の女性によると思われる享受の歴史を辿ってみると、源氏物語において光源氏さえ卓

越した人物として、薫が評価されていたと思われる。しかし、その評価を支えるイデオロギーはさまざまで、徐々に家父長的な男性原理による貞節を守る価値基準が生成してきたと言えるだろう。だがなぜ薫なのであろうか。

二　薫の「思想」形成

すでに三谷栄一が『物語文学史論』で考察しているように(5)、源氏物語以降の物語文学では、「薫大将型」の人物造型が流行する。源氏物語の受容の歴史ばかりでなく、物語文学の創作の歴史（それは同時に受容の歴史でもあるのだが）においても、薫は賞賛されていたのである。狭衣物語、夜の寝覚、苔の衣、恋路ゆかしき大将など、源氏物語以後の物語文学では、〈色好み〉的な「光源氏型」ではなく、「そこには既に複線的な恋愛とか好色な傾向とかは見えなかつたのである」と記される「薫大将型」が採用され、叙述されたのである。だが「薫大将型」とは一体なになのであろうか。まず、長文になるが、源氏物語の筋書きを薫を軸に追跡しながら探る作業を試みることにしよう。

薫は、光源氏の正妻女三宮と柏木との不義の子として誕生する。世間的にはその真相は隠され、光源氏の子として養育される（柏木巻）。十四歳の時、冷泉院のもとで元服。二月に侍従、秋に右近中将となる（匂宮巻。同時期の竹河巻では四位侍従となる）。世間での声望が高く、気位も高く、身に芳香があり、「匂う兵部卿」「薫る中将」と評され、匂宮と競っている。しかし、色好みの匂宮と違って、厭世の気持が強く、女性関係には消極的で、自分の出生に疑念を抱いて苦悶している（匂宮巻）。玉鬘の大君を思慕するが、大君は冷泉院に参入する（竹河巻）。冷泉院の女一宮に憧れるが、接近はしない。十九歳で正三位宰相兼中将となるが、厭世の心が深い（匂宮巻）。初めて宇治に八の宮を訪問し、以後、二人は「法《のり》の友」としての親交が持続する。宇治の姫君たちの奏楽を垣間見し、大君に交誼を請うが、拒否される。二十二歳の冬十月、宇治の山荘で、八の宮に姫君たちの後見を託され、その日の明け方に老女の弁から出生の秘事を聞き、実父の遺言を手渡され、帰京後、遺書を読み、母宮を訪ね、煩悩する（橋姫巻）。匂宮の初瀬詣の際、宇治に誘う。二十三歳の秋、中納言となる。八の宮、薫に姫君たちの後見を依頼する。八月、八の宮、姫君に厳しい訓戒を遺して、山寺で死去。薫、驚愕し、弔問する。四十九日過ぎに宇治を訪問し、大君と歌を交わす。三条宮が焼失し、六条院に転居。二十四歳の夏、宇治を訪問し、大君・中君を垣間見る（椎本巻）。秋八月、八の宮の一周忌のため宇治を訪問し、大君に迫るが、虚しく夜を明かす。喪明けに、薫、宇治を訪れ、大君に拒まれ、却って中君との結婚を勧められる。そのため、匂宮を宇治に誘い、中君と契らせる（総角巻）。その頃、帝の碁に召されて、女二宮との縁組を仄めかされる（宿木巻）。薫、中宮と対面し、女一宮を思うが、慎む。九月十日ごろ、匂宮を誘って宇治を訪問し、またも大君に拒まれる。匂宮と六君との結婚が決定し、そのためもあり大君は病に罹る。薫、見舞いに宇治を訪れる。十一月上旬、薫宇治を訪れ、懇切に大君を看病し、大君も打解ける。大君の容態が悪化、薫、宇治に籠り続ける。十一月豊明の日、風雪の烈しい中で、大君と語らい、中君の件で恨まれる。大君死去。大君の葬送後、薫は宇治に籠り続け、仏事に専念する。年末、薫帰京。匂宮、中君を都に迎える準備（総角巻）。

ここまで薫の生涯を記してきて、これ以上、巻序を避けて、年立風に薫を追跡するのは無駄のように思えてきた。読者も煩雑だと思っているはずである。敢えて、このような記述を試みたのは、薫の生涯では、特出する出来事が不在であることを示したかったからである。第三部では物語が不在なのである。薫は、権大納言兼右大将にまで昇進するのだが（宿木巻）、それに対して女性関係では、女一宮に憧憬するが、慎み、大君と遂に結ばれず、死去され、匂宮と結婚している中君に言い寄るが拒否され、意の添わない女二宮と結婚している。宇治に据えた大君の形代である浮舟には、匂宮と浮気され、入水され、出家されている。男女関係では敗北者だと言ってよいだろう。自己の出生の秘密に悩み、逝去された大君を思慕する、淫逸な浮舟を許容する、そうした煩悶する姿が、薫への憧憬を喚起するのだと理解できないわけではないが、これもまた弱者すぎる。憂悶は同情を喚起するものの、憧憬を生成することはないのである。しかも、「源氏物語第三部の方法―中心の喪失あるいは不在の物語―」という論文で指摘したように、薫の人格は分裂しているのである。(6)

薫幻想の根拠は、別の視点から接近してみなくてはならないだろう。その場合、前記の論文で第三部の主軸となる主題として論じた〈俗聖〉が問題になる。この薫の超自我である主題群の一つに、当時の読者である女たちが憧憬するはずはないのだが、薫幻想の背景を分析する手続きとして、この主題が浮上してきた軌道をもう一度辿ってみる必要があるだろう。十五歳の薫は、匂宮巻で、

幼心地《をさなごこち》にほの聞きたまひしことの、をりをりいぶかしうおぼつかなう思ひわたれど、問ふべき人もなし。宮には、事のけしきにても〈知りけり〉と思されん、かたはらいたき筋なれば、世とともの心にかけて、〈いかなりける事にかは。何の契りにて、かう安からぬ思ひそひたる身にしもなり出でけん。善巧太子《ぜんげうたいし》のわが身に問ひけん悟りをも得てしがな〉とぞ独りごたれたまひける。

おぼつかな誰に問はましいかにしてはじめもはても知らぬわが身ぞ

答《いら》ふべき人もなし。(五―一七～八)

という和歌を詠んでいる。この段落文中の傍線は自由間接言説で、語り手と登場人物薫との二つの声が響いている。「人もなし」と、自己の疑惑を、親身になって、述懐させてくれる、また応答してくれる、他者がいないことが強調的に述べられているのである。その孤独が薫の一人称視点から、自由間接言説を用いて叙述されているのである。

また、〈　〉山形の括弧は内話文である。「幼心地にほの聞きたまひし」とあるから、幼い頃に、女房たちなどから、薫の出生に疑問があることを聞いたことがあったのであろう。それ故、仏法の「生死無始無終」の道理を踏まえて、答歌の期待がありえない贈答歌が詠まれ、薫は自己の出生に懐疑を抱き煩悶、愁苦しているのである。薫は返歌してくれる他者を求めているのである。ここには引用を使用して元服直後の薫が、既に仏教に魅惑されていることが示唆されていると同時に、父の不在が薫の実存を規定していることが記述されている。宇治八の宮に薫が蠱惑されるのは、この仏教と父の不在という二つの側面があることを忘れてはならないであろう。もっとも、この二つの側面は、重層化していることも強調しておこう。

憧憬できる他者を、薫は八の宮という幻影の上に発見する。橋姫巻では、阿闍梨から八の宮の生活ぶりを聞いた薫は、

　中将の君、なかなか親王《みこ》の思ひすましたまへらむ御心ばへを〈対面して見たてまつらばや〉と思ふ心ぞ深くなりぬる。さて阿闍梨の帰り入るにも、「必ず参りてもの習ひきこゆべく、まづ内々にも気色《けしき》たまはりたまへ」など語らひたまふ。(五―一二一〜二)

と反応する。「なかなか」という表現は、冷泉院たちより却って薫がという意味で、求道心や父の不在に苦悶する薫の実存が、この言説に見事に表出されていると言えよう。彼だけが、仏教への帰依と父の不在を抱えていたために、渇仰できる他者を阿闍梨の言葉から発見したのである。こうして薫と八の宮との交流が始まる。

八の宮称賛は、

　聖だつ才《ざえ》ある法師などは世に多かれど、あまりこはごはしうけ遠げなる宿徳《しうとく》の僧都僧正の際《きは》は、世に暇《いとま》なくきすくにて、ものの心を問ひあらはさむもことごとしくおぼえたまふ、また、その人ならぬ仏の御弟子の、忌

むことを保つばかりの尊さはあれど、けはひ卑しく言葉たみて、こちなげにもの馴れたる、いとものしくて、昼は公事《おほやけごと》に暇なくなどしつつ、しめやかなる宵のほど、け近き御枕上《まくらがみ》などに召し入れ語らひたまふにも、いとさすがにものむつかしうなどのみあるを、いとあてに心苦しきさまして、のたまひ出づる言の葉も、同じ仏の御教をも、耳近きたとひにひきまぜ、いとこよなく深き御悟りにはあらねど、よき人はものの心を得たまふ方のいとことにものしたまひければ、やうやう見馴れたてまつりたまふたびごとに、常に見たてまつらまほしうて、暇なくなどしてほど経《ふ》る時は恋しくおぼえたまふ。（五―一二六）

と橋姫巻で語られている。まず「僧都僧正の際」と「その人ならぬ仏の御弟子」の例をあげ、その両方を言葉を尽くして非難する。仏教の専門家、つまり僧侶たちは、どの階層も否定されているのである。その上で、八の宮は「いとあてに心苦しきさまして」と登場する。この文が、薫の、八の宮憧憬をある程度象徴していると言えよう。なによりも「あて（貴）」でなければならないのである。おなじ上流貴族階級であることが、仏教を学ぶ、胸襟を開く、精神を交流する条件なのである。と同時に、「心苦しきさま」でなければならないのである。高貴であるゆえに、その零落した生活が胸の痛むほどの同情を呼ぶのだが、この「心苦しきさま」なしに、薫の、八の宮敬慕はありえなかったのである。

橋姫巻で、八の宮が、冷泉が東宮であった時、弘徽殿大后の廃太子運動に利用され、立坊の可能性もあったために、以後、政界から追放され、北の方も中君出産で死去し、京の邸も焼亡したため、宇治の山荘で、俗聖の生活を送っていると設定されているのは、「いとあてに心苦しきさまして」という文を、物語として疎外した状況なのであって、八の宮の外的に表出されている情景は、薫の内面に巣くっている原風景でもあるのである。引用文の最後に記されている、面会することができない時は「恋しくおぼえたまふ」という文も重要である。八の宮は、恋人や親族のように恋慕の対象なのである。八の宮と薫の関係は、「法の友」や「法の師」と言うより、「法の恋人」と言うべきかもしれない。このようにして、薫にとって八の宮は、超自我になり、掟となる。

それゆえ、薫二十二歳の晩秋に、八の宮不在の宇治山荘を訪れ、月下に姫君たちを垣間見した後に、薫は大君と対面して、

「かつ知りながら、うきを知らず顔なるも〈世のさが〉と思うたまへ知るを、一ところしもあまりおぼめかせたまふらんこそ、口惜しかるべけれ。あり難う、よろづを思ひすましたる御住まひなどに、たぐひきこえさせたまふ御心の中《うち》は、何ごとも涼しく推しはかられはべれば、なほかく忍びあまりはべる深さ浅さのほども分かせたまはんこそかひははべらめ。世の常のすきずきしき筋には思しめし放つべくや。さやうの方は、わざとすすむる人はべりとも、なびくべうもあらぬ心強さになん。おのづから聞こしめしあはするやうもはべりなん。つれづれとのみ過ぐしはべる世の物語も、聞こえさせどころに頼みきこえさせ、また、かく世離れてながめさせたまふらん御心の紛らはしには、さしもおどろかさせたまふばかり聞こえ馴れはべらば、いかに思ふさまにはべらむ」など多くのたまへば……（五―一三四～五）

と口説く。この呼掛けは誤読の上に成立している。だが、薫にとっては、まさにそれが真実なのである。「一ところ（大君）しもあまりおぼめかせたまふらんこそ、口惜しかるべけれ」という文は、超自我として君臨する八の宮の姫君として大君を誤解している。彼女は、父に養育されてはいるものの、極く典型的な姫君に過ぎないのだ。もっとも、彼女も特性のある観念に侵されているのだが、それについては本稿で分析することはできない。別に稿を改める必要があるだろう。とにかく、彼女を、薫は、仏道が掟として造り出した女性として措定しているのである。観念として彼女は、女の姿をした〈俗聖〉なのである。

薫が、大君の心底を見届けて推測した「御心の中《うち》は、何ごとも涼しく」の、「涼し」は、発話文中の「思ひすまし」と同じ意味で、透明に醒悟しているということなのであろうが、これも大君は八の宮の道心に感染していると推量する誤読なのである。それだからこそ「すきずきしき筋」＝〈色好み〉的な行為をけっしてしない、「かく忍びあまりはべる深さ浅さのほども分かせたまはんこそかひははべらめ」と懇願するのである。このように忍び、隠すことのできない、悟りの気持ちの深浅さを判断してくれることこそ、自分の道心のかいがあると訴えているわけである。つまり、その後に語られる「世の物語」「御心の紛らはし」「聞こえ馴れ」といった言葉は、この道心に関する言葉による情報交流を意味しているのであって、薫の希求する大君との関係は、〈色好み〉的な通常な男女関係の世界とは隔絶しているのである。「性のない男女関係」「道心を語り合う男女」、薫が大君に希求し提供しているのは、こうした関係なのである。

こうした薫の囚われた観念を、鉤括弧を付けて「思想」と表記することにする。この「思想」は、彼の内部で自然に生成されたものではない。実存的に不安と不条理を抱えた薫が、八の宮という他者に出会い、その〈俗聖〉の延長として大君という他者を誤解した時、彼の言葉の上に誕生したのである。「思想」とは、他者との関係で生成し、他者を自己という主体が読み込むことで生産されるのである。

この大君との対話の中で、発話の上で誕生した「思想」に、薫は囚われる。引用場面の後、弁の君から昔語りを聞き、不審に思った場面に続いて、薫と大君が「橋姫」の贈答歌を交わす場面には、

何ばかりをかしきふしは見えぬあたりなれど、げに心苦しきこと多かるにも、明かうなりゆけば、さすがに直面《ひたおもて》なる心地して、「なかなかなるほどに承りさしつること多かる残りは、いますこし面《おも》馴れてこそは、恨みきこえさすべかめれ。さるは、〈かく世の人めいてもてなしたまふべくは、思はずにもの思しわかざりけり〉

と恨めしうなん」とて、宿直人《とのゐびと》がしつらひたる西面《にしおもて》におはしてながめたまふ。（五―一四〇〜一）

という段落がある。世間の人と同様な扱いをされるのを忌避しているのである。なまじっか聞かなかった方がよかった、中途半端な話を、「面馴れて」から後に伺いたいと提案しているのだが、ここにも「思想」が表出されていると言えよう。〈かく世の人めいてもてなしたまふべくは、思はずにもの思しわかざりけり〉という会話文中の薫の内話文も、常人と同じ扱いをし、自分の位相を他の人々と区別できない女性として大君を非難しているのだが、ここにも、性なしの、道心を話題とする二人の関係を求める薫の「思想」が述べられていると言える。

また、椎本巻で、二十三歳の薫が、宇治を訪れ、八の宮から姫君たちの後見を託された後でも、

入り方の月隈なくさし入りて、透影《すきかげ》なまめかしきに、君たちも奥まりておはす。世の常の懸想びてはあらず、心深う物語のどやかに聞こえつつものしたまへば、さるるべき御答へなど聞こえたまふ。〈三の宮いとゆかしう思《おぼ》いたるものを〉と心の中《うち》には思ひ出でつつ、〈わが心ながら、なほ人には異なりかし。さばかり、御心もて、ゆるいたまふことの、さしも急がれぬよ。もて離れて、はた、《あるまじきこと》とはさすがにおぼえず。かやうにてものをも聞こえかはし、をりふしの花紅葉につけて、あはれをも情をも通はすに、憎からずものしたまふあたりなれば、宿世ことにて、外ざまにもなりたまはむは、さすがに口惜しかるべう、領《りやう》じたる心地しけり。（五―一七四〜五）

と記述されているように、この「思想」は保たれている。「世の常の懸想びてはあらず、心深う物語のどやかに聞こえつつものしたまへば」とあるように、薫は、その「思想」を鮮やかに実践しているのである。「思想」に憑依された囚われ人の姿が、見事に表出されていると言えよう。

しかも、〈わが心ながら、なほ人には異なりかし〉という内話が指示しているように、「異なりかし」と自分自身

で納得しているのである。その場合、気になるのが「人」で、文脈から言えば、その前に記されている薫の内話文から、匂宮となるが、男性一般だと理解することもできるであろう。重層的だと解釈することにするが、薫は、中君に情念を燃やす〈色好み〉匂宮とも、当時の普通の男女関係を結ぶ男性とも異なる、男女交渉の上で異人なのである。それゆえ、八の宮に姫君たちの後見を依頼されても、つまり、結婚が承諾されたと薫が判断しても、「さしも急がれぬ」気持ちになるのであって、これも「性的関係のない男女」という「思想」に憑依されているからである。

ところで、〈わが心ながら……という内話文は、終わりが閉じられていない。移り詞になっているのである。〈……口惜しかるべし〉と閉鎖してしまうと、他の男性にとられてしまったら不本意だという、その未練から、薫は大君との性的関係へと進行せざるをえなくなるのであって、そうした決意を避けるために、語り手の再現である地の文になだれこませたのである。つまり、「領じたる心地しけり」という文は、外部から語り手が再現した言説なのである。しかし、八の宮との会話による契約で、「領じたる心地」になってしまう薫は異常で、言葉や「思想」に呪縛されてしまう薫の姿が、見事に描かれていると言えよう。

これ以上に薫の「思想」について、源氏物語の言説を分析する必要はないであろう。しかし、これはあくまでも「思想」であって、この「思想」[7]が、薫の実存を規定しているわけではない。すでに述べたように、彼の人格は粉々に分裂しているのである。会話・内話・行動・無意識・身体が、全く異なった方向に分裂して行くのだ。引用した、橋姫巻の二つの例文が示唆しているように、この「思想」は、発話された会話文で表出されているごとく、意図されたものに属している。このように会話文で「思想」を開陳しながら、総角巻では、

かく心細くあさましき御住み処《か》に、すいたらむ人は障《さは》りどころあるまじげなるを、〈我ならで尋ね来る人も

あらましかば、さてややみなまし、いかに口惜しきわざならまし〉と来《き》し方の心のやすらひさへ、あやふくおぼえたまへど、〈言ふかひなくうし〉と思ひて泣きたまふ御気色のいとほしければ、〈かくはあらで、おのづから心ゆるびしたまふをりもありなむ〉と思ひわたる。（五―二二五）

とあるように、性的関係の直前までに到っているのであって、自身は「すいたらむ人」ではないという「思想」が、それ以上の行動を躊躇させるのである。「すいたらむ人」が想起されているように、無意識的には、彼らの行動を憧れているのだが、超自我である「思想」が、理性的にその無意識を抑圧しているのである。しかも、その「思想」が抑圧的に働いたのは、大君の「言いようもなく辛い」という薫から見た姿なのであって、後には許諾してくれるだろうと、極微な希望に自己を託しているのである。他者、それも自分の解釈した他者に、薫の行為は規制されているのである。女が性的関係を望んでいると解釈すれば、薫は色好みとなるのだが、他者によって「思想」を形成されてしまっているので、無意識的には色好みに憧憬しながら、そうした憧れを抑圧してしまうのである。

従来の、批評や研究では、大君の〈結婚拒否〉が話題となり、さまざまな論文で考察されてきた。そうした大君の意識や偏見あるいは「思想」も配慮しなければならないのだが、とくに、父への憧憬、母の不在、妹の後見人などの他者によって形成される大君の「思想」も分析しなくてはならないのだが、同時に〈結婚拒否〉の問題には、この薫の「思想」を考慮する必要があるのである。父なるもの、仏教的なるものを、八の宮に求め、それを超自我として、自己を検閲する「思想」として形成した薫は、その外延である大君と、性的関係を結ぶことが不可能なのである。極端に言えば、薫は、大君という対象に対して、性的不能者なのだ。それが逆説的に薫幻想を喚起するのである。

この「性的関係のない男女」という「思想」は、家の中に隠され、男性より劣位に置かれていた、当時の女性貴族たちの無意識を操《くすぐ》るものであったに相違ない。顔を中心に姿を見られてはならない禁忌を、当時の女性は抱えていた。しかも、対等に、ある種の主題について、男女が平等に語り合える場もまったくなかったのである。そうした歴史的社会的文化的な背景を担った女性読者にとって、薫は、彼女たちを無意識的に解放する登場人物＝他者なのである。性的関係なしに対等であること、道心という話題を対等に語り合えること、これは作家紫式部が書くことを通じて獲得した「思想」でもあるのだろうが、同時に、読者の無意識にまで届く共感を喚起するものでもあった。「こころ」で薫が評価されるのはそのためである。源氏物語の登場人物の中で、男性では薫が第一であるとする薫幻想は、こうして古代後期から中世前期にまたがる女性たちの歴史的社会的文化的現実の中で醸され、支持されてきたのである。薫は当時の女性読者のイデオロギーの軸の一つとなっていたのである。

三　召人たちの眼差し

「一」においては、更級日記を対象として、孝標女の薫憧憬（逆に言えば、夕顔特に浮舟同化）は、彼女の受領女としてのイデオロギー的立場と密接に関係していることを明晰化した。古代後期における女性による源氏物語享受の明確な痕跡は、更級日記が唯一だと思ってその論を書いたのだが、その後、他にも、源氏物語のイデオロギー的受容の痕跡を示す兆候が、堤中納言物語の周囲に存在することに気付いた。堤中納言物語には、

＊月にはかられて、夜深く起きにけるも、思ふらむところいとほしけれど、たち帰らむも遠きほどなれば……

「花桜折る少将」

＊長月の有明の月にさそはれて、蔵人少将、指貫つきづきしく引きあげて、ただ一人小舎人童ばかり具して、

　やがて、朝霧もよく立ち隠しつべく、ひまなげなるに……　　「貝合」（引用は全集本）

と書き出される冒頭文をもった短篇物語が、二篇ある。二篇とも、冒頭で、女のところに忍んで通いながら、まだ、日の出まえに、月光に蠱惑されて、帰宅途中にある色好みの貴公子を描写している。十篇中の二篇であるから、散佚物語を配慮すると、他にもこんな書き出しのテクストがいくつもあったことが想定できる。従来の研究では、この堤中納言物語中の二篇の冒頭文は、源氏物語蓬生巻などのパロディ化、あるいは引歌の問題などとして扱われてきたのだが、平安朝後期の女性読者層の〈薫憧憬〉を配慮すると、もう一度宇治十帖を読み直してみる必要がありそうである。そんな眼差しで、宇治十帖を読んで行くと、宿木巻の中頃に、盛大に催された匂宮と六の君の三日夜餅と露顕の儀式の場面後に、連続して、

　例の、寝ざめがちなるつれづれなれば、按察の君とて、人よりはすこし思ひましたまへるが局におはして、その夜は明かしたまひつ。明けすぎたらむを、人の咎むべきにもあらぬに、苦しげに急ぎ起きたまふを、ただならず思ふべかめり。

　うちわたし世にゆるしなき関川をみなれそめけん名こそ惜しけれ

いとほしければ、

　深からずうへは見ゆれど関川のしたのかよひはたゆるものかは

「深し」とのたまはんにてだに頼もしげなきを、この上の浅さは、いとど心やましくおぼゆらむかし。妻戸押し開けて、「まことは、この空見たまへ。いかでかこれを知らず顔にては明かさんとよ。艶なる人まねにてはあらで、いとど明かしがたくなりゆく、夜な夜なの寝ざめには、この世かの世までなむ思ひやられてあはれなる」など、言ひ紛らはしてぞ出でたまふ。ことにをかしき言の数を尽くさねど、さまのなまめかしき見なし

にやあらむ、〈情なく〉などは人に思はれたまはず。かりそめの戯れ言をも言ひそめたまへる人の、〈け近くて見たてまつらばや〉とのみ思ひきこゆるにや、あながちに、世を背きたまへる宮の御方に、縁を尋ねつつ参り集まりてさぶらふも、あはれなることほどほどにつけつつ多かるべし。

（引用は全集本。㈤―四〇八～九頁。ただし、記号等は改訂）

という物語展開とあまり関わりのない、薫を一方の主人公としている場面が挿入されていることに気付いた。「按察の君」という呼称を持った女三宮付きの女房は、若菜巻にも登場するのだが、年齢などを考慮すると、まったく別の侍女なのであろう。なぜ彼女とのエピソードをこの箇所に突然的に挿入したかという、課題に答えてみると、匂宮と六の君との結婚に薫が性的に誘発され、更にこれまでの物語展開では薫の性を具体的に描いてこなかったので、彼にも性的能力があり、召人がおり、また彼の召人に成ることを希望する者が、女三宮の侍女として仕えていたことなどといった情報を与えるためだと考えられるのだが、当時の孝標女のような受領女ではなく、それ以下の多くの読者は、大君や、召人腹ではあるものの女源氏である浮舟の身分より、この按察の君に自己を一体化していたのではないだろうか。それ故、夜明け前に女の宅から帰ってしまう男の物語が、源氏物語宿木巻の挿話を典故にして、堤中納言物語集の短篇物語に登場したのである。

「按察の君」という女房名は、父や兄弟あるいは祖父などが按察使という令外官であったからで、源氏物語の背景となった時代では、按察使は名目的存在で、大納言・中納言・参議等が兼官する職掌であった。その上卿の女でさえ、零落すると、女三宮付きの女房となり、薫の召人となり、そんなに必然性が無いにもかかわらず、薫に日の出前に帰還されてしまう存在として扱われていたのである。にもかかわらず、薫憧憬は、更級日記の作者が、

浮舟の女君のやうに山里に隠し据ゑられて、花紅葉月雪をながめて、いと心ぼそげにて、めでたからむ御文な

どを時々待ち見などこそせめ（集成）

と書いているように、強い磁場を形成していたのであって、按察の君のような立場でもよいからといった受容態度を生んでいたのである。特に、浮舟に同化できた孝標女より、身分的に低い女房たちは、高望みではない按察の君に憧れ、自己を同化させたのではないだろうか。こうして、「花桜折る少将」「貝合」の冒頭場面の背後に、按察の君という源氏物語に登場する召人がいるという解釈は、誤読だとは言えないだろう。

ここで想起されるのは、天喜三年五月三日六条斎院物語合である。この新作した物語の和歌を一首ずつ合わせた歌合には、狭衣物語の作者で、「玉藻に遊ぶ権大納言」を提出した宣旨や、堤中納言物語中の「逢坂越えぬ権中納言」を提出した小式部の名が見られるのだが、その他に、女別当・大和・宮少将・中務・左門・少将君・甲斐・出羽弁・讃岐・宮の小弁・武蔵・出雲・少納言・式部・小左門・小馬の呼称が記されている。これらの物語作者は、同時に源氏物語の受容者であったはずである。しかも、呼称から判断すると、孝標女のような受領女よりも、身分的に低い女房が幾人も参加していたらしいのである。それらの女房は、孝標女のように浮舟になりたいと言うと、高望みだと嘲笑される、父や夫などが六位以下だったと想定される女房たちなのである。つまり、按察の君という召人に同化する、イデオロギー的受容が、物語合の参加者の呼称から窺え、さらに「花桜折る少将」「貝合」などの類型的な冒頭場面が流布した根拠も理解できるのである。

しかし、源氏物語の享受のイデオロギーを明晰化するだけでは、この短い論文を終えてはならないだろう。按察の君を支える読者＝作者は、抵抗を試みているのである。堤中納言物語の「花桜折る少将」の少将は、姫君と間違えて完全剃髪の老尼を盗みだし、「貝合」の蔵人少将は、女童に操られ、貝を鏤めた洲浜というミニチュア的な宇宙に魅せられてしまうのであって、召人を軽視する色好みは、物語創作を通じて復讐されているのである。「苦しげに急ぎ起きたまふを」という、理由がないのに体裁を取り繕う薫の態度に、按察の君に一体化する読者たちは、同化すればするほど、別のテクストで復讐するのである。これもまた、彼女たちのイデオロギーだと言ってよいだろう。薫に渇仰しながら同時に自分たちを軽視する彼を、虚構の中で嘲笑する、そうした背反する感情を読み取らないと、堤中納言物語の言説はその姿を現さないのである。憧れは、挫折すると、笑いや憎しみに転化することがあるのだ。そうした憧憬と蔑視の背反する感情が、二つの物語に言説化されているのである。

ところで、引用した宿木巻の按察の君が登場する場面を、もう一度読み直してほしいのだが、傍線を引いておいたが、この場面では草子地が多い。「めり（べかめり）」「や」「かし」「べし」などの助動詞・助詞を用いて、訝しがったり、疑問を呈したり、推量したりしているのは、語り手なのである。このように草子地が多用されているのは、語り手が按察の君側にいないからで、この巻は、中君側つまり竹河巻の用語を使用すると「紫のゆかり」として、語り手が二条院にいるため、三条宮での出来事は推量を交えて、草子地的に語らねばならないのである。遠くからの眼差しで語られているため、このように草子地が多用されているのである。

しかも、この按察の君は、「人よりはすこし思ひましたまへる」と書かれ、「すこし」「まし」だと表出され、薫の早朝の退出に、「ただならず思」い、自分の方から贈歌を詠んでいる。女が贈歌を読むのは異常で、薫への思慕の情が激しいことが示唆されていると言えよう。

実は、こうした召人の動向は、宿木巻の遥かに前の巻である匂宮巻でも、

わが、かく、人にめでられんとなりたまへるありさまなれば、はかなくなげの言葉を散らしたまふあたりも、こよなくもて離るる心なくなびきやすなるほどに、おのづからなほざりの通ひ所もあまたになるを、人のためにことごとしくなどもてなさず、いとよく紛らはし、そこはかとなく情なからぬほどのなかなか心やましきを、

思ひよれる人は、いざなはれつつ、三条宮に参り集まるはあまたあり。つれなきを見るも、苦しげなるわざなめれど、〈絶えなんよりは〉と、心細きに思ひわびて、さもあるまじき際の人々の、はかなき契りに頼みをかけたる多かり。さすがにいとなつかしう、見どころある人の御ありさまなれば、見る人みな心にはからるるやうにて見過ぐさる。

と描写されていた。薫は「人にめでられんとなりたまへるありさま」であり、仮初めのつまり「無げ」の言葉をかけただけで、女性が靡き、ほどほどの「通ひ所」が散在するといった状況なのである。そんな女たちが三条宮に集まり、〈絶えなんよりは〉このように薫を待っていた方がまさっていると思い、思慕の情を募らせているのである。竹河巻では一般論的な物言いで、按察の君のように具象的に表出されていないのだが、竹河巻と宿木巻とを照応させると、こうした召人群像の象徴として按察の君が選ばれていることが分かるはずである。

こうした描写が源氏物語で散在的に表出されているのは、薫の美質を強調するためでもあるが、そのためだけではないだろう。源氏物語では、身分的に低い読者層をさり気なく描き、彼女たちの関心を喚起していたのである。光源氏や匂宮・薫の恋愛対象として、藤壺・紫上あるいは大君・中君などの上流の女性貴族を描くと共に、孝標女のような受領女が憧憬できる夕顔や浮舟たちを配しただけではなく、召人たちの動向を描き、その代表として按察の君を具体的に表出することで、身分的に受領女より低位にある女性たちの欲望も、源氏物語の装置として組み入れていたのである。源氏物語は、一面ではあるが、欲望装置でもあるのだ。こうして召人の眼差しも、源氏物語の批評と研究に取り入れてみる必然があるのである。

〈注〉

（1）更級日記の引用は日本古典集成による。ただし、記号等を改訂している。
（2）狭衣物語の引用は日本古典文学大系による。ただし、記号等を改訂している。跋文は第一・第二系統の諸本にのみ記されている。
（3）無名草子の引用は日本思想大系による。ただし、記号等を改訂している。
（4）『源氏四十八ものたとへの事』『源氏解』の引用は、増補国語国文学研究史大成『源氏物語 上』による。
（5）第二章「二 新想の完成」の「光源氏型と薫大将型」参照。
（6）『物語文学の方法II』所収。
（7）注（6）の論文を参照してほしい。なお、薫の人格分裂については「夢浮橋巻の言説分析—終焉の儀式あるいは未完成の対話と〈語り〉の方法—」（『横浜市立大学論叢』第四七巻三号。本書第一部十二章）でも触れている。
＊ 源氏物語の引用は日本古典文学全集による。ただし、記号等を適宜改めた。

第十章　言説区分

——物語文学の言説生成あるいは橋姫・椎本巻の言説分析——

一　竹取物語、物語文学の言説生成

〈物語文学とは何か〉という執拗な問いかけを、具体的なテクストを通じて、試み続けることによって生成され続ける物語学にとって、言説分析は、現在における一つの到達点だと言ってよいだろう。テクストのひとつひとつの言説を分析しながら、言説という〈語ること〉によって、〈示すこと〉を異化していく、この分析方法は、源氏物語などの古典文学ばかりでなく、近代小説に対しても有効で[1]、物語学の可能性を更に拓いていくことになるはずである。その新たな可能性を遥か以前に示唆していたのが、北村季吟の『源氏物語湖月抄』以前の古注であることは言うまでもないことだろう。

中世の古注は、後に述べるように、それなりの必然性と必要性があり、源氏物語の言説＝文章を区分・分類した。地の文・会話文・内話文・草子地・和歌・書簡などという区分が、その分類だが、それらの区分に、自由直接言説・自由間接言説（自由間接体・体験話法・描出話法・擬似直接話法などとも言う）という欧米の言説区分を新たに付け加

えることで、〈語ること〉によって〈示すこと〉に異議申し立てを試みる物語学は、新たな武器を手に入れることができたのである。(2)

この武器を用いて、源氏物語を分析していくのが、本稿の標的なのだが、その前提として、源氏物語の言説の特性を明らかにするために、他のテクストの言説分析を試みる必要があるだろう。そのために、まず、「物語の出で来はじめの親なる竹取の翁(3)」と源氏物語絵合巻に記されている、竹取物語の冒頭場面を少し克明に分析することで、物語文学の言説がどのように生成してきたかを再確認しておくべきであろう。

いまはむかし、(1)たけとりの翁といふものありけり。野山にまじりて竹をとりつつ、よろづのことにつかひけり。名をば、さぬきのみやつことなむいひける。(2)その竹の中に、もと光る竹なむ一すぢありける。あやしがりて、寄りて見るに、筒の中光りたり。(3)それを見れば、三寸ばかりなる人、いとうつくしうてゐたり。翁いふやう、「我朝ごと夕ごとに見る竹の中におはするにて知りぬ。子になりたまふべき人なめり」とて、(4)手にうち入れて、家へ持ちて来ぬ。妻の嫗にあづけてやしなはす。

(a)うつくしきこと、かぎりなし。いとをさなければ、籠《こ》に入れてやしなふ。(b)たけとりの翁、竹を取るに、この子を見つけて後に竹取るに、節をへだてて、よごとに、黄金《こがね》ある竹を見つくることかさなりぬ。翁やうやうゆたかになりゆく。(c)この児《ちご》、やしなふほどに、すくすくと大きになりまさる。三月《みつき》ばかりになるほどに、よきほどなる人になりぬれば、(d)髪あげなどとかくして髪あげさせ、裳着《もき》す。(e)帳《ちよう》の内よりもいださず、いつきやしなふ。

(a)この児《ちご》のかたちのきよらなること世になく、屋の内は暗き所なく光満ちたり。翁、心地悪しく苦しき時も、この子を見れば苦しきこともやみぬ。腹立たしきこともなぐさみけり。(b)翁、竹を取ること、久しくなりぬ。勢《いきほひ》、猛《まう》の者になりにけり。(c)この子いと大きになりぬれば、(d)名を、御室戸斎部《みむろどいむべ》の秋田をよびて、つけさす。秋田、「なよ竹のかぐや姫」と、つけつ。(e)このほど三日、うちあげ遊ぶ。よろづの遊びをぞしける。男はうけきらはず招《よ》び集《つど》へて、いとかしこく遊ぶ。[4]

言説分析は、テクストの具体的な言説に添って考察を進展するので、以上のような長文の引用をしなくてはならない。また、この竹取物語の冒頭部分は、「物語文学の文章―物語文学と〈書くこと〉あるいは言語的多様性の文学―」[5]などの諸論文で言及したことがあるので、それらの考察と重複する場合があるはずである。

まず、冒頭句「今は昔」について述べておいた方がよいだろう。他の論文で考察したように[6]「昔」は虚構に誘《いざな》う記号である。「むかし」という言葉は、向う側つまり異郷に読者を誘っている記号なのである。昔話の「むかしむかし」の場合もそうだが、囲炉裏端にいようと、立ったり座ったり、あるいは机の前に座っていようと、この「昔」という言葉を聞くと、その物語世界＝虚構の内部に、聞き手＝読み手は侵入・没入しなければならないのである。また、「今は」という言葉は、物語内現在を意味している。つまり、「現在というのはこれから語る虚構世界のことですが」というのが、「今は昔」の意味なのである。それを受けるのが「けり」なのである。この助動詞については、別に論文を、考証や資料分析を加えて書かなければならないのだが、ここで極く概説的に意見を述べておくことも無駄ではないだろう。

「けり」は、春日政治が『西大寺本　金光明最勝王経古点の国語学的研究（研究篇）』で「来有り」であると先駆的に述べているように、「来あり」が簡略化した語であろう。その場合、従来の研究者が気付いていないのだが、古事記などの用例を調べると、人称が大きく関与しているのである。例えば、歌謡を除けば、古事記では、既に藤井貞和の『物語文学成立史』が指摘しているように、四例の会話文中の音漢字のみが用例のすべてである。しかも、それらは「我」「吾」といった一人称が主格・主語なのである。とするならば、「（一人称）……『けり』」の意味は、(a)〈〈気付き／発見〉の「けり」〉だと言えるだろう。

それに対して、歌謡などに表出される「けり」を(b)〈〈歌〉の「けり」〉として区別する必要があるだろう。ウタという狭義の抒情詩も、また幾つかの論文で指摘したように(7)、一人称の表現であり、〈〈気付き／発見〉の「けり」〉と人称的には一致しているのだが、従来の研究で「詠嘆」などと意味付けられてきたように、ウタという文学ジャンルに使用されることで意味性を変容させているのである。

ところで、この。(a)〈〈気付き／発見〉の「けり」〉が、万葉集などでは三人称に使用されることになる。例えば、後でも扱うので、万葉集巻第九の高橋連虫麻呂歌集中の勝鹿の真間娘子歌（一八〇七）を引用すると、

鶏《とり》が鳴く　東《あづま》の国に　いにしへに　ありけることと　今までに　絶えず言ける　勝鹿の　真間の手児名が……

遠き代に　ありけることを　昨日しも　見けむがごとも　思ほゆるかも

と記されている。真間の手児名という三人称について述べるためには、高橋虫麻呂という語り手が実存しなくてはならないのである。つまり、語り手が〈気付き／発見〉したのが三人称の「けり」なのである。しかも、長歌中の「いにしへ」という言葉が象徴しているように、三人称に関係する出来事が完了・過去化していなくては、語り手の〈気付き／発見〉とはならないのである。ここに(c)〈〈語り〉の「けり」〉が成立する。一人称に用いられていた「けり」が、三人称に使用されることで新たな意味性を獲得したのである。

ところで、引用した歌謡では「いにしへ……けり」「遠き代……けり」となっている。「むかし……けり」の用例

は、万葉集あるいは風土記などには現象していないのである。実は、「むかし……けり」の初例は、竹取物語の冒頭文で、古代前期の文献には見当らないのである。向う側＝異郷＝虚構の意味の「昔」と、(c)（〈語り〉の「けり」）が出会う結構は、(d)（〈虚構〉の「けり」）として、(c)（〈語り〉の「けり」）と区分しなければならないことを示唆しているのではないだろうか。真間娘子歌は出来事をあくまでも過去の〈事実〉として伝承しているのに対して、竹取物語は〈虚構〉そのものであることを宣言しているのである。もっとも、(c)と(d)は区別しがたい側面もあり、これまで発表した論文では、三分類で論を展開してきたのだが、この論文以降では、(d)（〈虚構〉の「けり」）についても言及することになるだろう。

近ごろでも、既に、藤井貞和の『物語文学成立史』といった優れた労作があり、鈴木泰の『古代日本語動詞のテンス・アスペクト――源氏物語の分析――』なども書かれており、このような概略で、「けり」の膨大な研究史を批判することはできないのだが、従来の研究は剰《あま》りにも「けり」と「き」との対照に捉われており、人称の問題を無視しているので、別の論文で考証・資料分析を試みることとして、私の「けり」論の一端をここで述べておくのも無駄ではないだろう。なお、「き」も、一人称と三人称で意味を変換することも指摘しておこう。「き」は、本来は自己体験の記憶を表出する助動詞なのだが、三人称に対して用いられ、語り手の意識において確信できる場合にも使用されることになるのである。これも(a)（〈記憶〉の「き」）に対して、(b)（〈語り〉の「き」）と名付けることができるだろう。「けり」も「き」も、三人称に使用されると、語り手という新たな表出主体が登場し、意味性を変容することになるのである。

竹取物語は、冒頭文で「いまはむかし……けり」という結構で、これから展開される物語を虚構として享受することを読者に求める。つまり、竹取物語はその言説の上に虚構であることを刻印しているのである。古代前期のテクストは、事実譚的なものへの志向を常に宿しているのだが、竹取物語から始まる物語文学というジャンルは、そうした志向と断絶し、純粋に虚構のおもしろさを追求していったのである。

ところで、言説という地平で竹取物語の冒頭場面を扱うと、次に対象となるのは、(1)〜(4)までの番号を付した文である。番号を付けた文だけを読めば解るように、筋書は、これらの文で通じるのである。それ故、

野山にまじりて竹をとりつつ、よろづのことにつかひけり。

という文章は、既に「竹取」と書かれた職業を繰り返して説明しているだけで、無駄な表現だと言ってよいだろう。さらに、

名をば、さぬきのみやつことなむいひける。

という文も、物語の中では、彼は「翁」と常に表出されていることから解るように、無駄な言説である。せいぜい、かぐや姫の昇天の章段で、天人の「王とおぼしき人」が「みやつこまろ、まうで来《こ》」と命令する箇所だけに「竹取の翁」の名前が使用されているだけで、そのためにこの文を書く必要があったのであろうか。

筋書を形成している(1)〜(4)までの番号を付した文を〈話素〉と名付けることにして、話の展開に無駄な役割しか果たしていない文を〈描写〉と名付けることにする。それでは描写はどんな役割を持っているのだろうか。

「野山にまじりて……」という文は、まず、柳田国男が述べていることだが、これは昔話に頻繁に描かれている「お爺さん」の「柴狩り」などと共に、翁の貧しさを示唆している。貧困に耐えながら、竹を採り、竹細工に励んでいる老人の姿が浮かんでくるのである。また、加納諸平の指摘を継承して全集本の頭注が指摘していることだが、「いざ今日は春の山べにまじりなむ」（古今集・春下・九五）や「春雨のふらば野山にまじりなむ」（後撰集・春上・三二）などの、歌語のイメージを喚起させる。「国見」「花見」などの、和歌的な春の世界が、牧歌的に想像されてくるの

である。と同時に、当時の律令制度の文人官僚の志向を配慮すると、「竹取の翁」が、竹林の七賢の一人ではないかという、神仙のイメージも喚び出されてくるのである。竹林の中に棲む仙人のイメージが想起されるのである。九世紀後半は、律令官人の間に神仙思想の流行した時期なのである。〈描写〉は、筋書きには関与せず、その点では無駄な言説なのだが、以上のようにさまざまなイメージや想像を喚起する役割をもっているのである。

　もっとも、テクストの言説に、これらのイメージや想像が書き込まれているわけではない。これらの読みは、読者の知＝感覚によって生成されるのである。それ故、さらに、里山にとぼとぼと登っていく老人や、竹細工に熱中する情景を思い描く読者もいるだろうし、まったくなにも想起せずに読み過ごしてしまう読者もいるのである。こうして、〈描写〉は、読者の読みによって、テクストの深さが左右される言説なのである。しかも、さらに、批評や研究は、こうした読者のイメージや想像を相対化していかなければならないのである。

　なぜならば、竹取物語は、昔話などの口承伝承でも、和歌というジャンルでも、漢文で書かれた神仙譚でもないからである。かえって、こうした読みは、物語文学の言説は、昔話・和歌・漢詩文などを混在化・パロディ／パスティーシュ化することで成立してきたことを示唆しているからである。新しいジャンルの言説は、異文化を強引に出会わせることによって誕生し、それ以前の諸ジャンルをパロディ化することで生成するのである。「物語のいできはじめの親」である竹取物語の位置付けは、後にも言及することになるが、この異文化の出会いと、そのパロディ化に求めなくてはならないのである。

　「名をば、さぬきのみやつことなむいひける」という文章も、同様である。「さぬき」という氏名・姓は、「讃岐」「散吉」「猿君《さるき》」などのどの漢字を当てるかで、読みが異なってくるし、現在では不明であるが、竹取の姓となるとある種のイメージを喚起したのであろう。名の「みやつこ」は、「御家つ子」で朝廷に仕える奴婢を意味しており、名前であるため、直接に結びつける必然はないのだが、一部の読者は、朝廷の竹細工を丁寧に製作している翁の姿を思い浮かべるかもしれない。また、姓名を具体的に表出するこの物語の姿勢に、物語世界に現実性を与えようとする傾向を読む読者もいるだろう。翁という一般性ではなく、具体的な姓名を与えられることで、口承文芸とは異なった現実性を読み取るわけである。

ここでも、批評や研究が関与できる問題が横たわっている。と言うのは、この竹取物語というテクストでは、翁以外の登場人物でも、「斎部の秋田」「なよ竹のかぐや姫」「石作の皇子」「くらもちの皇子」「阿倍御主人」「大伴御行」「石上麿足」などのように、天皇や皇位継承権のある者はともかく、登場人物の姓名を記述しているところに特性があるからである。既に、他の論文で指摘しているように(8)、古代社会では、名を知ることは、その人物を支配することであった。つまり、竹取物語では、語り手は超人的な「神の視点」で、物語世界を支配しているのである。テクストの枠組みが「語り手＞登場人物」という全知的視点で書かれていることを指示しているのが、この「さぬきのみやつこ」という翁の姓名を共に書く言説に表出されているのである。

こうして、これ以外の〈描写〉の用例まで分析することは避けるが、〈話素〉とは異なり、〈描写〉は、読者にさまざまなイメージや想像を提供するばかりでなく、テクストの批評や研究に基礎的な情報を与えてくれるのであって、筋書的な〈示すこと〉に対して、〈描写〉は表層的には隠されている〈語ること〉を明らかにする機能を果たしているのである。なお、引用した冒頭場面から解るように、〈話素〉と〈描写〉を交互に表出するところに、初期物語の特性が示されていると言えよう。後の物語文学では、この二つの機能は融合してしまい、竹取物語のように区分することができないからである。

さて、引用した冒頭場面の第一段落には、文末に傍線を付した文が三箇所ある。実は、この文は、従来の研究では気付かれていなかった、〈自由間接言説〉（自由間接体・描出話法・体験話法・疑似直接話法などとも言われている）なのである。(9) 自由間接言説は、登場人物と語り手の二つの声が同時に聞こえてくる言説である。

例えば、「もと光る竹なむ一すぢありける」と認識しているのは誰であろうか。語り手が認識していると共に、登場人物の翁が知覚したとも読み取ることもできるのである。語り手の立場からすると、過去の、翁という三人称に関する出来事を虚構として提供していると言えるだろう。つまり、文末の「けり」は、〈虚構〉（〈語り〉）の意味なのである。それと拮抗する登場人物翁の立場からは、自己（一人称）が現前する（現在の）出来事を認知したことになるのであって、「けり」は〈気付き／発見〉の意となるだろう。こうした二つの声が読者に聞こえてくる言説が自由間接言説で、文法的意味も、二重化することになり、従来の国語学・日本語研究の文法理論では把握できない課題を提起しているのである。続く、二つの文章の末尾に記されている「たり」も、語り手の立場からは〈完了〉の意であるが、登場人物の視点からは〈動作の進行状況〉を表わす意味となるだろう。

この「物語の出で来はじめの親」である竹取物語の冒頭段落に、自由間接言説が連続した三つの文に記述されているということは、どんな意味を持っているのであろうか。これらの三つの文は、

（見れば）その竹の中に……ありける。

見るに、筒の中……光りたり。

見れば、三寸ばかり……ゐたり。

とあり、同様な構文となっているところに特色がある。しかも、「見る」という動詞が前置されているという、日本語としては奇妙な構文なのである（最初の文に「見れば」を補ったのはそのためである）。これは明らかに、漢文訓読から自由間接言説が生成してきたことを示唆していると言えよう。九世紀末に、自由間接言説が物語文学の言説とし

て奇跡的に登場してきたのは、漢文訓読という、異国の言語を自国の言葉で享受するという独特な習俗があったからなのである。

しかし、それと同時に、「翁」という主格＝主語が省略されていることに注目する必要があるだろう。「翁、見れば……」といった文に整えるならば、これらの文は、「翁」を客体的に捉えることになり、語り手の、三人称＝登場人物を描写する〈地の文〉で終ってしまうのだが、主格が省略されているために、「我（が）」という一人称的視点で読み取ることも可能となったのである。意図的に、竹取物語の作家がこうした言説を採用したわけではないだろうが、漢文訓読の影響に加えて、あたかも作家が書くことを通じて、翁になったような錯覚に陥り、こうした言説を紡ぎ出していったのである。

なお、既に他の論文で指摘したことだが、自由間接言説は、付加節（や敬語）を付けると内話文になるという特性がある。付加節というのは、「と」「とて」「など」「と言ふ」「と思ふ」「と見ゆ」などの、会話文・内話文の後に付き、会話文・内話文であることを指示する文節のことである。

〈その竹の中に、もと光る竹なむ一すぢありける〉と見ゆ。

などのように変更すると、自由間接言説は内話文となり、語り手の視座は、付加節（と敬語）に表出されるだけで、消去されてしまうのである。

ところで、「さぬきのみやつこ」という翁の姓名を分析した際に、この竹取物語の枠組みは、「神の視点」つまり全知的視点で描かれていると述べた。しかし、その姓名が記された文に続く、三つの文は自由間接言説で表出され、翁の一人称視点が書き込まれていたのである。これは、物語文学ばかりでなく、あらゆる散文小説の特性なのだが、このように枠はあるものの、さまざまな視線が交錯する、多視点・多距離が現象するところが、このジャンルの機構なのである。地の文・会話文・内話文・草子地・自由直接言説・自由間接言説などという言説区分は、その散文小説の多視点・多距離の方法を分析するための、職人的に使用する道具の一つなのである。

その区分の中の会話文と関わることだが、続く、

翁いふやう、「我朝ごと夕ごとに見る竹の中におはするにて知りぬ。子になりたまふべき人なめり」とて、

という会話文も、言説分析を試みておいたほうがよいだろう。「とて」は「と言ひて」の省略されたもので、この文では会話文を挟んで「言ふ」が二度表出されているのである。明らかにこれも、漢文訓読の言説で、現在でも、「曰」は「イハク『……』ト」と二度訓まれていることは言うまでもないことだろう。しかし、漢文訓読の文体であることと共に注意すべきは、こうした言説では、鉤括弧を付さなくとも会話文の判断が容易であることなのである。しかも、この会話文では、「翁」という発話者が明記されているのである。

すべての会話文が、この方法で書かれているわけではないが、例えば、かぐや姫の昇天の章段でも、

一人の天人いふ「……」とて、（中略）かぐや姫「……」といふ。（かぐや姫）「……」といひて、文書く。天人「遅し」と、心もとながりたまふ。かぐや姫「……」とて、（下略）

とあり、かぐや姫の連続する会話で主格が省略されている箇所があるものの、概ね竹取物語の会話文では、発話者が明記され、「言ふ」が前後に二度記述され、会話の始まりと終りの判定が容易なのである。つまり、近代の言説のように、鉤括弧「　」等の記号を用いなくても、言語の線条性に従ってテクストを読むことができるのである。

源氏物語を読む際の困難さは、発話者が記されず、しかも、会話文や内話文だという判断は、終に書かれている付加節などによって行なわなければならないということである。例えば、橋姫巻の宇治を訪れた薫が八の宮から姫君たちの後見を託される場面を取り上げると、

明け方近くなりぬらむと思ふほどに、ありししののめ思ひ出でられて、琴の音《ね》のあはれなることのついでつくり出でて、前のたび霧にまどはされはべりし曙《あけぼの》に、いとめづらしき物の音、一声うけたまはりし残りなむ、なかなかにいといぶかしう、飽かず思うたまへらるるなど聞こえたまふ。色をも香をも思ひ棄ててし後、昔聞きしこともみな忘れてなむとのたまへど、人召して琴《きん》とりよせて、いとつきなくなりにたりや。しるべする物の音につけてなん、思ひ出でらるべかりけるとて、琵琶召して、客人《まらうと》にそそのかしたまふ。（五―一四八～九）

と記されている。全集本から鉤括弧を除いただけで、句読点や漢字などはそのままにしてある。本来ならば変体かなで連綿体で引用すべきであろうが、読者のことも配慮して、それは避けている。登場人物は、薫と八の宮だけであるから判定しやすいはずだが、試みてみると、なかなか難しい。

引用の冒頭には、「と思ふ」とあるので内話文であるが、誰の心中思惟の詞かの判定は躊躇してしまう。「ありししののめ思ひ出でられて」という後に書かれている文から薫の内話文だと理解できるのである。次の付加節は「など」で、「らるる」で閉じられていることは分かるのだが、どこから始まるのかを探るためには、もう一度読み直してみる必要がある。すると「はべり」が用いられていることから、「前のたび」から会話が始まるらしいことが了解できるのである。しかも、「前のたび」＝「以前の折」とあり、この会話文の発話者は薫であることが解るのである。次の会話文も同様で、「とのたまへど」という付加節から会話文があることが分かり、「色をも香をも思ひ棄ててし後」という言葉から、八の宮が発話者であると判定するのである。さらに、次の会話文は「とて」という付加節で判定し、「や」という係助詞から「いとつきなく」から始まり、「つきなし」という言葉から八の宮の会話だとようやく判断するのである。

源氏物語の会話文や内話文は、言語の線条性に添って前後（特に、始まり）を確定することは不可能である。後で書かれている文が、前の文を規定するのである。発話者も、会話文や内話文の始まりも、付加節などの後に書かれている文によってようやく理解できるという結構になっているのである。こうした言語の線条性に逆らう構文は、少なくとも同じ言説を二度以上繰り返して読まないと理解できないはずである。言語自体が循環しているわけである。物語音読論などの源氏物語を発話して享受したとする説に疑問を抱くのは、こうした循環する言説を理解していないからである。声色などを使って読み挙げたとするならば、それ相応の可能性があるが、そうだとすると、さまざまな記号を付した読み挙げるための台本的な写本が出現しない限り、説得性がないのである。

源氏物語の古注が地の文・会話文・内話文・草子地という言説区分に気付いたのも、この言説の循環があったためである。平安朝の女性を主体とした読者は、何度も眼を前後させ、この循環を丁寧に読み取って行ったのであろうが、草かな・平かなの漢字混じり文、宣命体も含めた片カナ漢字混じり文などの言説などが流布していることもあり、中世の注釈者たちは、男性でもあるという点も加わり、できるだけ源氏物語の言説を線条的に読もうと試み、頭注・右傍注・左傍注などを用いて、文の主格・主語を記したり、会話文や内話文などの言説区分を行なったのである。現在の注釈書類が、漢字に改め、主格を付し、句読点を付け、会話文に鉤括弧を付け、頭注や脚注を置き、現代語訳まで併置し、時には品詞分解まで付けているのと類似しているのだが、古注は、後に述べるように、内話文や草子地を近代以上に評価しているという点で、近代の研究を突き抜けていると言えるだろう。ともかく、古注でも新注でも、言語の線条性という幻想が、源氏物語に注釈的営為を呼び込んだのである。

再び、竹取物語に回帰するが、

「我朝ごと夕ごとに見る竹の中におはするにて知りぬ。子になりたまふべき人なめり」

という会話文中の発話も奇妙な言説である。「知りぬ」という動詞と助動詞が前に書かれていて、その知覚した内容が後に「子（籠）になり……」と表現されているのである。これもまた、漢文訓読の文体である。竹取物語は、これまでの分析が明らかにしてきたように、漢文訓読の言説を、その表現の上にさまざまに散りばめているのである。この問題は、後にさらに展開することになるだろう。なお、「こ」（子／籠）という懸詞も書かれたテクストの特性であることは言うまでもないことだろう。

ところで、言説分析から少しずれるように思われてしまうだろうが、〈語り〉という課題の一側面である話型について、述べておいた方がよいだろう。

いまはむかし、たけとりの翁といふものありけり。

という語りだしは、昔話や今昔物語集などの冒頭文と共通しているため、〈語り〉の問題として取り扱われているが、この文は対象を表出しているだけで、〈語り〉そのものではない。〈語り〉は、出来事であり、始まりと終りがなくてはならないのである。そうした視座から冒頭場面を読むと、

それを見れば、三寸ばかりなる人、いとうつくしうてゐたり。

という文が浮上してくる。翁は「三寸ばかりなる人」という小さ子＝異人に出会ったのである。〈語り〉を形成する、始まりと終りという出来事の要素は、別な見方をすれば、秩序⇓混乱⇓秩序回復という公式に変更できるだろう。始まりとは秩序が混乱することであり、終りとは秩序が回復することなのである。翁が「三寸ばかりなる人」という小さ子と出会うことは、秩序が混乱したことを意味しているのである。その場合、秩序が回復することは、この異人と離別すればよいだろう。つまり、柳田国男の『遠野物語』に頻繁に表出されている、異人遭遇譚という話型を、この文から読み取ることができるのである。

ところで、〈話型〉とはなんであろうか。伝承されるものであろうか。伝承される時、話型はどのように伝わる

のであろうか。話型は、実体化されていないことは解るのだが、そうだとすると、どこに存在するのであろうか。作家・伝承者などは、意識的に話型を対象化しているのであろうか。あるいは多くの研究者が追求してきたように、〈原型〉があるのであろうか。ユンクやその影響を受けながら独自の理論を追求したニュークリティシズムの場合でも、原型は先験的に存在するものとして措定され、疑問を与えることを回避しているのである。それとも話型や原型は神話で、こうした分析範疇・概念を使用すべきではないのだろうか。

解答を試みる前に、通過しておくべき論文がある。バーバラ・バーンスタイン・スミスの、W・J・T・ミッチェル編『物語について』に掲載されている、「物語の異型、物語の理論」という論文である。[10] 彼女は、メアリアン・ロルフ・コックスによる『シンデレラ――その三百四十五の異型、その要約と一覧表および中世の類似物語に議論と注釈を付す』を取り上げ、シンデレラ譚には、原型（基底的物語）は存在せず、すべてが異型・異文であり、「解釈」も「プロットの要約」なども主観的なものにすぎないことを指摘している。〈話型とはなにか〉という問いかけに対する解答にはなっていないのだが、これまでの話型論の根底的な解体を試みているのである。このスミスの話型論解体に答えるものでなくては、話型理論の現在を新たに開墾することはできないだろう。

このスミスの話型解体論を前提にしながら、結論的に言えば、話型は、作家や読者の前意識として蓄積されていると言えよう。しかし、作家の場合は、分析不可能で、読者の前意識が問題となるだろう。読者は、虚空のなかで赤子のように純粋無垢の状態で、テクストを読むわけではない。昔話や伝説・説話など、さまざまな語りに出会っており、さまざまな話型を蓄積しており、話型に汚辱されているのである。しかし、これらの話型を意識しながら、テクストを聞き、読むわけでもない。だからといって、無意識的なものでもなく、話型は意識化したり、言語化したりすることができるものなのである。意識／前意識／無意識という初期フロイドの第一局所論の用語を使うのはそのためで、読者は、前意識的にさまざまな話型情報を駆使しながら、テクストを受容していくのである。その場合、時には、その前意識的な諸話型を意識化して、原型という範疇を想定する読者もいることになるだろう。しかし、それはあくまでも個的幻想であり、話型は、個人の読書体験・話型体験によって、さまざまな変形として実存しているのである。

それ故、翁のかぐや姫との出会いを異人遭遇譚と述べたが、読者の中では、前意識的に異なった話型を読み取る者もいるはずである。というのは、小さ子の出現は、異なった話型を喚起する場合があるからである。「桃太郎」「一寸法師」などの昔話あるいは「座敷童子」のような信仰もそうだが、小さ子は致富を齎らす。小さ子は、致富長者譚という話型を喚起するのである。事実、翁は、続く段落で「翁やうやうゆたかになりゆく」「勢、猛の者になりにけり」とあるように、致富長者となるのであって、読者の前意識的な読みは誤っていないのである。

ところで、致富長者譚は、柳田国男が「海神小童」などで描いているように、長者没落譚に変転する場合がある。小さ子のような宝を齎らす異質な能力を発揮する者＝物を、翁・媼たちは長者として傲慢になり、邪険に扱い、放棄・追放・排除することで、長者は没落するのである。この小さ子譚⇓致富長者譚⇓長者没落譚という読みも間違いではない。かぐや姫の昇天後、翁・媼は、

薬も食はず。やがて起きもあがらで、病み臥せり。

とあるように、〈死〉を暗示して、物語から退場するのである。「三寸ばかりなる人」という冒頭段落の言説に、物語の終焉が書き込まれていたのである。意外にも、物語文学では、〈始まり〉に〈終り〉が示唆されていたのである。話型の機能の一つは、このように始まり言説の上に終りを暗示し、それを期待の地平として、読者はテクストを読んでいくのである。(11) 終りという期待の地平を、前意識な読みとして抱き、読者は、終りがどのように実現する

かを楽しんでいくのである。

しかし、竹取物語において、話型としての読みは、小さ子の出現では解釈できない。「手にうち入れて、家へ持ちて来ぬ」という話素こそが、この物語の推進力なのである。この話素は、読み過ごしてしまう人もいるだろうが、翁が、あの世の異人を意志的にこの世に連れてくるという、翁の禁忌違犯を意味しているのである。秩序⇓混乱⇓秩序回復という語りの文法で言えば、会話文が指示しているように、翁は意識的にこの世に混乱を招聘したのである。異人訪問譚（羽衣型・白鳥処女譚・天人女房譚とも言われる）という、この竹取物語というテクストの話型の鍵となる行為は、翁の意志と判断によって齎らせられたのである。竹取の翁は、この世に混乱を招聘する悪党であり、道化であり、狂言廻しなのである。彼の判断なしに、この物語は始発しないのである。

異人のこの世への招聘が設定され、混乱が起こったのであるから、秩序回復は異人のあの世への帰還という終りとして読み取れる。それが、かぐや姫の昇天であり、「月の都」への帰還であることは言うまでもない。翁の禁忌違犯は、ようやく、かぐや姫の昇天（＝死）によって解消したのである。「三寸ばかりなる人」もそうだが、「手にうち入れて、家へ持ちて来ぬ」という言説の上に、話型は現象しているのである。このように、話型は、抽象的なものではなく、また原型があり、それが流布したり、伝播したり、変形するものではなく、言説の上に宿っており、話型論は言説分析の一環として考察していかなくてはならないのである。

冒頭場面の第二・第三段落に移行するが、(a)から(e)までの記号が付いた文を、第二段落と第三段落とを比較しながら読んでほしい。明らかに、第二段落と同じ内容を第三段落は繰り返しているのである。(a)は稚児の美質を。(b)は翁が致富長者になったことを。(c)は姫が一人前に成長したことを。(d)は姫の成女式を。(e)は結婚の準備を、描いているのであって、第三段落は、第二段落と同じ内容を反復しているに過ぎないのである。特に注意すべきは、第三段落の(a)で「この児」と表現していることで、第二段落の(d)で姫は成人式を行なっているにもかかわらず、再び幼子に遡行してしまっているのである。これは明らかに対句（同一内容を反復しているので、橘守部の『長歌撰格』の用語を使って「畳句」と言うべきだろうか）と理解しないかぎり解決できないことなのである。

もちろん、この矛盾に従来の研究も気付いていなかったわけではない。例えば、野口元大は日本古典集成本の頭注で、

命名式は、右の髪上げ・裳着に引き続いて行なったもの。この間の叙述は時間の経過を示すものではなく、名前の由来の説明がはさみこまれたもの。

と書き、矛盾を無理遣り、「名前の由来」のために第三段落が挿入されたものとして扱っていた。方丈記の冒頭場面などでも言えることだが、長文の対句は、日本の言語にはなじまない技法である。それ故、私が気付く以前の研究がこの破廉恥な対句について指摘してこなかったように(12)、こうした華麗な対句は日本語の言説に馴染まないものなのである。敢えて、そうした対句を使用したのは、漢文の四六駢儷体（六朝美文）を日本語の言説で模倣したもののとしか理解できないだろう。

中国の漢・魏・六朝などで行なわれた四六駢儷体という文体は、日本の古代後期の公式文書にも用いられ、主として四字と六字の対句を用いるものだが、日本語では字数で整えることができないため、内容を併記して対句仕立てにしたのである。竹取物語は、中国の文体を模倣して、物語文学の言説を創造していたのである。なお、余計なことだが、四六駢儷体を模倣しているということから、竹取物語の作家は、そうした漢文の素養のある人物だと想定できるだろう。

既に、これまでの分析で、漢文訓読の文体が、竹取物語の言説に採用されていたことは指摘した。漢文訓読とい

うのは、日本語の言説の一つであるが、竹取物語は、さらに中国語自体の文体を模倣していたわけである。それに加えて、もう一度、冒頭に引用した竹取物語の冒頭場面を読み直してほしい。「三寸」「三月」「三日」と三が聖数となっており、「三」は既に指摘されているように、口承伝承の聖数なのである。また、「竹を取るに」「髪あげ」「苦しき」「遊ぶ」などのように、繰り返しの言説が頻繁に見られる。同一の言葉や文章の反復は、これも口承伝承のものなのである。

こうして竹取物語の言説は、漢文（中国語文）・漢文訓読・口承伝承の文体を綯い交ぜにすることで、物語文学という新たなジャンルの言説を生成することができたのである。これにテクストの中に登場する和歌等を加えれば、竹取物語が、さまざまな異質な言語を混在させることによって、新たな言説を創り出していった様相が解るはずである。

新しいジャンルは、純粋無垢な虚空のような世界から、突如として誕生するわけではない。それ以前にあったさまざまなジャンルの言説を利用し、綯い交ぜにして、混在化させることによって生まれるのである。異文化の混在とは、各々自立性を保っていた異文化を否定することでもあり、引用することでパロディ化しているのであって、その否定・パロディ／パスティーシュが、物語文学という新しいジャンルの言説を産出したのである。混在させることで、否定・パロディ化し、思いかけなかった新たな言説を創造していく過程が、竹取物語の冒頭場面に現象しているわけである。

二　橋姫巻の言説分析あるいは薫の「思想」

〈異議申し立ての物語学〉と敢えて名付けている物語理論は、従来の物語学とどんな差異があるのであろうか。

二十世紀初頭のイギリスの小説論、あるいはロシア・フォルマリズムの散文理論、さらには「狭義の抒情詩」を排除しながら独自の小説の理論を樹立したバフチン、また〈シカゴ派〉の中心人物であり、修辞法として小説理論を確立したブースなどを除けば、「物語学（Narratology）」と呼べるものは、フランスの構造主義から始まると言ってよいだろう。私も加わっている物語研究会も、構造主義の影響が始まった頃に、「物語学」の構築を試みはじめたのである。

構造主義の物語学は、理論家によって意匠はさまざまなのだが、「ソシュール」の言語学の記号学的展開を図ったため、物語内容＝意味されるものと、物語形式＝意味するものとを二項対立として扱い、物語形式を科学的に体系化できるという観念に捉われていた。もちろん、後期のバルトのように、それを解体化する試みもあることを視野に入れての認識である。

この構造主義的物語学には、文学の科学的体系化が可能かなどという、極く素朴な地平でのさまざまな疑問が浮かんでくるのだが、その中でも、物語内容と物語形式を対称的な二項対立として扱えることができるのかという疑問と、具体的なテクストを離れて物語形式のみを対象とした物語学が可能かという疑問には、否と言わざるをえない。

文法理論を適用しながら、体系的な物語学を樹立したと認知されているジェラール・ジュネットの『物語のディスクール』（『フィギュールIII』）でさえ、プルーストの『失われた時をもとめて』を対象にして一般理論を展開しているように、具体的なテクストに依拠せずに物語学は生成できないし、そうであるならば、物語形式は、物語内容と無関係ではありえないし、物語形式のみを体系的な学として科学的に樹立することは不可能なのである。

〈異議申し立ての物語学〉は、〈示すこと〉と〈語ること〉という操作概念を用いるものの、具体的なテクストから乖離することはないし、この操作概念を二項対立として扱うこともないのである。〈語ること〉は〈示すこと〉に常に劣位にあるし、その劣位性に異議申し立てはするものの、それは一面ではシジフォス的抵抗に過ぎないのである。と言うのは、〈示すこと〉と〈語ること〉は、具体的なテクストに内在しているからである。実は、〈示すこと〉は、各テクストを素直に読んだ読者の一次的な〈読み〉を意味しているのである。しかし、各読者の個的体験から読んだ書かれざる読みを一般化・普遍化することはできないし、その総括的な痕跡すら発見することは不可能であろう。それ故、〈示すこと〉は、必然的に、〈語ること〉を無視し、忘却した、従来の感想・批評・研究を代補的に意味することになる。つまり、それ以前の諸研究を、〈語ること〉の地平から脱構築化することが、〈異議申し立ての物語学〉なのである。読者の、一次的な読みに現象する〈示すこと〉に比べて、〈語ること〉は、読者が反省化・意識化しないかぎり現象せず、前意識的に潜在しているものなのである。

つまり、主題・人物・情景などといった〈示すこと〉は、簡単な読書経験を重ねると、一次的な読みでも把握することが可能なのだが、語り手・話者・発話者・視点・話型・引用などといった〈語ること〉は、何度かの循環する読みによってようやく顕在化できるものであって、反省化・意識化するためには、それなりの方法的訓練が要請されるのである。その方法的訓練の一つが言説区分・分析なのである。地の文・会話文・内話文・草子地・自由直接言説（ただし、この言説は敬語不在が指標なので近代小説には現象しない）[13]・自由間接言説・和歌（これも近代小説では書かれるのは稀である）・書簡などといった言説区分は、各テクストを超えてほぼ一般化できるもので、方法的訓練としては初歩的なものだと言ってよいだろう。読者が一次的な読みでは忘却してしまう、〈語ること〉を顕在化し、反省的に意識化する武器として、意外にも言説区分は有効的な手段なのである。

既に述べたように、源氏物語の中世の古注は、地の文・会話文・内話文・草子地・和歌・書簡などの言説区分を、言語の線条性にしたがって源氏物語を読むために発見する。それは源氏物語の本性から言えば裏切りなのだが、中世という時代の歴史的必然でもあったのである。数世紀を経ることで、テクストを注釈的営為なしに解読することができなかったのである。その場合、内話文と草子地の発見は、後に述べるように、世界的に言っても画期的な出来事であった。

〈内話文（心中思惟の詞・心内語・内言などとも言う）〉の特性の一つは、物語文学などの三人称の語りでは、虚構の指標となることである。日常生活では、私という一人称は時々心の中で内話を発しながら行動しているのだが、他者という二人称・三人称の内話を聞くことはできない。時々、電車などで、ぶつぶつと内話らしきものを発話している人物に出会うことがあるが、避けて通るように、内話の発話は、狂気に近い行為として受け取られているらしい。その三人称の内話文を、物語文学はテクストに書き込むことで、日常生活とは異なった位相、つまり虚構であることを、また狂気であることを引き受けるのである。

ただし、日記文学のような一人称叙述では、日常生活では一人称の内話はありうるので、虚構の指標とはならないのであって、仮に虚構が書き込まれていたとしても、事実と受容されてしまうのである。なお、一人称叙述でも、「と思ふべし」などといった推量表現を伴って二人称・三人称の内話文が書かれることもあるが、稀である。

前近代という時代の、古典文学においては、虚構の自立を当然のこととして享受したため、三人称の内話文に疑問を抱かず、それ故、古注は、この言説を会話文と対等な物語文学の言説として扱った。しかし、内話文は、近代という時代に至ると抑圧され、潜在化せざるをえなかったのである。近代的自我という神話の上で、近代小説は、写実主義・自然主義という装いで、日常生活を重視する。実際には書き込むこともあるのだが、会話文は、発話されるので、「　」鉤括弧などの記号を付して地の文と区別しながら、三人称の内話文は、地の文にそっと忍び込ませてしまったのである。[14] 虚構の自立性を認識せずに、文学は日常性に依拠しなければならないという狭隘な幻影に囚われてしまったのである。この近代主義《モダニズム》は、源氏物語などの古典文学の注釈書にまで影響を及ぼした。古注が内話文を区分していたにも拘らず、近代の古典の注釈書は、会話文には「　」鉤括弧を付し、時には主格（発話者）さえ書き込みながら、内話文は地の文として扱ってしまったのである。その意味で、内話文は、近代主義に対する異議申し立てとなりうるのである。

ところで、欧米の批評と研究にとって、内話文は、どのように評価されてきたのであろうか。内言が発見されたのは、一九二〇年代の革命後のロシアで、児童心理学のヴィゴツキーや散文の理論を樹立したバフチンによって指摘された。しかし、欧米において、彼らの指摘の再評価が行なわれたのは、十数年前のことで、内言を重視した文化心理学の翻訳はあるものの、文学理論としては未だ紹介がなされていないようである。源氏物語の古注は、このように最新の文学研究の方法を、中世において指摘していたのであって、その先駆性はいくら評価してもし過ぎることはないだろう。内話文という言説区分は、源氏物語研究において誇るべき出来事で、大系本以外の諸注釈書のように、これを無視することは、源氏物語の研究史を踏まえていないことを暴露しているのである。

既に述べたように、会話文もそうだが、内話文も、「と」「とて」「など」「と思ひたまふ」「と見たまふ」などの後に記される付加節によって判別される。しかし、穐田定樹が「源氏物語の内話」という論文で[15]「融合」という用語で述べているように、内話文は、付加節が欠落し、地の文へ傾れ込む場合が多いことも確認しておこう。〈移り詞〉は、内話文に現象する場合が比較的に多いのである。

〈草子地〉という古注の指摘も、同様に世界的研究史の中で貴重である。西欧の近代小説は、初期の頃から語り手を設定しており、二十世紀初期の英国の小説論や一九二〇年前後のロシア・フォルマリズム以降、構造主義的物語学も含めて、小説の理論は、語り手について常に中心的課題として扱ってきたのだが、現在でも、語り手の問題を、言説として扱ってはいないのである。語り手の問題を「草子地」として、言説論の視座から扱っているのは、源氏物語の古注のみなのである。

「草子地」という用語は、「物語の作者の詞」（『花鳥余情』）・「批判の詞」（『孟津抄』）・「草子の辞」「記者の筆」（『細流抄』）・「紫式部が詞」（『弄花抄』）などの術語で指摘されてきたのだが、飯尾宗祇が『帚木別注』で用いたことで定着化した語であるらしいが、この用語はきわめて適切に意味内容を表出していると言えよう。「地の文」の場合もそうだが、「地」という言葉は、布や紙などの模様の無いところを意味しているのであろう。生地なのである。つまり、会話・内話・和歌・手紙などが、テクストの模様なのであり、図なのである。ただし、向かいあった男女と壺とが錯視的に反転するように、「図」と「地」は常に反転することを、想起しておくべきことは、言うまでもないことであろう。

「草子地」は、「地の文」に含まれながら、「草子《さうし》」（絵巻などと異なる冊子《さくし》の音便であろう）という言葉を使うことで、冊子全体の「地」となり、地の文を超越した地の文を意味しているのである。あくまでも「地」という言葉を使うことで、言説自体であることを主張しながら、地の文を全体として超越している語り手の存在を措定して、この術語が使われているのである。超越とは、地の文で描かれている出来事を、過去の出来事として全体的に掌握していることを意味すると言ってよいだろう。語り手は、物語の出来事が終った地点＝「草子」から登場し、その出来事を超越的な批判意識から言説として表出しているのである。

つまり、草子地は、地の文を全体として過去化して超越した、語り手の自己言及の言説なのである。その場合、この言説は、文、もしくは、その集合である文章でなければならないだろう。語り手の主体は、時々、語り手の再現である地の文に表出されることがあるのだが、文節などに現象する語り手の主観は、草子地とは言わないのである。「文」という単位が、草子地の前提なのである。

例えば、橋姫巻の冒頭の文章は、

(a)　そのころ、世に数まへられたまはぬ古宮《ふるみや》おはしけり。(五―一〇九)

と記されている。「世に数まへられたまはぬ」は、語り手の主観である。語り手は、古宮(八の宮)の零落性を主観的に強調しているのである。これを、

(b)　そのころ、古宮おはしけり。

と書けば、語り手は客体的な装いで表現したことになるだろうし、後に記されている言葉を利用して、

(c)　そのころ、世を背き去りたまふ古宮おはしけり。

と書けば、古宮の厭世的意志と、それに同情する語り手の主観が表現されることになるだろう。

ところで、(a)の文では、語り手は、「世に数まへられたまふ」人物、つまり、正篇の主人公であった光源氏を前提に、「たまはぬ」という修辞を否定的に採用しているのであって、光源氏側の人物として実体的に設定されているのである。このように、地の文に、修辞的な文節として語り手が物語の言説に関与する場合があり、この橋姫巻のように、巻全体の枠を規定する重要な表出となる場合もあるのだが、この表現は、「文」もしくはその集合である「文章」でないため、草子地ではないのである。

例えば、橋姫巻で、宇治の八の宮の悲運な半生を語る箇所には、

父帝にも女御にも、とく後れきこえたまひて、はかばかしき御後見のとりたてたるおはせざりければ、才《ざえ》など深くもえ習ひたまはず。まいて、世の中に住みつく御心おきてはいかでかは知りたまはむ。(五―一一六)

と書かれている。後半の傍線を付けた文章は草子地である。「いかでかは」と原因・理由を問いかけているのは語り手で、前の文で「才など深くもえ習ひたまはず」という前提を措定しているので反語になっているのである。反語と疑問との相違は、前提を知っているかいないかの差異で、「才」＝学問さえ充分に教育されていないのだからという前提が書かれているので、反語になるのである。この場合は、文章全体が草子地となっているのだが、時には、文章中の文が草子地である場合もある。

例えば、京都の宮が焼失したため、八の宮たちは宇治の山荘に移住した折に、

網代のけはひ近く、耳かしがましき川のわたりにて、静かなる思ひにかなはぬ方もあれど、いかがはせむ。（五―一一八）

という文章が書かれている。「いかがは」と訝《いぶか》しがっているのは、語り手で、これも宇治川の騒々しい川音が前提として措定されているので、反語で、この場合は、短い文が草子地なのである。しかも、この文はさらに複雑である。

例えば、まだ、八の宮たちが京に在住中のことだが、春の麗らかな日に、水鳥によせて、八の宮と大君・中君の姉妹が和歌を唱和する場面がある。その場面に、

……とて紙奉りたまへば、恥ぢらひて書きたまふ。

いかでかく巣立ちけるぞと思ふにもうき水鳥のちぎりをぞ知る

よからねど、そのをりはいとあはれなりけり。（五―一一五）

という文章がある。傍線を付した文章の判断をしているのは誰であろうか。語り手の認知だと理解できると同時に、宇治の八の宮の認識だと言えるのである。この文は自由間接言説なのである。多くの自由間接言説は、登場人物の

声と、語り手が再現した地の文の声の、二つの響きが聞こえるのだが、ここでは登場人物の一人称的叙述と草子地の二声が読み取れるのである。自由間接言説は、

語り手の声（三人称／過去）［地の文／草子地］

←

読者（二つの声）

→

登場人物の声（一人称／現在）

という図式で表現できるのだが、語り手の声は、地の文ばかりでなく、草子地にも現象するのであって、この場合は後者なのである。

前に引用した「いかがはせむ」も同様で、語り手の草子地の声と同時に、八の宮の声が聞こえているのである。このように、自由間接言説によって、橋姫巻では、意外にも、八の宮の一人称視点からの叙述が散りばめられているのであって、こうした視点を読み取らないと、この巻を理解できないのである。

既に指摘したように、この橋姫巻の冒頭文は、八の宮に批判的で、故光源氏側に味方する語り手が設定されていた。こうした語り手たちを、竹河巻の語彙である「紫のゆかり」という言葉で呼ぶことにするが、彼女たちが実体化されて登場してくるのは、冒頭部分の枠のみで、実は、巻の総体は、八の宮に好意的な、時によっては八の宮自身の一人称的叙述が書き込まれているのである。

言説分析は、各巻・各場面などの言説を引用し、それを克明に分析することで、潜在している〈語ること〉によって、顕在している〈示すこと〉を脱構築化していく作業を基礎とするのだが、本稿で橋姫・椎本巻の全文を引用

するなどといった余裕はまったくない。それ故、摘み食い的に二つの巻を分析することになるのだが、その前提として、まず話型に言及するのが適切であろう。

冒頭場面で、不遇で零落した古宮と、昔の大臣の女《むすめ》である北の方が、お互いに慰撫しあって生活していることが語られた後、

年ごろ経《ふ》るに、御子ものしたまはで心もとなかりければ、「〈さうざうしくつれづれなる慰めに、いかでをかしからむ児《ちご》もがな〉」と宮ぞ時々思しのたまひけるに、めづらしく女君のいとうつくしげなる生まれたまへり。（五―一一〇）

と書き出される文章が記されている。文中に鉤括弧の中に山形括弧を記すという奇妙な記号を用いたが、これは「思しのたまひける」という付加節があるからで、宮が何度もこうした希望を会話や内話で述べていたことを強調するためである。特に、内話文として理解した場合には、この文章には、祈りの要素がうかがえると言ってよいだろう。その祈願によって、授かりっ子／申し子が、零落した古宮に誕生したのである。これは宇津保物語俊蔭巻の若小君物語などの、交野少将物語型の話型を想起させる。零落した貴種（王家統）の姫君が、偶然に貴公子（藤家の場合が多い）と一夜の交わりの後、一夜孕みするのだが、貴公子は何かの事情で女の所へ訪れることができず、彼女は生まれた子供と貧困に喘ぐのだが、これもまた偶然に出世した貴公子に出会い、誕生した子が男であるならば大臣などになり、女ならば入内するといった筋書きが、交野物語型のテクストの典型的な話型で、源氏物語では末摘花物語にパロディ化されながら引用されている。それ故、この女君（大君）あるいはその子が、入内するのではないかなどといった、期待の地平が読者に生まれるのである。[16]

しかし、この期待は、続く場面で疑問符が付けられる。

これを〈限りなくあはれ〉と思ひかしづききこえたまふに、さしつづきけしきばみたまひて、〈このたびは男にても〉など思したるに、同じさまにてたいらかにはしたまひながら、いといたくわづらひて亡せたまひぬ。宮、あさましう思しまどふ。（五—一一〇）

という中君の誕生が告げられるからである。彼女は、「さしつづき」とあるので、授かりっ子／申し子という貴種性を大君から継承していると同時に、「母の死（母殺し）」というさらなる罪障＝聖痕を担って誕生しているのである。これからの物語の女主人公は、先に生まれた大君ではなく、中君であることが告げられているのである。なお、祈願されなかった子、男として期待されながら、女として誕生した、期待されない子という、負の聖性＝貴種性も読み取っておく必要があるだろう。従来の批評と研究では、大君と中君姉妹は対等に扱われ、ペアーのように読み解かれてきたのだが、負性も含めて、話型から読めば、中君こそが主人公なのである。

例えば、水鳥の唱和歌の場面の終りには、

経を片手に持たまひて、かつ読みつつ唱歌をしたまふ。姫君に琵琶、若君に箏の御琴を、まだ幼けれど、常に合はせつつ習ひたまへば、聞きにくくもあらで、いとをかしく聞こゆ。（五—一一六）

という有名な文が書かれている。問題は、若君（中君）に「御琴」と敬語が使用されていながら、なぜ姫君（大君）に使われていないかということなのだが、従来は、「琴」は弦楽器の総称なので、「琵琶」も「箏」も「御琴」を修飾していると理解されてきたようである。しかし、「の」という所属・所有を表す助詞の使用を考えても、中君のみに「御琴」という敬語が用いられていると解釈できるのではないだろうか。語り手は、過去のこととしてこの出来事を語っており、中君が匂宮と結婚しているのに、大君は薫と結婚さえせず死去しているという差異に気付いているので、中君のみに敬語を使用したのである。ここにも中君の女主人公性が現象しているのである。なお、傍線を付した文については、後に言及することになる。

中君は、源氏物語において、正篇の紫上を継承した女主人公として、続篇では設定、形象化されていると言えるだろう。この論文は、紫上／中君の人物論ではないので、克明にその類似性や差異を論証することは避けなければならないが、この二人の二条院の女主人は、「うつくし」「ゆゆし」「おほどか」などの修飾や、性格等の類似ばかりでなく、正妻の位置を奪われる等といった設定まで類似しているのである。

その類似性の上で差異性を読み取らねばならないのだが、もっとも大きな相違は、宿木巻で、中君は男子を出産することだろう。この男子の誕生は、話型論的に理解すると、予想される匂宮の立坊・即位から配慮して、中君の未来には、第一皇子の母であるので、女御・中宮・皇太后といった栄華を読み取ることも可能で、交野物語譚的世界を実現することになるのである。しかし、宇治十帖では、話型は主題などとの関係を切り結んではいない。話型として読み取れる、匂宮の立坊・即位も、中君の未来にある女御・中宮・皇太后といった可能性としての栄華も、背景に沈潜し、物語を形成する中軸的な推力とはならないのである。

源氏物語第一部では、貴種流離譚という話型は、藤壺事件を軸に、光源氏の栄華＝罪という主題と密接に関係を保ち、物語を紡いでいた(17)。しかし、第三部に到ると、話型は、物語の背景に退き、続篇の主題群とは関係性を希薄化してしまうのである。橋姫巻の冒頭で、始まりの中に交野物語型という終りを書込みながら、終りは期待の地平とならず、暗示的には終りを示唆するものの、それは宇治十帖の主題群とは関係を持たないのである。話型という〈語ること〉は、無力化されるのである。ここに宇治十帖の反物語性が現象しているのである。しかし、〈語ること〉は、その反物語性の中で、より重要性を増すことになるだろう。

ところで、この琵琶と箏と関連する場面として、晩秋に、八の宮が不在の折に、薫が、宇治山荘を訪れ、月の風情に加え、霧が一面にたちこめている時空に、宇治の姉妹を垣間見する場面を言説分析することにしたい。なお、「垣間見」場面の言説の特性とその文学史的側面については、「源氏物語の〈語り〉と〈言説〉―〈垣間見〉の文学史あるいは混沌を増殖する言説分析の可能性―」という論文[18]を公表しているので、この分析は、その論文の延長線上にあると理解してほしい。

あなたに通ふべかめる透垣の戸を、すこし押し開けて見たまへば、月をかしきほどに霧りわたれるをながめて、簾を短く捲き上げて、人々ゐたり。簀子に、いと寒げに、身細く萎えばめる童一人、同じさまなる大人などゐたり。内なる人、一人柱にすこしゐ隠れて、琵琶を前に置きて、撥を手まさぐりにしつつゐたるに、雲隠れたりつる月のにはかにいと明かくさし出でたれば、(a)「扇ならで、これしても月はまねきつべかりけり」とて、さしのぞきたる顔、いみじくらうたげににほひやかなるべし。添ひ臥したる人は、琴の上にかたぶきかかりて、(b)「入る日をかへす撥こそありけれ、さま異にも思ひおよびたまふ御心かな」とて、うち笑ひたるけはひ、いますこし重りかによしづきたり。(c)「およばずとも、これも月に離るるものかは」など、はかなきことをうちとけのたまひかはしたるけはひども、さらによそに思ひやりしには似ず、いとあはれになつかしうをかし。〈昔物語などに語り伝へて、若き女房などの読むをも聞くに、必ずかやうのことを言ひたる、《さしもあらざりけむ》と憎く推しはかららるるを、げにあはれなるものの隈ありぬべき世なりけり〉と、心移りぬべし。

（五―一三一～二）

これが、橋姫巻の垣間見場面である。全集本は、文中の「一人」の頭注に、

姫君二人のうちの一人。以下の、姉妹と楽器の関係は旧説と新説とでは逆になる。『細流抄』『岷江入楚』『湖月抄』など旧説では、琵琶の前に大君、箏の前に中の君がいるとするのに対して、最近説はいずれも琵琶

が中の君、箏が大君とみる。つまり後者によれば、一人…『扇ならで…』…にほひやかなるべし」までを中の君、「添ひ臥し…よしづきたり」までを大君、「『およばずとも…』など」が中の君になる。右の差違は姉妹の容貌・性格と演奏楽器のいずれに重点をおくかに由来する。ここでは容貌・性格の対照を重視して後者の説に従っておく。

と書いている。これまでの研究史を概観しているので引用したのだが、(a)・(b)・(c)の会話文の主体は、姉妹中の誰かということが、古来から問題になっているのである。なお、近頃では、姉妹が琴を交換していたという説があることも承知している。本稿で、この論争に決着を与えようとは思っていない。ただ、垣間見している薫に、自由間接言説が幾つも使用され、彼の一人称的視点が書き込まれていることを、確認しておく必要があるだろう。引用場面を読みなおしてほしいのだが、文末のみに傍線を付した文はすべて自由間接言説である。

「(薫が)見たまへば、……ゐたり。……ゐたり。……なるべし。……よしづきたり。……をかし。」という構文になっていて、語り手の声と同時に、登場人物薫の一人称からの認知が書き込まれているのである。自由間接言説が垣間見場面に使用されることは、前の論文で克明に分析したように、垣間見場面の文法であり、規範でもあるのだが、その文法がここでも保守されているのである。それ故、読者は薫の眼になって垣間見をしている錯覚に陥るのであって、まず、その同化的視点でテクストを読まなくてはならないのである。しかし、その場合、薫は、前に引用した大君が琵琶を、中君が箏を習っているという情報を知っていないのである。

八の宮が姉妹に琵琶と箏を教育している場面を再読してほしい。この場面は、

常に合はせつつ習ひたまへば、聞きにくくもあらで、いとをかしく聞こゆ。

という文章で閉じられていた。傍線を付したのは、この文が自由直接言説であるからである。自由直接言説という

のは、

登場人物＝語り手＝読者（一人称／現在）

という図式で表出される、同化的視点を意味している。この文では八の宮に対して敬語が使用されていないために、読者は一人称的に言説を読んでしまい、テクストを登場人物に同化して受容するのである。八の宮の、父親らしい贔屓眼とやさしさの漂う、一人称的視点が書き込まれていたのである。つまり、宇治山荘にいる女房たちも知っているのであろうが、大君＝琵琶／中君＝箏という情報は、宇治という山里＝境界に住む、八の宮側に属しており、都にいる薫のものではないのである。

それ故、垣間見場面では、薫は、姉妹の確定的判断ができないと読むべきなのであり、その容姿判断も性格規定なども、覗き見した際の瞬間的な印象批評でしかないことに留意すべきなのである。つまり、薫は、彼女たちの容姿や性格について、誤読している可能性があるのである。と同時に、読者は、八の宮が姉妹に琵琶や箏を教えている場面を既に知っているのであって、大君＝琵琶・中君＝箏でなければならないのである。

……いみじくらうたげににほひやかなるべし。……、いますこし重りかによしづきたり。

という薫の判断は、「らうたげ」と「重りか」という印象的な比較で、中君＝琵琶・大君＝箏という想定を示唆している。これは読者の既知の情報からすれば誤読である。しかし、薫の印象もそれなりの事実ではないのだろうか。このように「地」と「図」が反転して、意味が重層的に不決定に到るのが、この垣間見場面の特色なのである。旧説のように、薫の視線から、(a)大君(b)中君(c)大君と理解することも、最近説のように、既に情報を手に入れている読者の立場から、(a)中君(b)大君(c)中君と解読することも可能なのであって、重層的意味決定が、この場面の方法なのである。

ところで、この垣間見場面で重要なのは、場面の最後に記されている、〈昔物語などに語り伝へて、若き女房などの読むをも聞くに、必ずかやうのことを言ひたる、《さしもあらざりけむ》と憎く推しはかるるを、げにあはれなるものの限ありぬべき世なりけり〉と、心移りぬべし。

という内話文と草子地である。まず、文末の「べし」は、薫という三人称に対して用いられているので、確信しながら語り手が推量した文で、草子地である。この推量は、「と」という付加節によって指示されている内話文全体に関与しているので、内話文は、薫自身のものではなく、語り手が推察したものなのである。この語り手は、女性であり、宇治山荘に住む女房と言ってよいだろう。彼女は、薫のような男性貴族たちに軽蔑されている、若い女房たちが愛読している「昔物語」を擁護し、それが現実に実現することもあるのだと、薫の心理として推測するのである。一面では、身勝手な推測である。

これは明らかに語り手の一方的な推察で、薫のものではない。語り手の主観が直截に表出されている推察の内話文なのである。ところで、諸注は、「琴」の音を聞いて垣間見するということから、宇津保物語俊蔭巻の若小君物語や住吉物語が「昔物語」の例であると指摘しているのだが、当然のことだが、伊勢物語初段の「女はらから」(二人の姉妹)も引用として考慮しておくべきであろう。そうした引用から見ても、この垣間見場面の終り方は異常である。例えば、「藤壺事件の表現構造――若紫巻の方法あるいは〈前本文《プレテクスト》〉としての伊勢物語――」(19)などの論文で扱ったことがある、伊勢物語初段をプレテクストとしている若紫巻の垣間見場面も、

〈あはれなる人を見つるかな。かかれば、このすき者どもは、かかる歩きをのみして、よくさるまじき人をも見つくるなりけり。たまさかに立ち出づるだに、かく思ひの外《ほか》なることを見るよ〉と、をかしう思す。

(一―二八三)

という光源氏の感想を、内話文として終りに表出しているのだが、「と、……思す」という付加節が示すように、光源氏自身の感懐なのであって、語り手の勝手な推測ではないのである。

それ故、読者は、さまざまな振幅する読みに駆られることになる。その一つは、「俗聖」[20]を志向して、宇治にいる八の宮を訪れたのであって、薫は無欲な眼差しで姉妹を見ていたのではないかという想像で、一方では、「源氏物語の〈語り〉と〈言説〉――〈垣間見〉の文学史あるいは混沌を増殖する言説分析の可能性――」[21]で述べたように、垣間見場面には、垣間見↓強姦という物語文学の文法があり、そうした欲望が薫に渦巻いているのではないかと想定するのである。この極端な無欲と欲望との振幅の間に、さまざまな読みが生成されるはずで、ここでも読者は重層的な意味決定に陥るのである。なお、この場面が、草子地による語り手の推測で描かれていないと、落窪物語からの垣間見の文法に従って、垣間見↓強姦という展開となってしまうのであって、それを回避するために、こうした手法が使用されたのである。

垣間見の場面は、若紫巻の例が示すように、垣間見する男（女）の、自由間接言説や自由直接言説を用いた同化的視点の後に、総括するかのように、見る者の内話文を記すのが規範的文法なのだが、橋姫巻の垣間見場面は、その文法を利用して、語り手の勝手な推測にすぎない内話文を草子地として書き、読者に重層的意味決定を求めるのである。この場面は、いわば垣間見場面のパロディなのである。自由間接言説や自由直接言説あるいは内話文・草子地といった言説区分によって、つまり、〈語ること〉を浮上させることで、こうした読みが可能となるわけである。〈示すこと〉のみに拘泥すると、内話文を薫の感慨として読みかねないのである。

続く場面も全文を引用して分析したいのだが、

御消息など伝ふる人も、いとうひうひしき人なめるを、〈をりからにこそよろづのことも〉と思《おぼ》いて、まだ霧の紛れなれば、ありつる御簾《みす》の前に歩み出でて、ついゐたまふ。山里びたる若人どもは、さし答へむ言の葉もおぼえで、御褥《しとね》さし出づるさまもたどたどしげなり。「この御簾の前にははしたなくはべりけり。うちつけに浅き心ばかりにては、かくも尋ね参るまじき山のかけ路に思うたまふるを、さま異にてこそ。かく露けき旅を重ねては、〈さりとも御覧じ知るらむ〉となん頼もしうはべる」と、いとまめやかにのたまふ。

若き人々の、なだらかにもの聞こゆべきもなく、消えかへりかかやかしげなるもかたはらいたければ、女ばらの奥深きを起こしいづるほど久しくなりて、わざとめいたるも苦しうて、「何ごとも思ひ知らぬありさまにて、知り顔にもいかがは聞こゆべく」と、いとよしあり、あてなる声して、ひき入りながらほのかにのたまふ。「かつ知りながら、うきを知らず顔なるも〈世のさが〉と思うたまへ知るを、一ところしもあまりおぼめかせたまふらんこそ、口惜しかるべけれ。あり難う、よろづを思ひすましたる御住まひなどに、たぐひきこえさせたまふ御心の中《うち》は、何ごとも涼しく推しはかられはべれば、なほかく忍びあまりはべる深さ浅さのほども分かせたまはんこそかひははべらめ。世の常のすきずきしき筋には思しめし放つべくや。さやうの方は、わざとすすむる人はべりとも、なびくべうもあらぬ心強さになん。おのづから聞こしめしあはするやうもはべりなん。つれづれとのみ過ぐしはべる世の物語も、聞こえさせどころに頼みきこえさせ、また、かく世離れてながめさせたまふらん御心の紛らはしには、さしもおどろかさせたまふばかり聞こえ馴れはべらば、いかに思ふさまにはべらむ」など多くのたまへば、つつましく答《いら》へにくく、起こしつる老人《おいびと》の出で来たるにぞゆづりたまふ。

（五―一三三～五）

という会話文を中心とした場面を取り上げると、ここはあの垣間見場面の余韻が響いている。

まず、傍線を付けた冒頭にある「なめる」について言及しておこう。「な（ン）めり」と推量しているのは誰であろうか。語り手の推量であると共に、薫の立場からの言説でもある。と言うより、語り手ならば、「いとうひうひしき人なるを」と指定的に記せばよいのであって、現場にいる登場人物薫の推察を特に強調した自由間接言説になっているのである。このように、文末ではなく、文章の途中の文にも、自由間接言説が現象することもあるのである。また、自由間接言説は、二声仮説で理解すべきなのだが、その二つの声は二項対立的なものではなく、どちらかが優位／劣位にある歪みとして読み取る必要があるのである。図式化すると二項対立のように見えるが、どちらかのベクトルが強く働いていて、アクセントが付けられるのである。つまり、この文では、薫から見た現前性に重点が置かれている自由間接言説なのである。

なお、この文章は、薫の内話文を引用した上で、薫への敬語で閉じられている。簀子縁に今の正座のように膝を衝いて、薫は坐ったのである。続いて傍線を付した文も自由間接言説で、語り手の声〈伝聞〉の「なり」と、薫の声〈推定〉の「なり」との二つの声が聞こえる。特に「げ」は、外から見た、第三者の主観が反映されている接尾語で、ここにも語り手と薫の主観的推測が二声的に響いているのである。

「山里びたる若人」は、御簾の下から「たどたどしげ」に座布団を差し出した。二つの自由間接言説は、共に、姉妹に仕える若い女房の様子を薫が推察したもので、若い女房の態度を象徴化して、大君・中君の様態が描かれているといえよう。逆に言えば、薫は、都での日常性に浸っているため、エキゾチシズムとしての「山里び」に憧憬しているのである。宇治の女君たちへの憧れは、薫の偏執的な趣味でもあるのだ。「山里」が、都と山との境界領域を示す語彙であることは言うまでもないことである。

会話文の分析を試みる前に、傍線を付けた「ほのかにのたまふ」「ゆづりたまふ」について言及しておいたほうがよいだろう。これらの文には敬語が使用されているために見逃されてしまうが、すべて自由間接言説である。薫は、敬語を用いながら大君の様子を観察しているのである。それ故、語り手の「三人称／過去」の視点と同時に、薫の「一人称／現在」の眼差しが刻み込まれていると読まなくてはならないのである。薫は、大君の会話を聞きながら、あるいは自分の会話を語りながら、大君の動向を克明に観察しているのであって、観察者薫の眼差しを、この場面の背後に読み取る必要があるのである。垣間見場面ばかりでなく、薫は神経を尖らせて、大君を観察しているのである。なお、『……』と、いとよしあり、あてなる声して、ひき入りながらほのかにのたまふ」の主格を、通常の解釈に従って、「大君」として扱ったが、主格が明示されていないことにも注意する必要があるだろう。「中君」である可能性もあり、ここにも重層的意味決定が現象しているのである。「よし」「あて」は大君を修飾する言葉だが、薫の誤読であるかもしれないのである。

まず、薫は、姫君たちは、「露けき旅を重ねて」宇治山荘を訪れているのだから、自分のことを「〈御覧じ知るらむ〉となん頼もしうはべる」と、対話してくれるように強要する。険阻な山道を象徴する「山のかけ路」などは、京都と宇治の間にあるはずがないのだが、誇張することで都との距離を示唆しながら、対話を要請しているのである。さらに俗聖を求道して宇治の八の宮を何度も尋ねているのだから、「うちつけに浅き心」ではないことを、強調しているのである。父八の宮への共感的な訪問を盾にとって、好色な気持ちではないことを、姫君たちに訴えているわけである。この会話文は、前の垣間見場面を読んだ者から言えば、再び、重層的な意味決定に向きあうことになる。会話を素直に享受して、純情で無垢な俗聖としての薫を読み取ると共に、背後に性的な情念を読み取る、極端な振幅の間で揺れることになるのである。顕在的な表層からの読みと、潜在的な深層の読みが拮抗し反転して、そのどちらの読みも真実であると解読できるのである。

それに対して、姫君の一人は（一般的な解釈では大君としている）、「何ごとも思ひ知らぬありさま」なので、申し上げることはないと答える。ここでも、重層的な意味決定に読者は陥る。本当に八の宮からなにも聞いていないのか、それとも、父宮との会話で薫のことが話題となっていながら、贈答歌の返歌（女歌）のように無知を装って切り返しているのか、判断に戸惑うことになるのである。しかも、話者が、大君か、中君かの判断さえつかないのである。このように、宇治十帖では、意味が戯れる。その遊戯に身を委ねないと、宇治十帖は本来的な姿を現さないのである。なお、垣間見場面で、薫に微かに見られたことを知らない姫君という実存も、この対応の背後にあることを理解しておくべきである。垣間見されたことを知ったとすると、こうした会話は不可能であろう。

続いて、「など多くのたまへば」と付加節で記されているように、薫の饒舌な長文の会話文が発話されている。他の場面でもそうだが、薫の会話は、他者の前で極めて屈曲した表現になっている。その輻輳した発話を解きほぐすのは難かしいが、まず宛名について確認しておこう。従来の研究は、前の返事を大君と理解しているように、大君に宛てられた会話として解釈してきた。しかし、会話文中に「一ところ」とあるように、どうも薫はまだ大君か中君かの判断ができていないのである。「一ところ」は、高貴な人に敬意を込めて発話する、直接名指しするのを忌避する言葉なのだが、同時に、この言葉を採用したのは、相手が明瞭でないからであろう。

まず、薫は、「かつ知りながら、うきを知らず顔なるも〈世のさが〉と思うたまへ知るを」と述べる。男女の贈答歌に象徴される、当時の社会習俗から、姫君の「もの知り顔にどうして申し上げることができましょう」という趣旨の返事に対する薫の解釈が述べられているのである。〈世のさが〉という常識的な男女の付き合いではなく、新しい男女関係を樹立したいという希望を述べているのである。その関係というのが、次に述べられているのだが、あまりにも姫君を誤解しているし、不可解で、不可能な希望を述べていると言えるだろう。

まず、この会話文では、「あり難う」「思ひすまし」「涼しく」という言葉に注目すべきだろう。不可能に近い、悟りすました八の宮の「心の中」を、これらの言葉で推察した上で、「なほかく忍びあまりはべる深さ浅さのほども分かせたまはんこそかひははべらめ」と、薫は迫るのである。その場合、「忍びあまりはべる」心とは、何を意味しているのであろうか。続く言葉に、「世の常のすきずきしき筋には思しめし放つべくや」とあるので、好色めいたことではないと言っているのだが、そうだとすると、姫君と仏教について対話しようと期待しているのであろうか。二二歳の男と二四歳の女との間に、性的な関係なしに可能な交際を、古代後期の貴族社会の中で想定するのは困難なのである。性あるいは性差《ジェンダー》なしに男女が交誼する、いわば不可能なことを薫は思い描いているのである。性あるいは性差なしの男女の友情、当時の読者は、この不可能性に戸惑うと同時に、その可能性に希望を託したのであろう。特に、源氏物語の受容者は、女性の読者を主体としていたはずで、性を欠落した男女関係の可能性については興味を覚え、その魅惑的な期待を物語の展開に求めていったに違いないのである。不可能であるがゆえに、期待の地平は拡張したのである。

薫が、狭衣物語・更級日記などで憧憬され、特に無名草子で「薫大将、初めより終りまで、〈さらでも〉と思ふふし一つ見えず、返すぐ〵めでたき人なむめり」(22)と記しているのは、優柔不断な性格や行動、さらに、大君に死去され、中君に拒絶され、浮舟を匂君に奪われたためではないだろう。薫が一つの欠陥もないと支持されるのは、物語中の出来事ではなく、この性と性差を無視した男女関係という、「思想」を主張しているからに他ならないのである。不可能でありながら、読者たちが浪漫的に憧憬することができる蠱惑的な「思想」を、薫は確立し、それを物語世界で実行しているのである。(補注)

この「思想」は、薫が以前から抱いていたものではない。宇治の八の宮とその女《むすめ》たちという、他者に出会うことで、今まさに生成した薫のイデオロギーに他ならないのである。薫は、他者に出会うことで、性と性差なしの男女関係という「思想」を疎外し、その幻影に呪縛され、憑依されてしまうのである。その幻想に、源氏物語の読者もまた捉われてしまうのである。

「世の常のすきずきしき筋には思しめし放つべくや」と薫は大君に強制し、さらに、色恋沙汰などは、勧める人がいても拒否していることを、「心強さ」として強調する。また、そうした自分の噂を自然に聞く折もあるだろうと、語りかける。「世の常のすきずきしき筋」ではないことを、誇張しているのである。この高貴な女性との性的なものへの決別が、「思想」として生成して行く過程が述べられているのである。その「世の常」でない男女関係とは具体的にはどのようなものなのであろうか。

　つれづれとのみ過ぐしはべる世の物語も、聞こえさせどころに頼みきこえさせ、また、かく世離れてながめさせたまふらん御心の紛らはしには、さしもおどろかさせたまふばかり聞こえ馴れはべらば、いかに思ふさまにはべらむ

という叙述が、性的なものを排除した具体的な男女関係なのである。まず、薫は、都での生活を「つれづれ」だと表出している。心が満たされない、いわば愚痴を語り合う相手に大君を選んでいるのである。京都には、自己が不在で、その不満を話す相手さえいないのである。愚痴に彩られた世間話を語ることで、不満を昇華できるかどうかは解らないし、それを聞かされる大君も不幸であるように思われるのだが、とにかく、薫は都で「つれづれ」なのである。

一方、薫は、宇治での大君の日常が「ながめ」であると判断する。折口信夫の〈ながめ〉論をここで引用する必要はないだろうが、「山里」で物思いに耽る姫君という類型に、大君を当て嵌め、その不満を満たす聞き手としての役割を自分が果たしたいという希望を述べているのである。「つれづれ」も「ながめ」も、自己を措定できずに、

現在という現実に不満を抱いていることを意味している。その二人が「聞こえ」合わすことで、都や宇治という「場」での不条理を解消しようと提案しているのである。

ここには〈声〉と〈文字（歌や手紙などによる）〉による、都と山里との、交流が提案されていると言えよう。性や性差を超えた男女関係もまた、ある種の隔てなしに伝達《コミュニケーション》することはできないのである。同性同士の会話のように、顔を向きあわせて対話することは不可能であることを、薫もそれなりに理解しており、その上で、彼は「思想」を生成していったのである。八の宮とその女たちという他者に出会い、その他者の言葉を自己の言葉に幻想的に書き込んで生成した、距離を置きながら、共感という伝達を行なうこと、これが薫の樹立した、男女関係の「思想」なのである。

なお、この「思想」も反転させると、潜在する薫の性的欲望に変容することも読み取っておく必要があるだろう。抑圧すればするほど、欲望はその影を鮮やかにしてくるのである。言葉とそれと無縁な無意識は、根源的には通底しているのである。

「起こしつる老人」＝弁の尼が現れる。本稿は、薫の出生に関する出来事には言及しないので、椎本巻へと飛躍することにする。ただ、弁の尼から自分の出生の秘密を知り、柏木の遺言を告げられ、形見の文反古を読んでも、橋姫巻の巻末に、

……（女三宮は）経読みたまふを、恥ぢらひもて隠したまへり。〈《知りにけり》とも知られたてまつらむ〉など、心に籠めてよろづに思ひゐたまへり。

とあるように、思案に暮れているのであって、薫は、出生の秘密を知っても、自己同一性《アイデンティティ》を確立することはないのである。薫にとって母女三宮も他者であり、秘事を知ることで、逆に他者の言葉を自己の言葉に書き入れたため、

沈黙と煩悶は増幅してくるのである。

三　椎本巻の言説分析あるいは死の匂いを嗅ぎつつ

椎本巻は、匂宮が、初瀬詣での帰り道に宇治で中宿りをする場面から始まる。この巻の冒頭の場面は、

二月《きさらぎ》の二十日《はつか》のほどに、兵部卿宮初瀬に詣でたまふ。古き御願《ぐわん》なりけれど思しも立たで年ごろになりけるを、宇治のわたりの御中宿《なかやどり》のゆかしさに、多くはもよほされたまへるなるべし。「恨めし」と言ふ人もありける里の名の、なべて睦ましう思さるる、ゆゑもはかなしや。（五―一六二）

と記されている。冒頭文は地の文だが、続く二つの文は、「べし」という推量や、「や」という間投助詞を使って読者に同意を求めていることから解るように、草子地である。匂宮を親しみを込めて揶揄しているので、「紫のゆかり」の視座から述べられているのであろうが、表面的には冒頭場面は明るさに満ちた叙述になっている。匂宮を軸とした宇治の地での恋愛譚が始まるかのごとき様相である。

第三番目の文中に記されている「『恨めし』と言ふ人もあり」には、引歌があり、古今和歌集巻第十八雑歌下の、

わが庵《いほ》は宮この辰巳しかぞ住む世をうぢ山と人はいふなり　喜撰法師（九八三）[23]

の歌か、同じ古今和歌集巻第十五恋歌五の「よみ人しらず」歌、

わすらるゝ身をうぢ橋の中たえて人もかよはぬ年ぞへにける（八二五）

又は、此方彼方《こなたかなた》に人も通はず

が、指摘されているのである。なお、引歌などの引用の問題も、言説分析の対象の一つであることは言うまでもない。「仮名序」などで「宇治山の僧喜撰」と呼ばれているので、前者を想起しやすいのではないかと思うが、どの歌も「宇治」に「憂し」を懸けていることに違いはない。問題は、その宇治＝「憂し」が、この巻では、「恨めし」に変更されていることである。「憂し」と「恨めし」は、類似的であるように思われているが、意外に意味内容には差異があるのである。

『岩波古語辞典 補訂版』では、その「恨めし」という言葉に対して、

《ウラミ（恨）の形容詞形。相手の態度が不満なのだが、その相手の本当の心持を見たいと思いつづけて、じっとこらえている気持。また、不満を表面には出さず相手に執着しつづけて、いつか執念を晴らしたいと思う気持》

と解説している。この説明のような意味で、あえて「憂し」を「恨めし」に変更しているとすれば、この変容は宇治十帖の主題群の一つを提示するためであったと解釈できるだろう。ちなみに、『源氏物語語彙用例総索引 自立語篇』によれば、「うらめし」の用例は、全巻で一〇六例あり、その内四一例が続篇のものである。しかも、続篇では、他者の本心を知りたいの意で用いられている傾向が見られるのである。

「憂し」は自己に向けられた不満を意味しているのだが、「恨めし」は他者に向かっているのであって、こうした逆方向の変更を、椎本巻の冒頭で試みていたのである。「憂し」という語を担った宇治を、匂宮は「睦ましう」と思うほど、あたかも夫婦のようなあるいは血縁関係にあるかのように馴れ親しんでいるのだが、その陽気とも言える世界の背後には、「恨めし」という晦冥《かいめい》の地があり、それが宇治十帖の主題群の一つとして浮上してきたことを暗示していたわけである。しかも、他者という存在が大きな課題となってきたのである。

続く、宇治八の宮の山荘を訪問した薫たちの様子や八の宮の歓待、匂宮と中君の贈答歌なども分析しなければならない課題なのだが、匂宮の中君に対する執心が描かれている場面の最後に書かれている文章だけを取り上げておこう。

思すさまにはあらずとも、なのめに、さても人聞き口惜しかるまじう、見ゆるされぬべき際の人の、〈真心に後見きこえん〉など思ひよりきこゆるあらば、知らず顔にて許してむ、一ところ一ところ世に住みつきたまふよすがあらば、それを見ゆづる方に慰めおくべきを、さまで深き心にたづねきこゆる人もなし。まれまれはかなきたよりに、すき事聞こえなどする人は、まだ若々しき人の心のすさびに、物詣の中宿、往き来のほどのなほざり事に気色ばみかけて、さすがに、かくながめたまふありさまなど推しはかり、侮《あなづ》らはしげにもてなすは、めざましうて、なげの答《いら》へをだにせさせたまはず。三の宮ぞ、〈なほ見ではやまじ〉と思す御心深かりける。さるべきにやおはしけむ。（五―一六九〜七〇）

引用場面は、「宮は重くつつしみたまふべき年なりけり」という文から始まる。八の宮が厄年にあたっていることを述べているのだが、四十九歳説をとると、冷泉の年齢と矛盾することになる。源氏物語では、厄年の歳に登場人物が没する場合が多いので、八の宮に対する死の予告と理解し、年立は無視して、四十九歳の厄年にあたっていたとしておこう。三十七歳では、大君の年齢と矛盾するし、六十一歳では冷泉との年齢の齟齬が多すぎることになるだろう。そうした死が歩んでくるかのような予感の上で、引用場面を読む必要があるだろう。

最初の文章は、文末の「人もなし」のみに傍線を付しておいたが、全文が自由間接言説である。こうした全文が自由間接言説である文は、その文全体を登場人物の内話文として扱う必要がある。一種の内的独白となっている文章なのである。八の宮は、姉妹に適当な男がいたら結婚させていてもよいと、さまざまに煩悶しながら考えているのである。問題は、「さまで深き心にたづねきこゆる人もなし」という結果で、「人」の中に薫が入っていないことである。薫は八の宮を慕って、俗聖を志向して宇治に訪れているのであって、大君・中君姉妹については、些かの興味もないと判断されているのである。出来心で言い寄る人物もいないわけではないのだが、八の宮は、返事さえ送らせていない。

そのような状況が描かれた上で、「三の宮ぞ」と書かれる。「ぞ」を用いて、匂宮だけは別格だと強調しているのである。この文は、「御心深かりける」に傍線を付けたように、語り手と八の宮の二つの声が聞こえる自由間接言説である。つまり、八の宮は、匂宮の中君への執心が強いことに気付いたのである。「ぞ」という係助詞を用いて強調しているのは、語り手であると共に登場人物八の宮なのであって、匂宮の格別熱心な愛慕を認識していたのである。続く、「さるべきにやおはしけむ」は、独立した訝しがりの草子地で、匂宮と中君との縁は、前世の因縁があったからだろうと疑っているのだが、これは、後の早蕨巻に記されている匂宮と中君との結婚を知っている語り手が、物語の筋書きを先取りして発話したものだろう。このように、薫には結婚が閉ざされているのに対して、匂宮には、その可能性が暗示されているのであって、この場面は、所謂先説法で描かれていたのである。薫が、いくら足掻いても、大君との結婚は閉ざされていたのである。

ここには会話という言葉による伝達の悲劇が語られていると言えよう。薫は、八の宮に憧憬し、俗聖を志向するがゆえに、他者の言葉である俗聖を主題にしたことしか宮に述べていないのである。同様に、権力の中枢にいる薫が俗聖についてのみ述べるので、他者としての薫には、微塵も結婚の意志などはありえないのだと、八の宮は判断しているのである。会話文のみで対話し、他者の言葉を自己の言葉に響かしてしまうため、このような悲劇が起きるのだが、この会話文への絶望も宇治十帖の主題群の一つなのである。対話とは、言葉も含んだ身体的な行為そのものなのだが、会話は聞けるものの、内話ばかりでなく欲動も無意識も身体も、他者の言葉の解釈によってようやく認識されるのであって、俗聖という唯一の解釈共同体に所属してしまった薫と八の宮にとって、それらの雑音が響いてこなかったのである。〈俗聖〉は、宇治十帖の主題であると共に、登場人物を拘束し、足枷となる幻影＝イデオロギーなのである。

ところで、この先説法の場面に続いて、宇治の八の宮の「遺言」が描かれる。その場面では、まず、薫が中納言に昇進したことが告げられる。これは竹河巻の記事と照応している。竹河巻では、薫の内話文中で「宇治の姫君の心とまりておぼゆるも、かうざまなるけはひのをかしきぞかし」(五―一〇三) と記されていた。源氏物語において、宇治の姫君たちへの言及が始まった個所である。薫が「中」納言に昇進したという出来事が、都と宇治と山とを連続した世界に結合したのである。薫は、宇治十帖の中心人物であると共に、俗―境界―聖とを中継ぎする、狂言回し的な、道化的存在でもあるのである。

ところで、「八の宮の遺言」と言われているものは三種類ある。この三種の遺言が、八の宮の没後も薫や大君・中君たちを呪縛し、桎梏となるのである。椎本巻に描かれている、薫を宛名としている遺言は、

「亡からむ後、この君たちをさるべきもののたよりにもとぶらひ、思ひ棄てぬものに数まへたまへ」(五―一七二)

という短いもので、さまざまに解釈できるものである。時折の訪問と経済的援助を依頼しているだけで、婿がねとして願っているわけでも、大君・中君のどちらかと結婚してくれと頼んでもいないのである。かえって、この遺言の前の場面には、前に分析した場面があるのであって、八の宮の脳裏には、薫は結婚とは無縁な人物なのである。

橋姫巻には、

をりふしにとぶらひきこえたまふこといかめしう、この君も、まづさるべき事につけつつ、をかしきやうにもまめやかなるさまにも心寄せつかまつりたまふこと、三年ばかりになりぬ。(五―一二七)

と書かれていた。「をかしきやう」に対照されている「まめやかなるさま」という実質本位の支援というのは、宇治山荘に対する経済的諸援助を意味していた。遺言は、没後も、この支援を継続してほしいと依頼しているのに過ぎないのである。もっとも、遺言があまりにも短いのでさまざまな解釈が可能であることは言うまでもない。

事実、薫が、八の宮没後の歳の暮れに宇治山荘を訪れ、大君に、「あはれなりし御一言を承りおきしさまなど、事のついでにもや漏らしきこえたりけん」(五―一九八)などと八の宮の遺言をちらつかせ、匂宮に仮託しながら、恋情を述べ、遂に、

「つららとぢ駒ふみしだく山川をしるべしがてらまづやわたらむ

さらばしも、影さへ見ゆるしるしも、浅うはべらじ」(五―二〇一)

という歌を軸とした発話を述べる場面がある。中君と匂宮との前に、私が渡り、大君と結ばれましょうという大胆な提案をしているのである。ここには、薫としての遺言の解釈があり、かつ、その遺言を大君が聞いていないという事実を不敵にも利用していると言うべきなのだが、しかし、大君は違った遺言を受け取っているので、薫の提案は不発に終わるのである。

その娘たちに対する遺言に言及すると、八の宮の遺言と言われている訓戒は、

「世の事として、つひの別れをのがれぬわざなめれど、思ひ慰まん方ありてこそ、悲しさをもさますものなめれ、また見ゆづる人もなく、心細げなる御ありさまどもをうち棄ててむがいみじきこと。されども、さばかりの事に妨げられて、長き夜の闇にさへまどはむが益《やく》なさを。かつ見たてまつるほどだに思ひ棄つる世を、去

りなん後《うしろ》の事知るべきことにはあらねど、ａわが身ひとつにあらず、過ぎたまひにし御面伏《おもてぶせ》に、軽々しき心ども使ひたまふな。ｂおぼろげのよすがならで、人の言《こと》にうちなびき、この山里をあくがれたまふな。ｃただ、〈かう人に違ひたる契りことなる身〉と思しなして、〈ここに世を尽くしてん〉と思ひとりたまへ。ひたぶるに思ひしなせば、事にもあらず過ぎぬる年月なりけり。まして、ｄ女は、さる方に絶え籠りて、いちじるくいとほしげなるよそのもどきを負はざらむなんよかるべき」などのたまふ。（五―一七六～七）

と記されている。遺言という側面から読めば、会話文中に記したａ～ｄが課題となってくるだろう。

ａは、『湖月抄』が「あだなる人などになびき給ふなと也」と書いているように、男女関係で軽佻な行動をすることを禁止している。

ｂは、山里に隠棲して、そこから離脱することを禁じている。

ｃは、宿世だと思い、宇治で生涯を終えることを求めている。

ｄは、世間から縁を断ち、陰口を言われないようにせよと述べている。

これらをまとめると、男女関係を断ち、独身のまま、この宇治で生涯を終えるように訓戒していると言えるだろう。「な」という禁止や、「たまへ」という命令形、あるいは「べし」という運命的な命令を用いて、姉妹を拘束するこの遺言には、薫の影さえ見いだすことは不可能である。娘たちを宛名とした遺言には、限りなく零に近い、まるで死骸のような生涯を過ごすことが求められているのである。この遺言の射程距離内で生活することは無理だと言ってよいほどなのだが、大君は、忠実にそれを実行したのである。薫への拒否が、大君に求められているのであり、それを彼女は死に至るまで表現＝疎外しつづけたのである。

遺言は、もう一つある。弁の尼も含めた年配の女房たちを宛名としたもので、おとなびたる人々召し出でて、「うしろやすく仕うまつれ。何ごとも、もとよりかやすく世に聞こえあるまじき際《きは》の人は、末の衰へも常のことにて、紛れぬべかめり。かかる際になりぬれば、人は何と思はざらめど、口惜しうてさすらへむ、契りかたじけなく、いとほしきことなむ多かるべき。ものさびしく心細き世を経《ふ》るは、例のことなり。生まれたる家のほど、おきてのままにもてなしたらむなむ、聞き耳にも、わが心地にも、過ちなくはおぼゆべき。〈にぎははしく人数めかむ〉と思ふとも、その心にも〈かなふまじき世〉とならば、ゆめゆめ軽々しくよからぬ方にもてなしきこゆな」などのたまふ。(五―一七八)

と書かれている。「際」という語が二度も用いられ鍵語となっていて、皇孫としての自負が強調されていると言えよう。「さすらへ」に対する非難、「心細き世を経る」は当然なこと、「生まれたる家のほど、おきてのままに」生活していくこと、女房として軽薄な取り持ちをしてはいけないという禁止などを語っている。「さすらへ」てはならないという主張は、宇治に定住して生涯を終えるように世話をしろという点で、娘たちの遺言と同様だと言えよう。と同時に、「さすらひの女君」と名付けられている浮舟を想起し、父親の思想を裏切る娘というイメージを浮かべてしまう。また、「おきて」を守れということは、家風の厳守を述べているのだが、八の宮家の家風とは先に叙述したように、零に近い生活をおくることであると思えてくる。男女関係に軽佻であってはならないことも、娘に語ったことを女房側へ命令したものだと言えよう。だが、ここでも薫の影はなく、かえって、「ゆめゆめ軽々しくよからぬ方にもてなしきこゆな」という発話には、薫との関係さえ媒酌するなと述べているように思えてくるのである。

こうして、三つの宛名に告げられた遺言は、統一性が希薄で、特に、薫のものと、娘たちや女房宛てのものは、ある面では矛盾しており、この分裂・矛盾が、薫や姉妹たちを翻弄することになるのである。

なお、宿木巻で述べられることだが、薫が弁の尼から浮舟のことを聞く場面には、弁の尼の会話文中で、

故宮の、まだかかる山里住みもしたまはず、故北の方の亡せたまへりけるほど近かりけるころ、中将の君とてさぶらひける上臈《じやうらふ》の、心ばせなどもけしうはあらざりけるを、いと忍びてはかなきほどにもののたまはせけるを、知る人もはべらざりけるに、女子《をむなご》をなむ産みてはべりけるを、〈さもやあらん〉と思す事のありけるからに、あいなくわづらはしくものしきやうに思しなりて、またとも御覧じ入るることもなかりけり。

(五—四四七〜八)

と述べられている。「あいなくわづらはしくものしきやう」ということの実態は分からないのだが、この記事から、浮舟は一度も父八の宮と会ったことがないことが分かるのである。実子であると認識しながら、顔さえ見なかった行為に、八の宮の絶望を感じると共に、「さすらへ」を禁じる父に対して、ひたすら「さすらひ」つづける浮舟に、父への反感・反抗を読み取ることができるだろう。八の宮は、娘が反撥することさえ考慮して、こうした処置を取ったのかもしれないと思うほどである。それなりに、浮舟の運命を呪的に読み取り、あえて会うことを拒否していたのであろうか。つまり、会わないことが浮舟への「遺言」だったのである。大君・中君には「さすらひ」を禁じ、浮舟には逆に「さすらひ」の運命を与えていたのである。その浮舟の「さすらひ」が、薫を再び翻弄することになることは言うまでもないことだろう。

ところで、歳の暮れに宇治山荘を訪問した薫は、大君への恋慕を匂宮に仮託しながら長文の会話文を述べるのだが、この〈かこと（託言）〉性は、薫の会話文の特性で、夢浮橋巻でも、横川を訪れた彼は、僧都に「母なる人なむいみじく恋ひ悲しぶなるを」などと語り、浮舟と再会したい気持を母親の中将の君に託して述べるのであって、そうした〈かこと〉性をここでも分析し、薫における他者の問題をさらに考察したいのだが、長文になるため避けな

ければならないだろう。

それゆえ、最後に、椎本巻の巻末にある、宇治の八の宮が没した翌年の夏に、涼を求めて宇治を訪れた薫が、宇治山荘の仏間の襖の陰から、喪服姿の姉妹を垣間見する場面を読んでおくことにする。

　まづ一人立ち出でて、几帳よりさしのぞきて、この御供の人々のとかう行きちがひ、涼みあへるを見たまふなりけり。濃き鈍色《にびいろ》の単衣に萱草《くわんざう》の袴のもてはやしたる、〈なかなかさまかはりてはなやかなり〉と見ゆるは、着なしたまへる人からなめり。帯はかなげにしなして、数珠《ずず》ひき隠して持たまへり。いとそびやかに様体《やうだい》をかしげなる人の、〈髪、袿《うちき》にすこし足らぬほどならむ〉と見えて、末まで塵のまよひなく、艶《つや》々とこちたくうつくしげなり。かたはらめなど、〈あならうたげ〉と見えて、にほひやかにやはらかにおほどきたるけはひ、〈女一の宮もかうざまにぞおはすべき〉と、ほの見たてまつりしも思ひくらべられて、うち嘆かる。

　また、ゐざり出でて、「かの障子はあらはにもこそあれ」と見おこせたまへる用意、うちとけたらぬさまして、〈よしあらん〉とおぼゆ。頭《かしら》つき、髪《かむ》ざしのほど、いますこしあてになまめかしきさまなり。「あなたに屏風もそへて立ててはべりつ。急ぎてしものぞきたまはじ」と、若き人々何心なく言ふあり。「いみじうもあるべきわざかな」とて、うしろめたげにゐざり入りたまふほど、気高う心にくきけはひそひて見ゆ。黒き袷一《あはせひと》襲《かさね》、同じやうなる色あひを着たまへれど、これはなつかしうなまめきて、あはれげに心苦しうおぼゆ。髪さはらかなるほどに、落ちたるなるべし、末すこし細りて、「色なり」とかいふめる、翡翠だちていとをかしげに、糸をよりかけたるやうなり。紫の紙に書きたる経を片手に持ちたまへる手つき、かれよりも細さまさりて、痩せ痩せなるべし。立ちたりつる君も、障子口にゐて、何ごとにかあらむ、こなたを見おこせて笑ひたる、いと愛敬《あいぎやう》づきたり。（五―二〇八～一〇）

これが、椎本巻の巻末に描かれている垣間見場面である。文末に傍線を付してあるのが、自由間接言説で、網かけは自由直接言説である。他の垣間見場面と同様に、意外にも、薫の一人称視点で描かれていることに気付く。なお、文章中の傍線は、後に詳しく説明するが、一応、この場では、訝しがりの草子地と理解しておくことにする。

この場面では、宇治の大君と中君の姉妹が対照的に叙述されている。それを図式化することから分析を始めることにする。

	中君	大君
(a)	たち出でて	ゐざり出でて
(b)	のぞきて……見たまふ	見おこせたまへる用意
(c)	濃き鈍色《にびいろ》の単衣に萱草《くわんざう》の袴のもてはやしたる、〈なかなかさまかはりてはなやかなり〉と見ゆる	黒き袷一襲、同じやうなる色あひを着たまへれど、これはなつかしうなまめきて、あはれげに心苦しうおぼゆ
(d)	人からなめり	うちとけたらぬさまして、〈よしあらん〉とおぼゆ
(e)	数珠ひき隠して持たまへり	紫の紙に書きたる経を片手に持ちたまへる手つき
(f)	いとそびやかに様体をかしげなる人の〈髪、袿にすこし足らぬほどならむ〉と見えて、末まで塵のまよひなく、艶々とこちたううつくしげなり	髪ざしのほど、いますこしあてになまめかしきさまなり 髪さはらかなるほどに、落ちたるなるべし、末すこし細りて、「色なり」とかいふめる、翡翠だちていとをかしげに、糸をよりかけたるやうなり
(g)	かたはらめなど、〈あならうたげ〉と見えて、にほひやかにやはらかにおほどきたるけはひ……	ゐざり入りたまふほど、気高う心にくきけはひそひて見ゆ
(h)	（大君よりもひどく痩せてはいない）	かれよりも細さまさりて、痩せ痩せなるべし
(i)	こなたを見おこせて笑ひたる、いと愛敬づきたり	（非「愛敬づきたり」）

ある面では恣意的に比較して作成した図表であるが、同時に、姉妹がみごとに対照化されていることに気付く。源氏物語を読むときには、時々立止まって、こんなメモ風な図表を作ってみる必要があるだろう。図式化は、好みではないのであるが、源氏物語では、整理しないと場面が明瞭に見えない場合があるのである。

最初の項目では、「立つ女」中君と「ゐざる女」大君の対照で、これについては後にも述べることになるが、この比較は見事に描かれている。次の項目は、覗く中君を薫が覗いているという構図に対して、用心という心配りをする大君を、垣間見している薫がいるという構図になっている。立って覗き見をしている自由奔放な中君と違い、女の心得を、大君は実践していると読めるのである。つづく項目は喪服についての描写で、問題はその意味付けである。同じような色合いの喪服なのだが、中君は「はなやかなり」と意味付けされているのであるが、大君のは「なつかしうなまめきて、あはれげに心苦しう」と複雑に評価されている。とくに、「心苦しう」は、相手の様子を見て、自分の気持ちが狂いそうになるという意味であるから、「あはれげ」ゆえに、大君の喪服姿は、薫に蠱惑的な魅力を発揮しているのである。次は「人から」で、大君は〈よしあらん〉と思われている。中君に比べてすぐれていると語っているのである。つづいて、数珠を隠す女に対して、経を持つ女が対比的に描かれている。仏教的なものに対する姿勢が異なっているのである。

フェティシズム的な髪についての感想が、次に述べられる。古代後期の王朝国家の貴族社会では、高貴な女性の顔を見ることが禁忌化《タブー》されていたから、髪の毛が女性の魅力となっていたことは、あえて強調するまでもないことなのであるが、この垣間見場面では、二人の女性に対して詳細な髪の描写が施されている。ただし、中君の場合は、「〈髪、袿《うちき》にすこし足らぬほどならむ〉と見えて、末まで塵のまよひなく、艶《つや》々とこちたううつくしげなり」という髪の描写より、すらりとした立姿や、つづく文で「かたはらめ」と描かれている横顔が重要なのである。袿の丈に少し足りないほどの髪と叙述されているので、身丈に一尺ばかりあまっているのであろうが、その髪は、もつれもなく、つやつやして、量《かさ》が多いのである。これは当時の最高な美人の条件なのであるが、個性的な特色が描かれているわけではない。かえって、普段は見ることができない、立姿や横顔が新鮮なものとして描写されているのである。

それに対して、大君の髪の描写は、詳細で個性的な特色が写しだされている。

髪さはらかなるほどに、落ちたるなるべし、末すこし細りて、「色なり」とかいふめる、翡翠だちていとをかしげに、糸をよりかけたるやうなり。

という髪の描写はその特性をみごとに叙述している。髪は、「さはらかなるほど」＝「髪の毛の量が少なく、すっきりしていること」と修飾されているものの、抜け落ちているのである。大君は、この時二十六歳と推定されているので、異常で、病的なものを読みとるべきであろう。それ故、髪の先が少し細くなっているのである。それを薫は「色なり」と判断している。「色」は、髪の毛の艶のあることを言っているらしいので、その判断から、髪の色《いろ》艶《つや》を翡翠《かわせみ》に比喩して、「糸をよりかけたるやう」に、乱れがなくそろっていて、撚《よ》り糸のように美しいと称賛しているのである。髪が抜け落ちている状態から、手つきの「痩せ痩せ」に、描写は移行しているから、現代なら、拒食症などと判断されるかもしれないのであるが、薫はそれを逆に称賛しているのである。薫の病的なものへの偏執が読みとれると言えるだろう。

つづいて総括的な印象批評が叙述されている。中君に対しては、

かたはらめなど、〈あならうたげ〉と見えて、にほひやかにやはらかにおほどきたるけはひ、〈女一の宮もかうざまにぞおはすべき〉と、ほの見たてまつりしも思ひくらべられて、うち嘆かる。

と記されている。めったに見ることができない女の横顔が、「ああ、かわいらしい様子だなあ」と嘆息するほど価値があり、ほのかに見た女一の宮に似ているらしく、色艶があり、もの柔かで、おっとりしているのである。ここでも最高な美人だと語られているものの、女一の宮との類似が述べられているように、中君の個性的な特質については叙述されてはいない。

それに対して、大君は、

うしろめたげにゐざり入りたまふほど、気高う心にくきけはひそひて見ゆ。

かれよりも細さまさりて、痩せ痩せなるべし。

と描写されている。最初の文では「心にくきけはひ」という表現が気になる。「奥ゆかしい様子」と訳すのであろうが、「心にくし」には、様子がはっきりしないので気にかかるという意味があり、薫の関心を喚起する魅力をもっているのである。ある種の謎を薫に与え、それ故、薫は蠱惑されているのである。それが、二番目の文の「痩せ痩せなるべし」に表出されている。病的と言えるほど痩せすぎなのであるが、その姿に薫は魅惑されているのである。この「痩せ痩せ」は、「手つき」について述べられているのであるが、身体ばかりでなく、心や精神にも語っているはずである。「俗聖」を志向している薫が憧れるのは必然と言えるのだろうが、この表現は空蟬などにも用いられているが、「痩せ痩せ」の彼方には滅亡があるはずで、薫にはそれが見えていたのであろうか。

なお、この描写は、総角巻で、匂宮が宇治山荘に来訪したことを女房たちが喜んでいるのに対して、大君の心境を記した、

姫君、〈我もやうやうさかり過ぎぬる身ぞかし。鏡を見れば、痩せ痩せになりてもてゆく。……〉とうしろめたく、見出だして臥したまへり。〈恥づかしげならむ人に見えむことは、いよいよかたはらいたく、いま

一二年《ひととせふたとせ》あらば衰へまさりなむ。はかなげなる身のありさまを〉と、御手つきの細やかにか弱くあはれなるを
さし出でても、世の中を思ひつづけたまふ。（五—二七〇）

という描写と照応している。後の死の予告のような叙述であるが、大君自身が鏡を見ながら、「痩せ痩せ」を自覚しているのである。明らかに、尋常でない痩せ方の彼方には、死骸が横たわっているのである。薫はその死の匂いを嗅いでいるがゆえに、大君に蠱惑されるのであるが、そうした自分には気付いてはいないのである。

もう一度、引用した本文に戻ることにしよう。この場面の各文の文末に傍線や網かけをつけたように、自由間接言説と自由直接言説で終わっている。自由間接言説には、語り手の声も聞こえるが、薫の一人称視点で描かれている。自由直接言説も、薫の一人称視点であることは、言うまでもないことだろう。つまり、この垣間見場面は、薫の眼差しから捉えられているのである。言い換えると、薫の主観によって切り取られているのである。それゆえ、この場面では、会話文をのぞくと、内話文も含めて、薫の一人称視点で叙述されているのである。

一人称視点で書かれている場面では、三人称の内話文が叙述されないのが、源氏物語の原則である。ここでもその文法的規範がまもられている。この場面の内話文は、すべて薫のものなのである。

たとえば、夢浮橋巻には、小野に送られた薫の手紙を、妹尼君から浮舟が見せられる場面がある。

尼君、御文ひき解きて見せたてまつる。ありしながらの御手にて、紙の香など、例の世づかぬまでしみたり。
ほのかに見て、例の、ものめでのさし過ぎ人、〈いとあり難くをかし〉と思ふべし。（六—三七七）

この場面も、浮舟の一人称視点で書かれている。傍線を付した文末の「しみたり」は自由間接言説で、手紙にたきしめた香がよくしみていると、浮舟は聞いているのである。にもかかわらず、「ものめでのさし過ぎ人」という三人称の内話文、つまり、妹尼の内話文が記入されているのであるが、「思ふべし」という自由間接言説の文末には、

「べし」という推量の助動詞がつかわれており、浮舟が推察した妹尼の内話となっているのである。このように一人称視点の場面では、推量の助動詞などを使わないで、三人称の内話文を記入しないのが規範なのである。そのため、この椎本巻巻末の場面でも、薫以外の内話文は書き込まれていないのである。

ところで、引用場面には、「落ちたるなるべし」と「何ごとにかあらむ」という訝しがりの草子地が記入されている。しかし、この場面は薫の一人称視点で叙述されているのであるから、語り手が訝しがっているのと同時に、登場人物薫の声も聞こえてくるのである。実は、訝しがりの草子地は、一人称視点＝同化的視点の場面では、自由間接言説になり、語り手と共に、一人称の登場人物が訝しがっているように読めるのである。薫の視線がこの文でも読み取れるのである。推量していたり、疑問に思っているのは、薫でもあるわけである。

しかし、内話文と違って、三人称の会話文は、一人称視点の場面でも書き込まれている。この場面でも、大君の思慮深さを強調するために、大君の二つの会話文と、若い女房たちの会話が記入されている。大君と女房はお互いを宛名にして会話をしているのであるが、それを薫は垣間聞きしているのである。このような宛名ではない人物が聞く立ち聞きを、垣間見に対して垣間聞きと呼んでいる。大君は女としての心得がある人物だと感服して、薫は聞いているのである。

このように、椎本巻の巻末場面は、薫の一人称視点で叙述されている。それを先に対比した大君と中君との図表を組み入れて、さらに考察を展開してみよう。まず「立つ女」と「ゐざる女」が比較されてくる。女房たちは仕事があり、必然的に立つ動作をしていたのだろうが、上流の女性たちは、物語などの資料から判断すると、移動する時も、遠くに行く場合でない時は、躄《いざ》っていたようである。つまり、上流貴族の女性の立姿は、珍しく、異常でもあったのである。それ故、男性ならば、立姿で覗き見をしている中君に魅惑されるはずなのであるが、薫は普段の動作をしているのにすぎない慎みのある大君を、女として心得のある人物と評価している。自由奔放な中君に対して、日常的な行為しかしていない大君に魅了されているのである。また、最高の美人である中君を普遍的だと評価し、「痩せ痩せ」の病的な大君に蠱惑されているのである。もう一度対比表を見て、自分の趣味から二人を比較してみると解るように、薫の判断は異常である。

嗜好の問題だと済ますこともできるのであるが、これは明らかに覗く人薫の心理を照らしだしている。こうして、一人称視点だとする指摘は、従来の研究が気付かなかった、視点人物の内面さえ露呈してしまうのである。すでに、橋姫巻で、薫は自分の出生の秘密を弁の君から聞いている。また、宇治の八の宮に憧れ、俗聖を志向して、宇治を何度も訪れている。しかし、そこに異常《アブノーマル》を読むことはできない。しかし、この場面で描かれている薫の心性は、普通の男性のものではないのである。宇治十帖の謎はいくつもあるのであるが、なぜ薫が大君に魅了されるかも謎の一つである。垣間見は、橋姫巻でも描かれていたのであるから、薫は彼女をよく観察していたはずで、これまでの描写からすると、読者の眼から言うと、中君の方が魅力的なのである。それなのに大君に蠱惑されるのは、薫自身が病的なものを抱えているからで、この場面は、その薫の病的な偏執を露呈させることで、謎に答えているのである。その原因はさまざまなのであろうが、京都では満足できない、宇治の、それも病的なものに憧憬する薫の内部があるのである。こうして言説分析は、薫の異常な内面という、深層にまで測鉛を降ろすことができるのである。

だからといって、薫を非難しているのではない。〈都〉という秩序に安住できずに、〈山里〉という境界の、それも病的なものに共感する薫には、王権をずらしていった光源氏のように、それなりの秩序を混乱する魅力があるのである。この垣間見場面だけで薫論を展開しようとは思わないのであるが、都市の上流貴族という権力の中枢にいながら、薫は、ささやかではあるものの、そうした秩序に抵抗しているのである。彼は不合理的で病的なものに憑依されているがゆえに、物語の登場人物になりえているのである。貴種でありながら山里に住む、女の心得のある、思慮深い女性でもある大君に、「痩せ痩せ」という滅亡の兆しを見いだすことで、薫は自己でありえているのである。彼は、他者の死の匂いを嗅ぎとることで、自己同一性を確立しているのである。言説分析は、このように、見られる人ばかりでなく、見る人の内部にまで把握していくことになるのである。

〈異議申し立ての物語学〉は、言説区分・言説分析を手に入れることで、従来の批評や研究が看過し脱漏してしまった眼差しをテクストに向ける。区分・分析という言葉が示唆しているように、この方法は合理的なものを目指しているように考えやすいが、これまでの考察が指示しているように、テクストに混乱と反秩序を与えることでもある。源氏物語に、可能性と混沌の坩堝と抵抗力をさらに与えることができるかどうかが、この形式的内容を探求する方法の賭けであろう。

ところで、橋姫巻と椎本巻とに、なぜ垣間見が反復されているのであろうか。二場面は共に、大君・中君という姉妹を薫が垣間見しているのであって、伊勢物語初段の「女はらから（姉妹二人）」を引用していると言えるだろう。だが、これらの場面は、伊勢物語初段の引用＝反復を強調するためになされているのではない。二場面の差異を強調するためになされているのである。既に述べたように、橋姫巻では、大君と中君との判定ができず、重層的に意味付けが決定される。大君と中君との判定が楕円的に循環し、読者の判断が往還するのである。ここでは引用できないが、国宝源氏物語絵巻の橋姫巻を見てほしいのだが、そこにはこの垣間見場面が鮮やかに描かれている。その場面の絵柄を見ていると、多数の楕円を発見できるはずである。絵巻の絵師も、大君と中君とが往還する重層的意味決定に気付き、楕円的な絵柄で、垣間見場面を描いていたのである。

椎本巻では、既に何度も姉妹に会見し、何度かの会話で二人の声の判別が明瞭な薫にとって、誤読はありえない。

同じような垣間見場面を反復的に描くのは、その差異を強調するために他ならず、既に大君／中君の対照は何度か描かれているので、それをここで繰り返す必要もない。とするならば、垣間見している薫の内部を描くことに、この場面の中心的意義があったのであり、その薫の病的な内面は、既に明晰になったように、〈語ること〉つまり物語の言説を分析することなしに生成できないのである。〈異議申し立ての物語学〉は、このように源氏物語の深淵に一歩踏み込むことになるのである。

〈注〉

（1）「近代小説の〈語り〉と〈言説〉」「『羅生門』の言説分析」（共に、三谷邦明編双書〈物語学を拓く〉2『近代小説の〈語り〉と〈言説〉』所収）参照。

（2）既に、源氏物語の言説分析については、

(a)「源氏物語の言説分析――語り手の実体化と草子地あるいは澪標巻の明石君の一人称的言説をめぐって――」（『国文学研究』百十二集所収。本書第一部五章）

(b)「源氏物語の〈語り〉と〈言説〉――〈垣間見〉の文学史あるいは混沌を増殖する言説分析の可能性――」（双書〈物語学を拓く〉1『源氏物語の〈語り〉と〈言説〉』所収。本書第一部一章）

(c)「篝火巻の言説分析――具体的なものへの還元あるいは重層的な意味の増殖――」（『横浜市立大学論叢』第四六巻第1・2・3合併号「神田文人教授退官記念号」所収。本書第一部六章）

(d)「夢浮橋巻の言説分析――終焉の儀式あるいは未完成の対話と〈語り〉の方法――」（『横浜市立大学論叢』第四七巻第2・3合併号「伊東昭二教授退官記念号」所収。本書第一部十二章）

(e)「御法巻の言説分析――死の儀礼あるいは〈語ること〉の地平――」（上坂信男編『源氏物語の思惟と表現』所収。本書第一部八章）といった論文を執筆している。参照してほしい。なお、(b)の論文で個々の言説の機能につ

いて分析しているので、この論文では、その論文で説明的に叙述した各言説の特性については、言及するのを避けている。
(3) 源氏物語の引用は全集本による。以下の引用も同様である。ただし、引用文では、記号などを改訂している。
(4) 竹取物語の引用は全集本による。ただし、引用文では、段落・記号などを改訂している。
(5) 『物語文学の方法Ⅰ』所収。
(6) 『物語文学の方法Ⅰ・Ⅱ』および『物語文学の言説』に掲載した竹取物語関係の論文を参照してほしい。
(7) 『物語文学の方法Ⅰ』の第一部第一・四章、および第二部第四章などを参照してほしい。
(8) 『物語文学の方法Ⅰ』第二部第二章などの論文を参照してほしい。
(9) 自由間接言説に気付いた事情や、自由間接言説の機能については、注(2)の(a)・(b)の論文を参照してほしい。
(10) なお、この論文は、シーモア・チャットマンの「小説にできること、映画にできないこと(そしてその逆)」という論文の「補足的感想」として発表されたものである。
(11) 物語文学や近代小説において、始まりの中に終りが書き込まれていることについては、『源氏物語躾糸』および注(2)の(b)の論文、さらに、近代小説については注(1)の論文を参照してほしい。
(12) 最初に指摘したのは、「物語文学の文章」(『物語文学の方法Ⅰ』第一部第四章所収)という論文である。なお、この論文は、一九八〇年に日本文学協会の大会で口頭発表したものである。また、駢文については、吉田敬一『中国文学における対句と対句論』などを参照している。
(13) 注(1)の論文を参照してほしい。
(14) 注(1)『羅生門』論を参照してほしい。『羅生門』では、内話文は抑制され、二箇所にしか用いられず、それも地の文に忍び込ませているのである。
(15) 日本文学研究資料新集5『源氏物語　語りと表現』所収。
(16) 交野物語型のテクストと蓬生巻の関係については、『物語文学の言説』第三部第三章を参照してほしい。

(17)　藤壺事件を核とした、源氏物語第一部の話型と主題との関わりについては、『源氏物語躾糸』を参照してほしい。
(18)　注（2）の(b)の論文。
(19)　『物語文学の方法II』所収。注（2）の(b)の論文も参照してほしい。
(20)　「俗聖」という主題が、宇治十帖の主題群の中で重要な意味を担っていることについては、「源氏物語第三部の方法――中心の喪失あるいは不在の物語――」（『物語文学の方法II』所収）を参照してほしい。
(21)　注（2）の(b)の論文。
(22)　思想大系本『古代中世芸術論』所収。記号を訂正している。
(23)　勅撰歌集の引用は、新大系本による。

〈補注〉この稿は一九九六年に成稿したため、この問題は、「囚われた『思想』」（『源氏研究』三号所載。本書第一部九章）という論文で、更に展開して考察している。

第十一章　自由直接言説と意識の流れ
——宿木巻の言説の方法あるいは読者の言説区分——

一　宿木巻冒頭場面の方法

宿木巻の冒頭は、「そのころ」から始まる。この書き出しは、全集本の頭注で「これまでの物語の時期と相重なりつつ新しい内容を語り起こそうとする常套句。さきの紅梅・橋姫巻、後の手習巻の冒頭に類似」と書いていて、それなりの示唆を与えてくれるのだが、この言葉が指示する、源氏物語の諸巻や、後期・鎌倉物語などの、常套的な冒頭句という共有性と共に、宿木巻における、この語の、この巻特有の個別的具体性も、配慮する必要があるだろう。

宿木巻は、紅梅・椎本・総角・早蕨・東屋巻と、時間的に重複する時期（出来事）を描き出している。宿木巻とは異なった視点（浮舟に添った視座）で重層している、次巻の東屋巻を除けば、紅梅巻は按察大納言（紅梅）邸を背景とし、椎本・総角・早蕨巻は、山里の宇治山荘を背景に、叙述されていることは言うまでもない。つまり、「そのころ」は、時期的に、按察大納言邸でも、山里宇治とも異なる空間における、時間的経過（出来事）を描くことを、巻の標的にしていることを明示しているのである。その空間とは、天皇という王権を軸とした、都（宮処）＝中心そのものの、上流貴族生活なのである。

その都を背後空間とすると宣言した、源氏物語を横断していると言われている、王権主題を明示した、「そのころ」という文に続いて、宿木巻は、

> 藤壺と聞こゆるは、故左大臣殿の女御なむおはしける、まだ、東宮と聞こえさせし時、人よりさきに参りたまひにしかば、睦ましくあはれなる方に御思ひはことにものしたまふめれど、〈そのしるし〉と見ゆるふしもなくて年経たまふに、中宮には、宮たちさへあまたここら大人びたまふめるに、さやうのことも少なくて、ただ女宮一ところをぞ持ちたてまつりたまへりける。（五―三六二）

と書き出されている。父左大臣を亡くした「藤壺」と記されているので、桐壺更衣の形代である第一部の主題を彩った中宮や、彼女の異母妹（ゆかり）で、第二部の中心人物の一人である女三宮の、母の女御が想起され、この巻には、父の喪失という主要な要素《モチーフ》も加わり、罪過の臭いが漂ってくると書きたいのだが、この「女御」は、既に梅枝巻に「左大臣の三の君参りたまひぬ。麗景殿と聞こゆ」（三―四〇六　梅枝巻）として登場している女御のことで、一般には「麗景殿女御」と呼称されている人物であり、物語展開から言うと、破倫な罪の世界とは無縁なのである。源氏物語では、「麗景殿女御」が四人登場しており、①人目は、朱雀の女御で、弘徽殿大后の姪。②人目は、桐壺の女御で、花散里の姉。③人目は、この女性。④人目は、紅梅の長女で、春宮に入内となっていて、特定のイメージが付与されているわけではない。

「麗景殿女御」から「藤壺女御」への変化は、それ故、単に、殿舎の移行と、東宮が天皇に即位したことなどに他ならないのだが、しかし、にもかかわらず、「藤壺」が有していた正篇での表象が、続篇特に宇治十帖では消去

されていることに、注意すべきであろう。「藤壺」には、罪の臭いが、宇治十帖では消えているのである。つまり、罪の消去という、正篇の主題の〈不在〉が刻み込まれているのである。

この不在性は、「ただ女宮一ところ」と書かれている、女二宮にも現象している。昔物語の系譜に連なる正篇ならば、このような書き出しで叙述されると、この宿木巻の女主人公は、女二宮ということになるのだが、そうした正篇的読みは、後の物語展開で見事に裏切られ、不在化されるのである。ここでも正篇的解読は、〈不在化〉され、〈見せ消ち〉化されているのである。不在化という現象は、前提というものが措定されていなければならない。

つまり、「藤壺」に対するイメージや、冒頭文で強調される登場人物が必ず主人公になるといった、物語の文法的規範が確立していないと、この方法は使用できないのである。源氏物語続篇（第三部）の方法とは、前提として昔物語を含んだ正篇的世界を措定し、それを裏切り・ずらし・見せ消ち化することで、不在化を実現しているのである。つまり、相互テクスト性なしに生成できないのである。このように、続篇は、初期物語や正篇的世界が確立・認識・享受されていないと、成就できないところに特性があると言えよう。

〈不在性〉は、想像力・相互テクスト関係・比喩・引用（物語内の引用を含めた）・形代／ゆかり・転位・反復・パロディなど、さまざまな文学的分野・方法・視点・技法に、網の目状な根を張り延ばしているのだが、常に、この措定（プレ・テクスト＝引用など）なしに生成しないところに、特色がある。宿木巻は、その不在化の方法を、潜在的に採用していることを、巻の冒頭の言説で、見事に宣言しているのである。［なお、続篇の不在性については、別の視点から、「源氏物語第三部の方法―中心の喪失あるいは不在の物語―」（『物語文学の方法Ⅱ』所収）で分析している］

続く冒頭場面は、

〈わがいと口惜しく人に圧《お》されたてまつりぬる宿世嘆かしくおぼゆるかはりに、この宮をだにいかで行く末の心も慰むばかりにて見たてまつらむ〉と、かしづききこえたまふことおろかならず。(同上)

と書かれている。文中の「人」は、今上の後宮の后妃たちを示唆しているのだろうが、直接には明石中宮(彼女には、東宮・女一の宮・二の宮・匂宮=三の宮・五の宮などが誕生している)を指示していて、麗景殿女御に、皇子誕生(皇位継承の可能性)がなかったために、その代補として、女二宮の〈幸運〉に、彼女の「宿世」の全てを一身に賭けている様子が、「と」という付加節を用いて、内話文(心中思惟の詞・心内語や内言などとも言われている)として描かれている。なお、内話文は、例の通り、文中で〈 〉で示している。その内話文が、この論文の標的の一つなのである。

このような〈 〉で括《くく》った比較的に長文の内話文は、中世前期の源氏物語の古注で、既に指摘されていたのだが、西欧の文学理論においては、同一の現象とは言えない傾向があるものの、十九世紀の末から、「内的独白」とか「意識の流れ」として扱われてきた。しかし、この「内的独白」と「意識の流れ」の使用区分が曖昧で、論を展開するための隘路になっていた。事実、ジェラルド・プリンスの『物語論辞典』の、「interior monologue(内的独白)」の項でも、

登場人物の思考や印象あるいは知覚の直接的な提示。拡張された自由直接思考(free direct thought)。例えばデュジャルダンの『月桂樹は切られた』やジョイスの『ユリシーズ』のモーリス・ブルームの独白がその典型。

内的独白(《仏》monologue intérieur/《独》stiller Monolog)は、その一つの変異形として意識の流れ(stream of consciousness)を内包すると考えられることがしばしばある。しかし、内的独白は、意識の流れに対立するとされることもある。すなわち、内的独白は登場人物の印象や知覚というよりはむしろ思考を提示するのに対して、意識の流れは印象と思考の双方を提示する。あるいは、内的独白では語形・統語が大事にな

るのに対して、意識の流れではそうはならず、論理的な組織化に先立って、思考をその発生段階で捉えようとする。他方、この二つの用語は、しばしば相互互換的にも使われてきた。事実、自由直接言説（free direct discourse）で全編書かれたおそらく最も有名なテクストである『月桂樹は切られた』の作者デュジャルダンは、その内的独白の定義において、意識の流れに関わる文体的な基準と効果とを強調している。

と書き、同一なのか対立しているのかの判断に躊躇している。同様に、「stream of consciousness（意識の流れ）」の項でも、

一種の自由直接言説（free direct discourse）あるいは、「精神の直接的な引用」を試みる内的独白（interior monologue）（Bowling）。思考の自由な流れに焦点を当て、その非論理的で「非文法的な」連想性を強調する。人間の意識の再現（ジョイスの『ユリシーズ』におけるモーリー・ブルームの独白）。

内的独白と意識の流れは相互互換性としばしば考えられてきたが、対立的に捉えられることもある。すなわち、内的独白は登場人物の印象や知覚というよりはむしろ思考を提示するのに対して、意識の流れは印象と思考の双方を提示する。あるいは、内的独白では語形・統語を大事にするのに対して、意識の流れではそうはならず（例えば、句読法の欠如、文法的形式の省略、無数の不完全な短文、新造語の頻発）、論理的な組織化に先立って、思考をその発生段階で捉えようとする。

この用語は、意識自体が立ち現われるさまを言うために、ウィリアム・ジェイムズによって作られた。

と述べ、同一か対立かという矛盾する判断に決着を付けていず、ためらっている。この判断中止の敷居をあえて越えて、本稿では、後に言及するごとく、源氏物語において、対立説を採用し、内話文は意識の流れだと判断することになるのだが、その前に、内話文に気付いていない西欧の文学理論が、この内的独白（意識の流れ）を、自由直接

言説に関連付けて論を展開していることが、気になる。それ故、再度同じ辞典の「free direct discourse（自由直接言説）」の項を見ると、

所与の登場人物の発話・思考を、語り手の介在（付加（tag）、引用符号、ダッシュなど）を排除して、あたかも当該登場人物が為しているかのように提示する言説の類型（type of discourse）。例えば、It was unbearably hot, and she just stood there, I can't stand any of these people! She decided to leave. において I can't stand any of these people! は、自由直接言説の一例となる。

あたかも登場人物の意識に生起しているかのように、直接、当該登場人物の知覚が提示される場合も、自由直接言説の例と見なすことがある。

と記されている。語り手の介在がないのが、自由直接言説だとすると、「と」「など」などの付加節の付いた文章は別として、日本の古写本には、本来、「 」（鍵括弧）や〈 〉（山形括弧）のような符号が付けられていないのが原則（句点・声点などはある。なお、写本における句点の研究は、これからの課題である）であるから、読者が、会話・内話文と認定すれば、自由直接言説になるという、無原則に陥る可能性が、この解説には記述されている。ちなみに、「free direct speech（自由直接話法）」の項も参照しておくと、

自由直接言説（free direct discourse）。とりわけ登場人物の思考ではなく発話を提示する自由直接言説。

と書かれており、近世以前の古典文学では、付加節や句点などが付いているものを除けば、多くの場合、会話文と読者が認知すれば、会話（speech）らしい文章は、自由直接話法だと言うことになる。

こうした曖昧さを避けるために、言説分析では、原則として、会話・内話文は、「と」「とて」「と言ふ」「と思ふ」「と見る」「など」などといった、付加節が記述されているものに限るといった、区分意識を保持した方が良い

だろう。区分意識がないと、曖昧で、無原則的な分析に流れていってしまうのである。それでも、後にも出現するように、「言ひ思ふ」といった、境界例は避けるわけには行かないのである。また、にもかかわらず、区分・分類といった規範文法を違犯するところに、文学自体の面白さの追求があると言ってよいだろう。文学の批評と研究では、この違犯性を忘却してはいけないのである。

なお、会話文には、宛名（相手）を持つのが普通なのだが、時々、誰もいない際の独り言や独詠などのように、相手が不特定多数の場合や、不在などの場合がある。この例は、物語文学のすべてのテクストを調査したことはないのだが、稀だと認識しても誤りではないはずである。

ただし、冒頭場面で紹介した藤壺女御（麗景殿）の若干長文の内話文を読みなおしてほしいのだが、この文は「と」という付加節があるため、内話文として認識されている。と言うより、「　」（鍵括弧）が、全集本などの注釈諸本で付けられていないので、会話文として扱わず、私的な判断で、一応内話文として処置しているのである。「と」だけの付加節なので、読者は、この文を会話文として扱うこともできるのである。つまり、周囲にいる不特定な女房たちに、藤壺女御が発話したもので、この文は直接話法の会話文だと理解することもできるのである。

そう理解することで、この時代の上流社会（宮廷社会）では、宮仕え女房たちの存在は主人たちの眼の中に入らず、意識的に無視されてしまうもので、黒衣や見せ消ち的な実存であったという論を展開することもできるのである。宿木巻の語り手の眼差しからは、その場に個別に実存していながら、不特定な存在として扱われてしまうような人物が女房で、それ故、藤壺女御は、独り言のように女房たちを無視して発話していたのである。この理解は、源氏物語解釈において波紋を生むことになる。つまり、藤壺女御はあけすけに明石中宮の悪口を言うような開放的な人格であり、また、そうした彼女自身の「宿世」を、女二の宮に託すという発話があったからこそ、それが見せ消ちの女房たちに伝わり、宮中の噂となり、今上にも知られ、帝が女御の死去後、薫に女二宮を降嫁させる根拠となったと、理解することも可能なのである。このように、会話文と内話文も区分は曖昧で、読者の区分決定によって、テクスト解釈は左右されることになるのである。テクストを生成するのは、作家や作者ではなく、読者自身なのである。

ところで、そうした言説区分の曖昧さを認識した上で、内的独白と意識の流れの課題に復帰すると、この二つは、先に引用した辞典でも、整理すると、

〈内的独白〉思考・語形・統語・精神の直接的な引用・論理的な組織化

〈意識の流れ〉印象・知覚・思考の発生段階・思考の自由な流れ・非論理的・非文法的・人間の意識の再現・句読法の欠如・文法的形式の省略・無数の不完全な短文・新造語の頻発

と対照的に把握されており、そうであるならば、二つは別の概念として認識しなければならないだろう。もちろん、物語文学特に源氏物語の場合は、心内語は、この対比から明晰化できるように、〈意識の流れ〉に所属することになる。物語文学の内話文／一部の会話文は、今後、意識の流れと照応するものとして扱って行く必要があるのである。意識の流れは、自由直接言説と言うより、従来の古注分類から言えば、内話文そのものの特性なのである。

再度、藤壺女御（麗景殿）の内話文を読んでほしい。傍線をつけた「おぼゆる」は、「おぼゆ（「おもほゆ」「おもはゆ」の転）」で、自然に思われてくるの意で、「わ」という自称と共に、この文が特殊な会話文／内話文であることを示唆しているのだが、「たてまつりぬ」と明石中宮に敬語が用いられていることが気になる。内話文ならば、女御は中宮にこのような敬語的な配慮はいらず、〈……人に圧《お》されたる宿世……〉と心中で思惟したと考えられるのである。

それ故、この文を今後は会話文として扱うことになるのだが、会話文だとしても、傍線部分の「見たてまつらむ」のように、女二の宮という皇女に、母親である女御が敬語を使用するのは、当時の文法的規範を侵していないように思われるのだが、現前に中宮がいる場合はともかく、この場のように、黒衣のように見せ消ち化されている女房たちの前で、麗景殿女御は中宮に敬語を使用しなくてもよいはずである。だとするならば、この発話を聞き、噂を撒き散らした不特定の女房（こうした一次的な人物たちも、語り手の範疇に属している）か、この巻を最終的に纏めたと言われる、竹河巻の用語を使うと「紫のゆかり」という「語り手（書き手）」が、敬語を付加したと言わざるをえない。このように従来は内話文だと思われたものも、分析を重ねてみると、会話文に変容する場合もあるのであって、しかも、この文は、直接女御が発話したそのままを記録・再現したものではなく、語り手たちが、勝手に介在した、間接的なものなのであって、言説区分は、自身の反省を込めた上で、慎重さが必要となるのである。それにしても、物語文学の批評と研究では、当然なことではあるが、会話文／内話文を分析する際には、発話者や聞き手ばかりでなく、今後は、語り手の問題を配慮しなくてはならないだろう。

なお、「誤読と隠蔽の構図―夕顔巻における光源氏あるいは文脈という射程距離と重層的意味決定―」（本書第一部四章）で、「和歌文学の読みと、物語文学中の和歌の解釈は、異なっているのである」と述べたように、日常生活の会話・和歌・手紙など宛名（相手）のいるジャンルと、物語文学のそれとは、異なった解釈受容をしなくてはならない。と言うのは、日常では、発話者（書き手）の正確な意図など配慮せずに（というより分からずに）、受容者（聞き手）の主観的な立場から、発話された会話に、返答・享受しているからである。

ところが、あらゆる言説が関連・関係性あるいは因果性をもっている物語文学では、登場人物を物語の文脈に置いて、その発話を、どのような情報を得て、どのような意図で、どのような反応を期待してなどについて、読み取る必要があるからである。しかも、既に述べたように、そこに読者や語り手の問題も加わり、輻湊した課題となっているのである。ここに、物語文学の言説分析の困難さがあると言えるだろう。

二　内話文と自由間接言説をめぐって

先に引用した内話文が、語り手の意識が間接的に加わった会話文であるとすれば、宿木巻の最初の内話文は、全集本などを参照すると、

十四になりたまふ年、〈御裳着せたてまつりたまはん〉とて、春よりうちはじめて、他事《ことごと》なく思しいそぎて、〈何ごともなべてならぬさまに〉と思しまうく。〈いにしへより伝はりたりける宝物ども、このをりには〉と探し出でつつ、いみじく営みたまふに、女御、夏ごろ、物の怪にわづらひたまひて、いとはかなく亡せたまひぬ。（五―三六四）

とあるのが、最初のものだと言えるのだが、二番目のものは傍線部分に「と思し」とあるので一応内話文だと分かるものの、一番目と三番目は、明証を示すことはできないのだが、前後の文脈から、黒衣である女房たちに、女御自身が発話した会話文と理解すべきであろう。発話した故に、女御の意向に添って、女房たちは、女御の財力を動員した裳着という通過儀礼の準備に、勤《いそ》しんだと解釈できるのである。このように、従来は内話文だと思い、「　」（鍵括弧）を用いていなかったものにも、会話文として理解しなければならないものが多数含まれているのであって、言説区分は、未だ前段階に留まっているのである。また、会話文／内話分の研究では、黒衣化されている女房たちの動向も視野に入れるべきで、この分野に留まらないが、今後、御達・大人・老人・若人・女童あるいは乳母・乳

母子さらに宮中の宮仕い・権門の宮仕い・家などを配慮しながら、「女房」論は、語り手論と共に活発に議論されなくてはならないだろう。

ところで、この文に続いて、

言ふかひなく口惜しきことを内裏《うち》にも思し嘆く。

と記されている。傍線部分の「思し」は尊敬語だろうが、今上帝なのに「嘆く」は「嘆きたまふ」のように敬語が使用されていないことが気になる。「思し」があるから後の動詞の敬語を省略したという説もあるだろうが、それでも、「思ひ嘆きたまふ」と書かなかったことが気になるのである。

これは、従来から述べてきた、〈敬語不在〉を特性とする、天皇に対する自由直接言説なのである。既に他の論文で何度か述べたように、古代後期という時代は、階級・階層意識の強固な時期で、それが丁寧語までを生み出したことは言うまでもない。それ故、源氏物語の語り手は、ここでも帝に敬語を用いなくてはならないのだが、それを忌避したのは、読者があたかも天皇であるかのように錯誤的にこの文を享受して欲しかったからであろう。敬語が不在だと、読者は、敬語を使用しなくてもよい、自分自身について叙述している言説だと錯覚して受容してしまうのである。読者は、敬語が使用されていないため、他者のことだとは思わずに、自分が帝になったような錯覚に陥り、長い息を吐いて、深い悲嘆の情に共感を込めて受容し、二の宮の薫降嫁にいたる、天皇の行為を肯定的に容認してしまう機構になっているのである。なお、この帝の判断・降嫁という行為などにも、後にも述べるように、若菜上巻の女三の宮などの皇女降嫁物語が不在化されていることも、無視するわけには行かないだろう。措定し、その上でそれを否定するという、不在化は源氏物語続篇の方法の一つなのである。

更級日記などが暗示するように、主として貴族社会とその周辺の女房たちを、物語文学は受容者としていたためか、天皇に同化する言説を、叙述している場合がしばしばある。今日では、不敬罪として弾劾されかねない言説を、この時代の解釈共同体は許容していたのである。これは自由直接言説ではないが、源氏物語において、語り手と登場人物の二つの声が響く、最初の自由間接言説の例は、桐壺巻の、

〈いつしか〉と心もとながらせたまひて、急ぎ参らせて御覧ずるに、めづらかなるちごの御容貌《かたち》なり。

（一―九四）

なのだが、「〈めづらかなるちごの御容貌なり〉と御覧ず」と書かずに、二つの声が響く自由間接言説を用いて、帝と読者が一体化・同化した一人称視点で叙述されているところに、近代文学とは異なった、この場の特性があり、このように天皇の一人称視点と読者の視座が同化・融合して描かれている場合があるのである。

そうした視点で、宿木巻を読んで行くと、藤壺女御の死去後、今上帝が女二宮と薫との縁組を決意する場面に出会う。長文であるが引用して、言説分析を試みておくのも無駄ではないだろう。

〈やむごとなからぬ人々を頼もし人にておはせんに、女は心苦しきこと多かりぬべきこそいとほしけれ〉など、御心ひとつなるように思しあつかふも、安からざりけり。

御前の菊うつろひはててさかりなるころ、空のけしきあはれにうちしぐるるにも、まづこの御方に渡らせたまひて、昔の事など聞こえさせたまふに、御答《いら》へなども、おほどかなるものからいはけなからずうち聞こえさせたまふを、うつくしく思ひきこえさせたまふ。〈かやうなる御さまを見知りぬべからん人の、もてはやしきこえんもなどかあらん〉〈朱雀院の姫宮を六条院に譲りきこえたまひしをりの定めども〉など思しめし出づるに、〈「しばしは、いでや飽かずもあるかな、さらでもおはしなまし」と聞こゆる事どもありしかど、源中納言の人よりことなるありさまにてかくよろづを後見たてまつるにこそ、その昔《かみ》の御おぼえ衰へず、やんごとなき

さまにてはながらへたまふめれ。さらずは、御心より外なる事どもも出で来て、おのづから人に軽められたまふこともやあらまし〉など思しつづけて、〈ともかくも御覧ずる世にや思ひ定めまし〉と思し寄るには、やがてそのついでのままに、この中納言より外に、よろしかるべき人、また、なかりけり。〈宮たちの御かたはらにさし並べたらんに、何ごとも目ざましくはあらじを〉〈もとより思ふ人持たりて、聞きにくきことうちまずまじく、はた、あめるを、つひにはさやうの事なくてしもえあらじ〉〈さらぬさきに、さもやほのめかしてまし〉など、をりをり思しめしけり。（五―三六六～七）

今上が、女二宮と薫との結婚を決意するに到る心理葛藤を描いた場面であるが、何時ものように、傍線は、自由間接言説を、山形の鍵括弧は内話文を意味しており、山形の括弧が重なっているのは、「など」と言う付加節があったため、その雰囲気をできるだけ生成しようと試みたためである。

帝は、藤壺の死去後、喪服姿の女二宮を見ながら、伯父たちのような、「やむごとなからぬ人々」に、彼女を依託するわけには行かず、「安からざりけり」とある自由間接言説が示唆しているように、〈不安〉に陥る。不安とは、恐怖とは違って、自らに襲いかかるものが特定できない、しかも、過去を反省しつつ、未来から襲ってくるものなのである。二の宮が屈託なく振る舞っているので、却ってその不安は、自己の内部で高揚してくるのである。ハイデガーを持ち出すまでもなく、今上は、女御の死去を契機に、自己の死までを凝視しながら、この不安という概念と戦っていると書くことができるだろう。零落した皇女（姫君）の物語は、ごまんとあり、死後の女二宮に対する不安を、解消しておかなくてはならないのである。もっとも、治天下の頂点にあるのだから、子孫たちは、果てに零落するのは必然だという、批判的で冷静な眼差しもあってもよいだろう。

源氏物語では、場面転換を、情景描写で始める傾向がある。「御前の菊うつろひはてさかりなるころ……」という叙述も、九月という季節を示唆し、その盛りに共感している政治的全盛期にある帝がいると共に、その場面転換を鮮明化しようとする表現なのであろう。清涼殿の庭に植えてある観賞用の菊花は、奈良時代頃に輸入されたもので、古今和歌集の巻五秋歌下に、

是貞親王家歌合の歌　　　よみ人しらず

色かはる秋のきくをば一年《ひとゝせ》にふたゝびにほふ花とこそ見れ（二七八）

とあるように、白菊が、枯れて紫紅色の「移ろひ盛り」にまで移行するのを、当時は観賞している。重陽節会で詩や歌に詠まれたものなのであろう。時雨も加わり、「あはれ」な情趣となり、帝は、二の宮の所に到る。殿舎は清涼殿の北にある藤壺（飛香舎）なのであろう。昔の女御のことなどを話題にしながら、彼女の可憐さを再発見しながら、「などかあらん」という反語を用いて、内親王の結婚を瞑想することになる。その場合、思い起すことになるのは、朱雀の女《むすめ》である女三宮を光源氏に降嫁させたことなのである。

今上は、女三宮と柏木の密通事件を知ってはいない。それ故、既知の読者との間にアレゴリー関係が起こり、無知な帝の滑稽さが浮上するのだが、その滑稽さを「定め」と表現しているところに、徹底した王権批判が語られていると言ってよいだろう。「定め」は、『岩波古語辞典』が、

《天皇の後継者、帝都・陵墓の位置、罪刑、結婚の可否など神聖な公共的事項を正式に決定するのが原義。古代では卜占によって神意をうかがい決定することであったろう。後に人が是非を分別して決定する意》

と解説しているように、王権の根源に関わる事項を決定することで、彼はこの朱雀院の決裁が裏切られ、さまざまな波紋を生んでいることに無知なのである。女三宮密通事件は、光源氏や薫など少数の登場人物ばかりでなく、読者も既知な出来事であるため、ここで「定め」などという王権に関する用語を使うと、無知を曝け出すばかりでな

く、自己の根拠である王権への批判さえ呼び起こすことになるのである。アレゴリーもまた源氏物語続篇の方法の一つなのであるが、本稿でそれについて言及する余裕はない。

しかし、同時にこの回顧が、藤壺事件や女三宮事件などの正篇の密通事件を喚起させ、女二宮に罪過の可能性を与えながら、物語の進行に従って、それが肩透かしされるという、続篇の不在化という方法ともなっていることも、忘却してはならないだろう。外戚に有力な後見のない場合は、零落する皇女たちの物語に囲繞《いにょう》されている天皇は、独身者で生涯を終えさせるわけにも行かず、権門家に内親王を降嫁させる以外に、「定め」の余地が残されていないのである。

しかも、薫は、母親女三の宮の、昔に変わらない世話をしているのだから、理想的な相手として、〈ともかくも御覧ずる世にや思ひ定めまし〉という決意に到るのである。在位中に結婚させようとする判断は、朱雀の院（太上天皇）になってからの決裁以上に、効果があると認識したのであろう。最高位の人物の女《むすめ》であるから、〈つひにはさやうの事なくてしもえあらじ〉と思い、女二宮を正妻・本妻として扱ってもらうために、結婚準備を、母の死去にも拘らず、急ぐのである。

続く場面は、「御碁など打たせたまふ……」と書かれ、その碁の席で帝は降嫁を薫に贈答歌で仄めかし、結婚を画す。克明にその場面を言説分析することは避けるが、引用場面を再び読んでほしいのだが、この場面の自由間接言説と内話文を辿ると、帝が薫に降嫁させるまでの心理的葛藤が、鮮やかに表出されていることに気付く。この場面は、帝の一人称視点からの、反問する意識の流れが巧みに叙述されているのである。しかも、内話文を切れ切れに配分することで、徐々に薫に焦点を絞る過程が辿れる機構になっており、一回の唯一の内話文で表出されているよりも、時間経過や心情の変化過程が、天皇の心理に添って描写されていると言えるだろう。桐壺巻の、先に紹介した意識の流れの特色である「文法的形式の省略」の例を鮮やかに示す、「はじめより〈我は〉と思ひあがりたまへる御方々……」から始まった内話文は、こうして登場人物の心理的な動的変化の過程さえ克明に辿ることのできる、一人称視点による意識の流れを、巧妙に表出できるまでに、成長してきたのである。

もちろん、内話文は会話文と同様に、その心中思惟している人物に同化・一体化して享受すると共に、その内話文が、どのような情報で、どのような心理状態で、どのような意識・認識・感性で発話されていて、どのような反応を聞き手に要求しているかなど、多方面から客体化する必要がある。また、自由間接言説には、登場人物と共に語り手の声が響いており、共に、自由直接言説のように純粋な一人称視点とは言えないのであるが、これまでの分析が示唆しているように、客体化も含めて、巧妙な技法によって、源氏物語が、意識の流れを、疎外化・表現化している方法の一端は、この場面の分析からも明晰になるはずである。

三　自由直接言説による意識の流れ

宿木巻では、私の他の言説区分に関する諸論文も含めて、その分類・区分を裏切る言説に出会うことがある。例えば、

〈……頼もしげなく軽々しき事もありぬべきなめりかし〉など、憎く思ひきこえたまふ。わがまことにあまり一方《ひとかた》にしみたる心ならひに、人はいとこよなくもどかしく見ゆるなるべし。〈かの人をむなしく見なしきこえたまうてし後思ふには……〉など、つくづくと、人やりならぬ独り寝したまふ夜な夜なは、はかなき風の音にも目のみ覚めつつ、来し方行く先、人の上さへあぢきなき世を思ひめぐらしたまふ。（五—三七八）

という文章が述べられている。問題は、省略した「など」という付加節のある言説ではなく、二番目の文である。全集本の頭注で「薫の心中叙述が、やがて草子地によってしめくくられる」と記されているように、「わ」という自称で始まっているから、薫自身の内話文だと読んで行くと、「べし」という草子地に頻繁に用いられる助動詞が登場してくる。それ故、全集などは「人」以下の文を草子地として扱っているらしいのだが、それにしても奇妙な文である。

その解決として、「べし」以降に「と思ひたまふ」という付加節が省略されている文として読んだらどうであろうか。薫の内話文となるはずである。「べし」は、薫が、他人はこのように推察しているだろうという助動詞となり、語り手からのものでなくなるのである。つまり、この言説は、付加節の欠落した自由直接言説なのである。『物語論辞典』では、自由直接言説に対して、「語り手の介在（付加（tag）、引用符号、ダッシュなど）を排除して、あたかも当該登場人物が為しているかのように提示する言説の類型」と書いていた、その付加節のない言説の場合に適合しているのである。

既に、物語文学特に源氏物語において、自由直接言説が現象していることに対しては、他のいくつもの言説分析を試みた論文で指摘してきた。しかし、その場合は、例えば、「源氏物語の言説区分―物語文学の言説生成あるいは橋姫・椎本巻の言説分析―」（『源氏物語研究集成』第三巻所収）で、橋姫巻の言説を引用しながら、

八の宮が姉妹に琵琶と箏を教育している場面を再読してほしい。この場面は、

常に合わせつつ習ひたまへば、聞きにくくもあらで、いとをかしく聞こゆ。

という文章で閉じられていた。傍線を付したのは、この文が自由直接言説であるからである。自由直接言説というのは、

> という図式で表出される、同化的視点を意味している。この文では八の宮に対して敬語が使用されていないために、読者は一人称的に言説を読んでしまい、テクストを登場人物に同化して受容するのである。

と書き、短文の、敬語不在と、自由間接言説との対照的な在り方に注目し、「自由直接言説」の新たな区分を試みていたのである。欧米のような「付加（tag）、引用符号、ダッシュなど」の不在は、「日本」の古典文学の写本などでは、引用符号やダッシュなど記入されていないこともあって、無視してきたのである。しかし、付加節を伴わない自由直接言説は、既に古代後期の物語文学に、比較的長文な形で現象していたのであって、これからは、物語文学特に源氏物語の言説を、再点検する必要があると言えよう。

引用文の第一文は、匂宮に対して信頼できない軽薄さを非難する内容が述べられ、それが「思ひきこえたまふ」と、中の君への会話文か、薫の内話文かが判明できない、境界的な付加節で記述されていたのだが、それに加えて、一挙に薫の心中に踏み込むために、このように第二文では自由直接言説が採用されたのであろうが、と同時に、第三文が、文中に「夜な夜な」とあるように、近頃の薫の継続する動向・出来事を客体的に描写する必要があり、その為に、こうした言説が利用されたという側面も忘れてはならないだろう。読者を、薫の言説の中に誘い込み、あたかも自己が薫であるかのごとき錯覚に陥らせて、「もどかし」さに煩悶している、薫を浮き彫りにしているのが、この自由直接言説という、付加節を伴わない文に表れているのである。「もどかし」いという感情的な隔靴掻痒《かっかそうよう》は、こうした内部からの言説を用いないと、その複雑な不愉快さを、表出することができないものなのである。

こうした自由直接言説は、薫だけに現象するわけではない。また、文章全体に現われるわけでもない。次の場面を言説分析すると、昔の人をいとしも思ひきこえざらん人だに、この人の思ひたまへる気色を見んには、すずろにただにもあるまじきを、まして、我もものを心細く思ひ乱れたまふにつけては、いとど常よりも、面影に恋しく悲しく思ひきこえたまふ心なれば、いますこしもよほされて、ものもえ聞こえたまはず、ためらひかねたまへるけはひを、かたみに〈いとあはれ〉と思ひかはしたまふ。（三八六〜七）

とある。前の引用文と同様に、「我」という語が気になるのである。もちろん「わ」は、中の君を指しているのだが、この自称は、「ものもえ聞こえたまはず」まで懸かっているのではないだろうか。

場面の枠は薫による中の君の観察なのだが、「我」から、「聞こえたまはず」と薫に敬語を使用しているのは、中の君で、「と」などの付加節がないため、地の文化しているが、これも自由間接言説として扱ってもよいのではないだろうか。前の場面は、「秋の空は、いますこしながめのみまさりはべる。……」という言葉から始まり、薫のさまざまな人々との死をめぐる惜別、特に亡き大君との別れの悲嘆・悲哀が、会話文で述べられ、この文に到るのであって、読者は、中の君の思惟・感性に同化・一体化して、「我」の心中に感情的に融合して、この言説を読むのではないだろうか。

大君の面影を追憶して、その悲哀さに沈黙してしまう中の君の、付加節のない内話分として読むと、彼女の内面が鮮やかに甦ってくるように読めるのである。読者の言説区分意識に左右されるのだが、読みの深さは、地の文として客体的再現と把握するより、自由間接言説と理解する方に加担していると解釈できるのである。このように、意識の流れは、文中にも、自由直接言説だという読者区分として現象するのであって、言説分析は、読者のテクスト生成に賭けられているのである。

もう一度この自由直接言説による意識の流れを確認するために、若干長文であるが、同じような例を挙げておこう。

誰かは、何ごとをも後見かしづききこゆる人のあらむ。宮は、おろかならむ御心ざしのほどにて、よろづを〈いかで〉と思しおきてたれど、こまかなる内々のことまではいかがは思し寄らむ。限りもなく人にのみかしづかれてならはせたまへれば、世の中うちあはずさびしきこと、いかなるものとも知りたまはぬ、ことわりなり。〈艶に、そぞろ寒く花の露をもてあそびて世は過ぐすべきもの〉と思したるほどよりは、思す人のためなればおのづから、をりふしにつけつつ、まめやかなる事までもあつかひ知らせたまふこそ、あり難くめづらかなる事なめれば、「いでや」など、譏《そし》らはしげに聞こゆる御乳母などもありけり。童べなどの、なりあざやかならぬ、をりをりうちまじりなどしたるをも、女君はいと恥づかしく、〈なかなかなる住まひにもあるかな〉など、人知れず思すことなきにしもあらぬに、ましてこのごろは、世に響きたる御ありさまの華やかさに、かつは〈宮の内の人の見思はんことも、人げなきこと〉と思し乱るることもそひて嘆かしきを、中納言の君はいとよく推しはかりきこえたまへば、うとからむあたりには、見苦しくくだくだしかりぬべき心しらひのさまも、〈侮《あなづ》る〉とはなけれど、〈何かは、ことごとしくしたて顔ならむも、なかなかおぼえなく見とがむる人やあらん〉と思すなりけり。今ぞ、また、例の、めやすきさまなるものどもなどしたまひて、御小袿《こうちき》織らせ、綾の料賜はせなどしたまひける。この君しもぞ、宮に劣りきこえたまはず、さまことにかしづきたてられて、かたはなるまで心おごりもし、世を思ひ澄まして、あてなる心ばへはこよなけれど、〈故親王《こみこ》の御山住みを見そめたまひしよりぞ、さびしき所のあはれさはさまことなりけり〉と心苦しく思されて、なべての世をも思ひめぐらし、深き情《なさけ》をもならひたまひにける。いとほしの人ならはしやとぞ。（五―四二九～三〇）

場面の冒頭に記されている「誰かは」は、「我より他に誰かは」などの省略した文で、この場面も、隠されているが、薫中納言自身の「わ」という自称から始まっていることを確認しておこう。場面中の文末も、「あらむ」「思し寄らむ」「ことわりなり」「ありけり」とあり、一人称視点による助動詞として理解することができるだろう。

未だ、古典文法に対する私なりの理論を持つに到ってはいないのだが、「らむ」という助動詞は、目前に現前しない事柄・状況などを推測・推量するものや、現前していても、どうしてそうなのかといった原因・理由を問うものだと説明されている。また、「ことわりなり」は、形容動詞にするか助動詞にするかの議論があるのだが、推量・伝聞の「なり」なのであろう。もちろん、「ことわりに」と「あり」が解け合った補助動詞などの説もあるだろう。「けり」は一人称だと、気付き／発見の意で、匂宮のこれまでの色好み性が裏切られ、中の君に対する殊更な愛情を謗る乳母達もいるなあと、薫は周囲を見回し考慮して気付いたのである。なお、御という敬語が使用されているのは、匂宮付きの乳母だからである。

それ故、「誰かは、何ごとをも後見かしづききこゆる人のあらむ」という文から始まるこの場面は、内話文であることは確実なのであるが、「と」「など」「と思ひたまふ」などといった付加節が付いた文末が発見できず、どこで終わるかが測定できないのである。しかも、文は途中で「中納言の君は」と、薫を官職的呼称で呼び、さらに敬意を示す「君」という語まで使用しており、この文に到ると、語り手は客体的な眼差しで捉えようとする姿勢を明示しているのである。しかも、その後は、「推しはかりきこえたまへば」とか、文末で、「思すなりけり」「したまひける」「ならひたまひにける」のように、薫に敬語を用いているのである。

とするならば、「嘆かしきを」の「を」が課題となる。文末にある間投助詞は終助詞とも言われることがあるが、この語をそのように捉えたらどうであろうか。つまり、「と」「など」が省略された自由直接言説として理解するのである。とすれば、この場面の前半部は、自由直接言説となり、薫の意識の流れを表出していることになる。薫は、中の君を世話できるのは自分しかいないと自負し、匂宮は格別な情愛を注いではいるが、細かい内々の世話ができるのは自分だと自賛し、しかし、境遇から高慢に養育された、風流で、色好みな匂宮が、中の君に対しては珍しく丁寧に面倒を見ており、だから宮付きの乳母なども、この度の宮の行為に非難がましい事を述べるのだと思い、一方、中の君は、田舎育ちの小綺麗ではない女童などが交じっている住まいなどに悩み、世間の評判を気にして、匂宮邸で六の君と比較して、さぞ自分が見劣りすると嘆息しているのだなあと判断している、その感情的な意識の流れを、この自由間接言説は巧みに表出しているのである。

このように、源氏物語は、内話文をテクストに書き入れているばかりでなく、従来私が指摘していた自由直接言説ではない、別の、付加節を伴わない自由直接言説で、意識の流れを十一世紀の最初期に叙述していたのである。もちろん、この技法を、移り詞の一種だと処理する立場などがないわけではないが、「を」という助詞などを配慮すれば、あたかも薫と一体化・同化する視座が誕生していると理解すべきで、登場人物と語り手あるいは読者との間にあった距離は、こうした言説では、零に近いほど接近・融解・同化していたのである。なお、言説分析にならないが、自由直接言説だと指摘せずに、地の文において、登場人物と読者が一体化する文体が生まれたと表現する立場もあってよいのだが、そうすると「地の文」という概念規定を変更する必要があるだろう。

四　宿木巻の方法あるいは垣間見場面の選択

宿木巻は、源氏物語続篇特に宇治十帖の縮図だと言ってよいだろう。この巻は、緩《ゆる》やかな対比構造によって描かれ、物語が紡がれている。それをこのような単純化した図式で表すと非難されるだろうが、記憶を甦らせるために、

あえて構図化してみると、

匂宮—六の宮—中の君

薫—女二宮—浮舟

と表現できるだろう。その場合、既に、女二宮には、昔物語の面影を宿す正篇的なものから見れば、女主人公になる資格が充分にあるにもかかわらず、それが不在化されていることについては指摘しておいた。冒頭句の「そのころ」という、王権の中心に関係するものだと想定されていた物語展開さえ、この巻では、物語が繰り拡がるにつれて、いつの間にか消去されてしまっていたのである。王権違犯という正篇の中軸となった主題も、続篇では消去・不在化されているのである。

六の君については、匂宮巻で、

六の君なん、そのころの、すこし〈我は〉と思ひのぼりたまへる親王《みこ》たち上達部の御心尽くすくさはひにものしたまひける。(五—一三)

と登場し、匂宮には関心はないものの、親王・公卿の「くさはひ」であったのである。さらに、匂宮巻では、薫中将は、母女三宮の件もあり、結婚の対象として、

やむことなきよりも、典侍《ないしのすけ》腹の六の君とか、いとすぐれてをかしげに、心ばへなども足《た》らひて生《お》ひ出でたまふを、世のおぼえのおとしめざまなるべきしもかくあたらしきを心苦しう思して、一条宮の、さるあつかひぐさ持たまへらでさうざうしきに、迎へとりて奉りたまへり。〈わざとはなくて、この人々に見せそめてば、必ず心とどめたまひてん〉〈人のありさまをも知る人は、ことにこそあるべけれ〉など思して、いといつくしくはもてなしたまはず、いまめかしくをかしきやうにもの好みせさせて、人の心つけんたより多くつくりなした

まふ。（五―二六）

とあるように、彼女を配慮していたのである。劣腹で、気立てのよい美人が、警護も厳重ではなく、現代風に養母に養育されているのだから、薫（在五中将＝業平と同様に、「中将」であることに注意）との逢瀬が巧みに用意されていたのである。しかも、彼女は、「くさはひ」「あつかひぐさ」という装飾的な道具的存在で、「くさはひ」として六条院に据えられていた玉鬘の鬚黒事件が、想起される設定がされているのである。彼女もまた、ヒロインとして薫との密通事件を起こす、可能性のある物語を背後に背負っていたのである。夕霧によって、椎本・総角・早蕨巻などで、強引に匂宮との結婚の用意、準備が、されればされるほど、その可能性は増幅していたのである。

しかし、その物語は、あまりにも、藤壺事件の反復でもある、柏木と女三宮との密通事件的な、正篇の延長線上にあり、続篇では不在化されてしまっているのである。措定しながら、読者にさまざまな情報を与え、期待の地平を膨らましながら、それを裏切ること、この不在化の方法が、続篇のあり方で、それ故、宿木巻を単純な図式で表現した際の、第三項目であった中の君や浮舟が、反物語的に前景化されることになるのである。彼女たちは、昔物語の面影を宿す正篇的物語を、裏切り、見せ消ち化するために設定されているのである。これに姉妹物語的な面影を宿す、宇治大君なども含めることができるだろう。

ところで、この不在化と、続篇特に宿木巻の、これまで分析してきた物語言説の特性は、無関係ではない。既に、言説区分の諸論文で述べたように、会話文と内話文との差異の一つは、内話文は、物語内の登場人物には、絶対に聞こえないという約束事にある。日常生活において、他者の内言・心中思惟の詞は聞くことができない。時々電車内などで、内話文を呟《つぶや》いている人に出会うことがあるが、周囲の人は席を立ったりして、その人を避けているようである。日常では、内話文を聞いてはいけないという、禁忌があるのである。この狂気ではないかと判断されている内話文を、物語や小説などの散文ジャンルは引き受ける。と言うより、内話文が記入されていることは、それが虚構の物語や小説であることの、徴候の一つなのである。虚構文学であることは、言説の上に、明晰に刻み込まれているのである。

ところで、その日常生活の慣習・規範を、物語や小説などに持ち込み、内話文は、読者は読むことができるが、登場人物には聞こえないという、散文小説を読むための規範文法が形成されることになった。物語内に住まう登場人物には、その物語世界は、原則として現実世界に他ならないのである。物語では、登場する行為者は、その物語世界を現実として受け入れ、読者もまた、そうした現実世界の規範に従って、登場人物は行動すると、信頼を寄せて読んでいるのである。この規範文法がないと、物語は、限りなく混乱し、混沌の中で瓦解してしまうだろう。

つまり、物語内の他の行為者に聞こえない内話文は、因果性や関係・関連性で満たされ、紡ぎだされる話素の集合である、筋書的な物語を生成できずに、ただ読者に、その発話者＝登場人物の、性格・心理・感情・企み・感想・感傷などの描写を提示できるだけなのである。描写は、物語を紡ぎだす原動力にはなりえないのである。［なお、話素と描写の差異については、「物語文学の文章―物語文学と〈書くこと〉あるいは言語的多様性の文学―」（『物語文学の方法Ⅱ』所収）などを参照してほしい］

麗景殿女御の、内話文だと理解されていた、実は発話された会話文であった例を思い出してほしいのだが、女房たちを黒衣にする上流貴族の高慢さはあるものの、この文が会話文であるために、女御↓女房たち↓内裏に仕える女たち↓天皇↓薫への降嫁という、物語的反応を喚起している。しかし、これまで指摘してきた長文の内話文や自由直接言説で言説化されている意識の流れには、他の登場人物は、物語文学の文法的規範によって、物語的に応対・反応することができないのである。つまり、宿木巻に現象する、内話文や自由直接言説による意識の流れは、物語の不在化を暗示する徴候でもあり、同時に、〈語ること〉という言説が、〈示すこと〉という不在性という主題群を嚮導《きようどう》していることを、示唆していたのである。

続篇は、言説を通じて、不在化という反物語の世界に、一歩踏み込んでいたのである。こうして、〈示すこと〉よりも劣位にあると把握され、考えられていた、内話文や自由直接言説による意識の流れという〈語ること〉は、実は、主題群を道案内するものになっていたのである。〈語ること〉は、〈示すこと〉と共に、批評家や研究者の方法概念であるのだが、二項対立的なものではなく、いつも〈示すこと〉よりも劣位にあり、無視され、時によっては、読者の主題・性格・情景等々への関心から除外・排除されていたのだが、その〈語ること〉が、続篇では異議申し立てを試み、復讐を始めたのである。

その〈語ること〉を担っている意識の流れを分析する最後に、宿木巻の最終場面でもある、薫が、宇治に行き、来合せた浮舟を垣間見する表現を、言説分析しておくのも、無駄ではないだろう。この場面では、枠組みとして、烏滸《をこ》な薫が前景化されていることをまず読み解いておく必要があるだろう。薫と浮舟の最初の出会いは、劇的なものであると共に、滑稽で笑いを誘うものでもあったのである。その垣間見場面は、

……。この寝殿はまだあらはにて、簾《すだれ》もかけず。下ろし籠めたる中の二間《ふたま》に立て隔てたる障子の穴よりのぞきたまふ。御衣《ぞ》の鳴れば、脱ぎおきて、直衣指貫《さしぬき》のかぎりを着てぞおはする。とみにも下りで……

（五―四七五～六）

という薫の動作から始まる。文中の障子の穴は、以前から自然と開いたものではなく、薫が指に唾を付けて、覗きのために障子の上部に抉《こ》じ開けたものであろう。さらに、文中の「御衣」の頭注に、全集本は、「袍の下に何枚も重ねて着る下着類を脱ぐ。衣《きぬ》ずれの音をたてるのをさえ懸念する神経の細かさに注意」と好意的な注釈を書いてい

るが、この服装は、当時の、垣間見する男の、常套的な風俗であったのではないだろうか。週刊誌などで、公園などで覗き見する痴漢は、闇に紛れるために、黒装束で身を装うと書いていた記憶があるのだが、薫の衣擦れの音を消す服装も、その類だと判断しても間違いはないだろう。彼は、矛盾した言い方なのだが、〈まめ〉な〈色好み〉なのであって、色好みは、それに相応しい装束で挑まねばならないと、思い込んでいるのである。薫は、滑稽なほど生真面目な色好みなのである。

その彼は、後に引用する垣間見場面を挟んで、次のように描写されている。若干長文なので、会話文などを省略して記すと、次のような叙述となっている。

やうやう腰いたきまで立ちすくみたまへど、〈人のけはひせじ〉とて、なほ動かで見たまふに、若き人、「あなかうばしや……」。老人《おいびと》、「まことにあなめでたの物の香や。京人は……」などほめゐたり。……二人して、栗などやうのものにや、ほろほろと食ふも、聞き知らぬ心地には、かたはらいたくて退《しぞ》きたまへど、また、ゆかしくなりつつ、なほ立ち寄り立ち寄り見たまふ。これよりまさる際《きは》の人々を后《きさい》の宮をはじめてここかしこに、容貌《かたち》よきも心あてなるも、ここらあくまで見あつめたまへど、おぼろけならでは目も心もとまらず、あまり人にももどかるるまでものしたまふ心地に、ただ今は、何ばかりすぐれて見ゆることもなき人なれど、かく立ち去りがたく、あながちにゆかしきも、いとあやしき心なり。(五―四七八～九)

「薫よ、いい加減にしろよ、馬鹿野郎!」と怒鳴りたい場面である。薫は、浮舟に夢中になり、彼女に釘づけとなり、立ち上がって覗き見をしていたためか、腰が痛くなっているのである。しかも、腰痛にもかかわらず、その姿勢を崩さずに、続けて垣間見をしているのだ。薫の、大君の形代/ゆかりである浮舟に対する、蠱惑《こわく》されるような魅力と、魅入られた傾倒を強調するために、このような表現になっているのだろうが、裏返すと、そうした行為は滑稽に転倒してしまうのである。しかも、無知だからよいのだが、薫の存在は、香によって、若人と老人に知られており、彼女たちが、栗［現在では十三里（さつま芋）であろうか］を食べこぼしている様子に、見慣れていないためか驚き退きながら、また受領の女の垣間見を再度開始しているのである。生真面目さは、外部の眼から見ると、滑稽さに転ずることがあるが、薫の場合も同様である。彼は、垣間見という当時の上流貴族にあっては、優雅だと錯覚していた行為の背後で、烏滸そのものを、丸出しにしていたのである。

さて、これまで引用した滑稽さを潜在させている二つの場面に挟まれて、

つつましげに下《お》るるを見れば、まず、頭《かしら》つき様体《やうだい》細やかにあてなるほどは、いとよくもの思ひ出でられぬべし。扇をつとさし隠したれば、顔は見えぬほど心もとなくて、胸うちつぶれつつ見たまふ。車は高く、下《お》るる所はくだりたるを、この人々は安らかに下《お》りなしつれど、いと苦しげにややみて、ひさしく下りてゐざり入る。濃き袿《うちき》に、撫子と思しき細長、若苗色《わかなへいろ》の小袿着たり。四尺の屏風を、この障子にそへて立てたるが上《かみ》より見ゆる穴なれば残るところなし。こなたをばうしろめたげに思ひて、あなたざまに向きてぞ添ひ臥しぬる。「さも苦しげに思したりつるかな」「泉《いづみ》川の舟渡りも、まことに、今日は、いと恐ろしくこそありつれ」「この二月《きさらぎ》には、水の少なかりしかばよかりしなりけり」「いでや、歩くは、東国路《あづまぢ》を思へは、いづこか恐ろしからん」など、二人して、苦しとも思ひたらず言ひゐたるに、主《しゅう》は音もせでひれ臥したり。腕《かひな》をさし出でたるが、まろやかにをかしげなるほども、常陸《ひたち》殿などいふべくは見えず、まことにあてなり。（五―四七六～八）

という、薫の垣間見が表出されている。第一文は、「べし」という推量の助動詞が使用されているように、語り手からの草子地である。浮舟の姿から、大君が想起されるのだろうと、語り手が推量しているのである。第二文は、薫に「見たまふ」と敬語が使われているので、地の文で、扇で顔を隠しているが、直感的に、薫は、浮舟が大君に

酷似していることが分かったと、述べているのである。

問題は、その後に書かれている言説である。文末に傍線を付しているように、従来の私の言説区分で言えば、これらの文は、語り手と登場人物の二つの声が聞こえる自由間接言説である。これらの言説には、「と見たまふ」「と思ひたまふ」などといった、付加節と、薫に対する敬語が、省略されているのである。だが、そうであるならば、「車は高く、……」から「……まことにあてなり」までを一括して、付加節のない自由直接言説による意識の流れとして扱ってもよいのではないだろうか。

自由間接言説か自由直接言説かという、読者による言説区分の選択が求められているのである。この分類は、難しい。プリンスの辞書の分類では、自由直接言説は、「語り手の介在を排除して、あたかも当該登場人物が為しているかのように提示する言説の類型」と書いていたが、私は、物語のあらゆる言説には、語り手が介在しており、それ故、初期の頃から、自由直接言説に対して、

登場人物＝語り手＝読者

という図式で説明してきた。西欧の理論に抗して、「語り手」という項目を挿入していたのである。つまり、自由直接言説では、登場人物と語り手と読者は、ゼロに近いと言っていいほど溶け合って、融合していたのであって、二つの声が響く自由間接言説とは違っているのである。この自由間接言説か自由直接言説かという選択に、あえて決着を与えるとすれば、この場面では、私は自由直接言説という、最後の一つだけの付加節が欠落した意識の流れを選ぶ。

この選択において重要なのは、〈語り手〉の存在である。自由間接言説と理解すれば、これらの言説に並行して、語り手の意識・認識などが存在することになり、一つ一つの言説を、語り手の立場から、客体化して享受すること

になる。言説を過去化して、客観しているような眼差しがあることになるのである。

自由直接言説であるとすれば、「……まことにあてなり」という最後の言説に続いて、「と見たまふ」「と思ひたまふ」などの付加節が省略されているだけで、一挙に薫の意識の流れを受容することになる。言説の一つ一つに、反省意識を見いだすか、薫・語り手・読者が融合して、垣間見の意識的な流れに身を委ねるかどうかの差異なのだが、女房たちの会話を垣間聞きする箇所も含めて、ここでは反省意識なしに、一挙に受容する視点を読み取っておくことにする。

若人と老人の女房たちと異なり、牛車が高いためもあり、難儀そうに時間をかけて躄《いざ》って屋敷に入る姿を見、克明に衣装を観察する眼になって、浮舟を眺める。と言うのは、上から垣間見していたために、薫にはすべてが俯瞰できるのである。ここで、後からの批評意識から述べれば、「ややみ」という語が気になる。『源氏物語語彙用例総索引』によれば、「ややむ」はこれ一例で、『岩波古語辞典』では、「ややみ」の項で、
《ヤヤマシと同根》難儀する。

と書いているが、古代前期などの用例を配慮すると、『古語大辞典』が、

《「いや（弥）や（病）む」の約か》

と述べている説を考えるべきで、「ひどく悩む。ますます苦しむ。患う」と理解すべきであろう。薫は、既に『入門　源氏物語』の「あとがき」でも論じた事だが、病的な大君に魅惑されているのであって、浮舟もまた病的なものを抱えていないならば、蠱惑されることはないのである。潜在的な面で言えば、薫は自己が病的であり、同類のものに魅せられると、無意識的に錯誤しているのである。

また、腰痛に悩むほど高い位置から浮舟を垣間見するのかという疑問も、添い臥している浮舟の装束や姿勢・姿

態の、すべてを俯瞰させるためだということが分かるのも、この意識の流れからである。初瀬詣での泉川（木津川）渡りを、東国路の困難さに比較する、女房たちの発話を垣間聞きしながら、薫は浮舟を舐めるように克明に観察し、衣から出ている丸々とした官能的な腕にエロスさえ感じて、常陸育ちの受領の女とは異なり、「あて」があると納得する。浮舟を、彼女が帯びている「いやし」さから隔離して、大君の形代／ゆかりであり、高貴な血筋をもった上品さに仕立てるためには、一つ一つに語り手の反省的な眼差しを加える自由間接言説より、意識の流れに乗って、一挙に「あて」に到達する、自由直接言説の方が相応しいのではないだろうか。

次に連続する「やうやう腰いたきまで立ちすくみたまへど」という状態になったことに気付くまで、長時間にわたって、薫は垣間見に熱中していたのであって、この情念を言説化するとすれば、自由直接言説以外は考えられないのである。このように従来は自由間接言説と把握していたものも、自由直接言説として読解すると、意識の流れとして、融合・同化・一体化の現象が生成し、さらに源氏物語の言説の凄さが浮き上がってくると、理解できるのである。このすべての姿態を俯瞰する垣間見が表出されたために、大君から浮舟への移行も可能となり、薫と浮舟との結びつきも説得されることになったと言ってよいだろう。物語は、東屋巻へと移って行く。

第十二章　夢浮橋巻の言説分析

――終焉の儀式あるいは未完成の対話と〈語り〉の方法――

一　語り手、道化としての小君

「物語とは何か」という永続的な問いかけを抱えた〈物語学＝Narratology〉は、優位にある〈示すこと＝Showing〉に対する、劣位にある〈語ること＝Telling〉の異議申し立てに他ならない。〈言説Discourse〉は、その〈語ること〉の武器であり、言説分析なしに〈示すこと〉に不意打ちを及ぼすことはできないのである。それ故、一連の論文で、言説分析の可能性を探求してきたのだが(1)、本稿もまたそのさらなる展開を企図して書かれたものである。対象とするのは源氏物語の掉尾を飾る夢浮橋巻で、敢えてこの巻を選択したのは、源氏物語という物語文学の、終焉の儀式・埋葬の儀礼を凝視したいという願望があったからである。だが、本当に、夢浮橋巻は源氏物語の終りの儀式なのであろうか。源氏物語は埋葬されたのであろうか。〈語り〉は終りの儀式で、それまで叙述してきたあらゆるものを埋葬＝終息できるのであろうか。例えば、落窪物語のように過剰な栄華の大団円に終わることが、物語文学の終りの儀礼として正統なのであろうか。

夢浮橋巻を、篝火巻で試みたように、テクストの全文を引用し、叙述に添いながら克明に分析することはできない。宇治十帖の中では短篇なのだが、それでもこの夢浮橋巻の言説をすべて引用することは不可能なのである。しかし、手習巻を軸とした、他の巻などにも往還するものの、できるかぎりこの巻の叙述を辿りながら、幾つかの問題に凝縮して分析していくことは、篝火巻と同様に守ってみたいと思っている。

夢浮橋巻は、

山におはして、例せさせたまふやうに、経仏など供養ぜさせたまふ。(2)

という冒頭文からはじまる。

宇治十帖の巻々の冒頭は、a冒頭語「そのころ」で始まるもの（橋姫巻・宿木巻・手習巻）、b特色がなく前の巻を継承したもの（椎本巻・浮舟巻・夢浮橋巻）、c場を示すことで継承している巻を示唆するもの（総角巻）、d引歌で始まるもの（早蕨巻・東屋巻）、e「かしこには」と遠くからの視点から語るもの（蜻蛉巻）に区分できるだろう。夢浮橋巻はbに属し、手習巻の巻末を時間的に継承しているのである。

手習巻の末尾の場面は、

月ごとの八日は、必ず尊きわざせさせたまへば、薬師仏に寄せたてまつるにもてなしたまへるたよりに、中堂には、時々参りたまひけり。〈それより、やがて横川におはせん〉と思して、かのせうとの童なる率ておはす。〈その人々には、とみに知らせじ。ありさまにぞ従はん〉と思せど、うち見む夢の心地にも、〈あはれをも加へむ〉とにやありけん。〈さすがに、その人とは見つけながら、あやしきさまに、容貌ことなる人の中にて、うきことを聞きつけたらんこそいみじかるべけれ〉と、よろづに道すがら思し乱れけるにや。

と記されていた。手習巻の巻末の「道すがら」から夢浮橋巻の巻頭に記される「山におはして」は連続しており、夢浮橋巻は、手習巻の叙述を連続した時間で継承しているのである。しかし、〈示すこと〉では連続しているのだが、〈語ること〉においては不連続なのである。なぜならば、比叡山は女人禁制という禁忌を抱えた山であり、夢浮橋巻の巻頭場面の山での薫の体験は、女房が見聞体験を語るという、第一次の語り手となることはできないからである。山の禁制は、源氏物語が〈語ること〉に仕掛けた罠なのである。

引用した手習巻の巻末部分の二つの傍線から理解できるように、末尾の二つの文は語り手が疑問を抱いている草子地である。この草子地の語り手はだれであろうか。すでに一連の論文で述べたように(3)、源氏物語では、語り手は実体化されている。手習巻の巻末部分も例外ではなく、浮舟が生存しているらしいことを、薫が知ったという出来事を理解しているのは、中宮から依頼されて、僧都の話を薫の耳に入れた、小宰相以外にはいない。それ故、疑問の助詞を使って訝しがっているのは、小宰相なのである。だが、彼女は、比叡山に登ることはできない。女人禁制の山であるため、薫の体験を傍らで見聞することは許されていないのである。

大将である薫は、その位階にふさわしく、随身など多数の供人を伴って比叡山に登って行ったに違いはない。その威儀に参加した家人・供人などの男たちの一人が、語り手であったと想定できるのだが、あえて実体的に絞るならば、小君以外には考えられない。この浮舟の同母弟（異父弟）は、引用した手習巻の巻末場面にも記されているように、光源氏と同行して比叡山に登っている。また、僧都の手紙を携えて浮舟のいる小野に派遣されるなど、道化的で狂言廻し的な役割を担わされている。その小君が、幼い体験を回想しながら語っている出来事が、夢浮橋巻の基盤になっているのである。

もっとも、薫の供人の中には、もう一人焦点を当てられている人物がいる。薫の帰途を眺めながら浮舟によって「いとしるかりし随身」と回想され、小君を小野に派遣する際にも、「昔も常に遣はしし随身」として、薫が添えた人物である。都と宇治との交流を象徴する人物として設定され、この随身が加わっていながら、都と小野との交通が不可能であることを強調するために利用される者だが、八人いる大将の随身の一人として撰ばれるという名誉はあるものの、この人物は、薫と僧都や、小君と妹尼君の対話などを見たり聞いたりできる身分ではないだろう。夢浮橋巻で主人公たちの体験を見聞できる人物として実体化されているのは小君以外にはいないのである。

横川で小君が僧都の小野への紹介状を貰い帰途につく場面には、次のような場面が書かれている。

……文書きてとらせたまふ。「時々は、山におはして遊びたまへよ」と「すずろなるやうには思すまじきゆゑもあり」とうち語らひたまふ。この子は、心もえねど、文とりて御供に出づ。

横川僧都は、「ゆゑ」という語で、浮舟が自分の仏弟子であることを暗示して語っているのだが、事情を知らない小君は得心できない。そうした齟齬をこの場面は描いているのだが、語りや言説という視座から問題となるのは、「この子」という表現である。語り手は、「こ」という近称の代名詞を用いることで、小君に親しみを込めて語っているのであって、この巻全体を纏めた語り手、「紫のゆかり」(薫側の女房)と言われる女房たちに、小君は近い位置にいることが示唆されているのである。「この子」という表現は、小君を薫が小野に派遣する際での、

かの殿は、〈この子をやがてやらん〉と思しけれど、

という、薫の内話文にも表出され、小野での不発に終った会見場面でも、

この子も、さは聞きつれど、幼ければ、ふと言ひ寄らむもつつましけれど、

と書かれており、親しみを込めた表出として、小君を修飾する「この子」という言葉は、語り手の問題を考える際の、この巻での鍵語の一つになっているのである。

夢浮橋巻の巻末に描かれている、小君が異父姉浮舟に会えずに、小野から空しく帰京する場面には、

「(妹尼君の会話文)」と言へば、すずろにゐ暮らさんもあやしかるべければ、〈帰りなむ〉とす。人知れずゆかしき御ありさまをもえ見ずなりぬるを、おぼつかなく口惜しくて、心ゆかずながら参りぬ。

と記されている。傍線を付した末文は、自由間接言説で、語り手の視点と同時に、登場人物の小君自身の視座が語られるという、二つの声が響いている言説である。(4) 自由間接言説は、古典文では、付加節や敬語等を付けると内話文となるところに特性がある。この文章も、

〈……心ゆかずながら参りぬ〉と思ふ。

と、小君には敬語が使用されないので、付加節のみを付ければ、小君の心中思惟の詞となるのである。前文の〈帰りなむ〉という内話文も加えて、ここには小君の一人称的視点が書き込まれているのであって、彼が語り手となる資格は充分にあるのである。なお、「参りぬ」の「ぬ」は、語り手の立場からは完了の意であるが、登場人物小君の視点からは、終止形であることも加わり、確実に実現しようとする意志＝確信を表出しているのである。このように文法的意味においても、二つの声が聞えるところに自由間接言説の特色があるわけである。一義的規定を求める現在の文法概念は、自由間接言説により解体化される必要があるのである。

小君は、第一次見聞者として、夢浮橋巻の語り手の一人として設定されている。根本中堂や横川に薫に伴われ、小野に派遣されながら浮舟に会えずに空しく帰京する、狂言廻し的な道化として造形されていると共に、小君は、すべてではないが、夢浮橋巻の主たる語り手となっているのである。だが、彼と共に第一次見聞者として語り手になっている人物がもう一人いる。それは、彼の姉である浮舟で、彼女については、後に詳しく言及することになるだろう。

二　再話あるいは反復と差異そして隠蔽されたもの

冒頭の文に続いて、夢浮橋巻は、

またの日は、横川におはしたれば、僧都驚きかしこまりきこえたまふ。

とあり、薫の横川訪問を告げる。その後、薫が浮舟の消息を尋ね、僧都が事情を説明する場面は、薫と僧都との対話によって場面は進行する。ただし、この対話は、若菜上巻の冒頭部分に記されているような対話のごとき、会話文で生成されているわけではない。若菜巻から始発する源氏物語第二部は、光源氏を主人公として展開する第一部とは異なり、登場人物が自立し、光源氏ばかりでなく朱雀院・紫上・柏木・夕霧・女三宮などの各中心人物が、各々の主題を担って、その主題＝自己意識の〈対話〉が方法となっている。(5) M・バフチンが主張する、モノローグ認識から対話によるポリフォニー小説への転換が図られ、それを象徴するように、若菜巻は、冒頭部分で朱雀院を軸とした長い対話場面を描出し続けているのである。

夢浮橋巻の前半部分も、薫と僧都との〈対話〉によって展開する。しかし、この場面では、会話文と並んで、内話文や身体表現が重要性を発揮する。しかも、この対話場面では、前の手習巻で描きだされていた、浮舟蘇生という出来事が反復されて話題となっているのである。「Twice-told（二度語られたこと）(6)」が、「退屈な」あるいは「陳腐な」という形容詞であるように、この場面は退屈で陳腐な世界なのである。敢えて、連続した巻で同じ出来事を語るという、なぜ退屈で陳腐なものを表出したのかという課題に、源氏物語の批評と研究は答えなくてはならないのである。

遠慮がちに挨拶を交わしながら、浮舟の話題に入ろうとする第一の場面から続く、

僧都、〈さればよ。ただ人と見えざりし人のさまぞかし。かくまでのたまふは、軽々しくは思されざりける人にこそあめれ〉と思ふに、〈法師といひながら、心もなく、たちまちにかたちをやつしてけること〉と胸つぶれて、答《いら》へきこえむやう思ひまはさる。〈たしかに聞きたまへるにこそあめれ。かばかり心えたまひてうかがひ尋ねたまはむに、隠れあるべきことにもあらず、なかなかあらがひ隠さむにあいなかるべし〉などとばかり思ひえて、「いかなることにかはべりけむ。この月ごろ、うちうちにあやしみ思うたまふる人の御ことにや」とて、「かしこにはべる尼どもの、初瀬《はつせ》に願《ぐわん》はべりて詣でて帰りける道に、宇治院といふ所にとどまりてはべりけるに、『母の尼の労気《らうげ》にはかにおこりていたくなむわづらふ』と告げに、人の参うで来たりしかば、まかりむかひたりしに、まづあやしきことなむ」とささめきて、「親の死にかへるをばさしおきてもてあつかひ嘆きてなむはべりし。この人も、亡くなりたまへるさまながら、さすがに息は通ひておはしければ、昔物語に、魂殿《たまどの》に置きたりけむ人のたとひを思ひ出でて、〈さやうなることにや〉とめづらしがりはべりて、弟子ばらの中に験《げん》ある者どもを呼び寄せつつ、かはりがはりに加持せさせなどなむしはべりける。なにがしは、惜しむべき齢《よはひ》ならねど、母の旅の空にて病重きを、〈助けて念仏をも心乱れずせさせむ〉と、仏を念じたてまつり思うたまへしほどに、その人のありさまくはしうも見たまへずなむはべりし。事の心推しはかり思うたまふるに、「天狗木霊《こだま》などやうのものの、あざむき率てたてまつりたりけるにや」と承りし。助けて京に率てたてまつりて後も、三月《みつき》ばかりは亡き人にてなむものしたまひけるを、なにがしが妹、故衛門督の北の方にてはべりしが尼になりてはべるなむ、一人持ちてはべりし女子《おむなご》を失ひて後、月日は多く隔てはべりしかど、悲しびたへず嘆き思ひたまへはべるに、同じ年のほどと見ゆる人の、かく容貌《かたち》いとうるはしくきよらなるを見出でたてまつり

て、〈観音の賜へる〉とよろこび思ひて、〈この人いたづらになしたてまつらじ〉とまどひ焦《い》られて、泣く泣くいみじきことどもを申されしかば、後になむ、かの坂本にみづから下《お》りはべりて、護身など仕まつりしに、やうやう生き出でて人となりたまへりけれど、『なほこの領じたりける物の身に離れぬ心地なむする、このあしき物の妨げをのがれて、後の世を思はん』など、悲しげにのたまふことどものはべりしかば、〈法師にては、勧めも申しつべきことにこそは〉とて、まことに出家《すけ》せしめたてまつりてしにはべる。さらに、しろしめすべきこととはいかでかそらにさとりはべらん。めづらしき事のさまにもあるを、世語《よがたり》にもしはべりぬべかりしかど、『聞こえありてわづらはしかるべきことにもこそ』と、この老人《おいびと》どものとかく申して、この月ごろ音なくてはべりつるになむ」と申したまへば、〈さてこそあなれ〉とほの聞きて、かくまでも問ひ出でたまへることなれど、《《むげに亡きひと》》と思ひはてにし人を、さは、まことにあるにこそは〉と思すほどに、夢の心地してあさましければ、つつみもあへず涙ぐまれたまひぬるを、僧都の恥づかしげなるに、〈かくまで見ゆべきことかは〉と思ひ返して、つれなくもてなしたまへど、〈かく思しけることをこの世には亡き人と同じやうになしたること〉と、過ちしたる心地して罪深ければ、「あしき物に領ぜられたまひけむも、さるべき前《さき》の世の契りなり。思ふに、高き家の子にこそものしたまひけめ、いかなるあやまりにて、かくまではふれたまひけむにか」と問ひ申したまへば、「なまわかむどほりなどいふべき筋にやありけん。ここにももとより〈わざ〉と思ひしことにもはべらず。ものはかなくて見つけそめてははべりしかど、また、〈いとかくまで落ちあふべき際《きは》〉とは思ひたまへざりしを。めづらかに跡もなく消え失せにしかば、〈身を投げたるにや〉など、さまざまに疑ひ多くて、たしかなることはえ聞きはべらざりつるになむ。罪軽めてものすなれば、〈いとよし〉と心やすくなんみづからは思ひたまへなりぬるを、母なる人なむいみじく恋ひ悲しぶなるを、『かくなむ聞き出でたる』

と告げ知らせまほしくはべれど、月ごろ隠させたまひける本意違ふやうに、もの騒がしくやはべらん。親子の中の思ひ絶えず、悲しびにたへで、とぶらひものしなどしはべりなんかし」などのたまひて、さて「〈いと便なきしるべ〉とは思すとも、かの坂本に下りたまへ。かばかり聞きて、なのめに思ひ過ぐすべくは思ひはべらざりし人なるを、〈夢のやうなることどもも、今だに語りあはせん〉となむ思ひたまふる」とのたまふ気色、〈いとあはれ〉と思ひたまへれば、《かたちを変へ、世に背きにき》とおぼえたれど、髪鬢《かみひげ》を剃りたる法師だに、あやしき心は失せぬもあなり。まして女の御身はいかがあらむ。いとほしう、罪えぬべきわざにもあるかな〉と、あぢきなく心乱れぬ。「まかり下《お》りむこと、今日明日は障りはべる。月たちてのほどに、御消息を申させはべらん」と申したまふ。いと心もとなけれども、「なほなほ」とうちつけに焦《い》られむもさまあしければ、「さらば」とて帰りたまふ。

という場面は、研究論文としては破廉恥な、あまりにも長文の引用になったのだが、言説を克明に辿って分析しなければならない課題が散在しているので、敢えて連続して引用してみた。

浮舟の事情を薫から聞いた横川僧都は、まず内話文で反応する。それも、内的独白のように連続した内話文ではなく、三つに分割されているところに特色がある。この技法は、僧都の心理が刻々と変化していく過程を描出するためなのだが、「と思ふに」「と胸つぶれて、答《いら》へきこえむやう思ひまはさる」「などとばかり思ひえて」という、付加節とそれに続く文章を読むと、窮地に追い込まれながら、遂に隠すことなく事件を告白しようとする結論にいたる、僧都の内面の変容を読み取ることができるだろう。なお、これらの内話文は、分割されているものの、「（など）とばかり」と三番目の付加節に記されているように、一刻の間に思い浮かんだものなのである。物語という言説は、ひと時の出来事を、このように引き伸ばすことができるのである。

まず、僧都は、浮舟が高貴な女性であり、右大将薫の思い人であったことに気付く。ここには、仏教者でありながらも、権力・権威に媚びる姿が逆に照射されている。右大将という他者であるがゆえに、こうした反応が起こるのである。世俗的なものから逃れられない僧都の内話文を、仮に、俗聖を志向する薫が聞くことができたら、どんな感想を抱いただろうか。

次に、安易に浮舟を出家させてしまったことの反省が述べられる。手習巻において、僧都は、

〈あやしく。かかる容貌《かたち》ありさまを、などて身をいとはしく思ひはじめたまひけん。物の怪もさこそ言ふなりしか〉と思ひあはするに、〈さるやうこそあらめ。今までも生きたるべき人かは。あしきものの見つけそめたるに、いと恐ろしく危《あやふ》きことなり〉と思して、「とまれかくまれ……

と記されているように、浮舟の出家を容認する。この二つの内話文には、「物の怪」「あしきもの」という言葉が見え、悪霊に憑依される事情があるのだから、出家せずにいると死にいたるに違いないという、僧都の判断が述べられている。「などて身をいとはしく思ひはじめたまひけん」とあるように、僧都には、出家を決意する浮舟の自己嫌悪・自己倦厭の事情は判明しないものの、「今までも生きたるべき人かは」と推断するのであって、出家する根拠があると理解していたのである。そうした決断が、薫という権威のある他者に出会うと、〈たちまちにかたちをやつしてけること〉という反省、優柔不断な心境に陥るのであって、この対比は、読者に僧都に対する不信の念を喚起する事になるだろう。

それだからこそ、この内話文には、「と胸つぶれて、答《いら》へきこえむやう思ひまはさる」という付加節とそれに続く文が記されるのであって、返事に戸惑い、遂に〈なかなかあがらひ隠さむにあいなかるべし〉という決断にいたるのである。この隠し立てをせずに有り体に事情を話そうという姿勢は容認できるのだが、その語りが問題となる。

手習巻で描かれた出来事がどのように繰り返され、隠蔽されるものがないかという、問いかけが起こってくるのである。〈隠す〉といえば、僧都は三つの内話文を隠しているのであって、薫は決してこれらの心中思惟を聞くことはないのである。それが物語文学を読むための文法規範なのである。

浮舟は、まず「うちうちにあやしみ思うたまふる人」として会話に登場する。浮舟は怪しい女性なのである。彼女は、僧都にとって、不可解な奇怪さであると共に、蠱惑的な魅力をもっていたのである。なお、僧都が彼女に敬語を用いていることにも注意すべきだろう。薫が「軽々しくは思されざりける人」という配慮が働いているのである。その「あやし」について、続く会話文は語りだす。長い引用文を読み返してほしいのだが、手習巻とずれている個所がいくつかある。その一つ一つをすべて対照させて分析する余裕はないのだが、秘密を共有させるがごとく、わざと「ささめきて」(声をひそめて)語る僧都の話は、〈語ること〉という側面で重視すべきは、一人称叙述の体験回想であることである。この語りは、文字ではなく声の「日記文学」なのである。しかも、読者＝聞き手が右大将薫であるため、「はべり」が使用されている回想のテクストなのである。「はべり」を頻繁に用いている紫式部日記の後半部分が想起される語りである。

手習巻には、『物語文学の言説』の「物語文学の言説―序にかえて―」の「Ⅲ　騙る源氏物語―〈語り〉論の可能性あるいは源氏物語と言説分析―」で分析したように、浮舟の一人称的語りが組み込まれている。しかし、浮舟が意識を喪失している巻の前半部分は、総括的な第一次見聞者は、妹尼以外に実存していないので、彼女を語り手と認定して誤りはないだろう。手習巻の前半部分には、

……いかにして、さる所にはおはしつるぞ」と問へども、ものも言はずなりぬ。〈身にもし疵《きず》などやあらむ〉とて見れど、〈ここは〉と見ゆるところなくうつくしければ、あさましくかなしく、〈まことに、《人の心まど

はさむ》とて出で来たる仮の物にや〉と疑ふ。

といった個所がいくつか見られる。網かけ部分は自由直接言説で、妹尼に敬語が使用されていないため、読者は妹尼に同化して、一人称的に読んでしまうのである。その前に記されている二つの内話文も含めて、妹尼の一人称的視点からの叙述がこの場面では描出されているのである。しかし、夢浮橋巻の僧都の語りと照応する手習巻の前半部分は、妹尼の一人称的視点が描出されているものの、枠組みとしては、三人称に客体化された叙述で表現されている。

そのころ横川に、なにがし僧都とかいひて、いと尊き人住みけり。

という手習巻の書き出しは、そっけのない外側からの視線であって、最終的には、この巻が「紫のゆかり」(薫側の語り手)によって纏められたことを示唆しているのだろうが、「なにがし」とか「とかいひて」という薄情な眼差しは、妹尼のような内部からのものではない。「そのころ」〜「けり」を用いて、人物紹介を試みるのは、「昔物語」などの物語文学の常套的な冒頭文であり、これからの展開が僧都一族の物語であることを暗示し、事実、赤子ではないものの、長谷観音の霊験で、〈授かり子〉浮舟を、妹尼たちが見出すという出来事に展開し、さらには元娘婿の中将の求婚にまで至るのだが、そうした物語を、親しい知人ではない、三人称として、冷淡に外側から眺めている眼差しが、手習巻を枠取っているのである。

それとは対照的に、夢浮橋巻の僧都の語りは、日記文学的な一人称の回想として、薫を聞き手として叙述されている。この〈語り〉の差異を確認した上で、薫という他者に向かって、僧都が体験を回想しているテクストであることを基盤に、分析を転変していくことにしよう。

まず、僧都の会話は矛盾しているように読める。「親の死にかへるをばさしおきてもてあつかひ嘆きてなむはべりし」と言いながら、一方では、「弟子ばらの中に験《げん》ある者どもを呼び寄せつつ、かはりがはりに加持せさせなどなむしはべりける」と、僧都が直接加持祈禱に関与していないと述べているのである。弟子たちに加持を行なわせるのも、高僧の好意なのであるのかもしれないが、矛盾した物言いである。後に、坂本の小野で護身加持を自らが行い、浮舟が生還したことを強調するためであろうが、こうした修辞《レトリック》によって他者である薫を、会話文に抱え込もうとしているのである。

なお、この会話には、

昔物語に、魂殿《たまどの》に置きたりけむ人のたとひを思ひ出でて、〈さやうなることにや〉とめづらしがりはべりて、

とあるように、引用がなされている。古注では、後漢書呂大后の例や、日本書紀仁徳即位前紀の太子菟道稚郎子の蘇生譚などが指摘されているのだが、「昔物語」とあるので、散佚した物語に、魂殿に納められた後に蘇生した女の物語があったらしい。狭衣物語の飛鳥井姫君の入水譚などの源泉となるテクストである。あるいは、更級日記・狭衣物語・風葉集などに記されている散佚物語「屍《かばね》尋《たづ》ぬる宮」と関係しているかもしれない。男同士の会話に「昔物語」が話題となるところに興味を覚えるが、僧都は、薫の声ばかりでなく、こうした物語を読んでいる読者の声も、自己の会話で響かせているのである。

ところで、手習巻では、意識喪失に陥った女を発見した、僧都に仕えている僧などは、「鬼か、神か、狐か、木霊か」と疑ったり、女を「昔ありけむ目も鼻もなかりけん女鬼《めおに》」あるいは「物の変化《へんげ》」ではないかと思ったりしている。また、妹尼の内話文には、〈いかで、さる田舎人の住むあたりに、かかる人落ちあぶれけん、物詣《ものまうで》などしたりける人の、心地などわづらひけんを、継母などやうの人のたばかりて置かせたるにや〉とあり、長谷寺の霊験を信じている彼女は、継子虐め譚を浮舟の背後に読もうとしている。また、僧都の加持祈禱で出現した物の怪は、

月ごろ、いささかも現れざりつる物の怪調《てう》ぜられて、「おのれは、ここまで参うで来て、かく調ぜられたてまつるべき身にもあらず。昔は、行ひせし法師の、いささかなる世に恨みをとどめて漂ひ歩きしほどに、よき女のあまた住みたまひし所に住みつきて、かたへは失ひてしに、この人は、心と世を恨みたまひて、『我いかで死なん』といふことを、夜昼のたまひしに頼りをえて、いと暗き夜、独りものしたまひしをとりてしなり。されど、観音とざまかうざまにはぐくみたまひければ、この僧都に負けたてまつりぬ。今はまかりなん」とののしる。「かく言ふは何ぞ」と問へば、憑きたる人ものはかなきけにや、はかばかしうも言はず。

と述べている。

これに対して、夢浮橋巻で、僧都は、

「天狗木霊などやうのものの、あざむき率てたてまつりたりけるにや」と承りし。

とか、

後になむ、かの坂本にみづから下《お》りはべりて、護身など仕まつりしに、やうやう生き出でて人となりたまへりけれど、

としか薫に語っていない。極力、悪霊＝物の怪の存在を隠しているのである。天狗は、中国の信仰のように天を駈け巡る犬（星？）とはイメージされてはいなかっただろうし、また中世のように修験道の山臥《やまぶし》の格好をした長い赤鼻の「天狗」のイメージもなかったに違いない。天狗は、山岳での木の裂ける奇怪な音などで実在していると信じられていた山の霊であり、木霊もその類の一つであって、悪霊の仲間ではないのである。(7) 僧都は、浮舟に憑依したものが、物の怪などの悪霊ではないことを強調しているのである。ここにも他者薫の声を、自己の言葉に響かせているのである。女犯で破戒したらしい修行僧の物の怪が、浮舟に憑いたことなどは、話すのは忌避すべきだと思っ

ているのである。もっとも、この発話は、後に、浮舟を出家させた際の、

「なほこの領じたりける物の身に離れぬ心地なむする、このあしき物の妨げをのがれて、後の世を思はん」など、悲しげにのたまふことどものはべりしかば、〈法師にては、勧めも申しつべきことにこそは〉とて、まことに出家《すけ》せしめたてまつりてしにはべる。

という説明と矛盾することになる。浮舟にとり憑いた「物」という悪霊は、身体からなかなか遊離しない強力な呪力をもっていたから、出家させたと述べているからである。隠蔽したつもりで、いつのまにか正体が露呈してしまっているのである。

この説明も虚構で、浮舟は、「物」に領じられたから出家を懇願したわけでなく、

「幼くはべりしほどより、ものをのみ思ふべきありさまにて、親なども、『尼になしてや見まし』などなむ思ひのたまひし。まして、すこしもの思ひ知りはべりてのちは、例の人ざまならで、〈後の世をだに〉と思ふ心深くはべりしを、亡くなるべきほどのやうやう近くなりはべるにや、心地のいと弱くのみなりはべるを、なほいかに」とて、うち泣きつつのたまふ。

などと述べているように、この会話の「もの」は、「もの思ひ」なのであって、「もの」と表現されている悪霊ではないのである。僧都は、浮舟自身が、悪霊が憑依しているから出家したいと依頼されたと、虚偽を薫に語っているのである。前に引用した手習巻の二つの内話文には、「物の怪」「あしきもの」という言葉が見え、悪霊に憑依される事情があり、出家せずにいると、浮舟は死にいたるに違いないという、僧都の内話文による判断が述べられていた。浮舟ではなく、僧都自身が解釈した判断が、浮舟の会話に変容してしまっているのである。

これは、単なる回想による思い違いではない。意図的な歪曲で、将に、こうした僧都の欺瞞化があるからこそ、

手習巻で描かれていた出来事を反復しているのである。自己体験を回想して語るという一人称叙述であるにもかかわらず、僧都の話は、虚偽なものに踏み込んでいたのである。横川の僧都のような高徳の僧さえ、他者との社会的文脈の中で、自己体験を虚偽で飾り付けなくてはならないのである。そうした不信がこの夢浮橋巻というテクストの背後には横たわっているのである。

その場合、注意すべきは、僧都は、自己の無意識的な世界を極力隠蔽しようとしていることである。既に、「源氏物語第三部の方法―中心の喪失あるいは不在の物語―」(8)で分析したように、有名な紫式部集の物の怪調伏の紙絵に対して詠んだ、

絵に、物の怪つきたる女のみにくき図画《かたか》きたる後に、鬼になりたる元の妻《め》を、小法師《こぼふし》のしばりたる図画きて、男は経読みて、物の怪責めたる所を見て

亡き人に託言《かごと》はかけて患ふもおのが心の鬼にやはあらぬ（四四）

返し

ことわりや君が心の闇なれば鬼の影とはしるく見ゆらむ（四五）(9)

という贈答歌を読むと、紫式部は、「心の闇」を抱えていたために、当時の時代風潮から物の怪の実在については信仰していたものの、物の怪の姿は、それを見る者の無意識的なコンプレックス＝「心の鬼」の反映によると考えていたらしい。源氏物語の物の怪については、そうした視点から分析すべきで、先に引用した、僧都が、悪霊に憑依されている浮舟の加持祈禱をした際に出現した物の怪が、女犯で破戒したらしい修行僧であったのも、僧都の「心の鬼」だったのである。僧都が、女犯の破戒を違犯したことはなかっただろうが、無意識的なものとして、こうした破戒と内面的に闘っていたために、このような物の怪が見え、それと対話したのである。それ故、物の怪と

の対話は、自己の無意識との対話なのであって、破戒僧の物の怪は、僧都の内部に棲んでいるのである。

薫との対話で、僧都は、物の怪について一言も言及していない。意図的ではないにせよ隠蔽しているのである。こうして出来事の反復は、限りなく歪曲していく。そのずれや歪みは、自己の無意識的なものの隠蔽であり、薫という他者の言葉を、二声的に自己の言葉に響かしているからであって、出来事の正確な反復などは不可能なのである。既に、この僧都の会話文は、声による日記文学だと述べたが、この会話は同時に日記文学批判でもあるのであって、回想によって過去を正確に復元しようとしても、それは不可能なのであって、回想という回路は過去体験を裏切るのである。その絶望は、紫式部が、彼女の日記を書いている間に到達したものであるだろうが、〈隠れあるべきことにもあらず、なかなかあらがひ隠さむにあいなかるべし〉と二度も「隠す」ことを否定していた僧都の内話文は、ひたすら出来事を隠蔽する会話文に変貌してしまったのである。

しかし、この僧都の会話を虚偽なものと見做《みな》してはならない。それなりに誠実に薫に話をしているのである。薫という他者を意識しているものの、素直に過去を再現しようと努力しているのである。問題は、会話文と内話文が乖離してしまっていることである。有り体に語ろうと思惟しながら、過去体験とはまったく異なった出来事を語ってしまうことこそが、人間の実存の姿なのであって、人格とは統一ではなく分裂・解体であることが表出されているのである。

ところで、僧都の話を聞いた薫は、

〈さてこそあなれ〉とほの聞きて、かくまでも問ひ出でたまへることなれど、〈《むげに亡きひと》と思ひはてにし人を、さは、まことにあるにこそは〉と思すほどに、夢の心地してあさましければ、つつみもあへず涙ぐまれたまひぬるを、僧都の恥づかしげなるに、〈かくまで見ゆべきことかは〉と思ひ返して、つれなくもてな

したまへど、

とあるように、これも僧都と同様に内話文で対応する。しかし、この言説で重要なのは、心中思惟の詞ではなく、身体表現で、「つつみもあへず涙ぐまれ」とあるように、僧都を前にして落涙してしまうことなのである。他者がいるのに、堪えようとしながら、自然に涙ぐむ薫の姿には、身体は意志で統御できないことが表出されている。会話と内話とが齟齬するばかりでなく、身体もまた別な衝動に突き動かされているのである。薫という一人の人格の中で、身体までが解体しているのである。

浮舟の生存を知った薫は、抑制できずに涕涙し、続いて、僧都の毅然とした態度に反応し、さりげない様子を装う。薫もまた、他者を意識し、他者の影響で自己を定位させているのである。僧都は、こうした涙を浮かべる薫を観察し、

〈かく思しけることをこの世には亡き人と同じやうになしたること〉と、過ちしたる心地して罪深ければ、「あしき物に領ぜられたまひけむも、さるべき前《さき》の世の契りなり。思ふに、高き家の子にこそものしたまひけめ、いかなるあやまりにて、かくまではふれたまひけむにか」と問ひ申したまへば、

とあるように、逆に聞く人へと変容する。凶悪なものが浮舟にとり憑いたのは、前世の因縁だと述べ、このように「放《はふ》れ」＝零落して放浪するのは、「高き家の子」だからだと推察するのである。貴種流離譚を浮舟の背後に解読しているのである。

僧都の問いかけによって、薫は「なまわかむどほりなどいふべき筋にやありけん。……」と答えるのだが、この回答は、偽りと曖昧さに満ちている。長文の引用中の該当個所を読んでほしいのだが、薫の会話は、浮舟の正体を明らかにせず、「母なる人なむいみじく恋ひ悲しぶなるを」とあるように、彼女の母君に仮託して逢いたい思いを

述べているのである。再会したい情念は強いのだが、それを言葉として表出できないのである。他者としての横川僧都を意識しての発話なのだが、右大将であるなどの社会的制約も加わり、そして薫自身の弱さが露呈して、情念と会話文が乖離してしまうのである。しかし、彼の会話文が、虚構の上に築かれていると認識してはならない。社会的な文脈が読み取れるように、こうした状況下においては真実でもあるからである。こうして薫においても、会話・内話・身体表現あるいは無意識的なものが散乱・拡散・分裂し、そのどれもが真実であると共に虚偽でもあるのである。

既に、「源氏物語第三部の方法―中心の喪失あるいは不在の物語―」(10)という論文で触れたことだが、源氏物語第三部では登場人物の〈人格〉は拡散化・分裂化している。その変奏曲を奏でることが第三部であるかのような様子なのであって、この個所もそれから逃れていないのである。登場人物の間ばかりでなく、登場人物自身の分裂した人格の、会話・内話・無意識・身体の各々が発話して、多声的な音を響かせるのが第三部なのである。

引用した場面の終わりには、

さて、「〈いと便なきしるべ〉とは思すとも、かの坂本に下りたまへ。かばかり聞きて、なのめに思ひ過ぐすべくは思ひはべらざりし人なるを、〈夢のやうなることどもも、今だに語りあはせん〉となむ思ひたまふる」とのたまふ気色、〈いとあはれ〉と思ひたまへれば、≪かたちを変へ、世に背きにき≫とおぼえたれど、髪鬚《かみひげ》を剃りたる法師だに、あやしき心は失せぬもあなり。まして女の御身はいかがあらむ。いとほしう、罪えぬべきわざにもあるかな〉と、あぢきなく心乱れぬ。「まかり下《お》りむこと、今日明日は障りはべる。月たちてのほどに、御消息を申させはべらん」と申したまふ。いと心もとなけれども、「なほなほ」とうちつけに焦《い》られむもさまあしければ、「さらば」とて帰りたまふ。

と記されている。「坂本」＝小野に一緒に下りて、出家した浮舟と語り合いたいと、薫は僧都に求めるのだが、僧都は、〈髪鬚《かみひげ》を剃りたる法師だに、あやしき心は失せぬもあなり。まして女の御身はいかがあらむ〉という内話文が示唆するように、〈女〉であるゆえ、浮舟の破戒行為の可能性を推察して、翌月に訪れると体よく拒否するのである。問題は、そうした結論に行着く過程である。

僧都は、薫の懇願に対して、「とのたまふ気色、〈いとあはれ〉と思ひたまへれば」とあるように、薫の会話の背後を読み取っているのである。第三部の薫像を読み解いて来た読者は、そうした可能性を想定しないはずだが、薫の「〈夢のやうなることどもも、今だに語りあはせん〉となむ思ひたまふる」という発話に、性的な匂いを嗅ぎとっているのである。だからこそ、続く内話文で破戒に言及するのであって、薫の実存以上の男性的なものを読んでいるのである。僧都自身は体験したことはないので、かえって俗的な〈男〉に対する幻想が生じているのである。と言うより、「失せぬもあなり」とあるところを読むと、「も」は使われているものの、「なり」という断定の助動詞から推察すると、自分自身も、そうした思いに取付かれた時があったのかもしれない。「女の身」という蔑視が、そうした想定をさらに極限に拡張するのである。薫を僧都は誤読しているのである。それにしても、「髪鬚《かみひげ》を剃りたる法師だに」と、自己の立っている場所を例にするところに、僧都らしさが見事に叙述されていると言えるだろう。と同時に、作家紫式部の掌から離れて、僧都という登場人物が、自立した歩みを刻んでいる様子が、鮮明化していると把握できるだろう。

一方、薫も「なほなほ」と主張できない立場にいる。彼を取巻く社会的文脈は、そうした発話を許容しないのである。それ故、二人の会話と内話文は、他者の言葉を意識して、自己の言葉に響かせているために、齟齬し、対話は差異を拡張して行くのである。こうして夢浮橋巻の対話は、自己の内部で分裂し、他者との関係で齟齬しているのである。と言うより、このように長文を費やした、さまざまな会話文・内話文・身体表現を含んだ対話でありながら、「『さらば』とて帰りたまふ」という不発に終わるのであって、一面では、この場合は不要なものとなっているのである。ここにも不在の物語が現象しているのである。(10) バフチンが『ドストエフスキー論―創作方法の諸問題―』(11) で述べているように、多声的な対話は無限に続かなければならないのであって、その終わりは未完成になってしまうのである。その未完成を敢えて刻印するために、この長文の対話が書かれたのではないだろうか。

三　浮舟の一人称視点と夢浮橋巻の語り

物語は「帰りたまふ」と書きながら、源氏物語の方法の一つでもある、辞去の場面を克明に描く。その際、薫は僧都に、浮舟に対して、僧都が懸念しているような他意はないことを語る。彼の発話には、「心の中《うち》は聖《ひじり》に劣りはべらぬものを。まして、いとはかなきことにつけてしも、重き罪うべきことはなどてか思ひたまへむ」という言葉が見え、俗聖を志向する薫の姿が鮮やかに刻み込まれている。しかし、これは会話文的真実なのであって、内話文・身体表現・無意識の世界は叙述されていないのである。僧都から小君は小野への紹介状を受け取り、薫は前駆たちに「忍びやかに」と言って、静かに山をくだる。それに続く場面を言説分析することにするが、この場面に対しては、「表現・意味・解釈―夢浮橋巻の一情景描写をめぐって―」(12) で一度表現を分析したことがある。その論文では、

このようにして、この図表（図表は省略した）は、(a)系列の語句群が示すように〈光〉と〈闇〉等の対照的な世界の間に引裂かれ、その間の〈距離〉の中で、表現されてはいないが解読することのできる〈闇〉の世界に

住《すま》い、(b)系列的な〈現在〉という瞬間の〈代償〉を象徴として求めつつ、その彼方で(c)系列の〈不在〉という物語の〈終り〉を凝視していることを語っていると言えよう。

という結論を述べておいた。そうした視座を脇に置いて、

小野には、いと深く茂りたる青葉の山に向ひて、紛るることなく、遣水の蛍ばかりを昔おぼゆる慰めにてながめゐたまへるに、例の、遥かに見やらるる谷の軒端《のきば》より、前駆《さき》心ことに追ひて、いと多うともしたる灯《ひ》の〈のどかならぬ光を見る〉とて、尼君たちも端に出でゐたり。「誰《た》がおはするにかあらん。御前《ごぜん》などいと多くこそ見ゆれ」「昼、あなたにひきぼし奉れたりつる返り事に、大将殿おはしまして、御饗《おほむあるじ》のことにはかにするを、『いとよきをりなり』とこそありつれ」「大将殿とは、この女二の宮の御夫《をとこ》にやおはしつらん」など言ふも、いとこの世遠く、田舎びたりや。まことにさにやあらん、時々かかる山路《やまじ》分けおはせし時、いとしるかりし随身の声も、うちつけにまじりて聞こゆ。月日の過ぎゆくままに、昔のことのかく思ひ忘れぬも、〈今は何にすべきことぞ〉と心憂ければ、阿弥陀仏《あみだほとけ》に思ひ紛らはして、いとどものも言はでゐたり。横川に通ふ人のみなむ、このわたりには近きたよりなりける。

という場面に、言説分析を試みてみると、網かけは自由直接言説で、傍線は自由間接言説である。文中の冒頭部分に「ながめゐたまへるに」とあるごとく、語り手は浮舟に敬語を使うべき立場にあるのだが、これらの言説には、敬語が不在なのである。敬語使用の冒頭部分と、尼君・妹尼たちの会話文を除けば、自由間接言説には語り手の声も聞こえるのだが、この場面は、概ね、浮舟の一人称視点からの叙述となっているのである。そのため、記号は付けなかったが、「まことにさにやあらん」という文は、語り手の立場からの草子地であると共に、浮舟自身が訝しがっている内話文にもなっているのであって、これも自由間接言説なのである。一人称的叙述では、草子地と内話

文とが接近し、自由間接言説的に二つの声をポリフォニーとして奏でるのである。なお、一人称叙述では、自己体験の言説であるため、三人称の内話文を記入しないのが文法である。

「田舎びたりや」の「や」は、文末に置かれている間投助詞で、既に言いきられた文に付くものなので、「や」を除いても文章は成立するので、この文も「たり」として扱うとすると、この場面の自由間接言説では、「けり」と「たり」が文末の助動詞として使用されていることになる。「けり」は語り手の視点からは、〈語り〉の意となり、登場人物の視座からは、〈気付き／発見〉の意となることは、他の論文で何度か述べてきた。[1]「てあり」から発生したと言われている、「たり」の場合も、語り手から言えば、完了であり、登場人物の立場からは存続と言うことになるだろう。このように自由間接言説では、文法的にも二声化するのである。

この場面で浮舟の一人称叙述が描かれていることは、彼女が第一次の語り手であることを示唆している。夢浮橋巻では、浮舟・小君の異父姉弟が、一次的語り手となっているのである。この場面以後も、浮舟の一人称視点は意外にも頻出しており、小君が薫の内密な使者として小野に派遣された折りにも、

（僧都の書簡は）まがふべくもあらず書きあきらめたまへど、他人《ことひと》は心もえず。「この君は、誰にかおはすらん。なほ、いと心憂し。今さへ、かく、あながちに隔てさせたまふ」と責められて、すこし外《と》ざまに向きて見たまへば、この子は、〈今は〉と世を思ひなりし夕暮にも、〈いと恋し〉と思ひし人なりけり。同じ所にて見しほどは、いとさがなく、あやにくにおごりて憎かりしかど、母のいとかなしくして、宇治にも時々率《ゐ》ておはせしかば、すこしおよすけしままにかたみに思へりし童心《わらはごころ》を思ひ出づるにも、夢のやうなり。まづ、母のありさまいと問はまほしく、こと人々の上はおのづからやうやう聞けど、〈親のおはすらむやうはほのかにもえ聞かずかし〉と、なかなかこれを見るにいと悲しくて、ほろほろと泣かれぬ。

という、網かけの自由直接言説と傍線の自由間接言説を用いた、一人称叙述が表出されている。特に、文中の「他《こと》人《ひと》は」という言葉は、鮮やかに浮舟視点である事を示していると言えよう。妹尼の会話文を除けば、この場面は浮舟の一人称視点で叙述されているのである。既に何度か述べてきたように、自由間接言説は、「と見たまふ」「と思ひたまふ」などのように付加節と敬語を付けると内話文になる。この場合も同様で、文中に記されている内話文と同様な機能を果たしているのである。なお、一人称叙述では、一人称の内話文は許容されるのだが、三人称の内話文は記さないのが文法で、この場面でもその規範は守られている。と言うのは、一人称叙述は、自己の過去体験を記述する方法なのであって、他者の内話文は日常世界では聞くことができないからである。

そうした浮舟の一人称叙述で注目されるのは、

　尼君、御文ひき解きて見せたてまつる。ありしながらの御手にて、紙の香《か》など、例の、世づかぬまでしみたり。ほのかに見て、例の、ものめでのさし過ぎ人、〈いとあり難くをかし〉と思ふべし。

という、薫の手紙を読み始める場面で、「ものめでのさし過ぎ人」つまり妹尼の内話文が記されていることである。他者の内話文は一人称叙述では記入されないのが文法なのだが、その原則が破られているのである。ただし、そのために「思ふべし」と浮舟の立場から推量の助動詞「べし」が用いられているのであって、一人称言説の文法は遵守されているのである。このような個所で「べし」が使用されていることを見ると、このテクストでは、一人称叙述を意識的、意図的に書いていたらしいことが解るのであって、意図的に浮舟を一次的語り手として設定していると言えるだろう。妹尼たちに対する浮舟の軽蔑の感情が伺える文である。

ところで、この場面後、小君の視点からの場面が描かれ、その場面は、

　〈妹尼の会話〉」と言へば、すずろにゐ暮らさんもあやしかるべければ、〈帰りなむ〉とす。人知れずゆかしき

御ありさまをもえ見ずなりぬるを、おぼつかなく口惜しくて、心ゆかずながら参りぬ。

と終わっている。この文については、一節で克明に分析したので、それ以上に言及することは避けるが、ここでも自由間接言説が使用され、小君の一人称叙述となっており、第一次の語り手であることが刻印されているのである。問題はそれに続く夢浮橋巻巻末の草子地である。

源氏物語の終尾を飾っているのは、草子地である。

〈いつしか〉と待ちおはするに、かくたどたどしくて帰り来たれば、〈すさまじく、なかなかなり〉と思すことさまざまにて、〈人の隠しすゑたるにやあらむ〉と、わが御心の、思ひ寄らぬ隈なく落しおきたまへりしならひとぞ、本にはべめる。

とある、この言説については、既に「源氏物語と語り手たち—物語文学と被差別あるいは源氏物語における〈語り〉の文学史的位相[13]」で分析したことがあるので、同様な物言いになってしまうのだが、この薫の内話文＝心理を忖度《そんたく》する語り手は、小君や浮舟の傍らにはいない。彼らの視点での言説ではないのである。この論文では、「紫のゆかり」という語を用いて分析している、薫側の女房の視点から述べられた言説であることは間違いない。小君の一人称的情報が彼女らに伝達されることは自明なことだが、浮舟の一人称的視点が紫のゆかりたちにどうして伝わったのであろうか。物語が終わった、小君の薫邸への帰参後の遥か彼方に、浮舟と彼女たちの親密な接触があったことが暗示されているのである。この想定はさらに拡大し、薫と浮舟の出会いを想起させる。浮舟の一人称的視点を書き入れる紫のゆかりという実存は、共に生活しているような世界を示唆しており、浮舟は薫に引き取られていたのである。

その場合、注意すべきは、〈人の隠しすゑたるにやあらむ〉とある薫の奇妙な疑惑を抱えた情念である。さらに草子地中の、「落しおきたまへりしならひ」という表現も、気になるところである。かつて浮舟を顧みることなく捨てておいた習慣から、こんな奇妙な内話文を思惟するようになるのだと言うのだが、この薫の情念と、今後は捨てることはないだろうということを暗示するこの文は、尼僧浮舟を薫邸に引き取って世話をしたということを暗示するばかりでなく、薫が尼僧の彼女を犯す、禁忌違犯の性的関係を示唆しているのではないだろうか。物語は終焉しているようでありながら、その後の物語が暗示されていたのである。終りは始まりなのである。

付載論文が示しているように、物語の言説は「不在」という語りの放棄の寸前にまで到っていた。また、本稿の二節で分析したように、登場人物の人格は、他者の前で、会話・内話・身体表現あるいは無意識的なものが散乱・分裂し、それらが他者との無限の対話を試みる未完成の世界に傾《なだ》れ込むような状況が出現していた。言説の上に終焉が刻み込まれていたのである。終の儀式は既に調っていたのである。言説が沈黙を促していたのである。それにもかかわらず、物語は彼方の世界を示唆し、始まりを告げているのである。しかし、これは矛盾ではない。そのすべてが、未完成を指示していると言えよう。永久に他者との、あるいは人格内での分裂したもの同士の対話は、終りのないもので、横川の僧都が危惧したように、薫が尼僧浮舟を犯すという出来事も、終りを刻むことはできないのである。終焉の儀式は調ったのだが、その儀式は実施されることはないだろう。死骸があるのだが、埋葬されることはないのだ。腐乱以外の方向はないのだ。

だが、総角巻によると、

中納言の君は、〈さりとも、いとかかる事あらじ、夢か〉と思して、御殿油《おほむとなぶら》を近うかかげて見たてまつりたまふに、隠したまふ顔も、ただ寝たまへるやうにて、変りたまへるところもなく、うつくしげにてうち臥したまへるを、〈かくながら、虫の殻のやうにても見るわざならましかば〉と思ひまどはる。今はの事どもするに、御髪《みぐし》をかきやるに、さとうち匂ひたる、ただありしながらの匂ひになつかしうかうばしきも、〈あり難う、《何ごとにてこの人をすこしもなのめなりし》と思ひさまさむ、……（五―三一九）

とあり、大君の死骸は、生前と同様に芳香を放っていた。源氏物語という埋葬されることのない巨大な遺骸も馥郁とした香を漂わせているのである。

〈注〉

（1）『物語文学の言説』に掲載した諸論文、および、

(1)「源氏物語の言説分析―語り手の実体化と草子地あるいは澪標巻の明石君の一人称的言説をめぐって―」（『国文学研究』百十二集所収。本書第一部五章）

(2)「源氏物語の〈語り〉と〈言説〉―〈垣間見〉の文学史あるいは混沌を増殖する言説分析の可能性―」（双書〈物語学を拓く〉１『源氏物語の〈語り〉と〈言説〉』所収。本書第一部一章）

(3)「篝火巻の言説分析―具体的なものへの還元あるいは重層的な意味の増殖―」（『横浜市立大学論叢』第四六巻一・二・三合併号所収。本書第一部六章）

を参照してほしい。本稿は、これらの論文の延長線上で書かれたものである。

（2）引用は全集本による。ただし、記号等は訂正している。以下、夢浮橋巻をはじめとした源氏物語の引用は同様である。

（3）注（1）の論文参照。

（4）自由間接言説については、注（1）の(1)(2)(3)を参照。特に、(2)の論文で克明に説明している。

（5）若菜巻から〈対話〉と〈自己意識〉の文学が生成されることに対しては、「若菜巻の方法―〈対話〉あるいは自己意識の文学―」（『物語文学の方法II』第三部第一五章）

とを指摘している。この方法の萌芽が玉鬘十帖に描かれていることを参照してほしい。なお、注（1）の(3)も合わせて参照してほしい。

（6）シェイクスピア『ジョン王』第三幕第四場でのフランス皇太子の台詞。

（7）三谷栄一「謡曲と天狗―その民俗学的考察―」（『古典文学と民俗』所収）参照。

（8）『物語文学の方法Ⅱ』所収。

（9）南波浩校注『紫式部集』による。ただし、表記など改めた箇所がある。

（10）注（8）参照。

（11）新谷敬三郎訳。望月他訳『ドストエフスキーの詩学』（ちくま学芸文庫）もある。

（12）『国文学』一二巻一号（本書付載論文）所載。なお、この論文を参照していないのだが、同じ場面を、歌語・引歌などの分析を試みながら「沈黙する女君」を論じた、吉井美弥子「夢浮橋巻の沈黙」（『中古文学』四十四号）がある。表現論からの〈不在〉と、人物論的な「沈黙」との相違はあるが、同一的な見方であった。なお、若干の改訂を施して、この論文を本稿の付載論文とした。
また、この場面については、「騙る源氏物語―〈語り〉論の可能性あるいは源氏物語と言説分析」（『物語文学の言説』所収）でも言及している。

（13）『物語文学の言説』所収。

付／表現・意味・解釈

——夢浮橋巻の一情景描写をめぐって——

表現は意味の死骸であると言ってよい。表現は解釈によってのみ甦り、意味という呼吸をするのだ。この甦りという神秘劇を、この稿では、源氏物語の一場面の表現構造を分析することで垣間見てみたいと思っている。

源氏物語の最後の情景描写といえる場面は、夢浮橋巻の、薫が横川に僧都を訪い、対面後、帰途につく際に、小野の里で浮舟がその一行の前駆の声を聞いている個所だと言えよう。

小野《をの》には、いと、深《ふか》く繁《しげ》りたる、青葉《あをば》の山に向《むか》ひて、紛《まぎ》るゝことなく、遣水《やりみづ》の蛍《ほたる》ばかりを、昔《むかし》おぼゆる慰《なぐさ》めにて、ながめ居《ゐ》給へるに、例《れい》の、はるかに見やらるゝ谷の軒端《のきば》より、さき、心ことに追《お》ひて、いと、多《おほ》うともしたる、火の、のどかならぬ光を見《み》るとて、尼君《あま》達《たち》も、はしに出《い》で居《ゐ》たり。「誰《た》が、おはするにかあらむ。御前《ぜん》など、いと、おほくこそ見ゆれ。昼《ひる》あなたに、曳干《ひきぼし》たてまつれたりつる返事《かへりごと》に、『大将殿、おはしまして、御《おほむ》あるじのこと、にはかにするを。いと、よき折《をり》』などこそ、ありつれ「大将殿とは」「この、女二の宮の御をとこにや、おはしつらむ」など、いふも、いと、この世遠く、ゐ中びにたるや。〈まことに、さにやあらん。時々、かゝる山路《ぢ》、わけおはせし時、いと、しるかりし、随身《ずゐじん》の声もうちつけに交《まじ》りて聞《きこ》ゆ。月日の過《す》ぎ行《ゆ》くまゝに、昔《むかし》の事《こと》の、かく思ひ忘れぬも、今《いま》は、何《なに》にすべきことぞ〉と、心憂《う》ければ、阿弥陀仏に、思ひ紛《まぎ》らはして、いとゞ、物を言《い》はで居《ゐ》たり。横川に通ふ人のみなむ、このわたりには、近き便《たより》なりける。
（大系本五―四二五〜六）

この浮舟の心理を象徴しているかのごとき情景描写は、還俗・非還俗あるいは中絶・終結などという奇妙な論争とも関わりながら、源氏物語の〈終り〉の意味を問う際に何度も言及されてきた有名な場面である。本稿ではそうした問題に拡大することは不可能なのだが、源氏物語の〈終り〉の意味を射程に含みつつ、引用した場面の表現にかかずらって行くことにしよう。

ところで、この浮舟の心理と重ねられて叙述されている情景描写は、物語の筋書に対しては、あまり機能していない場面であると言ってよいだろう。少なくとも、薫の帰途の前駆の声を浮舟は小野で聞いていたと記すだけで、物語は成立したはずである。にもかかわらず、語りの機能を破壊することさえをも厭わずに、源氏物語は詳細な情景の叙述を繰拡げる。こうした叙述のあり方を、かつて私は「古代叙事文芸の時間と表現―源氏物語に於ける時間意識の構造(1)」という論文で、〈意味〉（〈話素〉という用語も使用している）と〈描写〉という用語で物語史に添いつつ述べることがあるのだが、まさにこの筋書を無視することを厭わない場面は、そこでの用語であった〈描写〉を意味していると言えよう。〈描写〉という叙述のあり方は、物語の〈出来事〉＝〈意味〉(2)の叙述とは異なり、物語の筋書に対しては無意味な役割しか果していないのだが、叙述としては無意味であるが故に、逆に、明示的な表現の背後に隠されたもの、潜在するものを喚起する力をもっており、それ故、必然的に受容者は、その表現を、物語の主人公の心理や状況あるいは作者の意図や主題などの隠喩として、解読・解釈して行くことになるのである。

今、対象としている夢浮橋巻の場面も、単に物語的事実として筋書を了解するのみでは、私たち読者は満足せず、この表現の背後に隠されているものを読みとろうとするに相違ないのである。そうした〈描写〉という隠喩構造のあり方を、解釈の方法を軸に極めて単純に図式化したものが、以下の分類表である。

この図表は、前の夢浮橋巻の情景描写を、恣意的ではあるが、解釈の方法を軸に分類し、作成したもので、この場面を浮舟の心理的内面として把握するためには、ある程度の有効性を発揮するはずである。作成した図表を説明することで、この場面の表現構造を簡単に明らかにしてみよう。

	I 主格的	
A 区分	青葉の山 谷の軒端 さき 火 光 はし 御前 昼あなた 返事 御あるじ 随身の声 昔の事 横川に通ふ人	紛るゝことなく はるかに見やらるゝ
B 結合	小野 遣水の蛍 曳干 かゝる山路 今 阿弥陀仏 このわたり	ながめ居給へる 月日の過ぎ行くまゝに
C 総合		何にすべきことぞ 物も言はで居たり

II 述語的	III 修飾的
心ことに追ひて 見るとて 出で居たり 見ゆれ たてまつれたりつる にはかにする わけおはせし うちつけに交りて聞ゆ 近き便なりける	つと、深く繁りたる つと、多うともしたる (いと)のどかならぬ いと、おほくこそ いと、よき いと、この世遠く いと、しるかりし
かく思ひ忘れぬも 思ひ紛らはして	昔おぼゆる慰めにて ゐ中びにたるや 心憂ければ

横のＩⅡⅢの系列は、Ｉ名詞的・Ⅱ動詞的・Ⅲ形容詞的と名付けることもできるもので、この場面の語彙・句を理解しやすく集合化した極めて便宜的な区分で、勿論文法的な理解とは無縁な分類である。この図表の目的はＡＢＣの縦の系列にあるのである。

Ａの「区分」の項は、「対立」あるいは「二項対立」と記してもかまわないもので、各語句は、この場面で常に対立する表現を保持しているものを集めてある。もっとも、そうした対立表現はこの場面では表面的には表出されていず、受容者は常にその表現されていないものを裏側から読みとって行くことで、浮舟の心理的内面へと同化して行かねばならないのである。例えば、「青葉の山」という表現に対しては、浮舟の居る小野の尼僧庵の暗い室内が対照的に想像されるのであって、このA「区別」の系列は、常に対立する書かれざる世界を喚起し、それは浮舟の位置を意味することで、彼女の内面的心理を読者に語るのである。

ところで、A系列のⅠ群の集合に属する語句群は、遠≠近・声≠沈黙・光≠闇・昔≠今・高≠低・拡がり≠狭さ等といった対照によって〈対立〉が成り立っていると言えよう。Ⅱの集合の場合も、「紛るゝことなく」とか「うちつけに交りて聞ゆ」という文が、純粋に区分されているもの≠汚れて混合されているものという対照を想像させるのだが、それと同時に、「見ゆ」とか「聞ゆ」のごとく視覚的・聴覚的な遠さを強調する語句があり、〈対立〉するものの〈距離〉を示している所に特色がある。Ⅲ群も、ⅠⅡ群と同様に対称的《シンメトリック》な〈対立〉とその対立との間にある〈距離〉を暗示しているのだが、多くの文が「いと」という副詞によって修飾されている。つまり、〈対立〉と〈距離〉とが絶望的なほどの隔たりがあることを強調しているわけである。このようにして、このA系列は、絶対的な分裂の世界という〈距離〉を、対立する世界を受容者に想像させることで表出しているわけである。

さて、B系列の「結合」に集めた語句は、両義性・多義性という点で特色があると言えよう。「小野」は聖と俗との狭間であり、[3]「遺水の蛍」は「昔おぼゆる慰め」という浮舟の錯綜した感情を象徴しているのである。この系列に対しては、ⅠⅡⅢの区分を無視して一括して述べるが、ほぼ全てが〈時間〉と〈空間〉に関わる両義性・多義性を表出していると言えるだろう。この系列の表現はA系列の〈対立〉を弁証法的に一致させた世界であるが、同時に、「阿弥陀仏に、思ひ紛らはして」という文章が示すように、A系列の〈距離〉を無理やりに結合させた〈代償〉の世界でもある。つまり、A・Bの系列は、「区別」と「結合」という対立関係にもあるのであって、冒頭の「青葉の山」と「遣水の蛍」との対照的な表現には、そうした質的な表現構造の相違があると言えよう。

ところで、B系列の語句は、A系列のように対立する表現されていないものを想像することで表現を解釈することはできない。B系列では、裏側の表現されていないものは、決して直接的な思考では把握されないのである。こうした表現されているものと表現されていないものの関係は〈象徴〉としか名付けられないもので、(4)例えば、「小野」という語は、前述のごとく「聖と俗との狭間」と表現できないわけではないが、意味の深さから言えば、この語は、この時点での浮舟の〈現在〉の全てを象徴しているのであって、知覚や思考の範囲を超えてしまっているのである。このようにして、B系列の語句は全てが不透明であり、その不透明さこそが表現と解釈の〈深さ〉を形成しているのだと言えよう。

C「総合」の系列には二つの文章しか存在しない。これらの文章は、A・Bどちらの系列の方法からも解釈できないもので、例えばA的に「物も言はで居たり」⇔「物を言ひて居たり」と解釈を試みるとするならば、その読者は物語から追放されるであろうし、この沈黙という空洞は、B的に何かを象徴しているわけでもなく、ただ〈こと〉〈もの〉をありのままに記しているにすぎないのである。それ故、このC系列は意味の〈不在〉と名付けることができるのである。このいわば隠された意味の解釈さえをも拒否する表現が、意味することについて分析することはこの稿で不可能なのだが、それが真の意味での表現の自立であり、源氏物語の〈終り〉であったことだけは記しておきたいと思う。

このようにして、この図表は、浮舟が、A系列の語句群が示すように〈光〉と〈闇〉等の〈距離〉の中で、表現されてはいないが解読することのできる〈闇〉の世界に住《すま》い、B系列的な〈現在〉という瞬間の〈代償〉を象徴として求めつつ、その彼方でC系列の〈不在〉という物語の〈終り〉を凝視していることを語っていると言えよう。
表現は解釈という甦りの秘儀を通じて意味を呼び戻す。[5]本稿では、そうした表現の解釈学的構造を、その不可能性さえも含み込みながら示唆的に述べたつもりである。

〈注〉

（1）『文学』一九七四年一・二月号（『物語文学の方法Ⅰ』所収）。
（2）この用語タームは、R・ヤーコブソンの〈喚喩〉と〈隠喩〉、あるいはR・バルトの〈機能体〉と〈指標〉という概念と対応する面を持っている。
（3）高橋亨「宇治物語時空論」（『国語と国文学』昭49年12月号）等を参照。
（4）注1および「物語と〈書くこと〉──物語文学の意味作用あるいは不在の文学──」（『日本文学』一九七六年三月号『物語文学の方法Ⅰ』所収）参照。

第二部

源氏物語の認識論的分析

第一章　類似・源氏物語の認識論的断絶

――贈答歌と長恨歌あるいは方法としての「形代／ゆかり」――

一　認識論的断絶あるいは贈答歌と長恨歌

源氏物語の批評と研究では、特異で晦渋《かいじゅう》な論題を付したが、本論文は、「良質の高校生」を読者対象の中軸とした、現在、暇を見ては書いている最中の、『物語学事始―古典文学入門―』（仮題）という、物語学と古典文学入門との一石二鳥を狙っている、文学の愉楽を軽快に伝えることを標的とした、入門書の一章にあたる、「物語文学の歴史」の源氏物語論の極く一部分を、主として認識論の視点から、流用・改訂・加筆・増補したものなのである。本論文の第二節は、主として新たに考察したものであるが、第一節は、そのために、読者にとっては、説明する必要のない、啓蒙的で常識的なものが含まれていることを、まずお詫びしてから、この論文を始めることにしたいと思う。

ところで、認識論的断絶（切断）という用語は、構造主義などで頻繁に用いられていたもので、この論文では、その術語をあえて借用させてもらった。認識論《エピステモロジー》は真実を知るという能力があるかどうかを、起源・対象などに反省的に問いかけることを意味し、ソクラテスやインド哲学（プラマーナ論）などにも見られるものであり、認識主体の役割を軸に、哲学の歴史を形成しながら論議されてきたのだが、ここで問題化・前景化したいのは、ガストン・バシュラールやジョルジュ・カンギレムなどを経て、ミシェル・フーコーの認識論的布置《エピステーメー》（知の体系）やジャック・デリダの脱構築《ディコンストラクション》化などという考えへと連なる系譜で、認識論的断絶とは、それ以前のように、認識論は、人間主体への固着や、精神主義、あるいは、生きられたもの、さらに経験・伝統・ロゴス・自明性・中心・人間などという概念と、断絶しなくてはならないという、主張である。ただし、この用語に含まれている、科学的大系という意味は、以下の分析が明晰化しているように、消去して主張しているはずである。また、「認識論」という用語を敢えて使用した背景には、三浦つとむの言語論（時枝誠記の説を批判的に継承した言語過程説）を、意識していたからである。

その認識論的な断絶が、古代後期の時代に、源氏物語の言説においても起きているのではないかという問題提起を、古代後期の生活慣習であった贈答歌の技法を考察しながら抽出し、源氏物語桐壺巻と長恨歌との関係として見て行き、源氏物語が方法的に確立した、「形代／ゆかり」という類似（隣接）の方法が、源氏物語の「反復＝差異」という、認識論・言語論・言説理論ひいては方法そのものを生成して、天皇制に内部から叛いている様相を、具体的に明晰化して行きたいと思っている。

更に、カルチュラル・スタディーズ（文化諸研究）などの、鮮烈な印象を与えている現在の諸研究・諸批評の実践が、未だ把握できていない、「日本」の古代後期における認識論的布置《エピステーメー》が、つまり、「反復＝権力」という認識が、既に古代後期の歴史と社会を、祭祀儀礼などを通じて、さまざまに生活の細部や底辺にいたるまで横断していたことを、明らかにして行きたいと思っている。それを通じて、源氏物語の「反復＝差異」という、認識論的断絶の、内部から、「反復＝権力」という認識を背景に生成されている、古代後期の天皇制に叛いて行く方法の、画期的意義を浮き彫りにして行きたいというのが、この論文の目指す標的なのである。

既にある面では、常識的で共通認識になっていることだが、古代後期の和歌を分類する視点・方法はさまざまにあり、例えば、「晴の歌」／「褻の歌」、「男歌」／「女歌」などがその区分の一つであるが、その中で、「唱和歌／贈答歌／独詠歌」という、よく知られている和歌言説の三区分がある。それについて説明・分析することから、この論を開始したいと思っている。批評や研究は、未だ述べられていない、既にテクストでは潜在的に語られていることを、顕在化する営為・作業であるとするならば、常識や共通認識に疑問を投げかけ、従来の認識を脱構築化することが、出発点になるからである。

この三区分の中で、「唱和歌」というのは、同じ対象について、二人以上の人物が和歌を詠む行為を意味している。例示しないが、桜を賞美する宴会で、その祝宴の複数の参加者が、桜を讃え、花が散るのを惜しむ歌を詠む、その和歌言説の二首以上の集合を、唱和歌と言うのである。なお、この唱和歌は、宴会などの晴の歌として詠まれる傾向があることは、言うまでもないことであろう。

一方、「独詠歌」は、一人で自分自身を慰めたり、満足するために、書いたり、独吟する、和歌的行為を意味しており、源氏物語では、後半部分に入るに従い、相対的ではあるが、返歌という他者を求めない、孤独を描く独詠歌が（特に手習巻などで）増加する傾向があると言われている。もちろん、独詠歌は、褻の歌に属しているのである。なお、独詠歌は、他人に聞かれたり（垣間聞き）、他者に知られてしまったり、知られることを意識して詠まれる場合も、稀にはある。

ところで、この和歌言説の三区分の中で、「贈答歌」は、鈴木日出男の『源氏物語の文章表現』などでも異なった視点から触れているように、〈ウタ〉の基盤だと言ってよいであろう。ウタの発生は、歌垣のような歌の掛け合いから始まったものだと言われているが、古代後期の贈答歌は、この掛け合いの歌謡の伝統を継承して、贈歌と答歌（返歌とも言う）の対話で成り立っているのである。そして、その掛け合うという対話の規律化された技法が、この論文の最初の標的なのである。

古代後期の社会の中では、専門歌人などの贈答歌もあるが、貴族（女性も含めた）として極く普通の社会生活を送るためには、この和歌による対話が必需であった。恋愛・結婚・書簡・挨拶・賛美・会話・離別・餞別・礼状などの日常的な社会生活を送るためには、贈答歌が詠めないと、かつ、それを見事な筆跡・書体で書けないと、充実した日常生活を送れなかったのである。宇津保物語や落窪物語などには、和歌が詠めないので他人に代作・代書してもらい、滑稽な失恋をする人物が何人も登場している（滋野真菅・面白の駒など）。和歌が詠めないことは、古代後期の貴族社会では、「をこ（烏滸＝滑稽）」で、排除された存在なのである。この和歌言説は、貴族たちの個性を生成している人格と、自己同一性（貴族社会を形成する一員であることも証明することを含めた）を表象する営為でもあったのである。と同時に、贈答歌は、狭い社会ではあるが、当時の貴族社会を底辺から支える、大衆文化の一つであったと言うことができるのではないだろうか。贈答歌は、言語による、生活文化そのものであったのである。

贈歌　低男 ← 高女 ←

答歌（返歌）　高女 → 低男 →（同じ歌語を用いて、切り返す）

その大衆文化の一つであった贈答歌を説明するために、簡潔にその規範を図式化してみた。まず、贈歌は、原則として身分の低い人から高い人に贈り、それに答えて、身分の高い人が返歌するのが、普通で規範的な文法なのである。この原則が保守されていない場合は、その理由を個別に考えてみる必要がある。

例えば、源氏物語桐壺巻には、桐壺更衣の死後、帝が、勅使靫負命婦を、故桐壺更衣の母親である母北の方と、三歳の光源氏がいる二条邸に、派遣する場面がある。その際、桐壺帝は「宮城野の……」の歌を、靫負命婦に託すのである。勅使靫負命婦は、和歌を帝から託された御言持《みこともち》なのである。天皇という最高位の人が、贈歌を贈るのであるから、死んだ桐壺更衣と、母北の方、ひいては幼い我が子光源氏に対して、破格の、優遇した扱いをしていることを、意味している。母北の方自身は、自覚していないように描かれているが、彼女にとっては、誇示してもよい最高・至高の栄誉なのである。このように、「低→高」という贈答歌の規範的文法が、守られていない時には、その理由を問わなくてはならないのである。

ただし、身分差の贈答歌では、返歌は同じ歌語を用いても、強く切り返さない場合が多いようである。なお、桐壺巻では、母北の方が、「あらき風……」という、光源氏の父親でもある帝を無視した、失礼な返歌を伝えたと物語中で書かれていることは、言及するまでもないことであろう。それによって、桐壺更衣の死去に対する、贈答歌の規範的文法を破る母北の方の、悲しみと怒りの深さを、物語っているのである。

この文法は、男女関係において、さらに守られている。まず、男から女に贈歌を贈り、女が同じ歌語を用いて、男の歌の内容を切り返して返歌するのが、贈答歌の文法的な規範なのである。例えば、最適な例とは言えないかも知れないが（贈答歌の典型は恋愛歌なのである）、帚木巻に光源氏が「方違へ」で紀伊守邸に赴き、人妻である空蟬と、一夜の契りを結んだ、その夜明けに、光源氏が、

つれなきを恨みもはてぬしののめにとりあへぬまでおどろかすらむ
（「しののめ［東雲］」は、夜明け、東の空の白む頃。「とりあへぬまで」はあっというまに。「とり」に鳥を懸けている。つれない態度に恨み言もいわないうちにどうして鳥たちは急に私達を目醒めさせるのでしょうか）

という贈歌を詠み、空蟬が、

身のうさを嘆くにあかで明くる夜はとりかさねてぞねもなかれける
（「あかで明くる」は、「飽く」に「明く」を重ねた同音語の技巧。「とりかさね」に鳥を懸け、「ねもなく」を縁語とする。我が身の情けなさを嘆いても嘆きたりないうちに夜は明けて鳥たちの声に重ねて私も声をあげて泣けてきます）

と返歌する場面がある。この贈答歌では、「とり」＝鳥という同じ歌語が、また「しののめ」と「明くる夜」という類似した歌語が使用されている。

また、光源氏の歌は、鳥の声で夜が明け、離別しなくてはならない、類型的と言ってよい、悲しみを詠んでいるのに対して、人妻空蟬は、光源氏に強姦されたその「身のうさ」を嘆き、慟哭せざるをえない自分を詠みあげ、光源氏の和歌の内容を、見事に同じ歌語を用いて、刹那に切断・断絶して、切り返しているのである。

このように同じ歌語を用いながら、贈歌の内容を即座に断裁し、異なった内容を詠むのが、返歌の文法なのである。時間を置かずに、贈歌という他者の言葉を引用し、それを転用して、別な世界として提示しているのである。このような切り返しの答歌を、「女歌」とも言っている。特に、男が女の立場になって返歌を代作する時に、この用語が用いられているようである。

女が贈歌を贈る時は、切羽のつまった緊急の場合などであるから、生活文化から言うと、女性貴族（彼女に仕える侍女も含めた）たちは、「女歌」という言葉が示唆しているように、返歌の範疇に属し、男性から贈られる贈歌と、即座に切り結ぶことに、長けていなくてはならなかったのである。つまり、贈答歌から言うと、奇妙な言い方であるが、文化的には、男は素直で、女は屈折した、即妙な断裁と、転覆・断絶・切断、切り返しの精神を、常に内部に抱えていなくてはならなかったのである。

当時の貴族社会では、このように女性の方が、即詠的な「屈曲した断絶の文化」を担っていたことが、源氏物語を誕生させることになったのである。連続と非連続の両義的な対話世界に、貴族の女性たちは身を置かないと、つまり「認識論的断絶」をその内部に抱えていないと、その即座に返歌が求められるという、生活文化を担っていくことができなかったわけである。なお、認識論的断絶という用語は、脱構築という語と類似していると把握される場合があるが、その語を使用しないのは、この語が、ハイデガーの（存在論の歴史の）「解体」という語に、フランス語として対応して用いられているからで、認識論との連続性を強く意識したためである。

なお、橋姫巻などを読むと、

「かつ知りながら、うきを知らず顔なるも世のさがと思うたまへ知るを……」（実はよく知りながら、人の辛さを分からない振りをするのが世間一般の慣習だと思い知りながら……）

と、薫が会話文中で宇治の大君に述べているように、〈都〉の貴族社会では、日常的な隔てのある男女の会話などでも、男の発話に対して、女は、「知らず顔」で、その会話内容を切断し、切り返すのが、〈雅び〉であり、嗜むべき習俗・習慣であったことが分かる。日常会話などでも、認識論的断絶は、都市の貴族生活を彩る女性たちの習俗であったのである。

ただし、贈答歌などの例から、この時代は、男女が、平等・対等であったと判断してはならないだろう。返歌が同じ歌語を用いなくてはならないように、また、女から男に歌を贈ることが、贈答歌の規範文法に違犯する例外的な行為でもあるように、さまざまな側面で、女は男に拘束・羈束《きそく》され、劣位にあったのである。古代後期では、和歌などの生活文化においても、女の性差《ジェンダー》は、男によって束縛されているのである。この劣位にある返歌の中に籠められている、認識論的切断を、源氏物語は、物語文学という言説の上で実現・顕在化して行くのである。

源氏物語桐壺巻の前半部分は、「壺前栽」とも言われている。この壺前栽は、桐壺巻の冒頭部分で、「楊貴妃の例《ためし》も引き出でつべくなりゆくに」と書き出し、「他《ひと》の朝廷《みかど》の例まで引き出で、ささめき嘆きけり」という文で終わる。明らかに、白居易（白楽天）の長恨歌を下敷きにして、つまりプレテクストとして、壺前栽が書かれていることを、源氏物語桐壺巻の照応する文章で、明確に指示しているのである。なぜ、紫式部は、源氏物語を、長恨歌を下敷きにして書き始めているのであろうか。明らかに、白楽天の長恨歌を、「贈歌」と読み、それに対して「返歌」として、源氏物語桐壺巻の壺前栽（源氏物語の書出し）を書いているのである。和歌ではなく、物語文学として、認識論的断絶を、長恨歌に対して行なっているのである。

壺前栽には、「朝夕の言ぐさに、『翼をならべ、枝をかはさむ』と契らせたまひしに」（長恨歌中の「天に在りては願はくは比翼の鳥と作り／地に在りては願はくは連理の枝と為らむと」を引用したもの）とか「太液の芙蓉、未央《びあう》の柳も」（長恨歌中の「太液の芙蓉未央の柳／芙蓉は面《かほ》の如く柳は眉の如し」を引用したもの）のように、長恨歌と同じ歌語（詩語）が鏤められていて、引用されており、連続の法則が保守されていると共に、後に述べるように、長恨歌を見事に切り返していて、非連続になっているのである。明らかに、源氏物語は、長恨歌を贈歌と措定して、その返歌（答歌）として書かれているのである。

なお、「絵に描《か》ける楊貴妃の容貌《かたち》は、いみじき絵師といへども筆限りありければ、いとにほひすくなし」などといった叙述が、桐壺巻を装飾していることも、忘れてはならないであろう。長恨歌をプレテクストとして引用していることを、何度も何度も確認して、読者の注意を喚起しているのである。引用文中の傍線は、自由間接言説を意味しており、ここには語り手の声と共に、桐壺帝の一人称的視点が語られているのである。

当時の「日本」（貴族社会という狭い範囲に留められている）の、「世界文学的状況」の中では、唐の詩人たちが第一級で、その中でも白楽天が、最も称賛されていたことは言うまでもない。その彼の作品を代表するテクストの一つが、長恨歌なのである。つまり、紫式部は、不遜にも、当時の世界文学の第一級・最高のテクストを、贈歌＝長恨歌（男／漢詩／漢字／優位）として受け取り、その返歌（女／物語／仮名／劣位）を、源氏物語として始発させて、劣位でありながら、これからの分析が示唆するような、文学的達成を遂げたのである。このような大胆な冒険は、贈答歌という、当時の貴族たちの生活圏を彩った習俗・営為である大衆文化がなければ、誕生しなかったと言えるだろう。時々、「源氏物語はどうして書かれたのですか」などという、困った質問を学生などから受けるが、「贈答歌という生活文化があったからだよ」などと答えて、説明している。日常的な習俗・慣習と言ってもよい、贈答歌という生活そのものが、非日常的な文学の世界に浸透し、源氏物語というテクストを生産していったのである。共時的な生活文化（認識論的布置）の一つが、源氏物語という歴史（通時）を生成したのである。常識・習俗という「共時」が、源氏物語という一回的な出来事＝「通時」を生成したのである。

長恨歌を贈歌として受け取った時、壺前栽に長恨歌で使用されている語句が引用され、同じ歌語（詩語）を用いるという、返歌の規範的な文法が、源氏物語で厳密に守られていることは、既に述べたが、切り返しという規範は、どのように源氏物語で実現していたのであろうか。長恨歌は、中唐の詩人白居易（楽天）の書いた、七言百二十句の長詩で、彼を代表するテクストの一つであることは言うまでもない。

題材は、唐の玄宗皇帝と楊貴妃との悲恋を扱ったものであるが、冒頭が、「漢皇重色思傾国」（漢皇色を重んじて傾国を思う）と書き始められているように、時代を漢代に設定している。皇帝は楊貴妃のみを寵愛して、国政を顧慮しないため、安禄山の乱が勃発し、玄宗は蜀国に落ちて行く途中で、兵士たちの要求で、貴妃を余儀なく殺害せざるをえなくなる。乱が平定し、都に帰還した玄宗は、亡き楊貴妃への思慕で悶々とし、道士（方士と同一人物か？長恨歌解釈の問題点）に命じて、彼女の魂魄の在処《ありか》を捜させる。道士（方士）はようやく海上に仙山を発見し、楊貴妃の転生した仙女太真に会い、玄宗の意を伝え、形見の「鈿合《でんがふ》」（螺鈿《らでん》細工の筥）と「金釵《きんさい》」（金のかんざし）を二つに割き持つことにして、貴妃の言葉も伝えられる。

物語の最後は、「天長地久有時尽／此恨綿綿無尽期」（天長地久時有りて尽くとも／此の恨みは綿々として尽くるの期《とき》無けむ）という文で閉じられている。権力者＝皇帝が政治を配慮せず、一人の女性のみを寵愛したために乱となったことに対する、諷諭詩の一つなのであるが、問題は、諷諭と言うより、この末尾の句が、長恨歌の題名となっていることである。

この長恨歌を、源氏物語は、どのように裁断し、転用し、切断し、切り返したのであろうか。この論文では、その全てを対照し、克明に分析するような余裕はないのであるが、ここでは源氏物語の主要な認識論的方法と関連している、二つの切り返しについて述べておくことにしたい。一つは現実主義《リアリズム》という方法に関わっている。長恨歌は、筋書きを見なおせば分かるように、玄宗皇帝は、道士を、「仙山（異郷）」に派遣し、太真という楊貴妃の「転生」した仙女に会見させている。長恨歌は、歴史的事件を背景としていながら、諷諭を志向したために、奇想天外な「伝奇」となっているのである。

これに対して、源氏物語は、現実主義《リアリズム》で一貫し、奇想天外な空想世界を描くことを拒否している。『入門　源氏物語』（ちくま学芸文庫）などの書物や、一連の論文などで、執拗に分析したように、源氏物語は、初期物語が、〈それからそれから〉という論理展開で、線状的時間を用いて物語を叙述しているのに対して、〈なぜ〉という時間を循環させる論理で書かれている。主題性をもったがゆえに、こうした論理の叙述となったのであるが、〈なぜ〉という疑問を与えると、仙山（異郷・彼岸）や転生の世界を描くことはできない。「なぜ仙山があるのですか」「どこに仙山はあるのですか」「行って観たことがあるのですか」とか、「どうして太真が楊貴妃の転生した姿と言えるのですか」などといった、当時の読者の、常識的で素朴な疑問に答えられないからである。源氏物語が言説の上に設定した、〈なぜ〉という疑問・質問は、その当時の読者の、知性や感覚の〈常識〉に依拠して発せられるからである。

一般に、現実主義《リアリズム》は、現実の正確な表象であるとか、現実を反映しているとか、現実を克明に、あるいは典型的に写実したものだと言われているが、実は、読者の知＝感覚的な〈常識〉に依拠して書かれているテキストを意味しており、読者の〈常識〉をテクストの内部に組み入れ、〈読者〉と対話していることを意味している。もっとも、源氏物語には、「物の怪」や宗教・信仰・習俗・民俗などで、現代人の眼差しから言うと、奇想天外で常識とは言えない非合理的な事柄が描かれているのだが、しかし、それらは当時の人々にとっては、疑惑を抱かない知＝感覚的な〈常識〉だったのである。それゆえ、源氏物語は、当時の常識でも想定・解答できない、異郷・彼岸的な、特異な世界を表出するのを忌避したのである。そのために採用したのが、「形代／ゆかり」という源氏物語独自の方法なのである。

長恨歌で道士が仙山で転生した太真と出会う場面は、源氏物語桐壺巻の壺前栽では、勅使靫負命婦を、母北の方邸に派遣し、対話する場面として描かれている。そこでは、場所は母北の方邸（二条邸）で、対話するのは靫負命婦（帝の代理《みこともち》＝桐壺帝の形代＝人形《ひとがた》のこと＝類似性）と、母北の方（桐壺更衣の母＝桐壺更衣のゆかり＝血縁関係にあること＝隣接性）として設定されており、異郷世界での「伝奇」的な非現実的な対面ではないのである。

異郷での出来事を、物語内の〈常識〉的な現実世界に切り返して描いたのであるが、そのためには、「形代／ゆかり」の方法を産出する必要があったのである。もちろん、異郷の「鈿合《でんがふ》」と「金釵《きんさい》」などの品物を、

ただかの御形見にとて、〈かかる用もや〉と残したまへりける、御装束一領《ひとくだり》、御髪上《みぐしあげ》の調度めく物、添へたまふ。

へと変更したのも、この「形代／ゆかり」の方法に密接に関連している。この靫負命婦に与えた被物《かづけもの》の形見の品々も、異郷の品物などではなく、物語内現実として、母北の方が処分しないでおいた、故桐壺更衣の形見なのであって、「形代／ゆかり」の一つなのである。

この形代／ゆかりの方法は、桐壺巻ばかりでなく終巻の夢浮橋巻まで、源氏物語では一貫して現象している。よく知られたものでは、桐壺更衣＝藤壺＝紫上が、源氏物語の批評や研究で、「紫のゆかり」と名付けられていることである。更衣と藤壺とは血縁関係（ゆかり）になっていないのであるが、似ている（形代）ので、桐の花・藤の花・紫草による染色が、類似している「紫色」であるから、このように通称されているのである。このようにさまざまな関係性を、テクスト源氏物語に見いだして行くのも、物語を方法として読むことの一つなのである。こうして、源氏物語は、贈歌長恨歌を切り返して、返歌のように認識論的断絶を行なっていたのである。

源氏物語の切り返しは、光源氏という、桐壺更衣と桐壺帝の二人の間に子供が誕生することや、長恨歌のように戦乱で楊貴妃が殺戮されるのではなく、後宮の后妃《きさき》の間に争いがあり、桐壺更衣はその〈恨み〉で病気となり死去すること、あるいは軽微な病気であったのにもかかわらず、帝が退出を許可しなかったため、更衣が死に至り、桐壺更衣の死去には、天皇の責任が大きいことなどにも、さまざまに表出されているのであるが、個々の具体的な相違については言及することは避けて、方法的な問題をもう一つ取り上げると、出来事に対する「意味付けの方法」

に、差異・切断つまり認識論的断絶がある。

長恨歌は前に述べたように、「天長地久有時尽／此思綿綿無尽期」という句で終り、この二句から、長恨歌という題名も付けられているのである。つまり、七言百二十句という長詩で、玄宗と楊貴妃との間にあったさまざまな出来事を、長恨歌は「尽きることのない思い（長恨）」という、一義的な意味に集約してしまっているのである。しかし、物語は散文文学の一つであるように、一義的な意味規定を忌避して、意味を散化・分化・散在化し、多義的多層的に意味を生成して行く。源氏物語桐壺巻の壺前栽で描出されている、桐壺帝と桐壺更衣の悲恋・悲劇・秘史・権力葛藤劇・死者哀悼譚を、一義的に意味規定する言葉は描かれていないのである。さまざまな意味の戯れを読み取らないと、源氏物語を読んだとは言えないのである。

長恨歌は、長詩であるから、玄宗と楊貴妃との間にあった、さまざまな出来事を描いているのであるが、そしてこのテクストは読む者に、さまざまな表象や多義的多層的な読みを与えるのであるが、末尾の句や詩題の「長恨」に意味付けられてしまうため、他の読みが消去されてしまい、一義的なものしか残らない機構になっているのである。仮に、玄宗は、楊貴妃を殺してしまうような、優柔不断な、滑稽で、腑抜けな、悲喜劇的な人物だと読んだとしても、事実そうした読みも可能なのであるが、「長恨」という言葉で、この読みは許容されないものになってしまい、排除されてしまうのである。

また、個々の句でも、例えば「悠々たる生死別れて年を経るも／魂魄曾《かつ》て来たりて夢にだに入らず」という句文を、本当は楊貴妃が玄宗皇帝を愛していなかったので、夢にも出現しなかったと読んだとしても、これもまた「長恨」という言葉の前で躊躇してしまうのである。

源氏物語では、さまざまな論文で指摘してきたように、重層的意味決定＝意味決定不可能性や、多義性・多層性などという言葉で説明することができるように、一義的な意味性に終息する出来事は描かれていない。例えば、空蟬の脱いでおいた小袿《こうちぎ》を抱き締める、空蟬巻で描かれる光源氏のフェティシズム的な行為を、優雅な〈色好み〉の極致として理解することも、女に拒否された男の必然的な行為だと解釈することも、あるいは〈をこ〉で滑稽な失恋男の末路だと笑いながら読み取ることも、源氏物語では許容されているのである。

このような違いは、漢詩（「歌」という形式）と物語文学の相違でもあるのだが、長恨歌を「贈歌」として受け取り、同じ歌語（詩語）を用いながら、贈歌の意味を切断・断絶し、切り返し、「返歌」として源氏物語を書くという、古代後期の生活文化＝和歌が基盤としてあったから生じたのである。認識論的断絶は、既に生活文化としての贈答歌の返歌に深層的に内在していたのであるが、それを自覚的に認識し、対自化し、物語文学として、表層において言説化・疎外化したのは、源氏物語が初めてなのである。その自覚性が、源氏物語桐壺巻の壺前栽の言説であり、プレテクストとして長恨歌に言及する方法に痕跡的に残されているのである。

貴族女性たちには、返歌として即自的には内在しながら、対自化できなかった認識論的断絶を、紫式部は源氏物語として疎外化したのである。それが「形代／ゆかり」という類似の方法であり、多義的多層的であることを許容する、物語文学という形式・ジャンルであったのである。源氏物語は、その地平から始発する。源氏物語における引用とは、「藤壺事件の表現構造」（『物語文学の方法II』所収）などの一連の論文で書いたことなのだが、そうした屈折・断絶した認識論的視点で読まないと、誤読・錯誤することになってしまうのである。源氏物語における引用は、源泉・影響などといった類とは異なり、テクストとプレテクストが相互に関係する、断裁・断絶・切断といった切り返しを含むものなのである。

二　叛権力としての類似の言説

この「形代／ゆかり」の方法は、後にも言及するように、源氏物語の言語・言説・主題・モチーフ・話型などの上に、さまざまに表出されている。と言うのは、「形代（類似）」と「ゆかり（隣接）」の問題は、ローマン・ヤーコブソンなどが述べているように、基盤は、言語・言説・表現・修辞の問題であるからである。ただし、ヤーコブソンが、失語症などの分析で考察したように、源氏物語では、「類似（隠喩《メタファ》）＝形代」と「隣接（換喩《メトニミー》）＝ゆかり」とは、科学的・図式的に二項・二価的に対立した関係構造を形成することはないのである。源氏物語では、形代とゆかりは、互いに補いあう補完関係・相乗関係になっているのである。

若紫巻で登場してくる幼い紫上は、光源氏にとって、最初の垣間見で、藤壺に似ている「形代（類似）」であったのであるが、後には北山僧都の話を聞いて、藤壺の姪であることが分かり、「ゆかり（血縁者）（隣接）」でもあることが確認され、その類似性が相乗的・補完的に強化されて表現され、紫上像を造形している。そのため、この論文では、これからは「類似」という用語で、「形代（類似）」と「ゆかり（隣接）」の問題を扱って行くことになるはずである。本論文の論題「類似」も、その点を考慮して付けたつもりである。なお、源氏物語はヤーコブソンの「類似（隠喩《メタファ》）」と「隣接（換喩《メトニミー》）」という二項対立的な体系での科学的認識を、物語テクストとして、過去からの物語言説上の呼びかけとして、徹底して批判し、無効にしているのである。

この類似が、言語・言説上の認識論的断絶であることを示すために、概略的な古代における言語に対する認識の歴史を、語っておく必要があるだろう。こんな安易な括り方では、言語認識の歴史ではないと古代研究者から非難されるであろうが、古代前期は、既に指摘されているように、「言霊のさきはふ国」（『万葉集』巻五・山上憶良）とか、ヤマトタケルが「言挙に因りて惑はさえつるなり」（景行記）と割注で述べられているように、「言霊信仰の時代」であった。

「言霊」とは、言葉に宿る霊魂を意味しているが、ここでは単純化して、「言＝（こと）＝事」と図式化しておくことにする。言葉に霊力があると信仰されていたため、古代前期では、言葉と事物との区別がなく、言葉は、すなわち事物だと素直にかつ呪的に信じられていたのである。もちろん、ここで言う「言霊」は、近世末期の国学と関連する高橋残夢や林圀雄・鹿持雅澄などによる、狭義の狂信的《ファナティック》な〈言霊論〉とは無縁なことで、古代前期の、発話によって物事の実現を希求する、古代人の呪術的《マジカル》なイデオロギーを意味するにすぎないのである。

たとえば、古事記上巻のスサノヲの「勝さび」の段には、

> しかすれども天照大御神はとがめずてのりたまひしく、「屎なすは、酔ひて吐き散らすとこそあがなせの命、かく為つらめ。……」と詔り直したまへども、なほその悪しき態《わざ》止まずて転《うたて》かりき。

とあり、アマテラスは、大嘗殿の「屎《くそ》」を、〈反吐《へど》〉に、「詔り直し」している。

現代では、糞も反吐も同じような人間から排出された汚物として、汚辱・汚穢《おえ》したものとして排除されているが（なぜ、机や書物などではなく、直前まで身体の一部であった爪・耳糞・鼻糞・皮膚などが、汚穢なものとして扱われるのかを、身体論は解決する必要がある）、古代においては、同じように人間から排泄されたものでありながら、屎と反吐は、〈汚辱〉と〈神聖〉という、対照的なものとして考えられていたようである。と言うのは、古代の酒は、今日のように酒屋や飲屋などは皆無なので（下級官人用の酒屋や飲屋が設置されたのは、天平時代の平城京からのようである）、飲食する祭祀や饗宴などの日付を計算して、準備して、醸していたからである。それゆえ、その醸造完成の当日に当たる祭祀儀

礼・祝宴などでは、徹底して酒などの飲食を蕩尽し（酸化などの腐敗を防ぐ意味もあったのだろう）、反吐を吐くまで酔ったのである。紫式部日記などにも、その一端が覗ける記事がある。

　つまり、反吐は、神聖な行事の後を意味しているのであって、アマテラスが、「屎」を〈反吐〉に「詔り直」すことには、それなりの古代的理由があったのである。ここにも「言＝事」という、言霊信仰が現象している。アマテラスは、言霊信仰に従って、〈汚辱〉しているものを、〈神聖〉なものに、「詔り直」して、神聖なものを言葉によって大嘗殿に現前させたのである。それでも、スサノヲは、引用文の末文に記されているように、また神名が意味しているごとく、「すさぶ」＝「転《うたて》」るのである。なお、記紀ばかりでなく、言霊信仰は、万葉集・風土記・古語拾遺・高橋氏文などや祝詞・宣命などあるいは諺や歌まで、古代前期を彩るさまざまな言語資料の細部にまで、〈声〉として浸透していることは言うまでもないことである。

　古代後期になると、歌徳説話などのような残滓はあるものの、この「言霊」は否定される。「言葉が（事物から自立」するのである。竹取物語の各段落を飾る結末を想起してほしいのだが、そこでは、

＊さる時よりなむ、「よばひ」とはいひける。（「求愛」と「夜這ふ」）

＊面《おも》なきことをば、「はぢをすつ」とはいひける。（「恥」と「鉢」）

＊皇子《みこ》の、〈御供に隠したまはむ〉とて、年頃見えたまはざりけるなり。これをなむ、「たまさかる」とはいひはじめける。（「魂離る」と「玉」）

＊とげなきものをば、「あへなし」といひける。（「合へ無し」と「阿倍」）

＊「あな、たべがた」といひけるよりぞ、世にあはぬことをば、「あなたへがた」とはいひはじめける。（「堪へがた」と「食べがた」）

＊思ふに違《たが》ふことをば、「かひなし」といひける。（「甲斐なし」と「貝」）
＊すこしうれしきことをば、「かひあり」とはいひける。（「甲斐あり」と「貝」）
＊御文、不死の薬の壺ならべて（不死山?）、火をつけて燃やすべきよし（不尽山?）仰せたまふ。そのよしうけたまはりて、士《つはもの》どもあまた具してのぼりけるよりなむ、その山を「ふじの山」（富士山）とは名づけける。（?は読者の期待）

などと書かれていて、これらの一般に民間語源伝説（説話）と言われているものには、言霊信仰の片鱗さえ見えないのである。これらの伝説に見られる懸詞は、言葉が事物から自立し、意味するもの（signifiant、能記、記号表現）が、意味されるもの（signifié、所記、記号内容）と、「恣意的」（で慣習的）な関係を持っていないと、成立しないのである。この懸詞的な民間語源伝説は、その言葉の自立性を、巧みに利用しているのである。もちろん、この懸詞は、言葉によって事物の現前性を保守しようとする、言霊的な「日本神話」の地名起源伝説を嘲笑し、物語文学として、虚構の自立を宣言していることは、言うまでもないことだろう。また、懸詞は、他の論文で述べたように、和歌言説も含めて、〈書かれたもの《エクリチュール》〉に現象することは、ここで指摘するまでもないことである。

「恥《はぢ》を捨つ」には、「鉢《はち》を捨つ」（清濁を問わないところに、懸詞の特性がある）という意味はないし、だからと言って、石作の皇子の章段を読んだ読者は、皇子の「仏の御石の鉢を捨つ」という行為を、笑いながらも、竹取物語というテクスト内では、この懸詞言説を承諾・了承しないではおれないのである。事物が言葉を生成するのではなく、虚構としての物語文学が、言葉の意味を誕生させているのである。言語が自立したのである。例えば、「夜這ひ」という前近代的習俗・民俗も、この竹取物語の流布によって、確立した慣習や用語なのではないかと思ってしまうほどなのである。

もっとも、この竹取物語における懸詞的な民間語源伝説は、物語文学の一回的出来事に支えられているため、「甲斐あり」「甲斐なし」という慣習的に通用した言葉が、後に会話や墨書などに使用された時、石作の皇子の章段で用いられていた、子安「貝」を想起する人はまずいないであろう。と言うのは、言葉の意味は、言語規範として言説の上に「反復」される時に生成されるからである。言葉は、〈ソシュール〉が述べているように、反復や自己同一性を喪失すると、崩壊してしまうのである。言葉は、慣習的に同一性・不動性・反復性を基盤に成立していると、一般的には認識されているのである。〈ソシュール〉にとって、「花！」という言葉は、パロールにおいては、発音やアクセント・字体・書体などにさまざまな差異があるのだが、ラングにおいては、反復性・同一性でなければならず、「花」という言語単位は、「鼻」「端《はな》（物事の初め）」とか、「虫」「木」「草」「葉」「枝」などの、他の言語単位との差異として、反復的に現象しなくてはならないのである。

この反復性・自己同一性は、古代後期つまり平安朝の権力の認識論的布置《エピステーメー》を形成している。たとえば、王朝国家の貴族たちの政治体制を支えたのは祭祀儀礼で、そこでは、故実の反復＝再現前化が政治そのものであったのである。「故実」という言葉が使用されたのは三代実録の貞観の頃かららしいが、有職故実の家流を確立したのは、延喜式の撰進の中心人物であったらしい貞信公忠平で、彼の口伝教命を受けた子孫たちは、長子小野宮太政大臣実頼が小野宮流（『小野宮年中行事』）を、次子九条右大臣師輔が九条流を生み（『九条年中行事』）、九条流から出た藤原道長は更に独自性を加えて、御堂流を生み出している。もっとも、有職書として尊重・流通したのは、家流ではなく、源高明の西宮記《さいきゅうき》（恒例と臨時）、藤原公任の北山抄《ほくざんしょう》（恒例と臨時等々）、大江匡房の江家次第《ごうけしだい》（藤原師通の依頼）であることは言うまでもないことであろう。

「有職」は本来は「有識」（訓は「ゆうしょく」「ゆうそく」「ゆうそこ」）で、学識や学識者を意味していたらしいのであるが、後に朝廷の儀礼・行事・官職などの公事《くじ》の故実に詳しいことを指し、「有職」と書かれた。はやくは、有職故実に関しては、平安朝初期に内裏式があり、以下弘仁・貞観・延喜式と続くのであるが、中期にいたると、公事の場の移動などによる「新儀」なども加わり、複雑化していることは言うまでもないことであろう。しかし、新儀にしても、祭祀儀礼は、常に始原の反復＝再現前化を志向しているのであって、一条兼良の公事根源《くじこんげん》（室町時代の朝廷年中行事の解説書）が「仮名文年中行事」とも言われているごとく、公事は公務の意ではなく、朝廷での年中行事を軸とした儀式を意味し、古代後期やその後の京都の天皇政権では、儀礼の反復行為が、政治権力を支えていたのである。

また、内裏の清涼殿の広廂簀子南に東に向けて立てられている、年中行事障子という衝立障子は、最初は太上大臣藤原基経が光孝天皇に献上したものらしく、後の加除などはあるものの、現在まで京都の内裏に伝来しているのであるが、ここにも天皇という王権の行なう政治とは、年中行事という祭祀儀礼の反復であることが、明瞭に語られているのである。なお、この障子の年中行事を、具注暦などの暦に書き入れることが、上流貴族（殿上人）の嗜みでもあったらしい。

もちろん、臨時祭もあるが、平安初期には、臨時祭は、延喜臨時祭式で規定されていたもので、遷宮・行幸・即位・国家的危機・遣唐使派遣など三十余りの祭が掲載されていたが、中期以後になると、有力寺社の祭で、宮中の年中行事に加えられたものを意味し、これも権力者たちによって、一年毎に反復されたものなのである。なお、譲位により、国忌《こっき》などの変更があったことは言うまでもない。

近ごろ読んだ、大津透『古代の天皇制』（岩波書店）でも、この書は、折口学を古代歴史学に適応したところに特性があるのだが、その現在の歴史学の古代天皇制論の到達点だと思われる著作の末尾近くで、さらに十世紀中葉以降には、天皇自らが賀茂社・石清水社、さらに春日社などの社頭に赴く諸社行幸が始まり、一条天皇の時に一代一度の行事として定着し整備される。ここに天皇の位置づけの大きな変化がみとめられるだろう。二十二社祭祀の成立については、個々に複雑な事情があるが、筆頭の伊勢・石清水は天皇家の祖霊神としての皇室の守護神であり、松尾・平野・大原野・梅宮・吉田などの多くは藤原氏や橘氏、さらに皇室外戚氏族の祖先神であり、賀茂社は山城国と平安京の守護神である。大神・石上・大和・広瀬・龍田など大和国の七世紀末以来の伝統的神社も入っているが、伊勢神宮を中心に当時の貴族社会全体の祖霊神と守護神を祭ることに意味があったようで、これらの神々の加護により天皇制は保たれたのである。藤原・源・橘による貴族社会を基盤として、その祭祀を代表して行なう者として天皇は位置づけられているだろう。

と総括し、反復という認識論的な視点は皆無なものの、王朝国家制度の天皇が、祭祀儀礼によって裏打ちされていることを明らかにしている。なお、ここで書かれている「神々の加護」とは、神々が実在するのではなく、祭祀儀礼で行事を反復することで、擬似的に神々を生成し、あたかもその加護があると、施行者が錯誤的に信仰することを意味しているのであろう。この引用からも推測できるように、祭祀儀礼という反復の考察なしに、今後の古代天皇制論・権力論は分析できないのではないだろうか。なお、摂関家には摂関家独自の年中行事があったことは、近ごろ刊行された『中世権門の成立と家政』の第二部「第三章　摂関家年中行事と家政経済」などでも分析されている（図表化されている）。

こうして、古代後期の権力者の認識には、進化・進歩・転進・展開・飛躍あるいは退化・退潮・後進などといった概念はなく（六国史が王朝国家時代に編纂されなくなったのも、この反歴史主義的な側面から考察する価値がある。栄華物語や大鏡の成立も、十一世紀後半と十二世紀前半であることの意義も、その面で評価する必要がある）、神聖な始原・原初を反復・伝承することが使命であったことが、明らかになるのである。それによって、同一であり、神々が自分たち（権力者）を常に守護・保守してくれることが、確信されたのである。

　ところで、この反復は、繰り返しではない。繰り返しは、差異のある時空を前提としているのであるが、反復は、異なる時間と空間にいながら、同一そのものであることなのであって、別に言えば、反復・伝承こそが同一であることを保障していたのであって、古代後期という時期は、その反復によって、聖なる始原と同一であることを、幾度も幾度も認識・確信していた時代なのである。自己同一であることよりも、それを背後で支える反復という営為こそが、古代後期の権力そのものであったのである。

　反復という認識論的布置は、古代後期を横断して現象している。たとえば、仏教・神事あるいは陰陽道などの宗教儀礼などに関して、反復のもつ意味については、これ以上言及する必要はないであろう。あるいは、官職・位階に対応する、装束・禁色・家屋・従者・服飾・乗馬・乗車等々、あらゆる貴族生活を、自己同一性が覆っていたことも、ここでは考証するまでもないことだろう。

　九条師輔の九条右丞相遺誡（九条殿遺誡とも九条遺誡などとも言う）を見ても、その書き出しには、

　　遺誡并に日中行事（造次《ざうじ》にも座右に張るべし）

　　先づ起きて属星の名字《みやうじ》を称すること七遍（微音、その七星は、貪狼《とんらう》は子の年、巨門は丑亥の年、禄存は寅戌の年、文曲は卯酉の年、廉貞は辰申の年、武曲は巳未の年、破軍は午の年なり）。次に鏡を取りて面《おもて》を見、暦を見て日の吉凶を知る。次に楊枝を取りて西に向ひ手を洗へ。次に仏名を誦して、尋常に尊重するところの神社を念ずべし。次に昨日のことを記せ（事多きときは日々の中に記すべし）。次に粥《しるかゆ》を服す。次に頭を梳《けづ》り（三ケ日に一度梳るべし。日々梳らず）、次に手足の甲《つめ》を除け（丑の日に手の甲を除き、

寅の日に足の甲を除く

次に日を択びて沐浴《ゆするあみ》せよ（五ケ日に一度なり）。沐浴の吉凶……。

（日本思想大系本による）

と、爪は十二日に一度しか切らないといった、嘲笑してしまいそうになる事柄が、詳細に書かれている。「属星《ぞくしょう》」（北斗七星の中で、その年にあたる星）などについては、陰陽道などの資料や研究でさらに克明に調べてもらうことにして、「造次」とは、慌ただしいことであることを指摘して、論を進めると、権力者たちの日々の行為までが、反復と同一性によって規制されていることが、ここでは明晰に分かるのである。慌ただしい時でも、日常生活の細部にまで、反復と同一性は浸透していたのである。行使者さえ権力関係がないと自覚して行動していた、日常茶飯事的なものにまで、権力は散在していたのである。ここには、起床してからの毎日の行動が克明に描出されているのだが、これが死に際に、子孫を戒めて残した言葉＝遺誡なのである。そして、ここで言説化されている、「日中行事」こそが権力そのものなのである。

なお、昨年刊行された中村英重の『古代祭祀論』（吉川弘文館・古代史研究選書）は、一面では批判意識が欠落している書だが、末尾の「第六　村落祭祀論」の結論で、

以上簡単に概観しただけでも祭祀の性格、目的、時季、場所を異にした様々の在地祭祀が行なわれていたことがわかる。今後は個々の祭祀のあり方、特質をつかみ把握していく必要があるし、また在地祭祀では神祇祭祀のみならず仏教、道教、陰陽道的な祭祀も行われており、神祇祭祀との習合も検討されなければならない。在地祭祀は遺跡資料が増大していることもあって事例がきわめて豊富であり、多様に広がっていた民族宗教を考察する上でも重要な課題といえるであろう。

と書いており、貴族社会ばかりでなく、農村を主要な生活基盤としていた地域社会でも、古代祭祀は浸透し、反復と同一性は、田堵《たと》などのいる在地に於いても認識論的布置となり、権力を下から支える装置となって、年中行事として伝承されていたのである。なお、伝承とは、反復の別の言い方なのである。

「毎火曜日、僕は八時に大学に行く」と言うとき、同一性・反復を語っているのだが、太陽の位置や天気・服装・食事・交通機関・その乗客等々、すべてに差異があり、「今日は、すばらしい美人が電車に乗っていた」などと、その違いを重視すれば、反復や同一性は瓦解するのだが、古代後期の貴族や民衆たちは、そうした微細な差異を無視して、儀式の手順などでちょっとした誤りを冒しても、その非同一性を非難・批判・嘲笑して、排除・無視し、反復と同一性を生活の規範としていたのである。平安朝の認識論的布置は、このように差異を認識しない、反復と自己同一性の認識に支えられていたのである。

物語文学は、竹取物語以来、この古代後期の権力の認識論的布置の一つである、「自己同一性」を侵犯している。「過差《くわさ》」＝「奢侈《しやし》（奢潜《しやせん》とも言う）」、あるいはそれとは対照的な、「やつし」＝「忍び」という、物語文学をさまざまに彩っているモチーフがその一つである。既に書いたように、「官職・位階に対応する、装束・禁色・家屋・従者・服飾・乗馬・乗車等々、あらゆる貴族生活を自己同一性が覆っていた」のであるが、竹取物語以後の物語文学は、テクストによって質的な相違はあるものの、この自己同一性を違犯していたのである。

「過差」や「やつし」については、この自己同一性を犯す問題を文学的主題として、物語文学を中軸に、論文を是非執筆したいと念願しているのだが、たとえば、竹取物語で、かくや姫が五人の貴公子たちに求めた、「ゆかしき物」とは、異郷の品々で、これほどの贅沢＝過差はないであろう。「かうぶり」になっていない竹取の翁が大切に養育している娘としては、身分の差異を無視して、破格の要求＝奢侈をしているのである。また、五人の貴公子というのは、石作の皇子・倉持の皇子・右大臣阿倍御主人・大納言大伴御行・中納言石上麿足の五人で、この時代には皇子たちも上級の官職に就いていたはずであるから、これら政治の中核にいた人々が、山里にあったらしい翁邸に、「夜昼来けり」という状態なので、当時の政治＝祭祀儀礼が中断・廃絶したのではないかと思われるほどで、この五人の貴公子によるかぐや姫詣は、過剰な過差の行為になっていたのである。

また、帝が、

「みやつこまろが家は、山もと近かなり。御狩の御幸《みゆき》したまはむやうにて見てむや」

と述べているように、天皇という地位をやつして、翁の家を訪問しているのである。狩猟は、古事記などでは、国譲りの段で、オオクニヌシがコトシロヌシが「鳥の遊為し」と述べているように、「遊び」と表現されているから、帝は非日常的な行為に（祝祭の時空に）紛れて、やつしを実行したのである。また、かぐや姫との会見に失敗した帝は、「ただ独り住みしたまふ」とあるように、后妃たちと共寝をしていない。天皇であるという自己同一性は、童や翁であることを別にして、后妃たちと同衾（sex）することにあるのであるから、帝王学の根源を天皇自身が違犯していることになるのである。つまり、竹取物語では、天皇を始めとする権力者たちの自己同一性が、かぐや姫によって侵犯され、その違犯性のなかで、この世の登場人物たちは足掻いているのである。

これ以上「過差／やつし」を、他の物語文学のテクストから数えあげて、考証・分析することは避けるが、物語文学は、延喜以後何度も何度も禁制や処罰規定の出ている、摂関政治という権力の根幹に関わるものを、違犯的に言説化していたのである。しかし、このように「自己同一性」を侵犯しても、初期物語は、「反復」を犯すような誤謬はしない。意識していなかったのであろうが、反復なしに書かれた言語を操る営為に、携わろうとは考えなかったからである。自己同一性を侵犯しながら、反復を犯すことを掩蔽《えんぺい》してしまったのである。言語の反復可能性を信じることが、初期の、男性（漢字を使用できた）であったらしい、物語作家たちには、言語表現に信頼を寄せることだと、錯誤・錯覚されていたのである。

これらのテクストは、デリダのように、この反復可能性から、「差延」の運動にまで、思考を働かすことはなかったのである。「異なる」と「延期する」との合成語である「差延」は、「差異」とあえて違うことを強調・区分して用いられているのであるが、反復可能性とは、反復によって同一性がたもたれると同時に、その同一性は反復の可能性を宿している限り、同一性ではないことでもあるのであって、そのずれが延期されて持続されることを、デリダは差延と表出したのだが、源氏物語以前の物語文学は、そうした反復が差異でもあることに気付かずに、反復の十全的現前を信じたのである。

先に引用した、竹取物語の懸詞的な民間語源起源伝説の諸例を、もう一度想起して欲しい。「甲斐あり」「甲斐なし」という言葉は、反復されることで、「効《かひ》（果）」の有無という意味を獲得できたのであるが（語源的には「交ひ」「買ひ」「替ひ」と同じであろう）、一回的な出来事（物語）で、懸詞的に子安「貝」の意を示した側面は、物語の文脈を離れると、消えてしまうのである。「かひ」は、「貝」ばかりでなく、卵・抱（幹の大きさを示す数詞）・峡・匙・鹿火・飼ひ・黴《かび》などの意味があるのであるが、反復して「あり」「なし」という（補助）動詞や形容詞（共に助動詞）の付く語は、「効」のみなのである。

難題をかぐや姫から与えられた五人の貴公子の物語も、反復であり、かぐや姫に対面する以前の帝も、その反復に含めてもよいであろう。彼らは、かぐや姫に会ったわけではなく、噂という誰でもない第三者の欲望を模倣・反復しているのであって、

帝、聞しめして、「多くの人殺してける心ぞかし」とのたまひて、止みにけれど、なほ思しおはしまして、〈こ

の女のたばかりにや負けむ〉と思して、仰せたまふ……

という文は、その欲望の反復の様相を、見事に反語を用いて表出していると言えるだろう。臣下たちを死に至らしめるほどの、かぐや姫は蠱惑性のある女性だと、天皇は判断したのである。そして臣下の欲望を反復するという、誘惑に逆らえなくなったのである。しかも、帝は〈女のたばかりにや負けむ〉という侮蔑的な言葉（内話文）さえ使用して、かぐや姫を暴力的に征服しようとしているのである。

竹取物語は、『物語文学の言説』に掲載した、「反転する竹取物語」や「〈かたり〉と〈引用〉」などの一連の論文で分析したように、表層では、異常な誕生（胎生ではなく化生）・異常な成長（三月で大人）・結婚拒否・異郷的な品々という難題の要求・天皇の命令拒絶などといった、この世の人々が求めてはならない欲求・行為を、かぐや姫に禁忌違犯として背負わせて、月の世界という異郷（反転した世界）に贖物《あがもの》（例えば、流し雛）のように追放・排除し、この世の秩序と体制を保守しようとする物語であるから、「反復＝権力」というイデオロギーから逃れることが出来なかったのは当然であるが、源氏物語以前の物語文学も、同様な轍《わだち》に塡まっていたようである。

宇津保物語藤原巻のあて宮をめぐる求婚者たち、あるいは落窪物語の継母に対する復讐（権力者による虐め）の数々など、ここで紹介するまでもなく、反復は、初期物語群を彩る方法として用いられている。自己同一性という、王朝摂関政治の秩序は、「過差／やつし」などで攪乱するのであるが、反復＝権力という王朝国家の制度を、瓦解させる眼差しは、言語という反復を操っていると錯誤していた初期の物語作者（伊勢物語については、判断を保留しておく。別の機会に発表する予定）にとっては、忘却された視点であったのである。

たとえば、宇津保物語俊蔭巻の巻末近くで描かれている、相撲の還饗《かへりあるじ》は、これはその場面の極く一部を引用するにすぎないのであるが、饗《あるじ》二十二日なれば、その日になりて、いとになく設けさせ給ふ。……被物、垣下《ゑが》の親王たちに、赤朽葉に花文綾《ぶれう》の小袿・菊の摺り裳・綾掻練一襲・袷《あわせ》の袴、宰相より始めて中将までは、綾の摺り裳・黄朽葉の唐衣《からぎぬ》一襲・袷の袴、少将より始め垣下の次官《すけ》たちには、……。

と描かれている。この描写は明らかに過差であり、兼雅の禁忌違犯を厭わない栄華を、贅沢な被物として饒舌に表出しているのである。なお、天皇以外の人々が、被物を過差にしてはならないという禁令は、何度も発布されているのである。また、史料上では、天皇以外の者が摺裳を（五位以上の貴族に）被物とした例はなさそうである。しかし、この場面では、枠としての相撲の還饗は保守されており、その年中行事の反復＝権力を、被物の過差を通じて叙述しているのである。それ故、この場面は、天皇に匹敵する、勝者である右大将兼雅の権勢＝過差を、誇大的に描写していると理解すべきなのであろう。

それに対して、源氏物語の、竹河巻では、相撲の還饗は次のように描かれている。

兵部卿宮（匂宮）、左の大臣殿（夕霧）の賭弓《のりゆみ》の還立《かへりたち》、相撲の饗《あるじ》などにはおはしまししを（紅梅右大臣は）思ひて、今日の光と請《さう》じたてまつりけれどおはしまさず。

紅梅右大臣の大臣大饗を述べた場面の一文であるが、「賭弓の還立（還饗と同じ）」は、匂宮巻の巻末近くで述べられていた、

賭弓の還饗の設《まう》け、六条院（夕霧）にて、いと心ことにしたまひて、親王（匂宮）をもおはしまさせんの心づかひしたまへり。

という記事を受けたものであろうが、「相撲の還饗」に対する記述は、それ以前に見いだすことはできない。このように、源氏物語では、未だ記述されていない、既にあった出来事を叙述する方法（藤壺事件がその典型）が採用さ

れ、反復が忌避され、差延化されているのである。

匂宮巻と竹河巻に繰り返される「賭弓の還饗」にしても、匂宮巻では、行事は、「例の、左あながちに勝ちぬ」とあるだけで、還饗も、舞や音楽などに言及・描写されるだけなのである。かえって、この二つの場面は、遥か後の宿木巻での、匂宮と六の君との結婚を暗示するものになっているのであって、匂宮が、夕霧（光源氏方）の饗宴には二度とも参加しながら、紅梅右大臣（頭中将方）には応じなかったという、権勢（結婚もその一つ）の対照的な関係を描いたものだと理解してよいであろう。祭祀儀礼という「反復＝権力」が、王朝国家を支える現実なのであるから、現実主義《リアリズム》に貫かれた源氏物語というテクストは、その行事や儀式・儀礼を必然的に描出せざるをえないのであるが、その権力の中枢は、忌避され、差延化され、逸《はぐら》かせられて、叛かれて、別の側面から叙述されているのである。

こうして、「反復＝権力」は、物語文学でも、古代後期の認識論的布置として浸透していたと言える。一方、「自己同一性」を違犯することは、徹底した消費を担っていた貴族たちにとって、延喜以後、何度も禁制や処罰規定が出ているように、つまり「奢侈」「過差」は、機会があれば破りたい欲求に駆られる禁令でもあったのである。それゆえ、物語文学が、そうした過差の欲情を引き受けて表出・昇華したことに対して、強硬な批判は生まれなかったであろう。少なくとも、婦女子の受容物として、あるいは虚構として、男性貴族たちに、物語文学は侮蔑されていたようだが、蛍巻の物語論が示唆しているように、うわべは寛容に認可・許容されていたのである。

ところで、御堂関白記などの古記録類を見ると、過差は、道長のような貴族たちにも、麻薬のように蔓延していたのであって、政治家としての彼らは、過差への誘惑と、にもかかわらず、それを禁止しなければならないという、背反する意識に切り裂かれていたのである。と言うより、この背反する意識と行動が、彼ら権力者の人間性を示す表徴だったのではないだろうか。大鏡や栄華物語などが志向したものは、そうした権力者の蕩尽とその禁止を抱えた、人間性として理解しなければならないのである。蕩尽という消費と、それを徹底すると国家が瓦解しかねないという危機との、背離・背反こそが、王朝国家の実態だったのである。

例えば、大鏡「伊尹謙徳公《これまさ》」の章段では、伊尹は、冒頭場面で、父の九条遺戒に背く人物として造形化されているのだが、続いて、

帝の御舅《をじ》・東宮の御祖父《おをじ》にて摂政せさせたまへば、世の中はわが御心にかなはぬことなく、過差《くわさ》ことのほかに好ませたまひて、大饗せさせたまふに、寝殿の裏板の壁の少し黒かりければ、にはかに御覧じつけて、陸奥紙《みちのくにがみ》をつぶと（べったりと）押させたまへりけるが、なかなか白く清げに侍りける。思ひよるべきことかはな。

と、書かれているごとく、末文の草子地が素直に述べているように、遺言を遵守しない過差が逆に称賛されているのである。過差は非難の対象ではなく、かえって風流な行為として、ここでは、伊尹の卓越した人格を語る挿話の一つとして、過去を懐かしむように語られているのである。大臣という過差を咎めなくてはならない地位にありながら、裏板（天井板か）に少し汚れた個所があったため、陸奥紙で一面に白く貼るという奢侈を行い、それが非難ではなく賛美されているところに、権力の内部にある自己同一性に対する背離・背反が語られていると言ってよいだろう。

「自己同一性」は、こうしてその違犯も含めて、王朝国家の体制の中で、許容されていたのである。だが、「反復」という、王朝国家の権力＝天皇制の核であり、しかも生活の細部や底辺にまで宿っていた認識論的布置は、無傷であったであろうか。

源氏物語が、認識論的切断として物語言説の上に登場した、画期的な意義はそこにあるのである。既に述べたように、狭隘《きょうあい》ではあるが、貴族社会の生活の底辺を形成していた大衆文化の一つである、贈答歌が潜在していた、答歌の認識論的断絶の技法を、自覚的・意識的に長恨歌に応用した源氏物語という答歌言説は、長恨歌の伝奇性を、「形代／ゆかり」という類似の方法によって、表現・言説の上で、切断し、切り返していた。この類似の方法は、「反復＝差異」と表現できるもので、王朝国家の細部まで浸透していた「反復＝権力」とは、異なった認識だと言えるのである。と言うより、そうした認識を、「反復＝差異」という方法は、断絶・切断し、認識論的布置として、細部や底辺にまで宿っていた権力を、内部から叛いたのである。

「紫のゆかり」と言われている、桐壺更衣・藤壺・紫上の三人は、登場人物の反復なのであるが、と同時に、各々が異なった人格と性格を持ち、差異化されているのである。靫負命婦＝桐壺帝と、母北の方＝桐壺更衣との対話という、形代／ゆかりの場合も、同じである。つまり、「反復＝差異」という認識が、源氏物語において言説を通じて、登場してきたのである。「反復＝権力」としての王朝国家が、極力退けていた、非同一的な、生成変化する、仮象であると思われて排除してきたものが、突然、物語文学という〈書かれた〉ジャンルを通じて、異議を申し立ててきたのである。この「正身＝形代／ゆかり」という類似の方法は、源氏物語を貫き、横断しており、末尾の夢浮橋巻においても、浮舟は大君の形代（ゆかりでもある）であり、小君は浮舟のゆかりなのである。「紫のゆかり」のように、源氏物語の類似性は、テクストの内部に刻まれていると同時に、読者の読みや解釈や関係付けでもあり、それをあたかも実証的に装って、数え上げて分析することは不可能なのであるが、この方法がさまざまに現象・拡大する、その一端についてもう少し別な側面からも語っておく必要がありそうである。

桐壺巻の光源氏を観相した、「高麗人《こまうど》」が、訝《いぶか》しがって予言した、国の親となりて、帝王の上《かみ》なき位にのぼるべき相おはします人の、そなたにて見ればー乱れ憂ふることやあらむ。おほやけのかためとなりて、天の下を補弼《たす》くる方にて見ればー、またその相違《たが》ふべし

という、さまざまな謎を鏤《ちりば》めている観相は、藤裏葉巻の「(光源氏が)太上天皇《だいじやうてんわう》の准《なずら》ふ御位得たまうて」として実現するのであるが、源氏物語以前に、准参議(『公卿補任』にのみ大同元年(八〇六)に吉備泉と阿倍兄雄)や、准摂政(冷泉天皇の玉体不予のため、左大臣藤沢実頼がなったのが初例か)の例はあり、また正暦二年(九九一)に一条天皇の生母太后藤原詮子が出家した折りに、「東三条院」という宣下で、太上天皇に准ずる待遇(女院)を受けている前例はあるのだが、男性や父親(それも秘密にされている)が「院」になった例は、源氏物語以前に、記録上ではないのである。源氏物語が、非現実的なものを描いていると非難されるとするならば、この個所に、批判は集中するのではないだろうか。しかし、准摂政や女院の前例があるので、准太上天皇という地位は、当時の知＝感覚的な常識では、虚構であることも加わり、承認・承諾の範囲内でもあったはずである。

ところで、「なずらふ」は、「なぞらふ」と同じで、母音交替なのであるが、この言葉は、桐壺巻で、

年月にそへて、御息所(故桐壺更衣)の御ことを思し忘るるをりなし。〈慰むや〉と、さるべき人々参らせたまへど、〈なずらひに思さるるだにいとかたき世かな〉と、うとましうのみよろづに思しなりぬるに……

とあるように、類似の意に用いられ、「形代/ゆかり」と重畳している。『岩波古語辞典 補訂版』が「甲でない乙を甲と同格の扱いをする。同類と見なす。擬する」と書いているように、「なずらふ」は、「反復＝差異」の認識であり、現前の形而上学を崩すものなのである。天皇Aが擬似・類似の天皇Bでもあることは、自己現前を前提にする天皇制を、内部から崩壊させることを意味している。自己同一性ばかりでなく、反復さえをも、天皇に「なずらふ」位は、異化・解体化しているのである。

長恨歌を贈歌にしたことと共に、桐壺巻の高麗人の観相による予言という布石は、「反復＝差異」という認識の可能性を示唆している点で、別の視点から評価する必要があるであろう。なお、この予告で、二度も表現されている「見れば」の傍線を付した「ば」は、仮定条件を示す助詞なのであろうが、その仮定した「帝王」と「補弼《ほひつ》」という言葉は共に打ち消しされており、言語とそれが意味するものは、自己同一性と反復性を差異化・差延化されているのであって、この予言は言語論・認識論でもあると評価されなければならないだろう。

この「反復＝差異」という認識は、「形代／ゆかり」や「なずらふ」という語彙ばかりでなく、源氏物語の主題群と関わるさまざまな語にも現象している。たとえば、

頬《つら》つきまみなどは、いとよう似たりしゆゑ、かよひて見えたまふにも、似げなからずなむ（桐壺巻　天皇の発話）

という短い文に、三語記述されている、「似る」「通ふ」も、同類の語彙であり、藤壺が桐壺更衣に酷似していることを告げているのである。この他にも、「ならふ（倣ふ）」「よそふ」「かはり」などの類語がさまざまに想起されるのであるが、源氏物語には、類似を表出する語彙が多いことを指摘して、現前の形而上学が差延化されていることを述べるに止めておくことにする。

ところで、「反復＝差異」という中心を脱構築化する叛権力性は、主題的なものにも現象する。藤壺事件・女三宮事件・浮舟事件といった反復・差異化される密通事件や、それによって誕生した、冷泉・薫といった不義の子の行方については、言及するまでもないことであろうが、それればかりでなく、垣間見・色好み・やつし・忍恋・嫉妬・結婚拒否などといった、さまざまな源氏物語を彩り反復するモチーフにまで、この認識は徹底しているのである。また、貴種流離譚・継子虐め譚・異郷訪問譚・姉妹競争譚などの話型や、和歌引用などにも現象していることは、言うまでもないことであろう。こうして、中心を喪失し、現前する真理の単なる表象であることをやめた、源

氏物語の言説は、際限なく彷徨し、戯れることになるのである。そしてその遊戯性が、多義的多層的な意味不決定の言説を、生成しているのである。

贈答歌の「女歌」つまり答歌を武器に、長恨歌と対話して、源氏物語桐壺巻の壺前栽を書き始めた時から、強固な意志などなかったであろうが、源氏物語の認識論的な運命が決定された。当時の「反復＝権力」という認識論的布置と表裏をなす天皇制に対して、源氏物語は、「反復＝差異」という、内部からの叛権力の論理を、類似として生成してしまったのである。それを最もよく象徴しているのが、藤壺事件（藤壺との最初の密通事件が語られていないことも含めて）であることは、言うまでもないことであろう。

しかし、そうした表層で主題的に表出されているものばかりでなく、源氏物語では、細部にまで「反復＝差異」という認識が横断している。反復は新しいものを期待して生産されるのであるから、「反復＝差異」という認識は必然なのであるが、権力は、その論理を「反復＝権力」という一歩手前で暴力的に留め、権力という認識への暴力を日常生活の細部や底辺にまで振り撒き、自己を誇示するのである。源氏物語は、そうした権力の内部で、その論理を突き抜け、偶像破壊を「反復＝差異」という認識で、言説化を試みているのである。「類似・源氏物語の認識論的断絶」という発表題目を付けたのは、こんな理由群があったためなのである。

なお、この「認識論的断絶」は、源氏物語ばかりでなく、枕草子などのテクストにも生成していたと言うべきかもしれない。以前『日本文学研究資料叢書　枕草子』の「解説Ⅰ枕草子研究のために」で書いたように、清少納言は、〈公的〉に認識されなければならない「歌枕・枕言」に対抗して、〈私的〉な「歌枕・枕言」として枕草子を書いたのであって、ここにも源氏物語とは異なった方向ではあるが、認識論的切断があるからである。だが、この発表では、守備範囲を超えているので、こうしたテクストに言及することを忌避している。

本稿は、二〇〇〇年三月十八日（土）に日本大学文理学部で開催された、物語研究会三月例会で口頭発表したもので、物研の年間テーマ「区分・領域」に関連して発表したものである。発表の際に質問・意見・批判を述べてくれた会員諸氏に感謝する。その際の、発言を参照して、本稿は発表論文を改訂した箇所がある。

あとがき

本書には、『物語文学の方法Ⅰ・Ⅱ』・『物語文学の言説』以後の、源氏物語研究の、主として言説分析の視座・方法から把握した諸論文を掲載した。初出の原題と掲載雑誌・論文集は次の通りである。誤字などの訂正に留めている。

はじめに（書き下ろし）
第一部　源氏物語の言説分析
第一章　源氏物語の〈語り〉と〈言説〉―〈垣間見〉の文学史あるいは混沌を増殖する言説分析の可能性―
（三谷邦明編　双書〈物語学を拓く〉Ⅰ『源氏物語の〈語り〉と〈言説〉』一九九四年一〇月）（2）
第二章　光源氏という実存―桐壺・帚木巻をめぐってあるいは序章・他者と〈犯し〉―
（『文芸と批評』八巻六号一九九七年一一月）（5）
第三章　呪われた実存―帚木・空蝉巻における光源氏あるいは企図しない／する時間―
（『国際文化研究紀要』五号一九九九年一〇月）（10）
第四章　誤読と隠蔽の構図―夕顔巻における光源氏あるいは文脈という射程距離と重曹的意味決定―
（『平安朝文学』復刊九号二〇〇〇年一二月）（11）

第五章　源氏物語の言説分析―語り手の実体化と草子地あるいは澪標巻の明石君の一人称的言説をめぐって―
（『国文学研究』百十二集一九九四年三月）（1）
第六章　篝火巻の言説分析―具体的なものへの還元あるいは重層的な意味の増殖―
（『横浜市立大学論叢』第四六巻1・2・3合併号「神田文人教授退官記念号」一九九五年三月）（3）
第七章　「山里」空間・異境空間からの眼差し―小野と宇治あるいは夕霧巻の不安と宇治十帖の多義性―
（一九九九年8月の物語研究会大会で口頭発表）（9）
第八章　御法巻の言説分析―死の儀礼あるいは〈語ること〉の地平―
（上坂信男編『源氏物語の思惟と表現』一九九七年二月）（5）
第九章　囚われた「思想」―なぜ薫なのかあるいは分裂する人格と性なしの男女関係という幻想―
（『源氏研究』三号一九九八年四月）に学生たちの卒業論文を掲載する『論叢』に掲載した論を継ぎ足している（7）
第十章　源氏物語の言説区分―物語文学の言説生成あるいは橋姫・椎本巻の言説分析―
（『源氏物語研究集成』第三巻「源氏物語の表現と文体上」一九九八年一一月）（8）
第十一章　自由直接言説と内的独白（書き下ろし　二〇〇一年三月）（13）
第十二章　夢浮橋巻の言説分析―終焉の儀式あるいは未完成の対話と〈語り〉の方法―
（『横浜市立大学論叢』第四七巻2・3合併号「伊東昭二教授退官記念号」一九九六年三月）（4）
付／表現・意味・解釈―夢浮橋巻の一情景描写をめぐって―
（『国文学』第二十二巻一号　一九七七年一月）（0）

第二部　源氏物語の認識論的分析
第一章　類似・源氏物語の認識論的断絶―贈答歌と長恨歌あるいは方法としての「形代／ゆかり」―
（『横浜市立大学論叢』第巻3号二〇〇一年三月）(12)

あとがき（書き下ろし）

各論文の掲載雑誌・論文集の後に、丸括弧で番号を付したが、これが発表順位で、この順番に読んでいくと、私の方法的武器である言説分析の軌跡が辿れるだろう。発表誌の都合もあり、必ずしも論文が順位通りに書かれたわけではないのだが、各論文の、異なった読者に言説区分を充分に説得する必要もあり、反復的で啓蒙・説明の多い諸論文を、順位で読んでくれると、私の意識と表現の深化の流れが、〈文学〉〈言説〉という概念を軸に、鮮明に辿れるはずである。

言説区分は、言説は一回性のものでありながら、類型化して機械的に適応していくと、規範文法になってしまい、応用しか許さない、体系的なものに終息する危険を常に伴っている。本書に掲載した諸論文は、その危険を避けるために、源氏物語のテクストという具体的なものに言説分析を還元しつつ、多義的・多層的な意味の決定に、テクスト解釈を委ねている。その点では、私の言説分析は、奇妙な言い方だが、「形式的内容」と表現してもよい、独自な世界を標的としているのである。言説分析は、他の批評や研究と同様に、体系的な規範文法に陥るかもしれない危機を常に持つ、タイト・ロープの上を歩いているようなものなのである。

源氏物語という書物、つまり、死骸にすぎないものに、息吹を与え、テクストとして蘇生させるためには、解釈・解読という、意外にも自己を賭ける身体的営為が必要であった。源氏物語という対象自体に語らせる策略と、あたかも自己が源氏物語という対象を支配しているという虚偽的な自負が、綯い交ぜになった緊張と、疲労する身体がなければ、この仕事はできなかったであろう。

終えてみれば、満足感もないわけではないのだが、日本文学協会の委員長などというさまざまな責務なども加わり、参照すべき書物を読めないことや、ワープロの前に座れない焦慮感などで、困憊しながら論文を執筆していた思い出が過《よぎ》っていく。特に詫びなくてはならないのは〈注〉で、新しい領域に踏み込んでいるため、旧来の研究や批評を引用しなくてもよいことは分かっていたのだが、残念なことに多忙であったために、多くの若い人々の諸論文を参照できなかったことで、既に論じられていることを再言しているのではないかという、一抹の危惧が残ったことである。

発表した雑誌や論文集名を見れば分かるように、本書に掲載した論文は、その多くは、月刊の商業誌などに依頼されて掲載したものではなく、さまざまな状況をそれなりに俯瞰しながら、自分の意志決定で、自己選択して書いたものである。特に、第二部に掲載した認識論的分析は、言説分析とは異なるが、カルチュラル・スタディーズ批判として、未来志向の論文として執筆したつもりである。未だ古代後期の批評や研究で、決定的なカルチュラル・スタディーズ理論（新歴史主義・歴史の詩学などとも関連している）を樹立した論文は見当らないのだが、他分野でのその類の論文を横目で眺めながら、源氏中心主義という非難を甘受しつつ、文学研究の立場から、古代後期という時代におけるカルチュラル・スタディーズの典型的な研究を想定しつつ、それをどのように徹底批判し、文学の自立性を確立するかという地平で、源氏物語の方法を認識論的に分析したのが、この論文なのである。カルチュラル・スタディーズの立場からの批判を待ちたい。カルチュラル・スタディーズ以後には、困難を伴うが、この種の文学の認識論的分析が、可能性として拓かれてくるのではないだろうかと思って書いたものである。

言説区分、特に自由直接言説や自由間接言説については、日本文学の批評や研究にとって、その痕跡が従来の研究史の中で皆無ではないのだが、あたらしい提案であるため、紹介のために本書では何度も反復して啓蒙している傾向がある。但し、発表順位に従って読んでくれれば分かるように、じょじょに課題が深化していっているはずで、この諸論文の上で、若い人々がさらにこの理論を展開・発展させてくれることを願っている。この言説分析は、既に近代文学研究・国語教育などにも適応されており、また、自由間接言説（仏語では自由間接体 le style indirect libre）に関しては、フランスなどではヌーボー・ロマン研究などで多数論議されているとのことなので、今後の展開が楽しみである。ただ、未だ、日本語学、特に文章論では注目されていないようで、そうした分野からの批判も待ちたい。

本書に掲載した論文のいくつかは、物語研究会の例会や大会で口頭発表したものを基盤にしている。発表を聞き、質問・意見を述べてくれた会員の諸君に感謝したい。また、大部分の論文は、横浜市大の大学・大学院の授業の際に輪読してもらい、それによって訂正・改稿をしている。授業に参加した多数の学生・院生に感謝したい。授業をした文科系研究棟五一一国文学共同研究室での、楽しい思い出が過《よぎ》って行く。多くは、酒宴を伴っていたような記憶があるのだが、文学談義に耽ってくれた、物語研究会を中心とした多数の先輩・友人や教え子たち、さらにはいくつかの論文を下読みしてくれた妻三田村雅子に感謝すると共に、快く本書を上梓してくれた翰林書房社主今井肇氏に謝意を述べたい。

二〇〇二年二月四日

三谷　邦明

【や】

【ゆ】

【よ】

【ら】

【り】

【ふ】

【へ】

【ほ】

【ま】

【う】

【え】

索　引

＊本索引は、主要な論旨にかかわる事項・人名・書名などの索引である。
＊配列は仮名遣いにかかわらず、現代日本語の発音による五十音順である。
＊テクストや書名などには『』の記号を、語彙や論文名は「」で括った。
＊同一の意味を示す類似表現をまとめたため、本文の表記と若干異なる場合がある。
＊同一事項が数頁にわたる場合は、最初の頁のみで示してある。探索する際には、その章の後半部分も参照してほしい。

〈本書のキー・ワード〉（五十音順）

異議申し立ての物語学　引用　狂気　禁忌　源氏物語　言説分析　実存

自由間接（直接）言説　同一化（自己＝他者）　認識論的断絶

【著者略歴】
三谷邦明（みたに・くにあき）
1941年　東京都生まれ
1963年　早稲田大学第一文学部卒業
1970年　早稲田大学大学院日本文学専攻博士課程満期退学
1970年　早稲田大学高等学院教諭
1981年　横浜市立大学文理学部文科人文課程助教授
〈現職〉　横浜市立大学国際文化学部教授
同　大学院国際文化研究科教授
〈主要著書〉
1989年　『物語文学の方法Ⅰ・Ⅱ』（有精堂）
1991年　『源氏物語躾糸』（有精堂）［後に1997年『入門源氏物語』（ちくま学芸文庫）として改訂再刊］
1992年　『物語文学の言説』（有精堂）
1998年　『源氏物語絵巻の謎を読み解く』（角川選書）共著
2000年　『落窪物語　堤中納言物語』（共著　小学館　新編日本古典文学全集）

源氏物語の言説

発行日	2002年 5 月15日　初版第一刷
著　者	三谷邦明
発行人	今井 肇
発行所	翰林書房
	〒101-0051 東京都千代田区神田神保町1-14
	電　話 (03) 3294-0588
	ＦＡＸ (03) 3294-0278
	http://village.infoweb.ne.jp/~kanrin/
	Eメール● Kanrin@mb.infoweb.ne.jp
印刷・製本	シ ナ ノ

落丁・乱丁本はお取替えいたします

ISBN4-87737-151-6